DES TRÉSORS POUR MARIE-LOU
est le deux cent quatre-vingt-quatrième livre publié par Les éditions JCL inc.

Données de catalogage avant publication (Canada)

Bergeron, Mario, 1955-
Des trésors pour Marie-Lou
ISBN 2-89431-284-9
I. Titre.
PS8553.E678D47 2003 C843'.54 C2003-940098-0
PS9553.E678D47 2003
PQ3919.2.B47D47 2003

Édition originale : avril 2003

Des trésors pour Marie-Lou

DU MÊME AUTEUR :

Le Petit Train du bonheur, Chicoutimi, Éditions JCL, 1998, 369 p.

Perles et Chapelets, Chicoutimi, Éditions JCL, 1999, 543 p.

L'Héritage de Jeanne, Chicoutimi, Éditions JCL, 2000, 437 p.

Contes d'asphalte, Chicoutimi, Éditions JCL, 2001, 520 p.

Les Fleurs de Lyse, Chicoutimi, Éditions JCL, 2002, 511 p.

930, rue Jacques-Cartier Est, CHICOUTIMI (Québec) G7H 7K9
Tél. : (418) 696-0536 – Téléc. : (418) 696-3132 – www.jcl.qc.ca
ISBN 2-89431-284-9

MARIO BERGERON

Des trésors pour Marie-Lou

LES ÉDITIONS JCL

Nous reconnaissons l'aide financière du gouvernement du Canada par l'entremise du Programme d'aide au développement de l'industrie de l'édition (PADIÉ) pour nos activités d'édition. Nous bénéficions également du soutien de la Sodec et, enfin, nous tenons à remercier le Conseil des Arts du Canada pour l'aide accordée à notre programme de publication.

Gouvernement du Québec – Programme de crédit d'impôt pour l'édition de livres – Gestion SODEC

Au public des salons du livre du Québec.
À mon ange gardien, Michelle Samson.

PREMIÈRE PARTIE

LE VIEIL HOMME ET L'ADO

Trois-Rivières est une petite ville provinciale réputée pour ses innombrables chômeurs, la défection de sa jeunesse, l'esprit de clocher de ses municipalités de banlieue et pour l'odeur de pourriture chimique qui hante ses bas quartiers les jours d'humidité. Comme tout centre urbain de cette envergure, l'ennui uniformisé s'étale militairement vers le nord, avec sa multitude de centres commerciaux, ses restaurants de toutes espèces bâtardes et ses cordons infinis de bungalows aux pelouses vertes, si vertes. Par le bas, les vieilles maisons rapiécées abritent des gens pauvres et des pauvres gens. Ils sont autant poussiéreux que leurs voisins du nord sont asphyxiants de propreté malsaine.

L'été, les touristes y abondent pour une halte d'autocar de quinze minutes et préfèrent la plus proche toilette à la visite du vieux Trois-Rivières et ses vestiges de l'époque de la Nouvelle-France. Le centre-ville est pathétique : les espaces béants entre deux vieux édifices tristes indiquent avec précision la régularité des incendies, tandis que valsent les écriteaux « À vendre » avec « À louer », surveillés par un autoritaire « Solde de fermeture ». Des graffitis de mauvais français salissent les aires de repos, alors que des jeunes s'agglutinent sur les terrasses des cafés dans l'espoir d'être témoins d'un bel accident d'automobile bien sanglant.

Les « As-tu de la monnaie en trop? » remplacent les familles magasinant par un beau samedi après-midi de juin 1948, alors que des religieux à longues soutanes descendent d'un autobus, salués de la casquette par un chauffeur très poli et souriant. Aujourd'hui, en hiver, les conducteurs se pressent de quitter à la hâte leurs véhicules pour se ruer vers une pizzeria et prendre leur pause-café. Une pause-café à chaque heure. Pendant ce temps, les usagers demeurent dans le froid, qu'ils soient jeunes, vieux ou enrhumés. Égalité pour tout le monde : gelez! Et de toute façon, plus personne ne fait d'emplettes dans la rue des Forges : on s'y rend en transit, en attente du prochain autobus ou pour se payer une petite demi-heure d'authenticité sur une terrasse. L'image la plus étonnante de ce centre-ville en décrépitude est celle d'un homme très âgé, qui porte un petit chapeau et un veston gris, marchant péniblement, avec au bras une jeune punkette aux cheveux orangés.

« Une punkette! Une punkette!

– *S'il te plaît, le personnage du roman n'intervient pas dans la réflexion de l'auteur!*

– C'est atroce ce que tu viens d'écrire sur ma ville! Et complètement faux! Il y a longtemps que Trois-Rivières ne pue plus!

– *Et le coup des chauffeurs d'autobus qui laissent les clients geler en hiver?*

– Oh! ça, c'est vrai! Mais le reste est entièrement faux! Totalement! Ce sont des mensonges et des laideurs! Une punkette! Une punkette!

– *Qu'est-ce que tu es, alors? Une alternative?*

– Une alternative! Voilà autre chose! T'as plus de quarante ans, l'auteur?

– *Oui.*

– Je le savais! Encore un vieux con des années soixante-dix! Je déteste les années soixante-dix!

– *Qu'est-ce que je dois écrire, pour plaire à mademoiselle?*

– Je suis Marie-Lou Gauthier, arrière-petite-fille de Jeanne Tremblay! Et je ne suis ni une punkette ni une alternative! Je suis une Trifluvienne! Trois-Rivières est la plus belle ville du monde! Une ville avec un festival de blues alors que d'autres organisent des corridas du creton ou des galas de la patate sauce fromage! Et une ville avec des poèmes sur les murs! Puis l'homme âgé n'en est pas un : il est très, très vieux et c'est mon arrière-grand-oncle, Roméo Tremblay, le frère de Jeanne! Voilà la vérité! Et d'ailleurs, que fais-tu dans ma vie?

– *Et que fais-tu dans mon livre?*

– Quel livre?

– *Le Vieil homme et l'ado. Première partie du roman des trésors pour Marie-Lou, Éditions JCL Inc.*

– Quel trésor?

– *Tu verras.*

– T'écris un livre sur moi?

– *Oui. Et sur Trois-Rivières, sur la société de la fin du vingtième siècle, à travers la vie d'un homme très vieux : Roméo Tremblay.*

– Tu veux dire? Un vrai livre?

– *Oui. Avec des pages et un beau dessin sur la jaquette.*

– Pas un livre des années soixante-dix, quand même!

– *C'est un roman qui évoque ta vie, entre 1982 et 1999, ainsi que celle de Roméo, au cours des cent dernières années.*

– Ah oui? Roméo va donc être centenaire?

– *Oui, dans deux ans.*

– C'est ce que je souhaite tant... Mais ce livre-là, j'espère qu'il est écrit en bon français. Parce que les gens des années soixante-dix, ils écrivent en joual, comme dans leurs stupides pièces de théâtre et leurs chansons crétines.

– *Ce sera écrit en français standard.*

– Tu parles comme mon prof de français, lui aussi un autre vieux con des années soixante-dix. Est-ce que je vais parler, dans ton livre?

– *Oui.*

– Fais-moi parler un bon français, mais n'enlève pas mon accent.

– *Quel accent?*

– Je diphtongue. C'est très trifluvien. Par exemple : ma mâîre est née à Trois-Rivîâîres et mon amie Isabelle, elle l'a, l'affâîre.

– *Ah non! Je ne peux pas te faire parler comme ça! C'est insupportable!*

– Mais c'est typique de Trois-Rivîâîres! Et je suis de Trois-Rivîâîres!

– *Mais c'est mon roman! Et il ne se vendra pas qu'à Trois-Rivières.*

– C'est un roman québécois, hein...

– *Oui.*

– J'ai horreur du Québec! Et je déteste tout autant le Canada! Mon pays, c'est Trois-Rivîâîres!

– *Ça suffit! Punkette alternative!*

– Vieux con des années soixante-dix! »

Je déteste quand Isabelle a du retard. Je devine qu'elle a raté son autobus. Me voilà prise à l'attendre trente minutes par ce froid et je n'ai pas d'argent dans mes poches de jeans.

Impossible d'entrer dans un café pour me réchauffer une demi-heure. Je vais flâner dans un magasin, mais une vendeuse semble se méfier de mes cheveux orangés et de mon petit anneau dans ma narine droite. Elle craint sans doute que je ne sorte ma bombe aérosol pour la transformer en graffiti.

Voilà enfin Isabelle! J'accepte ses excuses et nous filons à toutes jambes vers la bibliothèque pour emprunter des compacts de blues. Après, nous marchons vers la rue Champflour, au restaurant Internet *Le Petit Train*, propriété de Clément Tremblay, un des petits-fils de Roméo. J'ai mon carnet d'adresses et guide la main d'Isabelle sur la souris, afin qu'elle apprenne à bien trouver les meilleurs sites sur le blues, avec plein de belles photographies sur les chanteurs et d'informations sur leurs disques. J'aime la voir s'exclamer de joie devant une découverte sur un de nos bluesmen favoris.

Je ne peux pas exister sans Isabelle. Elle est ma meilleure amie depuis les jours de la maternelle. Je passe tout mon temps près d'elle : à l'école, à la maison, dans la rue, dans mon lit. Partout! J'ai besoin d'Isabelle! Tout le temps! Et elle pense la même chose de moi. Je la comprends, car ce n'est sûrement pas drôle d'être obligée de vivre dans une famille de stupides. Je suis certaine qu'elle n'aura jamais d'ordinateur chez elle et je profite que le petit-fils de Roméo ne nous fasse pas payer pour naviguer sur Internet. Après les sites de blues, elle veut avoir des informations sur les livres et moi sur les peintres. Internet, c'est super intéressant! C'est la plus grande invention du siècle! Vivre sans ordinateur n'est pas humain.

Marie-Lou sourit à Isabelle, mais sursaute en voyant que le temps passe trop rapidement. Elles sortent du Petit Train *après avoir remercié Clément Tremblay. Les passants sont intrigués de voir ces deux adolescentes déambuler côte à côte dans les vieilles rues de Trois-Rivières, comme deux jumelles, des siamoises, des amantes.*

« Ce n'est pas vrai ce que tu écris là! Vieux cochon des années soixante-dix!

– *Ce n'est qu'une figure de style pour dire que tu es très proche d'Isabelle.*

– Ce n'est pas une raison pour nous traiter de... enfin! Continue! Mais fais attention à ce que tu dis!

– *Si tu m'interromps tout le temps, on en a pour des années avec ce livre.*

– Je fais ce que je veux! Je suis libre! »

Marie-Lou retient Isabelle l'étourdie par la main, l'esprit dans un site Internet et prête à traverser la rue au moment même où un camion s'approche et rugit. Et Marie-Lou garde la main d'Isabelle. L'une a l'air extravagante avec ses cheveux orangés, alors que l'autre semble si terne et banale, avec ses cheveux châtains, attachés sévèrement vers l'arrière, son teint blanchâtre et ses quelques boutons qu'elle ne tente même pas de camoufler par du maquillage. Les voilà à attendre l'autobus, jacassant sans cesse de leur voyage informatique. Les voir ensemble fait penser à cette vieille histoire de Trois-Rivières, alors que la jeune Jeanne Tremblay était tout le temps en compagnie de Sweetie Robinson, la pianiste américaine de la salle de cinéma Impérial. Les deux effrayaient la population conservatrice et catholique en fumant dans les lieux publics et en s'habillant comme les vedettes des films muets de Hollywood. Jeanne était peintre, tout comme son arrière-petite-fille Marie-Lou. Celle-ci se fait d'ailleurs une idée fixe de la vie de Jeanne, surtout que, depuis son enfance, Roméo ne passe pas une journée sans lui dire qu'elle est le sosie de sa sœur Jeanne.

« Ce n'est pas une idée fixe! C'est la réalité! Je sens le sang de Jeanne couler dans mes veines, et si j'ai hérité de cet immense talent pour le dessin, je ne le dois pas au hasard, mais à ce sang de Jeanne. Elle était une artiste peintre extraordinaire et une femme libre! Regarde-moi comme il faut! Tu as déjà vu des photographies de Jeanne? C'est moi! Et je sais que, si elle avait mon âge aujourd'hui, elle porterait aussi un anneau dans le nez et des cheveux orangés, parce qu'elle aimait embêter les vieux de ton espèce!

– *Tu lui ressembles, en effet.*

– J'ai les mêmes grands yeux et ses joues rondes, ainsi

que sa taille et ses seins. Et je suis très contente d'être le sosie de mon arrière-grand-mère, car ainsi Roméo est toujours heureux de me voir.

– *Mais tu as ta propre personnalité. Tu n'es pas Jeanne.*

– Je ne me pose pas ces questions-là! On dirait le psy de l'école, ce vieil imbécile! Je dis que Jeanne était moderne et que je le suis aussi.

– *Tu aimes ce qui est moderne? Mais ce roman est postmoderne et...*

– Dans les années soixante-dix, tous les jeunes, comme ma mère, voulaient ressembler à des ancêtres québécois au lieu d'être modernes. Pas moi! Mon amie Isabelle et moi sommes modernes. Je suis certaine que Jeanne aurait aimé les ordinateurs autant que moi! »

Nous entrons dans l'autobus et les barbus des années soixante-dix me font le mauvais œil à cause de la couleur de mes cheveux. Jeanne aussi faisait gerber les vieux quand elle prenait le tramway. J'invite Isabelle à souper à la maison. Ainsi, elle sera éloignée quelques heures de plus de sa H.L.M. et de sa famille de téléviseurs. On a quelques travaux scolaires à faire, puis je vais consacrer du temps pour le site Internet que je prépare sur Jeanne. Isabelle m'aidera pour le texte, car elle ne fait jamais de fautes. À l'école, elle est très forte en français, avec une moyenne supérieure à C. Après, on va se coucher. J'aime chaque matin quand Isabelle se réveille près de moi. Ça vaut mieux que de voir ma mère et mes frères.

Plusieurs fois par semaine, nous pouvons voir Marie-Lou, un casque sur sa pelure orangée, pédaler nerveusement jusqu'à la maison de Roméo Tremblay. Le vieil homme a quatre-vingt-dix-huit ans et marche à pas de tortue, parle encore plus lentement, avec une voix marmonnante, mais utilisant des mots précis qui expriment des pensées très claires. À chaque entrée fracassante de Marie-Lou, le visage ridé du vieillard s'illumine de bonheur. Les deux partagent une passion qui les unit dans un frisson : Jeanne.

« J'ai dessiné Isabelle au lit ce matin, Roméo. Je trouve qu'elle ressemble à une poupée suçant son pouce. Jette un coup d'œil à mon dessin. » *Derrière l'aîné, Renée, sa fille de soixante-treize ans, regarde le dessin de Marie-Lou, tout en la félicitant. Mais elle n'est pas aussi critique que son père. Il mâche quelques paroles et pointe la tablette du doigt. Marie-Lou hoche la tête, sort de sa poche de veston de jeans un crayon afin de répondre tout de suite au conseil de Roméo. Comme Jeanne, Marie-Lou dessine tout le temps. De ces innombrables croquis naît une idée pour une peinture. Au contraire de son arrière-grand-mère, l'orangée se met à la tâche de façon très sérieuse et n'abandonne jamais en cours de route. Si la peinture n'est pas bonne, elle aura servi Marie-Lou à se rendre compte de ses erreurs. Roméo sait que l'adolescente ne dessine pas tout à fait comme Jeanne, bien que Marie-Lou tente souvent de l'imiter. Avec le temps, beaucoup de travail et de maturité, sans parler de son grand talent, Marie-Lou deviendra certes une grande artiste peintre. Elle le désire depuis son enfance.*

« Je trouve que tu parles comme un prof. Eux et leur stupide maturité.

– *Pourquoi est-ce que tu interromps ce moment où j'expliquais aux lectrices et aux lecteurs un fait que même Roméo pourrait confirmer?*

– Un vrai prof des années soixante-dix! Je suis une grande peintre! Plus tard, je serai une encore plus grande peintre! Pas besoin de ton imbécile de maturité!

– *Quelle prétentieuse!*

– Pourquoi m'insultes-tu? On le sait bien! Les gens de ta génération n'ont que du mépris pour les jeunes! »

Je sais que Roméo a raison quand il critique mes croquis, même si parfois je me sens agacée par ses remarques. J'adore dessiner Isabelle, car son visage n'est pas parfait. La perfection est ennuyeuse et tue l'imagination. J'aime les visages féminins, tout comme Jeanne en avait fait sa spécialité. C'est dans notre sang. Je dessine pendant que la vieille Renée fait bouillir du thé et que Roméo parle sans cesse. Je sais qu'il adore me voir le crayon à la main et qu'il conserve tous les croquis que je lui donne en cadeau. Pour lui faire plaisir, souvent, je dessine Jeanne. Quelle surprise je lui ferai quand Isabelle, ma mamie Bérangère et moi lui présenterons le résultat final du site Internet Jeanne Tremblay. Ainsi, partout dans le monde, des gens pourront connaître son œuvre et découvrir quelle belle femme extraordinaire elle était!

Je me souviens de l'émotion ressentie quand, à sept ans, dans l'ancien temps des années quatre-vingt, Roméo m'avait donné un ordinateur qu'il avait acheté, croyant que cet appareil moderne l'aiderait à améliorer ses écrits. Il était vite retourné au papier et à l'encre, ayant du mal à se démêler dans tous ces boutons. C'était mon premier ordi. Ma mère n'aurait jamais pensé en acheter un, elle et ses maudits pots de terre cuite des années soixante-dix. Ce cadeau de Roméo m'avait permis de me familiariser avec le clavier. Depuis, j'ai eu un autre ordinateur, puis ce super pentium performant. Je le paie en vendant des dessins, des T-shirts et en travaillant les jeudis et vendredis soir au magasin de ma mère.

Je connais tout d'Internet. C'est avec empressement que j'ai débuté l'élaboration de ce site sur Jeanne. Roméo est très vieux et s'il fallait qu'il me quitte sans avoir vu le site sur sa sœur, je serais très malheureuse. Bien sûr, les grands musées du Québec ont consacré des expositions à ses œuvres, et les Archives nationales conservent la majorité de ses tableaux, bien à l'abri du temps qui pourrait les abîmer. De plus, Roméo a écrit un livre sur la vie et la carrière de Jeanne. Il existe aussi un bouquin sur ses plus belles peintures. Le nom de Jeanne figure dans les encyclopédies d'art où on la considère comme une grande portraitiste du vingtième siècle au Canada. Ce n'est pas rien! Et moi, Marie-Lou Gauthier, qui lui ressemble physiquement, qui suis aussi peintre, je sens que mon devoir est de créer ce site de communication moderne pour faire ma part dans l'hommage posthume que Jeanne mérite tant. Je possède beaucoup de dessins inédits de Jeanne, dont plusieurs qui datent de son enfance. Je pense aussi à ces magnifiques dessins au crayon réalisés vers la fin de ses jours, alors qu'elle racontait les principales étapes de sa vie. Voilà de beaux documents à insérer dans son site Internet!

Marie-Lou travaille très fort et ses bonnes intentions ne peuvent trahir ses sentiments sincères à l'endroit de Jeanne. Mais le français est pitoyable, malgré les conseils d'Isabelle. Les propos sont souvent peu matures, pas toujours sages et on sent une trop grande partisanerie.

« Ça suffit, les insultes! Le français, il est très bien! Et puis sur Internet, les gens regardent plus qu'ils ne lisent!

– *Ce n'est pas une raison pour négliger cet aspect de ton travail. Tu fais tout le reste sérieusement, et la lecture de ton texte vient gâcher ce que les gens voient.*

– Est-ce que c'est de ma faute? À l'école, les cours de français sont pourris! J'aimerais qu'ils m'enseignent à bien écrire au lieu de passer trois semaines sur une compréhension de texte, avec ses objets, son destinateur, son destinataire et toutes ces cochonneries!

– *Tu trouves un bouc émissaire au lieu de faire l'effort de lecture qui aide tant l'écriture!*

– Je lis souvent!

– *Tu lis Internet.*

– J'ai ma carte d'abonnée à la bibliothèque municipale.

– *Pour emprunter des disques de blues et des bandes dessinées.*

– Je ne veux plus t'entendre! Ma spécialité, c'est la peinture! Et puis, tu sauras que mes cours de français ennuyeux, je les réussis! Et sur un ordinateur, il y a toujours un correcteur d'orthographe et de grammaire.

– *Mais pas de syntaxe.*

– La quoi? Ah! va-t'en! Tu m'énerves! »

Marie-Lou valse et vogue sur le clavier à une vitesse vertigineuse. Elle connaît par cœur les fonctions et les raccourcis, applique à son site Jeanne toute sa créativité de dessinatrice, utilisant un pinceau virtuel. En plus des dessins inédits de l'artiste, l'usager pourra se délecter de photographies familiales de Jeanne, de coupures de presse, d'extraits du livre de Roméo et même de quelques pages du journal intime de la peintre, sans oublier les reproductions de ses plus célèbres réalisations. Marie-Lou plonge dans l'écran comme une championne de natation dans une piscine, en sort intacte après avoir mouillé ses yeux devant le texte d'Isabelle, qui, finit-elle par admettre, équivaut peut-être à un C de quatrième secondaire. « C'est de la faute aux vieux des années soixante-dix! Ils ont tout eu et ne nous laissent rien dans le domaine de l'éducation! » *de marmonner Marie-Lou comme une ritournelle sans fin, tout en se mettant au lit près de sa poupée Béatrice, souvenir de son enfance, qu'elle a transformée en punkette alternative en lui coupant les cheveux avec une lame de rasoir.*

Ce doute soudain de Marie-Lou lui cause de l'insomnie. Elle ne veut surtout pas créer un site Internet sali par des fautes, ce qui ne rendrait pas justice au sérieux de son intention. « Dans cinq ans, on aura inventé un P.C. avec un correcteur de syntaxe. On n'arrête pas le progrès », *se dit-elle, avant de finalement s'endormir. Mais d'ici ce temps, Marie-Lou n'aura probablement pas terminé de payer son ordinateur actuel et Roméo ne sera sans doute plus de ce monde pour cliquer une souris et voir apparaître sa sœur sur un écran.*

Isabelle arrive au secours de Marie-Lou, assise entre deux casiers, au milieu des hurlements de la radio étudiante, en attendant le cours de français. Isabelle confie à son amie que Roméo est un champion en français et que lui montrer le site incomplet vaut mieux que prendre le risque d'attendre et de ne pas le voir du tout. Marie-Lou n'aime pas tellement se faire rappeler que Roméo n'est pas éternel.

Il est tellement chiant, ce prof de français! Avec sa quarantaine, son ventre de bière, sa barbichette poivrée et sa maudite queue de cheval! Je déteste quand il donne des exemples avec des extraits des pièces de Michel Tremblay, un dramaturge des années soixante-dix qui glorifiait le « toé pis le moé », le « icitte » et « les waitrisses, câllis! » Je pense qu'il faut vraiment être un prof minable pour enseigner le français en se servant de ce massacre de notre langue. Je sens qu'il s'apprête à me parler de la structure du discours, au lieu de nous donner des dictées de participes passés qui nous aideraient à apprendre à mieux écrire. Ah! voilà : la structure du discours. Sujet posé, sujet amené et toutes ces perversités. Je suis capable, et je suis fière de pouvoir m'en vanter, de dessiner dans mon cahier sans regarder mon papier, garder mes yeux vers le prof, hocher parfois la tête pour lui faire croire que je me passionne pour ses idioties. Je dessine un visage dont les contours se tracent dans mon imagination.

« C'est bien, ça! Je dessine un visage dont les contours se dessinent dans mon imagination!

– *Non, ce n'est pas bien.*

– Pourquoi? Je veux dire que je fais le dessin sur papier mais que son image est dans mon imagination.

– *Tu utilises deux fois le même verbe dans la même phrase.*

– Et dire deux fois « même » dans ta phrase, je pense que ce n'est pas fameux non plus, espèce de vieux débris des années soixante-dix! »

Le brave, vaillant et dévoué professeur de français met la main sur le dessin de la distraite Marie-Lou, qui pique une crise en le traitant d'ancêtre granola. Notre orangée se retrouve en pénitence au local « Le Tournant », ce refuge des cœurs adolescents perdus de l'école secondaire de La Salle, où Marie-Lou doit rédiger un texte qui explique son tort pour ensuite le faire signer par ce pauvre enseignant.

Ainsi vont les journées de la vilaine Marie-Lou Gauthier. Il n'y a que dans son local d'arts plastiques qu'elle réussit à épater tout le monde, surtout son enseignant, qui se juge tellement malhabile à ses côtés. Dans les cours où on utilise l'ordinateur, les doigts de Marie-Lou vont allègrement sur le clavier, alors que huit élèves attendent leur tour derrière elle. Mais dans les autres cours, dans des circonstances plus traditionnelles, Marie-Lou énerve tout le monde avec ses grands airs de parvenue artistique.

Le soir venu, Isabelle la calme devant son enthousiasme de montrer tout de suite à Roméo le site, alors que ce matin même, on s'en souvient, Marie-Lou ne voulait rien savoir de cette idée. Sa mère Sylvie refuse d'aller chercher le vieillard, car Marie-Lou doit, dès aujourd'hui, s'appliquer davantage dans ses travaux scolaires. Sylvie est fatiguée de recevoir tous ces appels d'enseignants qui lui signalent quelle mauvaise élève est sa fille rebelle.

« La fille rebelle! En voilà un langage! Je suis moi, c'est tout! C'est facile à comprendre, non? Jeanne était une rebelle. Et j'ai un peu de ça dans mes veines.

– *Marie-Lou, réalises-tu que tu viens de te contredire dans une seule réplique?*

– C'est toujours moi, la coupable! Je veux montrer mon site à Roméo et ton roman idiot m'en empêche en n'arrêtant pas de tourner autour du pot! »

Finalement, je gagne tout le temps, car je suis la fille unique de ma mère, elle qui m'a donné deux frères sportifs, donc inutiles. Un de ces jours, ils vont bousiller mon ordinateur en n'arrêtant pas de chercher les têtes édentées de leurs joueurs de hockey sur Internet. Voilà Roméo dans ma chambre. Je sais que ce n'est pas facile, pour lui, d'atteindre le deuxième étage, mais comme je le sais si curieux, que je lui ai promis une belle surprise, il fait ce grand effort afin de me plaire. Je suis certaine qu'il ne le regrettera pas. Je l'installe devant mon écran et guide sa main vers la souris, pèse sur son doigt. Quand il a acheté son ordinateur, c'était moins efficace et moderne qu'aujourd'hui. Il n'y avait même pas de souris dans ce temps-là. Avec un ordi moderne, Roméo aurait vite appris, car mon A.G.O. est très curieux.

« *A.G.O.? Qu'est-ce que c'est?*

– Arrière-grand-oncle. Je trouve qu'A.G.O. est plus rapide à dire et à écrire.

– *Pas d'abréviations dans mon roman! C'est interdit!*

– M.V.C.!

– *Quoi?*

– Maudit vieux con! »

Les yeux sur l'écran, grognant quelques questions que seule

Marie-Lou comprend, Roméo se demande pourquoi elle l'a fait déplacer jusqu'à cette machine. Mais soudain, le joli visage de Jeanne apparaît dans la boîte lumineuse. Roméo sursaute de stupeur. Marie-Lou lui donne un baiser dans le cou et prend sa vieille main pour le faire cliquer aux bons endroits. Alors, d'autres images de Jeanne l'émerveillent. Un en-tête indique les domaines du site à explorer : vie de l'artiste, œuvres, souvenirs intimes, opinions des experts, etc. Marie-Lou explique son travail à Roméo, précisant son but, avoue, les yeux mi-clos, sa difficulté à écrire un bon texte sans faute. Elle réclame poliment l'aide du vieil homme. Il ne sait pas comment il pourrait passer des heures devant cet appareil qui lui fait mal aux yeux. Amusée, Marie-Lou appuie sur un bouton et, aussitôt, le texte imparfait sort de l'imprimante, bruit qui fait de nouveau sursauter le patriarche. Il demande encore s'il est vrai que des gens de tous les pays pourront voir Jeanne et ses toiles grâce à l'ordinateur. Marie-Lou le confirme d'un fier geste de la tête. Roméo frappe la sienne de la paume de sa main, impressionné par un tel miracle du modernisme.

Depuis mon enfance, j'entends sans cesse mon père Joseph vanter les mérites du monde moderne du vingtième siècle, tout en dénigrant ceux qui se contentent de vivre comme avant, sous-entendant ces pauvres ancêtres du dix-neuvième. Fasciné par l'électricité, le télégraphe et le gramophone, papa cherche avec hardiesse à inventer un appareil qui le rendrait aussi riche et célèbre que les Américains, « ces grands patenteux de génie du siècle du modernisme », comme il se plaît à le répéter.

Quand il nous a annoncé, l'an dernier, que nous déménagions au nord de Trois-Rivières, face à la gare, il nous a brisé le cœur par cette idée de quitter le quartier Saint-Philippe de notre enfance. Mon père prétendait que le modernisme ne pouvait qu'éclater au nord de notre ville. Au début de 1908, il a d'abord fait les retouches finales à notre maison familiale, tout en travaillant dans son atelier et en élaborant les plans du restaurant adjacent à notre demeure. Mais le grand incendie de Trois-Rivières et tous ses malheurs (j'en parle dans un autre feuillet) a mis un frein à son ardeur. Tout en ayant passé l'été à aider les sinistrés, mon père a fait en sorte que notre restaurant soit prêt dès le début de septembre. Bien sûr, pour papa, tout y était moderne et au goût

du jour. Un poêle moderne, un ameublement moderne, une décoration moderne, un service moderne et, poliment, j'ose une petite moquerie polie envers mon père en affirmant que Le Petit Train *va aussi servir des œufs et des patates modernes.*

Malgré le beau résultat, mon Joseph de papa rue dans les brancards, car nous n'avons pas le téléphone dans le restaurant. À la fin du siècle dernier, papa avait fait installer un de ces appareils dans ses commerces, pour être à la fine pointe du modernisme. Mais voilà que, dans ce coin désertique de Trois-Rivières, la compagnie n'a pas commencé à planter des poteaux pour mener les fils jusqu'à notre restaurant. Pourtant, la gare, juste en face, dispose d'une ligne téléphonique, amenée par-derrière jusqu'au bureau du télégraphe.

L'homme de la compagnie a dit à mon père que la gare est un service essentiel et ne peut se passer de téléphone. Mon frère Adrien, témoin, m'a révélé que papa a fulminé jusqu'à faire rougir ce brave fonctionnaire. Deux jours plus tard, nous voilà avec un beau gros téléphone bien en place dans Le Petit Train*. Mais il n'est pas branché et notre horizon crie encore l'absence de poteaux. Comment oser prétendre être le propriétaire d'un restaurant moderne, s'il n'a pas le téléphone?*

Je dis à papa que ceci n'empêche pas les clients de manger de la soupe. Quelle sottise de ma part! J'ai droit à un de ses discours de plus de trente minutes sur ma mentalité ancienne, sur les bienfaits de la rapidité du nouveau monde du modernisme, etc. Je me contente de hocher la tête en faisant semblant de l'écouter, tel un écolier habile qui rêve à une promenade au soleil, au lieu d'être attentif à la leçon du frère enseignant.

Alors, papa décide de devancer la compagnie de téléphone et négocie une entente avec le patron de la gare qui, en retour d'une petite somme, loue à papa quelques pieds de fil, partant du bureau du télégraphe jusqu'au Petit Train*. Papa, habilement, fait descendre le fil jusqu'à la fenêtre du restaurant, le fait longer le plancher et peut ainsi brancher notre téléphone muet. Nous voilà enfin dans la modernité! Papa attend fièrement le premier appel, imagine peut-être que le Premier ministre Laurier lui téléphonera pour lui demander de lui réchauffer un ragoût pour demain midi.*

Dring! Dring! Ce n'est pas le bureau du télégraphe, monsieur? Non, madame, c'est Le Petit Train*, le restaurant le plus moderne de Trois-Rivières et je suis Joseph Tremblay, le proprié-*

taire. Dring! Dring! Non, monsieur. La téléphoniste m'a pourtant bien mis en contact avec la gare. Dring! Dring! Ce n'est pas à un restaurant que je veux parler, mais bien au chef de gare. Comment se fait-il que deux hommes d'âge mûr, comme mon père et le responsable de la gare, n'aient pas pensé à une chose aussi simple : tous les coups de fil destinés à la gare passeront simultanément par notre restaurant! Inquiet, nerveux, papa s'empresse de demander si le chemin inverse existe : oui, il peut communiquer partout où il le désire. Enfin, Le Petit Train n'est plus isolé du monde moderne! Mais, en général, après une journée, quand papa n'est pas dans les parages, ni ma mère ni ma sœur Louise et mon frère Adrien, ne répondent quand la clochette se fait entendre, sachant que l'appel est destiné au voisin d'en face.

Mais que peut manigancer mon père, caché dans son atelier? Après trois jours, je croyais le voir arriver avec un engin de bric-à-brac pour détourner ce problème de communication, mais il nous met plutôt sous le nez une liste de tous les abonnés téléphoniques de Trois-Rivières et nous demande de les appeler pour leur signaler l'existence de notre restaurant afin de leur vanter le spécial du jour. Ma sœur Louise se scandalise, dit qu'il est immoral de déranger les gens dans leurs maisons et de se servir d'un appareil aussi sérieux pour faire de la réclame. Elle ajoute qu'un téléphone ne doit être utile qu'en cas d'urgence. Quelle erreur de la part de Louise! Car, de nouveau, voilà un autre discours d'une demi-heure... Pendant que maman se joint aux plaintes de Louise, Adrien et moi demeurons silencieux, sachant que, de toute façon, notre père gagnera encore. Nous nous apprêtons à commencer le travail commandé par papa.

Bonjour, monsieur, je vous appelle au nom de Joseph Tremblay pour vous dire que Le Petit Train, un nouveau restaurant, le plus moderne de Trois-Rivières, vient d'ouvrir ses portes à ses distingués concitoyens. Il nous fera plaisir de vous servir en tout temps. Je vous signale que, le samedi, nous servons la meilleure tourtière au prix le plus bas en ville. C'est un rendez-vous! Nous vous attendons au Petit Train, situé rue Champflour, face à la gare. Merci et à bientôt, monsieur. Après une heure de ce jeu, la téléphoniste en colère nous ordonne de cesser de nous amuser avec l'appareil de la gare. Louise et maman prennent le relais, alors que, derrière elles, ma petite sœur Jeanne tire leurs robes en se demandant pourquoi elle n'a pas le droit de parler *dans le cornet, comme tout le monde. À quelques reprises, des gens, outrés, nous reprochent d'utiliser le noble appareil à des fins mercantiles, mais, en général, nos interlocuteurs demeurent courtois. Ce qualificatif ne s'applique pas au patron de la gare, qui traverse à toute vitesse pour dire à papa que nous n'avons pas le droit de nous approprier ainsi la ligne. Mais mon père demeure droit comme un poteau de téléphone, un cigare dans le bec. Il lui offre un repas gratuit pour compenser ce petit inconvénient.*

Voilà enfin le samedi dont nous avons tant parlé au téléphone. Maman et Louise n'en finissent plus de faire chauffer des tourtières, alors que le restaurant déborde de clients bruyants. Et papa, si fier, se promène parmi eux, serre des mains, vante son commerce et ses méthodes modernes de publicité. À la fin de la journée, il m'indique paternellement que le modernisme sert bien ceux qui ont de l'imagination. La compagnie de téléphone, constatant qu'on ne peut faire patienter longtemps Joseph Tremblay, plante un premier poteau dès le lundi matin. Trois jours plus tard, nous avons enfin notre ligne bien à nous.

Roméo Tremblay, octobre 1908

Il n'y a pas longtemps, ma mère a eu un nouveau bébé du genre Louis et je n'ai toujours pas de papa. C'est bizarre, car à l'école, la plupart des filles et des garçons ont un papa et notre enseignante nous a expliqué que, pour avoir un bébé, même comme Louis, une maman a besoin d'un papa, pour déposer le petit œuf dans le nid de la maman, ou quelque chose de semblable à ça. Les enseignantes, parfois, prennent les enfants pour des niaiseuses. En fait, Louis a un papa, mais le monsieur rédacteur qui écrit le livre m'a demandé de ne pas en parler tout de suite, de garder ça pour un autre chapitre. Je ne comprends rien à ce qu'il me dit.

Je ne suis pas contente de ce bébé, car c'est un garçon. Il y a déjà un gars dans la famille. Il s'appelle Stéphane et lui non plus n'a pas de papa. Stéphane joue au hockey et à des jeux de gars. Je n'aime pas ça. À l'école, les gars crient tout le temps et cachent les bottes des filles. J'aurais préféré que maman ait une fille, qu'on aurait appelée Jeanne, comme mon arrière-grand-mère qui faisait des dessins presque aussi beaux que les miens. Bref, je ne suis pas heureuse.

« C'est joli, ça, monsieur le rédacteur, le mot « bref », pour une petite fille de mon âge.

– *Tu es très savante, Marie-Lou.*

– Mais moi, quand je serai grande, je ne veux pas écrire des livres comme les tiens, où il n'y a pas de dessins. Je veux être une dessinatrice. Et je veux être heureuse. Je vais me trouver un conjoint gentil, qui sera aussi mon papa. »

Les enfants ont toujours des réactions de jalousie quand leur cercle familial s'ennoblit d'un nouveau-né. Toute l'attention de Sylvie semble se porter vers le petit Louis. Marie-Lou ne peut accepter cette situation, car ce bébé passe son temps à crier et à pleurer, alors qu'elle est toujours sage. Sylvie fait une crise quand Marie-Lou pleure pour rien. Être un bébé n'excuse pas tout ce vacarme. Marie-Lou sent que cette situation est inacceptable. Elle songe à s'enfuir, se trouver une nouvelle mère, une vraie maison. Elle pourrait s'installer chez Roméo qui deviendrait son père, alors que la vieille Renée serait sa nouvelle maman. Marie-Lou pourrait aussi déménager chez Isabelle qui a de vrais parents, tous deux dans la maison simultanément, même s'ils passent leur temps à s'engueuler à propos des émissions de télévision à regarder.

« Je ne suis pas heureuse », *confie l'enfant blonde à Béatrice, sa poupée favorite. Béatrice pourrait la consoler, lui dire ce qu'elle désire entendre, mais en tirant la corde, la poupée se contente de répondre qu'elle veut du gâteau, phrase égoïste qui met Marie-Lou en colère. Furieuse, la fillette tire de nouveau la corde et, cette fois, Béatrice crie qu'elle a envie de pipi. Marie-Lou frappe les fesses de Béatrice, allonge la corde trop fermement et brise la mécanique vocale. Sentant qu'elle vient de rendre Béatrice handicapée physique, Marie-Lou, prise de remords, hurle de douleur. Sylvie ouvre la porte, ordonne à sa fille de cesser de pleurer. Malheureuse, Marie-Lou!*

À l'école, le lendemain, Marie-Lou est dans la lune et son enseignante la rappelle à l'ordre par trois petits coups sur son pupitre. « J'ai rendu Béatrice handicapée muette! » *braille-t-elle, alors que les garçons, ces imbéciles, se mettent à rire avec fureur.* « Je déteste les gars! » *renifle-t-elle à Isabelle, tout en enfonçant son nez dans sa boîte à lunch. Elle hurle encore :* « Je déteste quand ma mère met des pommes bossées dans ma boîte! » *Quelle tragédie que la vie de Marie-Lou!*

« Malheureuse! Malheureuse! Je suis malheureuse! Que faire, monsieur le rédacteur?

– *Écrivain.*
– Mais que faire?
– *Une transition.*
– Une quoi, monsieur le rédacteur? »

L'idée de Marie-Lou n'est pas mauvaise, car depuis toujours son arrière-grand-oncle Roméo est un peu son papa, son grand-père, son frère aîné et son amoureux. Son homme. Son seul. Quand Marie-Lou entre chez Roméo, elle se lance à son cou pour l'embrasser et lui, ce vieux coquin, la chatouille vigoureusement et transforme son genou en terrain de jeu pour un ti-galop infini. Le vieil homme connaît aussi une grande quantité de belles fables où des animaux parlants viennent toujours au secours d'enfants embarrassés par un triste destin. Mais l'histoire que Marie-Lou ne se lasse jamais d'entendre est celle de Jeanne Tremblay. Voilà Béatrice muette. Comme c'est moche! Même si l'enseignante parle de tolérance et d'intégration pour les handicapés, ces termes ne sont que des mots de livres d'école pour une fillette comme Marie-Lou. Elle sait surtout que sa meilleure amie poupée ne parlera plus à cause de sa colère.

Roméo est sensible à ce récit. Il décide d'opérer Béatrice à cœur ouvert, sans anesthésie, mais en mettant des gants de plastique pour la protéger des microbes. Marie-Lou avance son petit bout de nez vers les entrailles mécaniques de Béatrice alors que, de minute en minute, son héros Roméo semble incapable de redonner l'usage de la parole à la poupée meurtrie. Alors, il explique à l'enfant que, dans l'imagination des enfants sages comme elle, toutes les poupées parlent, disent beaucoup plus de jolis mots que ceux pendus au bout d'une corde. Marie-Lou ne répond rien, alors que Roméo referme la plaie. Pour l'éternité, Béatrice sera muette.

Se souvenant de la leçon de Roméo, Marie-Lou confie ses grands malheurs à Béatrice. Elle ne répond pas. Rien! Un vrai silence de poupée brisée. Marie-Lou croit que Roméo a davantage disloqué son amie en tentant cette dangereuse opération. Après tout, il n'a pas de diplôme de médecin. Or, comme maman Sylvie est dans une phase hyperactive pour gaver le bébé Louis de jouets, Marie-Lou décide de s'infiltrer dans le courant pour réclamer à sa mère une nouvelle poupée parlante. Mais Sylvie refuse, lui dit sèchement qu'elle n'avait qu'à faire attention. « Si j'avais un papa, il m'en donnerait une, lui, une poupée neuve! » À l'époque de l'enfance de Roméo, suite à une remarque semblable, Marie-Lou aurait reçu quatre claques sur les fesses et passé un après-midi agenouillée devant un crucifix. Aujourd'hui, les punitions sont tout autant cruelles pour le cœur d'une fillette : sa mère l'empêche de regarder Passe-Partout à la télévision et lui ordonne de demeurer dans sa chambre.

Que peut-elle faire dans cette prison solitaire, sinon lire ses bandes dessinées, écouter son phono, regarder ses cartes postales d'animaux, habiller la vieille Barbie imbécile, découper des mannequins dans un vieux catalogue? Comme c'est injuste d'être punie! Alors Marie-Lou fait ce qu'elle accomplit le mieux : dessiner. Mais elle a l'impression d'avoir crayonné cent fois l'arbre de la cour, le décor de sa chambre ou des photographies de Jeanne. Que peut-elle dessiner quand chaque coin de cette chambre l'a été à plusieurs reprises? Sur le lit, Béatrice pleure, mais Marie-Lou ne l'entend pas.

« Mais non! Elle ne pleure pas, cette stupide poupée brisée, monsieur le rédacteur!

— *Tu ne l'entends vraiment pas? Après tout le chagrin que tu lui as fait? Après ce que Roméo t'a dit à propos de l'imagination des enfants? Tu as encore besoin d'une poupée avec une corde pour les faire pleurer ou mouiller leur couche?*

— Les poupées qui pleurent et qui mouillent, ce n'est pas bon! Isabelle en a eu une et il faut toujours les remplir avec le robinet. Et puis, elles finissent par rouiller ou pleurer par les oreilles. »

Marie-Lou met la main sur un livre d'images et reproduit les lapins, la forêt et la fée. Mais elle se lasse rapidement de ce jeu. Elle l'a dessiné tant de fois, ce livre! Quand tout a été vu et dessiné, quand tu es punie, il n'y a rien d'autre à faire que de broyer du noir.

À l'école, dans le cours d'éducation physique, j'aime bien jouer au ballon qu'on lance par-dessus un filet. Si on rate son coup, on perd des points; si on réussit, on gagne et on danse en chantant yé! yé! yé! C'est bien plus amusant que la leçon de vocabulaire. Je me mets toujours en équipe avec Isabelle et on se passe le ballon en riant. Mais aujourd'hui, Isabelle met le pied gauche sur le cordon de son espadrille droite, tombe, se fend la lèvre et pleure. Vite! Je vais aider l'enseignant à prendre soin d'Isabelle, puis on va la reconduire chez la secrétaire, qui est aussi infirmière. Pauvre Isabelle! Je la vois revenir en classe un peu plus tard, des gros diachylons sur ses lèvres, la mine triste et les yeux rougis. Mais à la récréation, elle me montre les bonbons que la secrétaire lui a donnés pour la consoler. Elle prétend que ce soir, pour une rare fois, sa maman va venir la chercher et la couvrir de baisers. Une enfant qui se fait mal inspire toujours de la pitié aux parents. Ça les fait regretter de les avoir punis et de s'occuper trop d'un bébé braillard gavé de jouets neufs, alors que ma mère pourrait consacrer cet argent à remplacer Béatrice.

Quand je rentre à la maison, la gardienne prépare le souper en attendant que maman revienne de son travail. Mon frère Stéphane s'amuse dans la cour et je fais semblant de m'adonner à mon jeu vidéo sur mon ordinateur. En réalité, je pense à la grande blessure qui fera en sorte que ma maman s'occupera enfin de moi. Je veux une bonne blessure, mais qui ne me fera pas trop mal. Pas une blessure aux genoux ou aux doigts! Quelque chose près de la tête, ainsi ma mère pourra m'embrasser sur le front, ce que j'aime beaucoup parce que ça chatouille. Mais pas me fendre la lèvre, comme Isabelle! Ça fait beaucoup trop mal et j'aurai de la difficulté à manger mes céréales le matin. Me mordre la langue? Je frémis juste d'y penser! Me cogner le front? Voilà une bonne blessure qui ne fait pas mal trop longtemps.

Bong! Marie-Lou se lance vers la porte comme une boule vers une quille. Mais « Je n'ai pas vu la porte *» est une explication insatisfaisante pour Sylvie qui, si elle veut bien consoler son estropiée, remarque vite que les pleurs de Marie-Lou semblent plus criards que sa souffrance réelle. Voilà Isabelle la lèvre fendue et Marie-Lou la bosse dans le front, assises sur un banc de la salle de récréation, silencieuses, mangeant leurs biscuits en bougeant les jambes. Isabelle n'a pas eu l'affection maternelle souhaitée, tombant sur un soir où les téléromans étaient plus importants qu'une douleur de petite fille.*

Après les cours, elles sautent dans un tas de feuilles mortes, avant de se rendre au centre commercial regarder l'étalage de jouets d'un grand magasin. Marie-Lou voit avec envie une poupée dernier cri, habillée new wave et avec, au dos de la boîte, la description de plusieurs extraits de son langage. Cette poupée parle trois langues : le français, l'anglais et l'espagnol. Marie-Lou et Isabelle sont très impressionnées par cette poupée savante. Marie-Lou ne peut résister plus longtemps et court vers la boutique de sa mère pour lui décrire le bijou, mais Sylvie l'accueille avec une montagne de reproches, car la blonde enfant a oublié que sa maman lui interdit de venir au centre commercial après les heures de classe.

« Je sais qu'elle me prend pour un bébé. Ce n'est pas compliqué de marcher jusqu'au centre commercial! Je n'ai plus quatre ans!

– *Tu as désobéi quand même.*

– Je voulais voir les poupées neuves! J'ai le droit, non? Et si maman me punit, je vais refuser! Je vais refuser de manger! Et je vais devenir très malade, et ma mère va regretter de me maltraiter! »

À l'âge de Marie-Lou, toute bonne grève de la faim débute nécessairement après avoir mangé une grosse portion de gâteau au chocolat couronné d'une boule de crème glacée à l'érable et d'une cerise verte. Marie-Lou attend le lendemain, après un copieux déjeuner, pour commencer sa grève. Le midi, Marie-Lou grignote son lunch en cachette, ainsi personne ne l'aura vue et son débrayage sera publiquement toujours intact. Au souper, elle croise les bras et dit d'une voix ferme qu'elle n'a pas faim. Mais comme cet impératif n'impressionne pas Sylvie, Marie-Lou dévore sa salade et ses carottes en se persuadant que sa mère ne la comprend pas.

J'ai tellement maigri depuis ma grève que je me sens faible. Je ne sais pas comment je vais pouvoir être attentive à la leçon de français. Je dois tout de même faire un effort pour la demi-heure d'arts plastiques, où je suis la meilleure. À chaque mois, mes dessins décorent les couloirs de l'école. J'ai même gagné six fois le ruban du plus beau dessin. Ma mère dit souvent que si je travaillais autant dans les autres matières... Mais à quoi bon? Quand je serai grande, je ne ferai pas de métier de femme comme avocate, mécanicienne, conductrice de camion ou policière : je serai une peintre, comme mon arrière-grand-mère Jeanne. Roméo m'a souvent montré les dessins que Jeanne faisait à mon âge. En les regardant, c'est facile de faire pareil. Avec ses meilleures peintures, elle avait fait des expositions dans des galeries d'art, puis avait acheté une automobile baptisée Violette. Alors, le français et les mathématiques, hein...

La semaine passée, j'ai dessiné des jolis chiens trouvés dans des livres. Puis avant, des enfants qui jouent dans un parc, et aussi les belles fleurs du calendrier de la classe. Mais aujourd'hui, l'enseignante nous demande de dessiner un masque d'Halloween. Mais avec quel modèle? Un masque en forme de chaise ou de pupitre? Voilà l'enseignante qui me parle encore de l'imagination. En voilà une drôle d'idée! Comme les autres se lancent tout de suite vers les crayons et les ciseaux pour confectionner leur masque, moi, pour ne pas avoir l'air idiote, je décide de dessiner un masque de monstre en me servant de François-Sébastien Montplaisir-Vadboncœur, qui est juste en face de moi. En voyant mon beau dessin horrible, l'enseignante me demande ce que je suis en train de faire. « Un masque de monstre! » que je ris, en haussant les épaules. Je ne sais pas pourquoi elle m'ordonne de recommencer en m'enlevant mon dessin, qui était pourtant très ressemblant.

« Et tu vas passer l'Halloween?

– Oui. Avec Isabelle. On s'amuse beaucoup à l'Halloween.

– *De quelle façon vas-tu te déguiser?*

– Je ne sais pas. C'est ma mère qui fait le costume à chaque année. Elle est couturière, ma maman. J'ai toujours le plus beau déguisement.

– *Et pourquoi tu ne dessinerais pas ton propre costume?*

– Tu es mon enseignante ou le descripteur de l'histoire? »

Le samedi, Marie-Lou et Isabelle se rendent au centre commercial pour regarder les déguisements mis en vente dans les grands magasins. Il y a des squelettes, des sorcières, des chats et un lot de costumes invendus de La Guerre des étoiles. Isabelle soupire d'envie devant une panoplie de bonne fée, elle qui depuis une éternité se déguise en souris Mickey, parce que sa mère n'a pas d'argent pour acheter un costume neuf, trop occupée à dépenser une partie de son chèque mensuel en billets de loterie. Marie-Lou, de son côté, se contente de regarder à nouveau cette poupée trilingue, ne se rendant pas compte que Béatrice pleure toujours.

Mais les plus beaux costumes du centre commercial sont ceux de la boutique de Sylvie. Ils sont aussi les plus chers, car tellement uniques. Il ne peut y en avoir deux semblables. Depuis des mois, la mère de Marie-Lou dessine ses plans et taille dans la fine dentelle multicolore pour transformer les fillettes en princesses et les garçons en pirates, sans oublier ces tigresses, ces éléphants et ces angelots qui, bientôt, sonneront à toutes les portes pour réclamer des friandises. « Je veux celui-là! » *de claironner Marie-Lou à sa mère, désignant un mannequin de plâtre costumé en ballerine ailée. Sylvie refuse. Elle prétend que le costume est déjà vendu, ajoute que cette année Marie-Lou aura un costume bien spécial, imaginé par Roméo. Isabelle et Marie-Lou sourient en harmonie, sachant que Roméo est champion pour inventer des histoires qui ne sont même pas dans les livres. Le costume promis sera nécessairement le plus beau. Rapidement, Marie-Lou téléphone à son arrière-grand-oncle pour se faire révéler le secret. Mais le vieillard feint d'ignorer la question. Marie-Lou pense alors que sa mère, en plus de la négliger, de l'affamer, de la maltraiter et de l'ignorer, est aussi une menteuse.*

Je ne sais plus quoi faire, sinon m'éloigner de la maison. Et je suis certaine que ma mère ne s'en rendra même pas compte, trop occupée à toujours prendre le bébé Louis dans ses bras. Je vais me réfugier chez Isabelle, même si c'est difficile de faire nos devoirs chez elle, à cause des téléviseurs de la cuisine et du salon, les deux hurlant à des stations différentes.

Après cette tâche digne de l'esclavage du temps d'Astérix, nous nous sauvons dans la chambre, bouchons la porte avec des oreillers pour ne pas entendre son grand frère écouter ses disques de métal. Dos à dos, nous nous consolons de nos malheurs de petites filles incomprises et mal aimées. Je ne sais pas comment je pourrais vivre sans Isabelle. Je l'ai connue il y a des siècles, à la maternelle, alors qu'elle arrivait d'un pays étranger, le quartier Sainte-Cécile dans le vieux Trois-Rivières. Partie d'un vieux taudis pour habiter un taudis plus propre dans le nord de la ville, ma meilleure amie était seule au monde, ne connaissant aucune autre fille. À la maternelle, personne ne voulait lui parler parce qu'elle a la peau claire et des vilains cheveux de laine d'acier. Depuis ce temps, nous sommes toujours ensemble, dans le malheur comme dans le bonheur. Mais surtout dans le malheur.

Isabelle aime bien jouer chez moi, car il y a moins de bruit et ça la repose, de cesser de se faire gronder. Aussi, j'ai plus de jouets. Souvent, je me demande comment Isabelle peut s'amuser avec si peu, ou avec ses jouets du « Noël du pauvre » qui ont déjà appartenu à d'autres. Des jouets immobiles : voilà ce qu'elle a. Ils n'avancent pas, ne reculent pas, ne font rien de spécial. Isabelle doit tout faire elle-même, comme parler à une poupée qui ne répond même pas. Moi, j'aurais l'impression de bavarder toute seule.

Roméo a toujours adoré l'événement de l'Halloween qui permet aux enfants de s'amuser dans un monde hors du réel, de s'inventer des personnages amusants ou effrayants. Pendant longtemps, sa maison était la plus décorée du quartier Saint-Sacrement. Les petits savaient que grand-père Tremblay se déguisait pour répondre à la porte, et que grand-mère Céline leur don-

nait de la tire ou du chocolat qu'elle avait cuisiné elle-même. À quatre-vingt-douze ans, Roméo a certes moins d'énergie qu'autrefois pour transformer sa devanture, mais sa fille Renée l'aide dans cette tâche qui, bien que moins spectaculaire qu'autrefois, indique clairement aux enfants qu'ils sont les bienvenus dans cette maison.

Non, maman Sylvie n'est pas une menteuse. Elle a travaillé très rapidement et à l'insu de Marie-Lou pour lui assembler le plus joli costume, sous les conseils de Roméo, tout en prêtant à Isabelle un déguisement de tortue, bien exposé dans la vitrine de son magasin. Excitée par la surprise promise, Marie-Lou fige de stupeur en voyant sa mère lui présenter la même robe et les mêmes cheveux que ceux de cette Béatrice de malheur. Elle rechigne, pleurniche, crie, mais devant la mine attristée de Roméo, accepte de se vêtir de cette horreur. Roméo pose sa main sur sa tête et tire la corde enroulée dans une bobine prisonnière d'une boîte collée aux flancs de Marie-Lou. Elle rit. Ah! poupée qui rit! Oh! poupée qui parle, qui est même bavarde, danse et est pressée de sonner aux portes pour que les gens tirent sur sa corde de poupée vivante.

Après la grande tournée de friandises, Marie-Lou rentre chez elle et sort de sa cachette honteuse la triste Béatrice. La fillette lui parle sans cesse et, pour la première fois, la petite blonde entend les réponses à ses questions. Dès ce jour, grâce au costume pensé par Roméo, Marie-Lou se met à dessiner ce qu'elle imagine, et non ce qu'elle voit. Dès cet instant, l'imagination n'allait plus la quitter.

Comme Carole est en attente d'un bébé et que mon autre fille Simone est prise d'une vilaine grippe, c'est avec joie que je vais accompagner mes petits-enfants Martin, Robert et Johanne dans cette course folle des esprits maléfiques qui sonnent aux portes des maisons de Trois-Rivières pour réclamer des bonbons.

Petit, je n'avais pas la chance de participer à une telle fête, mais quand on garde son cœur jeune, comme je crois le faire, il n'y a pas de mal à se déguiser pour servir de guide à ces trois anges. Me voilà en vieux pirate de soixante-deux ans, plus terrifiant que Long John Silver! Pour arriver à ce résultat, je ne me suis pas rasé depuis quatre jours et j'ai oublié de me coiffer depuis hier. Quand je vais chercher Martin, Robert et Johanne, ils crient d'effroi devant la réussite de mon déguisement.

Les costumes de mon trio sont bien jolis, beaucoup mieux que ceux offerts par les grands magasins, car leurs mamans ont répondu aux goûts et aux rêves de leurs enfants. Robert est un petit Elvis Presley, avec sa guitare et sa pommade dans les cheveux. Johanne devient... laissons-la nous le dévoiler, comme elle sait si bien le faire : « Ze suis un zoli fantôme blanc, là là! » Et Martin? Il porte une grosse moustache, un sabre tranchant, une longue cape rouge, des dents noircies et des paupières maquillées de sang, prétendant qu'il est un espion communiste.

Comme nous partons pour une folle aventure, je les mène vers l'imprévu d'un quartier du Cap-de-la-Madeleine, notre ville sœur, où ils ne connaissent pas les voisins et auront la joie de rencontrer de nouveaux enfants. Martin sonne à la porte du deuxième étage d'une maison aux fenêtres décorées de sorcières sur leurs balais, activées par ce qui semble être un bâton relié à un éventail électrique et qui produit chez ces affreuses un va-et-vient menaçant, renforcé par un éclairage rouge se reflétant sur du papier d'aluminium. « Ze suis un fantôme, hou! hou! hou! Ze veux des bonbons ou ze vais hanter votre maison, là là! Hou! hou! hou! » de miauler Johanne. Mais!...

Mais le malheur nous frappe! Un chat noir ferme la porte à clef derrière nous et, soudain, un communiste hideux au visage vert se frotte les mains osseuses, rit tel un maniaque, dit qu'il va nous emmener à Moscou où ses camarades aiment bien faire bouillir les petits enfants canadiens-français catholiques, avant de les enduire de ketchup pour mieux les croquer. Johanne pleure, Robert tente en vain une sortie, mais sa fuite est bloquée par un crocodile communiste. Je ne me sens pas très brave moi-même et j'ai le cœur lourd de chagrin en pensant à ma pauvre épouse Céline que je ne reverrai plus! Que feront les communistes? Me torturer pour me faire avouer les secrets les mieux gardés de la province de Québec? M'obliger à adopter la foi en Lucifer? Mais heureusement que Martin est avec nous! Vite, il enlève son déguisement et, à notre grand étonnement, au lieu de voir notre petit Martin, nous voilà face au célèbre cycliste masqué, ce grand héros de la justice trifluvienne. En deux secondes, il anéantit le méchant, quand soudain arrivent de la cuisine huit cent mille soldats communistes les yeux injectés de sang. Mais grâce à son rayon anticommuniste ultrasecret, le cycliste masqué les abat tous en un clin d'œil. Martin remet son déguisement et nous dit : « Et voilà! Le tour est joué! » Nous soupirons de soulagement, alors que Johanne fait une révérence, avant de réciter : « Ze vous remercie, madame, pour les zuzubes zaunes. On voit que vous aimez la zeunesse. Bonne la louinne, là là! » Bien sûr, cette histoire de communistes et du cycliste masqué n'est pas vraie. Mais Martin adore nous servir de tels récits qui me font sourire, effraient Johanne et amusent Robert Presley. Ce qui est vrai, par contre, même si le futur lecteur de ce feuillet trouvera que j'exagère, est cette histoire phénoménale qui s'est déroulée en ce jour d'Halloween 1957. Car, vous savez, à l'Halloween, tout peut se passer...

Nous venions de remplir nos sacs de suçons, de fruits, de sous noirs, de ballons et de douceurs à la tire, chantant notre chanson aux plus exigeants et répondant aimablement aux plus raisonnables, quand, tout à coup, nous voyons un petit garçon déguisé en lutin et qui pleure à chaudes larmes, près d'un grand chêne. Sans doute s'est-il égaré ou a-t-il perdu son sac de friandises. Nous nous approchons pour l'aider et, à toute vitesse, il nous tient un discours d'Halloween selon lequel il est un véritable lutin du nom de Farfadon et qu'il vient de se perdre dans le temps. Jadis, il habitait avec ses parents ce quartier, qui n'était alors qu'un boisé tenant lieu d'un village de lutins.

Johanne applaudit cette belle fable qui fait aussi sourire Martin et Robert. Mais je demeure sensible au malheur de ce pauvre Farfadon qui, en avalant un dernier sanglot, se rend compte que mes petits-enfants ne croient pas à son drame. Alors, Farfadon sort sa baguette magique et, les yeux fermés, récite une formule qui aussitôt transforme une borne-fontaine en chien pékinois. « Ah ben, là là, z'en crois pas mes yeux... » de dire Johanne, cherchant protection derrière la guitare de son frère Robert. Mais Martin, ce brave, demeure droit et, malgré sa grande imagination, ne peut concevoir comment aider Farfadon à retrouver les siens. Nos questions n'apportent que des réponses vaines. Comment reconduire ce lutin dans un temps ancien, dont il ne peut même pas identifier la date ou l'année?

Nous lui donnons quelques bonbons pour le consoler, alors que le chien saute d'une joie immense, trouve sans doute plus intéressante la vie de chien à celle de borne-fontaine. Malgré les sucreries, Farfadon se remet à pleurer et nous cherchons, cherchons tant à trouver une solution. Et soudain, Martin a une idée de génie. Il désigne ma montre, digne représentante du temps passé, présent et futur. D'un coup de baguette, Farfadon transforme ma montre en une jolie fusée rouge et vert. Ainsi notre malheureux ami pourra retrouver ses parents dans le passé. Mais il se dit trop petit pour conduire. « Moi, je sais comment! Les fusées n'ont aucun secret pour moi! » de faire Martin, triomphant.

Nous voilà tous les cinq à bord de la belle fusée, habilement manipulée par Martin. Nous nous éloignons à la verticale, dans un bruit de clochettes et de tambours. Sur le tableau de bord de la fusée défilent les années. Le quartier rétrécit, un champ l'envahit, puis un bois et tout au loin la ville du Cap-de-la-Madeleine se transforme en hameau. Nous apercevons à notre droite Trois-Rivières devenir un fort avec sa palissade. Nous voyons sur le fleuve un navire (sans doute celui de Jacques Cartier) et soudain! oui, un joli village de lutins avec ses feux follets, ses herbes lumineuses et ses chaumières de tire et de chocolat. Comme il est heureux, notre Farfadon, de retrouver sa lutine de maman et son papa à la barbe de sept lieues. Nous acceptons un peu de leur hospitalité, mais devons retourner rapidement à notre époque, car les mamans de Martin, Robert et Johanne nous ont bien dit de revenir pour huit heures trente.

Martin l'habile conducteur reprend place et conduit prudemment; un moment d'inattention et nous pourrions nous retrouver en l'an 3000! Et nous voilà à nouveau au Cap-de-la-Madeleine, où les enfants gambadent dans les rues et sonnent à chaque porte. « Z'ai rêvé, là là! C'est zamais vrai, cette histoire-là, là là! » Mais non, belle Johanne! La preuve? Regarde ce petit chien pékinois qui court après sa queue. Johanne le prend dans ses bras et le chiot lui lèche le bout du nez. Johanne décide de l'adopter et de le baptiser Fontaine. Soudain, de la terre nous vient un grondement ensoleillé et qui se transforme sous nos yeux en une fleur, qui, à son tour, devient un énorme sac de bonbons. C'est Farfadon qui nous envoie ce cadeau pour nous remercier de l'avoir aidé. Merci, gentil lutin! Je vais reconduire mes petits-enfants chez leurs parents. Carole et Simone sont étonnées de leur énorme récolte de bonbons. Comme explication à ce trésor, je fais remarquer à Simone que les gens ont été très généreux cette année. Johanne et Robert me font un clin d'œil complice.

Vous, le lecteur ou la lectrice du futur, serez peut-être amusé par ce conte, vous disant que Roméo Tremblay a écrit beaucoup d'histoires semblables au cours des années cinquante. Mais celle-ci n'est que la pure vérité! Tout peut arriver quand on le désire vraiment!

Roméo Tremblay, novembre 1957

Ma mère est un véritable produit des années soixante-dix et a gardé les pires aspects des jeunes de cette époque dégueulasse. Quand je la vois habillée avec ses longues robes de guenilles, avec ses sandales aux pieds et ses colliers artisanaux, j'ai le goût de m'enfuir à toutes jambes au Groenland. Je ne peux supporter de l'entendre écouter ces musiques épouvantables de Harmonieux, Paul Pichou et Bien Dommage. J'ai horreur quand elle crie ses vieux slogans indépendantistes, une mode des années soixante-dix qui n'intéresse aujourd'hui que les riches (qui, par ailleurs, ont tous l'âge de ma mère). Je n'aime pas ses amis fumeurs de pot et ses amants passagers. Je déteste ses repas végétariens et son refus du monde moderne. Je ne peux endurer ce souvenir de mon enfance alors qu'elle me laissait toute nue dans la maison devant ses amis, prétendant que c'était naturel. Et je ne conçois pas qu'elle puisse encore vouloir vivre de cette façon si stupide, malgré sa réussite dans le monde du commerce où elle vend des vêtements effroyables à ses anciennes copines des années soixante-dix. Sa boutique s'appelle *La Québécoise*, ce qui me fait hurler de douleur.

« Non, Marie-Lou. Tu ne dois pas dire toutes ces vilaines paroles.

– Ah oui? Et si j'ai le goût d'exprimer mon opinion? On sait bien! Monsieur l'écrivain dans la quarantaine défend sa génération!

– *Là n'est pas la question. De plus, tu t'éloignes du thème du chapitre.*

– Le thème du chapitre! Le thème du chapitre! On

croirait entendre mon prof de français! Ma mère est comme ça et je suis libre de dire dans ton livre ce que je pense d'elle, A.V.C.!

– *Quoi?*
– Archi vieux con!
– *Ah non! Ne recommence pas ces abréviations!*
– V.D.C.! »

Dans mon cours de français, à chaque année, ils nous font apprendre des pièces de Michel Tremblay, un barbu des années soixante-dix. À cette époque répugnante, ma mère faisait partie d'une troupe de théâtre, et son gros succès avait été *À toi pour toujours, ta Marie-Lou*. Quelle honte de savoir que ma mère a trouvé mon prénom à cause de cette pièce! Et j'ai deux fois plus honte quand j'ai appris, récemment, qu'elle a d'abord pensé à me baptiser Marie-Soleil! Ça, je ne l'aurais pas accepté! Jamais!

La famille d'Isabelle - soit dit en passant, Isabelle déteste aussi son prénom, tout comme son nom de famille de Dion qui fait penser à cette chanteuse effroyable que tous les yuppies adorent - je disais que la famille d'Isabelle ressemble à une pièce de Michel Tremblay. Ils parlent mal, s'habillent mal, mangent mal et passent leur temps devant leurs trois téléviseurs et au comptoir de billets de loteries du dépanneur du coin. Et je vous jure que vivre chaque jour dans une pièce de théâtre des années soixante-dix est un véritable calvaire pour mon Isabelle. Comme nous avons hâte de terminer notre jeunesse légale, dans trois ans, et pouvoir habiter ensemble en appartement, loin de nos familles des années soixante-dix!

« *Marie-Lou...*
– Quoi encore?
– *T'as terminé tes jérémiades?*
– J'ai le droit de parler!
– *Oui, mais parle du sujet!*
– Je n'ai pas le goût.
– *Le goût! On ne fait pas toujours ce qu'on veut dans la vie!*

– En voilà un cliché, pour un écrivain! »

Quand, en 1977, Sylvie Gauthier s'est retrouvée accidentellement enceinte de Marie-Lou, elle a pris un coup de sérieux qu'aucun de ses amis ne pouvait soupçonner. Lorsqu'il faut élever seule une enfant, le temps arrive bien rapidement pour faire face à ses responsabilités. Quand elle a emprunté de l'argent à Clément Tremblay (un des petits-fils de Roméo), propriétaire du café La Pitoune, *elle avait maintenant un but dans la vie, bien qu'au départ, Clément doutât du sérieux d'une écervelée comme Sylvie. Héritière du talent de couturière de sa mère Bérangère, Sylvie s'est spécialisée dans la confection féminine, répondant aux goûts particuliers de chaque cliente. Sa boutique,* La Québécoise, *a débuté modestement, dans un vieux local de la rue Notre-Dame, mais a vite progressé, car la jeune femme y travaillait très sérieusement, afin d'apporter le confort matériel à sa Marie-Lou. Aujourd'hui, Sylvie est la patronne d'un commerce réputé, situé au centre commercial* Les Rivières *et elle a cinq femmes à son emploi, toutes monoparentales comme elle. Sylvie sait que ces femmes ont besoin d'un revenu stable pour parvenir à la tâche difficile d'élever des enfants dans ce monde injuste. À Trois-Rivières,* La Québécoise *a une solide réputation autant qu'une clientèle très fidèle. Chaque jour, Sylvie travaille sans compter les heures, tout en s'occupant de ses trois enfants, dont deux adolescents difficiles.*

« Adolescents difficiles? Ah! tu parles de mon frère Stéphane? Parce que moi, hein, je ne suis pas difficile. J'ai appris jeune à me débrouiller seule, car ma mère travaillait tout le temps au lieu de s'occuper de moi.

– *Tu n'exagères pas un peu, non?*

– Cette famille est mon semblant de famille et je sais de quoi je parle.

– *Je constate que tu tiens de ta mère sur un aspect, Marie-Lou.*

– Moi, je tiens d'elle?

– *Tu es une grande travaillante.*

– Bien... si je veux partir en appartement avec Isabelle, il faut de l'argent.

– *Tu es une grande travaillante, sauf à l'école.*

– Voilà une phrase de trop, espèce de vieux con des années soixante-dix! »

L'école est un excellent lieu de sociabilité et d'échanges fructueux entre jeunes personnes, en vue d'un développement socio-affectif. C'est du moins ce que vous pouvez apprendre grâce au feuillet publicitaire de l'école secondaire de La Salle. En réalité, l'école est un lieu de sociabilité sectionné en plusieurs clans. Chacun délimite son territoire comme des matous en rut. Il y a les raps, les technos, les skins, les yos, les preps, les twits, les skates, les hip hop, les métals, les alternatifs et les « Kurt Cobain forever ». Il y a la confrérie de la cafétéria, celle du couloir du deuxième étage et celle des tables de ping-pong. Astucieuse, Marie-Lou sert toutes les bandes et offre son talent de dessinatrice à chacune. Elle fabrique des affiches et des T-shirts. Des « Vive la vie » et des « Destroy le prof de chimie ». Même la directrice lui a commandé des T-shirts, pour une fête du personnel. Marie-Lou peut répondre à tous les goûts de sa clientèle et travaille consciencieusement à dessiner ses modèles. Quand le sujet accepte le dessin, Marie-Lou se rend à la boutique de sa mère pour imprimer ses T-shirts, qu'elle vend vingt dollars pièce pour en tirer un profit de huit dollars.

Ce n'est pas important, ces dessins. C'est du commerce. Jeanne faisait pareil pour son argent de poche, au cours des années 1920. Elle cognait à la porte de tous les magasins et offrait d'immortaliser sur une toile le patron ou les membres de sa famille. Roméo a récupéré certaines de ces peintures. Si elles étaient bien faites, il ne faut pas être grande sorcière pour se rendre compte que Jeanne s'en fichait, qu'elle faisait cela pour l'argent. Aucune de ces toiles ne fait partie de la collection de mamie Bérangère ou de celle des Archives du Québec. En fabriquant des T-shirts, j'imite Jeanne. Plus tard, lors de mes expositions posthumes, peut-être qu'on encadrera un vieux T-shirt, bien que ce produit, j'en suis bien heureuse, ne survivra sans doute pas à cinquante heures de cours d'éducation physique. Je fais aussi du lettrage pour les clubs sportifs de gymnastique et de natation de l'école. Je viens de tenter d'étendre mon commerce à certaines autres institutions scolaires de Trois-

Rivières et, déjà, les filles du Collège Marie-de-l'Incarnation m'ont téléphoné pour avoir des T-shirts pour leur activité de photographie. Tout ce travail me permet d'avoir de l'argent pour acheter du matériel de peinture, pour mes disques compacts de blues, mes sorties, et je dépose le reste dans la tirelire partagée avec Isabelle en vue de notre départ.

Les jeunes ont besoin d'argent. Notre entourage nous presse à consommer. Les journaux, les revues, la télévision sont pleines de choses formidables pour tenter la jeunesse à dépenser. Alors, certains jeunes travaillent à des métiers stupides pour des salaires de crève-la-faim. D'autres n'arrivent pas à trouver un emploi, à cause de leur inexpérience. Ce sont juste des vieux cons des années soixante-dix qui parlent d'expérience. Ils ne veulent pas voir des jeunes entrer dans leur entreprise pour leur chiper leur boulot.

Isabelle passe des circulaires le samedi. C'est super-écœurant de tant marcher pour si peu de dollars. Je vais souvent l'aider. Même si on a souvent le goût de jeter les circulaires dans une cloche à récupération, on évite de le faire, car nous sommes des filles honnêtes. On se fait agresser par des escaliers glissants, des chiens système d'alarme et des vieux des années soixante-dix. Après la ronde, j'invite Isabelle chez moi et nous faisons le vide pendant une heure, les quatre pieds dans un baquet d'eau froide à regarder les ampoules germer. En voyant Isabelle si fatiguée, je suis bien contente d'avoir ma propre entreprise, de travailler à mon rythme. Je m'isole dans mon coin de sous-sol avec du bon blues, un verre de vin et mes cigarettes, puis je dessine un grunge qui gueule contre le prof d'éduc. Aujourd'hui, la tâche est un peu plus ardue, car je dois dessiner des Céline Dion.

Isabelle n'a pas eu de paie depuis deux semaines et je n'ai pas tellement plus d'argent. C'est pourquoi nous commettons le crime de ne pas sortir ce samedi soir. Pas de cinéma, de danse ou de flânerie au centre-ville. Juste elle et moi, avec nos ampoules, la pénombre de mon bureau et l'harmonica de Little Walter. Ses coudes contre mes épaules, Isabelle observe ma planche de travail et je sens sa respiration chatouiller mes cheveux blonds. Je déteste travailler en présence d'une autre personne, mais Isabelle ne me fait pas cet effet. Mon amie ne me donne pas de conseil, me laisse faire, et quand elle commence à s'ennuyer, elle va écrire une pensée dans son calepin.

Avec son argent, Isabelle achète surtout des vêtements, car elle en a plein le dos de toujours porter les mêmes, surtout quand il provient d'un ouvroir ou d'une société d'aide aux pauvres. C'est humiliant pour elle de devoir se promener avec les vêtements délaissés par des inconnus. Ces pantalons et ces chandails sentent la boule à mites et le savon fort. Après deux semaines, on voit les défauts et c'est gênant d'aller à l'école ainsi vêtue. Ses parents ne dépensent jamais un sou pour l'habiller. Ils préfèrent garder cet argent pour des billets de loterie. Son père a eu un emploi, récemment. Le premier en quatre ans. Au lieu d'en profiter pour améliorer le sort de sa famille, ce con a tout dépensé dans les machines vidéo poker des bars minables de la vieille ville. Évidemment, après son troisième retard en un mois, on l'a mis à la porte et la famille est retournée à sa situation traditionnelle des chèques mensuels.

Moi, je me fiche un peu des vêtements, mais je comprends la fierté d'Isabelle. Il faudrait vraiment qu'elle trouve un autre emploi moins fatigant et qui la paierait pour sa peine. J'ai supplié ma mère de l'engager à sa boutique, le samedi, mais elle a dit qu'Isabelle est trop jeune. Quel mensonge! Je travaille, moi, dans son magasin, pour rembourser mon ordinateur. Je déteste être vendeuse! J'ai horreur d'être jolie et de raconter des salades pour mieux vendre. Je n'aime pas l'idée d'avoir un patron, surtout quand il s'agit de ma mère. Roméo dit que je tiens cette attitude de son père Joseph et que Jeanne pensait aussi de la sorte.

Je complète ma Céline Dion chantant pour la twit qui m'a commandé ce dessin pourri. Je vais le vendre cinq dollars de plus. De toute façon, quand tu écoutes Céline Dion, tu as nécessairement assez d'argent pour donner la somme supplémentaire pour ce T-shirt. Comme cette affreuse ne doit pas utiliser le samedi soir pour flirter avec des gars, je téléphone pour lui signaler que si elle veut voir le dessin, Isabelle et moi sommes prêtes à nous déplacer, à condition d'avoir une avance de dix dollars. C'est à l'autre bout de la ville! Il fait trop froid pour la bicyclette et, à Trois-Rivières, il n'y a plus d'autobus après vingt et une heures, le samedi. Comme si nous n'avions pas assez marché aujourd'hui! Tant pis! Isabelle et moi avons vraiment besoin du dix dollars pour aller traîner dans un restaurant de beignets où il y aura peut-être des beaux gars aventuriers pour nous faire rire avec leurs conversations crétines.

Marie-Lou dessine tout le temps, même quand il ne le faut pas. Au restaurant, elle gribouille des petits bonshommes sur le napperon pour les donner à un enfant près de sa table. Elle en profite pour dire à ses parents qu'elle fabrique des T-shirts, des affiches et même des cartes de Noël, comme jadis son arrière-grand-mère Jeanne.

« Eh! c'est vrai! Roméo m'a raconté ça! Et c'est écrit dans le journal intime de Jeanne. Elle dessinait et Roméo écrivait les textes.

– *Comment peux-tu avoir oublié un bout de la vie de ta chère Jeanne?*

– Est-ce que tu te moques de moi, vieux con des années soixante-dix? »

Marie-Lou et Isabelle rient sans cesse en pensant aux cartes de Noël peu ordinaires qu'elles feront pour vendre aux gars et aux filles de l'école de La Salle. Marie-Lou se presse de retourner chez elle afin de commencer tout de suite ce travail, malgré les protestations d'Isabelle, jugeant qu'il est un peu tard. Mais, comme dans le cas de Jeanne, il n'y a pas d'horloge dans la vie d'une artiste dessinatrice. Ce qui doit être fait n'a pas à souffrir d'un retard, surtout à deux mois de l'échéancier de Noël. Après une heure, au cours de laquelle Marie-Lou rappelle souvent sa copine à l'ordre, Isabelle abandonne la partie, se déshabille et invite Marie-Lou à la rejoindre sous les couvertures. Marie-Lou ne répond pas et continue sans cesse ses dessins. Et dans le silence de la nuit, après quelques toussotements éteints d'Isabelle, Marie-Lou ne rit même pas en dessi-

nant un père Noël avec une hache plantée au milieu du crâne. Elle le crayonne patiemment, avec un grand soin. Elle aime le son de sa plume sur le papier de la tablette. Quand, soudain, une autre idée vient la troubler, elle la dessine rapidement sur une autre feuille au lieu d'écrire « Père Noël en rouli-roulant ». Comme Jeanne autrefois, Marie-Lou n'écrit jamais : elle dessine.

Quand le silence de sa concentration devient plus enveloppant, Marie-Lou regarde son bout de doigt rougi d'avoir tant manipulé la plume. Cette rougeur lui donne un frisson alors qu'elle pense qu'un peu du sang de Jeanne coule dans ses veines. Alors, elle regarde Isabelle dormir, la borde et dépose un baiser sur son front lisse, avant de retourner à sa tablette. À cinq heures du matin, Marie-Lou se blottit contre Isabelle, fatiguée, heureuse et comblée. Évidemment, Isabelle se réveille bien avant elle, regarde les dessins laissés sur la table, puis observe avec ravissement le sommeil de Marie-Lou avec sa longue mèche blonde qui lui chatouille le nez. Isabelle réfléchit aux textes amusants pour accompagner ces œuvres.

J'ai trois modèles de cartes où le père Noël en voit de toutes les couleurs. Avec ses activités bien de notre temps, mon gros bonhomme rouge va faire croire au père Noël à toutes les filles et aux gars de l'école. Isabelle a inventé des souhaits vraiment drôles. Avec nos profits partagés, elle rêve d'acheter des collants fluo, des souliers neufs et une belle casquette pour lui garder la tête au chaud pendant l'hiver. Je montre mes cartes à Roméo, juste pour savoir s'il va un peu sourire. Comme il le fait, cela veut dire que les dessins sont bons. Il parle de l'irrespect espiègle qu'avait parfois Jeanne envers les institutions. Je suis bien contente de l'entendre me passer une telle remarque, car, dès le départ, je savais que c'était Jeanne qui me disait de travailler à ces cartes. Roméo aime les jeunes et honore leurs efforts, leurs ambitions, ne critique jamais aveuglément. Il y a deux mois, je l'ai emmené en classe comme travail d'histoire. Bien sûr, j'avais écrit un petit texte sur l'industrialisation et dessiné des usines de l'ancien Trois-Rivières. Roméo avait donné sa version sur les usines qu'il a vu naître. Il a eu un succès monstre! Les gars et les filles n'avaient jamais vu quelqu'un d'aussi vieux et qui parlait avec autant de précision, même si, malheureusement, on commençait à en perdre des petits bouts trop marmonnés. Après le cours, je l'ai aidé à descendre et il a voulu s'attarder dans la salle centrale pour jaser avec les ados.

Un autre vieux trouverait dégueulasse de me voir dessiner des enfants qui s'apprêtent à décapiter un bonhomme de neige à la scie mécanique, mais Roméo dit que c'est drôle, que le dessin est fait sérieusement. Roméo reconnaît la valeur de mon travail et je sais qu'il pense continuellement à Jeanne chaque fois que je lui montre un nouveau dessin. Les jeunes de ma classe veulent bien de mes cartes pour envoyer à leurs amis. Dans mon dos, Isabelle comptabilise les promesses d'achat, ce qui va nous permettre de calculer le nombre de photocopies sur carton que nous devrons faire. Pour payer ce travail, nous puisons dans notre caisse de fuite, sachant que nous serons rapidement remboursées. Ce samedi, je passe l'après-midi chez l'imprimeur. Je fais dix copies de chacun des modèles. À un dollar pièce, nous aurons une paie de soixante-quinze dollars à partager. Isabelle pourra enfin s'habiller à sa convenance. Moi, je me fiche bien de cet argent. Je fais tout ça pour Isabelle. Mon commerce de T-shirts me rapporte tout ce dont j'ai besoin.

« Tu vois? J'ai bon cœur, n'est-ce pas? Je ne suis pas une adolescente difficile qui ne travaille pas, comme tu disais.

– *Tu es une vraie sainte, Marie-Lou.*

– Et si tu veux une carte, je te la vends trois dollars. Tous les vieux de ton genre sont pleins à craquer et gardent pour eux les emplois que nous, les jeunes, ne pourrons obtenir quand nous sortirons du cégep ou de l'université.

– *Trois dollars? Trop cher.*

– Et radin, de plus! »

Ma mère juge mes cartes méchantes et insultantes pour l'esprit de Noël. Elle ne me félicite même pas pour cet excellent travail. Elle ne comprend pas que ce n'est qu'un commerce, une blague, une façon plus amusante de gagner de l'argent que de passer des circulaires ou travailler dans son stupide magasin. Toujours contre moi! Toujours! Si j'avais un père, je suis certaine qu'il m'aurait applaudie, au lieu de me décourager et me mépriser.

Minée de révolte et de tristesse, Marie-Lou s'enferme dans sa chambre, un livre scolaire sur ses genoux, ouvert à n'importe quelle page. Les Filles du Roi arrivent en Nouvelle-France pour se faire marier par une bande de colons. Marie-Lou les dessine d'une main, sans trop y penser, soupire et lance son croquis dans la corbeille, près de son ordinateur. Elle prend un autre livre, juste au cas où sa mère entrerait pour vérifier si elle étudie.

Marie-Lou ne vit que pour l'instant où elle descendra au sous-sol vers son atelier de peinture. Les pinceaux et les tubes s'ennuient de ne pas être manipulés. Son sujet actuel n'est pas aussi caricatural que les cartes. Marie-Lou, même si elle aime et comprend les courants d'art contemporain, a depuis longtemps décidé d'être portraitiste, le style qui a fait la gloire de son arrière-grand-mère Jeanne. D'ailleurs, elle croit que Jeanne a décidé à sa place. Si, à son époque, Jeanne s'était laissée aller à quelques expériences surréalistes, ce sont ses peintures de visages féminins qui ont fait sa renommée. Les toiles réalisées par Marie-Lou sont étonnamment belles, mais elle sait qu'elles ne font que partie d'un apprentissage, une première phase qui la mènera vers son style, sa technique, sa créativité. Mais entre le tableau et le regard de Marie-Lou, un amour les unit en une caresse vers une cause intime : un portrait d'Isabelle. Comme jadis Jeanne avait souvent immortalisé son amie Sweetie, Marie-Lou dessine le visage un peu ingrat d'Isabelle et y voit des beautés invisibles à l'œil nu. Marie-Lou connaît le bon cœur d'Isabelle, sa souffrance sociale, son désir de réussite et ajoute ces sentiments aux yeux trop petits de son modèle. Elle traîne sa toile jusque chez Roméo pour que le vieil homme donne son avis. Ensuite, elle dessine, face à lui, alors qu'il parle sans cesse. Parfois, elle relève les yeux, sourit, puis continue son œuvre. Avant de partir, elle lui laisse quelques esquisses d'une jeune Jeanne et sait qu'il passera beaucoup d'heures heureuses à les regarder. Elle pose ses lèvres sur la bouche tordue du vieillard, puis sur son front, caresse doucement ses joues creuses. Marie-Lou repart avec sa peinture, les bons conseils de Roméo et la douceur de ces instants d'intimité entre eux.

Marie-Lou vend facilement ses cartes de Noël, tout comme elle a eu beaucoup de commandes de T-shirts pour le temps des fêtes. Elle se donne à sa tâche, alors qu'Isabelle lui explique des règles de grammaire en vue de l'examen du lendemain. Fatiguées de tant d'étude et de travail, les adolescentes tombent dans les bras l'une de l'autre en riant, elles ne savent pas trop de quoi. L'enseignante de français de Marie-Lou voudrait à la fois la voir réussir et échouer, tant cette jeune fille hors de l'ordinaire paraît académiquement paresseuse. En corrigeant sa copie, elle voit facilement le moment où Marie-Lou est tombée dans la lune, répondant aux questions sans réfléchir, avant de revenir au monde de la réalité. Elle a terminé son examen par un dessin amusant, alors qu'un père Noël donne à l'enseignante un cadeau enrubanné et lui souhaite de joyeuses fêtes. Peu importe la gentillesse de l'intention, le résultat doit demeurer impartial : 59 % « sur la fesse ». Meilleure chance la prochaine fois.

En arts plastiques, Marie-Lou fait du 99 %. Elle se débrouille très bien en histoire, matière qui stimule son imagination. Marie-Lou sait qu'elle sera peintre, tout comme elle n'ignore pas qu'il s'agit plus d'un état que d'un gagne-pain. Devenir professeur d'arts plastiques la ferait bien vivre et ne l'empêcherait pas de créer et d'exposer. Pour atteindre ce but, Marie-Lou devra réussir au cégep et à l'université, alors qu'elle a toutes les peines du monde à obtenir la note de passage au secondaire. Elle se promet d'étudier un peu plus au cours de la nouvelle année, intention oubliée trois jours plus tard quand elle retrouve la peinture d'Isabelle. « L'école, c'est bien pour se faire des amis. Mais on dirait du travail en usine, ou dans un atelier de prison. » *La liberté, cette esclave et cette maîtresse, coule dans les veines de Marie-Lou Gauthier, comme cela s'était souvent produit chez Jeanne Tremblay.*

Dans ma famille, nous sommes séparés presque distinctement entre le caractère libertin de mon père Joseph et celui très réaliste de ma mère. Jeanne et moi penchons du côté de papa, alors que Louise et Adrien trouvent les manières de maman plus raisonnables. Mais nous sommes quand même unis dans le

respect du travail bien fait, comme nous l'ont enseigné nos bons parents. Leur génération de la fin du dix-neuvième siècle ne supportait pas l'oisiveté, et chacune des entreprises des enfants Tremblay est toujours menée à bon port, avec rigueur et conscience, même dans le cas de Jeanne la rêveuse.

Papa n'a pas toujours été son propre patron. Il a travaillé, entre autres, dans ces légendaires chantiers de coupe de bois du haut Saint-Maurice. Mais toujours son esprit de liberté entrait en conflit avec l'autorité en place. La plupart des nombreux frères de mon père besognent dans les manufactures de Trois-Rivières et papa a toujours vu leur petite misère, la souffrance de toutes ces heures interminables dans la chaleur et la poussière, accumulées sans penser, pour un salaire qui les fait à peine vivre. Ainsi a-t-il toujours désiré, pour nous, un avenir de travail plus confortable, voulant surtout nous intéresser à ses commerces.

Mais quand mon frère Adrien, en 1907, a défié son autorité en lui avouant qu'il détestait le monde du commerce, mon père a été très peiné de sa décision. Il l'a laissé joindre le troupeau des ouvriers s'en allant misérablement chaque matin vers les manufactures de Trois-Rivières. Adrien a d'abord travaillé un peu plus d'une année dans une manufacture de chaussures, puis a aidé à la construction de l'usine de textile Wabasso, en retour de la promesse d'un emploi qu'on disait stable pour la vie. Les patrons anglais aimaient les plus vaillants et les plus dociles, et Adrien semblait répondre à ces deux exigences.

Adrien voulait travailler comme un homme, un vrai, avec des outils entre les mains. Je crois bien qu'il était aussi adroit que mon père dans l'art du tournevis et de l'égoïne. Mais Adrien était aussi orgueilleux que notre père; après une année et quelques mois à la Wabasso, j'étais le seul à me rendre compte qu'Adrien détestait cet emploi. Mon frère cachait bien son jeu devant papa. Adrien est vite devenu allergique à la monotonie des tâches, aux ordres des contremaîtres et à la régularité de chaque matin, toujours pareil au précédent.

Pas tout à fait nettoyé des poussières de la veille, ni guéri de ses ampoules aux mains, Adrien ignore le chant du coq et c'est moi qui dois le secouer pour lui signaler qu'une autre joyeuse journée d'ouvrage l'attend à la Wabasso. Adrien grommelle un blasphème bien senti, suivi d'un signe de croix assez peu sincère. Je vais chauffer le poêle pour que mon frère puisse avaler un thé chaud et faire rôtir son pain. Pendant ce temps, il se coupe deux fois en se rasant, rajoute pour la peine quelques jurons en vue de sa prochaine confession. Il pige son sac à lunch dans la glacière et je le regarde s'éloigner vers l'usine, tout en continuant à ronfler.

Avant d'entrer dans ce gros cube de briques rouges, Adrien soupire pour tenter de se donner du courage. Aussitôt un pied dans l'usine, le claquement des machines à filer lui saute aux oreilles et ne le quittera que dix heures plus tard. Il va vers sa machine avec son coffre à outils, avec l'espoir qu'un contremaître l'envoie faire quelque réparation. « No! Go to the machine twelve on the second floor », de faire le contremaître qui, dans un élan de compassion pour notre race, ajoute en français : « Douzième étage », mêlant l'étage et le numéro de la machine.

Parce que les fils de coton cassent à la chaleur, la température de l'usine est toujours gardée humide, ce qui accentue l'odeur puante à laquelle, prétend-on, tous les ouvriers sont habitués, du moins jusqu'à ce qu'ils retrouvent l'air libre. Autour d'Adrien, des femmes se pressent à s'installer à leur poste pour remplacer une autre, à demi fantôme après tant d'heures à répéter les mêmes gestes dans la même position. Adrien aimerait bien parler gentiment à sa jolie voisine, lui demander poliment un rendez-vous, mais le bruit empêche toute conversation qui, de toute façon, est interdite par un règlement.

Des garçons de dix ans balaient sans cesse les filaments de coton qui flottent comme des papillons avant de se déposer, en un soupir, sur le plancher de ciment froid qui casse les semelles des souliers et endolorit les pieds après deux heures. Parfois, les enfants sont appelés à se glisser sous une machine pour démêler les fils entortillés dans la mécanique. Plus d'un petit y a perdu des doigts, comme leurs cousins de Nouvelle-Angleterre partis du Canada pour trouver un meilleur sort aux États.

Un des jeunes vient remplacer Adrien pour le quinze minutes alloué pour le dîner. Adrien doit manger face à sa machine pour surveiller si le petit accomplit bien sa tâche. Le sandwich est si bon qu'Adrien prend tout son temps pour le mâcher. Il regarde furtivement la voisine, la tête molle et l'air déçu quand elle voit le contenu de son sac, alors que des filets de coton se sont déposés sur son croûton de pain. Adrien profite de cette occasion rare pour lui donner la moitié de son sandwich et tenter une conversa-

tion romantique. « Hein? » répète-t-elle sans cesse. À demi sourde après sans doute quelques années d'usine. Malgré la générosité de ses apparats naturels, cette fille n'a peut-être que treize ans. À cet âge, les filles des bourgeois sont plates et maigres, mais les midinettes du textile paraissent déjà la vingtaine.

Le contremaître arrive en trombe et traîne un garçon par la main. « Tremblay! Go to the fourteen! There's something wrong! Hurry! » Adrien n'a pas compris le chiffre. Il sait que, lorsqu'il entendra un peu de silence, il sera face à la machine à réparer. Alors mon frère se délecte de ce moment, couché sous le monstre, à prendre son temps pour bien faire son travail, même si cinq Anglais, jappant comme des enragés, lui ordonnent de se dépêcher. Adrien sort de son trou et dit qu'il lui faut des boulons d'un quart. Le contremaître part à la course et Adrien retourne se coucher. Quand les boulons arrivent, Adrien les cache dans ses poches et donne quelques coups de pince pour laisser croire qu'il les installe. Il vient de passer trente minutes de moins devant sa machine à tisser. À la fin de sa journée, Adrien marche le dos penché, se donne des coups sur les oreilles pour chasser le bruit de l'usine. Mais il entre fringant au Petit Train, *siffle un air, dit à papa qu'il vient de passer une excellente journée de travail.*

Adrien n'aura été ouvrier de manufacture que pendant trois années, celles de son adolescence. Dès la fin de 1909, il a songé à un nouveau métier pour combler son goût de liberté : soldat. Déjà accepté par l'armée, Adrien a tout de même montré une fidélité étonnante à la Wabasso, y travaillant en janvier 1910, jusqu'à son départ pour le camp militaire au début du mois suivant. Malgré son aversion pour l'usine, Adrien était un travaillant consciencieux, maintes fois vanté par ses patrons. Mais il trouvera son vrai bonheur dans l'armée, jusqu'à ce que cette guerre atroce se déclare en 1914 pour lui enlever la vie lors d'un des derniers combats, quatre ans plus tard. Je ne sais pas si je vais vivre vieux, mais je suis persuadé que j'aimerai toujours mon géant de frère. C'est pourquoi j'écris tant de souvenirs sur lui, pour que plus tard des hommes et des femmes de ma descendance sachent jusqu'à quel point j'aimais Adrien Tremblay, fils de Joseph.

Parfois, sur les trottoirs de la rue Saint-Maurice, je vois ces jeunes de quinze ans, avec leur sac de papier brun, qui se rendent

dans leurs usines. Et je devine trop bien que quelques heures plus tard, ils referont le même trajet, le dos courbé, se frappant les oreilles avec leurs mains. Je ne sais pas si ce genre de travail inhumain va durer longtemps, si un peu de respect va finir par pénétrer les murs de ces édifices. Dieu seul le sait. Mais chaque fois que je vois un de ces garçons, dans mon cœur, ils ont toujours le visage d'Adrien.

Roméo Tremblay, octobre 1919

J'aime beaucoup rêver. Maintenant que je sais que ma poupée Béatrice peut parler et faire tout ce que je lui ordonne, je rêve de plus en plus à ce qui n'est pas vrai, un peu comme Roméo, qui est une espèce de champion du rêve. Il faut entendre les histoires qu'il me raconte! Les plus jolies et les plus drôles du monde, même si elles ne sont pas réalistes. Quand des animaux parlent et voyagent de la lune à la terre sur des fusées de papier, on ne peut pas dire que c'est vrai! Quand j'étais plus jeune, je croyais que Roméo rêvait une bonne nuit à ces histoires et qu'il les écrivait le lendemain matin. Maintenant je sais qu'il est capable de rêver éveillé et d'inventer ces fables à mesure qu'il les raconte. Je le vois mettre un doigt sur le bout de son vieux menton, arrondir les yeux, puis me tendre les bras pour me raconter ce qu'il vient d'inventer. J'ai essayé de faire comme lui. Ça fonctionne! Maintenant, je peux rêver n'importe où et n'importe quand.

« *Même en classe.*

– Oui, monsieur l'écrivain. Surtout quand les leçons sont monotones. Alors, je ferme les yeux et je rêve, puis je le dessine.

– *Tu vas doubler ton année scolaire, Marie-Lou.*

– Doubler? Qu'est-ce que c'est? Oh! tu veux dire que je pourrais être un cheminement particulier? Il n'y a pas de danger! Je réussis comme l'école me le demande. Puis Isabelle vient souvent faire ses devoirs avec moi. C'est bien mieux étudier avec Isabelle que perdre son temps à écouter tout ce que l'enseignante dit en classe. Parfois, elle parle de sa jeunesse dans les années soixante-dix et c'est vraiment ennuyant. »

J'aime bien rêver comme Roméo, qui est un spécialiste du rêve. Il faut entendre les histoires qu'il raconte! Maintenant, je peux rêver n'importe où et n'importe quand. Je sais maintenant que ma poupée Béatrice peut parler et faire tout ce que je lui ordonne.

« *Marie-Lou, tu viens juste de nous dire tout ça.*

– Tu ne me crois pas?

– *Ce n'est pas la question.*

– C'était pour être certaine que tu me crois. Et puis, je ne suis pas une écrivaine, moi! Je suis une dessinatrice, comme Jeanne.

– *Parle-moi de tes rêves.*

– Est-ce que je peux les dessiner?

– *Non, il faut en parler.*

– Pourquoi il n'y a pas de dessins dans ton livre? Ce n'est pas un vrai livre s'il n'y a pas de dessins. Je peux t'en faire, et comme ça, il deviendra un vrai livre.

– *Parle de tes rêves.*

– Je ne veux pas!

– *Et si je te faisais rêver?*

– Tu peux faire ça, monsieur?

– *C'est un don des écrivains.*

– Est-ce que je vais avoir mal?

– *Cela dépend du rêve.*

– Écris-moi un beau rêve et je te ferai un dessin. Comme le petit gars qui était prince et qui rencontre un vieux avec son avion, en panne dans le désert. C'est l'enseignante qui nous a raconté cette histoire bizarre. »

Mais à quoi rêvent donc les petites filles de la fin des années quatre-vingt? Aux belles princesses ou aux jeux vidéo? Existe-t-il encore des grenouilles qui désirent être embrassées pour se débarrasser d'un vilain sort? Veulent-elles être Blanche Neige ou

Madonna? Font-elles des rêves matérialistes, après avoir trop regardé le rayon des jouets dans un grand magasin?

Il est beau, le jeune prince! Il porte une grosse moustache, des cheveux jusqu'au cou, dégradés sur le côté. Il a de grosses mains, poilues et douces à la fois. Il est vêtu d'un bel habit bleu, avec une casquette comme couronne et livre du Coca-Cola. Quand il entre à la maison, il donne un bec à Sylvie et s'installe près de la fenêtre pour attendre Marie-Lou, qui marche rapidement et se dandine, le sac d'école dans le dos et la boîte à lunch Passe-Partout qui pend comme un balancier dans sa main droite. La petite blonde pousse rapidement la porte pour se lancer entre ses bras en chantant : « Papa! Papa! Mon petit papa d'amour! » Il chatouille Marie-Lou avec sa barbe piquante, renverse l'enfant sur le sofa en tirant sur ses bottes, donne un coup de majeur sur le bout de son nez et dépose de gros bisous derrière ses oreilles. Bisou nez, bisou un œil, bisou l'autre œil, gros, gros, gros bisou sur les lèvres avant de demander si tout s'est bien passé à l'école aujourd'hui. Marie-Lou déballe son sac aux cahiers d'exercices multicolores, montre à papa son agenda pour les devoirs de ce soir et, ensemble, ils répètent les mots de vocabulaire, la table de multiplication, la lecture d'écologie, sans oublier les numéros 22 à 30 en mathématiques. Après, papa regarde Marie-Lou dessiner. Content, il épingle le chef-d'œuvre sur la porte du réfrigérateur. Quand Marie-Lou sort du bain, il examine comme il faut chaque oreille, éponge un peu de savon mal rincé dans le pavillon de la droite. Avant de se coucher, il lui chante la comptine du phoque qui fait tourner un ballon sur son nez, dépose Béatrice contre sa tête et souhaite bonne nuit, ma chérie.

Ils sont ainsi, les papas. Il y en a beaucoup dans les maisons voisines et, souvent, je les vois venir chercher leurs enfants à l'école pendant que nous attendons l'autobus jaune. Au grand spectacle de la fin d'étape, tous les papas sont venus applaudir notre talent avec les mamans, et moi, j'avais honte de n'avoir qu'une maman pour m'apprécier. Dans le livre de français, il faut toujours qu'ils mettent des images avec des papas avec les mamans. Dans les textes de compréhension, ce sont encore des histoires avec les deux. C'est vrai que ce sont des vieux livres des années soixante-dix. Ils devraient en faire des neufs, avec des textes monoparentaux.

Isabelle, elle, a un papa et une maman. Son père s'appelle « Il lance et compte! » et sa mère « C'est donc un beau programme! » Parfois, Isabelle voudrait bien de ma mère, mais pour rien au monde je ne souhaiterais voir son père chez moi. Mon amie rêve aussi d'avoir un vrai papa, semblable à celui de mon rêve, la moustache en moins. Mais dans la réalité, il existe un papa auquel Isabelle et moi pensons très souvent, c'est celui de Juliette Tremblay, une fille qui est une espèce de parent avec moi, mais je ne saurais expliquer pourquoi.

« Juliette est la fille de Clément Tremblay, qui est le fils de Christian Tremblay, le sixième enfant de ton arrière-grand-oncle Roméo.

– Ça doit être quelque chose du genre. Pourquoi tu ne me laisses pas parler? Je viens d'oublier ce que je voulais dire. »

L'herbe est toujours plus verte chez le voisin, même si Juliette Tremblay demeure assez loin de la maison de Marie-Lou. Clément emmène sa progéniture à tous les spectacles pour enfants, s'occupe de Juliette constamment, l'inonde d'affection, lui achète des jeux éducatifs et aussi des vrais jouets, ceux que Juliette peut casser. Mais, en réalité, cette attention n'est pas plus particulière que celle donnée par Sylvie à Marie-Lou.

Je vais souvent dans la vieille maison de Juliette avec Roméo, car c'est là que lui-même habitait quand il avait mon âge. Pendant longtemps, il y a eu, à côté de la maison, un restaurant du joli nom de *Petit Train*. Plus tard, ce restaurant est devenu *La Pitoune*, où ma mère passait tout son temps quand elle était jeune dans les années soixante-dix. C'est probablement à cet endroit que maman a connu mon papa, même si elle ne sait pas qui il est. Roméo me fait monter au deuxième étage de la maison, pousse la porte du bureau du papa de Juliette et me dit, en arrondissant les yeux, que cet endroit était jadis la chambre de Jeanne et qu'elle y a fait beaucoup de belles peintures. Alors, Roméo me raconte comme Jeanne était belle et gentille quand elle avait mon âge, puis comme je lui ressemble beaucoup. Je ferme les yeux en même temps que lui et je rêve que je vois Jeanne, une fillette avec de grands yeux comme les miens, avec des joues rondes, habillée avec une robe longue et qui, comme moi, fait les dessins les plus merveilleux du monde. Quand nous ouvrons les yeux en même temps, Roméo et moi pouvons encore voir Jeanne quelques secondes, puis elle disparaît peu à peu de notre songe et bouge ses petits doigts roses pour nous saluer.

Pendant que Roméo demande des nouvelles au papa Clément – et à la maman qui s'appelle Loulou – je vais jouer avec Juliette dans sa grande chambre. Elle me parle sans cesse de son père. Moi, pour la remercier, je fais un dessin de lui, en ajoutant une moustache. Puis, je raconte tout ça à Isabelle et nous sommes tout de suite d'accord : ce Clément est le papa idéal et il n'y a pas de mal à rêver qu'il pourrait être le nôtre. Le soir, je confie les détails de ma visite à Béatrice qui, en retour, me chante les souvenirs de son enfance dans la maison de poupées du magasin du centre commercial. Et puis, nous nous endormons en pensant à Jeanne.

Jeanne a de drôles de cheveux noirs, très longs, avec des bouts frisés en rond. Quand elle me voit, Jeanne a d'abord peur parce que je porte un pantalon. Elle doit penser que je suis un garçon avec de longs cheveux blonds. Mais en nous regardant, nous avons quand même l'impression d'être devant un miroir et nous oublions vite que je suis du futur et elle, du passé. Je n'ose pas lui dire qu'elle est mon arrière-grand-mère. Je pense qu'elle ne me croirait pas. Jeanne me prend par la main pour me faire monter à sa chambre où elle a, comme moi, des crayons de couleur, des petits pinceaux. Mais elle me révèle des objets fantastiques que je ne connais pas : une plume et une bouteille d'encre. Aujourd'hui, ils mettent tout ça dans le même stylo. C'est plus pratique. Jeanne trempe la plume dans l'encrier et la fait grincer doucement sur la tablette de papier. Elle trace un demi-cercle, puis des cheveux bouclés et, enfin, des yeux aussi ronds que la tête. Elle est vraiment bonne! J'accepte ses conseils et elle guide ma main pour ne pas que j'éclabousse l'encre. Je lui parle de mon ordinateur où on peut aussi dessiner. On se donne rendez-vous dans le futur pour la prochaine nuit. Je dis à Roméo que Jeanne m'a montré comment dessiner à la plume d'encre. Comme il me croit, Roméo me prend dans ses bras pour monter jusqu'à sa bibliothèque, où il sort d'un tiroir un pot d'encre et une plume pour m'en faire cadeau. Mais à la première occasion, je renverse tout sur mon T-shirt et mes jeans, et ma mère est en furie, car ça tache drôlement, de l'encre de plume...

Quand Jeanne arrive chez moi, elle hurle de peur en voyant les automobiles dans la rue et quand je lui mets mon baladeur sur les oreilles. Vous pensez que ça ne m'a pas effrayée, moi, d'apercevoir des chevaux dans les rues et de voir un salon sans téléviseur? Sa crise ne dure pas longtemps, car nous nous empressons de dessiner, dans un souffle commun. Tout comme elle avait pris ma main pour la plume, je guide la sienne sur la souris. Jeanne est éblouie de voir apparaître ses rondeurs sur l'écran. Mais elle se lasse vite de cette découverte, préfère les crayons et le papier. Elle a raison, au fond. L'ordi, je ne peux pas le transporter dans ma boîte à lunch. À la prochaine, petite Jeanne! Je t'aime beaucoup et nous nous reverrons très souvent dans nos plus beaux rêves!

À l'âge de Marie-Lou, les rêves sont des fantaisies, mais aussi des désirs face à la réalité que les petites filles côtoient chaque jour. Désir d'un jouet ou d'un quelconque objet. Marie-Lou, comme tant d'autres, est assaillie par la société de consommation, même si sa mère Sylvie semble vivre à l'ancienne dans un monde postmoderne. Marie-Lou vient de visiter quelques magasins d'électronique, pour prendre en note les meilleurs prix des magnétoscopes, objet dont Sylvie ne voit pas la nécessité. Pourtant, Isabelle, de famille pauvre, possède un magnétoscope, même si ses parents n'ont pas d'argent pour louer des films et passent leur temps à se disputer pour l'utilisation des deux seules cassettes qui n'en peuvent plus de se faire constamment effacer et enregistrer.

À l'école, un écrivain est venu présenter son livre aux enfants. Il raconte l'histoire d'une petite fille qui possède une caméra pouvant filmer les rêves pendant la nuit. Le jour venu, elle n'a qu'à regarder la cassette pour revoir son joli rêve. Depuis cette visite, Marie-Lou ne pense qu'à cette cassette où elle pourra montrer Jeanne à Roméo. Après le magnétoscope suivra la caméra magique. Est-ce facile de trouver une caméra magique dans un magasin du centre commercial? En réalité, n'importe quelle caméra louée dans un magasin vidéo fait l'affaire. Il n'y a qu'à réciter une formule enchanteresse et elle se transforme en caméra qui capte les rêves. C'est écrit noir sur blanc, dans le livre de cet écrivain, en page douze, troisième paragraphe, ligne deux. Et puis, un magnétoscope, c'est essentiel pour regarder La Guerre des tuques *avec Isabelle.*

« Ma mère me maltraite comme une détenue! Elle m'a dit que si je veux un magnéto, je devrai travailler pour l'obtenir!

– *Tu n'exagères pas un peu, Marie-Lou?*

– Personne ne voudra m'engager avec tout ce chômage à Trois-Rivières!

– *Tu es une gentille détenue qui a une grande chambre, des jouets en quantité, de l'argent de poche et une maman qui t'aime. Sans oublier l'ordinateur.*

– Mais je n'ai pas de magnétoscope! Et puis, l'ordinateur, il est aussi à ma mère, à mon frère Stéphane, même si Roméo me l'avait donné à moi toute seule! »

Marie-Lou n'a pas beaucoup de succès en essayant de vendre ses dessins aux enfants de l'école, surtout quand les rares intéressés veulent la payer en biscuits. Quand elle s'adresse aux adultes du centre commercial, les grands se contentent de répondre par un sourire et de lui dire qu'elle fait de beaux dessins. Ce n'est pas ainsi qu'on gagne l'argent pour acheter un appareil qui enregistre les rêves.

Mais heureusement que Juliette, la fille de ce Clément de papa idéal, intervient et propose à Marie-Lou de venir coucher à la maison, où il y a une caméra et un magnétoscope. Après avoir dit la formule magique, installé la cassette et pesé sur le bon bouton, Marie-Lou met sa tête vis-à-vis de l'objectif, serre les poings et souhaite rêver comme il faut. Mais le lendemain, sur l'écran du téléviseur, elle ne voit que sa tête qui bouge trop. « J'ai trop bougé! J'ai fait un rêve agité! Ou j'ai mal dit la formule! » *Mais papa Clément enlève vite la caméra des mains de sa fille en constatant qu'elle l'a fait fonctionner une nuit entière.*

Marie-Lou raconte cette aventure à une fille de sa classe dont le père possède aussi une caméra. Double échec! Entre une caméra de roman pour enfants et un appareil réel, il y a une frontière que Marie-Lou a du mal à comprendre. À moins que le roman de cet homme ne soit mauvais... Pourtant, il avait l'air sincère en jurant que cette histoire était vraie. Roméo, qui a aussi écrit des contes pour les petits, affirme à Marie-Lou que la plus belle caméra se trouve au bout de ses doigts quand elle dessine.

Maintenant que je suis grande, je peux enfin exercer mon métier de Jeanne Tremblay. J'ai une belle automobile baptisée Violette et je fais des expositions de mes peintures dans toutes les grandes villes comme Tokyo, Londres, Paris, New York et Trois-Rivières. Isabelle est mon agente de presse et s'occupe de mes affaires, tout en menant une brillante carrière de romancière de livres avec des lapins et des éléphants en vedette. Isabelle partage aussi ma belle grande maison de plusieurs étages, entourée de chiens qui ont l'air très méchants (en réalité, ils sont gentils). Nous possédons des magnétoscopes et des ordinateurs dans toutes les pièces. Quand je peins, je donne congé à mes vingt domestiques, afin d'avoir le plus grand silence pour ma concentration. Alors, du bout de mes pinceaux sortent, en milliers de couleurs, les plus jolis visages de petites filles. Je le vendrai un million, ce nouveau tableau. Et je donnerai la moitié de cet argent aux pauvres, qui ont toujours très faim dans le temps des fêtes. Je garderai le reste pour mon argent de poche. Avant de mettre en vente ce nouveau chef de l'œuvre, j'utiliserai ma machine à remonter le temps pour le montrer à Jeanne. Contente de ma visite, elle voudra bien faire un petit tour en 2010 pour jaser avec Isabelle. Nous irons danser toutes les trois dans une discothèque pleine de beaux papas non-fumeurs avec des moustaches. Mais on refusera leurs propositions d'amour, car on préfère demeurer entre filles artistes.

Et puis, au matin, ma mère me crie de me lever pour aller à l'école, même s'il pleut et que, conséquemment, je lui déclare que j'ai la grippe. Quand il fait mauvais, maman m'habille toujours avec six gilets et je ne peux même pas jouer dans la cour sur l'heure du dîner. Il y a un examen de religion, ce matin. À la question quatre, je ne sais pas s'il faut cocher Jésus, l'église ou le curé. Avec des choix multiples à trois, on ne peut même pas tirer à pile ou face. Ce doit être Jésus, la bonne réponse. Dans les manuels scolaires, Jésus porte toujours une robe de chambre, des cheveux longs et une barbe. Il ressemble un peu aux musiciens sur les pochettes des vieux disques des années soixante-dix de ma mère. S'il avait juste une moustache et une casquette de chauffeur de camion de Coca-Cola, Jésus serait bien plus beau et ça ne l'empêcherait pas d'aimer les petites filles et de leur acheter un magnétoscope. Comme j'ai beaucoup d'avance dans cet examen, je dessine un vrai beau Jésus à la mode des vidéoclips. Je suis certaine que Jeanne serait contente de ce dessin. Pour m'en assurer, je dessine aussi Jeanne avec sa longue robe, ses cheveux noirs aux bouts frisés, ses beaux grands yeux luisants et ses jolies joues rondes, comme les miennes. Et puis, tiens, je me dessine à ses côtés. Avec Jésus, nous nous rendons manger des beignets et boire du jus d'orange, avant d'entrer dans le centre commercial où Jésus, qui est très fort pour les miracles, change tous les écriteaux 250$ en 25 sous. C'est ainsi que je peux enfin rentrer chez moi avec mon magnétoscope qui me permettra de regarder *La Guerre des tuques* avec Isabelle. J'oublie l'idée de filmer les rêves. C'était un mensonge d'écrivain, cette histoire. Roméo avait raison à propos du bout de mes doigts qui peut rendre vrais tous les plus beaux rêves.

« Tomber dans la lune pendant un examen où il n'y avait que cinq questions à choix multiple, bloquer au numéro un où tu n'as même pas coché la bonne réponse. Il faut le faire!

– Est-ce que tu es ma mère, pour me gronder, monsieur l'écrivain? Et tu n'es même pas mon père, car tu n'as pas de moustache! Et puis, ce n'est pas de ma faute! Si l'enseignante avait été une vraie professionnelle, elle m'aurait sortie de la lune et je l'aurais fait, son stupide examen de religion avec des Jésus barbus! »

Sylvie participe aux réunions de parents, parle souvent avec l'enseignante et a même payé un étudiant de l'université pour qu'il vienne aider Marie-Lou à bien réussir ses devoirs. Mais il n'y a rien à faire! Sa petite fille intelligente accumule les faux pas depuis deux années, alors qu'à six ans, Marie-Lou était la meilleure élève de son cycle. Qu'est-ce que ce sera quand elle sera bientôt adolescente? Si bientôt... Comme toutes les mères, Sylvie a ses inquiétudes face à l'avenir de sa fille. Chaque jour, elle donne tout son amour à Marie-Lou et tente de lui faire comprendre sa situation difficile de monoparentale, qui doit aussi veiller à la réussite de son entreprise afin d'apporter un peu de sécurité à ses trois enfants. Sylvie pense au futur de Marie-Lou qui passera nécessairement par la réussite scolaire, tellement nécessaire dans une société de plus en plus cruelle pour les exclus du succès pédagogique. Si Marie-Lou aime tant dessiner, soit! Mais Sylvie sait aussi que la vie d'artiste est faite d'insécurité. Posséder un solide dossier scolaire est un gage de sécurité. Or, si Marie-Lou commence, à son jeune âge, à tomber dans le monde du rêve dès la question numéro un... Marie-Lou sera une belle femme intelligente et cultivée. Sylvie aime déjà ses qualités pour le travail, quand l'enfant s'en donne la peine. Comme beaucoup de gens de sa famille, Sylvie réalise que Marie-Lou a des dons artistiques peu ordinaires. Il est aussi traditionnel pour une mère de vouloir que Marie-Lou ait une meilleure jeunesse que la sienne, ponctuée d'échecs scolaires qui lui ont fait beaucoup de torts.

Je déteste quand ma maman vient à l'école pour rencontrer l'enseignante! Dans ce temps-là, je cherche à me cacher, mais elle me retient par la main, alors que tous les gars et filles de la classe me regardent avec leur air de rire de moi. Inévitablement, l'une et l'autre vont me faire des reproches, moi qui suis la meilleure de toutes les écolières de Trois-

Rivières en arts plastiques. À la récréation, les garçons vont m'insulter en disant que ma mère est belle. Et les filles vont me prendre pour une petite de première, parce que ma mère me tenait par la main. La voilà, le soir même, à utiliser le chantage : si tu as de belles notes, je vais acheter un magnétoscope à Noël. Si elle pense que je vais tomber dans ce piège! Le dimanche suivant, ma mère m'humilie encore et raconte à Roméo cette vieille histoire de la question numéro un. Ma mère me qualifie de petite rêveuse et Roméo ajoute que c'est très bien. Ah! lui est en ma faveur! Lui me comprend! Et s'il portait une moustache, je l'adopterais tout de suite comme papa!

Ma fille Carole a toujours été avide de toutes les connaissances. Je n'avais jamais vu une petite fille réussir avec autant d'excellence à l'école. Mon épouse Céline était très fière d'elle, mais moi, j'étais parfois inquiet qu'une telle réussite ne vienne brouiller l'esprit de Carole. C'est malheureusement ce qui s'est produit après l'accident qui a brisé sa jambe gauche en mille morceaux, en 1944. Pour le reste de sa vie, ma fille serait boiteuse. Elle devrait se servir d'une canne comme appui. Devenue honteuse à cause de ce handicap, Carole ne voulait plus étudier, ne savait plus quoi faire de sa vie jusqu'à ce que, par dérision, elle accepte le défi de devenir maîtresse d'école pour des enfants, elle qui aurait pu être une des rares femmes de son époque à fréquenter l'université, tant ses notes, ses capacités d'apprentissage et sa grande culture étaient hors du commun.

C'est dans le quartier ouvrier de Sainte-Marguerite que Carole a exercé son métier et qu'elle est tombée follement amoureuse de Romuald Comeau, un brave journalier des pâtes et papiers. C'est avec amour qu'ils m'ont apporté cinq petits-enfants. Si on m'avait dit, quelques années plus tôt, que ma Carole serait une ménagère qui élèverait des enfants, je ne l'aurais jamais cru! Parfois, je la pensais malheureuse. Mais elle m'affirmait le contraire, prise au cœur de sa belle histoire d'amour avec Romuald, avec un attachement sincère pour les gens de Sainte-Marguerite et le défi constant d'apporter à ses enfants sa soif de dépassement, combinée avec la générosité de leur père. Je croyais qu'elle avait simplement mis de côté ses

grands rêves d'écolière. D'ailleurs, au cours de ces années, Carole a probablement lu plus de livres que trois universitaires réunis afin de garder en elle la flamme de la découverte.

Les rêves ne meurent jamais. Quand on les croit endormis, ils ne font que somnoler. Ses enfants maintenant grands, et sans doute motivée par leurs propres succès scolaires, Carole m'annonce qu'elle va s'inscrire à l'Université du Québec à Trois-Rivières. Je me sens d'abord ravi par cette nouvelle, puis un peu effrayé. Ma fille a tout de même quarante-trois ans! Des gens dans la quarantaine qui retournent à l'école ne font pas partie de mes mœurs. À moins que le temps qui passe si rapidement ne m'ait pas fait réaliser que nous sommes à une nouvelle époque. Mais soudain, je me sens embarrassé par cette vilaine pensée conservatrice, alors que je me rends compte que Carole vient de réveiller son rêve d'enfance. Elle me dit qu'elle va étudier l'histoire, décision qui me rend davantage fier, car je n'ai jamais caché mon grand intérêt pour la science du passé.

Jadis, je percevais l'université comme un endroit de haut savoir où les fils de riches, après avoir réussi des difficiles études classiques, se baladaient dans des couloirs sombres, habillés comme des ministres et sérieux comme des rois du protocole. Mais à la rentrée universitaire de Carole, en 1970, les étudiants ressemblent plutôt à des hippies avec leurs cheveux longs et leurs chemises fleuries. Dans les corridors, les jeunes fument et rigolent, tandis que passe cette ancêtre de quarante-trois ans qui s'appuie sur sa canne. Carole s'assoit à une table de la cafétéria avec une tasse de thé et attend l'heure du début de son cours. Elle joue avec une lime à ongles pour ne pas trop penser à ce beau rêve qui, dans quelques minutes, va enfin se réaliser.

Le grand moment venu, Carole approche de la salle de cours et s'installe devant le bureau. Les jeunes suivent et parlent fort. Carole est déçue de constater que le professeur est le dernier arrivé. Il passe une heure à expliquer le plan de cours et à établir une relation avec son auditoire, explique qu'il est un gars ordinaire et qu'on peut le tutoyer. Quand enfin le stylo de Carole peut commencer à prendre des notes, elle se rend compte qu'elle semble en savoir plus que son maître et que les livres recommandés en bibliographie ont été lus plusieurs fois depuis longtemps. À la pause café, Carole intrigue tout le monde, car déjà elle révise ses notes et prépare des questions. Les jeunes doivent la confondre avec un professeur. À la fin de ce premier cours, elle étourdit l'expert en lui disant par cœur une dizaine d'ouvrages dont elle se servira pour faire le travail de session. Au second cours, le lendemain, Carole provoque le même effet de curiosité. Déjà ma fille est en marche dans la réalisation de ses travaux, alors que les autres cherchent surtout à prolonger les fêtes criardes du début de la session. Rien n'a changé, au fond. Au cours des années trente et quarante, Carole, en classe, a toujours provoqué ce genre de réaction de méfiance, d'étonnement, puis de rejet. Elle ne s'en formalise pas du tout, car elle s'est toujours sentie à part dans un local de classe, que ce soit à la petite école, au couvent ou à cette université moderne.

Après le premier mois, je me ronge les sangs d'inquiétude en pensant à tout ceci. Chez elle, Carole fait comme depuis toujours : elle dévore des bouquins, son calepin de notes à ses côtés. Elle réfléchit à toutes ces théories, griffonne des hypothèses. Je me sens comme un jeune papa Roméo qui se rend à l'école des sœurs quand je pénètre dans la grande université à la recherche du département d'histoire, pour parler avec un des professeurs de Carole. Mon vieux cœur désire entendre les mêmes phrases qu'autrefois : monsieur Tremblay, votre fille Carole est excessivement douée.

Chaque dimanche, Carole vient souper à la maison avec Romuald. Elle me parle de l'université avec un enthousiasme retenu, comme si tout ceci était parfaitement normal dans le cours de la destinée de sa vie. Romuald, plus excessif, ne cache pas sa fierté et son admiration pour sa « Cendrillon savante », comme il dit avec tendresse. De plus en plus curieux, je vais souvent flâner à l'université, dans l'espoir de surprendre Carole en grande conversation intellectuelle avec quelques barbus. Cet endroit m'intrigue, me fait réaliser comme les temps ont changé. Peut-être que j'aurais aimé avoir la chance de fréquenter une école de haut savoir comme celle-ci. Après quelques visites, je ne trouve pas Carole.

En ce midi du début de novembre, Carole ne prend pas le temps de sonner à ma porte, marche trop rapidement, jette sa canne vers le salon et tombe entre mes bras. Elle sourit et pleure à la fois, s'exclame « Papa! » comme seule mon unique petite Carole peut le faire. Que se passe-t-il? On lui a fait du mal? Quelqu'un s'est moqué d'elle? Oh! c'est toujours ainsi : la pre-

mière de classe est tout le temps la proie de la méchanceté des autres! Mais non! Séchant une larme rebelle, Carole sort de son sac son premier travail de session avec la mention parfaite de 100 %. Reprenant sa place dans le nid chaud de mes bras, je sais que Carole vient de croquer, pour la première fois, le plus beau fruit du plus grand rêve de sa vie. Ils se réalisent toujours, les plus beaux rêves. Trop tôt, en retard, à temps, mais jamais trop tard.

Roméo Tremblay, novembre 1970

Ma maman est la plus belle du monde. Elle est aussi la plus gentille de toutes les mamans que je connaisse, même si elle ne veut pas de chien à cause de mon frère Stéphane le bébé. Ça ne fait rien parce que ma maman est la plus gentille, même si des fois je me fâche contre elle et que je pleure. Alors, elle me berce dans ses bras parce que ma maman est la plus belle du monde et aussi la plus gentille que je connaisse.

« *Bon! Marie-Lou, je pense que je vais devoir t'aider.*

– Pourquoi, monsieur la hauteur?

– *Parce que tu es trop petite pour exprimer correctement ta pensée et ainsi mener avec charme et intérêt le sujet à explorer au cours de la séquence que nous entreprenons.*

– Là, je ne comprends rien à ce que tu dis, monsieur la hauteur.

– *Il faut que le texte soit écrit avec plus de clarté et de maturité.*

– Mais je ne sais pas écrire, monsieur la hauteur! Je suis trop petite! J'ai juste quatre doigts!

– *Je vais t'aider. On recommence.*

– Qu'est-ce qu'on recommence? »

Ma maman est la plus belle du monde. Elle est aussi la plus gentille que je connaisse. Parfois, je me fâche contre elle, parce qu'elle ne veut pas acheter de chien qui mangerait mon frère bébé Stéphane. Mais sa colère ne dure pas longtemps parce qu'elle me berce dans ses bras en chantant du folklore. Je voudrais tant un chien. À la place, on a des poissons rouges qui ne sont pas drôles du tout et qui ne savent même pas courir après une balle. On a aussi une belle maison avec des chambres, un salon, une cuisine, un bol pour faire pipi et une place où je n'ai pas le droit d'aller, parce que ma maman y travaille avec du papier et un bureau, avec une plante verte piquante dessus. On vit heureuses toutes les deux avec le bébé, et si on avait un chien, je suis sûre qu'il serait heureux aussi. Quand maman va travailler dans son magasin, c'est ma mamie Bérangère qui me garde et on fait de beaux dessins ensemble. Parfois, aussi, c'est Roméo qui vient à la maison pour prendre soin de moi et on s'amuse. Il me parle de Jeanne et me raconte de drôles d'histoires. Comme c'est vrai qu'on est heureuses! Mais la petite voisine dit que c'est impossible parce que je n'ai pas de papa. Niaiseuse! J'aimerais mieux avoir un chien qu'un papa. Un papa ne court pas après une balle. À quoi ça sert, un papa? Qu'est-ce qu'un papa? Je n'en ai jamais eu et je suis une petite fille contente quand même. Niaiseuse de voisine!

Parfois, il y a des papas qui viennent jaser avec maman. Ils écoutent des disques de violons et ils fument des petites cigarettes qui puent. Puis ils parlent de l'ancien temps des années soixante-dix. Ces papas sont gentils en disant que je suis belle, mais ils sont encore plus sympathiques quand ils partent. Une fois, il y en a un qui est resté et j'ai eu bien peur parce qu'au milieu de la nuit, il a fait mal à maman qui a crié plusieurs fois, même si le matin, elle souriait et disait qu'elle n'avait pas de bobo. Roméo est un papa, même s'il est âgé et que ses enfants sont très vieux aussi. Je ne savais pas qu'un enfant pouvait être vieux. C'est bien compliqué. À la fin des histoires de Roméo, il me dit que j'aurai peut-être un père un de ces jours, parce que maman est jeune et belle. Mais c'est vraiment compliqué, tout ça.

Maintenant à l'approche de la trentaine, Sylvie Gauthier a été jadis une véritable jeune des années soixante-dix qui croquait à pleines dents dans tous les excès de la contre-culture alors en vogue, avec en premier lieu la liberté sexuelle, ce qui signifie qu'elle ne sait vraiment pas qui peut être le père de Marie-Lou. Elle ignore aussi l'identité du géniteur de Stéphane. Sylvie ne croit plus tellement à l'utilité de l'amour, sauf pour quelques aventures qui satisfont ses besoins organiques. Devenant peu à peu une femme d'affaires prospère, Sylvie porte fièrement son drapeau de liberté, son indépendance, même s'il est parfois difficile d'élever seule deux enfants en bas âge. Sylvie ne sait pas tout ce que Roméo peut raconter à Marie-Lou. Sans doute qu'elle reprocherait au vieillard de faire croire à son enfant qu'un jour elle aura un père. À la veille de ses quatre-vingt-dix ans, le patriarche est certes en droit de croire fermement à cette idée traditionnelle de la famille, le modèle par lequel il a réussi sa vie de couple. Mais les temps, les mentalités et la société changent.

Les premiers mots que Marie-Lou a prononcés ont été « Maman » et « méo ». Le vieil homme a été ravi d'entendre Marie-Lou dire partiellement son prénom. Bien vite, Marie-Lou a aussi appris le nom de Jeanne. Il y a deux ans, alors qu'elle avait encore la couche aux fesses, Marie-Lou était restée bouche bée devant la multitude de photographies de Jeanne qui règnent dans la maison de son arrière-grand-oncle. On dirait un temple. Quand l'enfant s'est mis à dessiner des formes précises avec ses crayons à colorier, elle l'a fait de façon aussi inventive que Jeanne. Depuis, Roméo veut voir tous les dessins de Marie-Lou. Il lui porte une attention pleine de tendresse qui rend l'enfance de Marie-Lou très douce. À chaque visite, Roméo s'informe des amours de Sylvie. Comme elle n'a rien à dire sur le sujet, Roméo se permet poliment de lui faire une morale vieillotte. Il lui dit qu'elle n'est plus une adolescente, mais une belle jeune femme intelligente et agréable, et que deux enfants profiteraient certes d'une sage présence masculine. À la troisième remarque semblable, Sylvie lui a répondu qu'un amoureux lui enlèverait sa place dans le cœur de Marie-Lou.

Contrairement à d'autres visiteurs de quelques soirs, Michel Lauzier vient plus souvent qu'à son tour, de plus en plus souvent, jusqu'à ce que Marie-Lou le surprenne à manger la bouche de sa mère. Elle qui pourtant lui interdit de tout mettre dans la sienne à cause des microbes! Désireuse de protéger sa maman d'une mort atroce, Marie-Lou trottine jusqu'à la salle de bains pour chercher le tube de pâte à dents et une brosse, geste qui fait éclater de rire Michel. N'acceptant pas d'être ainsi insultée par un étranger mangeur de maman, Marie-Lou lui tire la langue, même si elle a le goût de le frapper violemment avec ses petites mains. Au matin, ce monstre est toujours à la maison, l'air aussi satisfait que Sylvie. Il tente une approche auprès de Marie-Lou, lui demande de lui montrer ses poupées. Mais la fillette s'enfuit jusque sous son lit.

C'est un monsieur laid avec beaucoup de poils sous le nez. Si je le laisse faire, je serai bientôt une zéroparentale et je suis encore trop petite pour nourrir mon frère Stéphane avec mes seins ou même avec le réfrigérateur. De plus, il a une grosse voix d'ours et des mains de singe avec autant de poils que sous ses narines. D'ailleurs, je m'en fais trop. Il part bien vite et je peux sortir de ma cachette pour me blottir contre maman, afin de la protéger. Mais je ne sais pas pourquoi elle dit que je ne n'ai pas été gentille, moi qui ai tenté de lui sauver la vie. Maman m'explique que ce monsieur est son ami. Impossible! Elle ajoute même qu'il est son amoureux. Pour quoi faire? Et qu'il viendra souvent à la maison et que je devrai être gentille. Ah ça! Pas question! Je ne veux pas! Je ne veux pas! Je ne veux pas! Et là, je pleure, ce qui fait toujours bon effet auprès d'une maman. Mais au lieu de me consoler, elle me gronde et dit que je suis bébé. Je retourne sous mon lit. Il ne me regardera pas! Il ne me parlera pas! Il ne me touchera pas! Il ne mettra pas ses pattes de singe sur ma maman! Il va voir qui est la reine de cette maison, lui ou moi! Ce sera la guerre!

« La guerre? Qu'est-ce qu'une petite fille comme toi connaît de la guerre?

— Je sais tout! Roméo m'a montré une photo d'un monsieur qui était son frère soldat. Ce monsieur a fait la guerre contre des pas beaux. Avec la guerre, les bons gagnent contre les méchants, même si c'est salissant.

— *Il peut être gentil, Michel. Il pourrait peut-être devenir ton papa, plus tard.*

— Mon papa? Pourquoi? Et si un jour j'ai un papa, je veux qu'il ressemble à maman! Et maman n'a pas de poils sous le nez! »

Pendant que Michel revient pour veiller avec Sylvie, Marie-Lou prépare son offensive guerrière, cachée sous son lit devenu sa caserne. Parfois, l'ennemi tente une sortie en complimentant ses dessins et en voulant la prendre dans ses bras. Sylvie s'impatiente des bouderies impolies de sa fillette. Habituellement, elle est plus sociable avec les invités. Michel essaie une approche psychologique et demande à Marie-Lou de lui montrer ses dessins de Jeanne. Marie-Lou hésite, roule des yeux, mais bat en retraite en hurlant jusqu'à son refuge. Un soir, il fallait s'y attendre, Michel fait mal à Sylvie. Marie-Lou saute hors de ses draps, court jusqu'à la cuisine, s'empare du tue-mouche, fait interruption dans la chambre où elle aperçoit Michel couché sur sa mère en train de lui dévorer le cou et la bouche. Et vlan! Et vlan!

Ma mère m'a abandonnée, moi qui suis si jolie et qui suis capable de laver la vaisselle dans le lave-vaisselle. Parce que j'ai voulu lui sauver la vie, elle m'a grondée, puis a tenté de m'amadouer en me parlant des abeilles et des fleurs. Je vais probablement m'enfuir pour chercher de l'aide chez Roméo, si je peux me souvenir du chemin à prendre... Alors que je pèse sur tous les boutons du téléphone pour essayer de rejoindre Roméo, l'ennemi sournois me surprend, se penche sur moi et me parle en bébé, comme dans une émission de télévision pour enfants. Il m'enlève! Il kidnappe aussi ma mère et nous enferme dans son automobile pour nous mener vers le pays des moustachus dévoreurs de mamans. Pauvre maman! Elle tente de me calmer et me dit que Michel est gentil de nous emmener voir des marionnettes, mais je sais que c'est juste une façon de m'endormir pour mieux nous manger, même si les marionnettes étaient drôles.

« Monsieur la hauteur! Je voudrais que tu effaces tout ce qui a été écrit dans ton livre sur ce gars et qu'on recommence avec une belle histoire avec ma maman, Jeanne et Roméo.

– *Je n'efface rien, Marie-Lou. Tu as déjà perdu ta guerre?*

– Je suis trop petite! J'ai besoin d'aide! Tu pourrais pas dire à Roméo de venir? »

Michel est présenté au grand-oncle de Sylvie lors d'une visite du samedi, habituellement la joie de Marie-Lou. Mais la blondinette sait que sa mère est maintenant intoxiquée et que, peut-être, elle va se joindre au moustachu pour manger Roméo. Elle sent sur ses frêles épaules la lourde tâche d'avertir le vieillard de ce triste sort. Quel hypocrite, ce Michel! Le voilà perdu dans des courbettes et des compliments à Roméo. Il fait semblant de s'intéresser à tout ce qu'il dit. Marie-Lou se lance vers le vieil homme et s'accroche à son cou. Michel rit et dit qu'il souhaite que cette petite fille farouche finisse par l'accepter. Roméo fronce les sourcils en entendant ce qualificatif. Il ajoute que Marie-Lou est loin d'être farouche et est plutôt affectueuse. Passant de la théorie à l'acte, Roméo se lève et livre Marie-Lou aux bras du jeune homme. C'en est trop pour Marie-Lou, Michel et Sylvie! L'une hurle à la trahison, l'autre se culpabilise, alors que la dernière n'en peut plus des caprices braillards de sa grande fille.

Michel tente l'approche du cadeau. Marie-Lou le lance au bout de ses bras. Il fait aussi le bouffon et marche à quatre pattes en miaulant. Elle le regarde de façon hautaine et le juge ridicule. Les balades en auto, la crème glacée, le pique-nique n'y font rien. Le temps passe et, à plusieurs reprises, Marie-Lou a été témoin de séances de dévorement. Comme maman est grande, le moustachu y va section par section, tout doucement, pour ne pas attraper une indigestion en la mangeant d'un seul coup. Sylvie ignore les humeurs de sa fille. Au diable la compréhension et vive la bonne vieille imposition! Au début de l'automne, la catastrophe tombe sur la tête de Marie-Lou : Michel vient s'installer à la maison.

Je l'ai vu se mettre plein de crème fouettée dans le visage et passer un couteau dessus. Non content de dévorer ma mère, il faut qu'il se mange lui-même en ajoutant de la crème fouettée. J'ai vite jeté ce couteau à la poubelle. Il l'a cherché partout. Mais il s'en est acheté un neuf au dépanneur. Je vais jeter celui-là aussi! Puis tous les autres! Il sourit tout le temps au bébé Stéphane et cet idiot lui répond par des risettes. Je sais qu'il ne le mangera pas tout de suite, car mon frère n'est pas assez mûr, mais il le prépare chaque jour. Un de ces matins, c'est certain, Stéphane sera plein de moutarde, enfermé dans le micro-ondes. Après le couteau, je m'attaque à ses disques, que je jette dans de l'eau bouillante, sous prétexte de les laver. Ainsi, il ne se fâchera pas. Comme je suis intelligente! Puis après, je coupe les cordons de ses espadrilles. Peu à peu, il va se fatiguer de moi et déguerpir.

Ma mère décide d'aller au cinéma avec ses amies. Je sens mon heure venue! Seul avec moi, il va en profiter pour se venger et m'engloutir. Je cours me cacher sous le lit. Il ne me trouvera jamais dans une cachette aussi originale. Je l'entends tousser par-dessus le bruit du hockey à la télévision. Un peu plus tard, il crie mon nom pour le bain. Je le connais, le truc du bain! Je sais ce qu'il veut! À l'aide! Je suis prise! Je me ratatine dans un coin de ma chambre en hurlant. Il approche et grogne, me lève de terre. J'ai tellement peur que je fais mon gros dans ma petite culotte. Ça le dégoûte! Tant mieux! Je grelotte dans le bain, quand soudain il approche avec l'arme savonneuse. Je lui tire de l'eau! Ah! dès le lendemain, moi, je dis la vérité à ma maman : il m'a caressé les fesses avec ses grosses mains! Les mères sont très sensibles à des remarques semblables.

« *Comme c'est vilain de dire un tel mensonge!*

– Je ne suis pas vilaine! Je suis gentille! Je dis la vérité! Il a voulu manger mes fesses avec ses mains!

– *Mais pour nettoyer l'affreux gâchis que tu as fait dans ta culotte, il fallait bien que Michel te touche pour te nettoyer.*

– C'est pas une excuse! »

Sylvie accepte l'explication de son amoureux, mais demeure tout de même méfiante, sachant qu'il adore particulièrement les fesses. Elle relit son guide de psychologie enfantine, chapitre sexualité, avant de poser délicatement des questions à Marie-Lou. L'enfant, sentant un ton inhabituel chez sa mère, ajoute un peu de sauce à son aventure fictive. Les jours suivants, Marie-Lou se fait câline autour de Michel, alors que Sylvie surveille par quelle partie du corps il prend l'enfant dans ses bras. Lui, si content d'être enfin accepté par la petite après avoir joué à la poupée, la remercie d'une tape sur les...

Alors là, maman l'a chicané en criant fort. Lui aussi, il a jappé. Moi, je me suis cachée sous mon lit en me bouchant les oreilles. Parfois, je les débouchais pour les entendre encore se disputer, cette fois à propos du hockey à la télévision. Plus tard, maman a parlé de bière, puis de ronflements et de la propreté de la salle de bains. Il est parti en claquant la porte et maman s'est jetée dans mes bras pour que je la console. C'est de cette façon, avec de l'intelligence, qu'on gagne une guerre et je sais maintenant que les enfants sont parfois plus forts que les adultes. Il s'agit de bien s'y prendre. Maman et moi, on a tout nettoyé pour qu'il ne reste plus d'odeur de cet affreux moustachu.

Tant et aussi longtemps qu'il y aura des parades, des images héroïques et le rêve de la gloire, il y aura toujours des jeunes hommes pour se laisser séduire par la guerre. Au cours des années de ma jeunesse, je suis moi-même tombé dans cet attrape-nigaud. En 1915, j'ai vécu en Europe des moments aussi brefs que douloureux, et qui ont été les pires instants de ma vie, qui le sont encore aujourd'hui et le seront probablement à la veille de ma mort.

Quand la Seconde Guerre nous est tombée dessus, tout le monde croyait qu'elle ne durerait pas longtemps, tout comme en 1914. Comme elle était orchestrée par les régimes haineux des fascistes, j'ai surtout pensé que nous en aurions pour des décennies. Il m'arrivait même de croire que, lentement, la fin du monde se dessinait. Mais j'ai surtout remarqué comme l'histoire tend à se répéter car, tant et aussi longtemps qu'il y aura des parades...

Me voilà dans la quarantaine avec à la maison quatre de mes six enfants, de la petite enfance de Christian, aux tourments de jeunesse de Carole, Renée et de Gaston. Simone est mariée et Maurice m'a fait grand-père à quelques reprises. Si la guerre ne m'inquiète pas en pensant à mes filles, Gaston me tracasse beaucoup. Le conflit se prolongeant, je me ronge les ongles en pensant que le gouvernement canadien pourrait venir chercher mon fils pour lui faire vivre mon propre cauchemar du passé. Gaston rythme la musique des fanfares des défilés. Musicien doué, il est pris entre le conservatisme du classique et le jazz américain de Renée, mais on dirait qu'il préfère les chants de guerre.

Gaston tient de Céline et de moi les aspects les plus secrets de nos personnalités. La parenté dit qu'il ne parle pas beaucoup, qu'il est un peu sauvage. Ce qu'il y a de timidité et de discrétion chez ses parents, Gaston le met en évidence dans sa façon de vivre. Parfois, on jurerait qu'il n'a d'opinion sur rien et qu'il est trop envahi par la peur de déplaire ou de déranger. Mais je sais que Gaston a, depuis longtemps, un sens de l'honneur et du devoir que je serais mauvais père de trouver parfois absurde.

Alors que ma fille Renée exprime bruyamment son opposition à l'enrôlement des jeunes hommes, moi, je tente de ne pas trop faire de vagues et je prêche par mon propre exemple. Je sais que mes enfants sont impressionnés et touchés par mes récits de l'horreur vécue dans les tranchées en Belgique, en 1915. Mais Gaston m'écoute avec son air de dire que ça ne lui arriverait pas, précisant que si l'armée l'appelle, ce sera sans doute comme directeur musical d'une fanfare. Mais un garçon de son âge peut aussi bien tenir la mitraillette que le clairon, selon l'urgence de la situation.

Quand nos soldats font un bon coup, les hommes, dans les tavernes, en parlent comme d'une partie de hockey. À la radio, chaque victoire est vécue avec une pétarade de slogans et, dans les journaux, chaque opération est décrite comme un suspense de roman à cinq sous. Dans nos foyers, confortables, la guerre devient un spectacle palpitant qui touche nos émotions, tant et aussi longtemps que le gouvernement ne viendra pas arracher les fils des bras de nos épouses.

C'est ainsi que se vit la guerre, depuis l'automne 1939. Elle est présente à chaque instant et nul ne peut l'éviter, pas même jusque dans nos assiettes! Le rationnement est aussi sévère que le marché noir s'avère prospère. Ma fille Simone a pris époux en même temps qu'une centaine d'autres couples la veille de la date limite d'exemption pour les hommes mariés. Il y a eu des célébrations du matin jusqu'à minuit. Christian, avec ses petits amis, mène sa propre guerre dans le quartier et il naît de véritables batailles parce que les gamins ne veulent pas jouer les Hitlers deux jours de suite. Mon aîné Maurice s'affiche aussi paisiblement antimilitariste que Renée l'est avec éclat. Carole la savante peut nous raconter tous les grands combats historiques, des campagnes de César à la guerre civile américaine, sans oublier notre propre guerre de 1914. Mais toute cette famille mène un combat silencieux contre le désir peu manifesté de Gaston de se rendre en courant jusqu'au bureau de recrutement aussitôt qu'il aura son papier de conscrit.

Depuis quatre ans, les allusions pleuvent sur sa tête. Elles sont grosses comme des obus dans le cas de Renée, philosophiques chez Carole ou symboliques chez mon épouse Céline, qui dépose sèchement des patates et du steak dans son assiette et dit que jamais l'armée ne le nourrira si bien. Ces gestes sont peu de choses, mais chacun croit que leur répétition peut devenir efficace. Je crois surtout que tout ceci agace fermement Gaston, trop poli et discret pour répliquer.

Roland, l'amoureux de Renée, a préparé un campement pour déserteurs, dans les bois près du village de Charrette. Une très belle cache confortable, loin des routes et de la vue des aéroplanes. J'ai emmené Gaston la visiter. C'était le premier geste concret que je faisais pour lui dire que je ne veux pas le voir partir. Je ne pensais pas l'insulter par cette initiative. Pour lui, les déserteurs sont des lâches, des peureux, des sans-cœur qui refusent de faire leur devoir de patriote. Et moi, dans son esprit, je venais de lui dire que je désirais qu'il soit ce lâche.

Quand Gaston a reçu ses papiers, c'était pour ma famille le temps de passer à l'attaque. Gaston, seul contre tous, nous a tenu tête comme un héros de guerre, exprimant pour la première fois à voix haute ce que nous devinions depuis si longtemps. Gaston voulait sortir de son milieu sans surprise, connaître l'aventure, s'évader de son quotidien immuable. Alors, pour la première fois de ma vie, et je souhaite que ce soit la dernière, j'ai frappé un de mes enfants. En colère contre les sentiments naïfs de Gaston, je l'ai bousculé et giflé au visage. Il est parti en claquant la porte. Tout le monde pleurait et paniquait dans la maison. Et moi, je me sentais seul au monde, honteux de mon geste, d'autant plus que les raisons évoquées par Gaston étaient exactement les mêmes qui m'avaient poussé à être volontaire en 1914.

Ma famille venait de perdre sa guerre contre Gaston. Je l'imaginais dans les rues de Trois-Rivières, à la fois troublé par ce dénouement et à la fois heureux d'avoir respecté des principes chers à son cœur. Si Renée l'a cherché toute la nuit pour le convaincre une dernière fois de se rendre au campement de Roland, moi, je voulais surtout m'agenouiller devant lui et le prier de me pardonner. Quand je l'ai aperçu, vers trois heures du matin,

allongé sur une pelouse d'une maison de la rue Cartier, j'ai remercié Dieu de m'avoir guidé vers lui. Gaston a agi en homme, n'a pas parlé fort, n'a pas du tout cherché à se justifier. Avant mon départ, je m'étais muni d'un petit flacon de gin. Moi qui ne bois jamais, je voulais partager cette bouteille avec mon fils, tout en grillant des cigarettes. Trop habitué à mes récits dénonciateurs de la guerre, j'ai raconté à Gaston la camaraderie entre soldats, les bienfaits de la discipline militaire, la vie rude mais édifiante sous la tente, le plaisir de la découverte de nouvelles gens et de territoires inconnus. Je lui ai chanté La Madelon tout comme il prend plaisir à fredonner les hymnes du soldat Lebrun. Que de mensonges! Mais j'ai dit à Gaston ce qu'il voulait entendre. Une heure plus tard, je le laissais à ses songes, lui donnant comme héritage mon paquet de cigarettes et le reste du flacon. Pour la première fois, je venais de communiquer d'homme à homme avec mon Gaston. Je ne savais pas, hélas, que c'était la dernière...

Roméo Tremblay, décembre 1945

Isabelle a lu, dans un bouquin sur les coutumes des Amérindiens, que, pour sceller une profonde amitié, certains hommes d'une tribu font un échange de sang. Tu te coupes un bout de peau sur un bras, puis ton amie fait de même et vous collez le tout. Ainsi, ce mélange devient une promesse d'amitié éternelle. Ça semblait être une bonne idée, mais Isabelle est immédiatement tombée dans les pommes et j'ai dû chercher de l'aide pour la transporter à l'infirmerie de la secrétaire de l'école. Et comme maman n'était pas contente... Mais qu'est-ce qu'elle comprend à l'amitié, ma mère?

Elle a tant d'amis qui passent sans cesse dans notre salon qu'en écrivant leurs noms, elle inventerait un annuaire téléphonique. Ce ne sont pas de vrais amis! La vraie amitié, c'est se couper un avant-bras pour compléter le geste symbolique qu'Isabelle a raté afin que nous soyons attachées jusqu'à l'éternité. Mais ça n'a pas fonctionné non plus : je suis tombée dans les pommes à mon tour. On a donc décidé d'échanger nos salives. Elle a craché dans sa main et j'ai sucé. Puis j'ai fait pareil. C'était dégoûtant, mais nous voilà vraiment amies jusqu'à la fin des temps. C'est du moins ce que je souhaite, car je ne veux plus jamais faire ça. Pouah!

Depuis que je vais à l'école, je fais des productions écrites sur l'amitié d'Isabelle. Sujet amené : l'amitié est importente. Sujet posé : ma meilleur amie est Isabelle Dion. Sujet développé : Isabelle est importente dans ma vie car nous n'avont pas de secrait l'une pour l'autres et qu'ont peut se confié tout. Conclusion : oui, Isabelle est ma meileure amie. Je ne me lasse pas de ces productions écrites, même si j'obtiens toujours trois sur dix. Mais c'est grâce au dessin que je peux exprimer le mieux mon amitié pour Isabelle.

Tout comme mon arrière-grand-mère Jeanne avait fait des croquis pour raconter sa vie à sa fille (ma mamie Bérangère), je dessine des bouts de la vie d'Isabelle et nos plus amusantes aventures. Mais je fais ces œuvres en secret. Plus tard, quand nous serons vieilles, je les lui montrerai. À l'école, les gars, qui sont souvent des niaiseux, nous traitent de lesbiennes parce qu'Isabelle et moi on est toujours ensemble. Ils sont jaloux de ne pouvoir être lesbiennes! Les amitiés entre gars sont toujours criardes et sportives. Ils ne sont pas capables de montrer des vrais sentiments à leurs copains. Moi, j'aime Isabelle et je trouve gentil de la prendre par la main, ce qui ne veut pas dire qu'on est lesbiennes. D'ailleurs, pour l'être, il faudrait avoir des seins et on n'en est pas encore là, même s'il paraît que bientôt...

Plus tard, quand je serai âgée, Isabelle sera encore ma meilleure amie. Le crachat l'a dit. Et si j'avais une machine à remonter le temps, Isabelle serait encore ma plus grande amie. Comme ceci : au Moyen Âge, dans un village gaulois entouré de camps romains, Marie-Lix et Isabellix sont les meilleures amies du monde antique. Parfois, elles vont à Lutèce voir la tour Eiffel et regarder des films de Charlie Chaplin. C'est là qu'elles rencontrent Christophe Cartier qui s'en va en bateau à rames pour découvrir le Canada. Excitées par l'aventure, elles se joignent aux marins et décident de fonder une ville du nom de Trois-Rivières, où des beaux coureurs des bois viennent en motoneige vendre des fourrures de castor.

« *Pas très forte en sciences humaines, n'est-ce pas?*

– Quoi? Le passé, c'est le passé! J'aime beaucoup les sciences humaines et ses dessins. Pourquoi tu me coupes la parole, espèce d'écrivain? Je n'aime pas être interrompue quand je parle d'Isabelle.

– *On dirait que tu écris à ta correspondante de France.*

– Et puis après? Je m'exprime comme je peux. Je ne suis pas une vieille, moi. Je parle comme ce que je suis : une préadolescente.

– *Une quoi?*

– Une préadolescente. On est les plus grandes de l'école! Bientôt, on va avoir des seins et des casiers dans une grosse polyvalente de béton. Mais Isabelle et moi, on n'est pas pressées. »

Quand Marie-Lou et sa copine vont jaser avec le patriarche Roméo, parfois, en jouant de chance, elles peuvent rencontrer une petite vieille très minuscule et maigre, qui a la particularité d'être, depuis l'enfance, la meilleure amie de Renée. Alors, les deux dames parlent comme des folles, se surnomment Sousou et Caractère, comme s'il s'agissait de codes secrets qui les unissent depuis des décennies. Si la fille de Roméo pèche par exubérance, la petite est tout à fait le contraire. Ces femmes de près de soixante-dix ans semblent être l'équivalent de Marie-Lou et d'Isabelle. Ces deux-là sont d'ailleurs fascinées de les voir et de les entendre. Elles songent à l'année 2050 où elles feront pareil.

Si Roméo peut évoquer, avec la sagesse de son âge, l'amour, la justice, la liberté ou ces délicieux souvenirs de l'ancien Trois-Rivières, lorsqu'il veut parler d'amitié avec Marie-Lou, il ne peut se référer qu'à celles d'autrui. Tout au cours de sa longue vie, des gens sont venus pour échanger des idées, pour une sortie au théâtre, pour chercher un service, mais aucune de ces personnes n'a été, pour lui, semblable à Renée et Sousou. Dans cet ordre d'idée, Roméo ne rate jamais une occasion de complimenter Marie-Lou et Isabelle pour leur amitié. À la petite école, au début du vingtième siècle, Roméo a bien eu quelques copains, comme ce Roland Thiffault, le roi de la bille. Mais la vie et ses responsabilités ont effacé l'amitié des garçons de l'école Saint-Philippe. Le meilleur ami de Roméo était son frère Adrien. Ils se racontaient tout. Il le protégeait, et, en retour, Roméo l'aidait dans ses leçons de français et de calcul. Adrien était son héros, son grand frère, son géant et Roméo avait pour lui un respect très profond. Décédé à la fin de la guerre, en 1918, Adrien demeure quand même le meilleur ami de Roméo. La mort n'existe jamais pour lui, même si elle l'a secoué et détruit à quelques reprises, comme lors des décès de Jeanne et de sa femme Céline ou, récemment, quand ses enfants Simone et Maurice sont partis vers le paradis la même année.

Les amis de ma mère sont épouvantables. Ce sont des vieux qui veulent toujours vivre comme dans les années soixante-dix. Plus je les vois, plus je suis contente de ne pas avoir été jeune à cette époque. Il en vient tellement qu'inévitablement, ma mère se retrouve seule au milieu de son étouffant nuage de cigarettes puantes et tueuses. Je suis certaine qu'elle m'envie d'avoir une véritable amie comme Isabelle. Maman est bien généreuse pour Isabelle. Elle ne chiale jamais quand, très souvent, mon amie soupe à la maison. D'une famille pauvre, Isabelle bouffe des repas d'extraterrestres, comme du spaghetti en conserve déposé sur des frites graisseuses, le tout accompagné d'un gros Coke Classique. Et je n'ose pas penser au ragoût de boulettes (toujours en conserve) avec du ketchup. Je devine que manger chez moi équilibre un peu plus les calories d'Isabelle. Aussi, ma mère ne dit jamais rien parce qu'Isabelle passe des heures à la maison. Elle croit que mon amie m'aide dans mes devoirs. Mais souvent, on fait juste semblant d'étudier, tout en se donnant des coups de pied sous la table. Elle me demande de répéter le vocabulaire, et je réponds n'importe quoi, en espérant qu'Isabelle ne me trahisse pas par un rire. Puis après, nous nous couchons et dormons. Et on recommence le lendemain. Parfois, mon amie peut passer quatre jours chez moi, sans que ses parents s'inquiètent. Un de ces matins, Isabelle disparaîtra et ils penseront qu'elle est chez moi. Elle aura été agressée par un mangeur de frites sauce fromage et ses parents pleureront, surtout s'ils l'apprennent pendant un téléroman ou une partie de hockey.

Marie-Lou est à l'âge de la maturation des loisirs d'enfants, ceux-là qu'elle croit éternels, mais qui disparaîtront plus vite que prévu. Vite lassée par les jeux vidéo, Marie-Lou adore les grands éternels : la tague, la cachette, la corde à danser ou composer des faux numéros. Avec Isabelle, elle aime jouer à crier très fort ou à déposer de la gomme dans le fond des bottes des garçons. Explorer à bicyclette, demeurer dans la piscine quatre heures de suite, rouler un bonhomme de neige ou se créer mille jeux avec un simple ballon. Les joies de l'enfance semblent immuables de génération en génération. Mais à l'âge de Marie-Lou, jouer à la poupée devient un acte d'intimité, alors que, jadis, la Bout'Chou d'Isabelle conversait longtemps avec la Béatrice de Marie-Lou. On ne parle plus de poupées aux copines de l'école, surtout quand on peut collectionner les photographies de la vedette chantante bisannuelle.

Isabelle est en amour avec François-Sébastien Montplaisir-Vadboncœur, parce qu'elle pense qu'il ressemble au gars à lunettes des New Kids on the Block. C'est stupide! Il ressemble plutôt à un plat de nouilles qui vient de tomber d'un sixième étage. Cet imbécile connaît par cœur toutes les chansons des New Kids, ainsi que leurs pas de danse, même s'il y a Pink Floyd écrit sur son coffre à crayons. Il fait semblant d'aimer les New Kids, parce qu'il veut plaire aux filles. Isabelle vient de tomber dans son piège. Alors que toutes les filles de la classe affirment que François-Sébastien les a embrassées, Isabelle dit plutôt qu'il a l'intention de l'embrasser, mais, au fond, il est trop timide pour le faire, parce qu'il trouve Isabelle bien plus gentille que toutes les autres. François-Sébastien passe les récréations à danser et à chanter du New Kids, alors que les filles, le long du mur, rient en joignant les mains. Il m'énerve, ce gars! C'est pas possible comme il m'énerve! Alors, je prends le ballon et je le lui lance en plein visage, pour ensuite m'excuser et prétendre que le ballon m'a glissé des mains. Les filles de la classe me sautent dessus et me crient des insultes. L'enseignante est obligée de nous séparer. Elles m'auraient défigurée. Déjà elles sont en colère contre moi parce que je refuse de leur dessiner leur Kid favori. Je préfère Paula Abdul, ce qui confirme dans leurs esprits que je suis une lesbienne.

Pour la première fois de leur vie, Marie-Lou et Isabelle en viennent aux mots. L'amoureuse prétend que mademoiselle Gauthier a lancé le ballon au visage de François-Sébastien dans le but de le blesser. Elle l'accuse d'être jalouse parce que ce séducteur ne l'aime pas. Isabelle s'éloigne de Marie-Lou dans la cour d'école, ne s'assoit plus à ses côtés dans l'autobus scolaire. Le soir même, pour sceller le divorce, Isabelle vient sonner à la porte de Marie-Lou pour sèchement lui demander de lui rendre ses jouets.

« Ça ne me fait rien. Je vais me faire une autre amie.

– *Mais il me semblait qu'Isabelle et toi, c'était pour la vie, unies par le crachat. Comme Sousou avec Renée.*

– Je n'ai jamais dit ça. Elle me tombe sur les nerfs, cette fille. Elle m'a toujours énervée. Je l'ai endurée parce que j'ai un bon cœur et que j'avais pitié de sa pauvreté. Mais c'est fini, tout ça. Ce n'était pas une vraie amie. Je vais me faire une véritable amie.

– *Tu as eu tort de lancer ce ballon. Tu aurais pu casser les lunettes de ce pauvre garçon.*

– Je ne t'ai pas demandé ton opinion, monsieur l'écrivain! Ce n'est pas de tes affaires! Laisse-moi vivre à ma façon! Je vais dire à Roméo qu'il t'ordonne d'arrêter d'écrire ce livre stupide!

– *Ce n'est pas un livre stupide.*

– Oui, il l'est! Stupide! Stupide! Stupide! »

( ) Livre stupide ( ) Livre qui n'est pas stupide

Marie-Lou travaille à de beaux dessins afin d'approcher Mireille Matton, mais, dès le premier essai, Mireille déchire le chef-d'œuvre. Audrey Paquin en profite pour jeter au visage de Marie-Lou tout ce qu'elle a sur le cœur, à l'effet qu'elle est une snob fatigante qui a fait mal à François-Sébastien. Et, bien sûr, le fan-club officiel des New Kids on the Block lui tire la langue en parfaite synchronisation. Ne comprenant pas son échec, Marie-Lou tente de gagner l'amitié de l'épouvantable Martine Héroux-Lambert et ses lunettes épaisses, sa respiration d'obèse et ses broches infernales à la place des dents. Mais de nouveau...

Marie-Lou clame avec fermeté à sa mère qu'elle n'a pas besoin d'amies, que Roméo n'en a jamais eu et qu'il a toujours été heureux. Des amies lui enlèvent du temps pour dessiner et étudier. Sans amie, Marie-Lou promet à Sylvie qu'elle obtiendra des A dans chaque relevé de notes d'ici la fin de l'année. Mais, de jour en jour, dans le secret de sa chambre, la poupée Béatrice n'en finit plus de subir les larmes de Marie-Lou. Orgueilleuse, la petite blonde fait semblant d'être radieuse à la maison. Mais les journées sont longues à l'école quand personne ne lui parle et n'approche pour jouer avec elle. En cachette, Marie-Lou va raconter son drame entre les bras de Roméo. Quelle injustice! prétend-elle. Car, bien sûr, cet idiot de François-Sébastien méritait ce ballon en plein visage. Le vieil homme est heureux de cette constante attention que l'enfant lui porte. Il dépose un baiser sur son front, caresse ses cheveux en la serrant plus fort, se perd dans un souvenir lointain où, à son âge, Jeanne cherchait autant d'affection près de lui. Et la sagesse de Roméo fait oublier le défaut d'orgueil de Marie-Lou. Dans une semaine, promet-il, Marie-Lou aura reconquis l'amitié d'Isabelle, et tous les garçons et les filles de son école se presseront à sa porte pour être ses amis.

Pour Roméo, une fête de petits est conforme à ses souvenirs. Pour Sylvie, ces enfants ont parfois tendance à vouloir vivre comme les grands de seize ans, le drame d'Isabelle en étant la bonne illustration. Ces fillettes n'ont pas atteint l'âge des bouleversements hormonaux que déjà elles parlent d'amours qui, si on peut leur affubler le qualificatif d'enfantines, ne le sont pas vraiment à certaines occasions. Marie-Lou ne parle pas d'une fête, mais bien d'un party. Elle ne projette pas des jeux « de bébé » mais bien une séance de danse criarde au son de la musique des clips de la télévision. Comme ce sera une soirée New Kids, garçons et filles de sa classe oublient vite la bouderie et s'enthousiasment en recevant les invitations dessinées par Marie-Lou. Comme promis à son arrière-grand-oncle, la blonde va s'excuser et tend la main à François-Sébastien, qui lui répond par une bulle de gomme éclatée à deux centimètres de son nez.

Marie-Lou travaille à sa fête en dessinant les garçons du groupe fétiche de ces demoiselles. D'autres arrivent pour imposer leurs affiches ou leur collection d'objets New Kids. Il y aura une réci-

tation de poèmes New Kids, des déclarations d'amour, un concours de lipsing et un autre de sosie. Quand Marie-Lou verra que tout le monde s'amuse, elle pourra donner ses dessins et, ainsi, elle sera de nouveau amie avec Isabelle, tout en gagnant l'affection des autres.

« On va mettre un peu de musique rétro. Des vieilles chansons de 1984. Ça va être amusant.

– *Rétro? 1984?*

– Oui. Ce n'était pas de la musique New Kids ou Paula Abdul, dans ce temps-là. Pas aussi ennuyeux que la musique des années soixante-dix, mais c'était drôle quand même, ces vieux succès de 1984.

– *J'ai bien hâte de voir ça.*

– Tu n'es pas invité! Tu es trop vieux! Et puis, je te trouve ennuyeux depuis quelques pages. »

Les parents s'assurent auprès de Sylvie qu'il n'y aura pas de jeux violents à la fête de Marie-Lou, et que leurs enfants seront de retour avant vingt et une heure. Sylvie répond affirmativement, bien qu'elle se sente dépaysée par l'allure du party de sa fille. Elle se croit soudainement vieille en les voyant danser et en les entendant sans cesse parler de chums et de blondes.

Mais Roméo n'est jamais trop âgé pour des enfants. En le voyant descendre, certaines fillettes partent se cacher, effrayées par l'âge caduc de ce vieux kid même pas du bloc. Les garçons téméraires approchent pour examiner ce mutant, alors que Marie-Lou prend amoureusement le bras de Roméo pour faire les présentations. Pour ces enfants, même le mot « arrière-grand-oncle » semble mystérieux. Isabelle, sortant de sa bouderie, prend l'autre bras de Roméo et spécifie qu'il peut raconter de belles histoires.

Certes! Car cette musique des New Kids, il la connaît depuis 1902! Voyez-vous, Roméo l'a entendue à cette lointaine époque. Les fillettes rient et Roméo jure qu'il dit toujours la vérité. Il leur confie les circonstances de cette découverte, alors qu'il avait rencontré un petit ange vêtu comme un vagabond, avec des souliers percés et une guitare cassée et qui pleurait des larmes de crocodile dans les rues de Trois-Rivières parce que tombé de son nuage et n'ayant pas encore d'ailes pour y remonter. Le jeune Roméo, très touché par ce drame, partit aussitôt au parc du Petit Carré où habitait un papillon bavard, mais très gentil, doté de pouvoirs magiques. Mais que pouvait faire un petit papillon magique avec ses ailes si minuscules? Sûrement pas transporter notre malheureux ange jusqu'à son nuage. Alors, le papillon réunit tous ceux de sa race et, ensemble, ils ont tressé de longues ailes aux couleurs de l'arc-en-ciel, afin que notre petit ange puisse à nouveau voler vers son nuage. Mais dans son empressement, l'ange a oublié ses vieux souliers et sa guitare cassée. Aussitôt que Roméo a touché les souliers, ils sont devenus brillants et se sont mis à danser. Et la guitare de s'illuminer pour jouer la musique la plus entraînante qui soit, égayant tous les enfants de Trois-Rivières. Mais Joseph, le père de Roméo, après avoir trouvé la guitare et les souliers, les a placés sur une tablette de son magasin général et, dès la première heure, le lendemain, il les a vendus à un Américain de passage. Et qui était cet Américain? Roméo se lève, approche du lecteur de disques compacts, pointe du doigt un New Kid de la pochette et affirme qu'il est l'arrière-petit-fils de cet Américain qui jadis a acheté les souliers et la guitare du petit ange. Et c'est ainsi qu'aujourd'hui, les New Kids on the Block peuvent faire danser et chanter, rendre heureux tous les jeunes du monde entier.

Ces enfants, si pressés de vivre les drames et les sentiments des adolescents, redeviennent soudain des gamins et des gamines face à une belle histoire racontée par un vieillard à la voix profonde. Les petits se demandent quelques secondes si cet homme n'est pas le père Noël qu'ils ont laissé tomber à l'âge de cinq ans. Les filles se mettent à rêver que Roméo est peut-être le grand-père idéal, mieux que leur propre papy, qui fait du jogging, écoute les Rolling Stones ou passe des heures incalculables devant le téléviseur à regarder le hockey. Un vrai de vrai grand-papa comme dans les bouquins de littérature de jeunesse. Roméo salue son auditoire, après la salve d'applaudissements. Les enfants le suivent pas à pas jusqu'à l'escalier qu'il monte une marche à la fois, comme un bébé, guidé par Marie-Lou et Isabelle. De retour parmi les siens, Marie-Lou s'empresse de répondre à la grande question des siens : Roméo a quatre-vingt-quatorze ans.

Après cette parenthèse, la fête se poursuit, alors qu'au second étage, Sylvie n'en peut plus d'entendre la même chanson, reprise en chœur par ces filets de voix qui répètent à la perfection ces mots anglais dont ils ignorent la signification. Assise dans son coin, Marie-Lou aperçoit discrètement le sourire d'Isabelle, à l'autre bout du sous-sol. Même si elles ne se sont pas parlé, les deux amies savent que Roméo les a réunies. Marie-Lou veut satisfaire l'envie de sa copine et approche de François-Sébastien le sosie qui se vante haut et fort que toutes les filles de la classe sont en amour avec lui, alors que celles-ci se confient mutuellement, à voix murmurée, que François-Sébastien est leur chum et qu'il n'en adore pas d'autre. François-Sébastien monte jusqu'au petit coin et Isabelle le suit discrètement. Marie-Lou, couchée dans l'escalier, assiste au grand moment romantique, alors qu'Isabelle parle avec le Kid. Mais, soudainement, François-Sébastien se met à rire et dit tout fort qu'Isabelle n'est pas belle et qu'il préférerait embrasser une grenouille. Alors, Marie-Lou gâche sa belle fête et lance un verre de jus d'orange au visage de cet impoli. Elle profite de sa faiblesse pour lui administrer un coup de genou dans le ventre, tente ensuite de lui arracher les cheveux. Les fillettes, scandalisées par cette attaque, portent secours au bellâtre et insultent leur hôtesse. Tout le monde se disperse avant le temps, oublie le cadeau des beaux dessins, la musique, les jeux, le casse-croûte et même l'histoire de Roméo. Isabelle n'en finit plus de pleurer entre les bras de Marie-Lou qui braille à son tour que leur amitié est moins triste que l'amour, se jurant une relation éternelle, comme celle de la vieille Renée et de sa Sousou. Marie-Lou pose ses lèvres sur celles d'Isabelle, dans une étreinte plus chaleureuse que toutes celles des vrais New Kids on the Block.

Je crois bien que ma vie est idyllique dans un monde de confort et de prospérité, aussi beau qu'une photographie professionnelle. Chacun semble rouler avec aisance depuis le début des années 1920, où tout a changé si rapidement, sans doute pour nous faire oublier les horreurs de la guerre de 1914.

Le journal où je travaille est encore jeune et porte en lui le dynamisme du modernisme du nouveau siècle, selon l'expression que mon père Joseph me chante depuis mon enfance. Lui-même, malgré les douleurs des ravages meurtriers de la grippe espagnole sur ma mère et mon petit frère Roger, sans oublier le tra-

gique décès de son Adrien, bref, papa connaît beaucoup de succès avec son entreprise de taxi, alors que ma sœur Louise s'occupe avec bonheur de notre restaurant *Le Petit Train*.

Moi, je porte ma vingtaine rutilante, et les maternités ont rendu ma Céline rayonnante, alors qu'autrefois la venue successive d'enfants semblait faire vieillir prématurément les femmes. Maurice, Simone, Renée et les petits Gaston et Carole gazouillent de santé dans le décor verdoyant de notre belle maison du coteau de la paroisse Saint-Sacrement. Tout est beau et parfait, même si ma sœur Jeanne me cause bien des soucis avec ses frasques, comme je l'ai souvent écrit dans d'autres feuillets.

De tous mes enfants, Renée est celle qui mène le plus de tintamarre, rythmant ses jeux au chant bruyant de la prospérité trifluvienne. Elle se prend pour une héroïne des vues animées, qu'elle me réclame sans cesse. Renée a le style décideur : les fillettes du quartier viennent à notre porte en criant Renée! Renée! Renée! Céline vient répondre à cette chorale qui miaule en harmonie : « Est-ce que Renée peut venir jouer avec nous, madame Tremblay? » Renée sortie, elle bouscule tout, s'ancre sur la pelouse devant les regards qui réclament une décision irrévocable. Renée ordonne un jeu et les autres suivent sans protester. Ma petite Renée me fait beaucoup penser à mon père Joseph par son sens du spectaculaire, son vocabulaire et son attitude de gagnante.

Pour contrebalancer cette exubérance naturelle, Renée a la plus étrange amie que l'on puisse imaginer. Elle s'appelle Suzanne, mais on la surnomme Sousou, diminutif enfantin qui sied bien à la petitesse incroyable de cette enfant. Céline et moi avons d'abord cru qu'elle était naine mais, peu à peu, elle a fini par grandir, ce qui, dans son cas, est un bien petit verbe. Sousou a de grands yeux, trop énormes pour son petit ballon de tête. Les plus méchantes fillettes la surnomment le cure-dent, à cause de ses jambes et de ses bras rachitiques. Ajoutant à ces attributs, déjà hors du commun, une timidité herculéenne et une économie de mots laissent croire qu'elle est peut-être muette. Sousou soupire « Oui » dans un souffle et fait accompagner cette affirmation d'un signe de la tête, la seule façon véritable de savoir qu'elle vient de dire « Oui ». Quand, rarement, Sousou formule une phrase complète, on la dirait en pièces détachées, avec, de plus, une bizarre manie amusante de transformer les noms en verbes. Par exemple, elle ne dit pas « Regarde-moi » mais bien « Yeux-

moi ». Quand Renée a commencé à trimbaler ce curieux petit animal à la maison, Céline a eu vraiment peur que l'enfant ne soit porteuse de maladies, qu'elle soit un peu simple d'esprit, craintes grossières que, honteusement, j'avoue avoir partagées.

J'ai visité ses parents. Son père, un costaud ouvrier des pâtes et papiers, m'a dévissé la main en la serrant, alors que sa femme, une énergique paysanne, m'a assuré que Sousou était en bonne santé, qu'elle n'a jamais été malade de sa vie, au contraire de ses autres enfants, dont un gaillard de douze ans charpenté comme un débardeur. Sousou semble être une erreur déposée dans cette maisonnée, comme une rose verte dans un jardin de fleurs blanches.

Renée la saisit si violemment par la main que j'ai peur que Sousou ne casse en cent morceaux. Alors, la minuscule s'assoit par terre et met la main sur une poupée qui semble plus grande qu'elle. Renée tourne dans tous les sens sa catin, la gronde, la chatouille et lui donne de spectaculaires baisers, alors que Sousou berce son enfant de chiffon avec une grande délicatesse. Quand elle joue à la tague, Sousou perd tout le temps, ses petits pas discrets ne pouvant compétitionner avec les enjambées dynamiques de Renée et des autres. Fatiguées, ma fille et son amie rentrent à la maison et Renée prend l'autre dans ses bras, me crie qu'elle a une poupée vivante, remarque qui fait échapper de la bouche de Sousou un rire microscopique. Céline, croyant cette enfant mal nourrie, l'a invitée à souper. Sousou a mangé comme un goinfre, au grand étonnement de mon épouse. Moi, je n'ai pas sourcillé : sa mère m'avait dit qu'elle souffrait du péché de gourmandise.

Hors le fait que Sousou semble étrangère à mon décor familial idyllique et à l'opulence industrielle de Trois-Rivières, je me délecte surtout des liens qui unissent cette enfant à ma Renée, comme si elle avait une sœur jumelle de deux ans sa cadette qu'elle traînera toute sa vie comme la confidente de son cœur. J'envie Sousou d'avoir Renée, tout comme l'inverse fait autant partie de mes convictions. C'est un sentiment que je n'ai jamais connu envers mes camarades de l'école des frères de Saint-Philippe. Le temps passe, même pour les petites filles, et la vie et ses responsabilités effacent les promesses d'amitié éternelle. Mais j'ai l'impression que Renée et Sousou ne seront pas de cette trahison, et mon cœur de papa s'en réjouit.

Roméo Tremblay, juin 1927

Isabelle vient de choisir le cours de religion au lieu de celui de morale. Je suis un peu perdue, car, pour une rare fois, mon amie n'est pas dans une de mes classes. J'ai le goût de demander de m'inscrire aussi en religion pour rejoindre Isabelle, mais je sais que je m'ennuierais dans ce cours, donné par une religieuse de l'ancien temps, avec sa robe grise et sa calotte de nonne. Le prof de morale, lui, est beau et jeune. C'est un enseignant d'anglais, mais comme il n'y a pas de place pour lui dans sa matière, ils l'ont mis en morale, même si je l'ai entendu blasphémer comme un damné, parce qu'il est obligé d'aller fumer à l'extérieur, dans le froid et le vent de ce septembre hivernal.

Je ne sais pas pourquoi Isabelle a choisi le cours de religion. Habituellement, il est plein de twits et de preps qui croient dur comme fer à ces légendes d'autrefois. Isabelle qui va se faire parler de Dieu, Jésus et de la Bible, elle qui, au primaire, bâillait quand l'enseignante abordait ces questions. Il y a tellement d'hypocrisie là-dedans. Comme ma mère qui m'a fait baptiser par un prêtre alors qu'elle n'a pas assisté à la messe depuis ces jours de 1967, où sa maman Bérangère a décidé de visiter l'Expo de Montréal chaque dimanche. Et Noël! Ça, c'est de la super-hypocrisie! Et Pâques aussi! Ces fêtes ne servent qu'à nous donner des congés d'école ou à vendre du chocolat ou des cochonneries. Qu'on ne vienne jamais me faire croire qu'on fête à cause du bon Dieu et de toute sa bande!

« J'ai raison, hein?

– *Oui, je suis d'accord avec toi.*

– Ah! je savais qu'on pouvait s'entendre, même si tu n'es qu'un vieux con des années soixante-dix. On va s'entendre pour ce chapitre, et après, on recommencera à s'emmerder. D'accord?

– *Mais tu dois quand même croire un peu en Dieu.*

– Moi? J'ai souvent dit qu'à l'école, les seules matières que j'aime sont les arts plastiques et l'histoire, même si j'en ai pas cette année.

– *Je t'ai déjà entendue prier.*

– Hein? Moi? T'es fou? Quand?

– *Quand tu avais huit ans.*

– C'est faux! Tu veux qu'on commence à s'emmerder tout de suite? »

Très souvent, depuis l'enfance de Marie-Lou, Roméo l'a accompagnée dans la visite des différentes églises de Trois-Rivières, afin de lui montrer la splendeur des vitraux et des peintures pieuses. Les œuvres d'art de la cathédrale sont fascinantes. Quand on les regarde lentement, doucement, elles donnent la chair de poule et laissent une impression de rêve. Avant d'entrer, le vieil homme trempait ses doigts dans un bénitier et faisait un signe de croix, gestes qui avaient d'abord fait sourire Marie-Lou. Elle se laissait bercer par le silence de ces lieux, dérangé parfois par l'écho caverneux d'une porte refermée, par le bruit des pas sur le plancher, ou par un toussotement qui se multipliait dans un écho frisquet. À l'église de Notre-Dame-des-sept-Allégresses, il y a un tableau de la Nativité signé par Jeanne. Le prêtre le sort une fois par année. C'est un des rares tableaux de l'artiste encore en circulation. Mille fois, Roméo a raconté à Marie-Lou les circonstances ayant emmené Jeanne à travailler sur une œuvre religieuse : c'était pour faire taire le curé de la paroisse qui venait sans cesse vérifier ce qui se passait dans le logement de la rue Sainte-Julie, que Jeanne partageait avec son amie Sweetie. Le prêtre de l'époque n'avait pas du tout apprécié le style de Jeanne, avec ces visages trop ronds qui rendaient Joseph, Marie et Jésus caricaturaux. C'était trop moderne à son goût et il avait jugé la peinture blasphématoire. Mais, curieusement, il avait gardé le tableau, le cachant dans le grenier de son presbytère. Il ne voulait pas détruire une œuvre religieuse, surtout qu'elle venait d'une grande pécheresse. Le prêtre avait cru voir un peu de sincérité dans l'intention de Jeanne. C'est le curé Gonzalve Poulin, le prêtre du début des années soixante, qui avait retrouvé la toile et l'avait estimée fascinante et au goût du jour. Depuis, la peinture de Jeanne a ressuscité et fait partie de la tradition paroissiale de Notre-Dame-des-sept-Allégresses. Il arrive à Marie-Lou d'aller cogner à la porte de la maison du curé pour qu'il lui montre ce tableau signé Jeanne T. Parfois, en la regardant, Marie-Lou se demande si

Jeanne l'avait vraiment fait par dérision, tant ces visages s'inscrivent parfaitement dans le style de son œuvre. Ces rondeurs, déformations polies de la réalité, sont la facture particulière de Jeanne qui donne à ses tableaux un mouvement presque cinématographique. Le prêtre, heureux de rencontrer cette juvénile descendance de l'artiste, la retient par des questions sur ses goûts, ses loisirs, scrute la personnalité de cette petite chrétienne ignorante de son propre culte. Marie-Lou, polie, répond aux questions de façon brève, puis invente une excuse pour ne pas s'attarder.

Je sais maintenant pourquoi Isabelle s'est inscrite à ce cours de religion. Elle est amoureuse d'un gars et veut ainsi l'approcher. Ce n'est pas une bonne raison! Elle désire peut-être m'imiter, car j'ai actuellement un ami de cœur. Ce n'est pas une bonne raison non plus! Si j'ai un chum, c'est pour me faire caresser et embrasser, comme les autres filles. Ce n'est pas une question d'amour ou de niaiseries semblables! Mais Isabelle est plus romantique, sans doute parce qu'elle n'est pas jolie et attire moins les garçons que moi.

Je ne déteste pas le cours de morale. Le prof est si beau! Puis c'est une matière où on peut faire des activités différentes. Je peux même présenter un dessin en guise de travail! Il nous enseigne la justice, le respect, le partage, la tolérance et d'autres affaires de ce genre-là. Isabelle commence son cours par la Bible. Rien que ça! Dans deux mois, elle va peut-être parler comme ces Américaines, qui mettent le mot « God » partout. Thank God pour la vie! Thank God de m'avoir donné la santé! Thank God pour la réussite de mon examen! Thank God pour cette bonne pizza! Isabelle est plus influençable que moi. Il lui arrive de croire tout ce que les profs disent. Si je ne la surveille pas, elle va peut-être devenir une Jésus et cogner aux portes des gens le samedi matin. Déjà, en morale, l'an passé, elle avait tendance à tout prendre au sérieux, alors que chacun sait que ce ne sont que des trucs pour avoir une bonne note et accéder au secondaire.

Parfois, Isabelle est bizarre. Elle ne me raconte pas tout, même si deux amies éternelles comme nous ne doivent avoir aucun secret. Alors, je lui fais une petite câlinerie et hop! elle me dit tout. Combien de fois m'a-t-elle braillé tous ses complexes à cause de ses boutons, de sa pâleur et de ses cheveux de broche? Ce que je connais depuis longtemps, par contre, c'est la honte pour sa famille, de ce qu'elle représente. Je peux très bien la comprendre. Si Isabelle a la chance extraordinaire d'avoir un père, quand je le vois plus de deux fois par semaine, je suis bien contente de savoir que ma mère était une courailleuse des années soixante-dix et que mon père n'était qu'une goutte de sperme non identifiée dans un flot gluant et pas plus identifiable. Je connais tous les problèmes de la situation sociale d'Isabelle. L'autre jour, elle m'a confié qu'elle cherchait une autre réponse. À quelle question? Isabelle ne le sait pas. Super-bizarre, Isabelle! Mais après réflexion, je crois comprendre qu'elle cherche peut-être dans le cours de religion. Souvent, ça débute ainsi, ces maladies. Oh! et puis, je sais bien qu'après trois soirées de danse à la disco, mon amie va avoir oublié ces singeries!

Isabelle ne se présente pas en classe en ce vendredi matin, ce qui est un fait rarissime. Marie-Lou est inquiète, autant que son enseignant qui se demande si cette jeune adolescente tellement studieuse est malade. La réponse fait sursauter même ceux et celles qui la jugent insignifiante : Isabelle entre en classe quinze minutes après la cloche, les yeux boursouflés et la lèvre supérieure fendue. Tout le monde la regarde. Elle clame tout haut qu'elle s'est levée en retard et qu'elle s'est cognée contre un poteau. Sa voix la trahit et cette explication pue le mensonge. L'enseignant lui demande de la suivre dans le couloir pour un tête-à-tête. Un brouhaha de grognements envahit la classe. Après dix minutes, Isabelle retourne à sa place en pleurant, met la main sur ses livres, pour sortir aussitôt. Et rien au monde ne peut retenir Marie-Lou qui court la rejoindre.

« Son père l'a battue parce qu'elle a, par mégarde, effacé une cassette vidéo où il y avait une partie de hockey de je ne sais trop quel championnat! Tu te rends compte? Je vais le tuer! Mets ça dans ton roman : une adolescente à peine sortie de l'enfance scie le père de sa meilleure amie. Ça va faire vendre ton livre.

– *Attends un peu, Marie-Lou! Reste calme.*

– Est-ce que tu veux que je te tue avant de partir? Je n'ai pas de temps à perdre avec toi! »

Les adultes ne comprennent rien! S'ils pensent qu'Isabelle a le goût de parler de ses problèmes familiaux avec le psy de l'école ou à un fonctionnaire d'un C.L.S.C., ils se trompent royalement! Isabelle marche lentement vers son casier et devine que Marie-Lou va suivre quelques minutes plus tard. Se tenant par la taille, elles s'éloignent vers les restaurants du boulevard des Forges, en face de l'école, où Isabelle refroidit son thé avec ses larmes, alors que Marie-Lou avale deux cafés chauds à la vitesse d'une employée de bureau.

Le désir de vengeance envisagé par Marie-Lou ne trouve pas écho chez Isabelle qui regarde plutôt l'horloge du mur, de peur de rater le prochain cours. C'est en ne manquant aucune leçon qu'elle va sortir de ce milieu, répète-t-elle à son amie. De retour à l'école, toute la classe la zyeute. L'hypothèse du poteau n'a jamais pris auprès de ces jeunes. Un tel drame, loin d'être monnaie courante, n'est cependant pas étranger à leur quotidien. Quand un membre d'une bande n'en bat pas un autre, c'est un fils qui boxe son père ou c'est une fille qui pleure parce que sa mère a été tabassée par son conjoint. Isabelle est identifiée au quartier des H.L.M., nid idéal pour des drames semblables. De l'autre côté du boulevard, dans le quartier de Marie-Lou et des bungalows, les coups sont moins apparents, mais psychologiquement tout aussi vicieux.

Et Isabelle, n'en finissant plus de renifler, prend des notes et écoute le professeur de mathématiques. Elle lève la main pour une question. Sans le savoir, elle donne une grande leçon de courage et de sens du devoir aux autres. Mais il y en a beaucoup qui sont prêts à joindre la milice de Marie-Lou pour une vengeance, même s'ils ne sont pas particulièrement amis avec ces deux siamoises. Sur l'heure du dîner, Isabelle reçoit sans cesse l'encouragement de filles qui habituellement ne la regardent même pas. On lui offre à manger, de l'abriter pour la nuit prochaine.

Le cours de religion parle de pardon. À la fin de la période, Marie-Lou fait les cent pas devant la porte et voit par la petite fenêtre Isabelle en train de parler avec la religieuse enseignante. Mais l'adolescente ne veut pas révéler à son amie la teneur de leurs propos. Marie-Lou saute de stupéfaction quand Isabelle lui dit qu'elle va aller souper chez elle, au lieu d'accepter son invitation. La blonde l'accompagne, après avoir promis de ne chercher à étrangler personne. Tout semble normal : la télé hurle à tue-tête et se mêle à une tribune téléphonique de la radio. L'odeur de frites graisseuses et de macaroni au fromage donne un haut-le-cœur à Marie-Lou. Au second étage, le frère d'Isabelle, un métal redoutable, pousse ses cassettes bruyantes au maximum et joue de la guitare avec sa raquette de ping-pong. Dans sa petite chambre, Isabelle pleure à nouveau en constatant que rien n'a changé, que son père n'a pas bougé d'un poil pour s'excuser. En descendant, Isabelle dit à sa mère qu'elle va aller souper chez Marie-Lou, ce qui semble la satisfaire, ayant eu crainte de devoir remplir une assiette supplémentaire pour la blonde dessinatrice. Le vingt du mois approche, avec à sa suite les éternels problèmes d'alimentation.

Isabelle rit en racontant à maman sa rencontre spectaculaire avec un poteau. Complice, je l'accompagne dans ses sourires. Mais ma mère note vite que je ne crois pas une seconde à cette histoire. Nous nous cachons rapidement dans ma chambre. Je croyais bien qu'Isabelle mouillerait mon oreiller, mais elle étale ses livres sur le lit, dit que la vie doit continuer et qu'il faut étudier. Pendant qu'elle fait du français, je lui dessine ce garçon dont elle se dit amoureuse et qui ne s'est même pas inquiété de ses blessures révoltantes. Isabelle tente en vain de me faire répéter des règles de grammaire. Avant qu'elle se mette au lit, je passe un peu d'eau chaude sur son œil boursouflé, appuyant délicatement avec un doigt. Je répète le procédé en m'attardant à ses lèvres. Avec un peu de rouge discret, rien n'y paraîtra, prétend-elle. Je crois plutôt qu'elle n'a pas à masquer ses tuméfactions, afin de dénoncer, devant tout le monde, l'acte de barbarie de son père.

Je veux profiter de ce samedi de congé pour la distraire, la faire rire, lui montrer un peu de bonheur. Mais quand nous passons par le centre commercial, je me sens révoltée quand elle met la main sur une cassette vidéo vierge et dit que cet achat consolerait peut-être son père. Je la traîne par la main loin des magasins. Nous prenons l'autobus jusque chez Roméo. Lui possède de la vraie sagesse! Lui me dira quoi faire! Mais Isabelle ne veut pas ébruiter ce qu'elle nomme de façon indécente un incident. Roméo a trop vécu pour croire aux mensonges, qu'il déteste par-dessus tout. Il sait, sans poser de question, que quelqu'un a frappé Isabelle. Elle baisse les paupières et dit qu'un garçon... La vieille Renée, derrière, s'exclame qu'elle va prier pour mon amie. Prier! En voilà une solution! Et la loi de la protection de la jeunesse? Et la police? Mais qu'est-ce que je fais encore là à me plier à la soumission de perdante d'Isabelle? Roméo me déçoit quand il dit qu'il va aussi prier. Oh! bien sûr, les vieux ont vécu longtemps avec ces superstitions! Mais Roméo m'a souvent affirmé qu'il tenait de son père Joseph, qui n'était pas un catholique très assidu.

Isabelle me terrasse totalement quand elle dit qu'elle veut descendre au centre-ville pour se rendre à la grosse église près du parc Champlain. Comment on appelle ça? Un sanctuaire ou une cathédrale? C'est une cathédrale! Le sanctuaire, c'est à Cap-de-la-Madeleine, la ville-dortoir voisine de Trois-Rivières. Nous regardons les beaux vitraux. Puis ces petites peintures, une dizaine, alignées côte à côte, qui semblent représenter quelque chose d'important pour une vieille femme qui s'arrête devant chacune pour murmurer des paroles apprises par cœur. Nous respirons des chandelles qui brûlent dans des vases colorés. À l'arrière, un homme nous fait sursauter en sortant d'une petite cabine, probablement l'endroit où ils entreposent les balais et les seaux pour le ménage. Cet homme demande à Isabelle si elle veut se confesser. Je lui réponds que mon amie m'a déjà tout dit et que ce n'est pas de ses affaires. Elle me donne un discret coup de coude dans le bas-ventre. Nous n'avons rien fait de spécial. Isabelle voulait juste se rendre à cet endroit, je ne sais toujours pas pourquoi.

Le soir, nous écoutons du blues pendant que je peins et qu'elle écrit. Elle s'endort comme un bébé après mon bécot de bonne nuit, mais je me sens incapable de dormir. Le fantôme de Jeanne me parle et je songe à cette peinture de l'église Notre-Dame-des-quelques-Allégresses. Peut-être que Jeanne était perturbée quand elle a travaillé à ce tableau et pensait à tout le mal qu'on disait d'elle et de Sweetie. Cette peinture pourrait avoir été une façon de chasser cette tristesse, à la manière de cette visite d'Isabelle à la grosse église. Mais Isabelle ne peut pas se cacher tout le temps. Le dimanche, elle doit rentrer chez elle. Je l'accompagne. Rien n'a bougé depuis hier. Isabelle va s'enfermer dans sa chambre pour écouter une cassette dans son baladeur. En descendant, je salue monsieur Dion de la tête. Il ne bouge pas, perdu dans les flots bleutés de son écran.

J'ai le goût de tout raconter à ma mère. Mais à quoi bon? Elle ne comprendrait pas. Je voudrais aussi lui parler de la religion, pour savoir pourquoi les gens s'y cachent au lieu d'affronter les problèmes. Mais, de nouveau, maman ne saurait pas quoi répondre, la seule religion de sa jeunesse étant un sac de pot et le premier disque de Paul Piché. J'essaie de voir clair dans tout ça, de façon moins émotive. Je suis certaine qu'en se plaignant au bon organisme, Isabelle pourrait être protégée de son père. Car ce n'est pas la première fois que ça arrive! Enfin, quand elle était petite, Isabelle subissait des fessées pour tout et pour rien. Mais quand la fessée devient un coup de poing, j'ai peur de ce qui pourrait se passer d'ici quatre ans, quand enfin nous serons majeures et que nous pourrons demeurer ensemble en appartement.

Lundi, à l'école, Isabelle m'apparaît très préoccupée, mais elle refuse de m'avouer ce qui la perturbe. À quinze heures quarante-cinq, la blessée ne veut pas sortir avec moi, demeure près de la porte. Soudain, je vois s'approcher cette religieuse enseignante. Ça y est! Voilà le secret! La nonne veut s'en mêler! À l'aide! Ma meilleure amie déraille! Qu'est-ce qu'une vieille sœur habillée comme en 1945 peut faire, sinon empirer la situation? Elle me dit que je peux les suivre, si je le désire. Tu parles comme je ne refuse pas! Et j'aimerais tant avoir un bâton de baseball pour intervenir à ma manière!

En rentrant à la maison et en voyant cette femme de religion, le père d'Isabelle se lève automatiquement. Pendant qu'elle lui parle, Isabelle et moi filons vers la chambre. Je claque des dents. Il va la frapper, religieuse ou pas! Une demi-heure plus tard, la mère d'Isabelle nous hurle de descendre. À la table de cuisine, le père d'Isabelle s'excuse auprès de sa fille. Et mon amie lui répond qu'elle lui pardonne. C'est le bouquet! Et le bouquet au parfum d'hypocrisie quand il enlace Isabelle! Je m'arrache les cheveux et ne croit pas une seule seconde à la sincérité de cette scène. Je me range du côté de la sœur, incapable de lui poser une question. De toute façon, elle me répondrait d'avoir confiance en Dieu ou une connerie semblable.

Le lendemain, Isabelle me parle de l'uniforme de cette femme et prétend que, si un policier ou un fonctionnaire avait fait la même démarche, elle aurait eu un deuxième œil au beurre noir et six dents en moins. Et pire que tout, Isabelle me confirme qu'elle pardonne à son père pour de vrai! Elle oublie cette histoire qui continue à agiter mon sommeil. Je jase avec des gars et des filles de son cours de religion qui me confirment que la sœur est la meilleure prof de l'école de La Salle. Mais rien ne change dans notre vie et Isabelle passe encore plus de temps chez moi que chez elle, surtout après le vingt du mois. Elle est toujours incapable d'endurer le bruit de sa maison et la pauvreté héréditaire de parents qui gardent les bras baissés. Elle ne se met pas à aller à la messe ou à prier. Je soupire de soulagement, mais tout ça m'énerve quand même!

C'est Jeanne, dans son carnet intime, qui me dit ce qui s'est réellement passé. En 1929, Jeanne a fait cette peinture pour répondre à un besoin de croire en une justice qu'elle est allée chercher en dessinant Jésus, Marie et Joseph. Mais le curé avait refusé. Isabelle a fait une démarche semblable. Il faut croire que la religieuse de l'école de La Salle était plus ouverte que le prêtre de Jeanne. Alors, Jeanne suggère que je fasse cette peinture inspirée par le livre du cours d'Isabelle. Ce sera un cadeau pour la nonne. Je choisis le même modèle que Jeanne. C'est un peu comme les crèches en vente au centre commercial, les étiquettes en moins. J'y mets beaucoup de cœur et je m'étonne, chaque soir, de trouver une drôle de paix à travailler à ce cadeau. C'est une paix semblable à celle ressentie quand Roméo m'emmène regarder les vitraux de la grande église, en face du parc Champlain. Un peu avant Noël, je cogne à la porte du bureau de la sœur et lui donne ma peinture, pour la remercier d'être intervenue dans le drame de mon amie Isabelle, en septembre dernier. Elle trouve la toile très belle, me couvre de remerciements et termine en disant qu'elle va prier pour moi. Je me demande pourquoi cette remarque me procure ce frisson de bien-être...

Comme j'espère que l'histoire est une leçon à ne pas oublier, je souhaite que les gens des futures générations se souviennent de la grande crise économique des années 1930. Aux actualités cinématographiques, on nous montre des chômeurs mal rasés qui attendent patiemment dans une filée pour recevoir un bol de soupe. On pense alors que ceci se passe dans les grandes villes comme Montréal ou New York. Et pourtant, ceci existe bel et bien chez nous, à Trois-Rivières, au dispensaire de l'hôpital Saint-Joseph. J'ai l'impression que toute ma ville est paralysée. Les usines fonctionnent au ralenti et les quelques ouvriers toujours en place ont vu leur maigre salaire coupé de moitié. La fermeture de la grande papeterie du Cap-de-la-Madeleine a donné un dur coup. Conséquemment, tous ces gens dépensent moins dans les magasins. Je vous laisse imaginer le reste, semblable à un château de carton qui s'écroule carte par carte.

J'ai un bon emploi au journal Le Nouvelliste, ***mais si personne n'achète nos copies, si les commerces ne s'en servent plus pour la publicité, peut-être que, moi aussi, je deviendrai chômeur. Comment ferais-je pour nourrir mes six enfants? Même le malheur peut toucher les plus fortunés, les plus chanceux. Parfois, j'ai une curieuse honte d'être un de ceux-là. Les gens, croyant que je suis très savant, me demandent sans cesse quand la crise va se terminer. Comme j'aimerais tant leur répondre! D'autres personnes apportent une nuance à laquelle j'ai une réponse : la crise va-t-elle se terminer? Oui, monsieur! Elle se terminera! Car l'économie, l'histoire nous le prouve, est faite de hauts et de bas. Ce qui***

est bas doit toujours remonter. Mais, par pitié, qu'on cesse de me demander le jour et l'heure de la fin de la crise.

D'autres voient en ces années de souffrance les premiers signes de la fin du monde. Dieu punit ceux qui ont péché, qui se sont vautrés dans l'abondance des années 1920. Ceci est un peu alarmiste et pas du tout réaliste. Mais je ne saurais en faire le reproche à ces citoyens. Notre clergé, souvent clairvoyant, a parfois tendance à tout ramener sous son aile protectrice. L'économie, l'industrie et les marchés boursiers n'ont rien à voir avec les saints ou le pape. Quand j'affirme cette réalité à ma sœur Louise, elle me traite de mauvais catholique, d'hérétique.

Louise croit en ce Dieu terrifiant, aussi radical qu'un fasciste européen. Ma foi est sans aucun doute plus spirituelle. J'ai l'air vantard, d'être accusateur, mais j'ai déjà parlé dans d'autres feuillets de cette curieuse ambivalence dans laquelle nous avons été élevés, Louise, Jeanne, Adrien et moi. Mon père était exagérément aussi mauvais catholique que ma mère pouvait être exagérément bonne chrétienne. Nous, leurs enfants, avons nagé dans cette tempête en tentant de faire la part des choses, tout en étant submergés par les enseignements religieux de l'école et par les leçons de la vie.

Louise, avec intelligence et détermination, avait fait le succès de notre restaurant Le Petit Train *après que mon père l'eut plus ou moins abandonné en faveur de sa compagnie de taxi. Célibataire endurcie bien malgré elle, la raison de vivre de Louise se trouvait entre les quatre murs du restaurant. Or,* Le Petit Train *se situe au cœur du quartier ouvrier le plus populeux de Trois-Rivières, donc le plus touché par la crise. Plus personne ne venait, sinon quelques voyageurs de la gare. Pour Louise, il n'y avait que la foi pour faire cesser la crise et redonner vie à son monde.*

De la gare était descendu un curieux petit homme du nom d'Honoré Tremblay. Analphabète, faible et timide, cet éternel journalier de manufactures, véritable prototype de la petitesse canadienne-française, était arrivé à Trois-Rivières comme bien des gens des campagnes ou des villes moyennes, croyant que notre métropole si industrielle allait les sauver du chômage. Aussi dévot que ma sœur, Honoré était peu à peu tombé amoureux de Louise. Le sentiment était réciproque, même si ces personnes vertueuses cachaient bien leur jeu.

Par charité chrétienne, Louise avait prêté notre garage à ce vagabond. Elle se faisait un devoir de ne pas laisser naître le soupçon d'une rumeur malveillante, bien que plusieurs commères se soient amusées à dire que la vieille fille Tremblay laissait le vieux garçon étranger traverser à la maison la nuit venue. De ma vie, je n'avais jamais vu un couple aussi amusant que Louise et Honoré, toujours éloignés l'un de l'autre quand il y avait des visiteurs.

Pour Honoré, il n'y avait pas de doute possible : la crise était un envoi du Christ pour mettre les fidèles à l'épreuve. Dieu jugerait les plus sincères, les plus courageux, afin de préparer une sévère sélection pour le paradis. Une espèce de processus d'élimination, en somme. Oh! ce n'était pas si farfelu! Bien des travailleurs avaient renié leur foi en voyant que Notre-Seigneur les laissait dans le malheur, incapables de nourrir leurs enfants et leur enlevant toute dignité humaine quand ils devaient quêter leur soupe comme des misérables, eux qui étaient de respectables pères de famille et de bons ouvriers, quelques mois plus tôt.

Il était vrai que l'entraide et la générosité se manifestaient beaucoup depuis le début de la crise et qu'il s'agissait d'une occasion idéale pour nos prêtres d'enseigner l'amour et la charité, mais aussi, malheureusement, la crainte et le châtiment. En oubliant ceux qui avaient renié, les églises de Trois-Rivières étaient bondées. La religion est parfois faite ainsi : les gens n'en ont besoin qu'en cas de malheur. Mon père Joseph, si mauvais catholique au cours de sa jeunesse, est totalement devenu croyant peu après les morts successives d'Adrien, de mon petit frère Roger et de ma mère. Depuis, j'ai souvent du mal à reconnaître l'amusant papa de ma petite enfance.

À plusieurs occasions, depuis le début de la crise, j'ai offert à Louise mon aide financière pour maintenir Le Petit Train *ouvert. Cette orgueilleuse a toujours refusé. Si ses goussets sont de plus en plus vides, ma sœur aînée persiste à croire que la crise est divine, et non terrestre. C'est ainsi que notre restaurant familial s'est rempli de cierges bénits, de crucifix, de rameaux, de chapelets, d'images du Sacré-Cœur et de statues de la Vierge qui servent à tout instant aux prières de Louise.*

Chaque matin, le petit homme Honoré sort de son garage et se poste à l'entrée du Petit Train *pour attendre Louise. Elle marche au-devant et il la suit comme un chiot. À l'église paroissiale, chacun s'éloigne l'un de l'autre, mais leurs éternelles répétitions de prières vont dans la même direction : la fin de la crise.*

Louise y va d'un Pater *pour le retour des clients, alors qu'Honoré enfile les* Je vous salue, Marie *dans le but d'obtenir un petit emploi pour quelques jours.*

Avec une obstination courageuse, Honoré refait chaque jour l'itinéraire des usines, manufactures et commerces, qui ne se donnent même plus la peine de répondre aux malheureux comme lui. Et à chaque heure, Louise travaille au restaurant comme si nous étions encore à l'époque de la prospérité. Six jours par semaine, le même processus se répète inlassablement. De dimanche en dimanche, ils assistent à toutes les messes et aux Vêpres, se confessent à chaque occasion. Je n'ai pas mentionné les prières à la maison et les processions? J'aimerais dire que tant de dévotion à répétition m'énerve! Mais quand je parle d'économie à Louise, elle me traite à nouveau de mauvais catholique. Mais Louise, ce n'est pas Dieu qui va mettre fin à la crise! Une fois, une seule, elle m'a affirmé le savoir, avant d'ajouter que seul Dieu lui permettra de garder un véritable espoir.

Elle a eu raison. Plus les jours, les semaines, les mois et les années passaient, plus les gens se sont découragés, si bien que, par crainte du communisme ou d'une insurrection populaire, nos gouvernements ont fait briller le miroir d'or du retour à la terre, qui jette des citadins chômeurs sur des terres ingrates du Témiscamingue. À Trois-Rivières, pour quelques coupons, on leur donnait droit à des rations de vivres. Des ouvriers suaient comme des esclaves aux travaux publics, sans jamais sourire, sans plus rien espérer du destin. Mais à chacun de ces jours, Honoré et Louise se rendaient à l'église Notre-Dame-des-sept-Allégresses pour assister aux cérémonies, se confesser et prier. Et jamais je ne les ai entendus se plaindre de leur sort. Leur espoir teinté de récidives machinales de gestes et de paroles était plus fort que celui de ces pauvres déshérités sans sourires ou perdus au Témiscamingue.

Je ne sais pas si la crise va durer encore longtemps. Si malheureusement tel est le cas, je suis certain que, dans une année, cinq ou dix, Louise et Honoré vont continuer le même manège, toujours debout, alors que tant d'autres se seront affaissés depuis longtemps. Voilà peut-être où se situe la grande force de la religion : celle d'entretenir le plus grand espoir des cœurs.

Roméo Tremblay, décembre 1934

Ma mère panique. Tant mieux! L'école aussi. Bravo! Même des filles et des gars de mon âge sont effrayés. Ces connes et cons! Seul Roméo n'a pas du tout sourcillé, n'a passé aucune remarque sur mes nouveaux cheveux orangés. À presque cent ans, il est plus moderne que tous ces gens. À moins que sa vue ne baisse plus que je ne le pense...

Il fait un peu pitié à voir avec sa loupe, à scruter des livres qu'il connaît pourtant par cœur. Quand la vieille Renée le surprend en flagrant délit, elle le gronde comme un enfant la main prise dans un sac de bonbons. Croyant qu'il n'a rien remarqué, je lui dis que je viens de faire teindre ma blondeur en orangé. Il me répond qu'il a bien vu et qu'il s'en fiche un peu. Ce qu'il aime, c'est moi : pas les détails de mon anatomie. Puis, c'est bien de mon âge, paraît-il. Isabelle, bien sûr, n'a pas passé de remarque non plus. Après tout, c'est elle qui a fait l'opération! Quand je me suis vue, aussi belle qu'un néon de boîte de nuit, je me suis applaudie. Isabelle a éclaté de rire en m'embrassant. Mais l'école et ma mère, hein!

Mon idée première était de me teindre en noir et de me payer la coiffure Cléopâtre de Jeanne. Mais je dois ressembler à moi-même, pas à mon arrière-grand-mère. Je suis contente d'avoir ses yeux et ses joues, mais adopter sa coiffure aurait tenu d'une mascarade. Et puis, en noir, je n'aurais tapé sur les nerfs de personne. Ma mère a hurlé, elle et ses longs cheveux raides des années soixante-dix! Je ne veux pas ressembler à quelqu'un de cette époque atroce. Et je ne désire plus être la petite Marie-Lou Gauthier ordinaire. Je ne suis pas ordinaire! Je déteste les gens ordinaires! Je sens en moi un grand pouvoir! Me teindre les cheveux en orangé, c'est affirmer ce désir de liberté et de prise en charge de moi! C'est beau, n'est-ce pas?

« *Oui, assez beau.*

– Merci.

– *Mais tu sais, se teindre les cheveux en couleur inhabituelle, ce n'est pas très neuf, ni moderne. Au cours des années soixante-dix, il y avait beaucoup de jeunes qui faisaient ça. Comme le chanteur des Sex Pistols.*

– Quoi? Les années soixante-dix? Ce n'est pas ce dont je te parle! Je viens de dire que je veux affirmer mon désir de liberté et de prise en charge de moi! Pour une fille que tu dis illettrée, c'est pas mauvais comme phrase!

– *Je n'ai jamais affirmé une telle chose.*

– Et mes cheveux? T'es censé haïr ça! C'est supposé emmerder les vieux cons comme toi!

– *Puisque je te dis que je trouve ça joli.*

– Menteur! Tu m'énerves! Je sors de ce livre! »

Quand Marie-Lou se présente au magasin de sa mère pour travailler, Sylvie vient près de la congédier. Elle lui demande de rester dans l'arrière-boutique pour imprimer ses T-shirts. S'il y a une nuée de clientes, elle lui fera signe. Mais l'occasion venue, Sylvie préfère s'occuper de trois magasineuses à la fois. À l'école, après la surprise initiale, plus aucun jeune n'en fait de cas. Pour la direction, ce genre de fantaisie est souvent identifié à des sectes adolescentes avec connotations de violence et de drogue, bien qu'on sache que Marie-Lou, qui a beau ne pas être la meilleure des étudiantes, ne représente pas une menace pour quiconque. Quand elle ajoute à sa panoplie voyante des collants troués et un petit anneau près de ses narines, la direction ne peut faire autrement que de la retourner à la maison pour qu'elle s'habille convenablement. L'adolescente, évidemment, est heureuse de cette réaction, tout en maugréant contre l'injustice des vieux de l'école qui ne comprennent rien et jugent selon l'apparence. Marie-Lou nage avec aisance dans l'âge des contradictions.

« Mais qu'est-ce que ça veut dire, l'âge des contradictions?

– *Il me semblait que tu sortais de ce livre?*

– Je suis libre de changer d'idée.

– *Retourne d'où tu viens! Je n'ai pas terminé et je n'aime pas qu'on me coupe la parole.*

– Encore des ordres! Toujours des ordres! »

Marie-Lou a tendance à sortir souvent depuis sa transformation capillaire. Elle désire entendre les persécutions des adultes qui murmurent entre les dents que c'est bien épouvantable de falsifier ainsi la nature. Elle adore sentir sur elle tous les regards. Mais l'effet s'estompe graduellement, sauf à l'école, où l'on refuse fermement l'anneau dans le nez, aussi obstinément que Marie-Lou s'acharne à le porter aux récréations.

Jeanne a fait pareil autrefois. Roméo le mentionne dans son livre et il m'en a parlé souvent. Au cours des années 1920, aux États-Unis, certaines jeunes femmes se libéraient des contraintes de la vieille génération et commettaient des gestes épouvantables comme fumer en public, se couper les cheveux à la garçonne, porter des robes décolletées, décorées de colliers de pacotille, baisser leurs bas jusqu'aux genoux. On les appelait les flappers. Et Jeanne en était une vraie de vraie, tout comme son amie Sweetie. Jeanne et Sweetie étaient les reines flappers de Trois-Rivières! En fait, je crois bien qu'elles devaient être les seules...

Si, aujourd'hui, les filles portent moins souvent des robes et des jupes, à cette époque-là, c'était la règle. Quand le pantalon pour femmes est apparu, Jeanne en a acheté un tout de suite, bien que dans son carnet intime, elle avoue que ça lui grattait les jambes. Quand elle l'a porté publiquement pour la première fois, les vieux cons des années dix ont gueulé, tout comme aujourd'hui ceux des années soixante-dix chialent en me voyant. Heureuse de cette réaction, Jeanne s'était rendue à la messe avec son nouveau vêtement, provoquant un véritable scandale, renforcé par sa façon d'allumer une cigarette sur le perron tout en faisant un clin d'œil au premier garçon pour l'entraîner dans son automobile sport. Mon arrière-grand-mère était vraiment super! Roméo a des dizaines de photographies de cette Jeanne flapper. Elle adorait se faire croquer par un photographe professionnel. Elle prenait des poses de vedette de cinéma. Comme elle était belle et tellement moderne! Elle vivait pour les plaisirs de son temps, tout comme moi! Elle adorait crier sa liberté sur tous les toits! Je dédie mes beaux cheveux orangés et mon anneau à ma chère Jeanne que j'aime tant et qui, par son sang qui coule dans mes veines, a fait de moi une artiste peintre talentueuse!

Si j'ai l'air de tant me vanter à ce propos, c'est que je viens de donner ma première exposition et que j'ai vendu deux toiles. C'était une exposition à l'école, mais ce n'est pas trop grave, car les soixante-quinze dollars pièce que j'ai obtenu pour mon travail ne se soucient guère de la réputation ou du peu d'envergure de l'événement. Comme Jeanne autrefois, j'ai tout dépensé sans prendre le temps de compter les billets! J'ai acheté du matériel de peinture, des disques de blues, une casquette, la teinture pour mes cheveux. J'ai aussi payé Isabelle pour son travail de coiffeuse, même si elle a refusé. J'ai beau me dire que j'ai toujours peint pour mon plaisir, pour m'améliorer et pour obéir à Jeanne, obtenir tant d'argent est très encourageant. C'est une indication que je pourrai vivre de ma peinture plus tard. Mes deux clients avaient l'air connaisseurs. D'ailleurs, je leur ai dit que j'étais la descendante d'une très grande peintre de l'histoire de l'art au Québec et ils savaient très bien de qui il s'agissait, preuve de leur bon goût.

En conséquence, je commence tout de suite deux nouvelles toiles. Je vais faire une Isabelle et une fille qui a le blues dans le fond d'un autobus. Les sujets doivent représenter la joie ou les problèmes de notre époque. Le visage d'Isabelle est un mélange de ses drames de famille et d'espoir en l'avenir. Les gars la trouvent laide. Quelle connerie! Pour une artiste comme moi, les imperfections d'Isabelle sont très inspirantes. La fille de l'autobus, pour sa part, vient d'avoir trois échecs à l'école, son amoureux vient de la laisser et elle est inquiète d'habiter une ville où il y a tant de chômage. C'est pour ces raisons qu'elle a le blues. D'autant plus que, dans les autobus, ils nous obligent à entendre, à tue-tête, des stations de radio épouvantables.

Marie-Lou peint selon la méthode de Jeanne. Elle disait que c'est à cause du sang de son arrière-grand-mère qui coule dans ses veines, mais, en réalité, Marie-Lou a pris en note cette méthode dans le livre que Roméo a consacré à la vie de sa sœur. Marie-Lou entreprend un tableau sur un coup de cœur, sans jamais l'abandonner, même si parfois, après quelques jours, l'idée la séduit moins. C'est dans l'euphorie du bruit de la foule que Marie-Lou dessine à toute vitesse des croquis. L'un de ceux-là lui plaira davantage. Dans le silence de son coin de travail, elle s'y appliquera plus sérieusement, dessinant le squelette de ce qui deviendra sa peinture. Après avoir photocopié ce croquis, elle tente des expériences d'agencement de couleurs avec des crayons pour enfants. Marie-Lou, au contraire de Jeanne, n'aime pas les couleurs trop franches. Elle cherche les contrastes qui provoquent des émotions. Les couleurs du décor doivent être le prolongement du personnage.

Marie-Lou ne s'intéresse que par curiosité aux courants internationaux de la peinture. Elle visite les sites Internet créés par les galeries ou les artistes. Jamais elle ne prend cela au sérieux. Elle dit que, si elle était guitariste, elle n'écouterait que des disques de piano. Enfermée dans sa bulle créatrice, Marie-Lou suit son chemin qu'elle croit délimité par le fantôme de Jeanne : elle est portraitiste, peu importe que ce genre soit à la mode ou non. Marie-Lou peut dessiner dans d'autres styles. Elle excelle, par exemple, dans la caricature. Sa clientèle de T-shirts lui demande souvent des dessins amusants. C'est aussi ce qu'elle propose, une fois par mois, dans le journal étudiant de son école. Mais ce qui touche le plus son cœur demeure les visages féminins, comme chez son arrière-grand-mère.

« Je suis heureuse de pouvoir témoigner de ma méthode de travail par ce livre. Je vais faire ma jeune fille polie et t'offrir une révérence en disant merci beaucoup, monsieur l'écrivain.

— *Il n'y a pas de quoi.*

— C'est un document précieux que les gens vont lire. Dans soixante ans, on va regarder ton bouquin pourri pour voir comment la célèbre Marie-Lou Gauthier s'y prenait pour peindre quand elle était ado.

— *Sais-tu que tu es très prétentieuse, jeune fille? Que ton arrière-grand-mère Jeanne, déjà pas la plus humble, n'atteignait jamais tes sommets de vantardise?*

— Je te fais des politesses et tu m'insultes! Je le savais qu'on ne peut jamais avoir confiance en cette génération des années soixante-dix!

— *Et tu es très répétitive, de plus.*

– Non! Insistante!
– *Répétitive!* »

( ) *Répétitive* ( ) *Insistante* ( ) *Aucune opinion*

J'aime le bruit. Je suis née dans le vacarme et chaque jour de ma vie m'y plonge. Plus jeune, j'écoutais la musique stupide des clips de la télévision, mais, depuis trois ans, ce sont les sentiments du blues qui me font tanguer, me pénètrent jusqu'à la jouissance. (Je ne devrais pas dire des trucs semblables, mais ma sexualité, je devine que le vieux con des années soixante-dix qui écrit ce livre va finir par en parler plus loin. Tous des cochons, cette génération!) J'ai besoin de blues pour me préparer à peindre. Casque d'écoute sur la tête, je danse avec mon croquis, je le regarde sans cesse, je le serre contre moi, je le sens entrer dans mon cœur. Une fois, ma mère m'a surprise et m'a jugée complètement folle, elle qui met parfois de la musique de folklore sur le lecteur de CD du salon et gigue comme une imbécile. Après cet exercice, j'arrête tout le vacarme. Silence! J'ai besoin de silence, de l'obscurité de mon coin de sous-sol, éclairé par une lumière tamisée bleue. Aussitôt le premier coup de pinceau donné, je n'existe plus! Il n'y a plus que ma toile. Plus de temps, plus d'école, plus de problèmes. Je suis amoureuse et libre. Je vais très lentement, avec des hésitations. Quand je me sens un peu vide, j'examine le résultat sous tous les angles. Je fume une dernière cigarette et je vais me coucher sans regarder l'heure. Parfois, il est bien tard. La nuit appartient aux artistes. Puis, je continue le lendemain soir. Comme Jeanne, jamais je n'abandonne ni ne recommence. Il faut des mauvaises toiles pour faire ressortir les meilleures. Prétendre que je ne pense qu'à ma toile au cours d'une journée serait mentir. Entre elle et moi, il y a la lumière bleue, la chaleur de mon coin de travail, les sentiments du blues. Je peux même faire deux toiles à la fois, comme actuellement.

Marie-Lou l'artiste a besoin de solitude pour peindre. Si sa mère descend pour la voir, elle est reçue comme une intruse. Seule

Isabelle peut regarder Marie-Lou travailler, tout en la sachant un peu hors de ce monde. Paradoxalement, Marie-Lou peint avec le même sérieux parmi la faune des trente élèves de sa classe d'arts plastiques. Elle prétend que ce ne sont pas de vrais dessins, de véritables tableaux, mais bien des réalisations pour obtenir une note scolaire. Et pourtant, Marie-Lou est tout autant hors de cet univers dans cette salle de cours. Alors que les autres s'agglutinent près de la porte et bavardent fort à l'approche de la sonnerie, Marie-Lou demeure à sa place, dans son silence, un crayon vers le papier. Quand elle termine un dessin, Marie-Lou, bras croisés et le regard hautain, attend que l'enseignant passe près d'elle pour, comme d'habitude, être incapable de lui faire un reproche. Marie-Lou n'est pas en apprentissage dans cette classe. Elle prétend même qu'elle pourrait donner le cours. La catastrophe suit toujours la leçon d'arts plastiques : Marie-Lou s'écrase sur son bureau, encore bercée par son dessin. Parfois, elle le continue discrètement, les yeux fixes vers l'enseignant à faire semblant d'écouter. Le dernier cours de la journée la voit tout autant distraite, sachant que, dans quelques heures, elle retrouvera son coin de travail et ses « vraies » peintures.

Après une semaine, le personnage prend forme. Le processus de création dure environ un mois, jamais plus. En cours de route, elle installe sa toile entre deux cartons et va la montrer à Roméo. Celui-ci, ayant de plus en plus de mal à se déplacer, s'ennuie de ne plus voir Marie-Lou à l'œuvre. Au courant de cette situation, l'adolescente traîne parfois tout son matériel chez le vieil homme pour travailler à une autre toile sous le ravissement de l'ancêtre.

Roméo n'est critique de rien. Jeanne, dans son journal intime, se plaignait souvent des observations sévères de son frère à propos de ses toiles. Parfois, aussi, elle le félicitait de la traiter ainsi, sachant qu'il avait raison. Mais maintenant, Roméo est trop âgé pour tenter d'influencer mon travail. Par contre, quand j'étais petite, il ne se gênait pas pour le faire! J'aimerais pourtant qu'il me confie sa véritable opinion. Je me contente de savoir qu'il aime me voir peindre. Il m'encourage depuis mon enfance, comme il avait fait pour Jeanne. Sans Roméo, Jeanne ne serait peut-être jamais devenue artiste peintre. La situation est la même pour moi. Ça lui fait plaisir de me voir devant un chevalet. Il retrouve l'odeur des solvants et le grincement de la plume, le pas feutré des pinceaux. Il aime ces sensations qui le rapprochent des beaux jours avec Jeanne. Il me regarde faire en silence. Parfois, il approche et met ses mains osseuses sur mes épaules pour me dire des trucs inattendus sur mes sentiments. Il me parle beaucoup de la liberté par la création, principe auquel je crois beaucoup, car, comme je l'ai dit, quand je peins, il n'y a que la toile et moi. Voilà la vraie liberté! Et au diable le grand tourment de l'artiste! C'est un mythe! Ça n'existe pas! Je suis si bien quand je peins, encore mieux qu'entre les bras d'un beau garçon. Quand je termine ma toile, je me sens vide et triste. Je l'écris dans mon journal intime, où je consigne toutes les étapes de création de mes tableaux. C'est pour la postérité. Et peut-être aussi pour un jour prochain où le vrai blues aura envahi ma vie. Je n'aurai qu'à regarder ces notes du passé pour me redonner le goût à la peinture.

Sylvie, sentant sa fille enfin libérée de sa création, approche doucement derrière elle pour regarder le résultat, la féliciter d'un sourire. La maman est certes fière de Marie-Lou, malgré ses fantaisies capillaires et ses mauvais coups à l'école. Quoi qu'en pense Marie-Lou, depuis l'enfance, Sylvie encourage le talent de sa fille. Adolescente, Sylvie voulait être une artiste. Passionnée par le théâtre, elle a participé à de nombreuses pièces amateurs, tout comme elle a chanté dans un groupe de folklore. Si elle s'ennuie souvent des applaudissements, elle sait qu'un peu de cette passion a été retransmis à Marie-Lou. Sylvie ne nie pas le rôle important de Roméo dans ce développement de la fibre créative de sa fille.

La lumière s'éteint sur les cheveux d'une adolescente écrasée sur un siège d'autobus alors que, par la fenêtre, on perçoit les néons bleus dans les édifices qui contrastent avec la couleur pêche du visage triste et perdu. Cette fille n'est personne : elle est un sentiment. Marie-Lou emporte sa toile à l'école pour que les autres jeunes lui disent quel est ce sentiment, même si, la plupart du temps, ils se contentent d'avouer que c'est beau, félicitant nonchalamment Marie-Lou. Son barbu de professeur d'arts plastiques tente de faire une critique, mais, au fond de lui, l'homme se dit sans cesse qu'il aimerait bien avoir un tel talent. Il sait avant tout que Marie-Lou tient à se faire féliciter pour calmer son énorme ego.

Comblée des bons mots du barbu – même s'il n'est qu'un vieux con des... – Marie-Lou lui confie sa toile, pendant qu'elle ira perdre son temps au cours d'éducation physique. Comme elle déteste ces exercices, ces sports, la hauteur du gymnase, l'odeur de sueur de la chambre des douches! Sans oublier les exigences de l'enseignante! Sa voix rebondit contre les murs et Marie-Lou reçoit en cascades éteintes l'écho de son prénom. L'enseignante lui ordonne de sauter sur un cheval d'arçons. À quoi servent ces singeries d'habileté physique quand on a une âme d'artiste? Toujours un peu dans la lune, Marie-Lou court, frappe le cheval de ses mains, rate sa culbute et s'assomme en tombant au tapis. Quand elle se réveille, toutes les filles de sa classe en ont pour sa bosse, alors que Marie-Lou a mal à la main droite. En s'appuyant pour se relever, l'adolescente sent distinctement un craquement horrible, qu'elle fait suivre par un hurlement sans équivoque. En apprenant qu'elle a la main droite cassée, Marie-Lou a le goût de briser la gauche en cognant sur tout ce qu'elle rencontre. Enrubannée, Marie-Lou attend sa mère à la salle de l'urgence de l'hôpital. Elle ne cesse de murmurer à la queue leu leu tous les jurons traditionnels du Québec, effrayant une dame âgée prise de rhumatisme. Marie-Lou fait entendre ses jérémiades antisportives à Sylvie et à ses deux frères, alors que, soudain, Isabelle arrive hors d'haleine pour la consoler. Mais ce que Marie-Lou craint le plus se manifeste de façon criarde : elle est incapable de dessiner de la main gauche.

« Je ne veux pas t'entendre! Rien! Pas un mot! Ne me dis surtout pas que si j'avais été plus attentive aux instructions de cette guenon en culottes courtes, je ne me serais pas blessée!

– *Je n'ai rien à dire, sinon pour t'encourager et te consoler.*

– C'est de ta faute, tout ça!

– *De ma faute?*

– Ton stupide livre et son intrigue! Comme t'avais plus rien à dire sur mon talent, hop! vite un effet inattendu pour susciter l'intérêt! Je les connais, ces trucs d'écrivains! Isabelle m'en parle tout le temps! C'est de ta faute! Est-ce qu'il achève, ton chapitre, que je guérisse? »

Maussade, Marie-Lou tourne comme un écureuil dans sa cage, écoute trop fort son blues. Sa mère approche pour lui dire qu'elle a une occasion en or de s'ouvrir davantage l'esprit vers des horizons qu'elle devrait connaître depuis longtemps, comme la littérature. Marie-Lou lui répond en haussant le son du lecteur de disques. Mangeant de la main gauche, Marie-Lou sent soudainement qu'en s'y prenant comme il faut, elle pourrait un peu dessiner avec cette main morte. Après un essai, elle hurle encore, avant de se précipiter vers ses disques de blues. Le seul avantage qu'elle trouve à cette blessure est qu'elle ne pourra pas prendre de notes à l'école. Marie-Lou gueule au pluriel contre son prof de français parce qu'il refuse de lui faire passer un examen oral, sous prétexte qu'elle n'a qu'à tracer des X dans les cases appropriées.

Personne ne la comprend. Tout le monde la méprise. On la ridiculise. Sa vie est une catastrophe. Elle est persécutée. Elle souffre et on s'en moque. Le monde est si cruel! Elle songe à devenir ermite, dans une cabane de banlieue, avec ses crayons et ses pinceaux. Marie-Lou est prisonnière de sa main blessée, mais dans son imagination s'esquissent tant de projets de peintures et elle bouillonne d'impatience face à l'incapacité de les transformer en croquis. Elle se contente de dicter les descriptions à son magnétophone. L'air désolé, Roméo prend sa main blessée. Lui seul comprend le drame : Jeanne s'était cassé le bras droit dans un accident d'automobile et il se souvient trop bien de ses humeurs, les mêmes que Marie-Lou. Enfermant la main blessée entre la chaleur des siennes, Roméo dit une formule magique de guérison, afin de faire sourire un peu Marie-Lou et la réconforter. Un mois plus tard, enfin libérée, c'est vers Roméo que Marie-Lou accourt, avec sa tablette et ses crayons, pour lui dessiner tout de suite une Jeanne rieuse, les bras au ciel, à courir dans le vent, comme si c'était son arrière-grand-mère qui venait d'être délivrée de ce plâtre pour retrouver sa liberté.

Quand j'étais enfant, beaucoup de légendes anciennes nous

arrivaient de la campagne et se transposaient étrangement dans une ville moderne comme Trois-Rivières. Les superstitions du Canada français traditionnel nous apparaissaient comme des folies d'un autre siècle. Ainsi, dans les villes, les quêteux n'effrayaient plus personne. Quand ils cognaient aux portes pour leur pain quotidien, certains citoyens leur répondaient d'aller se faire engager pour la journée dans l'une des usines de Trois-Rivières.

Quand un quêteux s'est installé chez nous, après le grand incendie de ma ville, en juin 1908, Adrien, Louise, Jeanne et moi avons été plus intrigués qu'effrayés. Nous fiant aux légendes d'autrefois, nous voulions entendre le quêteux nous raconter une histoire. Le nôtre ne se privait pas pour nous éblouir avec ses contes qui mêlaient le réalisme, l'imagination, la féerie. Bien vite, j'ai été conquis par cet homme étrange surnommé Gros Nez, à cause du spectaculaire appendice qu'il portait au milieu de son visage rond, encadré de cheveux grisonnants et trop longs, sans oublier sa barbe généreuse, pimentée de gris et de noir. Combien de feuillets ai-je écrit sur cet homme unique qui m'intriguait à tout instant? Trop, peut-être. Ou pas assez. Je ne suis pas bien vieux, mais, au cours de ma vie, je n'ai rencontré que trois êtres exceptionnels : mon père Joseph, ma petite sœur Jeanne et Gros Nez le quêteux.

Installé dans notre famille, Gros Nez rend tous les services inimaginables. Il parcourt les rues de Trois-Rivières pour amuser les enfants avec ses grimaces si drôles, puis il revient à la maison pour nous raconter ses aventures de la journée. Mon père entretient avec lui une relation amicale étrange qui me laisse deviner qu'ils se connaissent très bien depuis longtemps. Collant aux mythes de ces vagabonds des grands chemins, Gros Nez garde le mystère de son passé et de sa véritable identité. Même après quatre années dans notre entourage, nous ne savons pas encore son vrai nom, situation qui énerve Louise et ma mère, mais qui ne nous fait pas sourciller, Jeanne et moi. Elle trouve, comme moi, que ce surnom de Gros Nez lui va très bien. S'il avait été grand, rond, boiteux ou bègue, il aurait sans doute porté un surnom propre à une de ces caractéristiques. Un quêteux s'appelant Jean ou Alfred? Quel intérêt? Différent des autres quêteux par sa sagesse, par sa culture étonnante des mots savants, Gros Nez a adopté notre style de vie. Il devine les tourments de Louise, les inquiétudes de ma mère ou les rêves de Jeanne. Il sait très bien lire nos pensées et anticiper nos réactions. Gros Nez est mon ami, mon confident et un peu mon père, ceci dit sans vouloir mettre en doute l'autorité de papa. (S'il met la main sur ce texte, il va être en furie!)

Mais le point qui me fascine le plus chez Gros Nez est son amour du voyage, de l'évasion. Oui, il nous aime. Sinon, il serait parti à jamais depuis longtemps. Mais rien ne peut empêcher Gros Nez de s'en aller pour de courtes ou longues périodes, sans jamais nous avertir. Mais toujours il revient vers notre maison, son sac de vagabond plein d'histoires nouvelles, façonnées en souvenir des gens qu'il a croisés, qui lui ont procuré du pain ou une paillasse. Je suis émerveillé par son idée de partir quand bon lui semble et de revenir deux fois plus radieux. Quand Gros Nez sourit moins, soupire ou bougonne, c'est un signe avant-coureur d'un départ. Je l'ai souvent vu revenir, mais je ne l'ai jamais croisé au moment d'un départ. Ce matin, alors que mon sommeil léger me joue un tour, j'entends le toussotement de Gros Nez. Alors, sur le bout des orteils, je le regarde enfouir dans son sac quelques vêtements et un peu de nourriture. De ma fenêtre, je le vois se presser jusqu'à la gare, enjamber la clôture, regarder de gauche à droite pour ne pas se faire surprendre. Puis, il grimpe dans un wagon de marchandises. Ce train file vers Québec. Gros Nez va-t-il descendre avant? Sautera-t-il dans un autre en direction de la Gaspésie, du Saguenay ou du Nouveau-Brunswick? Une heure plus tard, papa constate que son quêteux vient de partir. Personne n'en parle ni ne s'en inquiète. Mais tout le monde se demande quand il reviendra et ce qu'il aura à nous raconter.

Après le déjeuner, je retourne à ma chambre, prends la plume et m'amuse à inventer une aventure où Gros Nez couche à la belle étoile sur les rives du lac Saint-Jean, avant d'être accueilli par une famille de vingt enfants. Faisant ses grimaces, il les amuse et leur raconte une légende des Laurentides. Quand le dernier petit s'est envolé en riant, Gros Nez soupire de satisfaction, puis a une douce pensée pour les Tremblay de Trois-Rivières. Ma composition terminée, je rêve que je serai un jour comme lui. Oh! pas un quêteux! Non! Un homme libre! Comme cette douce liberté ressentie alors que j'écris cette histoire en pensant à lui. Seule Jeanne partage ce rêve. Vite, elle s'empresse de me montrer un superbe dessin de Gros Nez qui marche sur une route, l'air heureux, le soleil dans le dos. Alors, je serre fort contre mon cœur ma douce Jeanne, sans dire un mot, sachant que tous deux, par nos créa-

tions, avons goûté un peu de la chère liberté de notre ami Gros Nez le quêteux.

Roméo Tremblay, avril 1911

Ma mère, souvent, parle de la politique et du pays à bâtir. Mais moi, je suis trop petite pour comprendre tout ça. Ce sont des jeux de grandes personnes avec des monsieurs habillés avec des cravates et qui passent tout le temps à la télévision aux heures où c'est ennuyant. À l'école, mon enseignante nous a parlé de la politique et nous a expliqué pourquoi les grands doivent voter. Puis on a joué à voter, mais je ne sais pas si j'ai trouvé ça drôle. Je préfère dessiner. Voilà tout ce que j'ai à dire sur la politique.

« Ce n'est pas bien long.

– Ce n'est pas de ma faute, monsieur le romancier. Toi, tu es grand. Tu devrais en parler à ma place pendant que je dessine.

– *Je sais aussi l'avenir et tu vas faire de la politique dans les prochaines pages.*

– Je viens de te dire que je ne trouve pas ça drôle.

– *Entre tes mains, ce sera encore plus amusant que la vraie politique.*

– Je ne comprends rien à ce que tu me dis là, monsieur l'écrivain. »

Ne voulant pas déplaire, Marie-Lou réfléchit à la question et, croyant nous faire plaisir, à Sylvie et à moi, elle décide de passer au vote pour savoir si elle préférerait manger du poulet frit ou de la pizza. Mais Sylvie, comme prévu, lui présente son assiette de salade au poisson. L'élection vient d'être remise à plus tard.

Le pays, c'est parfois le Canada et parfois le Québec. Roméo complique la situation quand il lui affirme que son seul pays est Trois-Rivières. Au fond, le vieil homme a raison, car Trois-Rivières est ce que Marie-Lou connaît le mieux. Un pays est constitué de routes, de terre, d'arbres, de rivières, d'une langue commune et de magasins de bonbons. Trois-Rivières possède tous ces éléments.

C'est ainsi que Marie-Lou présente à son enseignante un beau dessin du boulevard des Forges, accompagné d'un texte de huit lignes sur le thème « Mon pays ».

Parfois distraite, Marie-Lou réussit tout de même à obtenir du succès à l'école, à la grande satisfaction de sa mère. Sylvie a ressenti une profonde fierté quand l'enseignante lui a parlé de Marie-Lou comme d'une élève presque modèle. Mais elle a fait semblant de ne pas avoir entendu le mot presque. Les autres enfants, jaloux, traitent Marie-Lou de l'éternel vilain surnom de « Chouchou du prof ». L'enfant blonde sait les faire taire en dessinant tout ce qu'ils demandent : un gardien de but de hockey ou une poupée Barbie. Marie-Lou, élevée sous les torrents de compliments de Roméo, adore être aimée et admirée, même si elle ne réserve son affection qu'à son amie Isabelle Dion, sa maman, Roméo et à Béatrice, sa poupée parlante.

L'école, désirant développer l'autonomie des enfants, a décidé, cette année, de faire élire des présidentes ou présidents de classe. Par leur fonction, ces petits pourront participer à l'élaboration d'activités. Comme le tout doit être pédagogique, on initie ainsi les jeunes aux mécanismes de la démocratie. Entendant cette nouvelle, Marie-Lou se redresse, puis s'imagine reine de l'école. Elle se perd dans le songe d'une possible popularité et oublie d'écouter les consignes de son institutrice. Quand la femme demande le nom des intéressés, Marie-Lou fait danser promptement ses petites mains en sifflant : « Moi! Moi! Moi! » Deux garçons semblent être les seuls autres volontaires.

Maman m'a expliqué la campagne, et l'électorale aussi. Mais je ne comprends pas trop ce que la campagne vient faire là-dedans, vu qu'on est dans la ville de Trois-Rivières et à l'école Saint-Pie-X. Quand je lui demande de répéter, elle me donne une tape sur les fesses et me dit qu'il est temps de prendre mon bain. Inquiète, je questionne mon enseignante, qui explique à nouveau, juste pour moi. Ah! c'est facile! Il s'agit d'être la plus gentille et tout le monde va mettre un X à côté de mon nom. Mais elle ne me dit pas si je vais avoir un bureau, avec des téléphones et un ordinateur, puis une secrétaire pour prendre mes rendez-vous. Hier, ma mère a dit que le député – c'est un genre de politicien, même s'il ne fréquente pas mon école – a tous ces effets à portée de la main. Pour être certaine de mon coup, j'en parle à Roméo. Il me prend sur ses genoux et me raconte une histoire drôle avec un président qui avait gagné en promettant de transformer les poteaux de téléphone en bâtons de réglisse et, le moment venu, il avait été incapable de tenir sa promesse. Puis une bonne fée est arrivée pour le consoler et voter pour lui.

Je ne sais pas si je peux tenir une telle promesse à la population de ma classe, mais je vais faire mon possible pour que tout le monde ait des bonbons, des récréations plus longues, plus de journées pédagogiques et que les garçons arrêtent de lancer des ballons à la tête des filles. Avec d'aussi bonnes promesses, je suis certaine de gagner. Surtout que les autres candidats sont des gars, dont ce fatigant de François-Sébastien Montplaisir-Vadboncœur. L'autre gars, c'est juste un joueur de hockey. Or, tout le monde sait qu'à l'école, les filles sont bien meilleures, plus intelligentes et n'aiment pas le hockey. Pourquoi élire un garçon à ma place? Ma maman a aussi dit qu'en politique, les femmes sont les meilleures, même s'il n'y en a pas assez.

Ma mère, que je viens de nommer conseillère, me dit de me méfier quand même des adversaires. Je pense aussi que l'appui des adultes de l'école peut être important. Après tout, ce sont eux qui ont les clefs des locaux. Ainsi, je souris au concierge, je salue poliment la directrice et je complimente la secrétaire. Je fais aussi un beau dessin de la directrice près de son automobile. Je m'applique à embellir mon enseignante et ajoute le message : « À mademoizèle Patrisia qui es la plut gentile de toute. » Ça fait toujours bon effet. Je nomme Isabelle directrice de la campagne et de l'électorale. Je lui permettrai de poser des affiches sur les poteaux. Mais elle prétend qu'on n'a pas le droit de faire ça et que, de toute façon, les filles et les gars ne lisent jamais les poteaux. Et puis, on n'a pas d'affiches, ajoute-t-elle. Pas d'affiches? Où est le problème? Je vais en dessiner, moi, des affiches! Et je prendrai la photocopieuse de ma mère pour que tout le monde puisse en avoir un exemplaire. Je suis certaine que cet imbécile de François-Sébastien Montplaisir-Vadboncœur n'a même pas de photocopieuse. Isabelle écrit le texte de l'affiche : « Votez pour Marie-Lou. C'est ma meilleure amie. Avec elle, tout sera meilleur. » Comme je suis contente d'avoir Isabelle comme copine! Pour être certaine que tout le monde voit l'affiche, j'en photocopie cinquante. Mais c'est un peu long de les colorier à la main... Maman prétend que la couleur fait gagner les élections. Elle dit qu'un certain premier ministre monsieur Lévesque était un politicien coloré.

« *Que feras-tu quand tu seras présidente?*

– Je vais être la meilleure et tout le monde va m'aimer.

– *Et tes promesses? Tu vas les tenir?*

– Si j'ai le temps.

– *Tu es très douée pour la politique, Marie-Lou.*

– Est-ce que tu ris de moi, là, monsieur? Et puis, tu n'as pas le droit de voter! Tu es trop grand et tu ne sais même pas où est mon école! »

Steve Gélinas-Globensky, le troisième candidat, promet du hockey pour tout le monde, ce qui lui enlève une grande partie du vote féminin. François-Sébastien Montplaisir-Vadboncœur, ce si joli garçon, est assuré de ce suffrage des filles, et il connaît aussi les joueurs de hockey et les vedettes de vidéo-clips. Ces trois arguments en font un candidat plus sérieux que son confrère. Marie-Lou, de son côté, passe ses récréations à faire des dessins pour les enfants de sa classe. Exaspéré, François-Sébastien lui fait face et l'accuse d'acheter les votes. Marie-Lou et Isabelle se regardent simultanément et ne savent pas ce qu'il veut dire. « T'es jaloux parce que tu ne sais pas dessiner! » de conclure Marie-Lou, tirant la langue à son adversaire. En politique, les coups volent parfois bas. Marie-Lou demande à sa mère la signification de ce mystère d'achat de votes. Sylvie ne répond pas, se contente d'avouer que c'est vilain. Marie-Lou est persuadée que Roméo va dire le contraire, qu'il va accompagner son explication de rires et de caresses. Alors, Marie-Lou et Isabelle cassent leurs tirelires et, discrètement, explorent les sacs à main de leurs mamans. À dix sous l'élève, elles ont besoin de trois dollars. Mais est-ce suffisant pour bien acheter le vote? Elles ajoutent des bonbons et Isabelle jure de faire les devoirs des bonnes électrices. Et Marie-Lou promet des becs à tous les électeurs. Devant l'énergie de cette campagne électorale et face aux arguments en sa faveur, Marie-Lou est certaine de gagner. Le grand jour venu, l'enseignante a fabriqué une urne, où les enfants s'engouffrent pour choisir leur candidat favori. Même la directrice de l'école se déplace pour présider le comptage des votes.

Voilà! Je suis présidente! C'était facile! Les deux niaiseux n'avaient aucune chance contre moi. Et ce François-Sébastien aura beau protester contre mes manières, ça ne donnera rien! Quel mauvais perdant! Mais que je ne finisse jamais par savoir les noms des dix imbéciles qui n'ont pas voté pour moi! Je serre les mains de la directrice et de mademoiselle Patricia et fais face à la classe pour mon discours, écrit par Isabelle : « Merci, là! Vous allez voir que ça va bien aller, maintenant! » Ma mère m'avait dit qu'à chaque élection, il y a toujours des journalistes de la télévision, mais j'imagine qu'ils ont dû avoir un empêchement. À la première occasion, je prends le petit carton de mon pupitre et ajoute PRÉSIDENTE sous mon nom. Ça fait plus sérieux. J'engage immédiatement Isabelle comme secrétaire, à un salaire que je ne peux lui dire tout de suite.

Quand je vais raconter à maman que je suis première ministre de ma classe! Elle va être si fière de moi et peut-être qu'on organisera une fête où seront invités mes vrais amis : ceux et celles qui ont voté pour moi. L'amoureux de maman rit de moi et me demande si je vais taxer tout le monde. J'aimerais bien, pour être une bonne présidente, taxer tout le monde, mais je ne sais pas de quoi il s'agit. Je regarde dans le gros livre lourd des mots, où il est écrit : « Fixer à une somme déterminée. » À fixer, le livre précise : « Établir d'une manière durable à une place, sur un objet déterminé. » Pour déterminer : « Indiquer des limites avec précision. » Il n'y a pas à discuter : ce gros livre ne sert qu'à aplatir les feuilles d'arbres, à l'automne. Roméo m'explique comme il faut, lui. C'est facile! On me donne des sous, puis avec cet argent, j'organise des affaires qui font plaisir à tout le monde. Mais qu'est-ce qui leur plairait? Il n'y a qu'une façon de le savoir : l'enquête. Ma secrétaire s'en occupe, pendant que je goûte pleinement à mon bonheur de présidente.

Maman m'a dit qu'en politique, la majorité l'emporte, c'est-à-dire, dans le cas de l'enquête de ma secrétaire, les suggestions qui reviennent le plus souvent. Je commence à comprendre les problèmes de la politique : personne n'est d'accord sur un choix! J'ai droit à un voyage de ski, un autre en Floride, une partie de hockey des Nordiques, couler la directrice dans le ciment, acheter des nouveaux ballons pour le gymnase, avoir une distributrice de Coca-Cola dans l'école, etc. Que faire? Ma secrétaire me dit que si nous votons à notre tour pour la même idée, nous l'emporterons. C'est ainsi que nous apprenons à nos amis que nous allons taxer dans le but d'acheter un chien qu'on va laisser à l'école pour jouer pendant les récréations. Beaucoup sont d'accord, mais d'autres suggèrent un chat. Il y en a même un qui veut un poisson rouge. Idiot! Comment jouer avec un poisson rouge? Il a probablement voté pour François-Sébastien, celui-là. Comment solutionner ce problème? On vote encore! Chien ou chat? Vingt-cinq votes pour le chien, quatre pour le chat et ce crétin de poisson rouge. C'est vraiment amusant, la politique!

« *Il ne peut y avoir de chien dans l'école, Marie-Lou.*

– Pourquoi? Les enfants aiment les chiens. On est capables d'en prendre soin.

– *Ça ne se fait pas. Que dira la directrice?*

– Je suis la présidente. Je taxe. Et puis, on a voté pour un chien. Ce n'est pas compliqué. La directrice travaille dans son bureau, et moi, la présidente, je travaille dans le mien pour que toutes les filles et tous les gars de ma classe soient heureux dans l'école. Tu n'aimes pas les chiens? »

La secrétaire Isabelle prend en note les noms de tous les élèves qui paient la taxe de la présidente. Ceux qui donnent plus pourront caresser le chien plus longtemps. Les dollars, les vingt-cinq sous et même ces pauvres sous noirs vont dans la caisse du ministère des

Finances. La présidente prend ses responsabilités et se rend à l'animalerie du centre commercial pour connaître le prix d'un chien. Il faudra ensuite voter pour sa couleur, pour le choix d'un nom. Après deux semaines de taxation, une délégation d'enfants suit leur présidente jusqu'à la boutique. Marie-Lou pointe du doigt le chiot qui répond le mieux aux goûts des électeurs. Il s'appellera Snoopy. Marie-Lou ne trouve pas ce nom très original, mais comme la démocratie a parlé... Le vendeur ne pose pas de question quand il voit ces sept petites têtes avec entre leurs mains la somme voulue. Vite, les enfants s'empressent de jouer avec Snoopy, si heureux de sortir de cette vitrine où tout le monde passe son temps à lui faire des grimaces, à le pointer du doigt et à rire de lui.

Sachant que sa mère ne veut pas voir de chien à la maison avant qu'elle n'atteigne l'âge de douze ans, Marie-Lou confie Snoopy à Isabelle, qui fait croire à ses parents qu'elle a la garde de ce petit chien d'une amie pour la fin de semaine. Le lundi, c'est la fête dans la cour d'école alors que les enfants n'en peuvent plus d'essouffler l'heureux Snoopy. L'enseignante Patricia veille à ce qu'ils ne fassent pas mal à l'animal. Mais quand les petits veulent faire entrer leur chien dans l'école, Patricia refuse avec obstination, ne comprenant pas pourquoi, tout à coup, ses élèves sont tant excités et indisciplinés en classe.

Marie-Lou, du haut de son prestige de présidente, cogne sur le bois de son pupitre et demande la parole, pour expliquer à son enseignante que la politique, la taxe et le vote ont permis aux trente élèves d'acheter ce chien pour leur classe. Ne trouvant pas l'explication amusante, Patricia ordonne le silence quand, soudain, Isabelle montre son grand cartable de secrétaire et prouve, chiffres à l'appui, que Marie-Lou dit la vérité. Soudain, les élèves se rendent compte que leur institutrice a les yeux croches et le pas rapide, alors qu'elle descend au bureau de la directrice en dix secondes.

Le chien retourne dans sa vitrine, le marchand est blâmé pour son irresponsabilité et les élèves se plaignent de la mauvaise administration de Marie-Lou. François-Sébastien Montplaisir-Vadboncœur, qui sent une soudaine popularité à son endroit, déclare qu'il faut faire la grève. « D'accord! Je vais la faire, la grève, moi! » *de dire la présidente. Mais qu'est-ce qu'une grève?*

Maman Sylvie dit qu'une grève ne relève pas de la politique, mais du syndicalisme, explication qui n'éclaire pas plus Marie-Lou. Comme elle n'a pas le temps d'aller poser ces questions cruciales à Roméo, la blonde fouille dans le dictionnaire et demeure perplexe devant la définition du mot grève. « Il est fou, François-Sébastien! Pourquoi veut-il faire une grève alors qu'on a perdu le chien de la taxe du vote? » *Mais si tel est le désir du peuple, il verra que leur présidente ne les laisse pas tomber. Au matin, Marie-Lou est la première arrivée avec son seau rempli de sable, pour l'étendre devant la porte d'entrée principale.*

« Et puis, ils ont tous ri de moi, et les filles aussi! Tout ça parce que ce gros livre de mots raconte des mensonges! Plus jamais je ne ferai de politique! J'ai donné ma démission!

– *Vraiment?*

– Oui! Vive la liberté! »

Un jour, Marie-Lou grandira et se rendra compte que cette douleur présente sera un de ses plus extraordinaires souvenirs d'enfance. En entendant Sylvie lui raconter l'anecdote, Roméo se sent rajeunir de vingt ans et s'empresse d'écrire cette histoire à sa façon afin de ne pas l'oublier. Marie-Lou, morose et blessée, se croit rejetée par les élèves qui l'avaient tant aimée pendant son mandat de présidente. Tel est le prix de la politique : l'amour, la haine; la joie, la tristesse; la justice, l'injustice. Mais à son âge, les blessures se cicatrisent rapidement, surtout quand sa mère, oubliant ses principes, décide de lui acheter un chien.

Contrairement à ce que des jeunes de la nouvelle génération pourraient penser, mon père Joseph n'a jamais mené une guerre contre un parent ou un voisin d'autre allégeance politique que la sienne. Je n'ai pas grandi dans des chicanes politiques entres rouges et bleus qui minaient les réunions familiales. Ça existait, mais le temps a rendu le tout un peu folklorique. Par contre, mon père avait beaucoup de respect, et, bien sûr, de mépris envers le maire ou les échevins de Trois-Rivières. Il aimait leur prestige, pouvant le servir, tout comme souvent il chialait contre leur inaction.

La politique, je l'ai apprise quand je suis entré dans l'armée comme volontaire à la déclaration de la guerre, en 1914. Il y avait les bons et les mauvais. Pour nous, les Français, le mauvais était Borden et le bon, Henri Bourassa (même s'il n'était pas en politique). Pour les Anglais, vous l'aurez deviné, c'était l'inverse. C'est ainsi que j'ai toujours vu la politique : des contraires. Comme au théâtre et au cinéma.

Au bureau du journal Le Nouvelliste*, où j'ai longtemps travaillé, j'étais chaque jour confronté à ces questions, même si je me contentais de signer les chroniques d'événements sociaux. Quand la crise économique est arrivée, tout le monde a accusé les premiers ministres Bennett et Taschereau. Cette période de ma vie est la seule où je me suis vraiment passionné pour la politique, désirant pendre Taschereau et embrasser Duplessis. Quatre ans plus tard, je voulais pendre Duplessis et embrasser Godbout. Mais comme, par la suite, j'ai été pris avec Duplessis pendant de trop longues années, j'ai décidé de fermer ma lorgnette politique.*

Pour bien des jeunes d'aujourd'hui, la politique va de pair avec la fierté patriotique de notre identité francophone au Canada. Le Parti québécois, de René Lévesque, promet la séparation du Québec, disant tout haut ce que bien d'autres, bien avant, avaient murmuré, ou dit de façon moins claire, comme le chanoine Lionel Groulx, en qui on voyait le sauveur de la nation au cours des années trente. Je suis maintenant un vieil homme. J'ai trop vu de parades pour en applaudir une nouvelle et c'est pourquoi j'aime clamer que je ne suis ni Canadien ni Québécois, mais bien un Trifluvien. C'est une façon de se laver les mains d'une opinion qui ne m'apporterait que de l'embarras. Mais les jeunes d'aujourd'hui m'amusent beaucoup quand il est question de politique.

Clément, un des garçons de mon fils Christian, a repris à son compte notre restaurant familial Le Petit Train*, qu'il a baptisé* La Pitoune*. Il a transformé ce lieu cher à mon cœur en un restaurant fréquenté par des jeunes étudiants du cégep et de l'université. Il y a des spectacles, de la musique québécoise et des activités artistiques pour intéresser sa clientèle. Je suis très content de savoir que ce petit-fils a ressuscité ce restaurant que j'aime tant, comme je l'ai mentionné très souvent dans d'autres feuillets. Clément est un jeune homme sérieux, sans doute un peu trop pour* sa vingtaine. Ses cheveux longs masquent bien un certain conservatisme. Il se décrit comme un homme d'affaires avant tout intéressé au succès financier de son commerce.

Or, actuellement, le destin du Québec hors du Canada est très à la mode auprès de sa clientèle. Clément joue cette carte patriotique, même si ses convictions sont contraires. Le succès de La Pitoune est en grande partie dû à Lyse, une jeune cuisinière très douée, qui, de son côté, porte en étendard l'idéologie de René Lévesque. Elle adore tout ce qui est québécois : la musique folklorique, les vieux meubles, les légendes, bref, tout ce qui m'agaçait quand j'avais son âge! Tout ceci me rappelle trop les interminables veillées chez mon grand-père Isidore ou chez mon oncle Hormisdas.

Lyse est québécoise comme les racines sont la vie d'un arbre. Elle clame tellement haut et fort son identité que je me demande parfois si cela ne frise pas le racisme envers nos amis anglais. Elle décore La Pitoune de douzaines de drapeaux et ordonne au responsable de la musique de ne faire tourner que des chansons de son pays, le Québec. Pendant ce temps, Clément se tait et compte ses dollars canadiens. Je sais que Lyse l'énerve beaucoup, avec toutes ces démonstrations criardes, contraires à ses convictions qu'il garde secrètes, sachant qu'elles feraient fuir les clients.

J'aime bien terminer une promenade en passant par La Pitoune, pour goûter les galettes à la mélasse cuisinées par Lyse, pour jaser avec Clément et sa petite amie Loulou, sympathiser avec son ami Dur, copropriétaire de l'endroit. (Ce garçon est un vrai Louis Cyr! J'en parle dans un autre feuillet.) Clément emploie aussi sa sœur et une de ses cousines, sans compter que Sylvie Gauthier, la petite-fille de ma sœur Jeanne, est aussi une cliente régulière. Clément maintient ainsi la tradition de la famille Tremblay si longtemps liée au Petit Train.

Lyse parsème des fleurs partout dans La Pitoune, sans oublier les petits drapeaux québécois qui décorent chaque table. Sur les murs, des affiches de chanteurs comme Gilles Vigneault et notre Mauricien Félix Leclerc, ainsi qu'une photographie géante de René Lévesque, chef du Parti québécois. Cette photo a donné lieu à un conflit entre Clément et Lyse, lequel pouvait dessiner un tableau de l'éternel choc des idéologies entre les deux peuples linguistiques du Canada. Clément prétend que cette photo identifie trop son restaurant à une option politique. Ce qui est vrai. Lyse, *de son côté, juge que Clément est idiot :* La Pitoune *est depuis longtemps associée à l'indépendance du Québec. Ce qui est vrai aussi.*

Ah! le pouvoir de l'image politique! J'ai l'impression, aujourd'hui, qu'on élit les plus beaux, ceux qui paraissent les plus sympathiques sur un écran de téléviseur. Et René Lévesque, avec son front plissé, ses cheveux en broussaille et ses mégots au bout des lèvres, est bien plus attirant, pour un jeune, que monsieur Robert Bourassa, chef du Parti libéral, qui ressemble à un agent d'assurances. Des vieux de mon âge jugent monsieur Bourassa bien plus convenable que ce révolutionnaire de Lévesque. Je n'ai pas été témoin de l'histoire que je vais raconter. Je l'écris en me fiant aux témoignages de Dur, Loulou et Sylvie, et en pensant à ce que je connais de Lyse et de Clément.

La venue d'une élection prochaine met Lyse dans tous ses états, car elle ne veut pas manquer le rendez-vous historique qui la mènera vers son idéal fleurdelisé. Pour convaincre une clientèle déjà largement convaincue, elle multiplie les discours, hurle des slogans tapageurs, bout d'émotion en écoutant une chanson patriotique et ajoute des drapeaux québécois au très grand nombre qui décorent déjà La Pitoune. *Puis, elle arrive un lundi matin avec cette affiche géante de René Lévesque, autographiée par le grand chef. Cette pièce unique est manipulée avec soin par Lyse. Poli, Clément aide sa cuisinière à la dérouler, croyant qu'il s'agit d'un autre chanteur. Apercevant la cigarette caractéristique du politicien, Clément laisse tout de suite tomber, crie à Lyse qu'il n'est pas question d'épingler cette photographie dans son restaurant.*

Suit une longue litanie, où chacun s'injurie de tous les termes à la mode : bourgeois, capitaliste, persécuteur, conservateur, anarchiste, etc. Furieuse, Lyse fait fi des ordres de son patron, grimpe sur une chaise, et fait rouler l'affiche dans la fenêtre. Clément s'arrache les cheveux, puis croise les bras en la laissant travailler. Aussitôt le dernier coin collé, mon petit-fils prend la même chaise pour enlever l'objet. Alors la pluie d'injures recommence. Et elle monte à nouveau. Et il arrache encore l'affiche. Venant pour la déchirer, Clément est arrêté par le cri et les larmes de Lyse. Devant cette arme féminine absolue, Clément se calme, tout en lui disant plus doucement que jamais cette propagande ne trouvera place dans La Pitoune.

Revenant de sa visite d'approvisionnement au marché aux denrées, Clément, bien sûr, est stoppé par l'image géante de monsieur Lévesque qui sourit à tous les passants de la rue Champflour. Enlève! Remet! Enlève! Remet! Usant plus promptement de son autorité patronale, Clément gagne la partie peu après le souper. C'est du moins ce qu'il croit, quand, le lendemain matin, Lyse déclare la grève, tant et aussi longtemps que son affiche ne sera pas en place. Les clients s'impatientent, puis s'en vont, voyant que leur cuisinière favorite refuse de leur faire cuire un pâté aux pattes de cochon. Clément ignore la bouderie de Lyse, ne cède pas à son chantage. Il lui fait remarquer qu'elle ne sera pas payée pour cette journée. Elle lui répond par une grimace. Mais Lyse tient ferme et les clients du lendemain manifestent leur insatisfaction, le ventre aussi vide que le tiroir-caisse de Clément. Après quatre jours, c'est lui-même qui colle l'affiche dans la fenêtre. Mais aussitôt qu'elle s'en va, il enlève la photographie. Et à son retour... Ils ont tenu deux semaines ainsi, avant qu'ils négocient un compromis : l'affiche pourra demeurer dans le restaurant, mais pas à la fenêtre.

Cette aventure, d'apparence très actuelle, je me l'approprie pour imaginer une histoire de deux voisins du début du siècle, l'un bleu, et l'autre rouge, qui travaillaient pour les deux candidats rivaux. Je la raconte à Lyse et à Clément comme un grand souvenir de mon enfance. L'un décore les poteaux de téléphone en clouant l'affiche de son homme sur celle de l'adversaire. Je fais croire à mes deux jeunes que ces voisins en sont venus aux coups, qu'ils se sont blessés. C'est sur un lit d'hôpital, égaux devant leurs souffrances, qu'ils ont enfin consenti à se serrer la main. Clément, habitué à mes histoires, sait que je fabule. Mais Lyse, tellement fascinée par les récits d'autrefois, croit tout mot à mot et ne se rend pas compte que je lui ai raconté l'anecdote qu'elle vient de vivre avec Clément.

Roméo Tremblay, octobre 1976

Après des efforts appréciables et beaucoup d'aide d'Isabelle, Marie-Lou a réussi à entrer au Cégep de Trois-Rivières, où elle doit de nouveau avoir recours à son amie pour survivre à tous les autres cours que ceux d'arts plastiques. Dans les cours de sa con-

centration, l'adolescente réussit encore à éblouir ses professeurs. Il est rare d'accueillir des élèves de son âge ayant déjà exposé à trois reprises et vendu des toiles à bon prix. Dans la tête de bien des jeunes, le cégep équivaut à la liberté : il n'y a pas de cloche pour annoncer le début ou la fin des cours, il y a des congés et des journées avec une seule période. Quelle aubaine! Mais la réalité veut que la marche soit très haute à franchir, pour ceux et celles qui ont réussi leur secondaire sans trop étudier.

Après un automne passé avec une lame de rasoir sous la gorge, la session d'hiver semble catastrophique pour Marie-Lou, tant elle se laisse influencer par ses humeurs provoquées par une tragédie externe : Roméo le centenaire est devenu aveugle. Après l'euphorie de son anniversaire de naissance, en octobre dernier, Roméo s'est comme résigné vers la fatalité qu'il attend depuis si longtemps sans y croire : il va mourir. Tout le monde doit décéder un jour. S'il a toujours détesté l'idée de la mort, depuis cette cécité venue progressivement au cours des deux dernières années, Roméo ne se cache pas pour dire tout haut qu'il veut mourir. Il prie comme un petit enfant pour que le bon Dieu vienne le chercher afin qu'il rejoigne Jeanne, ses enfants Gaston, Carole, Simone et Maurice, et surtout sa si chère épouse Céline.

Jamais Marie-Lou ne l'avait entendu parler ainsi. Au cours des récentes années, elle avait certes vu ses pas ralentir, ses réflexes défaillir et sa vue baisser. Mais la mémoire phénoménale du vieillard ne lui laissait pas deviner d'aussi sombres pensées. Roméo ne verra plus les toiles de Jeanne, pas plus que celles de Marie-Lou. Il ne pourra plus lire, ni écrire. Un de ses petits-fils, Martin Comeau, garçon de Carole, vient souvent lui faire la lecture. Et Marie-Lou le visite chaque jour pour lui donner son affection. Mais ces efforts sincères ne semblent rien donner; Roméo attend la mort. Et, conséquemment, Marie-Lou déprime et néglige ses études, ses activités créatrices.

« La vie est moche, hein? Et la mort encore plus. Et pourquoi mets-tu la fin du livre au milieu? C'est encore une idée des années soixante-dix?

– *Parce que ce n'est pas la fin.*

– Non?

– *Tu connais le sujet de ce chapitre, pourtant.*
– Si tu penses que j'ai le goût de parler de ça...
– *La fin, ce sera quand Roméo va mourir.*
– Mais je ne veux pas qu'il meure! Il n'a pas le droit! Jeanne non plus n'avait pas le droit! Pourquoi ce sont toujours les personnes exceptionnelles qui doivent partir?
– *Allons! Fais un effort, Marie-Lou l'angoissée.*
– Tu m'énerves! T'as pas remarqué que tu m'énerves? Et puis, je n'ai pas aimé que tu dises que j'ai réussi à entrer au cégep à cause d'Isabelle! Comme si je n'avais rien fait! »

Isabelle et moi aimons bien jouer à compter les cons. C'est un de nos loisirs favoris. Le jeu consiste à s'asseoir sur le bord d'un boulevard et de surveiller les automobilistes. Les cons sont évalués de un à dix, et quand nos résultats concordent, nous mettons un point en commun. Je parle de con au masculin, car aucune femme digne de ce nom n'oserait s'abaisser à de telles manifestations. Huit fois sur dix, nos évaluations vont bien ensemble, ce qui prouve comme Isabelle et moi sommes semblables. Tout aussi souvent, les cons sont des gars des années soixante-dix, comme celui qui écrit ce livre idiot. Système de son au maximum : huit sur dix. Système de son au maximum dans une auto sport qui dépasse de vingt kilomètres la vitesse permise : neuf sur dix. Mec qui klaxonne quand il nous voit : sept sur dix. Gars qui klaxonne quand il nous voit dans sa voiture sport avec le système de son au maximum : dix sur dix. Ce genre-là. Quand nos points sont différents, Isabelle et moi rions à discuter des cas. On peut aussi jouer au dépanneur. Les acheteurs de billets de loterie sont très haut cotés. Surtout ceux qui ajoutent : « Un gratteux, avec ça. » Écouter les non-fumeurs peut aussi permettre de fantastiques évaluations sur la connerie. Nous aimons bien jouer au centre commercial : on se poste chez le disquaire pour regarder les achats des gens. Un CD de Céline Dion, par exemple, équivaut à l'unanimité à dix sur dix. Surtout quand ils le font tourner à tue-tête dans leur voiture sport qui fait vingt kilomètres de plus, etc.

« *Mais as-tu terminé? C'est fini?*

– Je n'ai pas encore parlé des restaurants de bouffe-éclair.

– *Ce n'est pas drôle de porter de tels jugements de valeur sur les gens qui ne ressemblent pas à ces demoiselles!*

– Dix sur dix.

– *Cesse cet enfantillage et parle du sujet. Ce chapitre est jusqu'ici une véritable catastrophe.*

– Onze sur dix. »

Les jeunes filles sages vont au cinéma. À Trois-Rivières, le Septième Art a été chassé de la ville depuis l'incendie du vieux Cinéma de Paris, en 1990. Les salles trifluviennes logent maintenant dans la banlieue de Trois-Rivières-Ouest. Elles ressemblent à des magasins impersonnels et s'intègrent dans des centres commerciaux incolores. Trahissant son nom de Fleur de Lys, cette salle diffuse de façon écrasante des films américains, tandis que son compétiteur, l'Impérial, donne une bonne idée de l'impérialisme yankee dans le domaine du cinéma. Parfois, on présente un film français. Moins que parfois, il y a une œuvre québécoise. Si la vedette de ce film d'ici est un personnage de la télévision, il y a toujours foule. Sinon, c'est moins fatigant de rester chez soi et de regarder le petit écran. L'affichage de la programmation des salles, dans le journal, ressemble à la réclame d'une boucherie : on ne fait que nommer le type de viande et une particularité. Par exemple : BŒUF HACHÉ, *faible en gras;* LEAVING LAS VEGAS, *Nicolas Cage gagnant de l'Oscar. Le cinéphile choisit le film américain comme la viande : sanglant ou tendre. Mais la plupart du temps sans saveur. Les clients ressemblent à des cochons qui s'en vont à l'abattoir. Après avoir marché au pas dans une filée, une caissière anonyme et ennuyée, enfermée dans un bocal, communique avec les porcs à l'aide d'un petit microphone de mauvaise qualité pour demander le numéro de l'abattoir dans lequel les Américains vont régler leur sort culturel. Bien arrosés de l'odeur de maïs soufflé au beurre, ils s'en vont en grognant vers le lieu de leur lobotomie.*

« C'est de la littérature, ça?

– *À l'éditeur de décider.*

– Et c'est toi qui m'accusais de porter des jugements de valeur? Tu viens de faire la même chose. C'est bien de valeur.

– *Ce que tu viens de dire n'est définitivement pas de la littérature.* »

Isabelle et moi allons au cinéma comme pour le jeu des cons. Nous choisissons un gros film américain super-tarte et, à chaque connerie des comédiens, nous griffonnons une note dans un calepin, et ensuite, devant une bière, nous nous tordons de rire en comparant nos choix. Il y a des films meilleurs que d'autres. Je ne sais pas s'ils sont américains, français ou papous. Je m'en fiche. Ils me plaisent ou non. Ils sont comme le baiser d'un inconnu : je reçois, je goûte, je juge et j'en réclame davantage, s'il le faut. Ce que j'aime avant tout, c'est la sortie vers la salle de cinéma. Assises côte à côte dans l'autobus, Isabelle et moi poussons au maximum nos baladeurs et leurs cassettes de blues afin de faire taire la radio imbécile qu'on entend à tue-tête dans ces véhicules. J'aime les sons discordants des baladeurs, car, inévitablement, quelqu'un des années soixante-dix va nous faire le mauvais œil en murmurant que nous sommes des maudites jeunes avec leur musique de folles. Et la plus petite a des cheveux orangés. Y a plus de jeunesse. Nous terminons le périple en autobus par des cris horrifiés au chauffeur en le menaçant des pires calamités si, tantôt, il nous laisse geler dans le froid pendant qu'il sera parti prendre son café à la pizzeria, près du terminus du centre-ville. Les autobus sont uniques à Trois-Rivières : tellement chiants qu'ils feront bientôt partie de notre folklore.

Après, nous entrons dans le centre commercial en riant des stupidités exposées dans les vitrines. En attendant l'heure de projection, nous allons prendre un café dans la section non-fumeurs, pour faire étouffer cette bande d'emmerdeurs avec nos cigarettes. « J'irai cracher mon mégot sur vos tombes! » que je déclare à l'un d'eux. Puis, on s'installe dans la queue, après avoir décidé quel film nous irons voir. Enfin, nous regardons le film. Parfois, Isabelle pleure et je lui prends les mains pour la protéger. Mais, la plupart du temps, nous rions. Surtout aux moments où il ne faut pas. À l'occasion, nous rencontrons des gars qui veulent laisser filer leur trop-plein de sève romantique en espérant que leurs pitreries nous séduiront. Quand je veux m'en débarrasser, je lèche le derrière de l'oreille droite d'Isabelle et ils deviennent complètement abasourdis, ce qui est très drôle à voir. C'est tout ceci, une sortie au cinéma : un événement. Pas toutes les divigations intellectuelles dont l'auteur a parlé tantôt.

Jeanne aimait beaucoup le cinéma. À son époque, les films étaient en noir et blanc, comme de belles toiles contrastées entre le sombre d'un noir et l'éclat d'un blanc. Les films ne parlaient pas. Ce qui est peut-être une bonne idée, quand on entend ce que ceux d'aujourd'hui ont à raconter. Dans son journal intime, Jeanne semble cependant prendre plus à cœur que moi le contenu des films. Elle prétendait qu'ils la faisaient sortir de Trois-Rivières. Moi, j'aime bien ma ville et, quand je veux en sortir, je roule plutôt sur Internet. C'est plus économique. Son amie, Sweetie, jouait du piano pour accompagner les films de la salle Impérial de la rue des Forges. Les deux étaient folles de cinéma et des films destinés aux jeunes. Elles aimaient beaucoup Colleen Moore, une actrice qui leur ressemblait. En lisant les souvenirs de Jeanne, je constate surtout que, pour elle, une soirée au cinéma ressemblait étrangement à ce qu'Isabelle et moi en pensons aujourd'hui : c'est une occasion où nous pouvons trouver énormément de plaisir, sans avoir à réfléchir. Jeanne, de par son sang, m'a laissé cette idée en héritage, cependant un peu diluée avec le temps. Aujourd'hui, il y a tant à faire pour se distraire! À l'époque de mon arrière-grand-mère, il n'y avait que le cinéma. J'aime lire ces passages de son cahier intime. Souvent, ils sont accompagnés de petits dessins d'actrices. Isabelle, à l'image de Sweetie, prend le cinéma beaucoup plus au sérieux que moi. C'est sans doute pour se venger de la télévision, ce si petit écran, qui a bousillé le cerveau de ses parents et gâché sa vie familiale. Au complexe Fleur de Lys, l'écran géant contente Isabelle avec son spectaculaire, sa sonorité envahissante et les personnages géants. À la télé, tout est minuscule, comme une misérable petite vie.

Passionnée de littérature, Isabelle loue des cassettes de films adaptés de récits de livres. Peu à peu, elle a découvert des vieux films bizarres qui la fascinent. Elle est du style à s'émouvoir devant un film argentin sous-titré en anglais, ce qui, il faut bien l'avouer, ne fait pas partie de mes préoccupations. Pour me faire plaisir, Isabelle cherche des cassettes de films de Colleen Moore, mais n'en trouve pas. J'aimerais tellement voir cette actrice que Jeanne admirait! Je suis certaine que je ressentirais la même forte émotion que cette fois où j'ai mis la main sur un disque compact de Jelly Roll Morton, un musicien que Jeanne écoutait abondamment au cours des années 1920.

Isabelle travaille, chaque fin de semaine, dans un comptoir de location vidéo, ce qui, malheureusement, l'empêche de sortir avec Marie-Lou. Mais, d'un autre côté, ces quelques heures l'éloignent de l'enfer de la vie chez ses parents. Son père, fier de savoir que cette fille ingrate est associée à un métier relatif à un téléviseur, lui a conseillé de laisser tomber ses études pour se consacrer à cet emploi. Sa mère, à toute vitesse, entre deux émissions, est venue vérifier si elle ne pourrait pas avoir un rabais sur la location de cassettes de vieux téléromans. Isabelle voit dans sa boutique les pires aspects du règne animal québécois. Elle s'amuse à compter les cons en se basant sur les choix des clients. En voyant leurs têtes et leurs attitudes, Isabelle devine tout de suite le style de films qu'ils vont louer. Les jeunes aux cheveux rasés réclament leur film d'action, les métals se donnent des coups de coude cloutés et décrivent à Isabelle les scènes les plus juteuses d'un film d'horreur qu'ils ont déjà emprunté cinq fois. Et regardé vingt fois, dont sept au ralenti. Les amateurs de X méritent leur X.

Arrivant mal à vivre sans son Isabelle de week-end, Marie-Lou va flâner au magasin, même si le patron n'apprécie pas ses cheveux orangés et son anneau dans le nez. À la fin de la soirée, elles repartent avec une cassette, profitant du fait qu'Isabelle peut les apporter gratuitement jusqu'à l'ouverture de la boutique, le lendemain matin. Habituellement, en écho à ses sorties en salle, Isabelle choisit un film idiot, afin de pouvoir rire, tout en mangeant du maïs soufflé. Mais ce soir, pour plaire à Marie-Lou, Isabelle a trouvé un film qui se déroule au cours des années 1920, dont l'actrice principale, dans le rôle d'une écrivaine, est coiffée comme Jeanne. Il n'en faut pas plus pour qu'Isabelle s'émerveille à surveiller Marie-Lou, au cœur de cet éternel phénomène d'identification à son arrière-grand-mère.

« Un phénomène d'identification! Mais tu me prends pour une enfant de treize ans? À l'époque où je voulais absolument être une Noire obèse de la Nouvelle-Orléans pour chanter du blues?

— *Je dis ce qu'Isabelle pense.*

— Stupidité! Si Isabelle a choisi ce film, c'est parce que Jeanne lui a conseillé de le faire, parce qu'elle veut que je sache, moi son arrière-petite-fille, de quelle façon une artiste vivait à son époque.

— *Et la psychanalyse? Tu connais? Tu y as déjà songé?*

— Va au diable, vieux débris! »

J'aime le passé. Je veux dire : le passé ancien. Pas celui des années soixante-dix. Ce n'est pas du vrai. Plutôt du gâchis. Ils parlent sans arrêt de leur temps, de leur jeunesse, avec cet air de signifier qu'ils ont toujours raison et qu'on est des minables d'être nées à une autre époque que la leur. Ils en discutent comme si nous avions vécu tout ça : leur marijuana, leur folklore, leur « série du siècle » et les emplois qu'ils obtenaient en criant lapin. Ils nous cassent les oreilles avec leurs litanies incessantes sur Woodstock, les syndicalistes barbus, l'élection du Parti québécois, la Californie, Kennedy. Je déteste Kennedy! Kennedy, ce n'est qu'un bonhomme qui sert à illustrer des cartons d'allumettes!

« *Kennedy, ce sont plutôt les années soixante.*

— C'est la même chose.

— *Mais non, c'est très différent.*

— As-tu fini de me couper la parole? Parce que tu es l'écrivain du livre, tu te donnes tous les droits? C'est bien une attitude égoïste de ceux de ta génération!

– *En parlant de gens qui disent toujours la même chose, plus on avance, plus tu me prouves que tu commences à radoter avec ton aversion pour les années soixante-dix.*

– Tais-toi! Tais-toi! Tais-toi! Va-t'en à Dallas et fais-toi abattre dans une limousine! »

Le vrai passé a vu Jeanne être heureuse et souffrir. Ma mamie Bérangère m'en parle, à l'occasion. Mais je sens qu'elle embellit des épisodes de la vie de sa mère pour me faire plaisir. J'ai mené une enquête auprès de la vieille Renée, des autres enfants de Roméo, quand ils étaient encore vivants. Et tout ceci me permet de retracer Jeanne, de la sentir de jour en jour près de moi. Revoir son époque par ce film est très bien! Et Isabelle a été contente de me voir si rêveuse devant l'écran. Tiens! Je vais louer la cassette dès demain et la montrer à Roméo pour qu'il... ah oui... j'oubliais... Je prends quand même le risque. Avec son imagination, en entendant mon récit, Roméo va facilement dessiner les images du film. Quand j'arrive, il est au salon, la tête penchée vers l'arrière, comme somnolant. Je suis heureuse de savoir qu'il reconnaît mes pas. Il me demande ce que je peins, si les professeurs du cégep me viennent en aide. Il veut aussi avoir des nouvelles d'Isabelle. Mais il me parle de façon routinière, sans y croire. Il ne réagit même pas quand je lui raconte le but de ma visite. Je lui dis ce que j'ai vu dans le film : les couleurs sombres des décors, la vie de l'écrivaine, ses cheveux en frange, ses drôles de petits chapeaux ronds de la grandeur de la tête, tout comme sur les belles photographies de Jeanne. Je m'enthousiasme et ne me rends pas compte que Roméo ne m'écoute pas. Derrière ses épaules, Renée me fait signe de cesser de parler de tout ça. Roméo garde un silence, puis me demande à nouveau si les professeurs du cégep m'apprennent beaucoup sur les arts.

Un sanglot noue ma gorge. Puis, je réalise le drame : il a vu pendant cent ans et, soudainement, tout s'éteint alors que son cœur continue de battre. Comment s'adapter à une nouvelle vie quand il sait trop bien que la sienne achève?

Comment accepter cette obscurité, lui qui a tant aimé lire, écrire, observer les gens? Et ses yeux ne lui servent même plus à regarder Jeanne en photo. Je me blottis contre lui, embrasse ses vieilles lèvres, dépose une caresse sur son front. Lentement, il monte sa main vers mon visage pour le tâter, reconnaître ainsi mes yeux, mon nez, mes joues et mes lèvres. Puis ses mains retombent lourdement. À la cuisine, Renée me chuchote que seule la lecture lui donne un peu de couleurs. Quand je lui dis que je vais lui lire le journal intime de Jeanne, elle me conseille d'éviter les références à sa sœur, qui le font souffrir davantage. Avec enthousiasme, je suggère à Roméo d'aller prendre une marche. Je lui tiendrai le bras, comme une amoureuse, et je lui décrirai le printemps trifluvien. En m'entendant, Renée lève les yeux vers le plafond et soupire. Comme je suis gauche... Il l'a tant vue, cette rue. Je fais donc un peu de lecture, mais Roméo ne réagit pas beaucoup. Tout laisse deviner que j'arrive dans un très mauvais moment et que mon insistance doit surtout l'agacer. Alors, je dépose les armes et annonce mon départ. Roméo se lève et ne fait pas plus que trois pas en ma direction, les mains tendues, effrayé de se cogner dans cette maison qu'il habite pourtant depuis soixante-quinze ans. Il me demande quand je reviendrai. Je sens en moi l'urgence de venir souvent, très souvent. C'est si bête de voir la mort planer. Je ne connais rien de la mort, sinon celle du seul petit chien que m'avait donné ma mère, quand j'avais sept ans. Comme j'avais pleuré! Ce n'est pas la même chose de voir ce vieil homme que j'aime tant s'accrocher à ne plus rien croire, alors que, deux jours avant son centième anniversaire de naissance, il était enthousiaste comme un gamin. Je rentre chez moi pressée de téléphoner à Isabelle pour qu'elle me recommande de beaux livres pour Roméo.

Marie-Lou traîne le boulet de sa tristesse jusque dans les salles de cours et sur ses peintures. Elle entreprend une toile d'un Roméo centenaire qu'il ne pourra même pas voir, mais qui gardera sur son visage la tragédie que la jeune peintre vient de noter. Elle participe à une fête étudiante avec les consœurs et confrères d'arts plastiques, occasion rêvée de raffermir des liens déjà fragiles établis tout au long de cette année académique. Mais Marie-Lou demeure un peu comme elle était au secondaire : une petite bête étrange très imbue de son talent, dont les périodes de sociabilité sont souvent de courte durée et ne servent qu'à son commerce de T-shirts. Comme Jeanne, Marie-Lou vit sur son îlot, avec les seules présences de Roméo et d'Isabelle. Mais parfois, même celle-ci, l'éternelle amie, semble un peu distante.

Installée en équilibre sur une chaise, la cigarette aux lèvres, les pieds contre le poteau décoré de l'affiche réglementaire et approuvée par le gouvernement d'interdiction de fumer, Marie-Lou joue à compter les cons de la boutique vidéo d'Isabelle. Comme livre de lecture pour Roméo, Isabelle prête à son amie le texte de la pièce de théâtre Marius *et* Fanny *de Marcel Pagnol, qu'Isabelle a étudiée la session dernière. Marie-Lou et Isabelle s'amusent à changer leurs voix en alternant les répliques. Elles croient qu'un tel jeu distraira Roméo. Cette répétition pas tout à fait à point, elles se lancent tout de même dans cette lecture animée, qui, en effet, charme l'aïeul. Les rires de la jeunesse tranchent avec luminosité dans le monde obscur qui le tient prisonnier depuis ce printemps. Mais soudain, le centenaire tombe dans la lune et interrompt malgré lui la représentation de Marie-Lou et d'Isabelle. Roméo leur raconte qu'il a déjà vu les films tirés de cette pièce, souvent projetés à la salle du Cinéma de Paris, de la rue Saint-Maurice. Au cours des années trente, Roméo était un avide spectateur des films français dont cette salle avait l'exclusivité. Il aimait le beau langage de France et imaginait Jeanne en exil dans les rues de Paris, illustrées dans ces productions. Revenue à Trois-Rivières pendant la guerre, Jeanne s'était rendue voir ces œuvres de Pagnol en reprise, en compagnie de Renée et de Roméo. Meurtrie et blessée, tellement morose depuis son retour, Jeanne avait pleuré en de multiples occasions au son du bel accent provençal de son pays d'adoption, ravagé par les nazis.*

Marie-Lou téléphone à toutes les boutiques de location de cassettes vidéo pour retracer ces films. Mais hors les éternels bang-bang-t'es-mort des Américains, le plus vieux film disponible date de douze ans, un boom-boom-je-t'ai-eu de Hollywood. Alors, un film français des années trente, en noir et blanc... Mais Isabelle déniche les titres sur son ordinateur et commande des copies, qui arrivent un mois plus tard. Marie-Lou dévore le petit écran, s'imagine être Jeanne dans la salle du Cinéma de Paris. À la fin, redevenue elle-même, Marie-Lou pleure en pensant qu'elle vient de voir des images aimées par Jeanne.

Marie-Lou tente l'impossible, traîne son magnétoscope jusqu'au salon de Roméo, branche le tout sous le regard sévère de Renée qui lui dit qu'elle va chagriner son père avec cet enfantillage. Roméo demeure indifférent à tout ceci, ne pose aucune question à Marie-Lou sur ce qu'il entend distraitement. Mais, progressivement, le centenaire tend l'oreille quand l'acteur Raimu parle. Puis, il décrit à Marie-Lou le physique de ce comédien, suivi de celui de Pierre Fresnay, puis du port de Marseille, rit quand il reconnaît ce bon monsieur Brun. Il demande à entendre à nouveau le début de la cassette et, pendant plus de deux heures, Roméo revoit le film et sourit à certaines répliques, se souvenant des mimiques des comédiens. Il parle ensuite de la belle salle du Cinéma de Paris, de la politesse des placiers, des peintures sur les murs, de l'accueil chaleureux du gérant, monsieur Lapolice, de la joie d'un ouvrier, après une longue semaine de travail, de pouvoir entendre un film dans sa langue, alors que les autres salles de Trois-Rivières ne présentaient que des productions américaines dans le dialecte des patrons. Marie-Lou est heureuse d'avoir redonné un peu de vie à Roméo. Émue, elle se dit que Marius *et* Fanny *sont les plus beaux films de tous les temps, car Jeanne les a aimés, et que Roméo, centenaire, a pu se souvenir, du fond de son gouffre noir, de tous ces détails. Est-ce là la magie du cinéma?*

Au cours des années 1920, tous les Trifluviens accouraient au centre-ville, chaque semaine, pour voir les nouveaux programmes de nos deux salles de cinéma : le Gaieté et l'Impérial. Nos bons prêtres n'aimaient pas tellement nous voir dépenser pour de telles frivolités américaines, avec ces clowns grotesques et ces tragédiennes immorales. Mais pour la population ouvrière, c'était là un divertissement à bon marché. Pour vingt-cinq sous, nous avions droit à un long métrage, un sujet court, une gazette d'actualité et à quelques numéros de vaudeville.

Avec des enfants en bas âge, je n'avais pas tellement le temps de fréquenter ces lieux, moi qui avais gardé un extraordinaire

souvenir de notre première salle, le Bijou, où j'avais travaillé comme conférencier aux jours de mon adolescence. Depuis, ce métier n'existe plus, les films étant pourvus de titres bilingues ou dans notre langue. Mais, à l'occasion, rien ne peut m'empêcher de goûter à la joie de voir des acteurs talentueux, comme John Barrymore ou Gloria Swanson, sans oublier Harold Lloyd, le comique à lunettes.

Pour ma sœur Jeanne, les vues animées sont sacrées. Parfois, elle quitte le Gaieté en plein milieu d'un film en faveur de l'Impérial. Souvent, elle regarde le même film deux fois de suite, surtout ceux de l'Impérial, car, comme beaucoup de gens d'ici, Jeanne est éblouie par le talent de la jeune pianiste, sa meilleure amie, Sweetie Robinson. Sweetie, comme je l'ai mentionné dans d'autres feuillets, est arrivée dans la vie de Jeanne au début des années vingt. Débarquant de New York à la recherche des traces trifluviennes de sa défunte mère, cette jolie jeune Américaine a vite fasciné ma sœur. Sweetie veut avec obstination parler français et devenir une vraie Canadienne, alors que tout son être est foncièrement américain. Audacieuse, travaillante, matérialiste, Sweetie fait la vie dure à l'oisiveté, ne donne pas de répit au mot perfection. Pianiste excessivement douée, la jeune femme passe quand même beaucoup d'heures à répéter son art et à écrire des partitions pour les membres du petit orchestre de l'Impérial.

Sweetie, pour se rendre à son travail, s'habille aussi bien que les vedettes de l'écran. Avant chaque représentation, le gérant de l'Impérial annonce sa venue à l'auditoire en termes sucrés. Alors, sous les applaudissements, Sweetie déambule sur scène, au cœur d'un faisceau lumineux, envoie des bises et, dans son français si amusant, remercie les gens d'être venus l'entendre. Elle descend à son clavier et accompagne les péripéties et les sentiments des acteurs. À la fin du film, sous les hourras elle remonte et envoie la main et d'autres baisers. Bien des gens l'attendent à la sortie pour la féliciter, lui faire des cadeaux ou même lui demander des autographes. Ce rituel peut paraître outré et prétentieux, mais les Trifluviens ne peuvent s'en passer, car une soirée aux vues animées est faite pour se distraire, et les attitudes de Sweetie font partie intégrante du programme, autant que les films et les numéros de vaudeville.

Rêve-t-elle de gloire? D'un contrat à Hollywood? D'enregistrer un disque? Non! Tout ceci, elle aurait pu l'obtenir à New York, où déjà sa réputation de prodigieuse pianiste de salle avait été soulignée dans des journaux. Sweetie aime Trois-Rivières et notre langue. Pour elle, vivre là où sa mère est née est plus important que la célébrité dans son pays d'origine. De plus, Sweetie accomplit tout ce manège afin de se faire accepter et par amour des films. Possédant une phénoménale mémoire des images, Sweetie peut raconter, à un détail près, un film vu il y a longtemps. Comme une gamine, elle collectionne les revues de cinéma et les achète en double afin de découper ses photographies favorites et les épingler sur le mur de sa chambre.

Jeanne poudre le nez de Sweetie, trace délicatement le contour de ses yeux et lui dessine une bouche en cœur avec son tube de rouge. Ma petite fille Renée, un pouce dans la bouche, les regarde avec de grands yeux étonnés. Ce soir, j'ai l'honneur d'accompagner Jeanne et Sweetie à l'Impérial. Nous arrivons par la rue des Forges. Déjà, une foule se masse à l'entrée de l'Impérial. À deux pas, le propriétaire du Gaieté s'arrache les cheveux, car il sait que sa salle est presque toujours vide quand la jeune Américaine est de service chez son compétiteur.

Jeanne ouvre la portière de mon automobile pour faire descendre la reine. Tout de suite, des garçons la pointent du doigt en disant son nom, s'approchent avec leurs amis pour lui demander ce qu'elle interprétera ce soir, pour ce nouveau film d'Harold Lloyd. Sweetie, aimable et drôlesse dans le quotidien, s'amuse à jouer le rôle de la vedette demeurée simple. Comme je suis le chauffeur de la Très Honorable Pianiste, j'ai le droit d'entrer avant tout le monde. Alors, je vois le grand secret de la vedette : elle se lance à toutes jambes vers la fosse d'orchestre, parle sans sentiment à ses musiciens, se plaint de la paresse du violoniste lors de la représentation de la veille. Expliquant qu'il a du mal avec quelques portées, Sweetie lui arrache les feuilles des mains et lui chante les notes, le fait répéter deux, trois, quatre fois. Une vraie Américaine, je vous dis! Combien de fois Jeanne m'a-t-elle confirmé que ces hommes détestent se faire diriger par une femme, par une jeune, et par une étrangère? Ils répètent. Sweetie, un doigt sur le menton, apporte ses commentaires, pas toujours doux, et ses recommandations, toujours justes. L'heure de lever de rideau approchant, Sweetie monte sur scène et va vers la loge des comédiens. J'y vois Jeanne qui vérifie le maquillage de son amie, lui donne un baiser sur le front pour l'encourager. À ma grande surprise, j'entends Sweetie laisser filer un profond soupir tremblotant, qui révèle ce que je n'aurais jamais cru : cette perfectionniste est nerveuse! Même après sept années d'expérience de pianiste de salle de vues animées!

Alors, le grand cirque de Sweetie Robinson recommence : présentation emphatique par le gérant, lumière, bises, salutations. Assis à quelques bancs de l'orchestre, je regarde Jeanne, les yeux rivés vers son amie, oubliant le film. Mais ce soir-là, un malheur inattendu, à peine remarqué par quelques spectateurs, vient troubler Sweetie. Au début d'une pièce, elle n'a pas joué dans la même tonalité que les musiciens. À la fin de ce film, il n'y a pas de salutations traditionnelles; Sweetie monte rapidement vers sa loge, poursuivie par Jeanne. Les voilà enlacées et ma sœur console sa pianiste en larmes. Tout ceci pour quelques petites notes! Mais pour Sweetie l'Américaine, ce drame est impardonnable! Donnant un grand coup de poing sur sa table de maquillage, Sweetie jure, en anglais, que plus jamais elle ne sera fautive.

Il y a quinze ans, on croyait bien que les vues animées étaient un divertissement semblable aux numéros de cirque ou aux saltimbanques. Mais maintenant, j'ai l'impression que ce populaire loisir a épousé des proportions gigantesques et qu'il fera partie de notre vie pour encore très longtemps. Dans cinquante ans, j'en suis certain, des vieillards, assis paisiblement sur des bancs du parc Champlain, jaseront avec nostalgie de cette petite pianiste américaine, vêtue comme une étoile de l'écran, et qui donnait aux spectateurs plus qu'un film : un moment inoubliable. Et en fermant les yeux, ils la reverront avec clarté et l'entendront avec fidélité. J'ai l'impression que je serai un de ceux-là.

Roméo Tremblay, novembre 1926

Le père Noël est un monsieur obèse qui porte une fausse barbe et s'habille en rouge. Il est engagé chaque année par le centre commercial où ma maman a un magasin. Il y a autant de pères Noël qu'il y a de centre commerciaux. Ces hommes travaillent à rendre les enfants heureux, même s'ils doivent nous poser des questions idiotes pour savoir si on a été sages, si on a écouté notre maman, des trucs dans ce genre-là... En principe, le père Noël habite le pôle Nord, un endroit très froid. Avec les autres pères Noël, ils travaillent à fabriquer les jouets qu'on voit dans les magasins. Après onze mois dans leurs bureaux, ils se paient des vacances et arrivent à Trois-Rivières pour prendre les enfants sur les genoux en disant oh! oh! oh!, je ne sais pas trop pourquoi. Je dis au père Noël ce que je désire comme cadeau. Et puis, à sa pause-café, il va confier ce secret à ma mère, qui travaille à quelques boutiques de la sienne. Le père Noël, cette année, va toujours faire pipi dans la toilette du magasin de maman. Ainsi, je suis certaine d'avoir le bon cadeau. Je lui demande aussi un présent pour mon anniversaire de naissance, qui est deux jours après Noël. Isabelle, ma meilleure amie de la maternelle, est venue au monde un peu avant le jour de l'an, mais ses parents ne lui donnent pas un cadeau supplémentaire. Ce n'est pas juste. De toute façon, Isabelle et moi, on n'aime pas le jour de l'an, qui ne sert qu'à regarder des comiques pas drôles à la télévision. La vie est une fête continuelle. En plus de Noël, il y a Pâques (avec du chocolat), la Saint-Jean-Baptiste (avec des drapeaux), l'Halloween (avec des déguisements), la fête du Travail (avec rien) et les journées pédagogiques. Il y a aussi la fête des amoureux, dont j'ai oublié le nom. Mais je préfère Noël, car je suis certaine d'avoir un cadeau de plus deux jours après.

À la maternelle, ils nous font coller toutes sortes d'affaires en vue de chacune de ces fêtes. Moi, je fais des belles cartes avec des dessins. Là, on vient de faire des cartes de Noël et on monte dans un autobus pour aller les donner à des grands-parents dans un endroit où ils mettent tous les vieux dans une grande salle avec un téléviseur. Il paraît qu'ils aiment bien recevoir la visite des enfants de la maternelle. Mais je suis un peu déçue parce que ce ne sont pas des vrais vieux. Roméo est vraiment vieux. Ceux-là font semblant. Mais ils sont gentils quand même et nous parlent comme à des bébés. Après, on retourne à la maternelle et mademoiselle nous dit qu'on vient de créer l'esprit de Noël. Elle est bizarre, mademoiselle.

La semaine prochaine, on devra emporter des boîtes de conserve pour donner aux pauvres qui n'en ont pas pour fêter Noël. Je n'en ai pas non plus, car ma maman fête Noël avec de la dinde et des tartes à la tourtière. Isabelle, qui est pauvre, préférerait une nouvelle poupée à une conserve de fèves aux lard. L'an dernier, puis l'autre avant, elle a demandé une poupée au père Noël et il ne lui en a pas apporté. Mais sa famille a eu des fèves aux lard quand même. Les pauvres sont des gens qui fument beaucoup de cigarettes et passent tout leur temps à regarder la télévision. Ils achètent des billets de loterie et vont flâner au centre commercial. Les enfants sont mal habillés, parce que leurs parents n'ont pas d'argent, car il y a trop de billets de loterie à se procurer. Isabelle n'aime pas Noël. Elle dit que c'est une fête pour les riches.

Noël est maintenant un centre commercial. Bien sûr, on le retrouve aussi dans les journaux, à la télévision, et dans toutes ces cartes que les employés envoient à leurs patrons pour attirer leur sympathie en vue d'une promotion. On peut aussi voir Noël dans les fenêtres des maisons et dans les autobus. I'm dreaming of a white Christmas bus. Mais, en général, en ce début des années quatre-vingt, on note surtout Noël dans les centres commerciaux. Chaque année, les responsables extirpent de leurs boîtes défraîchies des boules et des lumières, sans oublier cet énorme ruban continu des mêmes chansons de Noël qui sortent du plafond de la promenade comme le même bruit d'un moteur invisible. Dans cette cacophonie, les gens vont et viennent pour lécher toutes les vitrines qui rivalisent de façon criarde en vœux creux qui servent à attirer l'attention vers un solde nécessairement « incroyable ». On achète une cravate au beau-père et une cafetière à la belle-mère. On dépense sans regarder. C'est la valse, la polka, la gigue, le disco et le mambo des dollars.

Pour les petits, c'est l'apothéose de la règle « Regardez, mais ne touchez pas ». Ils ont l'impression qu'il y a plus de jouets que d'habitude, qu'il ne pourra plus jamais y en avoir autant. Isabelle se tord le cou en regardant vers le sommet d'une étagère où, triomphalement, règne une poupée plus grande qu'elle. Marie-Lou la saisit par la taille et tente de la grimper sur ses épaules, mais les deux se retrouvent sur leurs derrières, en riant comme les fillettes légères qu'elles sont. Marie-Lou lui prend la main pour mieux courir et les deux se cognent contre un adulte qui fait oh! oh! oh! comme vous savez qui. Calmées, elles regardent les lumières et les décorations, et ouvrent autant leurs bouches que leurs yeux aussi multicolores que toute cette symphonie brillante. Marie-Lou et Isabelle espionnent les grands qui achètent des jouets à leurs petits. Isabelle se cherche de nouveaux parents et Marie-Lou fait de la prospection pour trouver un père. Soudain, un vendeur, grimpé sur un escabeau, prend la poupée géante qui faisait l'envie d'Isabelle, il y a quelques minutes. Il la donne à un couple bien habillé. Isabelle les regarde s'en aller aussi loin que ses yeux peuvent les apercevoir. Le commis, amusé, dit aux fillettes qu'il y aura une nouvelle poupée toute pareille tantôt. Riant, elles s'enfuient vers la promenade pour regarder le père Noël recevoir les gamins. Marie-Lou dit que ce père est plus beau que celui du centre commercial de Cap-de-la-Madeleine. « Je le connais bien. Il va faire pipi dans la toilette du magasin de maman *», de se vanter Marie-Lou. Isabelle est stupéfaite d'apprendre qu'un père Noël puisse uriner.*

Voilà Roméo et la vieille Renée qui marchent doucement et regardent chaque vitrine. Marie-Lou danse autour de lui, car elle sait que son arrière-grand-oncle est encore mieux que le père Noël. Le gros bonhomme rouge dit toujours la même chose, alors que Roméo ne répète jamais une histoire. Et le vieillard ne pose pas de questions embarrassantes sur le comportement de Marie-Lou au cours de la dernière année. Isabelle reste derrière et envie sa petite amie d'avoir Roméo comme arrière-elle-ne-sait-plus-trop-quoi. Son propre grand-père ne sert qu'à regarder les sports à la télévision, ne connaît pas de jolies fables et ne lui adresse la parole que pour lui demander de monter le son. Connaissant l'amour qu'il a pour elle, Marie-Lou cajole Roméo dans l'espoir d'avoir un gros cadeau. Elle ignore que Roméo n'a toujours fait que des petits présents pour insister sur le vrai esprit de générosité qui doit prédominer au cours du temps des fêtes. Les fillettes traînent Roméo jusqu'à cet étalage où une nouvelle poupée géante vient de remplacer sa sœur jumelle. Marie-Lou pointe du doigt un ours de peluche, un jeu de construction, un Goldorak à piles, un ensemble à vaisselle et un tourne-disque de la souris Mickey. Isabelle, pour sa part, n'a d'espoir et de tendresse que pour cette grande poupée, observée avec émotion par Roméo.

« L'an dernier, Roméo m'a donné de la gouache avec des pinceaux, pour que je fasse des peintures comme Jeanne.

– *C'est un beau cadeau. Tu l'as remercié, j'espère.*

– Je suis bien élevée, monsieur. Tu ne me crois pas?

– *Bien sûr, Marie-Lou.*

– Cette année, je suis sûre qu'il va me donner une toile de peinture, puis, à ma fête, des vrais tubes avec de la couleur dedans. J'ai dit au père Noël d'en parler avec Roméo. Il connaît tout le monde. Et comme le père Noël est bien ami avec ma maman, à cause de la toilette, ça devrait marcher. »

Sylvie décore sa maison avec peu d'enthousiasme. Après s'être cassé les reins à installer un sapin et des guirlandes dans son magasin, elle n'a pas trop le goût de répéter les mêmes gestes chez elle. Voilà pourquoi elle laisse Marie-Lou et Isabelle se débrouiller. Elle les guide et les surveille afin qu'elles ne fassent pas trop de trous dans les murs. Marie-Lou chante un air de Noël sous les rires d'Isabelle : « Cré' moé, cré' moé pas, quelque part en Alaska, y a un père Noël qui s'ennuie en maudit! » *Cette joie contraste avec ses pleurs de la veille, alors qu'à son arrivée chez elle, Isabelle a vu les minces décorations déjà installées, placées à la va-vite par son père pendant les pauses commerciales. À la maternelle, l'enseignante venait de parler de la belle tradition des enfants qui aident leurs parents à décorer la maison. Tous les petits de la classe avaient témoigné de leur expérience passée, pendant qu'Isabelle rêvait de cet instant où elle aiderait son papa à agrafer les lumières dans les fenêtres. Pour Isabelle, le dernier Noël représente surtout l'horrible souvenir de voir son père ivre, donnant une taloche à sa mère. Celle-ci s'était affaissée dans le sapin et avait profité de l'occasion pour lui lancer toutes les boules. Trente minutes après, pendant lesquelles Isabelle pleurait dans sa chambre en entendant ses parents se chamailler, ils ont donné les cadeaux, alors que la télévision jouait à tue-tête.*

Innocemment, Marie-Lou apporte à Sylvie des nouvelles de la famille d'Isabelle. Cette petite au physique ingrat semble très sensible et s'émerveille de peu de choses, ce qui laisse deviner que la vie dans sa famille doit être aussi effroyable qu'une scène montréalaise d'une vieille pièce de Michel Tremblay. Marie-Lou pleurniche parce que sa maman refuse d'adopter Isabelle pour Noël. Sylvie a pensé plutôt à inviter l'enfant, mais a vite effacé cette idée de son esprit, en se disant que ce ne serait pas honnête pour sa famille, aussi épouvantable puisse-t-elle paraître.

C'est la première fois que Marie-Lou devient l'amie d'une autre petite fille. S'attachant peu à peu à Isabelle, Sylvie décide d'en avoir le cœur net et demande à une de ses employées de prendre sa relève au magasin, afin qu'elle puisse aller chercher sa fille et sa copine à la maternelle. En voyant sortir ces petits êtres de l'école, Sylvie se demande s'il n'est pas trop tôt pour prendre des habitudes d'horaire. Il lui semble que ce n'était qu'hier qu'elle donnait le sein à cette minuscule Marie-Lou, image paisible qui contraste avec son souvenir de l'hôpital, des draps blancs, du médecin qui invitait à pousser, pousser, pousser alors que ses entrailles se déchiraient et qu'elle avait entendu ce puissant cri de protestation, le premier de Marie-Lou. Ils piaillent et gazouillent, avec leurs sacs à dos et leurs boîtes à lunch, emmitouflés dans des monstrueux habits d'hiver qui ne laissent paraître que leurs yeux pétillants, alors que leurs voix, étouffées par deux foulards, ne cessent de jacasser des nouvelles de leurs activités amusantes de la journée. Marie-Lou brandit à sa mère le beau sapin en carton qu'elle vient de tailler. Elle précise que c'est Isabelle qui a coupé les boules rouges et qu'ensemble, elles les ont collées.

Sylvie offre un jus aux petites dans un casse-croûte et remarque qu'Isabelle regarde discrètement le gros plat de frites et l'énorme hamburger du voisin. Voilà pourquoi elle commande une frite pour les deux, répète trois fois à Marie-Lou d'en laisser à Isabelle. Sylvie sonne à la porte de la H.L.M. et se présente comme la mère de l'amie d'Isabelle. Le son du téléviseur livre une lutte à celui de la radio, alors qu'un gros tas de billets de loterie, sur la table de cuisine, traînent au milieu de journaux à potins et d'un magazine pornographique bien en vue. La mère d'Isabelle offre un verre d'eau, alors que le père demeure indifférent à cette visite. Au salon, les minces décorations de Noël n'apportent pas beaucoup de joie, et le sapin est rachitique avec ses branches d'aluminium jaunies par le temps. Après avoir jasé un peu avec Sylvie, la mère d'Isabelle la reconduit à la porte car, semble-t-il, il y a une émission de télé qu'elle ne doit absolument pas rater.

À la télévision locale, depuis quelques décennies, un téléthon organisé en faveur des pauvres de la région émeut l'opinion publique. Les artistes de la Mauricie donnent de leur temps à la cause et améliorent par le fait même leur image publique. Les dons affluent, chacun accompagné d'un nom distinctement prononcé. Pour Sylvie, la pauvreté a maintenant un autre visage que celui d'un manque d'argent. Pauvreté de tendresse, d'attention, pauvreté des habitudes externes qui minent celles du cœur. Sylvie se trouve cruelle de porter un aussi hâtif jugement sur les parents d'Isabelle, mais des échos des remarques de Marie-Lou et le regard de la petite vers ce plat de frites font sursauter ses pensées.

Le lendemain, elle se trouve même honteuse d'afficher son spécial de Noël dans sa boutique. Les décorations de l'occasion, tout comme celles de la Saint-Jean, de l'Halloween, de Pâques et de toutes ces fêtes, ne sont qu'un stock sorti d'une boîte poussiéreuse de son entrepôt, pour mousser la vente de ses vêtements. Ils font partie du processus du centre commercial, de cette tradition sans âme qui a supplanté tant de charme ancien de ces coutumes qu'elle admirait quand elle était une adolescente éprise de folklore et de fierté québécoise. Qu'est-il arrivé à la berline de nos aïeux? En promotion au centre commercial voisin? Une cliente entre, regarde quelques robes, dit à Sylvie que ses décorations sont belles. Sylvie arrache une guirlande et la lui tend. La cliente se sauve à toutes jambes.

« Elle est de mauvaise humeur, ma maman, depuis quelque temps. C'est pourtant censé être la joie de Noël.

– *Ta mère a droit à ses humeurs, Marie-Lou.*

– Tu pourrais pas la rendre de bonne humeur?

– *Comment?*

– C'est toi qui écris ce livre.

– *Je ne peux pas faire ça.*

– Je ne comprends pas.

– *Tu comprendras quand tu seras grande.*

– Ça me fatigue quand les vieux me disent ça! Je ne t'aime plus! »

Le décompte se poursuit, même pour les enfants qui ne savent pas compter, comme Marie-Lou. Elle multiplie ses demandes de cadeaux dans le centre commercial de Cap-de-la-Madeleine, accompagnée par Roméo et Renée. Le vieillard tente de lui expliquer que le père Noël est le même partout, théorie qui semble illogique pour la petite blonde. Elle se demande aussi pourquoi elle ne peut pas réclamer un cadeau supplémentaire au gros bonhomme rouge, à cause de ces deux petits jours qui séparent la fête de la Nativité de son anniversaire.

À cette évocation, Roméo ne peut s'empêcher de penser à la naissance de Jeanne, survenue en 1902, exactement la même journée que celle de Marie-Lou. À cette époque, il n'était pas question de père Noël. C'est au premier de l'an qu'on échangeait des petits présents. Noël n'était voué qu'à la religion, ce que Roméo ne retrouve plus aujourd'hui. Il y a même des messes de minuit à vingt-deux heures, afin que personne ne rate le spectacle à la télévision. Marie-Lou, à la maternelle, a été plus attentive à cette histoire d'un garçon du drôle de prénom de Jésus, venu au monde le jour de Noël, ce qui, comme elle, lui permet d'avoir deux cadeaux.

Roméo vient de me raconter une belle histoire sur ce Jésus Noël, qui était censé venir au monde en Afrique et qui a abouti à Trois-Rivières. Alors, deux enfants l'ont emmené sur un chien volant jusqu'à ses parents Marie Étable et Joseph Lebœuf. Son histoire ressemblait un peu à ça. En tout cas, j'ai bien ri et Roméo avait l'air d'y croire, même si ça ne se peut pas, un chien qui vole. C'est un peu comme le père Noël qui est une belle histoire, et y croire devient amusant, mais tout le monde sait que ce n'est pas vrai. La preuve? Le père Noël du centre commercial est venu chez moi et il a pris une bière avec maman, après avoir enlevé sa barbe. Cependant, je lui ai bien rappelé d'écrire au pôle Nord pour mon cadeau et... oh! je ne sais plus ce qu'il faut croire! Isabelle est certaine dur comme fer que ce père Noël est le vrai, puis d'autres amis de la maternelle jurent que cette histoire de cheminée est la pure vérité, même s'ils ont le chauffage électrique. Je le regardais boire sa bière en m'inquiétant. Sur les cartes de Noël, il n'a jamais un verre de bière à la main. Alors, je lui ai demandé s'il était le vrai père Noël. Puis après, je lui ai demandé s'il était avant tout le père Noël du centre commercial. Et enfin, s'il était le frère du père Noël du centre commercial de Cap-de-la-Madeleine. Comme il a dit oui trois fois de suite, j'imagine qu'il doit être la sainte Trinité, dont Roméo parle parfois. Tout ça est tellement compliqué, surtout qu'il n'a pas remis sa barbe à son départ. Oh! ce n'est pas si important, au fond! On s'amuse tant, à la maternelle, quand il y a une fête! Et Isabelle est certaine qu'elle aura sa poupée géante, car elle l'a demandée au père Noël les larmes aux yeux. On dit qu'il est toujours impressionné par les larmes des petites filles. Moi, le cadeau que je veux le plus, c'est un chien de peluche qui jappe quand tu tires sur sa corde. Quand je vas l'avoir, je vas jouer avec lui longtemps, longtemps et m'amuser beaucoup avec et je vas l'appeler Pitouwouf et je vas le mettre sur mon lit quand je ne jouerai pas avec. Et pis après, ma mamie Bérangère va me donner un cadeau comme du genre éducatif où tu mets les couleurs dans les bonnes places même si c'est compliqué et que c'est le fun quand même. En tout cas, Isabelle va venir souvent jouer avec les cadeaux à moi que tout le monde va me donner à Noël et à ma fête.

« Comment parles-tu, Marie-Lou?

— Comme une petite fille de mon âge! Je suis fatiguée que tu me fasses parler comme une vieille de dix ans. Les gens qui vont lire ton livre, ils ne croiront pas que je suis une enfant avec des doigts juste dans une main. Et d'abord, je ne sais même pas écrire des mots, mais juste des lettres de l'alphabet. Puis, je suis fatiguée aussi parce que t'arrêtes pas de retarder Noël et ma fête en écrivant des affaires que je ne comprends pas et en m'en faisant dire d'autres que je ne comprends pas non plus. O.K., là?

— *Mademoiselle se révolte?*

– Ça, je ne sais pas non plus ce que ça veut dire. Encore des mots de vieux!

– *L'écriture, Marie-Lou, est magique. Elle permet de faire croire à l'impossible et à nous abriter du réel.*

– Je t'ai dit tantôt que je ne t'aime plus et que tu passes ton temps à dire des mots que je suis trop petite pour comprendre! Dépêche! Mets Noël tout de suite! J'ai hâte d'ouvrir mes boîtes! »

Voilà enfin Noël. Il pleut.

« Non! Non! Il ne pleut pas! Il y a de la belle neige partout!

– *Tu les veux, tes cadeaux, oui ou non?*

– C'est de la menace!

– *Je ne sais pas ce que veut dire ce mot de vieux.*

– Menteur! Mets Noël tout de suite, bon! Un beau Noël avec de la vraie neige! Qu'est-ce qu'ils veulent, les grands qui lisent ton roman? »

( ) Il pleut ( ) Il neige

Voilà Noël. Bien que les météorologues aient fait hurler tout le monde en annonçant de la pluie, le sol se recouvre d'un blanc manteau de neige, alors que l'auteur de ce cliché se cache la tête dans un sac d'épicerie. Mais Noël est un feu d'artifice de clichés. La jolie neige. Les cloches sonnent. Et ce bon vieux Bing fait entendre sa joie de voir son rêve réalisé. Le coffre arrière plein de boîtes enrubannées, les gens vont et viennent dans les rues en blasphémant à trop penser à l'entrée qu'il faudra déblayer pour stationner l'auto, dans quelques heures. Sylvie n'échappe pas à la règle et, malgré ses récents doutes sur la sincérité de Noël, elle a acheté des cadeaux à son frère Jean-Marc et à sa mère Bérangère, sans trop savoir s'ils aimeront ou pas, surtout dans le cas de Jean-Marc, qui l'a toujours énervée.

J'aime beaucoup ma mamie Bérangère, parce qu'elle n'est pas plissée comme toute bonne grand-maman se doit de l'être. Elle m'adore aussi et dit que je suis le portrait de sa mère Jeanne. Mamie me donne toujours des jouets que je ne n'ai pas demandés au père Noël. Elle achète des jeux pour me rendre plus intelligente en apprenant à ne pas mettre le rond dans le carré et le carré dans le triangle. Quand j'aurai ouvert mon cadeau, elle me donnera un bec en me présentant une autre boîte pour mon anniversaire de naissance. Vraiment, quelle bonne idée d'être née deux jours après Noël. Mamie a aussi acheté de la tourtière congelée au supermarché et commandé un beau gâteau au comptoir de beignets. Des gens vont venir, comme mes cousins, qui sont aussi les enfants de mon oncle Jean-Marc, qui, en plus, est le frère de maman, et aussi le fils de mamie. Avec un peu de chance, Roméo va peut-être nous visiter avec Renée, Simone et Carole, qui, elles, sont les arrière-petites... non! Les grandes-tantes de... non plus! Bon! Elles sont les petites filles de Roméo, même si elles sont vieilles. La famille, c'est toujours un vrai casse-tête.

La radio fait entendre les mêmes disques, dans le même ordre qu'il y a vingt-cinq ans. L'arbre de Bérangère est le même que celui qu'aimait Sylvie quand elle était enfant. Comme dans tout bon récit du temps des fêtes, les boîtes sont magnifiquement emballées et attendent sous l'arbre, alors que Marie-Lou se joint à ses cousins pour les regarder et essayer de deviner leur contenu. Les enfants sont intenables pendant le souper que les adultes prolongent inutilement par un café ou un verre de crème de menthe. Sylvie arme son appareil photo, alors que Marie-Lou danse sans cesse près des boîtes. La grand-maman tend la première à sa blonde petite-fille. Marie-Lou est folle de joie, car le père Noël qui fait pipi dans la toilette de la boutique de maman a écouté sa demande : un chien qui jappe quand on tire une corde! Sylvie perd son sourire quand elle constate que sa mère a acheté le même cadeau. Elle devra faire la file devant le comptoir d'échange du grand magasin. « Deux chiens! Je vais faire un élevage! » *de s'écrier l'enfant, alors que les adultes éclatent de rire, en se disant que cette petite est tellement intelligente.*

Voilà qu'arrive Roméo, habillé en père Noël. Marie-Lou n'est pas dupe et reconnaît vite son arrière-grand-oncle. Elle l'écoute raconter que le vrai père Noël vient de lui téléphoner pour lui demander de remplir une mission spéciale, d'où la nécessité de ce déguisement trop grand pour lui. Avant d'accomplir cette tâche, Roméo donne son cadeau à Marie-Lou. La fillette est inquiète : un cadeau de Noël est nécessairement gros. Que peut cacher ce tout petit paquet présenté par Roméo? Marie-Lou contient sa déception quand elle met la main sur un sac de billes. Elle ajoute mollement qu'elles sont jolies.

Roméo remet sa barbe, pendant que Sylvie essaie de le grossir en installant un oreiller sous son costume. Tout beau, Roméo approche de Marie-Lou pour lui dire que le temps est arrivé d'avoir le plus beau cadeau de toute sa vie. Sylvie habille sa fille, inquiète de tant de mystère et de devoir quitter la fête de la maison de mamie Bérangère. Elle s'installe sur le siège arrière de l'automobile de Roméo, conduite par Sylvie. Une énorme boîte couronnée d'un beau ruban rouge sépare Marie-Lou de Roméo. L'enfant questionne sans cesse, alors qu'elle reconnaît le chemin qui mène à la maison d'Isabelle.

La télé hurle autant que les chansons de Noël de la radio, alors qu'une grosse caisse de bière prend plus de place au salon que les cadeaux des enfants Dion. Isabelle, triste de constater que le père Noël n'a pas écouté sa demande, fait semblant de jouer avec un chat en peluche usagé, obtenu grâce à la collecte des pompiers. Mais voilà que le vrai père Noël sonne à la porte, accompagné par Marie-Lou et sa maman. Et cette grosse boîte... Elle ne peut contenir que la poupée géante tant désirée! Isabelle éclate en sanglots et saute dans les bras du bonhomme rouge. Les parents, derrière, ressemblent de nouveau à ces deux jeunes adolescents d'autrefois, pleins d'espoir grâce à leur amour. Le nez de la poupée est à égalité de celui d'Isabelle. Elle essuie ses larmes en serrant fort ce précieux trésor. Non! Le père Noël ne l'a pas laissée tomber! À la maternelle, en janvier, Isabelle racontera cette belle histoire à toute la classe. De retour chez Bérangère, Roméo a enlevé sa barbe et son costume, alors que deux chiens parlants demeurent muets, en train de regarder leur maîtresse Marie-Lou assise par terre, occupée à faire des dessins avec les belles billes multicolores de Roméo.

La mort a toujours été l'épreuve la plus difficile de ma vie. Même si elles datent de très longtemps, j'ai encore du mal à

m'habituer aux disparitions de mes frères Adrien et Roger, de mon fils Gaston, de mon épouse Céline et de mes sœurs Louise et Jeanne. La plus grande souffrance d'avoir quatre-vingt-huit ans est de voir s'en aller tout le monde alors que je suis toujours là. Ce n'est pas que je pense à ma mort. Loin de là! J'aime trop la vie pour songer à la quitter. Mais, à mon âge, je n'ai guère le choix : la mort me guette et me surprend toujours si cruellement d'un départ, comme celui de mon fils Maurice, au début de cette année.

Je n'arrivais pas à m'en remettre quand, deux mois plus tard, ma fille Simone m'annonce sans mettre de gants qu'elle avait un très grave cancer et qu'elle allait mourir au cours des prochains mois. Tout de suite, je me suis caché le visage au creux des mains, mais Simone, retenant mon élan, a approché son visage du mien pour m'avouer sa joie de le savoir d'avance, disant quelle fête continuelle serait cette année. Je n'écoutais pas ce qu'elle me disait.

Puis, à tête reposée, en y réfléchissant bien, je me suis pris d'admiration pour sa sérénité, pour ses projets à court terme. Oh! je l'ai reconnue tout de suite, ma chère fille! Beaucoup plus discrète que mes autres petites Carole et Renée, Simone a mené une vie qu'on pourrait qualifier de sans éclat, sans aucune réussite sociale à afficher. Simone n'a été qu'une femme mariée, une ménagère à la maison, heureuse de ses quatre enfants, même si son dernier, Charles, lui a causé bien du chagrin (j'en parle dans d'autres feuillets).

La jeune Simone était de son temps et suivait le parcours normal de toutes les filles : un peu de travail pour préparer le trousseau, ménagère pendant le mariage, messes à répétition, vacances, joies, douleurs, radio, télévision et maison. Dans son acte nécrologique, il n'y aura rien d'autre à souligner que sa descendance. Qu'une femme ordinaire – je n'aime pas ce mot – ayant parcouru le chemin tracé au cours de son adolescence. Cette route aurait certes été trop étroite pour mon ambitieuse Carole, ma dynamique Renée, mon Christian débrouillard, mon têtu de Maurice ou Gaston le talentueux. Mais pour Simone, partir du point A pour voir bientôt le point Z est ce qu'il y a de plus sain et normal.

Entre les étapes de sa vie, Simone a toujours eu des repères qui sont devenus ses havres de joie : les fêtes. Toutes les fêtes!

Celles qui sont notre tradition, comme Noël, le jour de l'an, Pâques, ou celles qu'on a oubliées : les Rois, le dimanche des Rameaux, la Fête-Dieu, la fin de la guerre ou le tricentenaire de Trois-Rivières. À chacune de ces multiples occasions, Simone faisait parvenir des cartes de souhaits. Adolescente, elle les dessinait une à une. Devenue adulte, elle les achetait à la caisse! Dans son agenda, chaque anniversaire de naissance était souligné, chaque commémoration ne pouvait être oubliée. Qu'elle désire faire une fête de sa mort ne me surprend pas. Simone veut partir au cœur de ce qu'elle a le plus aimé au cours de sa vie : les fêtes.

Alors, nous la visitons à Pâques, et Renée l'emmène aux joies de la Saint-Jean. Simone agite des drapeaux et s'émerveille comme une enfant quand elle regarde le feu d'artifice. Elle se dit très contente d'être encore de ce monde en ce début d'été, car celui-ci marque les fêtes du trois-cent-cinquantième anniversaire de fondation de Trois-Rivières. Jamais elle n'a caché que la plus belle fête de sa vie a été celle du tricentenaire, en 1934, alors que notre ville revivait son histoire et ses faits d'armes. Et quel bonheur, en août, de pouvoir, comme à tous les étés de sa vie, se rendre à notre exposition régionale, pour se régaler du cirque et s'amuser à regarder les jeunes dans les manèges du village forain. Déjà un peu plus faible, Simone se promène sur le terrain en s'appuyant sur une canne, soutenue par Christian et Renée. Quel regard sain et plein de paix elle porte sur les enfants qui piaffent d'impatience devant un carrousel! Ce regard me réconforte beaucoup. Dès cet instant, je crois bien, je n'ai plus eu peur de la mort, car ma fille, avec un tel courage, vit la sienne en savourant précieusement chaque seconde de vie qui la rapproche du jour fatal.

À la fête du Travail, la santé de Simone dépérit encore, si bien qu'on l'installe dans un fauteuil roulant. À l'Halloween, elle se déguise pour recevoir les enfants, sans doute effrayés par cette femme fantôme. Après cette fête, je passe plus de temps près d'elle. Simone est continuellement entourée de ses rejetons et de ses petits-enfants. Personne d'entre nous ne croit qu'elle verra Noël. Mais en décembre, je mets ma plus grande foi en Dieu pour que Simone vive ce 25 décembre. Noël a toujours été sa fête favorite. Pour me remercier, le Divin me permet ce miracle. Squelettique, ayant un grand mal à respirer, Simone, comme toujours, envoie

des dizaines de cartes pour souhaiter de joyeuses fêtes à tous. Elle nous donne des cadeaux et nous lui en faisons, comme d'habitude. Carole lui offre même un agenda pour l'année 1985, ce qu'elle apprécie beaucoup, mais, malheureusement, elle n'a pas pu l'utiliser. Simone est morte cette nuit-là. Pour la première fois de ma vie, en une telle circonstance, je n'ai pas pleuré. Simone venait de me donner le plus cadeau de Noël de mon existence : son courage et sa sérénité. Je sais qu'au paradis, Simone sème le bonheur de tous les saints et des anges en leur faisant sans cesse parvenir des cartes!

Roméo Tremblay, décembre 1984

Maman n'est pas très contente de mon attitude envers Roméo. Mais elle ne comprend pas qu'à mon âge, voir un cadavre dans un cercueil m'effraie beaucoup. Ma mère est incapable d'admettre mon sentiment. Elle comprend de moins en moins de choses. D'un autre côté, je suis désolée en pensant que je fais du chagrin à mon arrière-grand-oncle en refusant d'assister aux funérailles de sa fille Carole. Si je connais bien Renée, les autres enfants de Roméo ne me sont pas trop familiers. Cette Carole était une espèce de savante étrange qui parlait avec des mots incompréhensibles. Quand elle me voyait, il était toujours question d'école. Quand, l'an dernier, je lui ai dit ma fierté d'avoir obtenu 63 % en français, elle m'a presque ri en plein visage. Je sais que Roméo aimait particulièrement sa Carole. Je vais le voir, deux jours plus tard, et je pense le trouver terrassé par la peine, mais il se contente de me demander des nouvelles, comme à chaque visite. Je m'excuse de mon absence à la cérémonie et lui dis que la mort me fait peur et que je ne connaissais pas bien sa fille. Il ne m'en veut pas. Il me comprend, lui. Il m'apprécie, lui.

« *Ce qui signifie?*
– Qu'il me comprend, lui. Qu'il m'apprécie, lui.
– *En comparant à qui?*
– Je ne sais pas pourquoi je raconterais mes problèmes

à un étranger, surtout qu'il est de la même génération des années soixante-dix que ma mère.

– *Ah! voilà le chat qui sort du sac : Marie-Lou Gauthier vit l'âge ingrat.*

– Je ne te parle pas! Laisse-moi tranquille! Tu ne me comprends pas! Personne ne me comprend! »

Il n'y a pas une année, Marie-Lou avait hâte de quitter la petite école pour enfin entreprendre son secondaire. Depuis, elle s'accroche à son institution primaire Saint-Pie-X où elle a passé une grande partie de son enfance. Il y a peu longtemps, les jeunes, en excursion, se sont rendus visiter l'école secondaire de La Salle. La pauvre Marie-Lou a été effrayée par des grands garçons avec des moustaches, des filles avec des gros seins et par tous ces adolescents aux regards furieux qui vont s'empoisonner à fumer des cigarettes dans le froid de la porte d'entrée. À leur école, Marie-Lou et Isabelle, par leur grandeur, font peur aux petites qui arrivent fraîchement de la maternelle. Et pour ces enfants, ces géantes sont probablement dangereuses! Mais, au contraire, les deux éternelles amies viennent en aide aux nouvelles, pour leur faire apprécier leur école. Marie-Lou a consolé un petit garçon qui avait égaré ses bottes. Il a dit : « Merci, madame », et Marie-Lou s'est sentie bouleversée par ce « Madame », le premier de sa vie. La jeune Gauthier sera bientôt madame, parce qu'une loi linguistique stupide vient nous enlever la beauté harmonieuse de qualifier les jeunes filles de mademoiselles. D'autres fillettes de sa classe le sont déjà. Marie-Lou ne veut pas en parler. Sylvie en a jasé librement avec elle, monologuant sur la fierté de devenir femme. Ce discours n'a pas semblé intéresser Marie-Lou. Elle n'a jamais rien demandé de semblable.

La pousse discrète des seins précède de peu ce que Marie-Lou et Isabelle craignent. Elles espèrent que cette horrible fatalité leur arrivera simultanément. Elles pourront ainsi souffrir en harmonie. Mais hélas! ce destin cruel frappe d'abord Isabelle, l'éternelle malchanceuse. Un matin, au moment le plus inattendu, Marie-Lou voit sous la blouse d'Isabelle ces bretelles blanches que d'autres portent déjà. Vite, elle se renseigne auprès de son amie. Isabelle demeure secrète, insiste cependant pour avouer que ce truc est épouvantable à porter, qu'elle ne peut croire qu'elle devra endurer ce sous-vêtement hideux pour le reste de sa vie.

Marie-Lou a souvent vu les seins de sa mère. Ça ballotte, ces trucs! Comment passer son existence avec ces appendices embarrassants, qui empêchent la peau de respirer en été? Loin de vouloir insulter sa mère, Marie-Lou a trouvé cette décoration vraiment affreuse. Elle n'en veut pas! Et pas plus des coulées du volcan sudiste! Mais en même temps, Marie-Lou est fascinée par le phénomène. Combien de fois, en prenant son bain, ne s'est-elle pas regardée de profil dans le grand miroir et, n'apercevant rien, a tiré les mamelons du bout des doigts, ou remonté le tout à pleines mains?

« C'est écœurant! É-cœu-rant! Je t'interdis de dire ça! C'est vicieux! Je n'ai jamais fait de telles choses de ma vie! Je vais me plaindre à ton syndicat des écrivains! Je vais te dénoncer à la télévision et tu vas passer en vedette aux informations! Un vieil écrivain des années soixante-dix regarde une fille du primaire prendre son bain! Je vais ordonner que personne n'achète ton livre plein d'allusions pornographiques!

– *Il n'y a pas de honte à ce que tu as fait, Marie-Lou. C'est normal. Avant que tu ne m'interrompes, j'allais justement dire que tu as demandé à Isabelle la permission de voir et de toucher. C'est, en soi, une scène charmante pour un roman.*

– Maman! Maman! L'écrivain est un maniaque textuel!

– *Du tout! Même que je vais te dire que les garçons font la même chose et que...*

– Et il s'intéresse aux garçons, de plus! Je téléphone à la police tout de suite! »

Les garçons, avec leur sexe visible, extériorisent le changement hormonal par leurs attitudes guerrières envers les filles. Les plus développés font une cour plus arrogante, ne veulent plus rien savoir des petits becs de leurs blondes de quatrième ou de cinquième année. Les filles, avec leur sexe camouflé, intériorisent cette transformation et gardent leurs craintes secrètes dans leurs cœurs. Chez celles où le double phénomène est récent, des antennes détectrices les poussent vers les garçons plus sages et moins démonstratifs, les jugeant plus romantiques et aptes à répondre sans doute à la délicatesse dont elles ont besoin.

J'avais un chum, le premier de toute ma vie. Il s'appelait Heptade Turcotte. Oh! bien sûr, avant lui, il y en a eu bien d'autres, mais ils n'étaient que des enfants. Heptade, lui, c'était sérieux. Je l'ai connu l'été dernier, et, deux jours après notre rencontre, il a dit qu'il était en amour avec moi. Il m'a demandé d'être sa blonde. Quel plaisir on a eu tout l'été! On a dansé, joué à la cachette, fait de la bicyclette, regardé les clips à la télévision, puis on s'est adonnés pendant quelques heures folles à des jeux électroniques. Bref, Heptade a accompli tout ce qu'un bon amoureux doit faire pour une fille comme moi. Il me traitait avec respect. Il me prenait la main quand nous traversions une rue. Parfois, il me donnait des becs. Mais tout ça est bien fini, à mon grand désarroi! Dès le retour en classe, il est devenu comme fou et a cherché à toucher mes seins, même si je n'en ai presque pas. Comme je n'ai pas voulu, il m'a dit que j'étais plus plate que lui. Après, il est devenu violent et a essayé de m'embrasser en ouvrant la bouche et en me tirant la langue. Quel dégueulasse! C'est bien beau, ces trucs-là, dans les effets spéciaux des films, mais dans la vraie vie, ça ne se passe pas ainsi! Il y a plein de microbes! Et le sida? Il y a pensé? Je vous jure que je l'ai laissé tomber immédiatement, même si ça me rendait triste. Depuis, je n'ai plus besoin de garçons. Isabelle me suffit. Ils sont tous comme Heptade, les gars! Ils commencent poliment, et quand tu leur fais confiance, ils veulent exagérer. Ils ne comprennent rien à l'amour. Et au fond, je n'ai même pas eu de vraie peine d'amour! J'ai tout raconté cette malheureuse aventure à Roméo et il a trouvé le moyen de sourire, ce qui me confirmait ainsi que ce n'était pas très grave. Il me comprend, lui. Il m'apprécie, lui. J'étais rassurée. Puis Roméo m'a dit que j'avais bien du temps pour me faire des soucis avec l'amour. Il a ajouté que j'approchais de l'âge où je serai jeune fille, mais il n'a pas insisté sur ce sujet, demeurant silencieux, comme inquiet. Répondant à ma question indiscrète, Roméo m'a dit qu'il était là quand c'était arrivé à Jeanne. Il m'a tout raconté : sa grande peur, sa tristesse, son inquiétude. Et depuis ce temps, je suis certaine que je ne veux pas! Je refuse! Je refuse! Je refuse!

Il y a trois ans, dans une toilette publique, j'avais trouvé un tampon imbibé de sang. Je n'avais jamais rien vu de plus répugnant! Croyant qu'il y avait eu un meurtre, j'étais sortie à la course, criant vers maman. Prudemment, je lui avais montré la preuve du crime. Elle m'avait expliqué les choses de la vie, le sourire aux lèvres. J'étais jeune, d'accord! Mais pas folle! L'idée de me mettre un machin semblable sur ou même – ouache! – dedans ne m'intéresse pas du tout! Et d'emprisonner le haut de mon corps avec ces élastiques non plus! Et de sentir tous ces ballottements! Je refuse! Je refuse! Je refuse!

Isabelle est dans la lune, arrive mal à suivre la leçon de mathématiques. Elle gigote et renifle. Marie-Lou l'observe et, effrayée, devine. Soudain, Isabelle se lève et interrompt l'enseignante pour demander d'aller vite à la toilette. Ces braves éducatrices de fin de primaire sont habituées et, malgré les rudimentaires cours de sexualité professés aux enfants, malgré les bons mots de leurs mères, l'enseignante sait que son devoir de femme est de suivre Isabelle. La salle est surveillée par la première de classe, qui n'arrive pas à faire taire les enfants. Un garçon se lève et clame haut et fort qu'Isabelle Dion est « dans ses crottes », remarque qui fait bondir Marie-Lou. Elle agresse ce délinquant à coups de griffes. La directrice, alertée par les cris, accourt pour calmer les esprits, alors que Marie-Lou lui file entre les jambes. Mais elle ne peut se résoudre à entrer dans la salle de toilettes. De toute façon, la directrice la rattrape pour lui dire que sa mère sera informée de son indiscipline, ce dont Marie-Lou se fiche éperdument.

Isabelle revient en classe en reniflant, ayant sans doute le goût de poser sa tête contre l'épaule d'une mère ou de sa meilleure amie, mais l'une est trop occupée à regarder un téléroman et l'autre est en retenue chez la directrice. De retour chez elle, Marie-Lou accapare le téléphone afin de consoler sa copine. Même si elles ne se sont rien caché, il y a une certaine prudence dans cet échange. Marie-Lou n'ose pas lui demander et l'autre n'ose pas lui dire. Ce n'est qu'une semaine plus tard qu'Isabelle, remise du sale coup, avoue à Marie-Lou que ça ne fait pas si mal, qu'elle ressent une certaine fierté et qu'elle a commencé à compter les jours. Automatiquement, Marie-Lou recule avec un air de dégoût, constatant que cette... que cette femme! n'est plus comme elle.

Roméo vient de me parler de l'enfance et des années de jeunesse. Il dit que la vie et le temps qui passe effacent parfois des liens. Je crois bien que je suis en droit de caser Isabelle dans une boîte de souvenirs d'enfance. D'ailleurs, hier, en voyant que j'hésitais à jouer avec elle, Isabelle s'est tournée vers la grande Josiane Dubois, qui affiche depuis plusieurs mois son surplus sans avoir recours à du rembourrage. Tous les imbéciles de l'école disent qu'elle est leur blonde. Qu'est-ce qu'elles peuvent bien faire? Parler de leur épiderme en rêvant à Roch Voisine? Quelle perte de temps! Je préfère visiter Roméo et traîner Béatrice dans mon sac à dos, car je sais que mon arrière-grand-oncle ne se gênera pas pour parler avec elle. Pourquoi Isabelle jouerait à la poupée, maintenant? Bien sûr, je suis grande! Mais pourquoi je trahirais ma poupée favorite? Ce serait si lâche! J'ordonne à ma mère et à mes frères de signaler mon absence si cette femme Isabelle me téléphone, ou de lui dire que je suis très occupée. Je vais faire des dessins. Des dessins de vraies filles.

Mais voilà que même ma mère me trahit, alors qu'elle cogne à la porte de ma chambre pour me dire qu'Isabelle est au salon. Pourquoi, pourquoi donc ma mère refuse de me comprendre? Je saurai m'en souvenir! Isabelle me dit qu'il y a une disco pour les jeunes de notre âge et que ce serait amusant d'y aller avec Josiane. Elle fait comme si rien ne s'était passé. Elle s'assoit sur le lit et prend mon ourson de peluche, demande si j'ai le goût de jouer à la cachette. Quelle hypocrisie! Et avec qui va-t-elle se cacher, hein? Des garçons? Je reste indifférente à sa proposition. Je me tiens éloignée, quand, soudain, elle m'entraîne vers le lit et veut me chatouiller. Je me lance vite vers mon oreiller pour ne pas la regarder. C'est bizarre, mais j'ai l'impression que, dans son cas, ça vient de pousser en un temps record, comme de l'herbe à puces...

Mais c'est plus fort que moi! Je m'ennuie d'elle! J'ai ce réflexe bien enfantin de m'approcher de son épaule et de m'exclamer que j'ai peur! J'ai peur, Isabelle! Tellement peur! Qu'est-ce que j'ai fait de mal dans ma vie pour mériter bientôt ce qui vient d'arriver à ma meilleure amie et qui nous guette toutes, malgré nos larmes et notre refus? Pourquoi des gens sont jeunes ou vieux? Pourquoi faut-il changer? Roméo est très vieux. Parfois, je ne m'en rends pas compte. Son cœur est toujours jeune, mais la vie lui a donné cette carapace plissée qu'il ne mérite pas! Et je suis certaine qu'il voudrait, tout comme moi, demeurer physiquement comme il était lors des jours les plus heureux de sa vie. Qu'est-ce que la vie? Pourquoi nous joue-t-elle ces tours si bas? Pourquoi n'ai-je pas une vraie famille? Toutes ces questions et personne à qui les poser, aucun être humain qui pourrait me comprendre et répondre convenablement. Les demander à l'enseignante? Peuh! Ce n'est qu'un travail, pour elle. Après la cloche de seize heures, elle se fiche bien de ce qui peut nous arriver. Et ma mère? Elle ne comprend rien! Il y a deux jours, elle m'a encore parlé de menstruations, comme si elle tenait un compte à rebours, comme si elle avait hâte de me faire cadeau de mon premier tampon. Si j'avais un père, je suis certaine qu'il ne voudrait pas que sa petite fille devienne une femme.

Tourmentée, Marie-Lou dort mal et avale sans appétit. Son ventre la tracasse. Elle sent une indigestion, même si elle n'a presque pas mangé. Miroir, miroir, dis-moi que tu m'embêtes. Marie-Lou mord ses lèvres, regarde ses joues rondes, frappe son nez avec le bout de ses doigts menus, pousse ses cheveux vers l'arrière, constate que ses yeux sont trop ronds, ses oreilles, immenses, son front, bosselé. Elle a mal aux dents. Elle ne veut pas être obligée de porter ces répugnantes broches qui font ressembler les petites filles à des clôtures d'aluminium. Marie-Lou se trouve laide en se comparant à une photographie prise il y a cinq ans. Elle était si jolie! Maintenant, tout se bouscule pour l'enlaidir. Ce visage s'élargit et perd sa belle forme. Et dire que, bientôt, des seins énormes la rendront monstrueuse. Au cours d'éducation physique, elle ne peut s'empêcher de regarder ces bosses de chameau et ces gros derrières. « Je suis plate, qu'avait dit Heptade? Bravo! Vive les plates! » *Marie-Lou dessine une publicité à la gloire des plates : le plate power!*

Roméo ne peut approuver son affirmation sans équivoque sur sa laideur. Il lui répète qu'elle est la plus belle, tout autant qu'elle insiste sur sa tête d'épouvantail. Alors, Roméo lui dit qu'elle ressemble à Jeanne. Marie-Lou ne sait pas quoi répondre. Elle quitte le sofa du salon et prend une photographie de Jeanne. Tête sur l'épaule du vieillard, Marie-Lou regarde Jeanne comme il faut et se dit, en effet, qu'elle lui ressemble beaucoup. Marie-Lou demande à Roméo si Jeanne avait des gros seins. La question embarrasse le patriarche. À son tour, il met la main sur une autre photographie de la peintre, posant en compagnie de son amie américaine Sweetie. Les deux portent leur attirail « jazz babies », avec leurs robes tuyaux qui effacent la taille, leurs souliers plats, leurs petits chapeaux épousant la forme de la tête et qui descendent jusqu'aux sourcils. Elles portent de longs colliers sur leurs menues poitrines. Roméo précise à Marie-Lou qu'elles se vantaient d'avoir des petits seins, à la mode garçonne parisienne et flapper américaine, comme l'actrice Colleen Moore. Marie-Lou se sent apaisée par ce dialogue avec Roméo. Si l'idée de devenir une femme ne lui plaît guère, celle qui la ferait ressembler encore plus à Jeanne l'enchante. Marie-Lou connaît depuis longtemps par cœur le livre que Roméo a écrit sur sa sœur. Elle a surtout noté les écueils de la vie de son arrière-grand-mère, afin de ne pas les répéter. Dans cet ouvrage, Roméo parle aussi de l'amour de Jeanne pour Sweetie, un drame épouvantable pour l'époque, mais qui paraîtrait moins grave aujourd'hui, dans une société qu'on dit plus tolérante.

Peut-être que je suis une lesbienne, comme Jeanne. Cela ne m'empêcherait pas d'aimer certains garçons. Ceux de mon école sont si stupides, surtout cette année. Eux aussi changent. L'enseignante nous en a parlé lors du cours de fesses. Elle nous a montré ce dessin avec cette espèce de trompe d'éléphanteau sur le devant. Il paraît que ça devient éléphant en un rien de temps et qu'il pousse du poil tout autour. Juste d'y penser, j'ai envie de vomir. Les filles sont beaucoup plus belles et comprennent toujours tout de meilleure façon. En tout cas, si je suis lesbienne, Isabelle finira par me le dire avec exactitude.

Je ne sais pas ce qu'est le sexe. À l'école, ils nous en parlent, mais c'est juste une matière comme une autre, coincée entre les mathématiques et l'anglais. Parfois, ma mère a des aventures. Ça me gêne beaucoup de penser que je pourrais l'entendre crier dans la nuit, comme une actrice de films français. Si elle crie, c'est que ça fait mal. C'est logique. Si elle a mal, c'est que ce n'est pas tendre. Isabelle me dit que le sexe n'est pas beau. Elle le sait très bien, car elle a grandi avec les vidéocassettes et les magazines de son père. Une fois, elle m'a montré une revue. Il y avait pas mal d'éléphants là-dedans et, si on a un peu ri, c'était pour masquer notre gêne et notre peur. Les femmes aussi... super-écœurant! Mais pourquoi je parle de toutes ces cochonneries?

Il y a tant et mieux à faire! Comme ma bande dessinée pour les enfants! J'y travaille fort et j'aime montrer les dessins aux petits de l'école, qui sont de très bons juges. Et puis, l'automne est si radieux! Une randonnée sur la piste cyclable, c'est tellement magnifique et frustrant! Frustrant parce que les coloris du feuillage sont si éblouissants qu'ils me donnent des complexes de peintre. D'ailleurs, Jeanne n'a jamais travaillé sur des paysages. Cela devait la frustrer aussi. Je fais le ménage dans mes vieux jouets, après avoir rassuré Béatrice et mon ours de peluche qu'ils n'ont rien à craindre du raz-de-marée. J'en donnerai à mon petit frère Louis, qui n'a que cinq ans, ce chanceux. Isabelle arrive et me demande ce que je fais enfermée dans ma chambre par ce beau samedi de novembre. Elle m'invite à aller au parc faire un gros tas de feuilles mortes afin de se jeter tête première dedans. C'est une bonne idée! On va s'amuser! Mais, au lieu de partir tout de suite, Isabelle s'assoit sur mon lit et se met à jouer avec une vieille poupée Bout'Chou. Je rigole en faisant marcher vers elle un lion en peluche, tout en rugissant.

Et soudain...

Je suis un vieux peureux! Voilà peut-être le secret de ma longévité, alors que, tout étonné, je me lance vers la centaine, encore surpris d'avoir cette urgence d'écrire et de dire ce que je vois, ce que je ressens, et ce que les miens vivent. L'adversité m'a souvent fait redresser l'échine, mais, fondamentalement, je suis

un peureux. Quand j'étais enfant, j'avais peur des étalages de viande au marché aux denrées. Mon frère Adrien, si courageux, avait souvent honte de moi et voulait me guérir de mes manies. Comme j'ai grandi à ses côtés, il m'a donné l'illusion des bienfaits du courage, alors que, fondamentalement, je suis un...

Jeune marié, je voulais certes un enfant à mon image. Les cinq premiers ressemblaient à ma Céline, à ma sœur Louise ou à mon père Joseph. Et puis, le petit dernier, Christian, est arrivé en 1930. Quel joli petit peureux! La vraie copie de son père! J'ai transmis à Christian ma sensibilité, la crainte de déplaire et ce grand défaut de se décourager trop rapidement. Quand est arrivé le temps de penser à travailler, Christian était mort de trouille à l'idée de se présenter devant un patron. C'est donc moi qui lui ai trouvé son premier emploi, commis dans une boulangerie. J'ignorais alors que Christian passerait le reste de sa vie dans ce domaine. Après quelques années d'apprentissage comme cuisinier, Christian a suivi des cours afin de devenir maître boulanger. Quelle fierté, à la fin des années 1950, de voir la publicité de la boulangerie Christian Tremblay, dans les pages du journal Le Nouvelliste.

Christian s'est marié et m'a donné six petits-enfants, dont Clément, lui-même un excellent commerçant. Au cours des années 1960, la boulangerie de mon fils était la plus en vue de Trois-Rivières et sa réputation dépassait largement les limites de la Mauricie. Il offrait aussi des confiseries de sa création et le service de traitance pour les mariages ou d'autres occasions. Dix ans plus tard, il possédait quatre magasins et procurait de l'emploi à vingt-cinq personnes. Mon garçon, conséquemment, vivait une prospérité et un confort matériel que mes autres enfants n'ont pas connus. Mais dès la fin des années 1970, ses boulangeries commencèrent à tirer de l'aile, si bien qu'en peu de temps, il a dû les fermer une à une. Qui eût cru qu'un jour les commerces de Christian Tremblay se retrouveraient en faillite, et que le magasin d'origine ne survivrait pas au chômage effroyablement grandissant de Trois-Rivières? Il y a peu de temps, la dernière boulangerie a fermé ses portes. Mon garçon, à soixante ans, se retrouve sans emploi, avec peu d'économies et je le vois comme au cours de son enfance : mon bébé a peur.

Son monde s'est écroulé et celui qui a pris la relève n'est pas très attirant. Je pense comme lui en me disant que je ne voudrais pas être jeune à Trois-Rivières aujourd'hui, tout comme je ne voudrais pas avoir l'âge de Christian. Il me visite souvent, depuis quelque temps. Ses propos ne sont pas des plus roses et je me sens impuissant, à mon âge, face au drame de Christian. Lui-même sait qu'il n'a pas à demander d'aide à son vieux père. Je pense qu'il désire surtout me parler de son effroi face à la vieillesse qui se pointe.

Ses amis des clubs sociaux et de la Chambre de commerce l'abandonnent. Il a osé, à son âge, faire une demande d'emploi comme vendeur dans un magasin à grande surface. Il m'a décrit le visage étonné de la réceptionniste et la réponse presque méprisante du gérant. Il me raconte ses sentiments face au vieillissement, choses auxquelles je n'ai pas pensé avant mes quatre-vingts ans! Mais dans les propos de Christian, je retrouve mes propres angoisses. Le miroir reflète un cou plissé, des yeux cernés de rides, des cheveux minces et blanchissants, des lèvres molles et des doigts osseux. À se raser chaque matin, au cœur de sa prospérité, Christian n'a pas vu son visage se transformer. Le chômage et la honte le font s'attarder à cet aspect de sa physionomie. Christian me demande si je pense à la mort. Je lui réponds négativement pour ne pas qu'il songe à la sienne. Il est trop tôt. Il regarde ses vieilles mains de boulanger et se demande ce qu'il va devenir. En même temps, il est angoissé en pensant qu'il ne sait rien faire d'autre que cuire le pain, les gâteaux et les biscuits.

J'aime partager ses craintes. Il est de nouveau mon petit garçon peureux, celui que Céline et moi n'attendions plus et qui a toujours un peu traîné de la patte derrière ses frères et sœurs. Pour Christian, il n'y a plus que son passé, alors que j'aime mon présent, animé par les lectures de Renée, les dessins que Marie-Lou me montre et l'attention que mes descendants me portent. Tout ceci fait oublier le mal d'être si vieux et de sentir sa main trembler en écrivant ce texte. L'amour chasse la peur. Christian a encore ses six enfants et, s'ils travaillent tous, ils savent très bien que l'avenir est de plus en plus fragile et qu'il devient difficile, dans ce drôle de monde, de penser au futur à long terme. Ses enfants lui donnent l'amour nécessaire pour chasser ses craintes. J'espère, dans cette sereine fin de mes jours, montrer tout mon amour à mon petit peureux de Christian, afin de le faire sourire à nouveau.

Roméo Tremblay, janvier 1990

L'autobus approche, dans sa furie de tapage radiophonique, alors que Marie-Lou tient le bras de Roméo. Aidé par l'adolescente, le vieillard monte une marche à la fois, comme un petit enfant. Le chauffeur attend qu'il s'installe avant de repartir. Les usagers regardent avec étonnement ce très vieil homme et cette toute jeune fille. Roméo prend place sur le bord de la fenêtre, alors que Marie-Lou, mâchant quatre tablettes de gomme à la fois, va dire impoliment au chauffeur de baisser le son de sa radio de merde qui fatigue son arrière-grand-oncle. De temps à autre, Roméo marmonne quelques paroles et pointe du doigt dans la fenêtre. Il hoche la tête de satisfaction. Malgré le chômage du sud et l'hypocrisie du confort du nord, malgré les démolitions à la chaîne du vieux et la construction d'édifices modernes du nouveau Trois-Rivières, le synonyme de la cité de Laviolette demeure toujours son ancien centre-ville défraîchi, point de rencontre des autobus.

En descendant du véhicule, Roméo sourit de satisfaction. Il est content de sortir de sa maison. Sa fille Renée craint de le voir se fatiguer. Marie-Lou se fiche de ses recommandations, car elle sait que le vieil homme a besoin de sa dose de centre-ville et que, pour la récompenser, Roméo lui racontera une autre charmante histoire de fantômes trifluviens. Roméo montre du regard l'édifice grisâtre adjacent au terminus du transport en commun, indique à Marie-Lou que c'était là l'ancien lieu du marché public de Trois-Rivières. L'adolescente a souvent entendu cette histoire, puis celle du parc Champlain, des anciennes salles de cinéma, de la rue des Forges; tous ces lieux jadis hantés par Jeanne. Elle ne se lasse pas de ces répétitions. À l'école, tout le monde veut enseigner aux jeunes l'amour du Québec et du Canada. Roméo montre à Marie-Lou, depuis l'enfance, un plus bel amour : celui de sa petite patrie, de Trois-Rivières.

En examinant l'édifice gris, Marie-Lou sent les odeurs de fruits et de légumes étalés sur les charrettes des cultivateurs qui arrivent de la région de Nicolet. Elle entend aussi le murmure de la foule ravie et les slogans de vente des paysans. Roméo s'immobilise et, soudain, une anecdote surgit de sa prodigieuse mémoire. Alors, Marie-Lou fait de nouveau connaissance avec le bonhomme Joseph Tremblay et ses petits enfants, Louise, Adrien, Roger, Roméo et Jeanne. « Allons voir les bateaux », *de suggérer Marie-*

Lou. Roméo sourit, répète le mot bateau trois fois. Marie-Lou sait que dans cette curieuse démonstration se cache une autre fable qu'elle veut tant connaître.

Roméo a des histoires à propos de tout. C'est incroyable! Et moi, je les dessine du mieux que je peux pour lui faire des cadeaux. Puis, il m'indique les imprécisions, même si, pour m'aider, j'ai regardé les belles photographies du livre *Trois-Rivières illustrée*. Si l'amour pour sa ville et ses proches habite chaque parole de Roméo, je sais que la seule amoureuse de sa vie, sa femme Céline, niche au parc portuaire, lieu qui a longtemps porté le nom de Terrasse Turcotte. Il s'agit d'une promenade qui donne une vue splendide sur le fleuve Saint-Laurent. Roméo ne m'en parle pas trop, mais je devine que c'est là qu'il devait avoir ses rendez-vous avec Céline. L'ensemble paraissait d'ailleurs plutôt romantique, tout comme il l'est encore aujourd'hui. Isabelle et moi, on aime bien s'y rendre pour regarder le fleuve et les garçons. On y voit aussi des terrasses pour les vieux cons des années soixante-dix où ils prennent de la bière importée, fument leurs maudites cigarettes tueuses, et écoutent de la musique épouvantable de leur époque, du genre « Je fucke en Alaska ». Il y a aussi des chansonniers, des jongleurs, des unicyclistes, des amuseurs publics et toutes sortes de quêteurs de pièces de un dollar. Parfois, aussi, je peux rencontrer des peintres et juger jusqu'à quel point je leur suis supérieure.

Se rendre du terminus d'autobus jusqu'à ce parc portuaire avec Roméo prend de longues minutes, malgré la courte distance. Il a le temps de me raconter une autre histoire, et moi, à son bras, je suis Jeanne aimée par son grand frère. Aujourd'hui, il n'y a pas de bateaux sur le fleuve, mais mon arrière-grand-oncle est quand même enchanté par ce qu'il voit : l'inactivité des flâneurs et les collectionneuses de coups de soleil. Parfois, il s'arrête à un point précis et je me plais à imaginer que j'ai les pieds exactement au même endroit que sa Céline. Comme il devait être un beau héros sentimental, le jeune Roméo! Même si, sur les vieilles photos, je trouve qu'il avait de grandes oreilles. Mais avec son vocabulaire sucré et sa douceur, je comprends cette

Céline – je ne l'ai jamais connue – d'avoir été en amour avec ce garçon. Le sentant fatigué par cette promenade, je le fais asseoir à une table et commande deux boissons à un vieux con qui refuse de me répondre parce que je n'ai pas l'âge permis pour entrer dans son bar. Je ne suis pas dans ton bar, imbécile, mais à l'extérieur et je ne veux pas de ta bière! Mais quand il voit la tête antique de Roméo, il se la ferme et nous apporte deux jus d'orange. Le serveur pense comme tout le monde : « Oh! regardez la jeune ado avec cet homme vraiment vieux! » Roméo se remet à parler de Trois-Rivières, alors que je sors de mon sac à dos ma tablette et mes crayons, pour dessiner ce beau jeune Roméo et la jolie Céline. Puis, je tourne la page et reproduis le récit de Roméo. Peut-être que, dans cinquante années, un vieux viendra ici et se souviendra avec nostalgie de la gamine blonde avec le très vieil homme.

Je lui demande si Jeanne venait souvent à cette terrasse. Il m'indique plutôt le parc Champlain. Je garde silence. Il devine ce que je désire. Mais rendue au parc, je laisse le sang de Jeanne qui coule dans mes veines chercher l'endroit où elle s'installait pour peindre en public. Roméo, à petits pas, vient me rejoindre, hoche la tête positivement. Le sang a vu juste. Après cette visite, nous retournons tranquillement à l'autobus et je rends Roméo à la vieille Renée, inquiète de la fatigue de son père, alors que lui a les poumons pleins de sa chère Trois-Rivières. Il va dormir comme un bébé et j'ai des histoires de ma ville auxquelles rêver pendant cinq nuits.

« Je suis gentille, hein? C'est beau, ce que je viens de dire.

— *C'est très joli.*

— Pas encore content, vieux con? Il me semble que je chialais plus dans les autres chapitres de ton livre idiot. Pour une fois que je suis une gentille adolescente, comme tout le monde veut que je sois, tu n'es pas encore content.

— *J'ai dit que c'était très joli.*

— Mais sur quel ton... Qu'est-ce que j'ai encore fait de mal?

– *Ça ne t'arrive pas de penser que je peux aussi avoir des problèmes?*

– Et puis après?

– *Que les vendredis de sortie de ma jeunesse, tellement attendus toute la semaine, sont devenus mes soirs de lavage?*

– C'est quoi, le rapport? »

Comme Marie-Lou de nos jours, j'allais au centre-ville de Trois-Rivières pour rejoindre mes amis et...

« Et l'auteur n'utilise jamais la première personne du singulier! C'était bien établi dans ton plan de rédaction! Il n'y a que moi pour utiliser le je! je! je! Parce qu'une adolescente ne pense qu'à elle! C'est du moins la vision tordue que les gens de ta génération ont des jeunes des années quatre-vingt-dix.

– *T'as fini de me faire des reproches? C'est mon livre, après tout!*

– Et j'en suis l'héroïne! L'auteur ne fait que les descriptions et ne parle pas à la première personne! »

Chaque vendredi soir, des jeunes adolescents, comme au cours de ces magnifiques années soixante-dix, fuient la neutralité morose et trop propre du nord de Trois-Rivières et accourent vers ce bon vieux centre-ville pour flirter, gueuler, chanter, se chamailler gentiment. Ils arrivent à bicyclette, à pied, en rouli-roulants, avec chacun une casquette publicitaire vissée sur la tête. Les plus bruyants sont les plus jeunes, ceux et celles qui désirent se chatouiller comme des chiots ou des chatons. Ils disent « C'est l'enfer » pour tout. Il fait beau et c'est l'enfer. Ils ont bien mangé et c'est l'enfer. Une fille montre son nouveau jeans et tous s'exclament que c'est l'enfer. En menant un bruit d'enfer, ils effraient les citoyens qui se rendent paisiblement à la bibliothèque.

Mais ce soir-là, Isabelle se demande pourquoi Marie-Lou ne vient pas rejoindre les autres. Elle est installée en tailleur dans l'herbe, exactement à l'endroit où Jeanne effrayait les vieux en fumant ses cigarettes. Marie-Lou dessine comme si nous étions en 1923, sans reproduire ce qu'elle voit. Elle fait plutôt un beau gars, sous les directives d'Isabelle. De toute façon, un garçon viendra, rendu curieux par le retard de ce duo. Un garçon de leur génération, c'est-à-dire qui a trois ans de plus qu'elles. Isabelle ne veut rien savoir de ceux de son âge. Ils sont si bébés! Elle-même dit paraître trois années de plus, tandis que Marie-Lou, toujours présidente de son « plate power », est satisfaite de cette situation qui la fait ressembler à Jeanne la flapper. Et qui a besoin des garçons quand on a Trois-Rivières et la peinture? Isabelle : voilà la personne qui réclame des mâles. Mais les candidats vont plutôt vers les grands yeux de Marie-Lou et ignorent la pâleur et les mauvaises dents de sa compagne. Quand Marie-Lou se rend compte qu'ils ne s'occupent pas de son amie, elle les envoie au diable impoliment.

Les deux quittent le parc Champlain après s'être fait proposer de la drogue. Elles se dirigent vers la rue des Forges et se joignent à d'autres filles de leur école à la recherche du Tom Cruise local. Marie-Lou se dit que des générations de jeunes Trifluviens se sont servies de cette rue dans ce but, comme l'a confirmé la vieille Renée. Le geste est donc trifluvien. Marie-Lou est contente. Mais même Roméo, le plus Trifluvien d'entre tous, a du mal à définir ce qui caractérise les autochtones de l'ancienne capitale des pâtes et papiers. Il lui a mentionné le cas des billes de bois qui flottaient sur la rivière Saint-Maurice, ces folkloriques pitounes, mais Marie-Lou n'en a jamais vu, sinon sur des photographies. Tout le monde parle encore des pitounes et Marie-Lou est triste de ne pas connaître ces objets si trifluviens. Installée contre la rampe du pont Duplessis, l'adolescente regarde les vieilles estacades qui pourrissent, les imagine retenant des centaines de pitounes qui s'en vont se faire transformer en papier journal dans l'une des deux usines situées à l'extrémité de la rivière.

Il y a d'autres affâires qui sont bien de Trois-Rivîâires, comme les poâîmes sur les murs et le festival de blues. Les autres villes, ils font des affâires comme un festival de la patate sauce fromage ou de musique western, mais nous, à Trois-Rivîâires, on peut lire des poâîmes sur les murs. C'est bien plus intelligent, même ma mâire est d'accord avec ça.

« *Marie-Lou, tu cesses tout de suite de parler de cette façon!*
– Mais diphtonguer, c'est typique de Trois-Rivîâires.
– *Je t'ai déjà dit, au début du livre, de ne pas t'exprimer ainsi.*

– Le début du livre! Le début du livre! Mais personne ne s'en souvient! Tu m'accuses de dire que c'est l'enfer... pardon, que c'est l'enfâîr, alors que je n'ai jamais dit cette stupide expression à la con, et tu ne veux même pas que je parle comme quelqu'un de ma ville. T'es vraiment un vieux fatigant des années soixante-dix! Je vais diphtonguer! Car je suis libre! Et c'est de Trois-Rivîâires! »

( ) Arrête ( ) C'est insupportable

Un autre truc d'enfer qui est bien de Trois-Rivières, c'est l'Expo. L'Expo, c'est l'enfer. Depuis que je suis petite, j'y vais chaque année et c'est toujours l'enfer. L'Expo, c'est un diminutif d'enfer d'exposition régionale agricole de Trois-Rivières, mais ça n'a plus rien d'agricole, sinon ce serait l'enfer. Il s'agit plutôt d'un village forain d'enfer. L'Expo existe depuis toujours. Oh! il y a bien des gars et des filles pour dire que La Ronde est bien plus l'enfer, mais moi je me fiche de tout ce qui vient de ce Montréal d'enfer, qui est la boursouflure hideuse du Québec. L'enfer, que je vous dis! C'est énervant, hein? C'est l'enfer, la manière dont ce vieux con des années soixante-dix veut que je parle!

Dans le cahier intime de Jeanne, il est beaucoup question des visites annuelles à l'Expo. C'est grâce à mon arrière-grand-mère si j'adore tant cet événement. Isabelle aime un peu moins l'Expo, car c'est humiliant pour elle de tout se faire payer par les autres. Son père ne lui donne même pas un minimum d'argent de poche, préférant garder cet avoir pour acheter des billets de loterie. Il y a de moins en moins de vieux à l'Expo, car ils disent qu'on y rencontre trop de jeunes. Tant mieux pour nous! Qu'ils crèvent devant leurs téléviseurs! Nous, les jeunes, prenons d'assaut le terrain de l'Expo pour choisir les manèges qui tournent le plus vite possible et peut-être avoir la chance de rencontrer des beaux gars. On fera semblant d'avoir peur et ils vont nous prendre par les mains pour nous protéger. C'est super en enfer.

Les jeunes s'excitent, les voix des garçons sont presque aussi claires que celles des filles, quand ils oublient de parler du fond de la gorge pour impressionner les demoiselles. Autour des jeux vidéo, des manèges et des roulottes à frites, on les voit en grappes turbulentes rendre hommage, sans le savoir, à l'éternel trifluvien de leur Expo. Marie-Lou est heureuse d'entendre Isabelle rire autant en tournant comme une folle dans une cuve, agrippée furieusement à la barre transversale. Mais Marie-Lou est aussi désolée quand elle voit ces petits enfants tout pointer du doigt et d'entendre leurs parents obligés de dire non, parce qu'ils n'ont pas assez de sous pour les billets.

Trois-Rivières est aussi synonyme de la situation vécue par Isabelle : la richesse et la pauvreté deviennent de moins en moins transparentes, alors que ce vingtième siècle, cruel et heureux, s'achève dans le chaos, le petit fascisme politique et ne laisse à la jeunesse que le choix de devenir conquérant ou conquis. Le visage de cette pauvreté désole Roméo, craintif pour l'avenir de Marie-Lou et de ses arrière-petits-enfants. Au cours de sa longue vie, Roméo a vu toutes les misères de la pauvreté s'attaquer aux citoyens de sa ville natale. Mais, paradoxalement, autrefois, la pauvreté avait un visage plus serein, à cause de la foi catholique et des solidarités familiales très vivantes. Maintenant, la solidarité ne fonctionne qu'à Noël, via la télévision. Le reste de l'année, prière de nous ficher la paix.

Quand Marie-Lou réclame à Renée d'emmener Roméo à l'Expo, la vieille femme monte sur ses grands chevaux, explique que son père n'a plus l'âge de ces galipettes publiques. Mais Roméo se fâche et rappelle à sa fille qu'il n'a jamais raté une année. Le patriarche a déjà son chapeau sur la tête, prêt à accompagner Marie-Lou, quand il lui demande de téléphoner à Isabelle. Marie-Lou préférerait qu'Isabelle ne subisse pas le second affront de se faire payer l'entrée. De plus, elle aimerait vivre ce moment d'intimité avec son arrière-grand-oncle qui, inévitablement, lui racontera une belle histoire de jadis reliée à l'Expo, sûrement avec Jeanne comme vedette. Marie-Lou dépose les armes et téléphone à Isabelle, qui pleure qu'elle ne veut plus de la pitié d'autrui. À l'Expo, Roméo revoit les mêmes scénarios qui produisent les mêmes joies qu'autrefois. Seule l'apparence a un peu changé. Mais il n'a rien de particulier à raconter à une Marie-Lou déçue. Ce n'est que le soir, le cœur un peu lourd, que Marie-Lou dessine l'image d'Isabelle soudée à cette barre, les cheveux dans le vent, les yeux mi-clos, les dents serrées. Elle montre le dessin à Roméo, heureux de l'œuvre. C'est cette image de bonheur qu'il désirait voir en invitant Isabelle.

Roméo ne sait plus si tout doit mourir pour mieux renaître. Au cours de la grande crise économique des années trente, il a entendu si souvent des gens dire que cette situation était une lente agonie, une fin du monde vicieuse. Après une dizaine d'années de malheurs, une prospérité sans pareille est née de la tragédie de la guerre, et tout le monde faisait semblant d'avoir oublié la crise. Peut-être que la nostalgie de sa jeunesse pousse Roméo à ce défaitisme face à sa ville. Peut-être que, lorsqu'il sera mort, Trois-Rivières retrouvera le bonheur et offrira à tout le monde la dignité d'un emploi sécuritaire et que tous les gens feront semblant d'avoir oublié les années cruelles de fin de vingtième siècle.

Marie-Lou est trop jeune pour songer sérieusement à son avenir, sinon par quelque pensée naïve sur son métier de peintre. Elle a dit à Roméo que, plus tard, elle fera beaucoup d'expositions qui lui apporteront l'argent nécessaire pour voyager en Europe. Elle ira à Paris où Jeanne a accouché de Bérangère, source de sa propre vie. Marie-Lou ne pense pas à l'infortune des métiers artistiques, à la compétition féroce des médias qui ne tiennent compte que de la culture futile et facile, créant des réseaux d'habitudes qui laissent tant de créateurs dans l'ombre. Marie-Lou ne voudrait même pas écouter le désespoir de ces jeunes de dix-neuf ans qui sont, d'une part, incapables de se trouver un emploi, même minable, et, d'autre part, elle ne pourrait même pas croire que des diplômés universitaires sont obligés de vivre avec les miettes de l'aide sociale, traqués à tout instant par le big brother gouvernemental, qui veut contrôler même les goûts et les habitudes des gens. L'avenir de Marie-Lou ne ressemblera pas à ce cauchemar. Elle en est tout autant certaine que Roméo craint le contraire. Roméo raconte la beauté passée de Trois-Rivières et gomme certaines séquences sombres. Le vieillard est fier de donner à Marie-Lou un peu de son amour sincère pour sa ville. Mais, parfois, il se dit qu'il a tort de tout peindre en rose.

Je viens de terminer l'étude des carnets intimes de Jeanne en me concentrant sur ses déplacements. Ils sont très nombreux. Mon arrière-grand-mère ne pouvait rester en place. J'ai surtout noté les lieux de Trois-Rivières et, avec des crayons de couleur, j'ai tracé sur un plan de la ville certaines de ses allées et venues les plus fréquentes. Je remarque que Jeanne se déplaçait en triangle. Je me rends compte, par la suite, que la Trois-Rivières de cette époque ressemblait à un triangle. Ses principaux mouvements partent de chez Roméo et de l'appartement de Sweetie, rue Sainte-Julie. De ces points, elle se rendait très souvent dans la rue des Forges, à la salle de cinéma Impérial, et elle revenait toujours en passant par le parc Champlain, puis longeait la rue Laviolette, avant de compléter son triangle chez Roméo ou chez Sweetie. Depuis quelques jours, j'attends le 19 août car, en 1924, Jeanne a décrit avec précision ses allées et venues. Moi, son arrière-petite-fille, soixante-sept années plus tard, je vais refaire le même trajet, à la même heure. Je suis certaine qu'elle guidera mes pas. D'abord, je me rends chez Roméo, puisqu'elle y habitait alors. De la Cinquième Rue, je passe au boulevard du Carmel, puis descends le coteau jusqu'à la rue Saint-Maurice. Aujourd'hui, je marche sous une autoroute, mais comme elle n'existait pas en 1924, Jeanne me dit de fermer les yeux. Je traverse ce tunnel qui, de nos jours, est envahi par des graffitis punk et qui sent le pipi. Mais, jadis, cet endroit aux murs craquelés devait être un joyau de l'urbanisme moderne, fierté des citoyens du quartier Notre-Dame-des-sept-Allégresses. En sortant du tunnel, la vue est sûrement semblable à celle de 1924. Jeanne a probablement alors furtivement jeté un coup d'œil du côté du restaurant *Le Petit Train* de son père Joseph et de sa sœur Louise. Je regarde : c'est si triste! Il n'y a qu'un terrain vacant, la vieille maison familiale des Tremblay, adjacente au restaurant, après de multiples transformations, a été rasée par un incendie l'an dernier. Clément, un des petit-fils de Roméo, parle de reconstruire et d'ouvrir un café ordinateur qu'il baptisera *Le Petit Train*. Bravo! De ce point, je vais vers la maison de la rue Sainte-Julie, jadis habitée par Sweetie. Elle n'existe plus. Je ne l'ai vue qu'en photographie. À la place, il y a un dépanneur. Ce n'est pas très gai de penser qu'à l'endroit même où Jeanne rencontrait souvent Sweetie, il n'y a qu'un comptoir débile où des crétins édentés, vêtus de vestons de hockey, passent leur temps à gratter des billets de loterie. Ensuite, mes pas suivent ceux de Jeanne de la rue Sainte-Marie jusqu'à Bonaventure. C'est incroyable, cette sensation! Je marche exactement là où Jeanne a posé les pieds et je sens tout en moi qu'elle est contente de l'honneur que je lui fais avec ces mêmes gestes. Après Bonaventure, me voilà sur Royale, face au parc Champlain. Je suis certaine qu'elle a traversé, regardé un vieux en plein visage en s'allumant une cigarette pour le faire gueuler. Moi, par contre... Désolée, Jeanne! Fumer est tellement idiot! C'est incompréhensible! Ça ne répond à aucune logique! C'est un gaspillage d'argent, ça ruine la santé et jette une odeur épouvantable dans les cheveux et sur les vêtements. Fumer est une habitude des vieux cons des années soixante-dix. Aujourd'hui, nous, de la nouvelle génération, sommes plus raisonnables, plus conscients des dangers du tabagisme. Mais pour rester dans l'esprit de Jeanne, je quête un vingt-cinq sous à un vieux. Ils détestent ça, les vieux, car ils pensent que les jeunes veulent de l'argent pour respirer de la colle. De Royale, me voici à des Forges : le centre-ville de Trois-Rivières! Je dirais même plus : Trois-Rivières! Et mes pas, chaque pas, sont un écho de ceux de Jeanne. Mes yeux ont vu des paysages différents, mais ceux de Jeanne ont aussi regardé le long de ces mêmes rues. Jeanne s'est probablement engouffrée dans le cinéma Impérial pour rejoindre Sweetie. Aujourd'hui, à la place de la salle, il y a un café et une terrasse. Je m'y installe pour dessiner quand, soudain, un bruit sourd de piano parvient jusqu'à mes oreilles et deux jeunes femmes, si belles, sortent de l'Impérial en riant de tout. Sweetie ajuste son maquillage, se mire dans le petit miroir de sa houppette. Jeanne se penche vers moi, regarde mon dessin, prend ma main pour me guider. Je suis si contente de moi! Si fière! Je vais raconter cette aventure extraordinaire à Roméo! Et je vais le remercier de me faire tant aimer Trois-Rivières. Comment pourrais-je vivre dans une ville où Jeanne n'a pas marché?

L'amour que j'ai, depuis mon enfance, pour ma Trois-Rivières natale, a pris une tout autre dimension au milieu des années 1920, alors que l'abbé Albert Tessier, historien et homme d'une très grande culture, me faisait découvrir les mille merveilles de ma petite patrie. Avant les initiatives de ce grand homme, nous ne savions que des bribes de notre passé, selon des récits de nos grands-parents. Nous connaissions aussi le mystère de la véritable identité de notre fondateur, Laviolette, quelques légendes des Vieilles Forges du Saint-Maurice, les attaques iroquoises du temps de la Nouvelle-France et nous savions que Lavérendrye, le grand explorateur du Canada, était un des nôtres. Mais bien des gens ignoraient même ces traits très généraux de notre histoire. Sous l'impulsion de l'abbé Tessier et de ses collaborateurs, notre population a découvert un passé riche et fascinant. Et le bouquet de roses prendrait la forme de grandes fêtes publiques, lors du tricentenaire de fondation de notre ville, en 1934. Être considéré par l'abbé Tessier a été un très grand honneur, moi qui n'ai complété que le cours élémentaire de la petite école du quartier Saint-Philippe. Mais, sans me vanter, je devine que l'abbé Tessier a su noter mon grand amour pour ma ville, dans les deux romans que j'ai fait publier au cours des dernières années.

Me voilà responsable d'un bureau d'information touristique pour cet été de notre grande fête. Mon patron du journal *Le Nouvelliste* ***me donne aussi l'entière responsabilité des articles relatant les grands événements qui marqueront nos célébrations. Nos artistes, subjugués par l'abbé Tessier, participent à la découverte de notre histoire. En qualité d'écrivain, je suis très content d'imaginer ces romans populaires qui intègrent l'histoire de Trois-Rivières, même si les critiques montréalais traitent mes livres de trop régionalistes. Régionaliste je suis et régionaliste je demeurerai! Il faut d'abord apprendre à s'aimer pour mieux aimer les autres. Comme père de famille, je veux aussi transmettre à mes enfants cet amour de ma ville. S'ils sont intéressés par la question, ma petite Renée semble plus fascinée que les autres par mes récits, les créations de nos artistes et par l'immense présence de l'abbé Tessier.***

Le point culminant du tricentenaire sera un grand pageant historique intitulé *L'Épopée trifluvienne*. ***Ce spectacle de trois heures, avec cinq cents figurants et une chorale de sept cents***

voix, retracera l'histoire de notre ville, des premiers jours de la Nouvelle-France jusqu'aux légendaires Forges du Saint-Maurice. Parmi ces figurants, ma Renée tiendra les rôles d'une fillette de la colonie, élève des ursulines, ainsi que celui d'une jeune Indienne. Ses magnifiques costumes entre les mains, Renée n'arrive pas à décider lequel elle préfère. Celui de la Nouvelle-France lui sied bien, la rend délicate, mais elle le juge un peu chaud pour l'été. C'est pourquoi elle adopte les vêtements légers de l'Indienne. Avec sa perruque aux longues tresses, ses colliers de blé d'Inde et ses mocassins, Renée a l'air d'une princesse de tribu, surtout quand mon épouse Céline lui ajoute un maquillage qui lui fonce légèrement la peau. Comme les figurants du pageant sont appelés à porter leurs costumes dans nos rues, pour que les Trifluviens voient chaque jour leur passé devenir vivant, Renée attire vite l'attention en se baladant constamment dans le centre-ville affublée de ses atours. Céline ne sait pas s'il est convenable de laisser dans les rues une gamine de treize ans aussi peu vêtue. Mais ma fille rechigne et refuse d'écouter les discours de convenance et jure d'être très prudente, de se méfier des inconnus et de ne pas trop se laisser approcher.

Les Trifluviens, si accablés par la misère du chômage de la crise économique, vivent dans la féerie de leur temps ancien. Il n'y a rien de plus agréable que de parcourir nos boulevards et de croiser des figurants aux perruques poudrées, des femmes avec des bonnets de la vieille France, d'entendre un héraut proclamer à vive voix les activités de la soirée et de voir cette petite sauvageonne de Renée Tremblay qui arpente sans cesse la rue des Forges, même si, paradoxalement, il peut paraître curieux de la voir mâcher de la gomme!

Les touristes qui visitent mon kiosque sont enchantés par les événements et mentionnent sans cesse la beauté des costumes, surtout celui de la jeune Indienne. Renée lit tout ce qu'il faut savoir sur les peuples attikameks, algonquins et montagnais. Capitanal, noble chef des Montagnais, avait demandé à Samuel de Champlain de fortifier le poste de traite situé à l'embouchure de la rivière Métabéroutin (aujourd'hui Saint-Maurice), afin de se protéger de leurs ennemis les Agniers, redoutables guerriers des nations iroquoises. C'est ainsi qu'est née Trois-Rivières. Quand un touriste pose une question à Renée, ma fille peut répondre comme un véritable historien en herbe.

Constatant que tout le monde l'a vue, Renée passe à son costume *de la Nouvelle-France, mais, trois jours plus tard, je lui signale que des gens me demandent où est passée la petite Indienne. Vite, Renée retourne à ce déguisement qui fait son succès! Un jeu? Une façon de se faire remarquer, comme tant de jeunes adolescentes aiment à le faire? Bien sûr! Mais un peu davantage aussi : Renée aime profondément Trois-Rivières et, avoir l'illusion de faire partie de son histoire, grâce à ces costumes, ajoute à sa fierté et témoigne d'un geste très sincère de sa part.*

Le soir de la première du grand pageant, je ne vois qu'elle sur la scène, même si elle est entourée de tant de gens! De retour à la maison, après ce triomphe, Renée pleure de joie et se jette dans mes bras. Je lui explique alors que l'histoire englobe le passé et le présent. Plus tard, j'en suis certain, les vieillards se remémoreront les grandes fêtes de 1934 et ils feront peut-être mention de cette jeune fille déguisée en Indienne et qui parcourait la rue des Forges en envoyant la main à tout le monde. Renée, étonnée par cette idée, rit de joie en constatant qu'elle fait maintenant partie de notre histoire.

Roméo Tremblay, juillet 1934

Me voilà grande. La maternelle, ce n'est que pour les petits enfants. Avec le primaire, je vais enfin aller à la vraie école afin d'apprendre à lire et à écrire. Fini le temps des jeux! Maintenant, c'est sérieux. À l'école, les vieux du primaire nous traitent toujours comme des bébés. Je les ai souvent regardés. Ils ont des sacs plus gros, avec des cahiers de différentes couleurs et des vrais livres avec des mots et des beaux dessins. Certains demeurent à l'école, même après la cloche, afin d'étudier, aidés par des grands. Roméo m'a parlé de l'école de son temps, qui devait être bien plus difficile, parce qu'il n'y avait pas d'autobus scolaire. Il se rendait à son école à pied. Comme les enfants étaient maltraités, dans ce temps-là! J'ai vraiment hâte d'aller à l'école. Isabelle aussi. Pour nous, la vie va commencer. Après le primaire, je serai au secondaire, puis au cégep, puis à l'université, et après, je vais travailler, puis rencontrer un gentil papa et nous aurons des bébés : cinq filles, un garçon et trois chiens. Je serai une maman. Puis, je vais arrêter de travailler et me reposer. Après, je vais être une mamie. Puis après, je vais mourir. Tout ça à cause du primaire. Oui, j'ai vraiment hâte! Ma mère m'a parlé de l'école en m'expliquant que c'est important de réussir, qu'il ne faut pas tout rater comme elle l'a fait. Je ne comprends pas ce qu'elle veut dire car, après tout, elle a une belle automobile et un magasin dans le centre commercial. Mais si elle veut que je réussisse, je le ferai, même si je ne sais pas encore comment m'y prendre.

En attendant ce grand jour, il y a les vacances d'été. Je vais pouvoir jouer tout le temps avec Isabelle, puis faire fâcher les gardiennes. Peut-être que maman prendra congé et qu'on ira sur les chevaux de l'Expo, ou, comme l'an passé, dans un chalet tranquille, en pleine forêt, car maman est incapable d'endurer le bruit du grand prix d'autos qui vont très vite et qui a lieu chaque année pas très loin de notre maison. C'est important de jouer souvent car, cet automne, quand je commencerai ma vie, je n'aurai plus de temps pour le faire, obligée de lire tous ces livres et d'écrire dans les cahiers d'exercice. Les enfants servent à jouer. Les adultes, beaucoup moins. Quand maman revient de son travail, parfois, elle se dit trop fatiguée pour jouer. Quelle drôle d'idée! Alors, il vaut mieux le faire entre enfants. Pour s'amuser, il faut des jouets. Sinon, c'est ennuyeux et je pleure. Ma mère me console, me donne un bec et me dit d'aller jouer. Les grands ne comprennent rien aux enfants.

« Est-ce que tu veux jouer avec moi?

— *Non, Marie-Lou. Je n'ai pas le temps.*

— Ce n'est pas vrai! Tu ne fais rien!

— *J'écris un livre.*

— C'est ce que je te dis : tu ne fais rien. Viens jouer!

— *Pourquoi ne vas-tu pas jouer avec Isabelle?*

— Parce qu'elle n'est pas là. Si tu ne veux pas jouer avec moi, c'est parce que tu me détestes. T'es pas fin! »

Roméo ne refuse jamais de jouer avec Marie-Lou. Il a le temps et n'est jamais fatigué. Sa fille Renée trouve bien épouvantable de voir un homme de son âge s'asseoir par terre près de Marie-Lou, quand la blondinette lui réclame de jouer à la poupée. Mais Roméo n'y peut rien : il obéit tout le temps à Marie-Lou, comme il le faisait quand sa sœur Jeanne le lui ordonnait. Roméo a gardé précieusement une poupée de chiffon ayant appartenu à Jeanne. Il la donnera à Marie-Lou quand elle sera plus grande. Pour l'instant, l'enfant la regarde sur une haute tablette de la bibliothèque. Le vieil homme prend la petite dans ses bras pour lui expliquer que ce jouet appartenait à son arrière-grand-mère. Marie-Lou regarde doucement avant de l'embrasser.

Le jeu sur lequel Roméo insiste beaucoup est le dessin. S'emparant d'un crayon alors qu'elle savait à peine parler, Marie-Lou, au lieu de barbouiller la feuille, avait tracé des carrés et des ronds parfaits. Roméo, témoin de cette première œuvre de Marie-Lou, a tout de suite cru au miracle de ces gênes qui, parfois, transposent des habiletés à une autre génération. Et si tout à coup Marie-Lou a le même talent que Jeanne pour le dessin? Depuis, le patriarche l'a ensevelie de cahiers, de crayons, de pots de gouache, de pinceaux, de tablettes à dessin, si bien que Marie-Lou a développé ce goût de reproduire tout ce qu'elle voit. Sylvie, consciente que sa petite est douée, l'encourage dans ce sens. Marie-Lou donne des dessins à tout le monde. C'est sa façon de saluer et de remercier. Elle en donne même au facteur qu'elle attend chaque matin, afin d'entrer les lettres dans la maison. Si dessiner est le jeu favori de Marie-Lou, il ne faut pas croire qu'elle y passe tout son temps, comme le désirerait Roméo.

Comme Marie-Lou est la première enfant de Sylvie, la jeune maman a cru bon de la noyer sous tous les beaux jouets vus dans les magasins, lesquels correspondaient à ses propres goûts, à sa vision de l'enfance. Marie-Lou a surtout des jeux éducatifs, non violents, écologiques et artisanaux. Mais elle préférerait des jouets qui font beaucoup de bruit. Et peu importe si sa mère ne veut pas basculer dans les stéréotypes en lui achetant des camions, Marie-Lou désire toutes les poupées du centre commercial. Mais une petite fille ne peut l'être entièrement sans le jouet idéal de l'enfance : une bicyclette.

Ma maman m'a acheté un beau casque de cycliste pour protéger ma tête contre l'asphalte, car si je me la cogne, je vais la perdre. (La tête! Pas l'asphalte!) Elle-même a une bicyclette de grande, avec des guidons pendus par le bas et deux pneus minces comme des pneus minces. Elle m'a enseigné la prudence : rouler sur les trottoirs, regarder droit devant, tendre la main avant de tourner et peser sur ma sonnette pour ne pas écraser les chiens. Ma bicyclette est rouge et j'ai des petites lumières dans les rayons des roues, et puis, aussi, une bouteille pour boire de l'eau, même si je la remplis de jus mauve. Maman ne veut pas que je quitte notre rue. Mais, en cachette, j'ai déjà pédalé dans la voisine. Elle dit que je suis trop petite pour partir en randonnée. C'était vrai jusqu'à présent, mais maintenant que je vais commencer le primaire, je suis devenue grande. Bien des filles et des garçons vont à l'école du primaire à bicyclette. Je dois essayer tout de suite. Mais je ne veux pas désobéir à ma mère. Désobéir à la gardienne est bien moins pire. Voilà plusieurs jours que j'attends ma chance pour qu'elle tourne le dos. Depuis tout ce temps, je n'ai pas vu Isabelle. Que se passe-t-il? Est-elle malade? Est-ce qu'elle a été agressée par un violent, comme à la télévision? Peut-être qu'elle a été renversée par une auto! Peut-être qu'un chien très méchant l'a mordue! Je dois le savoir! Voilà justement la gardienne qui décide de parler avec son amoureux au téléphone.

Marie-Lou n'est pas une petite fille imprudente. Elle ne part pas à la recherche d'Isabelle sur un coup de cœur. Depuis qu'elle attend sa grande chance, elle a organisé son expédition, apportant une bouteille supplémentaire, des biscuits et sa poupée Béatrice dans son sac à dos. Sage, elle pédale sur les trottoirs, comme le veut sa mère. Elle ne se laisse pas distraire par ces maisons nouvelles qu'elle découvre. Mais plus elle avance, plus elle a crainte de ce monstre implacable : le boulevard des Forges.

Cette rue, beaucoup trop large, est remplie d'automobiles grondantes, de camions rugissants et d'autobus inqualifiables. Et tous ces véhicules filent à une vitesse qui dépasse l'imagination, dans le seul but de happer les piétons et d'écraser les petites Marie-Lou à bicyclette. Or, pour se rendre chez Isabelle, il faut franchir ce boulevard... Voilà quinze minutes que Marie-Lou attend au coin du boulevard. Jamais elle ne voit une petite chance de traverser. Quand la voie se libère à droite, la gauche fait entendre ses hurlements. Des sanglots étranglent la gorge de l'enfant. Sentant cette petite blonde désemparée, un adolescent lui demande la nature de son drame. L'aveu pleuré, il lui recommande de traverser aux feux de circulation, à trois coins de rue. Il l'y conduit. Mais le feu vert n'empêche pas les automobilistes de tourner et Marie-Lou ne sait pas comment elle pourrait traverser sans mourir. Rien à faire! Quelle imprudence que cette abracadabrante aventure hors de son quartier! Mais, de nouveau, un adulte lui vient en aide et accomplit le prodige de la reconduire de l'autre côté. L'épreuve enfin terminée, Marie-Lou pédale jusqu'à la maison d'Isabelle, comme s'il ne s'était rien passé. Enfin dans la rue des H.L.M., Marie-Lou se retrouve perdue devant cette série interminable de maisons identiques. Laquelle est la bonne? Marie-Lou se renseigne, mais personne ne connaît Isabelle Dion. Un vieil homme devine que cette mystérieuse personne doit habiter une des maisons des autres rues, vers l'arrière. Mais, de nouveau, la similarité des maisons déroute Marie-Lou.

« Aide-moi, monsieur! Je suis perdue!

– *Je ne peux pas t'aider, Marie-Lou.*

– Pourquoi?

– *Parce que, si je t'aide, mon récit perdra tout intérêt. Le lecteur ou la lectrice veulent savoir comment tu vas t'en sortir et quelle leçon tu tireras de la désobéissance à ta maman.*

– Je ne désobéis pas à ma maman, mais à la gardienne! Et puis, je ne comprends rien à tout ce que tu dis! Aide-moi! »

Marie-Lou pense soudainement que la gardienne est probablement morte d'inquiétude et qu'elle va tout raconter à sa mère. C'est pourquoi elle redouble d'effort pour trouver Isabelle, accélère dans les coups de pédale, mais se perd davantage. Il semble que, dans ce quartier, les pleurs d'une fillette n'atteignent pas les rares piétons. Mais le hasard fait bien les choses et c'est Isabelle qui trouve son amie, quand elle passe devant sa fenêtre. Isabelle, en pénitence d'une semaine pour avoir cassé la télécommande, est folle de joie de voir sa copine. Elles jouent un peu dans la cuisine, et Isabelle lui explique comment reconnaître comme il faut sa maison. Ensuite, elles vont construire des châteaux dans le carré de sable de la cour. Marie-Lou ne peut voir le temps passer quand il y a tant de plaisirs dans ces retrouvailles. Soudain, la mère d'Isabelle appelle sa fille pour le dîner. Marie-Lou serre les lèvres en pensant que la sienne revient chaque midi pour la voir. Or...

Les craquelures des trottoirs défilent sous les roues de la bicyclette de Marie-Lou, qui oublie la bienséance de conductrice, si bien qu'en voulant éviter une bande d'adolescents qui traversent sans regarder, Marie-Lou fait une fausse manœuvre, tombe et s'érafle le genou, sous les rires des ados. Mais elle n'a pas le temps de pleurer! Voilà de nouveau le terrifiant boulevard des Forges, encore plus apocalyptique que tantôt. Marie-Lou ne trouve personne pour traverser, mais réussit, après une douzaine d'hésitations, à vaincre l'abominable. Mais comme elle a choisi le mauvais coin de rue pour accomplir son exploit, Marie-Lou s'enfonce dans les limbes d'un quartier inconnu. Vingt minutes plus tard, elle est bloquée par un chien du type « système d'alarme » qui grogne, bave, aboie, se hérisse au bout d'une chaîne trop longue la menant à deux coups de croc des jambes de Marie-Lou. Surmontant avec un grand courage sa crainte affreuse de ce loup, Marie-Lou réussit à passer devant, mais se demande bien pourquoi cette rue n'aboutit nulle part et se mord la queue pour la ramener devant le chien avide de vengeance. De plus, il se met à pleuvoir.

À la maternelle, l'animatrice a parlé d'un gars nommé Jésus et d'un geste qui se nomme prier. Il paraît que, lorsqu'on joint les mains et qu'on parle à ce mystérieux garçon, les pires bêtises peuvent nous être pardonnées. La pluie tombe aussi vivement que les larmes de Marie-Lou, mains jointes, à dire à ce Jésus son regret profond d'avoir désobéi, ce qui, malheureusement, ne lui indique pas le chemin du retour.

« S'il te plaît, monsieur! Je suis gentille et polie. S'il te plaît!

– *Non, Marie-Lou. Tu es capable de retourner chez toi.*

– Et puis, tu ne trouves pas que ça commence à faire long que je sois tout le temps perdue?

– *Ah! ceci, par contre...* »

La pluie cesse pour faire place à un arc-en-ciel qui salue un soleil discret et timide. Un gentil garçon de neuf ans, voyant le chagrin de la jeune cycliste blonde, s'approche pour lui demander où elle demeure. Marie-Lou décrit sa maison, ce qui, pour la bonne âme, ne correspond qu'à un bungalow de plus. Intelligent, le garçon cherche dans l'annuaire téléphonique le nom de Sylvie Gauthier, obtient ainsi l'adresse de la pauvre perdue. Marie-Lou, en le voyant faire, réalise l'importance de savoir lire, ce qui ne fait que hâter son désir de commencer le primaire. Ainsi, lorsqu'elle fréquentera l'université, Marie-Lou ne se perdra plus dans les rues de Trois-Rivières.

Le bon Samaritain offre à l'enfant un verre de lait et un beignet. Soudain, un chaton monte du sous-sol. Marie-Lou est séduite par son excitation juvénile, alors qu'il tente d'atteindre avec sa patte la ficelle folle que l'enfant tient au bout de ses doigts. Elle s'étouffe de rire en lançant une balle de papier au minet, marche à quatre pattes à sa poursuite. À la douzième occasion, Marie-Lou entrevoit, au salon, une gigantesque piste de course. Coiffé d'une casquette de conducteur, le garçon montre à Marie-Lou comment fonctionne ce jouet de champion. Puis, il lui fait découvrir son jeu vidéo favori. Marie-Lou, le nez collé à l'écran, tient maladroitement les manettes. Il lui révèle quelques bons trucs pour ne pas que la bestiole électronique mange les enfants perdus dans des dédales lumineux. Interrompus par le retour de la mère du garçon, qui se plaint de le voir jouer à l'intérieur, les deux vont dans la grande cour où Marie-Lou enlève ses souliers et ses bas pour se faire chatouiller les orteils par l'herbe encore rieuse de l'averse. Sous la force de son nouvel ami, Marie-Lou s'envole jusqu'au ciel, s'agrippant aux cordes d'une balançoire. C'est à ce moment que les deux réalisent que l'heure du souper approche. Ayant tout oublié de son aventure de cycliste perdue, Marie-Lou pédale derrière le garçon qui la mène facilement à sa maison, où la gardienne s'arrache les cheveux et lui dit que sa mère vient d'avertir la police pour partir à sa recherche. Mais Marie-Lou, après avoir mis ses doigts devant sa bouche, se remet à sourire et à lui raconter tout le plaisir qu'elle a eu à jouer avec ce gentil garçon.

Ce n'est pas juste, cette punition de maman. Je n'ai rien fait de mal. J'ai joué avec Isabelle et ce grand du primaire. Si j'avais brisé ma bicyclette ou cassé mes pneus, je ne dis pas que je ne mériterais pas d'être enfermée dans cette chambre. Maman me maltraite. Elle donne toute son affection à mon petit frère Stéphane, qui fait encore des tas dans ses culottes alors que je suis propre depuis longtemps. Elle va accrocher ma bicyclette au plafond du garage pour deux semaines, alors que j'ai été très prudente, regardé devant moi, tendu la main avant de tourner, comme elle me l'a montré. Être punie parce que j'ai bien fait, ce n'est pas honnête! Je vais me plaindre à la société protectrice des enfants. Si j'avais un papa, il m'aurait félicitée au lieu de me persécuter.

Pour passer le temps dans ma prison, je joue avec Béatrice, mon lion en peluche, mon ourson, mon chien, ma poupée en cordes, mon camion, mes jeux de construction et ma cuisinière. Je colorie les images dans mon cahier, puis je fais des dessins de moi à bicyclette. Comme c'est ennuyant quand on est en punition! Et ma mère ne sait pas ce qu'elle veut : quatre jours après, elle me donne encore une leçon de conduite de bicyclette et me montre huit fois le chemin qui mène chez Isabelle, même si elle sait que je le connais déjà par cœur. Je n'ai pas eu besoin d'elle pour m'y rendre la première fois. Si je veux prendre ma bicyclette, je devrai lui dire où je vais. C'est de l'exclavage.

« *Esclavage, Marie-Lou. Pas exclavage.*

– Exclavage, ça fait plus de mon âge. Et les gens qui vont lire mon mot vont rire et me trouver drôle. Pourquoi me fais-tu encore parler comme une vieille? Je viens de dire le mot persécuter et je ne sais même pas ce que c'est.

– *Parce que ce sont des adultes qui ont acheté ce livre.*

– Il n'y a même pas d'images dans ton livre!

– *Non, j'écris.*

– Tu es aussi ennuyeux qu'au début du chapitre. Pourquoi est-ce que je dis des phrases comme ça? J'ai l'air d'une vieille de dix ans. Et c'est quoi, un chapitre?

– *Maintenant, tu vas jouer avec ton frère Stéphane.*

– Ah non! Pas lui! Je veux jouer avec Isabelle! À quelle page je joue avec Isabelle? »

Comme jouets, Stéphane a les trois quarts des pages 61 à 69 du plus récent catalogue Sears, mais, en général, il préfère s'amuser avec une boîte de carton. Marie-Lou joue peu avec lui, surtout parce qu'il vomit encore, que parfois il sent le pipi et qu'il est un garçon. Lors d'une occasion d'exception, l'an dernier, Marie-Lou avait cogné le genou du chérubin sur un coin de table, et Sylvie avait crié des reproches agressifs à sa fille, qui avait conclu que sa mère ne l'aimait plus et qu'elle lui préférait les garçons vomisseurs. Isabelle, de son côté, trouve Stéphane drôle, car elle n'a pas de petit frère ou de petite sœur à la maison, étant la dernière d'une famille de cinq, dont la plupart sont beaucoup plus vieux qu'elle. Parfois, sa mère la qualifie de « mon petit accident » et son père « d'erreur pharmaceutique », sans trop savoir s'il s'agit de compliments ou d'insultes.

J'aimerais bien mieux avoir une sœur à la place de Stéphane. Isabelle aussi préfère les filles. Alors, on décide de transformer Stéphane en fille. On va le baptiser Stéphanie. Nous commençons par le déshabiller et nous nous demandons s'il ne vaudrait pas mieux couper son surplus, mais Isabelle prétend qu'il pourrait saigner et que ça tacherait mes collants que nous lui enfilons. Après, on le maquille avec ma trousse pour poupées et un peu de la poudre que maman a l'habitude de lui mettre sur les fesses. Ce serait bien de lui ajouter du rouge à lèvres, mais maman n'a pas de tube. J'ai bien mes pots de gouache, mais, malheureusement, je manque de rouge. Je me contente de tracer le contour de ses lèvres avec mon stylo rouge. Ensuite, avec du fusain, je noircis ses sourcils et en applique un peu sur les paupières. Il a vraiment une belle allure, ma petite sœur! Isabelle a apporté la robe de sa poupée géante. Elle lui va très bien! Mais le problème des cheveux nous inquiète. Après avoir réfléchi à la question, on lui fabrique une perruque en coupant des petits morceaux de journal qu'on colle avec du ruban adhésif. Mais, à bien y penser, si j'avais une sœur, je n'aimerais pas qu'elle ressemble à notre résultat. Isabelle ne le trouve pas si laide. Pour en avoir le cœur net, nous décidons de le montrer aux autres enfants de la rue. On le met dans mon pousse-pousse. Les filles trouvent qu'il n'est pas très belle. Une amie nous dit que sa mère a une vraie perruque et un tube de rouge à lèvres. Ah! vraiment, cette fois, il est amélioré! Nous continuons à le promener et d'autres filles suggèrent des bonnes idées, comme de lui teindre les ongles avec des crayons à colorier. Stéphane s'amuse autant que nous, content de toute l'attention que les plus belles filles du quartier lui portent. Je n'avais jamais réalisé que mon frère pouvait être un jouet intéressant! Mais, de retour à la maison, la gardienne... Jamais je ne comprendrai les gardiennes! Pas plus que ma mère, qui m'enferme encore dans ma chambre. C'est encore une preuve qu'elle ne m'aime pas et préfère les garçons. La vie est si cruelle si je n'ai plus droit de jouer à rien, ni avec ma bicyclette ni avec mon frère. Si être une enfant veut dire être toujours punie, j'ai bien hâte à cet automne pour entrer au primaire et qu'on en finisse enfin.

J'ai de plus en plus l'impression que mon frère Adrien n'aime pas Jeanne. Pour lui, une fille est toujours inutile, ne peut faire preuve de courage, ne sait pas se battre ou jouer au baseball. Une fille sert à marier un homme et à donner naissance à une famille normale : onze garçons et une fille. Comme la nôtre avait déjà Louise avant la naissance de Jeanne, Adrien a toutes les meilleures raisons du monde de ne pas aimer ma petite sœur.

Une fille aînée, comme Louise, est très commode pour aider maman à tous ces travaux humiliants pour un homme tel Adrien : le lavage, le ménage, le reprisage et, surtout, surtout, la cuisine. Adrien, d'ailleurs, ne se gêne pas pour être un critique impitoyable quand Louise s'occupe d'un repas. Mon frère prétend qu'il est cruel pour le bien de Louise. Plus tard, elle le remerciera, dit-il. Il y a trois jours, je l'ai vu entrer à la maison, enlever ses souliers crottés, tirer ses chaussettes sales et les lancer à Louise, lui disant qu'il y a un trou dans la droite. Louise, fâchée par son impolitesse, lui a retourné la chaussette en plein visage et Adrien s'est plaint à maman que notre sœur ne faisait pas son devoir.

Quand Jeanne est née, j'ai tout de suite été émerveillé par sa beauté. Adrien l'a à peine regardée. En grandissant, il ne s'en est pas plus occupé. Quand elle lui faisait une risette, Adrien lui répondait par une grimace agressive. Il y a deux ans, quand ces

mal élevés de la famille Trottier m'avaient joué le mauvais tour de voler Jeanne et son carrosse (j'en parle dans un autre feuillet), Adrien avait tout de suite juré de la venger. J'étais content, car je croyais que mon frère aimait enfin Jeanne. En réalité, elle n'était qu'un prétexte pour se battre et mettre à ses genoux Jacques Trottier, son ennemi juré.

Depuis quelque temps, j'ai du mal à reconnaître Adrien. Papa affirme qu'il grandit vite, qu'il devient un jeune homme. On dit que, dans ces cas-là, les garçons sont souvent irritables. La semaine passée, alors qu'Adrien travaillait à notre magasin général, je jouais avec Jeanne sur le trottoir, la transportant sur mon dos, comme un cheval. Adrien, après m'avoir aperçu, a ouvert la porte promptement pour me sermonner, me dire que j'étais la honte de la famille de m'abaisser publiquement à jouer avec une fille devant le magasin. Jeanne est descendue de mon dos pour m'enlacer, puis me demander pourquoi Adrien ne l'aimait pas. J'aurais dû lui dire que c'était faux, mais je me suis contenté de la consoler, ce qui, à ses yeux, confirmait son impression. Me voilà bien décidé à parler à Adrien sérieusement et à lui reprocher son attitude désolante. Mais je n'ose pas et me cogne le nez à sa mauvaise humeur des dernières semaines. Jeanne, pour sa part, se met à l'ignorer. Je ne trouve rien de mieux à faire que de me rendre à l'église pour prier Jésus et lui demander de faire en sorte qu'Adrien aime Jeanne.

Dès mon retour, j'entrevois Adrien qui regarde les dessins de notre petite sœur. Se rendant compte de ma présence, il écarte vite les feuilles. Est-ce que c'est un signe qu'Adrien garde secrète sa sympathie pour Jeanne? Je me mets en tête de l'espionner, afin de le surprendre, mais mon malin de frère se rend compte de mon attitude. Je remarque surtout qu'Adrien multiplie ses discours sur l'inutilité des filles. C'est par hasard que je surprends Adrien avec Jeanne, alors qu'ils se rendent à la commune chercher une vache, probablement celle de madame Trépanier. Je les suis de très loin. Je prends garde de ne pas me faire remarquer, me dissimule derrière les ruminantes. Adrien prend des cailloux et vise les poteaux, les atteint à chaque lancer, provoquant les applaudissements de Jeanne. Elle pointe du doigt d'autres objectifs et Adrien s'exécute pour se faire admirer par Jeanne. Et, tout à coup, un double miracle vient m'enchanter : Adrien prend Jeanne par la main, puis la fait grimper sur ses épaules en chantant À *la claire fontaine.* ***Ayant enfin trouvé sa vache, Adrien installe Jeanne sur son dos, s'amuse à grimacer à la bête pour amuser ma petite sœur. Il lui permet de guider l'animal avec la corde. Après avoir remis la bête à madame Trépanier, celle-ci donne deux sous de récompense à mon frère. Avec Jeanne, il s'éloigne vers la rue Notre-Dame, entre dans une confiserie et partage quelques cordons de réglisse, tous deux gentiment assis sur le bois du trottoir. C'est en pariant sur une course qu'ils retournent à la maison. Adrien la laisse gagner et feint l'insatisfaction de sa défaite, la renverse, la chatouille et termine le manège par un gros bec sur ses joues. Mais en approchant de notre rue, il demande à Jeanne de prendre de l'avance, afin, bien sûr, que personne ne les aperçoive ensemble. Voilà Jeanne qui joue dans la cour. Je lui demande ce qu'elle a fait au cours de la dernière heure. Elle hausse les épaules, prétend qu'elle n'a pas bougé de la cour. Adrien, lui, dit avoir participé à une joute de baseball avec les gars du quartier.***

Le soir même, quand il me voit jouer aux billes avec Jeanne, Adrien soupire d'insatisfaction, et, comme d'habitude, me reproche de perdre mon temps à m'amuser avec une fille. Je n'oserai pas dire à Adrien qu'il n'y a pas de honte à aimer Jeanne, qu'il a tort de le faire en cachette et en secret. J'imagine que, pour elle, une de ces rares sorties doit être bien précieuse à son joli cœur. Mais sont-elles si rares, ces sorties?

Roméo Tremblay, août 1906

S'il y a une chose que j'ai apprise de Jeanne, c'est le mépris de la banalité. Paradoxalement – j'en sais des mots, hein? – son frère Roméo m'a enseigné la tolérance face aux petites gens, ceux que ma mère s'acharne stupidement à surnommer « le monde ordinaire », selon une expression idiote à la mode au cours de ces épouvantables années soixante-dix. Mais c'est plus fort que moi, souvent, il y a plus de Jeanne que de Roméo en moi. Je déteste la banalité, l'uniformité et tout ce qui rend les gens semblables les uns aux autres. À bas l'ère du vide! Le mois dernier, à l'école, ils nous ont emmenés visiter un musée à Québec et quand est venu le temps de souper, tout l'autobus a pointé le premier

McDo venu, même si nous en avons à profusion à Trois-Rivières et que les hamburgers goûtent exactement la même chose d'une ville à l'autre, d'un pays et d'un continent à un autre. Isabelle et moi avons été obligées de suivre cette crétine de majorité, du moins jusqu'à ce qu'un hasard nous aiguille vers un restaurant situé à quelques pâtés de maison. Il portait le doux nom de Chez Lucie. Nous avons vite traversé pour croquer dans des frites graisseuses, coupées à la main devant nous, par Lucie elle-même. Le temps de notre repas, il est venu quelques habitués folkloriques, très familiers avec la patronne.

Voilà toute la différence entre la banalité et l'unique. Je suis unique. Isabelle aussi. Roméo de même. Il y a des gens qui font des concessions à la banalité sans s'en rendre compte, mais ils demeurent quand même un peu uniques. Mais un banal professionnel ne peut être rien d'autre qu'un banal. Il y a les T-shirts vendus dans les grands magasins et il y a ceux que je fabrique. Ma clientèle veut un T-shirt que personne d'autre n'aura. Certains n'y pensent même pas. Je déteste particulièrement les garçons dont les vêtements ressemblent à des messages publicitaires de bière ou d'un groupe alternatif. Les pires sont les sportifs. Les sportifs sont tout le temps les pires de quelque chose. Je leur demande toujours combien l'équipe de hockey les paie pour se balader constamment avec des casquettes, des chandails à l'effigie de ces clubs. Ils me répondent que c'est leur équipe favorite. Cons!

Hors les motifs commerciaux des T-shirts et des casquettes, les choses les plus banales de la vie sont la télévision, les loteries, les journaux, les fêtes et la radio. La radio est doublement banale : les animateurs sonnent tous pareil. Ils ont la même grosse voix caverneuse et grognante, annoncent à toute vitesse des âneries, les mêmes que la veille et qui ont probablement été écrites à Montréal. Être animateur à la radio est probablement le métier le plus ennuyeux au monde. Et la musique de la radio? Plus banal, tu meurs! Moi, pour aimer une chanson, je m'assure d'abord qu'elle ne passe pas à la radio. Si c'est le cas, je la condamne.

La musique, c'est super! Surtout pour des adolescentes, comme Isabelle et moi. À l'école de La Salle, tout le monde aime la musique. D'ailleurs, on a une très bonne radio étudiante, principalement parce qu'elle ne fait pas entendre les chansons des stations commerciales. Il y a beaucoup de styles de musique. On en compte tellement qu'un vieux des années soixante-dix aurait besoin d'un dictionnaire pour s'y retrouver. Hip hop, house, techno, dance, unplugged, grunge, alternatif, métal, hard-core, punk, etc. Le mot alternatif désigne tout ce qui ne passe pas à la radio. Nous sommes la génération alternative. Les vieux cons nous appellent Génération X, ce qui leur permet de tourner des films stupides et d'écrire des articles idiots pour des revues de salles d'attente de bureau de dentiste. Isabelle aime bien The Cure parce que le chanteur n'est jamais coiffé, et moi, je ne dis pas non à Nirvana parce que leur chanteur, tout aussi dépeigné, semble constamment en furie. Mais Isabelle et moi, pour être de plus en plus alternatives et de moins en moins banales, on ne jure, depuis deux ans, que par le blues. Le blues est une musique très vieille. Même leurs chanteurs les plus récents sont vieux. Ce qu'on aime, ce sont les sentiments des musiciens. C'est une musique qui sent la transpiration, l'alcool et la cigarette : tout ce que le monde d'aujourd'hui nous interdit parce que ce n'est pas politiquement correct. J'aime tellement cette musique que j'ai même des compacts de blues des années soixante-dix.

« Non! Tu n'as pas le droit de faire écrire de tels mensonges! Pour qui va-t-on me prendre? Pour quelqu'un de ta génération? Je l'ai dit souvent, les années soixante-dix, c'est...

– *Ça va! Ça va! À force de tant répéter la même phrase, tu deviens banale!*

– Quoi? Comment oses-tu m'humilier?

– *Et ta cassette avec des blues d'Offenbach, de Plume Latraverse et de Led Zeppelin?*

– Pouah! C'est de la musique épouvantable! Jamais je n'écouterai ces cochonneries! Écris un démenti tout de suite! Tout de suite! »

Retour vers un passé récent : Isabelle et Marie-Lou, à la recherche de tout endroit public gratuit où elles pourraient voir des beaux gars, se rendent au parc Champlain pour assister à une récente édition du Festival de blues de Trois-Rivières, ne sachant trop de quoi il s'agit. Elles entendent un batteur se déchaîner, un bassiste vrombir et un guitariste s'envoler sur des motifs répétitifs et entraînants. En même temps, un chanteur aux cheveux roux cache son visage sous ses mèches folles, avale le microphone collé à un harmonica avec lequel il vomit des mélopées braillardes et tordues. Un peu plus loin, deux garçons, avec des guitares acoustiques, jouent très lentement, semblent improviser des paroles auxquelles le public répond par de courts cris. Ils parlent de chagrin d'amour et de la perte d'emploi. Pendant trois jours, les adolescentes n'ont pas quitté les lieux, entrouvrant la bouche et arrondissant les yeux devant les attitudes des musiciens indisciplinés qui ne ressemblent pas aux vedettes des vidéoclips qu'elles admirent depuis leur enfance. Deux années ont passé, pendant lesquelles Marie-Lou et Isabelle ont glané, de gauche à droite, des disques de vinyle, des cassettes, des CD, tout en se nourrissant d'encyclopédies et de dictionnaires de blues à prendre en note les noms qui semblent les plus captivants, afin de trouver les enregistrements à la bibliothèque municipale ou dans les comptoirs de disques usagés.

Dans un des cahiers intimes de son arrière-grand-mère Jeanne, Marie-Lou a noté cette phrase où la peintre dit s'être rendue danser le blues dans une salle de l'ouest de Montréal. Maintenant, Marie-Lou écoute le jazz et le blues de Jelly Roll Morton, l'idole de Jeanne et de Sweetie. Pour se mettre en condition afin de peindre, Marie-Lou se laisse bercer par sa musique favorite. Quand Isabelle arrive chez elle avec un enregistrement dont la pochette montre un vieux Noir en habit, avec des lunettes fumées, elle partage avec excitation la découverte de son amie. Alors, Marie-Lou peint des visages teintés de bleu blues.

C'est tellement plus vrai, cette musique! Tellement plus sincère! Parfois j'aimerais être une Noire de Chicago, les yeux fermés, la douleur au visage, une bouteille de cognac à portée de la main, un paquet de cigarettes face à moi, prête à pleurer dans un micro que mon homme vient de me quitter avec ma meilleure amie et qu'il ne me reste rien d'autre à faire que de chanter le blues. Et le blues, c'est plus que de la musique. C'est un style de vie. Le blues vit partout. À l'école, par exemple. Quand j'ai D en français, j'ai un blues boogie. Au contrôle suivant, je frappe un maudit E et j'ai un blues lent, tribal, long, lacrymal. Isabelle a le blues tout le temps, parce que les garçons ne sont pas attirés par elle et que ses parents sont de plus en plus catastrophiques. Pour lui plaire, je souffle sur un peigne recouvert de papier d'aluminium, alors qu'Isabelle chante que personne ne l'aime. Ça fait tellement de bien! Puis, le blues, c'est sensuel. Mais je n'en parlerai pas, car le vieux con des années soixante-dix qui écrit ce livre va me faire dire des cochonneries en me pensant toute nue à ses pieds.

Chez les jeunes gens, depuis toujours, le goût pour un genre musical a souvent été associé à un style de vie et à des vêtements. La vieille Renée Tremblay, cette charmante septuagénaire, était une jitterbug à l'époque des grands ensembles de jazz du début de la Seconde Guerre mondiale. Et qui n'a pas porté son toupet Beatles et sa chevelure Woodstock? Aujourd'hui, à l'école secondaire de La Salle, on peut reconnaître les rockers et les alternatifs. Les rappers frappent rapidement l'œil avec leur pantalon qui peut contenir trois rappers. Mais deux adolescentes blues ne ressemblent à rien, même si Marie-Lou, par snobisme, a tendance à porter des verres fumés essentiellement quand il fait sombre.

C'est Roméo qui a donné à Marie-Lou une pile de 78 tours ayant appartenu à Jeanne. La blonde était intriguée par ces disques lourds et cassants qu'elle ne pouvait pas écouter. Elle s'est contentée de prendre en note les noms des orchestres et de demander à Isabelle de les chercher dans son dictionnaire. Depuis, les deux inséparables sont curieuses à voir avec leurs chandails « Jelly Roll Morton Fan-Club », les autres jeunes confondant ce nom avec un obscur groupe alternatif. Quand elles tendent leur casque d'écoute de leur baladeur, garçons et filles se disent que Marie-Lou Gauthier et Isabelle Dion sont complètement cinglées pour aimer de la musique aussi ancienne où, malgré les progrès techniques, on peut toujours entendre les craquements des 78 tours d'origine. Marie-Lou prétend que plus ça craque, meilleur cela devient.

L'adolescente a demandé à Roméo qui était son idole de

jeunesse. Elle a été déçue d'apprendre que, dans ce temps lointain, les jeunes n'avaient pas de modèle musical. Roméo l'a tout de même enchantée avec ses récits vieillots d'harmonies d'orphéon ou de la fanfare de l'Union musicale qui se produisaient dans le kiosque bucolique du parc Champlain ou du Petit Carré de son enfance. C'est en approchant de la quarantaine que Roméo a eu son premier coup de foudre pour un chanteur. Marie-Lou aime entendre Roméo chanter Charles Trenet. Boum quand votre cœur fait boum, fait-il, prêt à danser. Puis le vieil homme dit qu'il aime bien les Beatles. Les Beatles? Marie-Lou sursaute d'effroi quand elle entend ce nom symbole de tous ses profs les plus ennuyeux. Alors, Roméo sort de son sac à souvenirs un 45 tours intitulé « Grand-père à gogo », avec des paroles le décrivant. Il se vante d'être passé à une émission pour jeunes à la télévision, en 1966, alors que les musiciens, avec deux de ses petits-enfants, mimaient leur chanson. Amusée par cette légende qu'elle ignorait, Marie-Lou va rencontrer un de ces musiciens, Robert, un des fils de la vieille Renée. Il est le propriétaire d'une boutique pour collectionneurs de disques. C'est là que Marie-Lou et Isabelle s'approvisionnent d'enregistrements de blues, sous les conseils d'expert du bonhomme Robert. Roméo n'est pas un grand-père à gogo, mais un arrière-grand-oncle alterno.

Sentant Roméo un peu morose, Marie-Lou décide de lui remonter le moral par un petit numéro juvénile qui la voit, avec Isabelle, arriver dans le salon du vieil homme avec leurs minijupes, leurs collants fluo, leurs canotiers et leurs cannes pour chanter en harmonie « Boum! Y a d'la joie! » Renée et Roméo applaudissent, réclament un bis, que les deux jeunes s'appliquent à répéter avec plus d'entrain, du moins jusqu'à ce qu'Isabelle oublie un bout de parole et fasse s'esclaffer Marie-Lou contre son épaule. Roméo se lève avec peine, tend les bras vers les petites, désireux de les embrasser pour ce beau cadeau de bonne humeur. Marie-Lou s'attarde entre ses bras, sous le regard attendri d'Isabelle. Renée s'en mêle et parle de la musique de sa génération, à cette époque où le juke-box du restaurant Le Petit Train *faisait miauler le swing et le boogie-woogie et qu'elle se laissait transporter au septième ciel par Roland, son futur mari, un roi incontesté des danses alors en vogue.*

La musique guérit tous les maux, ravive les humeurs, donne des couleurs. Roméo chante un air ancien qu'il a jadis roucoulé à sa Céline. Mais soudain, il redevient triste, songeant à son fils Gaston, ce si bon musicien, mort par accident sur une base militaire ontarienne à la fin de la guerre. Marie-Lou et Isabelle jugent qu'il est temps de chanter à nouveau leur Trenet. Roméo sourit, salue les adolescentes qui font une sortie dansante, jusqu'à ce qu'Isabelle se cogne la tête contre le cadrage de la porte. Boum! Y a plus de joie et Isabelle a le blues de la future bosse.

J'ai l'impression que tous les malheurs du monde s'agrippent avec obstination sur Isabelle, sauf dans ses résultats scolaires. Quand elle va à la toilette dans un lieu public, il faut toujours qu'elle entre dans la cabine où la fille précédente n'a pas tiré la chaîne, laissant à la vue de mon amie une répugnante couleuvre de merde. Elle a eu toutes les maladies de l'enfance, l'acné de l'adolescence, s'est cassé un pied et, deux semaines plus tard, s'est brisé une main. L'été dernier, elle a travaillé à ramasser des fraises et s'est donné un tour de rein, tout en étant payée quatre mois plus tard. Et je ne parle pas des abeilles qui l'ont attaquée. Le long des rues, on dirait que les chauffards font des détours pour l'éclabousser. Et les garçons sont attirés par elle dans le seul but de mettre leurs pattes sur ses gros seins, au lieu de l'aimer avec sincérité. Qu'elle se cogne la tête contre la porte de Roméo, tout en chantant, m'apparaît normal. Isabelle aura une incroyable bosse. Et cette bosse, comble de malchance d'Isabelle, deviendra mauve et tardera à disparaître. À l'école, quand les gars et les filles vont lui demander ce qui lui est arrivé, ils vont éclater de rire à la fin de son récit.

Isabelle sait tout ça. Elle pleure un peu, alors que je mouille de peroxyde le gros bobo. Je vais lui servir un verre de cidre et elle mettra sa tête bosselée sur la chaleur de mon épaule et on ne dira rien en écoutant du blues, enchaînant cigarette sur cigarette. La musique nous pénètre et... non! Disons plutôt que la musique nous envahit. J'aime mieux ce verbe parce qu'avec l'autre, connaissant la culture de l'auteur et notre âge... La musique nous envahit de bleu, de larmes, de cœur et des frissons d'une fin de soirée. Le Noir maltraite sa grosse guitare et croasse que sa vie est un calvaire. Cette chanson pourrait s'intituler : « Je vais avoir une grosse bosse dans le front », et, conséquemment, sa femme va le quitter, il va perdre son emploi, le propriétaire va le mettre à la porte, puis, devenu itinérant, il va se faire assaillir par des voyous alors qu'il se couche sur le banc d'un parc, pendant qu'il pleut. Vive le blues!

L'activité fébrile des festivals d'été de Trois-Rivières s'installe dans les bars le reste de l'année. Si leurs propriétaires tolèrent les plus jeunes sur les terrasses au cours de la belle saison, l'hiver venu, cette clientèle est rejetée dans la gadoue. Marie-Lou et Isabelle détestent leur âge quand il est question du petit bar de blues de la rue Notre-Dame. Combien de soirées ont-elles passé à faire les cent pas devant sa porte, à entendre dans un bruit sourd le blues joué par les musiciens invités, s'imaginant à l'intérieur à applaudir ou à tenir la cadence, à s'imprégner des malheurs chantés par les artistes.

Marie-Lou apporte à Isabelle la grande nouvelle que, dès demain, ce bar accueille le nec plus ultra du blues : un trio avec un chanteur noir! Directly from Mississippi, bien qu'on se doute que ce sont des bons petits gars de Trois-Rivières. Ce chanteur se fait surnommer Blind Boy Williams, ce qui impressionne beaucoup Isabelle. Alors, elles préparent le grand coup : demain, elles entreront. Il le faut! Coûte que coûte! Elles se lancent sur le lit, se cachent la tête sous les oreillers en pensant que ce trio pourrait jouer leurs blues favoris et que Blind Boy est beau comme une interdiction. Comment se vieillir? Comment ne pas paraître jeune? En se maquillant! Elles ne pensent pas que ce fard ne cachera pas leur air juvénile. Isabelle passe trente minutes à convaincre Marie-Lou de mettre du papier mouchoir dans son soutien-gorge.

« Arrête! C'est une obsession! Ce n'est pas vrai, ce que tu viens de dire! Je ne suis pas aussi idiote!

– *La grosseur des seins n'équivaut pas nécessairement à l'âge de dix-huit ans.*

– C'est ce que je répète à Isabelle.

– *Ah! tu viens d'avouer!*

– Vieux cochon des années soixante-dix! »

Isabelle tremble. Marie-Lou frissonne derrière elle. En voyant la tête de la première, le portier met les mains sur ses hanches et soupire, puis, dans un geste d'impatience, prend leur cinq dollars et leur ordonne de se tenir tranquilles. Isabelle n'a pas vu que Marie-Lou, son regard à la Jeanne et sa moue misérable, a soudainement attendri ce portier. Mais Marie-Lou se trahit en riant comme une petite fille, dit à Isabelle qu'elles ont réussi à entrer. Oh! quel monde fascinant se révèle! Les garçons aux queues de cheval qui dépassent par le trou de leur casquette, leurs grosses voix d'hommes, ces filles de jeans vêtues qui embrassent de leurs cigarettes le feu tendu par un bellâtre. Le smog de ce petit lieu est propice au blues. Tout est sombre, si sombre : c'est blues! Sur la petite scène s'impatientent trois bancs et autant de microphones. Isabelle et Marie-Lou sont à Chicago, en 1934, attendant Robert Johnson. Mais le barman trifluvien refuse de leur servir de la bière. Coca-Cola blues. Marie-Lou allume une blonde et crée trop de fumée autour d'elle. Elle passe près de renverser sa boisson quand Isabelle lui donne un coup de coude dans les hanches pour désigner, d'un sourire, les trois musiciens accoudés au bar, comme dans un beau rêve américain. D'ailleurs, Blind Boy semble très bien savoir où est son verre et le cendrier. Tant pis s'il n'est pas aveugle! Blind Boy Williams, c'est tellement plus sexy que Jean-François Beaudoin ou n'importe quel nom de Québécois blanc.

Je suis Jeanne et Isabelle est Sweetie. Nous voilà à Montréal, chez les Anglaises, dans un bar clandestin, pour écouter des Noirs jouer du blues. Les frissons nous attendent à chaque seconde. Sweetie bavarde sans cesse, alors que je sors mon crayon et ma tablette pour croquer sur le vif ces anges magnifiques, imprégnés par la soif d'éternité de la nuit bluesée. Pas mauvais, pour une D en français, hein, l'auteur? Les musiciens arrivent! Enfin, je vais vivre le vrai truc! Au Festival d'été du parc Champlain, c'est loin d'être pourri! Mais ces trois gars, particulièrement le Noir, sont des vrais de vrais, surtout dans ce petit endroit surchauffé. Les gens hurlent de joie quand ils accordent leurs guitares. Ils badinent avec le public et commencent par *Hoochie Coochie Man*! Je suis au paradis! Et Isabelle me donne un autre coup dans les hanches. Elle hoche la tête, bercée par le rythme. Mon cœur tient la cadence. Blind Boy a une vraie voix de bluesman, comme sur les vieux disques! Puis il joue de l'harmonica aussi divinement que Little Walter! Les deux guitares acoustiques égrainent les notes qui suintent de sentiments, et le soliste est plus électrique que le meilleur des alternatifs. Les gars portent des grosses bottes de travailleurs pour tenir le rythme sur le plancher. À chaque fin de chanson, on se perd sous les sifflements et les cris de joie. Le trio prend de grandes gorgées de bière. Des filles, tout au fond, dansent et tanguent, des cigarettes bénites entre les doigts. Vite! Je les dessine! Mais Isabelle me fait rater le croquis par un coup de coude. J'ai le goût de la dessiner à son tour. Elle est si belle à vivre son blues! Et cette grosse bosse dans son front va bien avec l'ambiance du bar et les sentiments de la musique. Blues lent! Blues rapide! Harmonica gonflé! Cris des musiciens! L'ambiance! Cette ambiance! Enfin le plus beau moment de ma vie!

Mais voilà deux gros méchants loups qui viennent de prendre en note la jeunesse appétissante de Marie-Lou et d'Isabelle. Ils approchent avec leurs verres de bière, sachant que ces deux petites voudront y tremper leurs bouches lippues.

« Les gros méchants loups! Mais tu vois du mal partout! Ce sont juste deux gentils gars, beaux comme tout, et qui veulent jaser de blues avec nous!

– *En qualité d'auteur, je connais le proche avenir. Et tous les gens qui lisent ce livre ont déjà deviné ce qui va arriver.*

– C'est la preuve que tu n'as pas de talent! Laisse-moi donc tranquille! Tu me déranges dans le plus beau moment de ma vie! Et de plus, t'as pas payé pour entrer! »

On l'aurait juré, ces garçons se vantent bien rapidement d'être experts en blues et de posséder des centaines de disques de ce style. Nous devinons aussi que Marie-Lou et Isabelle s'empressent de dire qu'elles ont dix-huit ans. Ils paient deux bières, que les filles cachent entre leurs jambes, ce qui laisse deviner que nos deux brebis ont une majorité bien timide, craintives que le barman n'aperçoive les verres. L'un des gars connaît personnellement

Blind Boy, l'invite à la table pendant une pause. Isabelle le regarde avec admiration, incapable de dire un mot, alors que Marie-Lou ne peut arrêter son moulin à paroles. Le chanteur dit qu'il est de Trois-Rivières, mais qu'il a voyagé sur le Mississippi l'an dernier. Il raconte son aventure à Marie-Lou qui ne se rend pas compte que son Mississippi ressemble curieusement à la rivière Saint-Maurice.

La soirée du plus beau jour de la vie de Marie-Lou se termine, évidemment, par une invitation des deux méchants loups, oui, des deux méchants loups, à venir écouter quelques rarissimes cassettes de blues à leur appartement. Chancelante d'une bière et demie, Marie-Lou se venge des coups de coude d'Isabelle en lui administrant de grandes claques dans le dos pour la soulager d'un hoquet incessant, rendu effrayant quand elle le parsème de rires inexplicables. Les deux garçons habitent le vieux quartier Sainte-Cécile qui, selon l'opinion de Roméo, était déjà vieux quand il était neuf. Les hautes maisons à trois étages et aux escaliers en queue de cochon, jadis le fief d'infinies familles ouvrières, ne servent plus qu'à loger des étudiants et les plus démunis des Trifluviens.

Deux autres bouteilles de bière décapsulées, la cassette de blues à plein volume, Marie-Lou est assise sagement sur un sofa éventré, Isabelle en face d'elle, quand les deux garçons l'entourent de très près. Isabelle et Marie-Lou veulent bien se faire embrasser par deux beaux garçons. Confiantes de leurs moyens de défense, elles se disent qu'elles sauront vite se débarrasser d'une emprise non désirée. Mais en voyant qu'aucun des deux ne semble vouloir approcher Isabelle, Marie-Lou soupire, plonge ses mains sous son chandail et sort les dizaines de papiers mouchoirs qui l'embêtent depuis quatre heures. La poitrine de Marie-Lou dégonfle comme un ballon, sous les yeux ahuris des deux gentils chiots, alors qu'Isabelle se tord d'un rire incessant qui ressuscite son hoquet. Se tenant par la taille sur les trottoirs, les ados hurlent du blues, jusqu'à ce que la jeune Dion pique une autre crise de « Personne ne m'aime ». Isabelle est le blues. Tout le temps. Marie-Lou projette de la dessiner dès son retour, mais sa mère Sylvie l'attend avec des yeux accusateurs, et, voyant sa trop bonne humeur, la saisit par le collet comme une fillette désobéissante pour lui dire sa façon de penser sur l'heure de rentrée et sur son état honteux. Séparées par quelques kilomètres, cette nuit-là, deux adolescentes ont le blues, tout en ignorant qu'elles viennent de vivre un des moments les plus fantastiques de leur jeunesse.

Je n'ai jamais aimé la musique classique, que je trouve trop élitiste. J'ai toujours trouvé l'opéra ridicule avec ces grandes femmes aux petites voix et ces hommes énormes avec leurs voix proportionnelles à leur graisse ou à leur musculature. Les roucoulades romantiques – sauf quelques cas – me font bâiller d'ennui avec leurs clichés. Pour moi, la musique doit être synonyme de la joie de vivre. Je tiens sans doute ce goût de mon père Joseph, qui ne ratait jamais le passage d'une fanfare dans un de nos parcs. Je trouvais le jazz de Jeanne un peu bruyant au cours des années 1920. La musique ne me préoccupait pas plus qu'il ne faut, jusqu'à ce que je découvre Charles Trenet, sa bonne humeur et sa poésie légère qui faisait honneur à la beauté de notre langue. J'ai bien aimé certains disques de swing que ma fille Renée vénérait au début de la Deuxième Guerre. Une quinzaine d'années plus tard, je m'amusais de la joie de mes petits-enfants adolescents qui ne juraient que par Elvis Presley.

Et me voilà en plein rock and roll depuis deux années, prêtant mon garage pour que mes petits-fils Charles et Robert répètent leur musique en toute paix, avec leurs amis de l'orchestre les Indésirables. Je passe mes temps libres à les aider, à leur trouver des engagements. Je le fais parce que cela m'amuse beaucoup, parce qu'ils sont des jeunes consciencieux, qu'ils ont là un sain loisir qui leur permet des rencontres et des expériences de vie enrichissantes. Au fond de moi, j'espère beaucoup qu'ils réussiront à faire une carrière musicale, pour remplacer celle que mon garçon Gaston aurait pu embrasser, n'eût été de son décès tragique à la fin de la guerre. Gaston allait devenir un musicien extraordinaire, un futur chef d'orchestre.

Mon épouse Céline trouve que Charles, Robert et leurs copains – puisqu'il faut dire copains – mènent un grand vacarme. Elle a raison! Le batteur me donne des maux de tête et Charles, bien qu'habile, ne joue pas toujours très harmonieusement sur sa guitare. Baraque Bordeleau, le chanteur, vocalise très mal! Il ne fausse pas, mais, selon les critères de la nouvelle mode musicale, Baraque jappe de façon efficace. Oui, Céline, les

Indésirables font du tintamarre qu'un petit vieux de mon âge devrait condamner. Mais cette musique est joyeuse et entraînante! Elle est leur jeunesse, tout comme le jazz était celle de Jeanne, comme le swing représentait bien Renée. C'est une musique de communication pour faire sourire et danser, pour que les jeunes oublient leurs tracas, pour que les gens soient heureux.

Les Indésirables se demandent souvent comment il se fait que j'aime leur boucan. Je préfère me taire et les laisser deviner mes sentiments. Parmi tous ces orchestres vénérés par les jeunes, il y a ces Britanniques, les Beatles, qui ont beaucoup de talent. Ils sont d'habiles instrumentistes, chantent très bien et ont des personnalités attachantes. Ils ont composé certaines des plus belles chansons depuis celles de Charles Trenet! Les Indésirables n'interprètent pas tellement de chansons des Beatles. Robert, avec sa guitare acoustique, joue *And I Love Her* pour me faire plaisir. En l'écoutant, je tiens la main de Céline et appuie de ma mauvaise voix le titre répété de la chanson : et je l'aime.

Robert, un des fils de ma Renée, ne vit que pour les disques. Il connaît tous les styles à la mode, toutes les chansons populaires de la radio. C'est un expert! Quand il arrive à une répétition, il a toujours une pile de 45 tours dans un sac, pour les faire entendre à ses copains. Après trois écoutes d'un disque, Robert sait déjà le refrain par cœur et Charles peut tout de suite la jouer sur sa guitare. Charles, fils de ma Simone, est l'instrumentiste le plus talentueux des Indésirables. Il me fait beaucoup penser à mon Gaston, avec sa personnalité discrète et son profond amour pour la musique. Le batteur, Gilles, est un bouffon très drôle. Le joueur d'orgue, Mike, est un curieux garçon qui fume beaucoup, au langage parfois un peu ordurier, mais loin d'être un délinquant. Le chanteur Baraque Bordeleau, au physique très imposant, sous ses extérieurs excessifs, est un jeune homme très à l'écoute des autres. À première vue, sans méchanceté, Baraque peut apparaître un peu simple d'esprit. Mais il est plus malin qu'on ne le croit. Je l'héberge chez moi, car il est très serviable et parce que j'adore le mystère entourant son vrai prénom, que personne ne connaît. En ce sens, il me rappelle un peu Gros Nez le quêteux, qui a habité chez moi entre 1908 et 1914 et pour qui j'avais beaucoup d'admiration, comme en font foi les nombreux feuillets à son propos. Parfois, ma petite-fille Johanne, sœur de Robert, vient aux répétitions avec ses amies de l'école. D'autres fois, c'est Julie, l'amoureuse de Robert, une *jeune intellectuelle un peu hautaine, mais qui se retrouve sur le même pied que tous les autres jeunes quand elle se laisse bercer par la musique entraînante des Indésirables.*

Enfin réunis, mes jeunes travaillent sérieusement. Quand quelque chose ne va pas, Robert donne des ordres et des conseils, comme le capitaine d'une équipe sportive. Ils recommencent tant que la chanson n'est pas à leur convenance. Pendant ce temps, je demeure au fond du garage à les observer, à les écouter, afin d'intervenir par mes propres conseils. Je sais que mes voisins se sont plaints du bruit, mais les Indésirables respectent la loi et il n'y a pas de raison pour que la police les fasse cesser. Les constables sont venus à quelques reprises et, se cognant à mes cheveux gris, sont demeurés polis en constatant que les plaintes n'étaient pas recevables. Je sais que Céline demeure terrée dans le fond de la maison, les oreilles bouchées. Mais quand la répétition se termine, elle accourt vers le garage avec ses bouteilles de boisson gazeuse et son plat de croustilles. Les Indésirables nous gardent jeunes! Comme tous nos enfants sont mariés, les Indésirables nous donnent l'impression d'être encore parents d'adolescents turbulents.

Je n'ai jamais osé leur demander s'ils pouvaient, juste le temps de dix minutes, apprendre une composition de Charles Trenet, afin que je puisse devenir leur chanteur. Qui sait? Je pourrais devenir moi aussi une vedette de la radio et de la télévision en chantant Boum!, *accompagné par mes copains dans le vent les Indésirables!*

Roméo Tremblay, septembre 1965

Là, j'arrête tout! La peinture, le blues, le commerce de T-shirts, les études au cégep et cette collaboration à ce maudit roman idiot et interminable de ce vieux con. Salut! Contente de vous avoir connus! Oh! je peux bien avouer la raison de ce départ. Ce n'est pas par désenchantement ou par lassitude : c'est parce que je suis en amour. Pour de vrai! Je veux dire, du solide, du sérieux! Du style qui n'arrive qu'une fois dans la vie. Du genre que ma mère, cette courailleuse des années soixante-dix, n'a jamais été capable de vivre! Tiens! Un peu comme Roméo avec sa Céline! Le coup de foudre! L'amour, toujours! Et réciproque, de plus! Lui pour moi et moi pour lui! Tout est beau, tout est lumineux. Rien d'autre ne peut m'intéresser maintenant que je l'ai dans la peau. Oui, je me ferais teindre en blonde s'il me le demandait, mais il aime bien mes cheveux orangés, tout autant que j'adore sa longue tignasse, même si elle le fait ressembler à un musicien des années soixante-dix. Il s'appelle Tristan Thivierge. Salut, là!

« *Menteuse.*

– Comment, menteuse?

– *T'es pas plus en amour que les autres fois.*

– Les autres fois? Il ne peut y avoir d'autres fois! On sait bien! Les gars de ta génération ne peuvent pas croire qu'une femme de mon âge puisse être vraiment amoureuse! Tu veux la preuve de notre amour? Hein? Tu la veux?

– *Essaie toujours.*

– Tristan et moi, on va passer un test de dépistage du sida afin de se débarrasser des condoms.

– *Comme c'est romantique!*

– Si ta génération avait pris des précautions, on ne serait pas pris avec le sida, nous, les jeunes de la fin du siècle! C'est de votre faute! Et quand je te dis qu'un homme et une femme veulent passer le test de dépistage, c'est qu'ils vivent un amour sincère et sérieux! Excuse-moi pour la façon stupide dont je quitte ce roman, mais, au fond, je m'en fiche bien. Je me fous de tout, sauf de Tristan.

– *Sortez les violons.*

– Va donc chier six cents fois, espèce de vieux con des années soixante-dix! »

Marie-Lou dévore la bouche de Tristan, tout en portant sa main fiévreuse vers sa fermeture éclair qui résiste avec peine au chaud désir gonflé du garçon. La paume de ses mains se délecte de la forme arrondie et impatiente des petits seins aux mamelons durcis par le désir et...

« Ah non! Tu arrêtes ça tout de suite!

– *C'était juste pour te faire revenir.*

– Vicieux! Je le sais depuis le début de ce livre que tu n'es qu'un maniaque, un voyeur, un obsédé!

– *Puisque je te dis que ce n'était que pour te faire revenir.*
– Je m'en vais quand même. Salut!
– *Et Isabelle?*
– Isabelle... ne me parle pas d'Isabelle... »

Si Marie-Lou voit toujours Isabelle au cégep, elle lui téléphone de moins en moins, ne sort plus avec elle, trop occupée à passer ses temps libres avec Tristan. Marie-Lou se jure qu'elle doit rendre visite à son amie, mais quand sa main touche le combiné du téléphone, c'est vers son grand amour qu'elle dirige son appel. Avant de s'endormir, prise de remords, Marie-Lou se dit qu'elle est injuste envers Isabelle, que, dès demain, elle l'invitera au restaurant. Mais elle oublie tout à son réveil. C'est le drame des amours adolescentes : elles sont un peu égoïstes et ne savent pas faire la part des choses. Quelle grande tristesse injuste de voir Marie-Lou négliger une si belle et profonde amitié à cause de ce garçon qui n'en vaut vraiment pas la peine.

« C'est un roman ou une tribune téléphonique de radio, ton truc?

– *C'est un roman.*

– Tes opinions et tes jugements, garde-les pour toi! Tu es comme ma mère! Tu ne peux comprendre mes sentiments!

– *Comme c'est joli ce que tu viens de dire là.*

– Et d'abord, je ne suis plus une adolescente, mais une femme! Je vais être majeure bientôt! Alors, tes niaiseries adolescentes, tu peux te les mettre où je pense!

– *Qu'est-ce que Roméo dit de ton histoire d'amour?*

– Roméo... Ne me parle pas de Roméo... »

Marie-Lou serre les lèvres, essuie de sa main la source d'un sanglot et se juge cruelle d'ignorer ce pauvre Roméo à cause de Tristan. Mais dès demain! Et l'histoire se répète... À l'âge de Marie-Lou, Roméo était déjà fiancé et se préparait à se marier. Ce n'était pas qu'une petite affaire, en 1914! Aujourd'hui, il se sent un peu déçu de la fragilité des amours, de leurs formes multiples qui donnent naissance à une infinité de mots valises où il ne se retrouve pas. Parfois, il se permet de penser que tout aurait été mieux dans la famille de Sylvie si elle avait trouvé le grand amour, synonyme de stabilité. Avoir trois enfants de trois pères inconnus est une forme de famille que Roméo comprend mal, même s'il sait que Sylvie est une excellente mère pour Stéphane, Louis et Marie-Lou. La jeune peintre aux cheveux orangés a maintes fois dit au vieil homme qu'elle n'imitera pas sa mère et qu'elle aura une vraie famille, dans le sens de la tradition chère au cœur de Roméo.

Le vieillard a souvent répondu aux questions de Marie-Lou sur son amour pour Céline. Roméo n'a connu qu'elle! Cinquante-six ans de mariage, plus cinq années de fréquentations. Et le jour de son centième anniversaire, répondant à une blague de son fils Christian sur les femmes à conquérir, Roméo, poliment offusqué, avait répondu qu'il était toujours amoureux de Céline. Ceci avait beaucoup impressionné Marie-Lou qui avait joint les mains et souri comme une romantique de la Belle Époque. Bien sûr, les temps ont changé. Passer sa jeunesse aux côtés d'un seul garçon, quelle idée aberrante pour Marie-Lou! Mais elle est certaine que ce Tristan est le bon, son vrai de vrai, l'incontournable, le réel, son Roméo.

Je ne suis pas aussi méchante que l'auteur le croit. Je m'empresse de présenter Tristan à Roméo. Mon amour est très intéressé à voir un homme si vieux, d'autant plus que je lui en ai parlé en bien pendant des heures. Tristan pousse la politesse à porter une cravate pour cette rencontre, ce qui m'incite à mettre une jupe. Ainsi, nous aurons l'air très sains aux yeux de Roméo. Mon arrière-grand-oncle voit de plus en plus mal, mais on dirait qu'il me reconnaît à l'odeur! Quand j'entre, il se raidit tout de suite et dit mon prénom, même s'il regarde dans la mauvaise direction. Quand j'approche, il passe toujours ses mains sur mon visage pour me dire bonjour. Je lui présente Tristan et il croit qu'il s'agit d'Isabelle après avoir effleuré les cheveux longs de mon homme. Tristan est un peu mal à l'aise face à la vieillesse de Roméo. Pourtant, il avait tant de questions à lui poser. Tristan a peine à comprendre ce que Roméo raconte. Il est vrai que je suis habituée à lui, que je l'ai vu vieillir sans me rendre compte que son âge très avancé lui faisait perdre sa belle diction d'autrefois. Mais il est loin d'être sourd, mon Roméo! Il se rend vite compte que Tristan ne parle pas comme Isabelle! Avant de partir, je lui souffle à l'oreille que Tristan est mon Céline. Content, Roméo me serre les mains en souriant, hoche la tête de satisfaction. Je sais qu'il me croit, lui. Je sais qu'il me comprend, lui. Et même que je sens Jeanne m'approuver. Même si mon arrière-grand-mère était lesbienne, j'ai l'impression que son sang qui coule dans mes veines confirme que Tristan est le grand amour de ma vie et que je l'aimerai comme elle a chéri Sweetie.

Quand je pense aux autres pauvres gars que j'ai prétendu aimer! Quelle naïve et idiote j'étais! Ah! ces Philippe Beaudoin, Frédéric Jarbonsky, Benoit Gosselin, Alexandre Paquin, Jordan Savignac, Sylvain Dubé, Antoine Couture, Luc Deschênes, Luis Gonzales-Thibodeau, Julien Lafortune, Nicolas Paquin, Victor Grabarkewitz, Maxime Jeffrey, Rémi Blanchette, Steve Dubois, son frère Jackson Dubois, Jonathan Rose-Cyr, Dominic Lessard, Louis-Marc Dufresne, Jean-François Pagé, Michel Samson, Jérôme Vachon-Rousseau, Marc-André Julien...

« *Tu n'exagères pas un peu, non?*

– Pourquoi me coupes-tu la parole?

– *Tu as été amoureuse de tous ces garçons?*

– Bien sûr! Au secondaire, on en rencontre beaucoup, des gars!

– *Ah! ce sont des amis! Pas des amoureux!*

– Ils ont tous été mes petits amis. Ils m'ont tous embrassée. J'ai même couché avec beaucoup d'entre eux. Mais au fond, vieux con, tu as raison de dire qu'ils n'étaient pas des vrais amoureux sérieux. Tristan, c'est le vrai de vrai!

– *À la fin du chapitre, je ferai sonner les cloches et j'enverrai des nappes sucrées de violons.*

– Tu n'es qu'un jaloux de mon bel amour! Tu n'es qu'un vieux garçon avec une vieille chatte! Et puis, j'ai déjà dit que je ne fais plus partie de ce livre! »

De la fin de l'enfance, et parfois même au cœur de l'enfance, jusqu'aux soubresauts inattendus de la vie adulte, garçons et filles de l'adolescence doivent, pour être « dans le coup » et répondre aux impératifs publicitaires de la télévision, des chansons, des romans et des films, doivent, dis-je, absolument avoir une blonde ou un chum. C'est comme un règlement. Celle ou celui qui ne s'y conforme pas est un peu le ou la chouchou des profs. Cependant, cette dernière constatation ne s'applique pas réellement à Marie-Lou Gauthier qui, comme on le sait, n'aime pas la banalité. L'amour n'a été pour elle qu'un passe-temps entre deux toiles ou quelques sorties avec Isabelle. Elle n'a jamais porté l'étendard « Regardez, les filles! Moi aussi, j'ai un chum! » Parfois, ils étaient là, comme pour répondre à un besoin physique ou affectif, comme une distraction. Bien souvent, à l'école secondaire de La Salle, son amitié profonde avec Isabelle a été perçue comme un signe d'un certain amour particulier. Alors, pour faire taire les rumeurs, Marie-Lou accrochait de ses charmes un garçon ou répondait rapidement aux suggestions de certains.

Isabelle Dion est moche, selon les standards adolescents de beauté. Elle n'a ni un gros nez ni des oreilles pendantes, pas même des mauvaises dents ou des yeux trop minces. (À ce point, j'ouvre cette parenthèse et chuchote très bas pour dire que, si Isabelle n'est pas très jolie, elle a tout de même un corps plutôt sexy.) Mais Isabelle a la peau presque blanche et lisse, des cheveux épouvantables qui ressemblent à des fils de barbelé. Isabelle ne sait pas sourire, rougit tout le temps. Elle est mal habillée, vient d'un milieu social défavorisé et est une première de classe. Isabelle est une jeune vieille fille. Le temps passera et Isabelle, devenue adulte, sera un grand succès auprès d'hommes matures qui recherchent l'intelligence et la bonté de cœur chez une femme. Mais au cours de l'adolescence, les garçons pointent surtout tout ce qui brille et peut les valoriser auprès de leurs semblables. Or, Isabelle ne fait pas partie de cette catégorie.

Isabelle aussi a sa liste d'amoureux. Mais Marie-Lou sait qu'elle tient surtout place dans son imagination et, parfois même, du simple fait qu'un garçon lui a offert un beau sourire, après lui avoir parlé dix minutes. Il y a deux ans, un gars lui avait tenu la main pendant une répétition de théâtre étudiant, comme exigé par l'enseignant metteur en scène, et Isabelle avait parlé de ce moment comme du zénith de sa vie amoureuse. Passer tout son secondaire sans avoir été embrassée! Quelle honte! Quel gâchis! Et comment réagira cet homme qui osera enfin poser ses lèvres sur les siennes et qui constatera qu'Isabelle ne sait pas comment s'y prendre? Isabelle possède un A + en théorie de la sexualité, telle qu'on le lui a enseignée au cours de son séjour à l'école secondaire. Mais elle craint que le moment venu de mettre le tout en pratique, elle se retrouve avec un D.

Pauvre Isabelle qui s'ennuie, alors que Marie-Lou passe tout son temps avec Tristan! Elle se cache à la bibliothèque municipale jusqu'à l'heure de fermeture, avant d'aller prendre un café dans un restaurant de la rue des Forges. Elle enlève ainsi à sa vie cinq heures de bruit, loin du bunker câblé de ses parents. Parfois, Isabelle rêve à ce boutonneux si gentil qu'elle rencontrera à la bibliothèque. Elle écrit tous ces beaux rêves dans son roman secret qui, si elle s'avisait de le rendre public, la ferait paraître bien naïve pour une jeune fille des années 1990. Voilà que sa seule amie, sa si précieuse amie, l'ignore cruellement sous prétexte d'être amoureuse. Qui donc pourrait donner à Isabelle toute son affection dont son pauvre cœur a tant besoin? Contre quelle épaule poser sa tête, quelle main tenir, sur quelles lèvres tracer un contour avec le bout de ses doigts? Isabelle n'a rien, rien d'autre que son blues de mal aimée. Il n'y a plus d'oiseaux, il n'y a plus rien de beau.

C'est vrai que je suis dégueu pour Isabelle. Elle a besoin de moi. Quand je dis à Tristan que je ne peux pas le voir, il raccroche presque immédiatement. Je sens une peine étrange en pensant que je l'ai peut-être chagriné, qu'il ne pourra pas m'embrasser ce soir. Mais je dois voir Isabelle! Quand je frappe à sa porte, ses parents tardent à m'ouvrir. Pourtant, comme d'habitude, je vois les néons fantomatiques du téléviseur frapper les murs de cette H.L.M. hantée par les téléromans et les sports. Après un troisième essai, le père m'ouvre promptement, pendant un commercial qu'il n'aime pas. Mais je n'en suis pas très certaine, car, soudain, il se tord le cou pour ne pas en rater une seconde. Il ne sait pas où est sa fille. Il s'en fiche. Sa présence horrible me rappelle avec urgence la promesse qu'Isabelle et moi avions faite de déguerpir de chez nos parents à notre majorité. Or, Tristan et moi, on a parlé qu'à mon prochain anniversaire de naissance... Comment pourrais-je trahir Isabelle et rompre une promesse si importante?

Je la cherche au petit casse-croûte du boulevard des Récollets où elle va parfois flâner. Puis au cégep. Peut-être est-ce le soir de son atelier d'écriture? Puis je file vers le centre-ville dans un autobus bruyant et trop lent. Je n'ai pas apporté mon baladeur pour couvrir les sons de leur radio crétine, et ce voyage de quinze minutes devient vite un cauchemar! Je vais tout de suite à la bibliothèque. Ah! je m'en doutais! Et je suis certaine que le vieux con des années soixante-dix qui écrit ce livre le savait et qu'il vient de faire perdre mon temps et le vôtre avec le dernier paragraphe, alors qu'il aurait été plus simple que je me rende tout de suite à la bibliothèque. Si son éditeur laisse passer une telle imbécillité, j'aurai la certitude d'avoir raison de dire que les livres m'embêtent, car ils sont trop longs et répétitifs.

Isabelle dévore des bouquins à la tonne. En la voyant de dos, j'en aperçois une montagne sur le pupitre. Je lui donne un gros bisou dans le cou. Elle sursaute et rit, me demande tout de suite si j'ai laissé tomber Tristan. Quand je lui réponds négativement, son sourire s'efface aussitôt, ce qui trahit un fait flagrant : Isabelle s'ennuie de moi. Je suis vraiment impardonnable! Nous nous retrouvons au café pour nous donner des nouvelles. Comme je ne lui parle que de Tristan, elle est un peu déçue. Elle cache son ennui en me résumant ses dernières lectures, me parle de ses projets de romancière et même de la nostalgie de nos études au secondaire, alors que nous pouvions nous voir tous les jours. Oh! je sais que les mots sont superflus : Isabelle veut que je l'enlace, que je la respire, que je lui tapote dans le dos comme si c'était un bébé. Elle veut sentir son corps près du mien. Je l'invite à coucher chez moi, comme autrefois. Mais Tristan est à la maison, à bavarder avec ma mère.

Quand Marie-Lou s'accroche à Isabelle, Tristan ne comprend pas trop la signification du geste. Marie-Lou ne lui a presque pas parlé de son amie. Il ne sait pas qui peut être cette fille à l'air bizarre. Il se rend surtout compte que, pour une rare fois, sa jeune maîtresse le refuse. Au salon, Marie-Lou tente en trois minutes de résumer treize années d'amitié. Elle termine cette confidence à Tristan par un coup de tête : n'aurait-il pas un bon ami célibataire qui pourrait s'intéresser à Isabelle? Ce serait si bien de sortir en couple, ce qui permettrait à Marie-Lou d'être tout le temps et avec Tristan et avec Isabelle. La jeune Dion juge cette idée idiote. Aucun garçon ne veut d'elle, voilà la fatalité dont elle est depuis longtemps convaincue. Mais quand elle ferme la lumière, elle se dit qu'au fond, ce serait peut-être très bien. Elle envie Marie-Lou d'être amoureuse. Celle-ci répète souvent sa demande à Tristan, si bien qu'une rencontre s'organise dans une brasserie, près du cégep.

Le garçon trouvé par Tristan est du genre athlétique de salon, le pitre du fond de la classe, le gringalet bedonnant qui doit connaître beaucoup d'histoires de newfies, même si plus personne ne s'intéresse à ce type de blagues. Isabelle agit comme une gamine timide, ce qui contraste avec l'exubérance énervante de ce Yannick. Les quatre expérimentent la sortie de couple dans une boîte de nuit alternative. Isabelle sirote sa bière, car elle sait malheureusement qu'un demi-verre la rend ivre et qu'un verre complet la fait hoqueter comme une truie. Tristan et Marie-Lou donnent l'exemple en ne cessant de se tenir les mains et de s'embrasser. Yannick regarde à peine celle qu'on lui destine et, quand il se résout à le faire, il vise plutôt la générosité du chandail de laine d'Isabelle. Finalement, il décide de s'intéresser à elle. Il approche la chaise si rapidement qu'Isabelle sursaute et se raidit. Une bière plus tard, le son hurlant des guitares est couvert par des violons romantiques et des chabadabada. Quel bonheur! Pour la première fois de leur vie, les inséparables ont des amoureux. Elles échangent des secrets et parlent sans cesse de leur enchantement. En peu de temps, Isabelle devient follement amoureuse de Yannick, un garçon qui, de prime abord, ne l'intéressait pas du tout. Le quatuor va au cinéma, dans les bars, à une fête étudiante du cégep. Ce sera si formidable pour Noël qui arrive bientôt. Isabelle rêve de passer cette fête dans une vraie famille, comme celle de Yannick. Mais après quinze jours, le beau rêve craque alors que Marie-Lou reçoit une Isabelle en larmes entre ses bras, jurant qu'elle ne veut plus vivre, que son existence n'est qu'une pitoyable suite de malchances. Yannick n'avait qu'un but : un petit tour sous les couvertures et puis s'en va. En furie, Marie-Lou cherche cet imbécile pour lui boxer sa façon de penser, mais se heurte plutôt à Tristan qui avoue que, devant une fille « équipée » comme Isabelle, un gars n'a pas trop de temps à perdre avec une pichou après la nuit folle désirée et obtenue.

« Qui?

– *Tristan. Le grand amour de ta vie.*

– Qui?

– *Tristan...*

– Je ne sais pas de qui tu parles, vieux con des années soixante-dix. Tu me déranges! Tu ne vois pas que je suis occupée avec Isabelle? »

La lumière bleue du sous-sol de Marie-Lou se marie avec le vieux blues braillard d'un Noir, alors qu'Isabelle, couchée sur le ventre, grille cigarette sur cigarette, un crayon contre son oreille droite, à chercher la bonne rime pour son poème sur l'amitié. Pendant ce temps, Marie-Lou fait danser sa plume sur une tablette à dessin et crée un bruit qui donne la chair de poule à Isabelle, se levant brusquement pour entourer Marie-Lou de ses bras et lui donner des becs dans le cou. Qui a besoin d'amour quand on a une si grande amitié?

Cinquante ans de mariage, ça se fête en grand! Et mes bons enfants, leurs propres gamins et gamines, ont tout mis en œuvre pour nous laisser, à Céline et à moi, un souvenir inoubliable. Céline a eu ses fleurs et j'ai mangé du gâteau comme un adolescent gourmand. Nous avons dansé la valse pour les caméras et les appareils photos de tous ces braves petits, qui n'auraient jamais existé n'eût été de ma rencontre et de mon coup de foudre pour cette jolie Céline Sicotte, en cet été 1909, sur la plage de l'île Saint-Quentin.

Mais j'ai peut-être déçu mes enfants par mon discours qu'ils ont réclamé à grands coups de fourchettes sur les tasses, tout le long du souper. Je leur ai dit que la date était exacte pour fêter une noce d'or, mais que, pour moi, ce cinquantième anniversaire

a été atteint cinq ans plus tôt. L'amour ressenti pour ma belle date en effet de ce moment de 1909, et non de notre mariage du 14 mai 1914.

Je me sens si gauche en m'efforçant d'écrire ce feuillet à propos de mon histoire d'amour. On dirait un jeune qui essaie de signer une carte de la Saint-Valentin. Et tout a tellement été dit et chanté sur l'amour! Je vais tenter une approche qui, si elle n'est pas inédite, aura la particularité de cerner des moments de ma vie d'éternel amoureux de Céline.

Quand j'ai connu Céline, elle portait de longs cheveux roux, soigneusement placés en chignon. Aujourd'hui, sa crinière est courte et grisonnante, ce qui donne des reflets argentés à sa rousseur d'origine. En tout temps, les hommes se laissent toujours séduire par la chevelure des femmes. Combien de fois entend-on dire qu'une telle coiffure va bien à l'une, mal à l'autre? Les cheveux roux de Céline grisonnent, doucement, en harmonie, comme en amour avec les miens. Nous avons passé notre vie main dans la main et me voici à affirmer que nous avons fait cette longue route cheveux contre cheveux!

La jeune Céline était bègue. Depuis cinquante ans, elle s'est beaucoup améliorée, principalement parce qu'elle observe toujours une petite hésitation, signe de sa concentration, avant de parler. Maurice, le plus âgé de nos enfants, se souvient très bien que les autres petits du quartier se moquaient de sa mère en bégayant. Mon plus jeune, Christian, ne comprend pas trop ce que Maurice veut insinuer par cette histoire. Il n'a jamais entendu Céline s'accrocher péniblement aux premières syllabes des mots, comme Maurice et moi l'avons fait. Quand elle est très contente, suite à une surprise ou à une émotion forte, Céline bégaie comme aux jours de sa jeunesse. Mais, depuis, elle a appris à rire de ce défaut. Plus jeune, chacune de ces hésitations était un drame qui lui faisait honte. Dès les premiers jours de nos fréquentations, je n'ai pas tenu compte de ce handicap de Céline. Et c'est curieux, aujourd'hui, j'aimerais l'entendre bégayer un peu plus, car je m'ennuie tant de ses « Oh! tttt tttt ttttoi! » Quand cela lui arrive, elle rougit, car nous savons que nous avons de nouveau seize ans.

Jadis, les femmes n'avaient pour idéal que le mariage, afin d'élever des enfants. Aujourd'hui, plus instruites, plusieurs désirent mener une carrière, même après le mariage. Céline s'est unie à moi par amour et pour répondre au rêve de toute bonne fille de son époque : fonder une famille. Maintenant que nos cinq enfants vivants sont adultes, c'est la visite des petits-enfants qui agrandit notre bonheur. Céline les connaît tous très bien et chacune de leurs bruyantes intrusions dans notre maison fait fleurir une joie formidable entre nos murs. En leur présence, Céline et moi sommes encore des jeunes parents de vingt-cinq ans.

Avec le mariage venait automatiquement la tenue d'une bonne maisonnée. Comme je suis moi-même très rangé, héritage précieux de mon père Joseph, notre foyer a toujours été étonnamment propre. Au début de notre vie de couple, Céline détestait que je passe un coup d'eau sur le prélart du salon, jugeant que ce n'était pas un ouvrage d'homme. Depuis, nous avons appris à partager ces tâches. En harmonie, je balaie alors qu'elle frotte, comme lorsque nous avions trente ans.

Céline – et Dieu m'est témoin que je m'en souviens si bien! – a raté son premier repas de femme mariée : un pain de viande très dur et réfractaire à la lame de mon couteau. Elle avait pleuré de douleur et d'embarras, ce que j'avais trouvé exagéré. Depuis, Céline a accompli ce devoir d'épouse en experte. Mais quand elle me fait cuire un pain de viande, je dis toujours qu'il est un peu dur, car je veux la voir serrer les lèvres et retrouver le visage de ses dix-huit ans.

On ne parlait pas de sexe, à cette époque. Il était plutôt question du devoir conjugal. Dire qu'il n'y avait pas de plaisir serait mentir. Encore aujourd'hui, dans l'intimité de l'écriture de ce feuillet, je n'ose pas parler de sexe, même si j'ai des opinions sur ce sujet à propos de Céline. Hors notre devoir conjugal, il y avait aussi la tendresse. Une famille ne peut naître dans l'autosatisfaction. J'embrasse et je touche Céline. Je sais que nos enfants aiment nous voir faire ces gestes, car ils se disent que nous sommes de grands amoureux, que je suis le Roméo de Shakespeare qui ne veut rien savoir de Juliette et jette toute sa tendresse sur Céline. Je ne pourrais pas supporter ma vie sans toucher Céline. Au salon, j'ai ma chaise de lecture. Quand Céline arrive pour regarder la télévision, elle s'assoit sur le sofa du fond. Je quitte ma place pour l'y rejoindre. Il n'y a pas longtemps, fatiguée par la bêtise d'une émission, elle a posé sa tête contre mon épaule. J'ai senti son odeur, sa présence chaude et, de nouveau, j'ai eu vingt ans, trente ans, quarante ans, cinquante.

Quand Maurice a été en âge de prendre soin de ses sœurs

Simone et Renée, Céline et moi avons repris avec joie nos balades dans les rues de Trois-Rivières. Maintenant, tous les jours, après le souper, Céline met son manteau pour continuer ce rituel. Nous nous prenons les mains et regardons notre ville, les grands arbres des parcs, les visages des gens. Et nous sommes roi et reine, toujours si jeunes.

Moi, un peu rêveur, Céline, terre à terre, elle a toujours eu un sens des responsabilités plus aigu que le mien. Elle me rappelle encore à l'ordre et moi, comme « une jeunesse », je maugrée un peu. Mais j'obéis, comme depuis toujours, car elle a souvent raison. Sans Céline Sicotte, il n'y aurait pas eu de Roméo Tremblay. Heureux de ses bons conseils, en retour, je lui ai appris à rêver éveillée, à s'émerveiller devant les petites choses de la vie. Le contrat est ainsi respecté à l'inverse : sans Roméo Tremblay, il n'y aurait pas eu de Céline Sicotte.

La jalousie? Je ne crois pas. L'infidélité? Jamais! Au début des années 1930, quand je recevais quelques amis de la Société d'histoire de la Mauricie, Céline arrivait presque à rougir en regardant le jeune poète et journaliste Clément Marchand. Elle le trouvait beau, tout comme j'aimais beaucoup, quelques années plus tôt, la jolie présence de Sweetie, la grande amie de ma sœur Jeanne. Mais notre amour était comme l'étalage d'un magasin de jouets visité par deux enfants sages : on regarde mais on ne touche pas! Il ne fallait pourtant pas vivre dans une prison des sens et s'empêcher d'admirer ceux et celles qui étaient plaisants. Jalousie? Infidélité? Et pourquoi donc? Voilà notre vie : pleine et pourtant calme. « Ennuyante », diront les envieux. Mais chaque journée de ce grand amour se réfère à ce sentiment complet vécu par Céline et moi, en ce jour de juillet 1909 sur la plage de l'île Saint-Quentin.

Oh! je mens un peu... Je dois ajouter un nouvel élément à notre amour, un fait absent de notre longue vie commune et apparu tout récemment : la peur. Les cheveux gris ne peuvent que trahir notre vieillissement. L'un de nous devra quitter avant l'autre. Et cette peur silencieuse, sournoise, Céline et moi n'arrivons pas à en parler. Mais je la sens quand elle me serre la main plus fort et elle la devine quand je la regarde, heureux, à chaque réveil. Puisse Dieu, dans sa justice, sa bonté et sa compassion, faire en sorte que son appel venu, il nous prendra main dans la main, en même temps. Sinon, je ne sais pas de quelle façon je

pourrais survivre... Si ce malheur m'arrivait, je devine à peine ma souffrance. Mais j'aime trop la vie pour la refuser. Je continuerai mon parcours, sachant qu'au bout de cette belle route, au paradis, Céline m'attendra en me tendant son cœur.

Roméo Tremblay, avril 1964

Ma mère vient d'avoir un nouveau bébé qu'elle va baptiser Louis. Au cours des derniers mois, Stéphane et moi avons eu bien du plaisir à coller nos oreilles sur son gros ventre pour entendre Louis donner des coups de poing. Et on a eu autant de joie à voir le bureau de notre mère se transformer en chambre pour bébé. Stéphane et moi cherchions qui pouvait être la papa. Avec un peu de chance, il viendra peut-être donner des cadeaux à Louis et s'attachera à nous, pour devenir notre père. C'est peut-être ce monsieur qui joue de la guitare, ou celui qui porte une cravate avec des Mickey Mouse dessus. Stéphane est certain que le vrai papa est celui avec des grosses moustaches. J'espère que non!

J'aime bien regarder le monde de près, de très près. Assez pour apercevoir les petits boutons de peau et les fissures sur les lèvres. Tellement près que je peux me voir dans les yeux. Ensuite, je me regarde de la même façon dans un miroir et je me dis que je ressemble un peu à maman, et beaucoup à Jeanne. Je ne ressemble pas au papa que je n'ai jamais connu. Il devait être bien laid pour ne m'avoir laissé que la beauté de maman et de Jeanne. Stéphane, lui, est le portrait de son père, qu'on ne connaît pourtant pas non plus. Mon frère n'a rien de notre mère, sinon son petit menton. Maman n'a pas un gros nez comme celui de Stéphane! Alors, on cherche sur les vieilles photographies des albums pour trouver un homme avec un gros nez, mais nos fouilles n'aboutissent à rien. Maman n'a pas eu le temps de le photographier. Elle déteste quand nous lui demandons qui sont nos vrais papas. Elle change toujours le sujet de conversation. Mais peut-être que, cette fois, le papa de Louis va venir, qu'il va rester et nous adoptera, Stéphane et moi.

« Est-ce que tu as un papa et une maman, toi?

– *Oui.*

– Est-ce que ce sont les mêmes pour tes frères et tes sœurs?

– *Oui.*

– Comme c'est bizarre! Comment il faut t'appeler? Multiparental? Uniparental? Moi, ça me mêle, tous ces noms. Je sais juste le mien : monoparentale.

– *Et Isabelle, qui a son papa et sa maman? Comment tu les appelles?*

– Des imbéciles.

– *Marie-Lou, ce n'est pas très gentil...*

– C'est ce que je veux que tu dises. Mais à mon âge, c'est vrai qu'on ne dit pas des choses comme ça. On est trop niaiseuse. C'est juste dans les romans comme le tien que les petites filles de mon âge ne sont pas niaiseuses. »

Marie-Lou apprend un nouveau mot à la récréation. Ce matin-là, François-Sébastien Montplaisir-Vadboncœur dit à tout le monde qu'il vit une nouvelle situation familiale : le couple reconstruit. Marie-Lou garde silence en l'observant, ayant peur de poser la question qui la fera passer pour une stupide. Ou pas. Ou peut-être. Quoi qu'il en soit, elle tente l'expérience et dit à François-Sébastien que, si ses parents sont reconstruits, est-ce que ça veut dire qu'ils étaient défaits, comme dans un jeu de legos? Les rires fusent de partout et Marie-Lou se jure qu'à l'avenir, en cas de doute, elle se la fermera.

Mais l'enseignante parle du cas : le papa était parti vers une autre blonde et, tout à coup, il décide de revenir habiter avec la maman et d'être à nouveau son amoureux. Marie-Lou n'avait jamais entendu parler de cette nouvelle invention, qui la fait soudainement rêver. Et si, tout à coup, son vrai papa décidait de... Maladroitement, Marie-Lou demande à Sylvie à quelle heure va revenir son père. Deux semaines après un accouchement, ce n'est peut-être pas le bon temps pour poser une telle question. Sylvie hausse un peu le ton pour rappeler à sa fillette qu'elle lui a déjà expliqué cent fois qu'elle n'a pas de père, mais juste une maman, tout comme Sébastien et Louis. Parfois, Marie-Lou ne comprend rien à la vie. Il vaut peut-être mieux se taire. Mais elle n'y peut rien, ne pense qu'à ce grave problème, tout comme Sébastien. Roméo, si savant, va solutionner le cas et tout lui expliquer.

Le vieil homme prend la petite sur ses genoux et transforme le drame en histoire. Mais Marie-Lou n'a pas le goût d'entendre une fable. Elle lui demande combien de blondes il a eu dans sa vie, à part Céline. L'enfant sait très bien la réponse, mais espère que, peut-être, Roméo apportera un nouvel élément secret en lui avouant qu'il a eu huit amoureuses, et Céline, six galants. Mais dans l'ancien temps, il semble que la vie était moins compliquée : on s'aimait, on se fréquentait, on se mariait et on demeurait les seuls parents d'une ribambelle d'enfants. Marie-Lou sait pourtant que son arrière-grand-mère Jeanne était la monoparentale de sa mamie Bérangère. Marie-Lou demeure dans la lune, alors que Roméo termine son histoire à propos du mariage, de l'amour, du respect et de cette matière scolaire qu'on appelle bon Dieu ou Jésus (selon les trimestres du calendrier de l'école).

Il y a une fille à l'école, Line Colombier, qui est bien bizarre parce qu'on dit que ses parents sont dans des insectes et qu'ils voient Jésus partout. En religion, elle a A + et fait des signes sur son front, chaque matin, tout en fermant les yeux comme lorsqu'on a une grande envie de pipi. On ne joue pas beaucoup avec elle, car elle n'arrête pas de parler de cet insecte. Mais, en me souvenant de ce que Roméo a dit à propos de Jésus, je prends le risque d'en glisser un mot à Line. Ça a duré cinq récréations. Pour résumer, elle dit qu'en priant Jésus, on peut obtenir des rêves, mais qu'il faut croire et avoir confiance en lui. C'est bien compliqué. Pour prier, il faut joindre les mains, se mettre à genoux, fermer les yeux et parler à Jésus devant un bonhomme planté sur une croix. Super-compliqué. Alors, j'essaie ce truc. Je n'ai rien à perdre. Je dessine une croix avec le bonhomme cloué, comme sur le modèle montré par Line. Et puis je demande à Jésus de ramener mon papa et celui de Stéphane, avec son gros nez. Sans oublier celui de Louis. Quand j'ouvre les yeux, personne ne sonne à la porte. Pourtant, il me semble que j'ai bien suivi le mode d'emploi de Line. Je lui en parle pour lui demander si j'ai fait une erreur. Ça a duré cinq autres récréations. Je préfère en jaser avec l'enseignante qui, à son tour, semble vouloir faire des heures supplémentaires. De retour chez moi, je dessine une plus belle croix et m'agenouille dessus, au lieu de devant. Peut-être que Jésus va plus me remarquer, dans ce cas-là. Mais voilà maman qui me surprend. Je lui dis que je répète les leçons de la période de religion. Elle me croit, mais on la dirait embarrassée. Je lui demande si Jésus a déjà fait des miracles pour elle. Un miracle, c'est une affaire qui ne se peut pas et qui arrive quand même, un peu comme dans les films. Du genre obtenir A + en mathématiques ou voir revenir nos pères. Au fond, elle serait contente, maman, d'avoir trois chums! Je sais qu'elle aime bien les grands garçons et qu'il en vient souvent à la maison pour faire dodo.

« Pour faire dodo... Vraiment, monsieur l'écrivain! Tu me prends pour une cruche! Et tu ne connais rien aux enfants! Ou tu me fais parler trop vieille, ou je parle trop bébé! Ils ne viennent pas faire dodo : ils viennent faire l'amour!

– *Et après, ils font dodo, non?*

– Ben... je... là, tu me mêles beaucoup... »

Sylvie connaît le sens pratique de sa Marie-Lou, qui n'entreprend jamais rien sans objectif. Cette soudaine ferveur religieuse cache un but précis et la jeune maman sait très bien que la venue d'un nouveau bébé doit être une des conséquences de l'attitude de Marie-Lou. Jésus a du respect pour les enfants sincères, aux dires de l'enseignante de Marie-Lou. Ainsi la blondinette termine-t-elle sa prière par : « Merci sincèrement. » *La religion est comme l'Halloween pour Marie-Lou : plus tu en mets, plus tu es récompensée. Voilà un mois que Marie-Lou répète les prières et que ses souhaits ne sont pas exaucés. Line prétend que Marie-Lou ne prie pas avec assez de respect.* « Fais-le donc toi-même, fatigante! » *dit-elle, fâchée. Le respect, c'est répondre poliment à sa mère pour lui indiquer qu'elle n'a pas faim, surtout quand il n'y a que des fèves et des carottes crues dans l'assiette. C'est aussi ne pas raccrocher au nez quand on se trompe de numéro de téléphone. Marie-Lou ne comprend pas ce que le respect vient faire avec ses prières.*

Les amies de Sylvie se présentent chacune leur tour pour voir le bébé Louis. Marie-Lou et Stéphane ne s'en occupent pas, mais quand ce sont des hommes qui sonnent à la porte, les enfants les dévisagent un à un pour savoir s'ils ressemblent à Louis. Mais comment un bébé rose peut ressembler à des hommes avec de la barbe? Pourtant, un de ceux-là s'attarde un peu plus que d'habitude, commence à parler intimement avec Sylvie, qui commande tout de suite à Marie-Lou et à Stéphane d'aller jouer dans leurs chambres. L'oreille collée à la porte, Marie-Lou entend distinctement des phrases qui laissent supposer que ce grand monsieur est le bon. Quand il fait remarquer que cela se fait à deux, il n'y a plus de doute dans l'esprit de Marie-Lou. Sébastien ne peut contenir son émotion, court vers l'homme en criant papa. Marie-Lou suit derrière, les mains dans les poches, un sourire gêné sur son visage. Mais en un rien de temps, les voilà à nouveau dans leurs chambres. Pendant que Sébastien pleure, Marie-Lou regarde par la fenêtre pour voir sortir l'homme en furie qui claque la porte de sa camionnette, bien identifiée à un atelier de plomberie.

Moi, je suis très intelligente parce que je suis une fille. Au lieu de perdre mon temps à brailler comme Stéphane, un garçon, j'ai pris en note le nom du commerce et cherché l'adresse dans l'annuaire téléphonique. Mais c'est vraiment loin, le Cap-de-la-Madeleine! Et puis, si je téléphone, je pense qu'on ne me croira pas si je dis que je cherche le père de mon nouveau frère. Maman, elle, revient à la charge avec ses trop longues explications se résumant au fait qu'elle ne veut pas de papa, qu'elle est assez grande pour nous élever. Mais elle n'est pas contente quand je lui dis que cet homme a raison de prétendre qu'un bébé, ça se fait à deux. Elle me gronde et me punit. Je trouve que ce n'est pas juste!

À l'école, il y a plein de filles et des gars qui sont des monoparentaux et ils ne sont pas tristes comme Sébastien et moi. C'est amusant de les entendre parler de la fin de semaine qu'ils viennent de passer avec leur père. Ils reçoivent toujours plein de cadeaux et vont au jardin zoologique l'été, faire du patin en hiver, se rendent voir Youppi à Montréal chaque printemps. Puis ils mangent toujours au restaurant. Si ma mère acceptait le bon sens et si elle permettait à ce plombier de voir son fils Louis la fin de semaine, Sébastien et moi, on serait très sages et gentils afin qu'il s'attache à nous. Peut-être que, dans un an, on aurait aussi un papa pour la fin de semaine et on mangerait au restaurant après avoir reçu des cadeaux et fait toutes ces sorties formidables.

La bonne adresse entre leurs doigts, Marie-Lou et Isabelle ne sont pas trop certaines d'elles quand l'autobus rugissant approche de l'arrêt. Elles demandent plusieurs fois au chauffeur le numéro du véhicule à prendre pour se rendre à Cap-de-la-Madeleine. À bord d'un second autobus, elles insistent auprès du monsieur pour qu'il les laisse près de leur adresse, qu'il leur explique le chemin à prendre pour arriver à la plomberie. Dans la rue, elles s'informent à des adultes pour trouver la bonne maison. En approchant, Marie-Lou sent son cœur battre rapidement quand elle voit la camionnette du père de Louis. Mais elle se cogne le nez à un écriteau indiquant que l'atelier est fermé le samedi.

« Écoute, monsieur. Moi, je suis trop petite pour écrire des vrais livres, mais il me semble que tu aurais pu penser à nous faire réaliser que c'est fermé le samedi au lieu de nous faire voyager dans ces autobus pleines de bruit et de gens bizarres. Il y avait une madame avec des sacs blancs qui ressemblait à une sorcière, et Isabelle et moi, on a eu vraiment peur...

— *C'est pour faire durer le suspense. Après une déception, il y a toujours un effet inattendu.*

— Comme vous êtes compliqués, vous, les grands! Tu veux qu'on se perdre dans les rues? C'est ça, hein?

— *Non. Je vais te dire le secret : le papa habite au deuxième étage, car il est propriétaire de la plomberie.*

— Si je ne voulais pas être peintre plus tard, je serai une imprimeuse de livres afin d'arracher un paquet de feuilles à ton histoire, dont la dernière page que tu viens d'écrire.

— *Critique littéraire, Marie-Lou?*

— Je veux mon papa pour Louis, bon! »

Il hurle aux enfants de déguerpir de l'entourage de sa camionnette. Marie-Lou demeure immobile, ne sait pas comment réagir, alors qu'Isabelle s'est déjà enfuie vers le trottoir. Marie-Lou avance de quelques pas et lui dit : « Je suis la grande sœur de votre bébé Louis, monsieur. Je suis la fille de Sylvie Gauthier. Vous êtes venu chez moi il n'y a pas longtemps et je sais que vous avez téléphoné. Ma maman n'est pas juste envers vous. Roméo dit qu'elle manque de respect pour vous. Je suis venue vous dire de revenir encore, car je veux que mon petit frère Louis ait un papa. Et qui sait, hein... » *L'homme rigole quand il entend ce petit bout de blondeur parler de respect. Puis il approche, regarde son visage, y cherche des caractéristiques de Sylvie. Il lui demande de répéter tout ce qu'elle vient de déclamer. Marie-Lou fait rouler ses yeux et recommence.*

Il est vraiment bien, ce papa! Il nous a fait entrer pour nous donner du chocolat chaud. Il a aussi un gros chat qui ressemble à un tapis. Il me parle gentiment, me demande ce que je fais dans la vie, si j'aime ma mère. Des questions dans ce genre-là. Ensuite, il nous offre de venir nous reconduire en camionnette. Je le fais entrer à la maison, en ignorant la gardienne. Il veut voir Louis. Il prend le bébé dans ses bras, lui sourit et l'embrasse. Je n'ai jamais vu une telle chose! Je pleure! Oui, je pleure! Comme il me ferait un bon papa! Et un bon plombier aussi! Ensuite, nous nous rendons au centre commercial, jusqu'au magasin de maman, où il lui raconte ce que je viens de faire. Là, je le trouve un peu moins gentil, parce que je sais que ma mère va me punir pour avoir pris l'autobus sans l'avoir avertie. Il dit que j'ai parlé de respect. C'est un mot important. J'en ai parlé avec Roméo, dimanche dernier, lui demandant, cette fois, de ne pas me raconter d'histoires pour enfants. Le respect, c'est quand on est gentille envers ceux qui méritent justice parce qu'ils ont des droits. Je n'ai rien compris. Je suis fatiguée de ce chapitre! Je veux un papa, bon! Et soudain, ma mère pleure quand elle entend le mot respect. Vite, elle invite le papa de Louis à souper chez nous. Puis, il est resté deux ans. Stéphane et moi, on l'appelait papa. C'est aussi le premier mot qu'a dit Louis. Et on a été très, très heureux pendant longtemps, et on n'a jamais eu de problème de plomberie.

« *Non.*

– Pourquoi? C'est beau, pour finir ton chapitre? C'est une belle fin. Roméo me raconte souvent des histoires et elles se terminent toujours ainsi.

– *Pas la mienne.*

– Je sais ce que tu veux! Tu désires me voir souffrir! Tu n'aimes pas les enfants! Si tu veux faire souffrir une enfant, prends une autre que moi! »

Sylvie ne se gêne pas pour gronder Marie-Lou dans le magasin. Elle remercie l'homme d'avoir reconduit sa fille à la maison, tout en lui rappelant que Louis n'appartient qu'à elle-même, qu'elle ne veut pas déroger de ce principe qui lui donne entière liberté de son corps, de son esprit, de sa maternité. Et ce n'est pas le « Ce n'est pas juste! » *de Marie-Lou qui change quoi que ce soit à l'affaire. Il insiste pour mener Marie-Lou à la maison, mais Sylvie la garde près d'elle, dit qu'elle l'enverra en taxi. Il s'offusque, jure qu'il n'est pas un kidnappeur d'enfants. Mais Marie-Lou demeure près de sa mère, reniflant sans cesse. Le taxi la dépose à sa porte, où le camion de plombier ronronne. Marie-Lou approche et l'homme lui dit de toujours obéir à sa mère, de ne plus faire de fugue semblable. Marie-Lou demeure dans la neige, à réfléchir à l'échec de sa démarche. En même temps, elle est contente, car il vient de lui parler à cœur ouvert, comme un vrai père. Mais ceci ne l'empêche pas de recommencer deux fois. Et de téléphoner. Et même d'écrire! L'obstination de Marie-Lou est réprimandée par Sylvie. À chaque occasion, le plombier revient et réclame de voir son fils. Mais Sylvie le laisse dans le froid.*

Elle est vraiment méchante! Et lui est si gentil! Je ne pensais pas que ma maman pouvait être si cruelle! Je vais la quitter pour me faire adopter par Roméo! Mais je me demande si Roméo voudra de moi. Je lui parle de tout ça et il fait semblant de ne pas m'entendre. Il dit que ce n'est pas de ses affaires. Ma mère arrive au salon et se demande pourquoi je sers Roméo si fort par le cou. Il avale un sanglot. Maman lui dit que je suis bien excitée depuis quelque temps. Alors, Roméo se lève et prend maman par la main. Il lui confie qu'il n'a pas l'habitude de se mêler de la vie des autres mais que, pour une rare fois, il va le faire. Je tends l'oreille et n'entends que ce fameux mot : respect.

Quand Sylvie était enfant, Roméo l'aimait bien. Il croyait qu'elle ressemblait à Jeanne, à cause de la noirceur de ses cheveux. Très tôt, il l'a intéressée à tout ce qui concernait Jeanne et la famille Tremblay. Adolescente, Sylvie a parfois chagriné Roméo avec tous ces écarts que les jeunes des années soixante-dix se permettaient au nom de la liberté et de la fête continuelle qu'était la vie. Mais quand Sylvie est devenue enceinte de Marie-Lou, la kermesse a cessé. Désemparée par cet incident de parcours, Sylvie a songé à se faire avorter, puis a changé d'idée suite aux conseils bonbons de ses amies. Elle s'est rendue près de Roméo, qui a d'abord cherché à connaître l'identité du père. Sylvie ne savait vraiment pas et les possibles candidats ont vite fui leur responsabilité, désireux avant tout de continuer la fête d'où Sylvie serait maintenant exclue, à cause de son enfant. Roméo lui avait alors parlé longuement du doux plaisir de la paternité. Sylvie avait pleuré en l'entendant, s'était sentie coupable. À la naissance de Marie-Lou, Sylvie est devenue une tout autre personne, une femme d'affaires brillante, une bonne mère et une féministe éprise de liberté. Celle de son corps, de son destin, de ses choix, de ses amours. Ainsi, quand elle a décidé d'avoir un second enfant, elle a tout fait pour brouiller les pistes chez ses connaissances masculines. Elle avait oublié le discours de Roméo. Mais aujourd'hui, quand Roméo lui répète ses principes de paternité, Sylvie se souvient trop bien de ce sermon de la fin des années soixante-dix. Roméo lui parle comme un père (celui de Sylvie est décédé alors qu'elle n'avait que quatre ans). Les jours suivants, elle est troublée par sa propre vie, par ses principes et par le respect qu'elle refuse à ce garçon, cette simple aventure de quelques soirs transformée en petit Louis. Il ne réclame ni son amour ni une vie de couple : tout juste le droit de venir voir son fils de temps à autre, prêt à apporter ses conseils et son aide en cas de besoin.

Alors, Sylvie décide de faire venir le jeune homme pour lui accorder le droit de visite à Louis. Mais elle refuse toute aide, financière ou autre, dans la tâche d'élever le bébé. Marie-Lou, se faisant expliquer cette nouvelle situation par sa mère, comprend maintenant le principe de respect. Mais elle trouve cette idée idiote quand elle se rend compte qu'il ne se présente pas souvent, qu'il n'embrasse pas sa maman, qu'il ne fait que brièvement la saluer. Un peu avant Noël, il vient avec sa blonde. Alors, le petit cœur de Marie-Lou se dit qu'il ne valait pas la peine d'avoir tant prié, tant fait d'efforts pour n'aboutir à rien. Elle ignore que son obstination vient de rendre sa mère plus sage.

Je ne pensais pas qu'établir l'arbre généalogique de ma descendance serait si long. Ma fille Renée et moi l'avons entrepris après un dîner, croyant que cette activité nous délasserait le reste de l'après-midi. Mais deux heures plus tard, nous étions toujours à cette tâche, après avoir demandé de l'aide à Carole, car je dois dire que certains noms de mes arrière-petits-enfants m'échappent, surtout chez ceux dont les parents ont quitté la région. Au début du nouveau siècle, moi, Roméo Tremblay, et ma défunte épouse Céline, avons donné la vie à six enfants, dont cinq sont toujours près de ce monde. Ces cinq représentants de notre amour ont donné naissance à vingt-trois enfants, et ces derniers ont peuplé Trois-Rivières de trente-quatre petits-enfants, lesquels m'ont apporté quatre arrière-petits-enfants. J'en suis là. Ce sont ces quatre derniers qui me donnent le plus de difficulté de mémoire, même si leur naissance est récente. D'ailleurs, j'ai appris avec huit mois de retard l'arrivée d'Olivier Tremblay, fils de Jean-René, un des garçons de mon Maurice.

Voilà tout de même soixante-sept personnes qui doivent leur présence ici-bas à l'amour entre Céline et moi. Et dire que je suis presque le seul des enfants de mon père Joseph à être impliqué dans toute cette descendance! Mon frère Adrien n'a été marié que quatre années, dont trois passées à la guerre avant son cruel décès au combat. Il n'a eu qu'une fille, Denise, que je n'ai vue qu'en photographie. Je sais que la fille de cette Denise nous a visités avec son garçon vers 1957, arrivant de Californie. Quelque part aux États-Unis existe une descendance d'Adrien Tremblay et qui ne se doute pas que leur origine est québécoise et que leur lointain ancêtre était un young Tremblay from Three-Rivers, Canada. Mon petit frère Roger n'a pas vécu assez longtemps pour se marier, et ma sœur Louise est devenue religieuse. Je suis vraiment le seul – avec Céline, bien sûr! – responsable de ces soixante-sept personnes!

Et puis, il y a ma sœur Jeanne. Non attirée par les hommes, elle n'a eu qu'un seul petit ange, Bérangère, suite à un accident alcoolisé (je déteste me le rappeler, comme j'en ai parlé dans d'autres feuillets). À l'époque, on qualifiait les enfants nés hors mariage de bâtards, avant qu'ils ne deviennent illégitimes. Aujourd'hui, on dirait de Jeanne qu'elle est monoparentale, un terme beaucoup moins humiliant et insultant que les deux précédents. Bérangère a été mariée brièvement, son mari ayant trouvé la mort dans un accident d'automobile. Ses enfants, Sylvie et Jean-Marc, sont maintenant au début de la vingtaine et donneront à la mémoire de Jeanne une propre descendance. Je ne m'attendais pas à ce que cela arrive si tôt quand Sylvie a accouché d'une petite Marie-Lou, deux jours après Noël, en 1977. Je me souviens très bien de ce moment, parce que Marie-Lou est née la même journée que son arrière-grand-mère Jeanne. J'ai alors réalisé mon grand âge!

En voyant Marie-Lou pour la première fois, j'ai cru que le destin me jouait un tour d'illusionniste : ce bébé ressemblait beaucoup à Jeanne. Mes enfants m'ont alors dit que j'avais trop d'imagination et je leur ai répliqué que je possédais surtout une excellente mémoire. Enfant, j'attendais Jeanne avec impatience en rêvant de sa naissance jour et nuit. Et la première fois que je l'ai vue, j'ai été frappé par ces yeux très ronds et grands, qui ressemblent à ceux d'un chat dans l'obscurité. Je les comparais à des billes. Or, la petite Marie-Lou avait exactement ces mêmes yeux extraordinaires.

Marie-Lou a grandi et je passais mon temps à montrer les cinq photographies du bébé Jeanne, persuadant tout le monde que Marie-Lou était vraiment le sosie de ma sœur. J'ai tout de suite été attiré par elle, apportant mon aide à Sylvie, sachant qu'à l'image de Jeanne, une mère célibataire avait peut-être besoin des conseils d'un bon vieux comme moi, d'autant plus qu'elle n'avait pas un sou pour élever son enfant. Cela me faisait plaisir de lui faire cadeau d'un vingt dollars pour son approvisionnement de couches. Le problème qui me brisait le cœur était que Marie-Lou hurlait de peur quand elle voyait ma vieille carcasse près de son berceau. Tout le monde pouvait la prendre, sauf moi. La situation n'avait pas changé après une année. Quand j'approchais, Marie-Lou se cachait. Mes cadeaux ne changeaient rien à l'affaire, pas plus que mes différentes stratégies. J'avais l'impression que ce bébé me détestait avec la même force que je l'aimais.

Peiné, je laisse Sylvie un peu plus tranquille, alors que je réalise que ma présence trop continuelle l'embarrasse. Mes petits-enfants ont beau me visiter pour me montrer leurs bébés, je ne cesse de penser à Marie-Lou, comme si, au bout de ma vie, je retrouvais cet amour fou que j'ai porté à Jeanne lorsque j'étais enfant. Cette séparation de deux mois m'apporte un curieux sentiment de chagrin d'amour d'un homme rejeté par celle qu'il convoite. Sylvie, inquiète de mes absences, me téléphone pour m'inviter à voir Marie-Lou autant que je le désire; elle affirme que je ne la dérange pas. J'y retourne avec joie. Mon Dieu que deux petits mois peuvent faire grandir un bébé! Maintenant, Marie-Lou marche très bien, du moins jusqu'à ce qu'elle se cogne à mes pieds, et, portant son regard vers le haut, se met à hurler quand elle aperçoit ma tête.

Lassée des pleurs de Marie-Lou, Sylvie la prend dans ses bras et l'approche de moi. Le bébé ferme les yeux et se cache le visage dans les cheveux de sa mère. Marie-Lou croit que je suis un loup-garou dévoreur de bambins. Aussitôt remise par terre, elle prend ses jambes à son cou et se dirige vers sa chambre. Je m'approche et l'aperçois dans un coin. Je me mets à quatre pattes pour la rejoindre. Intriguée par cette démarche, Marie-Lou m'offre son premier sourire, très brièvement. Puis, je m'assois sur le plancher pour prendre un de ses cubes rouges et me le mettre dans la bouche.

Dès ce moment, et suite à d'autres démonstrations semblables, Marie-Lou commence à m'approcher pour jouer, sans pourtant cesser de me regarder avec méfiance. Je sais maintenant que, depuis sa naissance, c'est ma vieillesse qui l'a effrayée. Mais j'agis maintenant comme elle, Marie-Lou doit croire que je suis aussi un enfant. C'est ainsi que, petit à petit, je réussis à gagner son respect. Quelques chansons, des histoires, des sourires, des jeux, des caresses font vite oublier les premières craintes. À ma dernière visite, il y a une semaine, Marie-Lou est accourue en me tendant les bras. Elle ne m'a pas laissé une seule seconde pour enlever mon manteau. Et dans ses espiègleries, je retrouve ma petite sœur Jeanne, à l'âge de deux ans. Moi, j'ai de nouveau huit ans. À mon départ, elle me retient par le pantalon pour empêcher ma sortie.

Oui, j'ai beaucoup de petits-enfants, et ces arrière-petits-enfants, tous nés de l'amour entre Céline et moi. Mais je n'ai qu'une seule Marie-Lou. Je ne sais pas si Dieu va me prêter vie encore longtemps, mais je souhaite de tout cœur voir grandir Marie-Lou afin qu'elle rende ma vieillesse comme le plus joli des paradis. Je rêve que, malgré notre énorme différence d'âge, nous développerons respect et amitié, que j'aurai toujours une bonne mémoire pour lui expliquer quelle personne extraordinaire était son sosie, son arrière-grand-maman Jeanne.

Roméo Tremblay, janvier 1980

L'école secondaire de La Salle, de par sa filiation historique, est la plus ancienne institution d'instruction de Trois-Rivières. Pendant longtemps, l'Académie de La Salle a régné au centre-ville trifluvien, avant qu'on ne la déménage dans des locaux modernes, dans le nord de la ville, au cours des années soixante. Elle était située alors en plein champ, le développement urbain a depuis entouré l'école de bungalows, de H.L.M. et de centres commerciaux. Elle ressemble à une de ces polyvalentes de béton érigées hideusement suite aux recommandations du rapport Parent. Quand on y entre, on voit seulement des casiers bosselés, disposés un peu partout. Une grande salle avec des tables de billard et de ping-pong règne en son point central, mais, contrairement à d'autres écoles, cet espace est souvent vide, car les adolescents préfèrent aller flâner dans les magasins à proximité. Certaines classes sont minuscules, avec des tableaux verts usés, devenus luisants comme une patinoire. Des pupitres brisés se cachent derrière des nappes de graffitis. Sur le rebord de la fenêtre : des dictionnaires défraîchis, meurtris de la moitié des définitions des mots débutant par A. Si l'ensemble de l'école paraît propre, les classes paraissent misérables. L'école de La Salle n'a pas la meilleure réputation de Trois-Rivières, malgré les bons efforts de la direction. Les rejetés des autres institutions s'y retrouvent, et différentes classes sociales opposées s'y côtoient, pas toujours en harmonie. Aux portes, des grappes d'adolescents aux allures multiples se gèlent les pieds et les mains entre deux cours, à fumer des cigarettes dans des conditions inconfortables, parce qu'un règlement d'intolérance d'extrême droite de « politiquement correct » ne leur laisse même pas un petit coin à l'intérieur pour assouvir ce plaisir qu'ils ont choisi librement, une joie qui est le résultat d'une culture.

« Là, pour une fois, je trouve que tu parles comme il faut. Je te pensais plus yuppie, l'écrivain.

– *Il ne faut pas se fier aux apparences.*

– Bon! Voilà un autre cliché! Non mais, t'as tout de même raison! On va attraper une pneumonie à se geler sur le bord des portes, parce que leur maudit règlement nous enlève notre liberté. L'école est faite par des vieux cons pour faire chier les jeunes. Ah! j'en ai plein le dos de leurs règlements de baby boomers! »

Sylvie soupire de désespoir quand elle reçoit un coup de fil de la direction de l'école qui l'informe que Marie-Lou vient de violer pour la cinquième fois en deux semaines le règlement interdisant l'usage du tabac à l'intérieur. Conséquemment, elle est suspendue pour trois jours. Comme demandé par la directrice, Sylvie se présente à l'école pour discuter du cas d'indiscipline de Marie-Lou : elle a lancé sa cigarette allumée au visage du gardien qui lui demandait poliment de l'éteindre ou de se rendre à l'extérieur.

Ma mère m'interdit de sortir pendant trois jours. De temps à autre, elle téléphone pour savoir si je suis toujours à la maison. Quelle idiote! Pourquoi je sortirais en plein hiver? L'hiver est une mauvaise idée. Quant à son interdiction de fumer pendant tout ce temps, c'est enfantin à déjouer. Sauf quand elle est là... Je suis bien, au chaud! Loin de l'école! Je peux écouter du blues à tue-tête et travailler à mes peintures. Et puis, je ne regrette pas mon geste. Surtout pas! Je préfère une suspension de trois jours à une grippe de deux semaines. À fumer à l'extérieur, tous les gars et les filles vont vite attraper leur coup de mort. Ce geste de lancer la cigarette, je n'y ai pas pensé. Ce n'est pas moi qui l'ai fait : c'est Jeanne. Oui, de par son sang qui coule dans mes veines, c'est mon arrière-grand-mère qui a projeté cette cigarette à ce vieux con des années soixante-dix. Dans le livre que Roméo a écrit sur elle, il raconte plein d'anecdotes semblables et, à la page 134, deuxième paragraphe, elle lance une cigarette au visage d'un policier.

À cette époque, il y avait aussi des lois anti-tabac, mais beaucoup moins fascistes qu'aujourd'hui. Ces règlements concernaient surtout les femmes. Si elles fumaient dans un endroit public, elles étaient mal vues. Ce n'était pas facile d'être une fille dans l'ancien temps. Roméo m'en a parlé. Il dit que, si Jeanne était née cinquante ans plus tard, elle n'aurait pas autant souffert des préjugés de la société contre les femmes artistes. Et mon amie Jeanne aurait jeté ce mégot à ce crétin. Pourquoi regretter? Merci, Jeanne, pour le beau congé d'école.

Je ne manque presque rien. À dix-neuf heures, Isabelle arrive pour m'expliquer tout ce qu'elle a entendu en classe, ce qu'il faut regarder dans les livres. Juste des imbécillités. Tiens! Si j'avais vécu à l'époque de Jeanne, j'aurais déjà terminé l'école. Je suis pressée de finir le secondaire, de me trouver un petit emploi pas trop exigeant qui me laissera tout le temps voulu pour ma peinture. Être peintre est mon vrai et seul métier. Pas question de cégep ou d'université pour Marie-Lou Gauthier.

Oh! mais l'école a du bon! Comme les cours d'arts plastiques. Cependant, je m'ennuie des beaux jours de petite fille à l'école primaire Saint-Pie-X. On était peu dans la bâtisse et tout le monde se connaissait. On se sentait comme à la maison. Dans une grosse école comme de La Salle, chaque fois que tu regardes quelqu'un, sept fois sur dix, c'est un nouveau visage. Et puis, les grands de secondaire cinq nous bousculent. Il y a des bandes et j'ai beau être téméraire, je préfère ne pas trop m'attarder dans leurs secteurs. Mes profs sont, pour la plupart, des vieux cons des années soixante-dix. J'en ai un plus vieux, en F.P.S., il est vraiment drôle! Puis un plus jeune aussi, en maths, et lui aussi est comique, même si sa matière est insupportable. Parfois, on a des suppléants, surtout au mois de février, temps propice aux dépressions nerveuses. Alors là, c'est la super-fête! On les fait vieillir de dix ans par demi-heure, ces idiots de suppléants qui rêvent d'une carrière dans l'enseignement. Il y a une semaine, j'en ai vu un de l'an dernier, au casse-croûte du centre commercial, en train de faire cuire des frites. Il a certes plus d'avenir dans les patates que dans les polyvalentes.

À l'école, pour la première fois depuis nos petites sciences humaines du primaire, on a enfin un cours d'histoire. J'aime bien cette matière, surtout parce que Roméo m'a habituée à apprécier ma Trois-Rivières. Mon prof, un vrai vestige des années soixante-dix, nous a parlé des hommes de la préhistoire : les australopithèques, les homo habilis, les homo erectus – que c'est drôle, ce mot! – l'homo sapiens de Neandertal et l'équipe de hockey des Canadiens de Montréal. Puis, ensuite, il nous a jasé des Grecs qui font des brochettes, des Romains qui sont fous, du Moyen Âge et, actuellement, on est rendus à la Renaissance, alors que Christophe le Colon se réveille un matin et décide de découvrir l'Amérique, croyant se rendre en Chine, cet idiot! On réalise tout de suite que Christophe avait coulé son cours de géographie de première secondaire. J'ai bien hâte d'apprendre la Nouvelle-France, car c'est plus près de nous. Une des filles de Roméo, Carole, était une vraie savante. Elle est morte il y a deux ans. Pour faire plaisir à son père, elle avait fait des recherches sur l'histoire de la famille Tremblay de Trois-Rivières. Elle avait réussi à retracer tous ces gens, de la Nouvelle-France jusqu'à la naissance de Roméo. C'est joli de savoir que cette première aïeule était une Fille du Roi et qu'elle s'appelait Jeanne, mais c'est un peu décevant d'apprendre qu'on avait affublé le premier Tremblay, Guillaume, du surnom « dit le poltron ». Il était boulanger. Le passé, c'est vivant! Enfin, tant qu'on ne le voit pas... Le passé de ma mère, par exemple, les années soixante-dix, c'est d'une platitude! Mais quand le passé est vraiment très vieux, il devient fascinant! Comme Roméo. Tout ce qu'il me raconte sur l'ancien temps attise mon imagination et je peux la dessiner. Super! Je suis vraiment contente de moi! Attiser mon imagination! Wow!

« C'est bien joli, mais le reste...

– Quoi encore?

– *« Et je peux la dessiner. » Tu veux dessiner ton imagination attisée?*

– Bien sûr. Où est le problème?

– *Et si tu étais un peu plus attentive pendant tes cours de français?*

– T'as déjà vu le programme de français de mon secondaire? Il n'y a pas de quoi inspirer l'attention! C'est juste des vieux cons des années soixante-dix qui ont inventé ce programme! Si les jeunes de mon âge ne savent pas écrire, c'est de leur faute! Comme ça, les vieux sont certains qu'on ne prendra pas leurs emplois!

– *Bon, ça y est! Marie-Lou vient de trouver des boucs émissaires à son inattention pendant le cours de français. »*

Chaque adolescent, comme un matou, délimite son territoire interne de l'école. Pour Isabelle et Marie-Lou, le sous-sol, derrière l'escalier, tout près de la bibliothèque, est leur coin d'ombre solitaire où elles peuvent en toute paix se confier leurs secrets, où Isabelle répète sans cesse les notions scolaires essentielles, comme un vieux disque usé. Marie-Lou, quand elle l'entend, ferme les poings pour mieux se souvenir, même si sa mémoire vive se flétrit après quinze minutes. La tactique rate à tout coup, car la case rêverie de Marie-Lou est plus grande que celle de la mémoire des matières académiques. De cette position, Isabelle peut aussi être la première à entrer à la bibliothèque pour emprunter ses livres de la semaine, même si elle juge le choix bien inférieur à celui de la bibliothèque municipale.

Comme Marie-Lou qui désire devenir Jeanne, au détriment d'une autre « vendeuse dans un magasin, comme ma mère », *Isabelle tient à tout prix à ne pas ressembler à ses parents. Elle a choisi de poursuivre son rêve d'enfance de devenir romancière. Pour y arriver, Isabelle lit beaucoup, ce qui représente un vrai miracle pour une fille élevée dans un milieu où le père et la mère n'ont pour seules lectures que l'horaire télé et le contenu des publi-sacs. Isabelle prétend qu'à tant lire, elle apprend plus que dans son cours de français. Elle recommande à Marie-Lou ses bouquins favoris, mais la jeune peintre prend six mois à lire ce que son amie consomme en deux après-midi.*

Je hais notre cours de français, avec la vieille prof qui ressemble à un bouledogue et qui parle comme une boîte de conserve fêlée. Et je déteste l'idée de haïr le cours de français. Ça me fâche! Je voudrais tant aimer cette matière! Roméo parle si bien, écrit merveilleusement, ce qui attise mon imagination. Combien de fois m'a-t-il dit que Jeanne parlait un excellent français et qu'elle se faisait traiter de snob à cause de ça? C'est dans mon sang : Jeanne me dit de parler un bon français, pour attiser mon imagination. Je ne voudrais surtout pas parler aussi mal que les vieux des années soixante-dix. Eux et leur maudit joual! Ou comme ces crétins de la télévision qui enlèvent leur dentier pour faire drôle, tout en massacrant notre langue. Ils n'attisent pas mon imagination. Je fais attention quand je parle. Mais quand je viens pour écrire, la bouledogue me limite à trois cents mots, avec une structure découpée, comme un saucisson sur une pizza. On dirait qu'elle veut me faire écrire comme une fonctionnaire. Pas de quoi attiser mon imagination. Pourtant, j'ai tant de choses à dire dans ma mémoire attisée, et ce cours-là me met des règles sous le nez, comme si j'étais une militaire. Et quand, de peine et de misère, je réussis à compléter une production écrite que je pense bonne, résultat de mon imagination attisée, cette fatigante m'enlève des points à cause de mes quarante-huit fautes d'orthographe et de grammaire, alors qu'ils ne nous l'enseignent même pas, la grammaire! Si vous pensez que c'est facile d'aimer ce cours de vieux cons des années soixante-dix qui brise l'attisation de mon imagination avec leurs règlements qui n'en finissent plus!

« Arrête! Arrête, Marie-Lou!

– Quoi encore? Je n'ai pas le droit de m'exprimer? C'est comme ça, votre génération qui écrase les jeunes!

– *Cesse d'utiliser « attiser l'imagination » à toutes les sauces! C'est énervant et répétitif! Les éditeurs détestent la redondance dans un roman! Surtout le mien!*

— Ah bon? Parce que j'ai enfin trouvé une belle expression, tu veux me faire taire! On sait bien! Si tout à coup je deviens bonne en français et que je publie un grand roman, je vais t'enlever ta clientèle! C'est ça, vous autres des années soixante-dix! Vous voulez juste couler la nouvelle génération moderne!

— *Pitié! Arrête!*

— Attiser mon imagination! Attiser mon imagination! Attiser mon imagination! Attiser mon imagination! »

Alors que les élèves chialent bruyamment, parce que l'enseignante leur donne un devoir de composition pour la fin de semaine, Marie-Lou se redresse et se dit que voilà une occasion en or de prouver ses bonnes intentions de réussite, d'être fière d'elle-même, de plaire à Isabelle par ce beau résultat. Une soirée et deux jours, c'est beaucoup mieux que trente minutes pour composer un texte, d'autant plus que le correcteur de son ordinateur réglera le cas de l'orthographe. Le sujet importe peu, car Marie-Lou a des opinions sur tout. Mais quand l'enseignante, comme dans un miracle illuminé, propose « Ma ville » comme thème, Marie-Lou sent tout de suite son imagination att... Oui, elle aura une bonne note! Elle fera tout très bien, comme une adolescente responsable. Elle se privera même de peindre, de dessiner et d'écouter du blues afin de composer un texte inoubliable. Ma ville en trois cents mots! Du gâteau!

Mieux que quiconque, Marie-Lou connaît et aime Trois-Rivières car, depuis son enfance, Roméo lui a appris à admirer sa petite patrie. Ces sentiments sont renforcés par une récente prise de conscience que tout, au Québec, semble venir de Montréal. Que dit la radio à propos de la température? C'est celle de Montréal! Que voit-elle en allumant le téléviseur? Montréal! Les artistes de Trois-Rivières n'ont qu'un recours pour réussir : s'exiler à Montréal. Oh! comme Marie-Lou déteste la métropole!

Ce texte, avec ce sujet si inspirant, sera facile à écrire! D'ailleurs, après le souper, elle se met à la tâche tout de suite en rédigeant un plan, comme recommandé par son manuel scolaire. Mais Isabelle interrompt le travail lorsqu'elle arrive de la bibliothèque avec un nouveau disque de blues. Ce soir-là, Marie-Lou se couche avec la bonne résolution de se lever tôt pour se remettre au travail. Mais elle tue le réveille-matin d'un coup de poing et se laisse bercer par la douceur des draps fraîchement lavés. Après le dîner, elle a un peu mal au ventre, prélude embarrassant à sa féminité. Mais, à quinze heures, Marie-Lou est devant sa table, avec crayon et papier. Mais qui donc peut téléphoner dans un tel moment? Isabelle l'informe qu'il y aura un groupe alternatif ce soir, à l'école Sainte-Ursule, et qu'un des gars lui a juré qu'ils allaient jouer deux pièces de blues. Elles seraient idiotes de s'en passer. C'est pourquoi Marie-Lou s'installe à sa table dès le dessert avalé. Il faut travailler un peu avant le spectacle. Elle réussit à terminer son plan. Certaine de la pertinence de ce résultat, elle sent que le texte viendra facilement. Elle s'empresse de se faire chatouiller par la douche avant la grande sortie. Elle a même le temps, par la suite, de commencer un peu la rédaction. Mais Isabelle devance l'heure de rencontre, excitée d'annoncer à son amie que le batteur va les faire passer gratuitement, pour leur permettre d'assister à la répétition avant le spectacle.

Évidemment, après cette surabondance de décibels, Marie-Lou est trop épuisée pour continuer la création de son texte, d'autant plus qu'elle doit surveiller Isabelle, les mains jointes devant le batteur qui a une tête à vouloir se payer un peu de chair fraîche. Marie-Lou sait que le tout va finir en larmes si elle n'intervient pas pour protéger son amie. Ce conflit se termine au début de la nuit par une séance larmoyante de « Personne ne m'aime! » qui donne un mal de tête à Marie-Lou. Les deux amies paressent un peu le matin, mais l'après-midi, enfin, Marie-Lou produit son texte en une seule heure. Il faut l'avouer, quand on a un bon plan, tout roule à la perfection. Et l'ordinateur n'a corrigé que vingt-neuf fautes d'orthographe. Marie-Lou retranscrit à la main et, très fière, s'empresse de sauter dans ses bottes pour faire la lecture de son texte à Roméo. Non seulement il sera content d'elle, mais il pourra lui signaler quelques fautes, s'il en reste.

Mais Roméo ne va pas très bien. Il souffre d'une migraine et se remet mal d'une petite chute qu'il a faite hier après-midi en pelletant son entrée. Marie-Lou le regarde d'un air désolé. Tout à coup, elle se rend compte que son arrière-grand-oncle ne ressemble plus au gentil vieillard d'il y a cinq ans. Il marche de plus en plus lentement et se traîne les pieds. Il plie le coin de ses yeux pour mieux voir. Roméo est un très vieil homme et on dirait que Marie-Lou vient à peine de le réaliser. Quand elle se lève pour partir, il tend la main vers elle. La jeune adolescente lui donne un doux baiser sur ses vieilles lèvres. Il la félicite pour le beau texte sur Trois-Rivières, lui rappelle l'importance d'aimer sa ville. Marie-Lou retarde son départ, accepte le jus offert par Renée. Pour remercier Roméo, elle lui dessine une Jeanne qui se balade devant les vitrines des magasins de la rue des Forges. L'œuvre donnée comme le plus beau cadeau, Marie-Lou embrasse de nouveau Roméo et affronte le temps froid jusque chez elle.

Au matin, sous l'escalier près de la bibliothèque de l'école, Marie-Lou montre avec orgueil sa production écrite à Isabelle, qui note plusieurs fautes de syntaxe. Marie-Lou se demande candidement si son ordinateur est brisé. À toute vitesse, elle copie la version dictée par son amie, tout en se sentant honteuse et embarrassée. Mais avec ce petit miracle du nom d'Isabelle, Marie-Lou sait qu'elle aura enfin une excellente note.

« Je vais te dire une chose. Ma prof est une artiste frustrée! Comme elle est incapable d'écrire un roman ou une pièce de théâtre, elle se venge sur une véritable artiste : moi! Elle est jalouse, voilà tout! Je vais demander à la directrice qu'elle me change de groupe.

– *Si tu avais travaillé le vendredi soir et le samedi, tu aurais eu une meilleure note.*

– C'est ça! Prends sa défense! Tout le monde est contre moi! Je t'en parle pour trouver un appui, toi qui, en principe, sais écrire, et tu ne fais que me décourager davantage! Je vais faire exploser l'école de La Salle, moi! Avec la bouledogue au milieu! Cette jalouse du vrai talent artistique! Roméo, qui a publié des vrais livres, qui a longtemps écrit dans les journaux, a dit que c'était un très bon texte! »

Rien ne va plus! Tout est de la faute de l'école. Marie-Lou lui trouve de multiples défauts qui nuisent à sa concentration et s'opposent à sa réussite. Cela va de la mauvaise nourriture de la cafétéria au tableau vert trop vieux et qui gêne ainsi la bonne lecture des notes des enseignants. La présence des grands de l'école de cuisine, ceux de mécanique, sans oublier, bien sûr, le fumoir externe, empêchent aussi les jeunes étudiantes de bien relaxer entre deux cours. Elle réfléchit trop à ces questions pendant le cours de mathématiques, malgré les trois interventions de son professeur pour la remettre à l'ordre. À la quatrième occasion, Marie-Lou se retrouve au local « Le Tournant », l'hôtel des cœurs brisés de l'école de La Salle, où elle doit faire face à un mur pour réfléchir à sa faute. Le règlement dit qu'après une troisième visite en ce sinistre lieu, l'élève est suspendu. Or, Marie-Lou a triplé ce chiffre depuis septembre dernier.

Aujourd'hui, on allonge sa retenue une heure après le départ des autres. Un directeur viendra la voir pour lui parler paternellement. Bien sûr, dans son imagination, il ne la comprendra pas, ne pensera qu'à la persécuter. Marie-Lou se demande si la charte des droits de la jeunesse ne plaiderait pas en sa faveur. De retour chez elle, elle fait face à ses frères qui attendent le retour de leur mère de son travail pour le souper. Voilà la vraie source de ses problèmes académiques : si elle avait une vraie famille, Marie-Lou serait moins perturbée et arriverait à mieux étudier! Pourquoi n'a-t-elle pas pensé à en glisser un mot à ce membre de la direction? Ils sont très sensibles aux maux des monoparentaux. Les oreilles bourdonnantes des reproches incessants, que des enseignants et des responsables de l'école lui font depuis l'automne dernier, Sylvie dit à Marie-Lou le gros mot tabou : adaptation scolaire.

Moi? Moi, parmi les délinquants, les drogués, les voleurs, les troubles de comportement? Moi qui ai A + en arts plastiques et C – en histoire? Je les ai souvent vus, ces gars et ces filles! Ils font peur! Ce sont des gens sans culture! Des crétins! Des imbéciles! Des stupides! Mais qu'est-ce que je vais devenir si ma propre mère m'abandonne et me laisse entre les griffes de la direction de l'école de La Salle, qui ne comprend rien aux vrais problèmes et à la jeunesse? Tout ça à cause de cette maudite bouledogue! Mais qu'est-ce qu'il me reste à faire?

« Étudier.

– Si tu penses que j'ai le goût d'étudier! Je suis perturbée! Personne ne pense à m'envoyer rencontrer la psy!

– *Essaie d'étudier.*

– Va au diable, espèce de fossile des années soixante-dix! Je n'ai pas besoin des vieux cons de ta génération! Je n'ai pas besoin des profs! »

Marie-Lou se sent prête pour l'exil, comme son arrière-grand-mère Jeanne qui avait fui Trois-Rivières pour Paris. Elle ira aussi dans la Ville Lumière et vivra de sa peinture, de la bohème, de la générosité des amoureux des arts. Elle mangera peu, mais au moins, elle sera loin du cours de français de l'école secondaire de La Salle! Mais les rêves sont si beaux la nuit et si décevants au réveil, surtout quand Sylvie lui rappelle la menace de l'inscrire à cette école de rejetés. Marie-Lou a hâte de retrouver Isabelle sous l'escalier, pour se faire consoler et aider. Marie-Lou braille contre l'épaule de son amie et, un garçon de leur classe, passant dans le coin, ne peut s'empêcher de crier tout haut ce que d'autres murmurent : « Ouah! Les lesbiennes! » Ce n'est pas trop grave, et il s'en tire sans mal par une menace du petit poing de Marie-Lou. Mais quand il répète à toute la classe la scène qu'il a vue, Marie-Lou lui lance une chaise.

La jeune blonde se retrouve petite devant la directrice à tenter maladroitement de justifier son geste violent, mais ses arguments ne font pas le poids devant le regard d'acier de sa supérieure. Marie-Lou retourne chez elle à pas minuscules, se concentre à affronter sa mère, après le souper. La moitié du chemin parcouru, Marie-Lou se plante quinze minutes dans la neige et ne pense à rien. Puis, elle tourne et presse le pas vers l'école Saint-Pie-X. Elle entre discrètement dans l'école de son enfance, comme une vieille, une étrangère. Avec joie, elle retrouve cette bonne odeur de petits pieds, de chaussettes humides, typique à toutes les écoles primaires. La directrice salue l'intruse, la reconnaît vite et lui dit qu'elle a grandi, s'informe de son succès dans ses études secondaires. Être l'objet d'une telle gentillesse flatte Marie-Lou, prise soudainement d'assaut par les enfants qui sortent de leurs salles de classe. Une petite fille de première regarde cette grande inconnue et se vante de sa note parfaite en français, comme elle, autrefois. Alors Marie-Lou, revigorée, rentre à la maison, déterminée à devenir la championne du cours de la bouledogue.

« Je te mets un E si tu arrêtes tout de suite ce chapitre.

– *Pourquoi?*

– Ce n'est pas une finale! Les gens ne sauront même pas si je vais réussir!

– *Vas-tu réussir?*

– Oui!

– *Maintenant, ils le savent.*

– Tu viens de baisser à E, vieux con des années soixante-dix! »

Entre deux lavages des couches de Martin, ma fille Carole lit Balzac, Racine, Zola, Rousseau, Voltaire. Carole dévore tout ce qui lui tombe sous la main. Dans un cahier scolaire, elle écrit les sentiments inspirés par ces lectures. Elle forme impeccablement les lettres, cherche de longues minutes le mot juste, un coude sur un dictionnaire à peine usé.

Quand le bébé pleure, ma fille redevient une simple maman, épouse d'un ouvrier des pâtes et papiers, habitant une des maisons de la coopérative d'habitation du curé Chamberland de la paroisse Sainte-Marguerite. Carole sait qu'elle pourrait briller dans les salons bourgeois, dans les facultés des grandes universités et y accumuler maîtrises et doctorats, mais elle n'est qu'une épouse, amoureuse folle de son ouvrier Romuald. Le plaisir senti quand elle touche aux livres est péché. C'est ce qu'elle me disait à son adolescence. Il y a peu de temps, elle a fait frémir mon épouse Céline en avouant que ce plaisir était maintenant comme le sexe.

Carole veut autant d'enfants de Romuald qu'elle le pourra. Elle est heureuse de vivre dans ce quartier populaire qui lui a enfin apporté une paix de l'âme qui avait toujours manqué à sa vie. Mais alors que les autres ménagères passent leur temps aux radioromans, Carole se délecte de la langue française des grands auteurs et de tous ces inconnus, mis à l'index par notre clergé. Quand Carole se promène dans les rues de Sainte-Marguerite, des livres sous le bras, les enfants auxquels elle a enseigné, il y a trois ans, lui crient : « Bonjour! Cendrillon-la-patte! » alors que leurs mères la saluent plutôt comme madame Comeau. Carole s'empresse de signifier que son nom est Comeau-Tremblay, sans que ces dames sachent s'il est péché de tant vouloir garder son nom de célibataire. Grands et petits n'ignorent pas que Carole est

un peu étrange, si on compare sa vie et ses pensées à celles des autres citoyens de la paroisse. Les ménagères savent aussi qu'elle est des leurs, à cause de ses préoccupations pour la coopérative, partagées avec Romuald. Mais rien ne peut empêcher ces femmes de croire que la marginalité de Carole doit cacher quelque malheur. Notre société est tellement conservatrice, dit-elle, sans réellement se faire comprendre, car les gens confondent ce terme avec le nom d'un parti politique canadien.

Carole accepte mal que la commission scolaire de Trois-Rivières refuse de l'engager à nouveau comme maîtresse d'école parce qu'elle est mariée et mère d'un petit garçon. Elle avait tellement aimé enseigner aux fillettes de l'école Sainte-Marguerite, à la fin de la décennie précédente. Au bout d'une année, la plupart d'entre elles avaient cessé de dire « Moé, mon poupa travaille à shop » pour « Moi, mon père travaille à l'usine », pondant des beaux I et des jolis O, tout droit sortis d'une émission radiophonique sur le bon parler français. Deux ans plus tard, les « moé » ont repris le dessus, sauf quand elles s'adressent à leur ancienne « mademoiselle ». Carole les voit souvent à la bibliothèque paroissiale. Ma fille est alors contente de savoir qu'elle leur a laissé le bel héritage de l'amour des livres et de la beauté de notre langue.

Depuis quelques semaines, Carole étend ce désir de culture aux mères de famille et préside le cercle littéraire de Sainte-Marguerite, parrainé par le curé Chamberland qui veille à ce que Carole ne fasse pas lire Zola ou *Le Rouge et le noir* aux femmes du quartier. Carole prépare chaque rencontre aussi sérieusement qu'un cours. Au départ, ces braves femmes croyaient que la savante allait faire une démonstration de son snobisme intellectuel, en leur imposant des livres épais comme des briques alors qu'il y a le lavage, la couture, le ménage et les repas à préparer. Certaines se sont dit, en constatant que la première lecture consistait en un conte de Perrault, que Carole les prenait pour des enfants. Mais ma fille fait la lecture de contes d'une façon si inattendue, si théâtrale, que les femmes ont vite été émerveillées par les trésors méconnus de ces fables qu'on juge aveuglément si simples. Depuis, Carole est passée à Daudet et à ses **Lettres de mon moulin.**

Carole sait maintenant que l'une téléphone à une autre pour lui parler des mystères de l'homme à la cervelle d'or. Quand les *femmes arrivent ce samedi-là, elles bouillonnent de questions à poser à Carole. Elle sourit, satisfaite, se dit qu'elle a atteint une partie de son but. Bientôt, elles écriront des histoires simples en demandant quel pourrait être le sujet. C'est pourquoi Carole m'invite pour que je leur relate une petite histoire que j'ai située au centre-ville de Trois-Rivières. Elle veut leur faire constater que, dans leur vie, dans leur famille et leur milieu, il y a la source de mille histoires.*

Je rêve depuis longtemps de l'avenir de ma fille. J'en ai parlé longuement dans d'autres feuillets. Je sais maintenant qu'elle aura tous ses enfants de Romuald, qu'elle sera heureuse à Sainte-Marguerite, mais je devine que sa soif de dépassement la conduira, plus tard, vers d'autres horizons où il y aura toujours un livre. Je sais que Carole aimera toujours lire et écrire. Je ne crois pas que les femmes de son cercle littéraire deviennent d'assidues lectrices des grands classiques, mais je sais que Carole est contente d'avoir pu éveiller en elles ce beau goût du rêve grâce à notre langue.

Roméo Tremblay, février 1951

L'été débute comme un clin d'œil optimiste à l'avenir, surtout depuis que je suis devenue une femme. Le primaire, on le sait, n'est bon que pour les enfants. Le secondaire, c'est le vrai truc pour nous préparer à notre futur métier. Il y en a qui pensent qu'à mon âge, on ne songe pas à l'avenir. Avec toutes les injustices dont on entend parler à propos du marché du travail, une femme a avantage à dessiner tout de suite des plans pour le futur. Par injustice, je veux dire que les jeunes ne sont jamais engagés par les vieux qui gardent tous les emplois pour eux. Il y a des jeunes qui ont des diplômes du cégep et de l'université et qui vivent quand même sur l'aide sociale, parce que les vieux ont tous gardé les bons emplois au cours des années soixante-dix. Ça ne se passera pas ainsi avec Isabelle et moi! Nous réussirons!

Voilà pourquoi j'ai vraiment hâte de commencer mon secondaire. J'admets que mes dernières années du primaire auraient pu être meilleures. Mais c'est parce que j'étais encore une enfant. Maintenant que je suis une femme, tout va changer et je vais étudier sérieusement pour avoir un bon emploi plus tard. Je sais très bien que mon avenir est tout tracé : je serai une artiste peintre, comme Jeanne. Mais les temps ont changé et je réalise qu'il est difficile de vivre de son art. En ayant de bons résultats scolaires, je pourrais devenir professeure d'arts plastiques dans une école primaire ou secondaire. Pour arriver à ce but, je devrai être bonne dans toutes les matières. Oublions les dernières années. Je suis une femme responsable, maintenant.

« *Cesse de dire que tu es une femme! Ça m'énerve!*

– Je sais à quoi tu penses, vieux vicieux des années soixante-dix! En me regardant, tu te dis que je n'ai pas encore beaucoup de poitrine et que je suis encore une enfant! Mais tu sauras que ce ne sont pas les seins qui font la valeur d'une femme.

– *Je n'ai jamais pensé une telle chose.*

– J'ai été menstruée plusieurs fois, aux bons moments. Je suis donc une femme.

– *La belle équation...*

– Qu'est-ce que je suis, alors?

– *Une adolescente! Et encore : une jeune adolescente.*

– Quelle peur des mots, pour un écrivain! Je suis une femme! Et toi un vieux des années soixante-dix qui ne donne pas d'emploi aux jeunes. Égoïste! Comme ma mère! »

En vue des grands jours des études importantes, Marie-Lou et Isabelle décident de travailler tout de suite, afin d'économiser et ainsi éviter l'endettement étudiant et la misère subséquente chez ceux et celles qui poussent très loin leur désir de savoir. Il est certain que deux « femmes » de leur âge vont trouver du travail, surtout dans le contexte actuel de c'est-la-crise-on-coupe-tout-et-ainsi-on-peut-s'en-mettre-plus-dans-nos-poches. Marie-Lou et Isabelle se présentent au bureau de placement étudiant. La réceptionniste, une vieille de dix-neuf ans, les regarde comme des bébés et sourit de façon moqueuse. Elles complètent les petits cartons pour les menus travaux. La réceptionniste leur demande si elles ont la permission de leurs parents pour travailler.

Même cette génération des années quatre-vingt est contre la jeunesse actuelle! Moi qui croyais que ceux-là éviteraient la bêtise des gens des années soixante-dix! Oui, idiote, ma mère est au courant! Elle m'a même félicitée pour mon sérieux. Quant aux parents d'Isabelle, le moins elle passe de temps à la maison, le plus ils sont contents. J'ai fabriqué de très bons curriculum vitae avec le vieil ordinateur que Roméo m'a donné. Bien sûr, leur contenu n'est pas très plein d'expériences sur le marché du travail, mais déborde de bonnes intentions dans la rubrique « Qualités ». Habillées très fémininement, Isabelle et moi allons porter ces C.V. dans des magasins et des entreprises. On a même rencontré deux patrons qui nous ont regardées avec des sourires sincères. Nous demeurons polies et humbles. Nous ne voulons pas d'emploi de premier plan, sachant que nous sommes au bas de l'échelle. Mais pour laver la vaisselle dans un restaurant, je crois que nous serons excellentes. Dans les magasins, nous ne pensons pas devenir vendeuses, mais nous pourrions nettoyer les planchers, les tablettes et les vitrines, placer la marchandise.

Nous nous présentons chaque matin, le plus tôt possible. C'est le meilleur temps pour rencontrer un patron. En cognant à la porte d'un comptoir laitier, nous avons la surprise de voir le gérant nous désigner deux balais du doigt. Il nous demande d'enlever le sable et les cailloux dans le large stationnement. Ah! voilà quelqu'un qui encourage la jeunesse! Évidemment, avec nos jupes et nos collants, nous ne sommes pas habillées de façon idéale pour ce type de travail... Mais nous nous mettons à la tâche consciencieusement. Ça ne lambine pas avec Marie-Lou Gauthier et Isabelle Dion inc.! Après trente minutes, tout est propre et lisse comme le crâne d'un ancien jeune des années soixante-dix. Le patron vérifie, nous félicite et nous offre notre paie : deux super-sundaes au chocolat avec cacahuètes. C'est-à-dire, monsieur, que ce n'est pas tout à fait... Alors, il fait rouler un deux dollars que nous prenons en remerciant. Au fond, avec cette chaleur et le prix de deux sundaes, nous aurions dû accepter la première offre. Isabelle se décourage un peu, dit que nous sommes trop jeunes, que cet homme vient de nous prendre pour des élèves du primaire. Je la secoue et lui chante mon refrain optimiste. Ça n'aura été qu'une petite injustice, une épreuve qui fera de nous des travailleuses plus fortes!

Avec deux dollars, Marie-Lou et Isabelle achètent une crème glacée. Elles lèchent chacune leur côté et rient comme des femmes de leur âge. C'est la récompense pour leur effort et il reste assez de sous pour déposer dans le fond d'un cochon tirelire, destiné aux économies pour leurs études. À l'école, les leçons des sciences humaines ont appris aux deux amies qu'autrefois, les jeunes terminaient leur scolarité très tôt et allaient travailler. Marie-Lou a vérifié cette théorie auprès de Roméo qui, en effet, avait réfléchi au métier qu'il voulait exercer dès l'âge de onze ans. Seuls les fils de riches fréquentaient l'école secondaire. Quant aux filles, certaines travaillaient en manufacture, mais la plupart demeuraient à la maison pour aider leurs mères, en attendant de se marier. Marie-Lou et Isabelle ont trouvé cette histoire incroyable et, voyant leurs visages incrédules, le vieil homme a renchéri avec quelques exemples dont il se souvient très bien.

Marie-Lou regarde les petites annonces dans le journal, tandis qu'Isabelle consulte celles épinglées sur les babillards des dépanneurs. Une amie de l'école lui raconte qu'elle passe des circulaires. Cette indication prouve à Isabelle que son jeune âge n'est pas un handicap pour se trouver un boulot. Après une semaine, le duo a multiplié les demandes, sans résultat. Le découragement d'Isabelle se heurte à l'obstination de Marie-Lou. La jeune Dion bombe le torse et se laisse entraîner par sa copine dans ce jeu qui anime leurs vacances estivales.

« Jeu? Quel jeu? On ne joue pas! Si tu penses que des femmes de notre condition ont du temps à perdre à jouer comme des bébés du primaire!

– *Voilà la femme modèle qui se manifeste encore...*
– Ce n'est pas un jeu!
– *Oui, c'est un jeu.*
– Non! On ne joue pas!
– *Si, vous jouez!* »

(   ) Elles jouent   (   ) Elles ne jouent pas

Quand ma mère part chaque matin vers son magasin, je remplace la cassette de son répondeur par la mienne. « Vous avez bien rejoint Marie-Lou Gauthier et Isabelle Dion. Si vous téléphonez pour nous offrir un emploi, considérez que notre réponse est positive et laissez votre message. Nous serons présentes à l'heure désignée. » Avec un message comme celui-là, les patrons vont voir que nous sommes des femmes sérieuses. Bien à propos, voilà une réponse! Ceci prouve que des femmes déterminées sont toujours récompensées, quoi qu'en pense le vieux débris des années soixante-dix qui écrit ce livre stupide. Vite, je téléphone à notre bon patron pour confirmer qu'Isabelle et moi sommes heureuses d'entrer à son service. Ensuite, je pédale jusque chez Isabelle pour lui apprendre la grande nouvelle. Nous sautons de joie et dansons dans la rue! Même ma mère est contente! Je devine que le père d'Isabelle va l'être aussi, car la paie de sa fille va remettre dans ses poches le deux dollars qu'il lui donne par semaine pour ses dépenses. Ainsi, il pourra acheter des billets de loterie additionnels.

Avant même le chant radiophonique du réveille-matin de Sylvie, Marie-Lou est déjà sur sa bicyclette, en compagnie d'Isabelle, en train de franchir la longue distance entre Trois-Rivières et Sainte-Marthe-du-Cap, la banlieue de la banlieue trifluvienne. C'est de là qu'a téléphoné au bureau de placement étudiant un grisonnant rentier qui cherche des jeunes pour effectuer des menus travaux autour de sa maison. Sa liste n'a rien de menu : arracher les mauvaises herbes, tailler une haie, tondre le gazon d'un grand terrain, peindre une clôture et pas moins de cinq cabanes à chien, creuser un quadrilatère dans la terre et y placer des dalles de briques. Il faudra aussi gratter le solage de la maison, le peindre, sans oublier de faire le grand ménage du garage. Et ce n'est pas tout! Comme l'épouse de monsieur se remet d'une longue maladie, Marie-Lou et Isabelle devront aussi préparer les repas et nettoyer la maison. Elles en ont pour quelques semaines, avec la promesse de la fortune du salaire minimum.

Elles cachent leur enthousiasme sous des remerciements de

petites filles sages. Comme elles ne savent pas par où commencer, l'homme leur ordonne de ramasser les crottes des cinq chiens. Marie-Lou avale sa salive et tente d'approcher la zone résidentielle de ces dévoreurs. Des petits chiens, c'est rigolo; un gros chien muni de dents pointues, c'est un peu moins rassurant, malgré les chaînes qui les retiennent à leurs cabanes. Marie-Lou et Isabelle gazouillent, le cœur à l'ouvrage. Leur patron s'est muni d'un sifflet pour diriger les opérations. Au premier coup d'alarme, les jeunes adolescentes accourent. Il leur recommande de venir une à la fois. Il a besoin d'un verre d'eau. Au deuxième sifflement, Isabelle doit ramasser le verre qu'il vient de casser par inadvertance. À dix-sept heures, elles sont fatiguées et n'ont pas le goût de franchir cette ribambelle de kilomètres jusque chez elles. Mais quelle satisfaction! Le soir, Isabelle couche chez Marie-Lou, afin de gagner du temps le lendemain matin.

On en a fait pas mal, en une semaine. Mais quand il siffle pour me demander de préparer un sandwich, j'avoue que ça me tombe sur les nerfs. D'ailleurs, il a vite noté qu'Isabelle est plus docile que moi. C'est elle qui a la tâche de préparer les repas et de laver la vaisselle. J'ai les mains boursouflées d'ampoules. J'ai des courbatures au dos à force de tant me pencher pour arracher les mauvaises herbes. Et ces maudits chiens qui n'en finissent plus de laisser tomber leurs gros étrons dégoûtants! En taillant la haie, Isabelle s'est fait attaquer par un bourdon de mauvais poil. Nous pensions terminer la semaine en beauté à peindre les cabanes à chien, mais n'avions pas pensé qu'il fallait les sabler. À l'intérieur, ça puait la pisse et la merde! La semaine prochaine, on commencera à gratter le solage et à creuser pour la terrasse.

Même s'il nous prend pour ses bonnes, le patron est sympathique. Il vient voir notre travail et nous félicite. Il critique juste un peu, et de façon constructive. Il est indulgent, sachant que nous sommes des débutantes. Il nous donne des conseils sur la bonne façon de faire, comme le vrai papa que nous n'avons pas. Je crois qu'on a dû travailler plus de huit heures par jour. Ajouté à toutes ces distances à bicyclette, Isabelle pense avoir perdu un peu de la graisse qu'elle seule peut voir. Je sais surtout que, pour cette fin de semaine, je vais goûter au vrai repos pour la première fois de ma vie. Mais ma mère, contente de mon attitude, décide de nous emmener à La Ronde, le dimanche, sans que nous ayons à débourser un sou. D'ailleurs, nous n'aurons pas nos paies avant la fin du travail. Isabelle et moi calculons ce que nous pourrons économiser. On se permettra de dépenser juste un peu. Des livres pour elle, des tubes de peinture pour moi. Mais tout le reste ira dans notre tirelire pour nos études. Après cinq étés à ce rythme, nous pourrons fréquenter le cégep et l'université sans demander de prêt au gouvernement. Je suis certaine que le premier ministre sera content.

Le patron est bon pour Marie-Lou et lui prête des vieux gants tachés de peinture pour qu'elle ne s'abîme pas les mains à creuser avec sa pelle. Isabelle a même droit à un coussin pour déposer ses genoux, tout en grattant le béton du solage. L'après-midi, après avoir préparé le repas de monsieur, elles inversent les rôles. Après trois semaines, elles ont terminé toutes les rénovations, perdu quelques kilos et cassé leurs ongles. Fatiguées, les reins en compote, les deux jeunes adolescentes ressentent surtout la fierté et le bonheur du devoir accompli. Voilà enfin le temps de la récompense : quatorze jours au salaire minimum. Le montant total fait perdre le sourire à Marie-Lou qui redresse la tête et dit poliment, puis moins poliment, et enfin vulgairement que ce n'était pas le salaire minimum par jour, mais pour chaque heure de ces journées. Le patron prétend que ce n'est pas ce qui avait été conclu lors de la première rencontre. Il ajoute qu'à leur jeune âge, l'important n'est pas l'argent mais d'avoir appris les bienfaits du travail. Le salaire minimum par journée, c'est suffisant pour des fillettes comme elles. Isabelle relève enfin la tête et crie que ce n'est pas juste. Marie-Lou l'entraîne par la main, se sert de l'autre pour menacer cet infâme exploiteur.

Alors, la femme Marie-Lou a un réflexe bien de son âge : « Maman! » *Sylvie est révoltée par l'aboutissement de cette aventure. Elle se rend à Sainte-Marthe-du-Cap après le souper. Mais l'homme ignore qui sont ces petites et chasse Sylvie de sa propriété. Elle pousse l'enquête jusqu'au bureau de recrutement étudiant, où on lui indique que Marie-Lou et Isabelle n'ont pas l'âge minimum pour être inscrites, que la réceptionniste leur avait fait probablement remplir ces cartons pour se débarrasser d'elles, ignorant que Marie-Lou et Isabelle ont indiqué « seize ans » dans la case appropriée. Sylvie se plaint de l'irresponsabilité de cette employée, demande à voir le responsable du bureau devant qui, les larmes aux yeux, Isabelle et Marie-Lou expliquent tout le travail colossal accompli au cours des dernières semaines. Une revendication officielle est enregistrée. Mais que de papiers à remplir! Cette bureaucratie flatte un peu Marie-Lou, mais elle a l'impression qu'elle serait encore plus femme si elle réglait ce conflit toute seule. C'est pourquoi elle pédale à nouveau jusqu'à la maison du vieil homme, qui se repose sur la terrasse assemblée par elle et son amie. «* Je vais lui parler de femme à homme *», de se dire la petite. Il lui répond plutôt par la menace de ses chiens.*

Je veux mon argent! Je vais faire exploser son parterre, dynamiter ses chiens et incendier sa maison, mais j'aurai mes sous! Tout ça est typique de l'exploitation de la femme par l'homme macho et phallocrate. (Ces expressions sont celles de ma mère. Je l'ai toujours trouvée énervante d'utiliser de tels mots, mais maintenant que je suis aussi une femme, je comprends mieux leur sens, même si ce ne sont que des termes de la génération des années soixante-dix.) C'est aussi l'éternel drame des vieux qui se moquent des jeunes! Mais vers quel monde je fonce? C'est épouvantable! La semaine passée, des Blancs ont lancé des roches sur les automobiles de femmes, d'enfants et d'aînés autochtones qui s'en retournaient chez eux. Le racisme, le chômage, l'exploitation, la guerre : voilà le monde qui m'ouvre les bras! Toujours cette intolérance et cette injustice!

« Oh! une crise adolescente! Comme c'est charmant!

– Tu te fiches de ma gueule?

– *Bien sûr! Il faut s'amuser, rire un peu, de temps à autre.*

– Je vais déchirer ton livre!

– *Tu sais parfaitement que tout va bien se terminer, avec l'intervention du bureau de travail et de ta mère. Veux-tu un conseil?*

– Je n'ai rien à retenir des vieux des années soixante-dix! Avec ma mère et ce bureau, je vais avoir ma paie dans huit mois! »

Marie-Lou va confier sa peine à Roméo qui lui affirme, en effet, que ce monde est drôlement fait. Autrefois, de tels scandales se produisaient souvent chez les jeunes travailleurs. Mais Marie-Lou n'a pas le goût de se faire raconter l'histoire de Trois-Rivières. Ces contes sont bons pour les enfants, pas pour une femme de son âge. Elle refuse de le suivre avec la vieille Renée jusqu'à Sainte-Marthe-du-Cap. Qu'est-ce qu'un homme aussi âgé et sa fille septuagénaire peuvent faire? Mais Roméo insiste. Pour demeurer polie, Marie-Lou prend place dans l'automobile de Renée. Les deux femmes demeurent à l'intérieur, alors que Roméo marche à petits pas dans la grande entrée. Voilà plus d'une demi-heure qu'il est parti. Soudain, Marie-Lou aperçoit de loin son arrière-grand-oncle qui serre la main de ce voleur et lui donne une amicale tape sur l'épaule. Roméo présente à Marie-Lou un chèque qui combine son salaire à celui d'Isabelle, avec en prime un dix dollars de dédommagement pour les tracas causés par ce délai.

Comment a-t-il fait? Qu'est-ce qu'il lui a raconté? Je ne sais pas! Et Roméo ne veut pas me le dire. Quand je le lui demande à nouveau, il me montre un grand sourire satisfait. Roméo aime avoir ses secrets, confie que la vie n'en vaut pas la peine s'il n'y a pas de mystère entourant les surprises. J'imagine que, l'an prochain, il me racontera une histoire avec des loups et des lapins, où je reconnaîtrai l'aventure qui vient de bouleverser ma vie. Il est ainsi, Roméo! Magique et unique! Et le vieux con qui écrit ce livre garde aussi le mystère. Je suis certaine qu'il est au courant! Je saurai la vérité un jour. Mais Roméo me dit qu'il n'y a rien de plus délicieux pour l'imagination qu'un secret jamais révélé.

La guerre est partout! Tant que nous ne la vivons pas dans nos rues, elle est fascinante à examiner au cinéma, par les modes vestimentaires, dans les pages de nos journaux – où nous avons même droit à une bande dessinée sur le conflit – à écouter à la radio et à regarder sur les murs ainsi que dans les vitrines des commerces de Trois-Rivières.

Je ne vais pas très bien, je dois l'avouer, depuis que j'ai perdu mon emploi de journaliste au Nouvelliste. *Exercer ce métier était le rêve de mon enfance et, au cours de ma jeunesse, j'ai sacrifié beaucoup de mes ambitions pour faire face à la réalité d'un jeune homme qui travaillait comme commissionnaire pour différents journaux de Trois-Rivières. Parlant de la guerre, c'est indirectement à cause de ma triste expérience pendant le conflit de 1914 que j'ai pu devenir journaliste. Comme j'étais gravement blessé au bras gauche, l'armée m'avait permis de retourner au pays en réhabilitation et, dès que j'ai pu, j'ai écrit pour dénoncer l'absurdité de ce conflit. J'ai eu des ennuis, beaucoup d'ennuis. Et des aventures rocambolesques, dont j'ai déjà parlé dans d'autres feuillets. Tout ceci terminé, j'ai pu faire publier ce petit livre qui relatait mon expérience dans l'armée, ce qui m'a attiré d'autres problèmes, mais suscité la sympathie des Canadiens français n'ayant pas apprécié la conscription du premier ministre Borden et l'émeute de Québec, au printemps 1918. Ainsi, j'ai pu devenir journaliste à l'ouverture du* Nouvelliste, *deux ans plus tard. Si la Première Guerre m'a permis de commencer ma carrière, celle que nous vivons n'a servi qu'à y mettre fin. Je n'ai jamais aimé écrire les menottes aux poings en obéissant à la censure qu'on nous impose. Refusant au compte-gouttes de décrire les parades, les rassemblements militaires et patriotiques, on m'a mis à la porte sans un mot de remerciement pour ces vingt années de ma vie. Je ne vais pas très bien, d'autant plus que les maladies de ma sœur Jeanne me tourmentent chaque jour.*

Maurice, mon premier garçon, a souffert de mon absence au cours de sa petite enfance, à cause de la guerre, puis, à mon retour, quand j'ai aidé des conscrits à se cacher dans les bois. Mais quand il a été en âge de comprendre, je suis devenu son héros de guerre. Conséquemment, Maurice est antimilitariste depuis son plus jeune âge. Je me souviens qu'il avait refusé un fusil jouet sculpté par son grand-père Joseph, lors d'un de ses anniversaires de naissance.

Patron de notre restaurant familial Le Petit Train *depuis 1935, Maurice mène son commerce avec autorité et dynamisme. Or, la guerre n'a jamais pénétré au* Petit Train. *Dès 1939, le restaurant est d'abord devenu l'antre de ma fille Renée et de ses amies, toutes opposées à l'enrôlement des garçons. Maurice ne refuse pas l'entrée aux militaires, installés sur le coteau. Mais les soldats savent que* Le Petit Train *n'est pas pour eux. Même leurs chefs sont venus rencontrer Maurice pour savoir quel complot se dessinait entre les murs du restaurant. Rien! Il ne se passe rien du tout! Sauf que la tête boudeuse de Maurice, le mauvais service de Renée, et les yeux méchants de ses amies pointés dans le dos des soldats font en sorte qu'ils évitent de fréquenter* Le Petit Train.

Un des désavantages actuels du Petit Train *est qu'il est situé face à la gare, d'où descendent et montent les militaires. Un autre inconvénient est que le restaurant est sur le parcours de toutes les parades. Dans un cas comme dans l'autre,* Le Petit Train *demeure un restaurant tout nu : il n'y a pas d'affiches pour promouvoir l'effort de guerre et l'achat de bons de la Victoire. La défense nationale en distribue gratuitement à tous les commerçants de la ville et Maurice refuse ces cadeaux.*

À chaque parade, on avertit les commerces du parcours de décorer et on recommande aux citoyens de pavoiser. Mais Maurice demeure de marbre. Exaspérés, ses confrères de la rue Saint-Maurice se présentent devant lui avec une requête qui lui ordonne de décorer pour la prochaine parade. Maurice ne décroise pas les bras. Ils menacent par un boycott du restaurant, ce qui fait bien rire mon garçon, sachant que, dans le quartier, beaucoup de nos clients viennent précisément parce que Le Petit Train *affiche son refus de participer à ce cirque de publicité de la guerre. Maurice parle de justice à ses confrères. Ce mot les fait sursauter d'étonnement. Dans la justice de Maurice, il y a aussi du respect pour l'ancien militaire blessé que je suis, pour mon frère Adrien décédé à la fin du conflit. Il y a aussi l'hypocrisie de ceux qui veulent écraser Hitler et qui, cinq ans plus tôt, accusaient les Juifs d'être responsables de la crise économique. Il y a aussi le respect de la mémoire de nos jeunes, morts inutilement à Dieppe. Les commerçants quittent en furie et, dès le lendemain, l'échevin arrive à toute vitesse pour affirmer que* Le Petit Train *sera la honte du quartier s'il persiste à demeurer aussi indifférent aux autorités militaires qui défileront devant sa porte. Maurice répète son cri de justice. De l'échevin, nous passons au coup de téléphone du maire. Maurice reste imperturbable! Mais les militaires du coteau descendent pour lui répéter, en anglais, quel mauvais patriote il est.*

Le jour de la parade, les soldats prennent nos artères d'assaut

avec leurs fanfares et leur arsenal, applaudis le long des rues par ceux-là mêmes qui avaient dit au premier ministre Mackenzie King, en janvier 1942, qu'ils étaient contre la conscription et qu'ils ne l'autorisaient pas à se délier de sa promesse de ne pas l'imposer. Et les maisons de faire flotter l'Union Jack, le drapeau du Carillon ou des Hitlers en carton. Et toute la parade passe devant la porte du *Petit Train*, ***toujours aussi tout nu. Pendant que je regarde par la fenêtre, Maurice reste derrière son comptoir, le nez dans son journal. Le son du dernier tambour s'estompant, Maurice approche, met sa main sur mes épaules et me dit que, la guerre terminée, ses horreurs révélées, ses plaies ouvertes, des gens de Trois-Rivières viendront au*** *Petit Train* ***pour le féliciter de son insolente opposition. Et ce ne sera que justice!***

Roméo Tremblay, novembre 1943

Perdue dans son blues d'inspiration, un pinceau en équilibre sur une oreille, un autre entre ses dents et un dernier qui appose sur une toile les teintes ombragées d'un visage de jeunesse féminine, Marie-Lou est tirée de son doux songe par un cri d'homme qui se marie aux exclamations enthousiastes de Sylvie. Il s'agit probablement d'un de ses amants, un de ces nombreux hommes des années soixante-dix se prenant pour un jeune et que Marie-Lou déteste sans s'en confesser. Pourtant, une bribe de conversation lui fait sursauter le cœur, alors que ce visiteur confirme à sa mère que cela fait bien dix-huit ans qu'ils ne se sont pas vus.

Marie-Lou monte promptement l'escalier, fait tomber le pinceau de son oreille et crache celui de sa bouche. Elle dévisage l'homme, qui est tout étonné de voir cette tornade orangée. Sylvie la présente comme sa grande fille, dont l'âge correspond à quelques mois près à celui du nombre d'années séparant la dernière rencontre entre sa mère et ce Jean-Michel Michel, un ancien compagnon de l'époque où la jeune Sylvie ne vivait que pour le théâtre et rêvait nuit et jour de Michel Tremblay. Marie-Lou le dévore des yeux, scrute sa bouche, son nez, son regard, cherche dans son physique des traces de sa propre apparence. Sylvie devine très bien les pensées de sa fille et, insatisfaite de l'attitude impolie de Marie-Lou, lui dit qu'elle se méprend, ce qui provoque le questionnement du visiteur. Marie-Lou ignore le message de Sylvie et demande carrément : « Êtes-vous mon père? » *Lui, estomaqué, répond de la même façon que Sylvie, avoue qu'il est heureux de savoir qu'elle se nomme Marie-Lou, car Sylvie, à seize ans, avait été une fantastique Marie-Lou dans son adaptation de la pièce de Tremblay* À toi pour toujours ta Marie-Lou. *L'adolescente ne l'écoute pas, ajoute qu'au cours des années soixante-dix, sa mère était pour la sexualité libre, ce qui n'a apporté que des soucis à sa progéniture.* « Êtes-vous mon père? » *répète-t-elle en vain, avant de redescendre vers sa peinture, poursuivie par Sylvie qui crie qu'elle va payer pour cet affront malveillant, impoli et inutile.*

Depuis quelques semaines, la mère et la fille sont à couteaux tirés à propos de l'éternel problème de l'idée de famille, qui a toujours perturbé Marie-Lou sans faire sourciller Sylvie. Quelques hommes ont défilé à la maison depuis les deux derniers mois et Marie-Lou s'est révoltée contre l'idée que sa mère, avant d'atteindre la quarantaine, cherchait à se faire fabriquer « un autre bâtard » *semblable à Sébastien, à Louis et à elle-même. Il y a quelques années, le cadet Louis avait été le seul enfant Gauthier à recevoir la visite de son vrai père. Marie-Lou et Sébastien regardaient avec envie chacune des entrées et sorties de cet homme. Et, soudainement, il avait cessé de venir, ayant eu un autre enfant d'une femme qu'il aimait. Peu de temps après, il avait déménagé à Sherbrooke et on n'a plus jamais entendu parler de lui. Louis était trop petit pour se rendre compte qu'il avait côtoyé son papa. Mais, comme son frère et sa sœur, Louis a grandi en voyant autour de lui tous ces types de familles de fin de vingtième siècle, sans jamais pouvoir définir la sienne, sinon par le terme « excessivement monoparentale ». Si ce n'était que pour cette appellation, Marie-Lou accepterait très bien sa situation. Elle connaît beaucoup d'autres jeunes qui s'en accommodent avec sérénité, tout comme elle sait que le couple traditionnel n'est pas toujours la meilleure solution. Elle n'a qu'à penser aux parents d'Isabelle. Marie-Lou et Isabelle s'étaient promis de partir de leur milieu familial dès le jour de leur majorité. Comme ce temps arrive bientôt, elles sont consternées de constater qu'elles ne pourront le faire, parce qu'elles n'ont pas d'argent et qu'elles font face, comme tant d'autres jeunes, à une énorme difficulté à trouver le moindre petit emploi, même à mi-temps, dont elles ont besoin pour payer leurs études au cégep.*

Les peintures de Marie-Lou sont de plus en plus étonnantes, comme si, à l'image de son arrière-grand-mère Jeanne, elle approchait de sa maturité artistique, alors qu'elle est encore si jeune. Marie-Lou a exposé au cégep, dans des cafés et dans un bar. Tout le monde a admiré ses toiles, mais personne n'a voulu en acheter. Seuls les fauchés comme elle savent les apprécier. Les riches, ceux qui pourraient se les procurer au prix demandé, préfèrent collectionner des cartes de hockey ou s'abonner à la saison de spectacles de la salle J.-Antonio-Thompson, afin de pouvoir entendre des humoristes massacrer la langue française et faire des grimaces ridicules. Les riches, de se dire Marie-Lou, sont cent fois plus vulgaires que les pauvres.

De son côté, Isabelle a brièvement travaillé pour une chaîne de restaurants célèbre pour engager les jeunes, leur interdire les pourboires et les mettre à la porte à chaque anniversaire de naissance. Mais elle a réussi à avoir sa photographie laminée sur le mur du restaurant, comme employée du mois. Plus que Marie-Lou, Isabelle doit compter sur un emploi pour subvenir à ses besoins, ses parents ne se résolvant pas à faire débrancher le câble afin qu'ils puissent donner plus d'argent pour les études de leur fille. Tout ceci semble être la vie de cette génération. Vie ou survie? Pendant ce temps, Marie-Lou subit le drame de voir sa mère chercher à ajouter un autre fleuron à son trio de futurs désœuvrés. Alors, elles s'engueulent de plus en plus.

Je ne devrais pas être si dure envers ma mère. Tout en travaillant à la prospérité de son commerce, elle m'a élevée avec amour. Je n'ai jamais manqué d'affection et elle m'a toujours encouragée à peindre. Mais que sont ces sentiments sans la présence continue d'un père, de frères qui seraient de sang commun? Mes frères ne me ressemblent pas. Il y a des différences physiques évidentes entre nous. Nous sommes un assemblage hétéroclite, construit selon les vieux principes de la liberté sexuelle des années soixante-dix. Ma mère devrait finir par comprendre que cette époque est révolue et qu'elle tirerait profit d'une stabilité en amour. Qu'elle se trouve un vrai conjoint au lieu de continuer de vivre comme autrefois! À son âge, ça commence à être grotesque! Comme je déteste quand elle prend ses grands airs de femme moderne et émancipée, et qu'elle veut que nous parlions librement de sexualité. On dirait un cours de morale du secondaire! Ma sexualité, je n'en parle même pas avec Isabelle! Il y a des hommes qui sont venus et repartis. Je ne les ai jamais aimés. Mais je ne perds pas l'espoir de voir maman se ranger. Ça ferait tellement de bien à Sébastien et Louis, plus jeunes que moi. Isabelle et moi avons une grande certitude : quand nous aurons des enfants, ce ne sera pas par fantaisie! Ce sera sérieux! Et avec ces conjoints, nous formerons une famille, une vraie! Comme au temps de Roméo! Oui, je sais que je peux paraître conservatrice et démodée de dire une telle chose, mais il faut voir ce qui est arrivé à la vie des monoparentaux pour comprendre la grandeur et la dignité d'une vraie famille unie, construite sur une base solide d'amour et de respect. Tiens! Me voilà en train de parler comme un cours de morale du secondaire...

« Elle achève, la première partie de ton livre, n'est-ce pas?

– *Oui.*

– Il est temps, non? Comme il est jusqu'ici assez kitsch, tu vas me préparer une belle finale émouvante pour faire pleurer les gens, leur faire prendre conscience des graves problèmes de la jeunesse et d'une femme comme moi.

– *Je connais déjà la finale. C'est prévu.*

– Déjà?

– *Pour écrire un livre, il faut connaître le début et la fin. Ensuite, il ne reste qu'à combler l'espace entre ces deux points.*

– Boucher un trou, en somme.

– *Si tu veux.*

– Écris une belle finale : Marie-Lou et Isabelle vont enfin vivre en appartement. Puis je retrouve mon père biologique qui se lance dans mes bras en pleurant « Ma petite fille! » alors que je braille « Papa! »

– *Et c'est moi que tu accuses d'être kitsch?*

– Je sais que tu ne le feras pas! Tu vas me faire une finale débraillée, comme au temps des années soixante-dix! Tu ne connais rien aux choses importantes! Tu es comme ma mère! Tu l'as d'ailleurs probablement connue à cette époque.

– *Et si j'étais ton père?*

– Ah ça, non! Ma mère était peut-être courailleuse, mais elle n'a jamais fait preuve de mauvais goût! »

Le père de Marie-Lou est idéalisé. Il est un peu le Clément Tremblay, petit-fils de Roméo, qu'elle va souvent voir au café Internet Le Petit Train *de la rue Champflour. C'est un homme juste, de bon cœur, d'une sage autorité, tendre, amusant et aimable. Il ne ressemble pas aux amis de Sylvie, qui ne choisit que les bêtas, les étalons d'un soir, mais avec ce soupçon d'intelligence qui leur permet de se rendre compte qu'ils ne pourront dominer une femme de tête comme Sylvie Gauthier.*

Quand Marie-Lou visite des amies du cégep, elle cherche toujours à voir le père afin de le connaître et de le juger rapidement, puis ensuite s'informe sur la bonne entente au sein de la famille. Marie-Lou avoue sans pudeur qu'elle est le fruit d'une monoparentale professionnelle, ce qui, chez les familles dites traditionnelles, provoque toujours quelque sentiment de pitié mélodramatique, comme si ces gens ne pouvaient se rendre compte que la famille de cette fin de siècle ne peut être comme celle de son début.

La famille idéale est celle de Roméo. Il n'a connu qu'une blonde, l'a mariée et a eu six enfants. Aujourd'hui, il n'en reste que deux, Renée et Christian, et Roméo continue de chérir les quatre disparus. De ces enfants sont nés une ribambelle de petits-enfants, sans oublier la progéniture de ces derniers. Marie-Lou connaît bien certains des petits-enfants, comme Clément, puis Robert, le vendeur de disques. L'été dernier est apparu Martin Comeau, un des fils de Carole l'intellectuelle. Il est un professeur de niveau universitaire, à Québec. Un peu rébarbative à ce yuppie, Marie-Lou a fini par bien l'aimer, bouleversée par l'affection qui l'unit à Roméo. Depuis son déménagement à Trois-Rivières, Martin ne passe pas une semaine sans voir son grand-père. Il lui fait la lecture. Inévitablement, Marie-Lou l'a croisé souvent. Il l'a même invitée à prendre un café. Martin lui a alors parlé de l'admiration pour sa mère Carole, de l'amour pour son père Romuald. Une superbe famille, qui fait rêver Marie-Lou.

Marie-Lou discute souvent avec la vieille Renée de cet arbre généalogique des Tremblay, établi par Carole il y a une quinzaine d'années. Marie-Lou pointe un nom du doigt et Renée parle aussitôt du personnage. La petite branche sous le nom de Jeanne Tremblay est bien courte, menant à Louis, Stéphane et Marie-Lou. En la désignant, Renée répète à Marie-Lou l'étonnement de constater la grande ressemblance entre la jeune fille et cette fascinante aïeule Jeanne. Dans la maison de Roméo, la plupart des pièces sont des sanctuaires à la gloire de Jeanne. Et quand Marie-Lou y entre, toutes ces photographies semblent se confondre avec son physique. Le vieil homme se souvient de tout ce qui concerne Jeanne, son épouse Céline et ses six enfants. Mais sa mémoire, parfois, court-circuite les trente dernières années. Sa nostalgie s'est fixée des frontières aux grands moments de bonheur et de beauté.

Depuis une année, Roméo a beaucoup vieilli. Sa démarche est catastrophique, il parle en marmonnant et ses yeux semblent enfoncés dans des trous sombres et mystérieux. Mais quand Marie-Lou arrive, le vieillard s'anime dangereusement. Il aime quand elle raconte ses grands malheurs. Il veut l'entendre dessiner, désire toujours la toucher car, dit-il, Marie-Lou a la même peau douce que Jeanne. Alors, Marie-Lou l'enlace et l'embrasse de plus en plus fort, pense que Roméo ne sera pas éternel, que cet homme pour qui elle a tant d'amour, de tendresse et de respect, finira par mourir un jour. Mais la jeune femme sait aussi que Roméo sera éternel à cause de tous ces Tremblay de Trois-Rivières nés de son amour pour Céline. Et Marie-Lou sent si bien qu'elle est l'arrière-petite-fille d'une Tremblay, Jeanne, fille de Joseph, sœur de Roméo.

Roméo va avoir cent ans demain. Du moins, je l'espère! Ce serait con de mourir cette nuit et de terminer sa route au chiffre idiot de quatre-vingt-dix-neuf, comme un décompte interrompu par une panne électrique. Pour ce grand événement, il veut réunir une partie de sa famille. Je sais qu'il sera triste de ne pas y voir ses enfants Carole, Simone, Maurice et Gaston, sans oublier sa Céline. Devenir centenaire et vouloir organiser une fête! C'est bien lui! Lui et son cœur si jeune! Et sa toute première pensée va pour sa famille. Ma mère devrait en prendre bonne note. Tous les Tremblay viendront lui rendre hommage, lui donner des cadeaux et des fleurs. Roméo n'a pourtant pas l'habitude d'aimer les honneurs, mais il est vrai qu'un centième anniversaire de naissance n'arrive que rarement. Le matin, il recevra une équipe de journalistes qui prendront des photographies et lui poseront des questions. Je ne veux rater ça pour rien au monde! Ensuite, je passerai la journée près de lui pour aider la vieille Renée à bien recevoir les visiteurs, à surveiller pour que Roméo ne se fatigue pas.

Je m'habille proprement, avec ma jupe rouge qui va si bien avec mes cheveux orangés. Roméo a l'air d'un jeune marié avec son bel habit des grandes occasions. Je remarque surtout que Renée l'a parfumé, ce qu'il a dû détester. Il est assis sur son sofa comme un roi sur son trône. Quand on sonne à la porte, je m'empresse d'ouvrir. Les deux journalistes ne s'attendaient sûrement pas à voir ma tête! Roméo fait l'effort de se lever pour les accueillir. Je les dirige vers lui, car il a bien du mal à les voir. Quelle amabilité et quelle disponibilité! Renée le regarde en souriant, très fière de son petit papa. Le photographe se met à l'œuvre, pendant que son confrère pose un tas de questions stupides, celles que Roméo craignait. Il veut l'entendre parler de l'époque où il y avait des chevaux dans les rues, savoir s'il a eu peur en voyant pour la première fois une automobile, connaître le secret de sa longévité, s'il se souvient du grand incendie de 1908 qui avait ravagé Trois-Rivières. Il lui demande quel est son plus ancien souvenir. Roméo garde un court silence, à réfléchir, puis il a comme un sursaut, avant de mentionner avec enthousiasme qu'il se souvient du discours de son père Joseph, le 31 décembre 1899, à l'effet que le nouveau siècle serait celui du modernisme. Je sais que Roméo aime toujours son père. Mais les deux hommes font un petit sourire moqueur que mon arrière-grand-oncle devine. Insulté, Roméo se redresse et leur assure qu'il a mémoire de tous les mots de son père au jour de l'an 1899. Renée et moi approchons pour le calmer, le faire asseoir.

Après leur départ, Roméo demeure songeur. Je m'approche et lui prends la main. Tout de suite, il me parle de Jeanne. Je suis enchantée, comme d'habitude. Je suis toujours contente de savoir qu'il m'aime autant que sa petite sœur, moi dont son sang coule dans mes veines et qui ai hérité de son talent de peintre. Son fils Christian arrive, suivi des petits-enfants Clément, Robert et Martin. D'autres défilent poliment, ne s'attardent pas trop, de peur de le fatiguer. Plusieurs me donnent l'impression d'accomplir une lourde tâche par leur visite. Mais je suis certaine que Roméo voudrait tous les retenir. Je sors la dernière de la maison, en compagnie de ma mère. J'ai de gros sanglots dans la gorge, pas par tristesse, mais par bonheur de savoir que cet anniversaire de naissance a rendu Roméo si heureux.

Marie-Lou ressent les mêmes émotions à Noël, alors que Roméo fête la Nativité comme pour la première fois. Isabelle accompagne Marie-Lou, et le centenaire lui a raconté une histoire de père Noël. De nouveau, beaucoup de Tremblay sont venus saluer l'aïeul. Plus que les cadeaux, leur présence a enchanté Roméo. Chez Marie-Lou, il n'y a que ses deux frères et sa mère, pour fêter en intimité. Louis, Stéphane et Marie-Lou sont déroutés de savoir que leur mère, à l'approche de la quarantaine, est de nouveau enceinte, suite à des rencontres organisées systématiquement dans ce but. Il y a un échange de cadeaux, un repas végétarien et les disques de folklore de Sylvie. Mais les enfants Gauthier n'ont pas l'impression d'être en famille, à cause de cet intrus, de cet embryon inconnu dans le ventre de leur mère. À deux jours de devenir majeure, Marie-Lou ne se sent pas prête à être la sœur d'un bébé qui ne lui ressemblera pas.

Les premiers jours de la nouvelle année voient Marie-Lou ne pas se sentir très bien. Elle a un mal fou à obtenir de bons résultats au cégep et s'inquiète de l'éloignement soudain et inexplicable d'Isabelle. Puis, le printemps apporte la volée d'un corbeau noir qui frappe Roméo de cécité. Quelle horreur pour un homme qui aime tant lire, écrire, observer! Si Martin lit à sa place et Renée écrit ce qu'il lui dicte, qui donc pourra voir pour lui? Marie-Lou hérite de ce rôle. Quand elle entre chez elle, il dit son nom, recon-

naît son pas. Alors, la jeune femme lui décrit tout ce qu'elle voit, parle de son tableau en cours, prend une photographie de Céline et de Jeanne et les lui raconte. Avant chaque départ, le centenaire tâte le visage de Marie-Lou, des sanglots au fond de la gorge. Marie-Lou a l'impression que Roméo se laisse aller, que plus rien ne l'intéresse et que, peut-être pour la première fois, il souhaite mourir. Renée lui raconte que parfois, la nuit, Roméo crie le prénom de Céline, non pas par délire, mais comme une demande à Dieu de le réunir à son amour le plus tôt possible.

Marie-Lou a échoué quelques cours. La très studieuse Isabelle aussi, ce que son amie a bien du mal à comprendre. N'en pouvant plus de son éloignement, de son indifférence blessante, Marie-Lou supplie Isabelle de lui confier ce qui la tracasse. Alors, Isabelle lui répond sèchement qu'elle est séropositve. Une seule fois, une seule toute petite fois, Isabelle a couché avec un garçon, ce mauvais amoureux Yannick imposé par Marie-Lou en décembre dernier, pour satisfaire son idée de pouvoir sortir en couple avec son Tristan. Si Isabelle a mal accepté que ce garçon qu'elle aimait bien se fiche d'elle en déguerpissant après l'unique nuit, elle n'en finit plus de pleurer entre les bras de Marie-Lou, révoltée de l'injustice de cet héritage non désiré. Pendant que Sylvie grossit, que Roméo s'enfonce dans sa nuit, Marie-Lou donne toute son affection à Isabelle, jure que jamais elle ne la quittera, qu'elle prendra soin d'elle. C'est au cœur de ce dévouement que Roméo Tremblay est mort tout doucement, au début de juin 1996, neuf mois après avoir fêté son centième anniversaire de naissance.

Marie-Lou s'est fait mal de tant pleurer, s'en voulant énormément de ne pas avoir visité souvent Roméo depuis le printemps. Elle devine qu'il a pensé à elle. Mais Roméo a fait ses adieux à la vie bien paisiblement, pendant son sommeil, comme tout vieillard le désire. Enfin il sera près de sa Céline, il pourra embrasser Jeanne, serrer contre lui son père Joseph, donner une mâle poignée de main à son frère Adrien, courir vers ses enfants Gaston, Carole, Simone et Maurice. Telle était sa conviction profonde, sa vision bienheureuse du paradis de Dieu. Marie-Lou souhaite que toutes ces chimères d'un temps révolu soient miraculeusement vraies.

À l'enterrement, tous les Tremblay étaient là. Il y en avait beaucoup plus que d'habitude. Mais seules Marie-Lou et Renée pleuraient, même si Martin Comeau, Robert Gingras et Clément Tremblay contrôlaient tant bien que mal leur émotion pour ne pas éclater en sanglots. Marie-Lou a passé les deux jours suivants la tête contre l'épaule d'Isabelle. Parfois, elles renversaient les rôles. Sylvie, inquiète et fatiguée de la grande tristesse de sa fille, lui prend une main pour la déposer sur son ventre rond où vit avec dynamisme une petite fille, une autre descendante de Jeanne Tremblay. Sylvie sait que Roméo aurait été content de sentir ce bébé sous sa vieille main, d'autant plus que, ce printemps, la future mère lui a juré qu'elle ferait baptiser le bébé du prénom de Jeanne.

On vient de me téléphoner pour l'héritage. J'ai d'abord été très surprise, n'ayant jamais pensé à cet aspect, au contraire de certains petits-enfants de Roméo, ceux qu'on ne voyait jamais et qui se sont présentés à son anniversaire de centenaire et à Noël. Ils devaient penser que le bonhomme devait avoir tout un magot caché dans ses vieux bas de laine et que deux ou trois gentillesses pourraient leur rapporter des dollars. Je n'en veux pas, de l'argent de Roméo! Je veux Roméo près de moi! J'ai tant besoin de lui depuis la terrible nouvelle annoncée par Isabelle! Lui seul saurait me réconforter, m'écouter. Mais, depuis son départ, je me sens si perdue, si seule, comme si une partie de moi-même était aussi morte. La pauvre vieille Renée est tout autant déboussolée, ne peut vivre avec son ombre dans cette grande maison qu'elle partageait avec son père depuis le décès de sa mère Céline, au début des années soixante-dix. Tout dans cette maison, les couleurs, les meubles, les odeurs, tout lui rappelle si cruellement Roméo.

Peut-être que le notaire va me confirmer ce que je sais déjà. Sans que je lui demande quoi que ce soit, Roméo m'a promis toutes les photographies de Jeanne, quelques objets lui ayant appartenu. Pas besoin d'un notaire pour cela. De plus, je suis certaine que c'est super-ennuyeux, chez un notaire. Je ne sais même pas ce qu'est un notaire. Une espèce d'avocat des morts, je crois. Il a l'air d'un de ces épouvantables anciens jeunes des années soixante-dix, avec sa queue de cheval et sa tête de téléphone cellulaire. Il doit conduire une voiture sport de non-fumeur en écoutant des disques compacts de Beau Dommage. Dans son bureau, il n'y a que Renée, Christian et moi. Ça m'étonne. Et Martin? Et Robert? Et Clément? Quelle preuve de son estime à mon égard! Christian, grandement affecté par le chômage, hérite de l'argent. Renée, c'est naturel, aura la maison. C'est bizarre, mais le vieux con des années soixante-dix lit les dernières volontés de Roméo et, malgré le style lettre d'affaires, et les mots légaux très creux, on dirait que Roméo me parle une dernière fois.

Voici mon tour. Roméo me laisse le trésor contenu dans cinq coffres de cèdre, cachés dans la penderie de sa bibliothèque. Voilà! Roméo vient de me parler! Encore un de ses mystères, une de ses histoires, de ses secrets qu'il chérissait tant. Un trésor dans des coffres... Que vais-je y trouver? Un costume de pirate? Sûrement les effets de Jeanne. Alors, merci infiniment, mon Roméo, c'est en effet un véritable trésor. Mais Renée me dit qu'elle ignore ce que cachent ces coffres, que les possessions de Jeanne sont plutôt au grenier. Bien sûr, Renée a souvent dépoussiéré ces coffres, mais Roméo n'aimait pas qu'on s'attarde dans sa bibliothèque. Chez Roméo, toutes les photographies de Jeanne sont toujours en place. Renée me les donne de bon cœur.

Mais quel mystère Roméo a-t-il pu...

Christian retire ces lourdes caisses du fond de la penderie. J'attends qu'elles soient ouvertes pour les toucher. Après avoir trouvé les bonnes clefs dans le bureau de Roméo, je pousse le couvercle du premier coffre. J'y vois du papier, des anciens cahiers scolaires, des tas de feuilles jaunies et craquelées. Les autres coffres contiennent la même paperasse. Mais qu'est-ce que c'est? Renée me donne l'enveloppe remise par le notaire, mais je l'ignore, plonge mes mains dans cette mer de papier. J'en prends un au hasard et il me raconte une aventure de chasse de son frère Adrien! La suivante me parle de Jeanne et de Sweetie! Puis de sa sœur Louise, de Gros Nez le quêteux, de sa fille Carole l'institutrice à l'école Sainte-Marguerite. Les écrits de la vie de Roméo! Des écrits tenus secrets! Renée ne savait même pas qu'ils existaient! Là, sous mes yeux remplis de larmes, tout Trois-Rivières et les Tremblay au cours de ce long siècle, le siècle de Roméo! Tous ces gens qu'il a tant aimés! J'ouvre l'enveloppe que Renée me tend à nouveau.

Ma chère petite Marie-Lou. À l'âge de onze ans, quand nous préparions notre déménagement de mon quartier natal de Saint-Philippe vers le nouvel horizon de notre maison neuve de la rue Champflour, j'avais lu à Jeanne, Adrien, Louise et à ma mère quelques-uns des textes secrets que j'écrivais depuis quelques années sur le lieu de ma naissance, sur notre maison familiale, sur les gens que j'avais connus. Mon père Joseph, arrivant sur l'entrefaite, avait mis sa grosse main sur mes frêles épaules pour me demander de toujours écrire sur ma ville, ma famille, sur les gens que j'aime. Tel était, avait-il dit, mon devoir en ce bas monde. Je lui ai obéi tout au cours de ma longue vie. J'ai rédigé tous ces feuillets à l'insu de Céline, dans la solitude bienheureuse de ma bibliothèque, m'inspirant de tout ce que je voyais, de ceux et celles que je rencontrais dans cette belle ville de Trois-Rivières que j'ai tant aimée. Tu es la première personne à voir ces textes et tu seras la première à les lire.

Tu as été, au cours des dernières années de ma vie, l'être que j'ai le plus aimé. Quand tu étais très petite, il est vrai que je te confondais avec Jeanne. Mais crois-moi, belle Marie-Lou, que j'ai vite appris à t'aimer pour toi-même. J'aimais ta jeunesse pleine de contradictions, ton dynamisme, ta sincérité, ton bon cœur et cette profonde et belle amitié démontrée à cette gentille Isabelle. Jeanne vivait dans mon cœur; tu étais présente dans ma vieille vie. Maintenant que je ne suis plus, sois assurée que je t'ai apporté avec moi pour être encore plus heureux parmi les miens au paradis de Dieu, près de Céline, de mes enfants, de Jeanne, de mon père Joseph et de toute la famille Tremblay.

Personne d'autre que toi ne mérite mieux le trésor de ma vie que je t'offre par ces feuillets. Je te laisse aussi le même message que mon père Joseph : utilise ton talent pour raconter les tiens, ta ville, les gens que tu aimeras, et toute la vie qui s'offre maintenant à toi, pleine de promesses et d'espoir. Adieu, ma petite Marie-Lou. Nous nous reverrons. Mais ne sois pas pressée. Je t'attendrai.

À partir de cet instant, Marie-Lou Gauthier, fille de Sylvie Gauthier, elle-même l'enfant de Bérangère Tremblay-Gauthier, l'unique enfant de Jeanne Tremblay, sœur de Roméo Tremblay et fille de Joseph Tremblay, décide que son nom sera maintenant Marie-Lou Tremblay.

DEUXIÈME PARTIE

LE BLUES D'ISABELLE

Je m'appelle Isabelle Dion et je suis une étudiante de dix-huit ans. Je viens d'un milieu professionnellement pauvre et misérable, et mon but dans la vie est de ne surtout pas ressembler à mes parents. Plus jeune, afin d'atteindre cet objectif, je croyais que seules les études pouvaient me sauver de ce désastre. J'ai toujours excellé à l'école, sauf au cours de la dernière année, ma première au cégep. J'ai échoué deux cours et réussi le reste de façon peu valorisante. Il faut avouer que j'ai eu des tas de problèmes. Voyez-vous, je suis séropositive. En un tel cas, on n'a pas tellement l'esprit à étudier *Trente arpents* ou de chercher à comprendre l'âme de Saint-Denys Garneau.

Si je suis séropositive, c'est à cause d'un écœurant dont j'étais tombée amoureuse, l'automne dernier. Il m'a laissée dès la fin de la première nuit, me donnant cet héritage catastrophique. Ma première intention était de le tuer de façon spectaculaire et, ensuite, de me suicider. De toute façon, avec cette saleté dans mon corps, je ne vivrai pas longtemps. Mais je suis si lâche! Incapable de me tuer! Et, au fond, plusieurs choses me retiennent à ma mince vie, comme le blues, les bons livres et surtout mon amie Marie-Lou Tremblay. Son vrai nom est Gauthier, mais elle veut qu'on l'appelle Tremblay, suite à un héritage que son arrière-grand-oncle Roméo lui a laissé.

L'auteur de ce livre me fait de grands signes, m'invite à ne pas répéter tout ce que vous avez appris à la fin de la première partie. Je suis bien contente de connaître cet écrivain, car moi, je désire devenir romancière, tout en étant enseignante pour les élèves du primaire. Marie-Lou prétend que l'auteur est un vieux con des années soixante-dix et il dit qu'elle l'énerve avec ses jugements de valeur et son obstination à s'identifier à Jeanne Tremblay, son arrière-grand-mère. Les deux ont tort. Conséquemment, ils se sont chamaillés. Ce n'était pas beau à entendre. L'auteur voulait commencer la seconde partie par la finale, alors que Marie-Lou est triste à sa fenêtre à quelques minutes de l'an 2000, puis faire des flash-back cinématographiques. Après ces retours en arrière, il va terminer par la même scène qu'au début : Marie-Lou triste à sa fenêtre. Mon amie s'est opposée à cette idée - intéressante, pourtant - tout comme elle en a plein le dos du style postmoderne de la première partie, alors qu'elle change d'âge constamment, sans aucune chronologie linéaire. Marie-Lou prétend aussi que c'est écœurant d'écrire un livre avec moi comme covedette, sans jamais me faire intervenir dans les dialogues. Alors, ils se sont battus. L'auteur a décidé d'abandonner le roman, à cause de l'attitude têtue de Marie-Lou. C'est moi qui le remplace. J'étais bien contente qu'on me donne une chance d'écrire ce roman, car j'ai tant à dire depuis que je suis séropositive. Dès la fin d'août, l'auteur, sortant de l'hôpital, a décidé de reprendre le livre en main, mais en refusant de faire parler Marie-Lou. Il ne veut plus jamais l'entendre de sa vie. Elle est contente qu'il l'ignore. J'aime bien cet auteur. Comme le sentiment est réciproque, il me permet d'écrire mon histoire avec lui. *Il va écrire en italique* et moi, en caractères romains. Mais il a décidé d'abandonner le genre postmoderne. Il dit que la première partie suffit, et que le nouveau récit ne s'y prête pas. Puis il craint que l'éditeur ne l'égorge, s'il ose persister. Je respecte ses décisions. Je suis si heureuse d'écrire sur Marie-Lou. Je pense qu'elle a des problèmes, tout comme moi. C'est ainsi pour les jeunes, en 1996 : beaucoup de problèmes! Nous sommes le blues dans un monde gris où l'arc-en-ciel coloré ne brille que pour quelques privilégiés. Nous manquons d'emplois, nous nous endettons comme étudiants pour un diplôme qui ne nous assure même plus d'un poste. Il y a des problèmes avec nos parents, avec la fragilité des relations, puis cette maudite maladie de fin du monde qui ravage mon cœur et tuera mon corps. Oui, c'est le blues, le blues, oh oui c'est le blues d'Isabelle et de Marie-Lou.

Marie-Lou et Isabelle valsent en riant, se serrent fort, alors qu'autour de leur farandole, des boîtes attendent d'être déballées afin que leur contenu prenne place dans les pièces de leur premier logement. Depuis longtemps, elles s'étaient promis qu'à leur majorité, elles se libéreraient du joug familial. Le tout s'est cependant fait sournoisement, surtout de la part de Marie-Lou. Les parents d'Isabelle s'en fichent un peu; elle sera une bouche de moins à nourrir, ce qui leur permettra d'acheter plus de billets de loterie, augmentant ainsi leurs chances de devenir très riches et d'aller tout dépenser au casino de Montréal. De plus, depuis la nouvelle de l'état d'Isabelle, ses parents s'éloignent à chacun de ses pas. La coquine profite de leur ignorance et les effraie en se mettant à baver à table. Sa mère a pris l'habitude de désinfecter tout objet touché par la condamnée. Qu'Isabelle parte est une libération autant pour elle que pour eux.

Marie-Lou a averti sa mère Sylvie le lundi, veille de son départ. Le coup était bas, surtout que, depuis le début de l'été, Marie-Lou avait démontré une attitude plus mature et sérieuse. Elle la remplaçait comme gérante de sa lingerie, alors que Sylvie vivait les derniers mois d'une grossesse tardive et difficile. Le bébé arrivé, Marie-Lou s'en est beaucoup occupée, afin que sa mère se repose. Mais dès les premiers jours de septembre, c'était bonjour lundi et adieu mardi.

Ce n'est pas tout à fait ça. Marie-Lou avait bien averti sa mère qu'elle partirait un jour. Et je ne sais pas pourquoi mon amie ferait des courbettes à sa mère qui ne l'a jamais comprise. De plus, Marie-Lou s'est sentie très insultée qu'elle fasse baptiser le bébé Véga, alors qu'elle avait juré au vieux Roméo que cette fille se prénommerait Jeanne. Véga! Tu parles d'un prénom! Marie-Lou est venue près de devenir cardiaque en l'entendant. En principe, je ne devrais pas prendre la défense de mon amie. Elle n'a jamais manqué de rien, a toujours été vêtue et nourrie comme il faut. Marie-Lou a tout le temps eu ce qu'elle voulait de sa mère, sauf l'affection et le véritable amour. Sa maison était confortable. Marie-Lou profitait même d'une grande partie du sous-sol où elle avait un studio de peinture. Mais tous ces biens matériels ne sont rien en comparaison de la liberté. Au cours de sa vie, Marie-Lou n'a jamais été mieux qu'avec Roméo et moi. Or, depuis le décès du vieil homme, en juin dernier, et depuis la révélation de mon terrible secret, plus que jamais, nous avons besoin l'une de l'autre.

En plus de travailler au magasin de sa mère, Marie-Lou a parcouru les rues de tous les festivals de Trois-Rivières pour vendre des T-shirts et offrir ses services de dessinatrice. Moi, j'ai continué à donner de mon temps au magasin de location de cassettes vidéo, même si le patron m'a coupé des heures à cause de la saison chaude. Nous avons beaucoup économisé pour préparer notre départ. Mais nous savons qu'il sera quand même difficile de payer les mensualités, de s'habiller et de se nourrir convenablement. En conséquence, nous avons pris un arrangement pour faire en sorte que nous soyons toujours bien à l'aise. Comme elle a raté en grande partie sa première année de cégep, Marie-Lou la reprendra dès cette année. De mon côté, je ne suivrai que les deux cours que j'ai échoués, ce qui me permettra d'avoir beaucoup de temps pour travailler et nous faire vivre. L'an prochain, nous inverserons les rôles : elle travaillera pendant que je commencerai ma deuxième année au collège. Ainsi de suite jusqu'à l'université. De cette façon, nous ne manquerons jamais d'argent. Ce sera notre tirelire commune. Tout à nous deux, pas un sou de plus pour celle qui travaille.

Le loyer est grand, d'origine assez lointaine, mais dûment rapiécé pour laisser croire à de naïves jeunes femmes que c'est tout neuf. Sylvie Gauthier rage en pensant que sa fille rebelle vient de déménager à vingt minutes de marche du confort de son bungalow. Marie-Lou met un frein à sa valse de bonheur et commence à ranger dans la cuisine et dans les chambres. Puis, les deux amies prennent une pause en regardant la circulation dense du boulevard des Récollets avec, à quelques pas, un dépanneur, un supermarché, et le cégep derrière elles. En dessous et de chaque côté, d'autres étudiants s'installent ou commencent tout de suite la fête de la liberté. Ceux d'en bas décident d'écouter du rap à tue-tête, ce qui permet à Isabelle et Marie-Lou de continuer leur travail en dansant comme des puces mexicaines. Au milieu de la soirée, tout semble en place. Les deux inséparables grillent des cigarettes, regardent le mur jauni devant elles, tout encore imprégné de la présence des affiches du locataire précédent. On peut aussi voir les branchements vides pour le téléviseur. Pour la première fois de sa vie, Isabelle va vivre sans téléviseur, ce qui lui apparaît comme une profonde bénédiction. Marie-Lou s'en fiche, car avec Internet, la nouvelle génération n'a pas besoin des bêtises de leurs aînés, préférant s'en inventer des nouvelles.

Elles tirent à pile ou face pour savoir laquelle aura l'honneur d'inaugurer le bain. Pendant qu'Isabelle flotte, Marie-Lou commence à trouver le rap d'en dessous un peu moins amusant. Elle file au dépanneur acheter du café, un pain tranché et un litre de lait. Isabelle est sortie de son océan et prépare le café, pendant que Marie-Lou prend le relais. Enfin chez soi! Elles boivent à petites gorgées et rient d'on ne sait trop quoi, peut-être du confort de vivre la première soirée de ce grand rêve d'adolescence enfin concrétisé. Marie-Lou s'endort comme un bébé, alors qu'Isabelle pleure en pensant trop à son état. Pourtant, elle n'a pas été malade depuis l'annonce, ce printemps dernier. Elle se sent physiquement normale. Malgré toute l'information reçue pendant son cours secondaire, Isabelle ne savait trop ce qu'était le sida. Elle croyait surtout, comme bien des gens, que cela n'atteignait que les drogués ou les personnes ayant une activité sexuelle débridée. Elle a depuis lu quelques livres et des dépliants, dont un court extrait hante ses nuits : on dit que les femmes meurent plus vite de la maladie que les hommes. Dans le langage des experts, Isabelle vient de passer un été de séropositive asymptomatique. Ensuite, on ne sait trop jamais quand, la période symptomatique suit : il y a des malaises légers ou violents, préludes au sommet de la pyramide : le sida déclaré. Asymptomatique ou non, Isabelle a du mal à dormir, se torture l'esprit à trop penser à ce que sera le reste de sa vie. Et combien de temps durera-t-elle, cette vie? On dit que les porteuses peuvent vivre quinze ans, dix ans, cinq années ou quelques mois, avant que des malaises ne surgissent. Tout ceci est très angoissant et surtout frustrant pour une jeune femme qui n'a eu qu'une seule expérience sexuelle. Elle a gagné le gros lot au premier billet acheté, comme lui a dit son père.

Marie-Lou et Isabelle se lèvent en même temps au son du rap matinal des voisins. Elles s'enlacent à nouveau et tirent au sort pour savoir laquelle servira le déjeuner au lit de la princesse. Alors qu'Isabelle tente de récupérer un peu de sommeil, Marie-Lou court vers le cégep. Elle entre dans sa salle de cours, se juge soudainement bien vieille de côtoyer ces petits jeunes qui arrivent fraîchement du secondaire pour écouter tout ce que Marie-Lou a entendu l'an dernier. Elle se sent honteuse de ce radotage académique. Elle se dit que Roméo ne serait certes pas fier d'elle. Après trente minutes, selon sa tradition, elle tombe dans la lune. Mais sa grande volonté de réussite la fait sursauter et tendre l'oreille. Cette fois, il ne faut pas rater! Elle l'a promis à Isabelle. Roméo, dans le ciel de ses croyances, l'a sans doute vue, les larmes aux yeux, venant porter des fleurs sur sa pierre tombale et lui jurer qu'elle réussirait tous ses cours et qu'elle serait maintenant une étudiante exemplaire. Marie-Lou venait de lire une partie de son trésor, comme elle le fait chaque jour depuis que Roméo lui a laissé en héritage ces cinq coffres remplis des écrits intimes de sa longue vie de centenaire.

C'est triste, mais je suis le seul à l'exprimer. Les gars applaudissent et font les bouffons, pour mieux masquer leur désarroi de quitter à jamais la petite école des frères. Comme j'envie ces fils de riches qui ont la chance de fréquenter le séminaire Saint-Joseph et apprendre tant de choses merveilleuses!

Sentant la désolation de Roméo, Marie-Lou s'est jugée bien idiote d'avoir raté cette première année de cégep. Il n'y a maintenant plus de raisons pour être distraite, alors que tant de savoirs extraordinaires sont à la portée de sa main et qui feront d'elle une enseignante en arts plastiques dans une école secondaire de Trois-Rivières.

Fier? Oui! Mais ma fierté est peu de chose en comparaison de celle de ma Carole. Faire en une seule année deux niveaux du cours élémentaire est une raison suffisante pour qu'en qualité de père, je bombe le torse de fierté! Et j'imagine le bel, le grand avenir de ma petite Carole! Elle n'a que huit ans, mais elle m'a juré qu'elle fréquenterait un jour l'université! Céline a souri à cette parole d'enfant, mais Carole et moi savons que c'est une déclaration sérieuse! La réussite en instruction n'apporte que des joies.

Marie-Lou oublie son orgueil : dans son cahier, il y a un espace blanc entre deux prises de notes. Humble, elle va rencontrer le professeur à la fin de la période, lui avoue qu'elle a eu une petite distraction et qu'elle voudrait se faire expliquer le passage raté. Il lui répond qu'elle n'a qu'à regarder ses notes de l'an dernier. Il s'éloigne, pendant que Marie-Lou a du mal à contenir son envie de lui lancer son sac à dos, ses souliers et toutes les chaises de la salle de cours. Marie-Lou repère vite un garçon de son groupe, qui lui refile les bouts manquants. Pendant qu'il ne fait pas encore trop froid, Marie-Lou va étudier dans la grande cour. Mais le bel automne la rattrape et Marie-Lou pense à tout, sauf à explorer ses notes.

Elle rentre chez elle avec cette sensation extraordinaire de mettre pied dans son véritable premier habitat. Le geste la rend adulte, se dit-elle. Contente, elle montre à Isabelle qu'elle vient d'étudier sérieusement dans la cour du cégep. Heureuse, Isabelle a le réflexe de vouloir lui donner un bécot, mais elle recule aussitôt. Isabelle sait pourtant très bien qu'elle ne donnera pas le VIH à son amie avec des gestes aussi anodins. Marie-Lou approche, lui prend les mains, caresse ses cheveux, puis se redresse et lui donne une claque sur les fesses, l'air de lui dire que, si sa vie est devenue une immense chanson de blues, elle doit tout de même continuer.

C'est curieux, mais je sens qu'il n'y a que Marie-Lou pour me rattacher à la vie, même si la sienne est habitée par la mort de Roméo. J'ai été attristée par son décès, mais j'étais aussi un peu heureuse en pensant à sa délivrance. On voyait bien que le pauvre homme n'acceptait pas d'être devenu aveugle. La mort, on l'imagine naturelle chez les vieux, mais affreuse chez les jeunes. Je n'ai pas encore vingt ans et je ne sais pas si je verrai mes trente ans, mes vingt-cinq. Ma vie est maintenant un coup de dés : si on trouve le remède au virus, je pourrai devenir aussi vieille que Roméo. Si les dés ne roulent pas bien, mon destin est tout tracé, sauf pour l'horaire de mon agonie. Je sais avant tout que je ne pourrai pas avoir d'enfants, à moins que la science ne trouve une solution à cette partie du problème. Certaines femmes séropositives prennent le risque de devenir enceintes. Je ne ferais jamais une telle chose, de peur d'accoucher d'un petit séro! Et puis, je sais que j'ai peur de mon sang et de ma salive, tout en étant au courant que tout ceci est du folklore de gens mal informés. Le virus ne se transmet que de sang à sang et par relation sexuelle. Mais j'ai quand même peur de tout! Ma vie n'est pas un dépliant informatif sur le sida! Le médecin qui s'occupe de moi dit que... Non! Je ne veux pas y penser! Il y a maintenant tant de bonheur à vivre près de Marie-Lou, loin de mes parents et de leurs téléviseurs. Pendant que Marie-Lou était à son cours, je lui ai préparé un souper, après avoir terminé le ménage. J'ai branché son ordinateur. Elle apprécie cette délicate intention. J'ai travaillé comme une folle toute la journée afin qu'à son retour, Marie-Lou soit à l'aise pour peindre ou étudier. Avant mon départ pour le travail, je lui fais promettre de bien réviser ses notes.

Depuis ce printemps, Marie-Lou n'a pas peint une toile et a vite abandonné ses quelques ébauches. Elle sent qu'il y a des choses plus préoccupantes dans sa vie.

Je n'ai pas écrit de roman depuis trois ans. J'ai trop de préoccupations avec le destin de Jeanne à Paris, alors que, naïvement, elle ne voit pas la possibilité d'une très grave guerre. L'écriture reviendra. Il ne sert à rien de la brusquer et d'entreprendre une création quand le cœur ne l'habite pas.

Marie-Lou avait pourtant le vent dans les voiles au début de 1996, alors qu'elle venait d'exposer avec succès dans un bar de Trois-Rivières, attirant même les louanges du critique d'art du journal local. Ce que Marie-Lou adore le plus est de parcourir sans cesse les feuillets de la vie de son arrière-grand-oncle. Elle croit que ces pages uniques, témoignages extraordinaires du siècle qui s'achève, pourraient se transformer en un livre merveilleux qu'elle illustrerait. Elle pourrait aussi adapter les meilleurs récits en toile et faire une magnifique exposition. Aussitôt Isabelle partie, Marie-Lou plonge dans ces trésors, s'attarde à chaque ligne, relit doucement et sent son cœur battre quand le jeune Roméo démontre tant d'émotion pour sa sœur Jeanne. Si elle aime la grande histoire d'amour entre Roméo et son épouse Céline, Marie-Lou se dit parfois que celle entre son arrière-grand-oncle et son arrière-grand-mère était encore plus extraordinaire.

Elle a de si beaux yeux, ma petite sœur. Je me mire dans ses yeux et je sens alors les miens se mouiller de bonheur.

Marie-Lou, si touchée, dessine l'adolescent Roméo avec l'enfant Jeanne sur ses genoux. Il y a tant de beauté et d'amour dans cette Trois-Rivières d'autrefois! Dans sa lettre d'héritage, Roméo ne lui a-t-il pas conseillé de glorifier sa ville? Marie-Lou, secrète-

ment, prend un plaisir velouté à dessiner ce que Roméo décrit.

La Trois-Rivières de Marie-Lou est celle d'aujourd'hui, pas celle de Roméo. Elle n'y voit rien, et pourtant, la banalité de notre ville, si semblable à celle d'autres lieux ravagés par le chômage, est sans aucun doute fascinante pour une peintre de son calibre. Il y a des endroits qui ressemblent à des catacombes obscures, suintant le blues. Ce serait bien qu'elle fasse des tableaux sur ces lieux, plutôt que d'essayer de reproduire la Trois-Rivières d'antan. Vivre dans le passé est malsain, mais je me sens idiote de le reprocher à Marie-Lou, car elle voit, tout comme moi, que le présent est si moche et l'avenir si inquiétant, surtout dans mon cas. Nous voulons bien étudier pour devenir professeures mais, parfois, on rencontre des diplômés universitaires dans les banques alimentaires, ou d'autres qui travaillent à temps très réduit dans des boutiques qui n'ont rien à voir avec le sujet de leurs hautes études. Je me demande quelle place nous avons dans ce futur. Il faudrait peut-être penser à s'installer ailleurs, dans une région où il y a plus de bleu dans le ciel de notre avenir. Cela ne me ferait rien de m'en aller. Mais le faire sans Marie-Lou et dans mon état me semble impossible. Mais, parfois, je me dis que Marie-Lou n'a pas tort d'admirer le passé de Roméo, au lieu de regarder cette épouvantable réalité en plein visage.

Mon patron en est un du passé. Il ne remarque même pas le zèle que je mets à son stupide travail. Rien ne m'oblige à lire les revues de cinéma de la bibliothèque et à prendre en note les bonnes critiques et les films recommandés. Comme un patron d'autrefois, il ne me félicite jamais. Pour lui, je ne suis qu'une jeune qui ne coûte pas cher et qu'il remplacera quand j'oserai lui demander cinquante sous de plus par heure pour récompenser mon professionnalisme. Roméo a dû en connaître des semblables chez les Anglais de sa jeunesse. Les Anglais d'autrefois sont les yuppies québécois d'aujourd'hui. Les gens entrent dans le magasin avec leurs gueules de bois et partent avec la dernière connerie américaine. Le patron m'a récemment reproché d'avoir félicité un client pour son choix. Je voulais juste voir un sourire. Il dit que les gens pourraient peut-être mal interpréter ce genre d'intervention. Mais je ne peux m'empêcher de vouloir bien faire, même si la location de cassettes vidéo n'est pas mon avenir.

Je suis contente d'avoir cet emploi. Je suis une privilégiée. Combien de jeunes de mon âge sont venus porter leur curriculum vitae? Si je perdais ce travail, de quelle façon pourrais-je payer le loyer? Je ne trouverais rien d'autre. Je suis si laide à regarder. Bientôt, tout le monde verra que je suis séropositive. D'ailleurs, je commence à ressentir les regards étranges. Y a plus d'oiseaux, y a plus rien de beau. Non, il n'y a rien d'autre à faire, vraiment rien d'autre à faire, quand tu es jeune, moche et séropositive, que de chanter, oui que de chanter du blues.

Quand Isabelle rentre après son travail, elle ressent la même joie que Marie-Lou cet après-midi. Elle aperçoit de la lumière au salon. Sans doute Marie-Lou qui peint, après avoir révisé ses notes et regardé celles de l'an dernier pour bien se préparer au cours du lendemain. Mais Isabelle trouve plutôt les rappers voisins, venus faire connaissance et offrir leur vin. Ils indiffèrent Isabelle. Pour elle, tous les garçons sont des contaminateurs potentiels, prêts à abréger la vie de pauvres filles romantiques. Elle ne comprend pas que Marie-Lou puisse s'intéresser à ces bipèdes. Isabelle se rend tout de suite dans sa chambre. Son indifférence, à son retour, gêne les invités qui tardent à vouloir mettre fin à la fête. Isabelle plonge goulûment sa bouche dans la bouteille de vin, avant de la passer au voisin. Quand il en prend une grande rasade, elle lui dit qu'elle est séropositive. Le garçon trouve la blague amusante, jusqu'à ce qu'Isabelle lui montre ses médicaments et une copie du résultat de son test de dépistage. Mais la visite ne se termine pas immédiatement, comme l'aurait souhaité Isabelle. Un des garçons veut même en parler. Mais Isabelle s'enfuit vers sa chambre en pleurant, ce qui clôt définitivement la soirée.

Je ne suis pas ici pour faire des partys avec des idiots. Quand Marie-Lou vient me faire le reproche de mon attitude, je sais qu'elle me révèle ainsi sa honte et sa peur d'être maintenant mon amie. Elle me touche malgré tout gentiment, même si je sais que je suis maintenant une plaie dans son bel univers. Me voilà encore au milieu de la tourmente de l'insomnie. Je vais à la salle de bains pour avaler une aspirine, ne me souvenant plus si j'ai le droit de mêler les médicaments. Je m'éponge le visage quand, soudain, Marie-Lou apparaît derrière moi, se dit prête à m'accompagner dans ma nuit sans fin. Je n'ai pas besoin de sa pitié. Mais je pleure et me laisse emporter par son amitié.

Le lendemain, nous nous rendons au cégep. Le manque de sommeil active mon inattention. Je sais que tous les étudiants me regardent en murmurant sur ma maladie. Je cogne des clous, puis je me sens prise de nausée. À la toilette, je vomis mon excellent déjeuner, alors que les crampes menstruelles m'attaquent une semaine trop tôt. Je me couche l'après-midi, râle un peu, puis m'endors, contente de savoir que Marie-Lou m'aime encore, les impressions de la veille n'étant qu'un cauchemar.

Me voilà en train de rêver. C'est beau! Il y a l'avenir et je travaille dans une classe de gentils enfants. Je possède une automobile de l'année et plein de disques de blues dans le superbe appartement moderne que je partage avec Marie-Lou, qui est prof d'arts plastiques à l'école de La Salle. Elle vit maintenant dans le présent, ne passe plus tout son temps à penser à Jeanne et à Roméo. Elle est une artiste peintre acclamée, tandis que mon troisième roman est parmi les meilleurs vendeurs du Québec, grâce au succès européen des deux premiers. Ce nouveau roman raconte l'histoire d'une fille qui est séropositive et qui trouve le moyen d'en rire. À la télévision, ce soir-là, j'avoue que le livre est autobiographique. Dès le lundi, les enfants de ma classe me fuient et le directeur me congédie, de concert avec la commission scolaire. Le propriétaire me met à la porte et mes nombreuses amies me renient. À ce moment, il n'y a rien à faire, non il n'y a rien d'autre à faire que de prendre une bouteille de bourbon, une autre de scotch, une dernière de bière et de chanter, oui de chanter du blues.

Après un mois, tout va bien dans l'esprit de Marie-Lou, même si elle a dû consoler très souvent Isabelle, en proie à de nombreux petits malaises qui confirment qu'elle est déjà symptomatique, après seulement huit mois, alors que tant d'autres vivent des années sans voir apparaître ces signes agaçants. Marie-Lou soigne les terribles angoisses de son amie qui désespère du présent et de l'avenir. Elle la convainc de se présenter régulièrement au centre d'aide pour sidéens et séropositifs de Trois-Rivières et l'accompagne lors des premières réunions. Isabelle se sent étrangère à tous ces hommes, panique en n'y voyant pas de femmes. Mais Marie-Lou la persuade qu'elle aura beaucoup à apprendre en partageant ce qu'elle vit avec ces gens bien intentionnés, guidés par des bénévoles dévoués et des spécialistes consciencieux. Marie-Lou fait semblant que le nouvel état d'Isabelle ne change rien à leur situation. Elle lui parle beaucoup de ses études, se vante de ses résultats qu'elle dit extraordinaires, du moins qui démontrent un progrès en comparaison avec la tornade d'échecs de l'an dernier. Ses envolées amusent Isabelle. Marie-Lou étudie chaque jour, guidée par Isabelle. Dans l'imagination de Marie-Lou, le beau rêve adolescent se déroule comme prévu : elle partage tout avec son amie.

Quelle étrange impression de vivre loin de mes parents dans ce logis de jeunes mariés, où Céline, malgré l'amour, me regarde souvent comme un étranger. Chaque matin, quand je me lève, je me demande ce qu'elle fait près de moi et je crains de voir surgir son père avec un fusil. Je me sens à la fois très embarrassé et heureux, comme si, pour la première fois de ma vie, j'étais un adulte, un être humain libre.

Régulièrement, Sylvie arrête chez sa fille pour apporter, par hasard, quelques légumes achetés en trop, prétendant qu'elle a l'habitude de s'approvisionner pour quatre grandes personnes. Mais Sylvie exaspère Marie-Lou quand elle lui donne un dépliant sur le sida. Voyant que tout est propre, que le réfrigérateur ne crie pas famine, Sylvie laisse son aînée à ses études, après lui avoir servi en adieu un discours tremblotant sur le sens des responsabilités qu'elle acquiert rapidement grâce à cette expérience de cohabitation. Elle lui rappelle cependant que, si quelque chose cloche, la porte de sa chambre sera toujours ouverte, que rien n'a été déplacé.

Céline apprête la soupe aux pois comme une championne. Écrire un feuillet pour décrire la soupe aux pois peut paraître ridicule, mais je sors de table repu et comblé, comme un roi glou-

ton qui n'a pas du tout envie de se confesser du péché de gourmandise.

Je ne sais pas cuisiner et Marie-Lou non plus. C'est de la science-fiction, tout ce qu'elle me fait cuire. Elle a trouvé une recette dans les textes de Roméo et se sert de moi comme cobaye. Si madame Céline voulait faire engraisser son Roméo, c'était son affaire, mais je ne comprends pas pourquoi je dois en faire les frais soixante-dix ans plus tard. Hier, Marie-Lou m'a fait une soupe aux pois vraiment étrange et je n'ai pas osé lui rappeler que mon médecin m'a prescrit un régime très sévère. Je dois surveiller mes calories pour ne pas encourager le démon du sida à me conquérir. Je ne devrais pas trop chialer, car je suis heureuse de ses bonnes intentions et de toute l'affection qu'elle me donne depuis que mon malheur vient de monter d'un cran dans la hiérarchie de la fatalité incontournable.

Marie-Lou et Isabelle ont souvent reçu des amies, surtout des connaissances de ce bon vieux temps des jours de l'école secondaire de La Salle. Elles expriment sans gêne leur insatisfaction de toujours habiter chez leurs parents et envient la liberté des deux camarades. Pour elles, partager un appartement signifie des occasions de fêtes pour rencontrer beaucoup de garçons, de préférence des beaux.

Des amis m'ont visité à quelques reprises, pour jeter un coup d'œil à cette belle maison neuve, qui sera notre refuge pour le reste de nos jours. Céline a donc eu l'idée d'organiser une réception pour, en quelque sorte, faire l'inauguration officielle de notre maison.

Il y a de la bière, des croustilles, du vin, des sandwichs et tout ce que leurs invités pourront réclamer. Les copines du cégep se joignent à quelques garçons, sans oublier les rappers du premier étage. L'Halloween est une belle occasion pour s'amuser en se déguisant, comme font les enfants, à qui tant d'adultes ont volé cette fête. Marie-Lou porte des vêtements ayant appartenu à Jeanne, que Roméo avait conservés comme reliques. Isabelle la vampire demeure dans le coin des filles et rougit de gêne quand elle voit une consœur embrasser avec gourmandise un garçon qu'elle connaît à peine. Elle se souvient trop bien que son drame mortel avait débuté ainsi. Deux jeunes hommes arrivent en retard. L'un est déguisé en humoriste québécois, avec ses bretelles, ses lunettes épaisses à monture noire, ses cheveux dressés sur la tête et son dentier dans sa poche. Il déride l'assistance en parlant montréalais. On ne sait trop en quoi est déguisé son confrère, avec son visage blanchi et ses boutons noirs de maquillage dans le front. « En sidéen! » s'exclame-t-il, dans un rire en cascade. Alors Isabelle hurle et lui boxe le thorax, pleure comme une déchaînée, s'envole vers la pharmacie pour revenir lui lancer ses médicaments en plein visage, criant que ce n'est pas une blague à faire quand une des hôtesses est porteuse du VIH. Isabelle s'enfuit dans la rue, poursuivie par Marie-Lou. Quand elles reviennent, trente minutes plus tard, la moitié des invités se sont évaporés, alors que l'autre n'a pas le cœur à la fête et trouve de curieuses excuses pour partir un peu plus tôt. Isabelle mouille sans cesse son oreiller, mais Marie-Lou ne lui en veut pas d'avoir gâché son party.

Ce partenaire de travail du journal n'a pas voulu mal faire lorsqu'il a raconté ses blagues en bégayant. Mais ma Céline, bègue comme on le sait, a interprété ceci comme une moquerie à son endroit. Je ne sais pas pourquoi elle a frappé notre invité.

Je viens de perdre mon emploi, car tout finit par se savoir un jour. Les rappers voisins ou certains des invités de notre plus récente fête ont sans doute vendu la mèche en venant emprunter un film. Le patron m'a dit que je suis travaillante, mais que... Il a peut-être peur que j'efface le contenu d'une cassette en la touchant. J'en tire une leçon : je me tais et j'ordonne à Marie-Lou de m'imiter. Mais la réalité est difficile, combien difficile. On se lève un matin et il n'y a plus de travail. Il y a les frais mensuels et le frigo à combler. Il y a notre jeunesse et la difficile recherche d'un nouvel emploi. La malchance et les problèmes sont mes seuls amis. Alors il ne reste rien d'autre à faire que de chanter du blues et d'avoir la gueule de John Lee Hooker.

J'ai l'impression de trahir mon entente avec Marie-Lou, selon laquelle elle étudie pendant que je travaille. Après tout, elle remplit sa part du contrat et suit ses cours sérieusement. Mais cet emploi de quelques heures par semaine au club vidéo ne m'a pas permis d'économiser. Je n'ai pas droit à l'assurance chômage, puisque le total du nombre d'heures est insuffisant, même si j'ai travaillé depuis plus d'une année. Il ne me reste que la visite au bureau de l'aide sociale. Tel père, telle mère, telle fille. Y a plus d'oiseaux, y a plus rien de beau.

Devant cette situation alarmante, Marie-Lou garde son calme et essaie de faire rire Isabelle, perdue dans ses disques de blues. Elle passe des petites annonces pour tenter de relancer son commerce de T-shirts.

Il n'y a jamais de désespoir quand on se nomme Renée Tremblay. Quelle débrouillarde, que ma fille! Quel caractère! Lorsqu'un problème ose se présenter devant elle, il ne demeure pas brave longtemps et se fait discret dans son coin, avant de filer en douce en jurant de ne plus côtoyer cette Renée.

L'idée de débrancher l'ordinateur de son Internet effraie davantage Marie-Lou que de voir le réfrigérateur à moitié vide. Des modèles anciens de T-shirts sous le bras, Marie-Lou parcourt les bureaux d'associations étudiantes du cégep pour offrir son talent à bon prix. Pendant ce temps, Isabelle tente en vain de trouver un nouvel emploi. Elle ne veut pas que son amie perde trop de temps à fabriquer des T-shirts, ce qui pourrait nuire à ses études.

Il fait un froid tranchant. Mes bottes de l'an dernier sont trop minces et mon manteau léger me protège mal de ce janvier infernal. J'ai plein de C.V. vides dans mon sac à dos, et un carnet rempli d'adresses. Marie-Lou a épluché l'annuaire téléphonique pour trouver des endroits où je pourrais travailler. Ce matin, j'ai fait quatre visites et, en cette fin d'après-midi, j'en ai ajouté six autres. Après un mois, je totalise quatre-vingt-douze demandes d'emploi. Si je rencontre un vieux qui me dit que les jeunes ne veulent pas travailler, je me pique, je lui tranche le bras et je colle mon sang au sien. Mais personne ne téléphone. Il n'y a rien, rien et moins que rien pour une pauvre fille comme moi. J'ai le blues de la tête aux pieds et je suis née sous un mauvais signe. Passe-moi la bouteille de whiskey, Mississippi John.

Mon chèque d'aide sociale est ridicule. Je vais en faire une photocopie et l'envoyer au premier ministre. Ça va le distraire avant de prendre place dans sa limousine. Parce que j'habite avec une étudiante à temps plein dont la mère a un emploi régulier depuis longtemps, ils m'enlèvent une somme effarante. Mais je sais quand même gérer ce mince avoir. Quand on n'a pas le choix, on se débrouille. J'imagine que c'est ça, le fatalisme québécois.

De plus, je me sens mal. Mon médecin me dit de faire attention. J'ai un gros bouton dans le front. Il m'assure qu'il n'a rien à voir avec le sida. C'est vrai que j'ai toujours eu des problèmes de peau, mais ce bouton-là me fait peur. Je suis les recommandations de mon médecin et je prends les médicaments prescrits. Mais tout à coup que je suis l'exception? Le cas unique mentionné dans les livres du futur, celui de la fille séropositive qui atteint le palier sida en un temps record? Non, ce n'est pas drôle d'avoir un gros bouton, d'être séro, jeune, fauchée, pas belle et au chômage. Et, faute d'harmonica, je fais un solo de larmes.

Comme la situation est vraiment moche depuis la perte d'emploi d'Isabelle, Marie-Lou décide de sabrer dans leur beau rêve d'adolescentes et décide d'accueillir une colocataire. Ce que cette personne donnera pour payer le loyer sera de l'argent de plus pour nourrir sainement Isabelle.

Depuis le début de la crise, le phénomène des chambreurs semble atteindre un haut niveau de popularité. Les ouvriers, mis à la rue et se nourrissant au comptoir de la Saint-Vincent-de-Paul, forment la majorité de ces chambreurs. La petite somme qu'ils donnent aux propriétaires ou locataires permet à ceux-ci de se nourrir un peu mieux. Pour que ma sœur Louise puisse respirer plus à l'aise financièrement, je lui suggère d'accueillir un ou deux chambreurs. Mais cette orgueilleuse interprète cela comme une insulte.

Isabelle ne désirant pas de garçon sous son toit, Marie-Lou accepte la première venue : une étudiante de l'université, en rupture avec son amoureux. Isabelle quitte l'intimité de sa chambre pour s'installer dans celle de Marie-Lou, laissant son lit à cette Huguette. Cette dernière se fait d'abord discrète dans son coin, avant de se mettre exagérément à tousser à chaque fois que Marie-Lou allume une cigarette. Marie-Lou avait pourtant bien spécifié dans sa petite annonce qu'elle ne tolère pas les non-fumeurs, philosophie inverse à celle de l'intolérance standardisée par des campagnes médiatiques et par les gouvernements. Puis Huguette panique un peu à certaines heures, parce qu'il n'y a pas de téléviseur, comme une héroïnomane incapable de vivre sans sa piqûre régulière. Mais tout ceci n'est rien en comparaison avec sa manie de prendre les ustensiles de cuisine sur le bout des doigts et de les examiner à la loupe avant de les utiliser. Et elle écoute Céline Dion tout le temps. Après trois semaines, Marie-Lou n'en peut plus de cette croisée de l'hygiène et la chasse en lui disant qu'Isabelle est séropositive, preuves à l'appui. Huguette est devenue pâle, vraiment pâle.

Je n'ai pas aimé ça! Pas du tout! Comme si j'étais une arme servant à effrayer tout le monde! Je me suis fâchée, j'ai crié et pleuré. Marie-Lou s'est excusée et a promis de ne plus jamais me confondre avec une bombe à retardement. Mais on a dû payer une semaine de loyer à cette énervante. Alors, il en arrive une autre, avec l'épouvantable prénom de Marie-Fleur, mais, à la vue de son physique, Marie-Lou et moi la surnommons tout de suite Big Mama, ce qui fait tellement plus blues. Big Mama termine son cours universitaire en histoire, ce qui lui permettra de toucher rapidement son chèque d'aide sociale après l'obtention de son diplôme. À cause de ces études, Marie-Lou s'entend tout de suite avec cette fille. Elle lui fait découvrir le grand livre historique Roméo Tremblay. Comme Marie-Lou voit très bien que je me désintéresse de plus en plus de ces questions, moi qui dois endurer le présent en ne sachant pas combien de temps l'avenir durera, elle se rabat sur l'intérêt que lui porte Big Mama, spécialiste de l'industrialisation et des luttes ouvrières (ils luttaient pour de meilleures conditions de travail ou d'hygiène dans leur usine, et aujourd'hui ils luttent surtout pour savoir qui aura le plus gros barbecue dans la cour de leurs bungalows). Elles passent leur temps à parler du vingtième siècle du modernisme, tel qu'imaginé par le père de Roméo, de l'attitude « Refus global » de Carole Tremblay et de l'existence de femme dominée par son mari de Simone Tremblay. Sans oublier, évidemment, le classique « sang qui coule dans mes veines » et qui permet à Marie-

Lou de bien dessiner et d'excuser toutes ses sautes d'humeur. Je préfère m'enfuir vers la bibliothèque municipale pour étudier la matière de mon cours, après m'être gelé les pieds à faire des demandes d'emploi.

Big Mama est en train de faire une recherche sur la peste au Moyen Âge et, dans son introduction, elle établit une analogie avec le sida. Je sens alors que Marie-Lou va briser sa promesse et que je vais devenir un document d'archives pour Big Mama. Elle m'énerve un peu, cette bouffeuse de chocolats, mais elle paie sa part, participe aux tâches ménagères et aime nos disques de blues, qui sont pour elle des témoignages anthropologiques de la condition de vie des Noirs urbains américains, héritage psychologique de leur ancienne vie d'esclaves au dix-neuvième siècle. T'as entendu ça, John Lee? Parfois, Big Mama meugle un peu quand elle ramène une aventure mâle après une soirée au bar de l'université. Je me bouche les oreilles, pendant que Marie-Lou me donne des coups de coude et passe des remarques épicées. Dans la pharmacie, il y a une pleine boîte de condoms, du style avec des petits bonshommes rigolos dessinés dessus. Plus ça devient gros, plus ils sourient. Ce matin, Big Mama me parle des caoutchoucs et du danger du sida, comme si j'étais une gamine qui se laisse séduire par le premier venu. Elle en déballe un, souffle dedans, pour montrer le bonhomme à une Marie-Lou étouffée de rire. Je préfère devancer l'heure de ma lassante tournée des demandes d'emploi que d'endurer une minute de plus de ce cirque.

Mais à trop marcher dans le froid, je me paie un sale rhume. Je mouche, crache, étouffe, sue, éternue sans arrêt. Puis j'éternue, sue, étouffe, crache et mouche. Mon mal est amplifié et j'imagine très bien les saletés qui habitent mon corps frapper à coups de massue sur mon immunité pour s'installer tout de suite en bourreaux destructeurs. Marie-Lou fait semblant que je n'ai qu'un simple rhume, jusqu'à ce que je la surprenne à lire ma documentation de la parfaite séropositive. Elle doit se demander si les microbes que je projette partout dans la maison sont dangereux. Mais oui, crétine! Ils vont te donner mon rhume, et rien d'autre! Le sang et le sexe, Marie-Lou! Sang et sexe! Marie-Lou m'accompagne chez mon médecin, devançant le rendez-vous mensuel, afin d'en avoir le cœur net.

Pourtant, cette nuit, je tousse encore plus, j'ai chaud à en mourir, et je pense à Marie-Lou trop près de moi. Me voilà en contradiction avec mes certitudes épidémiques. Je me lève pour me coucher au salon, mais mon départ réveille Marie-Lou. Elle court me prendre dans ses bras, pour me remettre dans le lit. Elle me tend une caisse de mouchoirs, dépose une serviette humide sur mon front bouillant. Je me sens apaisée. Elle est si près de moi, si belle, et je revois son visage d'enfant blonde, le drame de ses douze ans et nos bons coups adolescents à l'école de La Salle. Mon amie! Mon éternelle amie! Maintenant ma vie. Et je me revois à ses côtés, dans nos minijupes, avec nos canotiers, amusant le vieux Roméo, alors que je me cogne la tête contre la porte à la fin de notre chanson de Charles Trenet.

Le danger de la personne porteuse du virus, de prétendre les dépliants et les travailleurs sociaux, est le délaissement et la solitude. On a dit à Isabelle, sans qu'elle ait le goût de l'entendre, qu'elle a la chance extraordinaire d'avoir une précieuse amie qui écoute, comprend et agit dans les meilleurs intérêts de la victime.

Je suis si seul depuis la mort de ma Céline. Comme il est étrange de se sentir isolé avec cinq de mes enfants toujours vivants et tant de petits-enfants autour de moi. Le moment le plus distrayant de ma récente solitude est quand ma Renée me visite en compagnie de son éternelle amie Sousou. Une si extraordinaire amitié de plus de soixante années est si stimulante!

Marie-Lou a maintenant peur de l'amour. Elle n'ignore pas que le coup de foudre fatal pourrait l'éloigner d'Isabelle, qui a maintenant tant besoin d'elle. Marie-Lou sait très bien que son amie, experte malchanceuse, aurait certes songé à en finir avec la vie n'eût été de sa présence. Il y a tant de garçons attrayants qui lui font la cour. Au cégep, elle a rencontré beaucoup de jeunes hommes avec qui elle partage des idées et des goûts. Et si, à l'occasion, elle accepte une sortie, Marie-Lou ne le fait jamais sans la permission d'Isabelle, qui lui répond toujours avec des conseils de prudence sexuelle et un curieux sentiment de jalousie. Du sang de Jeanne qui coule dans ses veines, comme elle se plaît inlassablement à le répéter, il y a peut-être un peu de l'état affectif de son arrière-grand-mère.

Jeanne regarde Sweetie d'une façon qui m'embarrasse et m'inquiète. La jeune Américaine est toujours la première, après trente secondes, à baisser les paupières, pour éviter le prolongement du regard de Jeanne.

Marie-Lou serre Isabelle contre elle, caresse ses cheveux, lui chante une comptine blues pour soigner son rhume et son inquiétude. Apaisée d'être touchée, Isabelle s'endort enfin, après un dernier toussotement étouffé. Doucement, Marie-Lou se lève pour se passer une serviette d'eau froide dans la figure. Elle regarde curieusement son reflet dans la glace, touche ses lèvres et ses joues, cherche le regard et les envies de Jeanne dans sa propre réflexion.

Je me sens misérable et honteuse chaque fois que je participe à une réunion de sidéens et de séropositifs du centre de Trois-Rivières. On dirait un club social privé, animé par un joyeux responsable du genre : « Je suis à votre écoute, ouvrez votre cœur en toute confiance. » Il paraît qu'il faut parler de ses problèmes pour s'enrichir de l'expérience des autres. La belle affaire! J'ai le goût de parler de tout, sauf de sida! Tout ceci me rappelle ma courte intrusion à la pastorale de l'école de La Salle, quelques années plus tôt, après avoir été battue par mon père. Je n'ai rien à dire à ces gens. Marie-Lou parle à ma place. Je hoche la tête pour l'approuver, même quand elle se trompe. C'est elle qui veut que je participe aux réunions. Je m'en passerais plus que volontiers. Je suis la plus jeune et la seule femme de la bande. Il y a une douzaine d'hommes, dont trois homosexuels. Six des autres sont des hommes mariés, dont trois ont infecté leurs épouses. Bande de dégueulasses! Deux autres sont des célibataires incolores et le dernier est un sidéen. J'ai peur! J'ai si peur quand je le vois! C'est la mort qui passe à mes côtés! Il vient pour se donner en exemple! Comme si on avait le goût de voir ce qu'on va devenir! Il se surnomme le Tom Hanks trifluvien, se pensant drôle. On nous donne la plus récente documentation, le médecin nous informe du progrès des recherches et on nous passe des films documentaires endormants. Puis on mange des beignets et on boit du café, tout en écoutant de la musique digestive du genre New Age. Ce soir-là, ils me regardent tous en même temps, parce que ma porte-parole est absente. Marie-Lou a insisté pour que je m'y rende seule. Ils veulent m'entendre ouvrir la bouche, savoir ce que je vis intérieurement. Alors je leur gueule, avec ma voix tranchante à la Hound Dog Taylor, que je trouve tout ça misérabiliste, que je suis capable d'assumer mon blues toute seule et que ma vie n'est pas de leurs affaires.

Isabelle revient à la maison, ensanglantée de pleurs, accompagnée par le sidéen et son ami. Marie-Lou les reconnaît tout de suite et s'inquiète de leur présence, mais sûrement pas autant que Big Mama. Par ricochet, elle apprend l'état d'Isabelle, ce qui ne l'effraie pas du tout. Il y a ceux et celles qui connaissent et comprennent, et la majorité qui combat et condamne sans comprendre et connaître, avec à leur tête leurs préjugés sur les dévergondés, les homosexuels et les drogués. Isabelle a juste craqué d'avoir fait sa sortie et, face à la réaction chaleureuse des autres, a peut-être réalisé mieux que jamais qu'elle est une porteuse du virus VIH. Après une crise existentielle en règle et de nombreux soubresauts nerveux, Isabelle, de fatigue, finit par s'endormir.

Au matin, un coup de fil demande à Isabelle de se rendre à un dépanneur de Cap-de-la-Madeleine pour un emploi. Marie-Lou sait très bien que son amie n'est pas en état de répondre positivement, et juge qu'il serait idiot de laisser passer une chance de travail. Elle y va donc à sa place. Deux heures plus tard, Isabelle est stupéfaite d'apprendre que son amie a accepté l'emploi qu'on lui destinait peut-être. Marie-Lou lui explique qu'elle ne pourrait travailler convenablement, que le patron aurait pris une autre si elle n'avait pas offert ses propres services. La maisonnée a besoin d'argent et ces trois soirs par semaine ne nuiront pas aux études de Marie-Lou et n'enlèveront rien du chèque de dernier recours d'Isabelle. Dès le lendemain, Marie-Lou se présente au dépanneur, situé dans le quartier le plus misérable de la ville mitoyenne de Cap-de-la-Madeleine.

Quel joli petit coin de ville! On dirait une rue des Forges

miniature, où tout est propre, prospère et où chaque personne semble très aimable. Quand Céline me demande d'aller magasiner au Cap-de-la-Madeleine, je sais tout de suite où me diriger. Nous passons alors un charmant après-midi dans ce petit paradis du lèche-vitrine.

Marie-Lou connaît bien le fonctionnement de la caisse, mais ignore tout de la machine à valider les billets de loterie. Elle n'a guère le choix d'apprendre vite, car il semble que tous les clients se présentent au dépanneur dans le seul but d'assouvir leur maladie de parieurs. Elle trouve injuste de devoir passer la moitié de sa soirée à vendre des billets, alors que le patron du dépanneur et la Société des loteries ne lui donnent pas un seul sou pour ce travail. Son supérieur lui dit que si un billet acheté dans son commerce gagne un gros lot, il touche un pourcentage et qu'une partie sera donnée à la personne ayant vendu le billet. Quelle niaiserie! de penser Marie-Lou. Elle juge stupide que la Société des loteries, en plus de détrousser hebdomadairement des millions de Québécois, vole aussi les propriétaires de dépanneurs et leurs employés. Isabelle lui en veut d'avoir accepté le travail. Après tout, c'est bien elle qui se gèle les pieds depuis trois mois à distribuer tous ces curriculum vitae. Elle devine que Marie-Lou, peu habituée à la mentalité de cette population et souvent encline à tout comparer à ses propres valeurs élitistes, ne pourra supporter bien longtemps d'être exposée à cette misère. Mais elle ne s'en fait pas trop longtemps, car la bonne fortune frappe à sa porte par un autre coup de téléphone inattendu. Malade ou pas, Isabelle se rend vite au centre commercial.

C'est pour un travail temporaire. Évidemment. Comme réceptionniste dans un magasin à grande surface. Tu t'installes à l'entrée, tu souris aux clients et remets un dépliant des spéciaux de la semaine. J'aimerais bien avoir cet emploi, mais je sens que la chance ne me sourira pas. Près de la porte du bureau des entrevues, il y a moi, mon nez rouge, mon bouton dans le front, puis une fille qui sort à deux occasions pour aller fumer, une géante avec des yeux de poisson, une superbe fille aux jambes de mannequin, puis une Noire paraplégique. Ça n'a pas fonctionné. Retournant porter d'autres C.V. dans le centre commercial, deux jours plus tard, je vois tout de suite que la Noire a eu le poste. Question d'intégration des minorités culturelles visibles. J'aurais dû dire que j'étais séropositive afin d'augmenter mes chances. Mais je ne suis pas certaine que nous sommes un groupe à intégrer...

Je profite de ma présence en ce lieu pour aller saluer la mère de Marie-Lou, lui donner les dernières nouvelles de notre survie, dont cette abracadabrante histoire de dépanneur. Sans que je lui demande quoi que ce soit, madame Gauthier m'engage! Peut-être pour se venger de sa fille? Que m'importe! Vendre des robes le samedi après-midi me procurera une fortune à ne pas négliger. Mais, comme prévu, Marie-Lou fulmine quand je lui apporte la bonne nouvelle. Enfant gâtée! Elle pourrait facilement travailler pour sa mère, mais préfère... Non! Je n'ai pas le droit de la juger. Elle a ses raisons de ne pas vouloir imiter sa mère. Marie-Lou continue de m'en vouloir, alors que je m'apprête à me rendre pour la première fois à la boutique de lingerie. Est-ce que je me suis réellement fâchée quand elle m'a chipé mon poste au dépanneur? Ainsi va notre amitié depuis toujours : elle gueule et je me tais. Mais nous oublions tout quand nous additionnons nos petites paies. Ce n'est pas beaucoup, mais nous pourrons acheter plus de légumes. De son côté, Big Mama travaille dans un service de nettoyeurs. Elle décrasse les machines. Elle est un peu comme nous et nos amies du cégep et de l'université : nous prenons les miettes, sachant notre grande chance de pouvoir les approcher. Et il y en a qui se demandent pourquoi la jeunesse ne trouve rien d'autre à faire, ne trouve vraiment rien d'autre à faire que de s'asseoir, pleurer et chanter du blues.

Isabelle va maintenant mieux, mais demeure tout de même inquiète. Si être aussi malade d'une simple grippe, dans son état symptomatique, signifie tant de souffrances et de tracas, elle va développer une incroyable paranoïa de tous les microbes pouvant l'attaquer. Sa vie devient fragile et ses pensées s'assombrissent, sans qu'elle puisse expliquer ce sentiment à Marie-Lou. Comment envisager la vie avec la lame tranchante de la guillotine au-dessus de sa tête? Cette grippe a activé le système d'alarme de son imagination : tout peut arriver, sans qu'elle connaisse le moment. Vivante et en santé aujourd'hui, sidéenne trois mois plus tard. Ces impressions se renforcent au contact des autres séropositifs du centre. Depuis qu'elle a ouvert son cœur, les hommes ont tendance à la considérer comme leur mascotte, cette si jeune femme toute de blues couverte. Denis, le sidéen qui l'énervait, l'a depuis visitée à quelques reprises avec Félix, son amant. Elle l'a invité à prendre du café dans les boîtes du centre-ville et n'hésite pas à lui téléphoner quand elle se sent inquiète. Marie-Lou écoute avec attention tout ce qui se dit au centre, lit tous les livres sur le sujet. Une journée, elle secoue mélodramatiquement Isabelle puis, le lendemain, fait comme si la vie continuait comme avant. Il y a maintenant une année, Isabelle lui annonçait l'affreuse nouvelle. À cette même époque, Roméo était toujours vivant, au cœur de sa cécité qui lui enlevait le goût de continuer sa longue route. Les deux êtres que Marie-Lou aimait le plus s'effondraient simultanément, avec la mort comme seul horizon. Depuis, Marie-Lou n'a presque pas peint. Elle ne vit que pour Isabelle, ses études, son site Internet Jeanne Tremblay et les écrits de Roméo. Elle a tout pour voir l'avenir en rose, mais vit pourtant dans la peur de voir dépérir Isabelle.

Elle est partie. Je tremble sans cesse, je pleure continuellement et mon cœur est prêt à exploser. Près de soixante années de vie commune viennent de s'effacer, le temps d'un soupir que je n'ai pas entendu. Tout s'est envolé en ce court instant où j'ai trouvé Céline, à mon réveil, inerte à mes côtés. Anéantie, enlaidie, ravagée par cette plaie inqualifiable qu'on appelle la mort. Chaque nouveau matin, je sais maintenant ce qu'est la peur en réalisant que je suis toujours là et qu'elle ne pourra plus y être.

Isabelle fait semblant d'ignorer les dates de ces tristes anniversaires, mais Marie-Lou passe son temps à les lui rappeler. Exaspérée, Isabelle sort errer dans les rues où tout est normal, où tous les gens ne sont pas séropositifs. Elle donne rapidement un coup de fil à Denis et pleure d'elle ne sait trop quoi. Dès qu'elle se trouve face à lui, elle est devant son avenir dans cinq, dix ans, peut-être dans six mois. Denis vient de passer les deux dernières semaines à l'hôpital, son cinquième séjour en trois mois. Elle lui parle de banalités, et il sait immédiatement qu'elle ne peut exprimer ses inquiétudes et ce qui se passe en elle. Isabelle ressent surtout le goût de serrer très fort Marie-Lou contre elle, en la sommant de ne pas poser de questions. Soudain, Denis sent son estomac se fracasser, alertant tous les clients du café. Son ami Félix intervient, laisse Isabelle seule face à sa boisson aussitôt refroidie. Denis avait peut-être mal avant son départ, mais il a tout de suite répondu à l'appel d'Isabelle. Il est le garçon qui a été son meilleur ami de toute sa vie.

Pendant cette absence, Marie-Lou se demande ce qu'elle a dit ou fait de mal, tente d'y réfléchir, malgré le martèlement des rappers du dessous et des invités de Big Mama qui fêtent à la bière la fin de ses études universitaires et son prochain départ pour sa Montérégie natale. À son retour, pourtant, Isabelle oublie tout de ses intentions et se mêle à la fête. Marie-Lou voit les yeux rougis d'Isabelle, qui refuse de répondre à ses interrogations. Elle regarde la jeune peintre pour scruter dans ses yeux la vie et son avenir. alors que les siens sont probablement vides ou ombragés par tant de larmes et d'inquiétudes inexplicables.

Un jour prochain, de penser Marie-Lou, elle entrera à l'université en même temps qu'Isabelle, comme elles l'ont souhaité au cours de leur adolescence. Quand la première aura son diplôme, prête à enseigner et à se bâtir une carrière, la seconde sera peut-être sur le point de quitter ce monde. Mais le bonheur de la réussite de Marie-Lou bercera la souffrance d'Isabelle qui pensera à quels jours merveilleux auraient pu être cet avenir, n'eût été de ce soir de décembre 1995, ce seul petit soir où elle a eu le goût d'être comme les autres et de se faire embrasser, caresser et transporter là où elle n'avait jamais mis les pieds, au contraire de la majorité des filles de son âge.

Big Mama n'est plus là. Je commençais à peine à l'aimer, cette rigolote, surtout depuis qu'elle s'est lassée des récits de la vie de Roméo, narrés avec chauvinisme par Marie-Lou. Son départ nous ramène à la dure réalité financière, surtout depuis que Marie-Lou s'en est prise violemment et verbalement à un assisté social qui se plaignait sans cesse qu'il n'avait rien à manger et qui dépensait pour dix dollars par semaine en billets de loterie. Je n'ai pas pu prendre sa relève, et la mère de Marie-Lou a moins besoin de mes services, à cause de la saison chaude. Elle a quand même été très chic de me recommander avec enthousiasme au gérant de la librairie du centre commercial, où je vais travailler dix heures par semaine. C'est merveilleux! Vivre parmi les livres! Les toucher, les regarder, les espérer secrètement, puis les vendre. Je pourrai recommander les romans québécois que j'aime le plus, même si, en général, les gens préfèrent acheter la plus récente œuvre d'une vedette de télévision qui vient de décider qu'elle est un écrivain.

Le loyer est maintenant trop cher pour nos minces revenus. Il faudra déménager dans le vieux Trois-Rivières, même si cela nous éloignera du cégep. J'ai réussi mes deux cours et Marie-Lou a montré un net progrès dans tout ce qu'elle a étudié. La première étape de notre entente est maintenant terminée. Cet automne, Marie-Lou devra se trouver un emploi, alors que je retournerai au cégep à temps plein pour entreprendre ma deuxième année. Mais je n'ai pas du tout le goût aux études. Je me demande si ce plan est un bonne idée. Avant, sans doute qu'il l'était. Mais maintenant, j'aimerais mieux profiter de tout ce que j'aime de la vie au lieu de passer des heures au cégep et devant des bouquins qui ne m'intéressent pas.

L'idée d'habiter la vieille partie de Trois-Rivières séduit beaucoup Marie-Lou. C'est avec empressement et sans regret qu'elle place ses effets dans des boîtes, alors qu'Isabelle y va plus lentement, déjà nostalgique de ce confortable petit nid qui a été son premier véritable chez-soi.

La Trois-Rivières de ma petite enfance, incendiée en juin 1908, s'est rebâtie sur ses ruines, en plus grand, en plus beau, et surtout en plus moderne, ce qui plaît beaucoup à mon père Joseph. Cette nouvelle ville a été celle de mes années de jeunesse et de ma vie de nouveau marié. Me voici grand-père plusieurs fois, et c'est avec joie que j'accompagne mon petit-fils Martin vers la seule et la vraie Trois-Rivières : le quadrilatère du centre-ville.

La vieille maison porte avec une élégance hypocrite les marques de récentes rénovations. À l'intérieur, le plancher aventureux n'est pas remarqué par les jeunes femmes, concentrées à regarder les murs impeccables et la belle baignoire très propre. Bâtie pour accueillir les familles ouvrières populeuses des temps jadis, la maison a six pièces, toutes très petites. Marie-Lou pourra ainsi consacrer un espace pour le transformer en atelier de peinture et Isabelle installera son bureau d'écrivaine en herbe. Chacune aura sa chambre, bien qu'Isabelle préfère continuer de partager le lit de Marie-Lou. Le salon sera consacré au blues et à Internet, alors que la cuisine, cette mal-aimée des rénovations, fait sourciller les deux amies avec son évier aux rebords rouillés et ses armoires antédiluviennes.

Je viens de visiter la famille de François Bélanger, l'ami de cœur de ma fille Simone. Je me demande comment ils peuvent vivre une vingtaine de personnes dans ce loyer. Pauvres, mais heureux, de dire l'adage populaire. Je crois que c'est un peu un mensonge, même si, en effet, les Bélanger semblent heureux, surtout quand ils ne sont pas tous à la fois à l'intérieur de ce lieu.

Marie-Lou est excitée par l'idée d'habiter tout près des lieux de rassemblement des festivals d'été. Le fleuve et la belle promenade du parc portuaire sont à sa portée. Il y a les terrasses de la rue des Forges, les bars d'artistes des rues secondaires et les coins de verdure, surtout l'invitant parc Champlain.

Jeanne ne tient plus en place. J'ai peine à contenir l'agitation de ses petits doigts dans ma main, car ce soir, juste elle et moi, comme des amoureux, nous allons entendre la fanfare de l'Union musicale au parc Champlain. Jeanne dansera innocemment sur la verdure, attendrissant les gens et effrayant les pointilleux. Il n'y a rien de plus beau au monde que de voir ma Jeanne dans le décor du parc Champlain.

En écho au bonheur d'Isabelle de travailler dans une librairie, Marie-Lou se déniche un emploi d'été dans un café-terrasse. Dans son esprit, tout va enfin très bien et tout est merveilleux.

Il fait chaud, dans cette maison! C'est une véritable fournaise! Si le thermomètre indique vingt-cinq degrés à l'extérieur, il faut en ajouter dix pour l'intérieur. Il n'y a pas de fenêtres dans les chambres et même les murs suent! Marie-Lou couche à l'extérieur, mais moi, j'ai toujours peur de me faire agresser pendant mon sommeil. C'est un quartier peu recommandable. Il y a des drogués, des prostituées et des zozos qui sortent des bars du centre-ville et qui hurlent comme des diminués en confondant notre rue avec la piste du Grand Prix automobile de Trois-Rivières. Puis ils poussent leurs cassettes de Pink Floyd si fort que mon cœur vient près de sortir de l'abdomen quand la basse m'attaque. Marie-Lou travaille le soir et moi, le matin. Ainsi, nous passons nos après-midi à flâner au centre-ville, mais je souffre effroyablement de la chaleur, beaucoup plus qu'autrefois. Le soir, je vais me réfugier dans la fraîcheur de la bibliothèque municipale, où j'essaie de compléter un roman abandonné au printemps de l'annonce de ma mort. Mais j'ai bien du mal à écrire une histoire de beaux sentiments avec le monstre qui habite mon corps et qui fera sans doute de moi une auteure posthume. Ce soir, je préfère demeurer à la maison, malgré la chaleur. Le festival d'art vocal bat son plein et quand on n'assiste pas au spectacle, ça devient difficile d'avoir un orchestre dans son salon. Les fenêtres vibrent, les murs dansent et le cerveau m'explose. Et, pour couronner le tout, me voilà avec une crise de diarrhée. Ce n'est pas drôle, non ce n'est vraiment pas drôle d'être jeune, laide, séropositive et de n'avoir rien d'autre à faire, non vraiment rien d'autre à faire que de chanter le blues de l'AZT. Y a plus d'oiseaux, y a plus rien de beau.

Quand Marie-Lou revient, dansant au son de l'écho infini de la dernière note de l'orchestre invité, elle me voit épuisée par mes courses entre la cuisine et la toilette. Elle décide de transformer la baignoire en piscine, m'invite à sauter dans mon bikini pour quelques brasses. Mais je suis trop affaiblie et mon mal de tête est irrémédiable. Marie-Lou se rend compte de mon état et tend l'oreille pour entendre mon plaintif solo d'harmonica.

Le festival de blues suit celui de l'art vocal. Isabelle se souvient d'y avoir pleuré chaque journée, l'an dernier, devenant plus blues que le plus mélancolique des bluesmen de la grande scène. Malgré l'enthousiasme que ces vrais de vrais devraient susciter chez elle, Isabelle n'est pas plus contente qu'il ne le faut à l'idée de se mêler à une foule heureuse, saoulée de notes ressenties. De plus, Marie-

Lou ne pourra pas accompagner Isabelle, car elle travaille chaque soir. Afin de lui donner d'autres couleurs que le blues, Marie-Lou a imprimé des T-shirts et confie à Isabelle la mission de les vendre aux festivaliers. L'argent gagné sera peut-être utile cet automne, quand Marie-Lou aura terminé son travail d'été. Isabelle se balade dans le parc Champlain, avec sa valise et son T-shirt de démonstration. Elle hésite à crier son slogan de vente, comme Marie-Lou la sans-gêne sait si bien le faire. Isabelle a l'impression que tout le monde la regarde, devine son drame et n'ose pas l'approcher. Elle rencontre Denis et Félix. De plus en plus amaigri, les yeux fantomatiques, Denis est installé dans un fauteuil roulant. Malgré son désir de sociabilité, il crée autour de lui une large zone inaccessible, qui permet cependant aux deux hommes de très bien respirer dans la foule dense. Le sida est répugnant à montrer à la télévision, mais il devient intolérable dans un lieu public.

Isabelle accueille Denis par un baiser. Il dit qu'il s'agit de son dernier été de festivals. Isabelle, malgré elle, hoche la tête pour l'approuver. Il lui réclame un T-shirt, insiste pour payer, même si Isabelle veut lui en faire cadeau. Après l'ultime soupir d'un harmoniciste triste et le sourire béat des spectateurs, le trio se rend au café de Marie-Lou, bondé de clients de blues et d'été vêtus. Denis avoue que le grand avantage d'avoir le sida est qu'on lui libère souvent des places sur les terrasses. Isabelle comprend mal ce sens de l'humour, cette attitude de vouloir signifier qu'il vaut mieux en rire que d'en pleurer. Elle croit que le rire est l'écran de réels sentiments de tristesse ou de colère. Voilà pourquoi elle ne rit jamais.

Marie-Lou semble submergée de travail. Le bout de ses mèches orangées, se mêlant aux cheveux blonds naturels, virevoltent de table en table, mais elle a quand même le temps d'entendre Denis dire qu'il n'y a rien de plus beau au monde qu'une terrasse du centre-ville trifluvien par une belle soirée de juillet. Cela la satisfait royalement et elle trouvera certes une occasion de lui parler de son amour de Trois-Rivières, précieux héritage laissé par son arrière-grand-oncle Roméo. Mais Isabelle se demande plutôt ce qui se passe par ce vaste monde, ou même ce qu'il peut y avoir en ce moment précis en Abitibi ou en Estrie, elle qui n'a jamais mis les pieds hors de sa ville natale, synonyme de la misère de ses parents et de la capitale nationale du chômage. À la fin de sa soirée de travail, Marie-Lou est épuisée, alors que s'évanouissent les derniers badauds. Elle fait comme les clients retardataires et s'installe sur une chaise près du trottoir afin de griller une cigarette et siroter un verre de jus d'orange frais.

C'est si idiot à dire, mais on est tellement mieux chez nous. Et je renchéris dans le cliché : l'herbe n'est pas plus verte chez le voisin. Trois-Rivières est ma ville, mon pays, mon continent, ma planète. Au cours de ma longue vie, j'ai goûté l'amertume de l'ailleurs lors de la Première Guerre mondiale, puis j'ai voyagé pour mon plaisir. Et maintenant que je suis près du bout de ma route, le seul chemin ensoleillé que je connais est celui qui me mène vers le cœur de ma Trois-Rivières.

À son retour à la maison, Marie-Lou est surprise de voir Isabelle encore éveillée et, malgré la canicule, se comporter comme la reine de la souris, alors que sur l'écran défilent les services municipaux d'une petite ville du sud de la France. Elle dit à Marie-Lou qu'elle vient de passer une demi-heure dans une bibliothèque japonaise et qu'elle s'est follement amusée à deviner les services offerts aux abonnés. Le monde est grand sur Internet, mais l'écran est si petit. Pour Isabelle, le web n'est qu'une image du monde, un dépliant touristique pour faire rêver, comme d'autres médias, tels la radio ou la télévision, l'ont fait jadis.

Jeanne vient de visiter le désert nord-africain et de vivre dans un salon aristocrate parisien, tout ceci le temps de quelques heures, à la salle de cinéma Impérial. Je comprends son bonheur! J'ai moi-même vécu à New York, hier au Gaieté, mais j'étais plus heureux qu'elle de retrouver Trois-Rivières et sa belle rue des Forges, en sortant de ma salle.

Je réussis à vendre une dizaine de T-shirts, tout en m'imprégnant de musique. Puis je me sens si heureuse, chaque matin, de pouvoir vivre parmi les livres. Je ne comprends pas pourquoi je devrais chialer, car tout me donne l'impression que le passé revit, que je suis intacte et que l'avenir ne me fait pas peur et me tend, avec le sourire, son chèque d'assistée sociale. Mais puisque je dois vivre mon blues, voici ma mélopée : ce loyer me semble sournois et je suis certaine qu'il va nous jouer de rigoureux tours lorsque le froid arrivera. Tiens... je pense à l'avenir? T'as entendu ça, Muddy?

Marie-Lou ressemble à une meneuse de claques d'une équipe de football, à agiter les jambes et ses pompons multicolores. Elle fait en sorte que tout soit formidable dans ma vie, que je ne pense plus à mon sort. Je me garde bien de lui dire qu'elle m'énerve. Chaque après-midi, nous sommes à la promenade du parc portuaire, qu'elle continue à surnommer « Terrasse Turcotte », sans doute le nom que Roméo lui donnait. Elle en profite pour flirter avec les garçons. Elle ose penser que nous pourrions avoir des amoureux en même temps. La dernière fois qu'elle a eu cette idée, nous avons été toutes deux perdantes et ma vie est maintenant en otage d'une bestiole qui n'attend que le bon moment pour me gruger. Cependant, je ne lui en fais pas le reproche. Il y a une année, Marie-Lou a eu un mois de culpabilité qui m'a égoïstement satisfaite. Je ne le dis pas, mais je la trouve idiote de tenter de me convaincre du mirage de ce gars compréhensif, adepte de la capote, qui me donnerait tendresse et amour, rendant la fin de ma vie merveilleuse. Quelle illusion! Et quelle inutilité! Quand je pense aux hommes, je songe plutôt à Denis et Félix. Ils ont de l'amour l'un pour l'autre et une amitié aussi profonde que la mienne pour Marie-Lou. Ils forment un couple depuis six ans et pratiquent le sexe sécuritaire depuis le jour un. Mais Denis, en visite à Montréal, a été tenté par une aventure avec un bellâtre, sachant que Félix ne le saurait jamais. Voilà le résultat. C'est une histoire semblable à la mienne. Une seule fois et hop! La fidélité, en amour, est le seul vrai condom. Marie-Lou est intacte et moi, souillée. Elle n'est pas mon amoureuse. Nous n'avons jamais pensé à notre amitié en ce sens, même si, depuis l'enfance, nous nous démontrons souvent de l'affection. Elle me donne des petits baisers, me prend la main et nous nous serrons fort quand l'une est triste. Mais je trouve qu'on ressemble quand même à Denis et Félix. Elle est mon infirmière et ma psychologue, comme Félix l'est pour Denis. Ce dernier me dit qu'il n'y a pas de mal à être lesbiennes. J'imagine que non. Ce printemps, quand j'ai eu cette grippe épouvantable et que Marie-Lou prenait soin de moi, je me suis sentie un bref instant amoureuse et j'ai pensé que deux femmes pouvaient s'aimer, être affectueuses et se plaire par le sexe sans danger. Les statistiques le prouvent : c'est plus que rarissime qu'une lesbienne séropositive contamine sa conjointe. À moins d'être sado-masochiste. Mais j'ai vite oublié tout ça! Marie-Lou est mon amie, la personne la plus importante de ma vie et de ce qu'il en reste. Mais c'est si frustrant de savoir que je ne serai plus jamais caressée, moi qui n'ai jamais connu ces plaisirs normaux. Mais je refuse qu'elle me présente des garçons! C'est de leur sexe qu'est né le Mal chez toutes ces femmes qui se taisent et se cachent tant, que je ne crois plus au jour où j'en rencontrerai une vivant la même angoisse que moi. J'ai demandé à mon médecin et aux responsables du centre s'il en existe d'autres à Trois-Rivières. Ils n'ont pas voulu me le dire, à cause du secret professionnel, j'imagine. Ce serait pourtant si bien d'en rencontrer une, à qui je pourrais parler à cœur ouvert, d'une manière qui m'est impossible avec Marie-Lou.

Chaque nouvel événement estival est accueilli bruyamment par Marie-Lou, ce qui inclut ceux qu'elle trouvait kitsch il y a deux ans. Tout en prenant du bon temps, Marie-Lou en profite pour vendre des T-shirts. Son enthousiasme un peu gonflé enchante tout de même Isabelle, qui croit que son amie commence à oublier Roméo. Elle entreprend même un tableau et installe son chevalet et ses toiles dans un coin de verdure du parc Champlain, comme son arrière-grand-mère Jeanne le faisait. Elle dessine le parc et ses passants. Des arbres! Voilà que Marie-Lou peint des arbres, elle qui a cet immense talent de portraitiste! N'en ayant pas terminé avec cette nature urbaine, elle entreprend de dessiner une terrasse de la rue des Forges, mais qui se transforme vite en peinture nostalgique des années 1950. Elle s'est rappelé la description que Roméo a faite de la rue dans un de ses feuillets. Isabelle trouve qu'elle devrait plutôt travailler à des toiles du présent, comme elle sait si bien les faire. Mais ce regain de créativité encourage Isabelle à poursuivre l'écriture de son roman si souvent délaissé.

Discipline et passion sont deux états en principe contraires. Mais ils me sont nécessaires pour écrire un roman. Il faut ajouter une dose sincère d'amour pour ses personnages. Voilà mon secret

d'écrivain. Il faut aussi l'appui des siens, et, de ce point de vue, Céline est ma meilleure et ma plus sévère lectrice.

Le roman d'Isabelle est certes naïf, mais il représente très bien son époque. Une fille laide est amoureuse d'un rapper qui tente de percer dans le monde du spectacle. Finalement, il abandonne tout, quand il se rend compte des qualités de cette fille qui le suit partout. Quand elle a entrepris ce livre, Isabelle fréquentait encore l'école secondaire, si bien que le début porte la marque de ses seize ans, le milieu de ses dix-huit ans et qu'elle a un mal fou aujourd'hui à plonger à nouveau dans cette histoire. Elle soupire, ronge son crayon, se dit qu'elle devrait plutôt raconter ce qu'elle vit en ce moment au lieu de poursuivre le rêve idiot d'une adolescente eau-de-rose. Isabelle se trouve bonne écrivaine, même si elle sait qu'elle a encore beaucoup à apprendre. Si elle pouvait faire publier un seul livre, sa vie serait vraiment complète. Elle y pense depuis l'âge de dix ans.

Trois-Rivières, comme toutes les villes aux prises avec la pauvreté et le chômage, est atteinte d'effervescence culturelle. Peintres, poètes, sculpteurs, danseurs, musiciens, écrivains trouvent toujours un coin ou une occasion pour s'exprimer, parfois loin de l'œil des médias locaux. Chaque automne, des poètes de plusieurs pays s'y donnent rendez-vous pour célébrer leur art sur la place publique. Cette tribu artistique se réunit sans horaire dans certains bars où Marie-Lou a réussi à s'infiltrer grâce à ses expositions et à son lien de sang avec une des plus célèbres peintres de l'histoire du Québec. En lui payant une bière importée, un gringalet, à l'allure de spectre des années soixante-dix, lui pose des questions sur les tréfonds de son âme. La réponse matérialiste de la jeune femme indispose l'interlocuteur. Marie-Lou expose pour vendre le plus cher possible, et non pour flatter son ego de peintre. Elle tente d'imposer la jeune romancière non publiée Isabelle Dion qui, sans doute, paraît trop ordinaire pour faire partie de la bande. Les poètes, d'accord! Mais les écrivaines? On ne peut pas lire de roman sur fond de jazz! Isabelle se fiche de leur refus et désire s'affirmer en dehors des cliques de frustrés en attente de subventions gouvernementales.

Au contraire de Jeanne, je ne me suis jamais considéré comme un artiste, d'où, peut-être, le succès de mes livres. Notre société conservatrice n'aime pas ceux qui se proclament artistes et qui

veulent s'exprimer hors des cadres étroits établis par le clergé ou les autorités sociales. Voilà pourquoi Jeanne a tendance à vouloir désirer s'affirmer loin de sa ville natale. Je ne suis pas d'accord avec elle. C'est en insistant localement que les frontières s'ouvriront.

Marie-Lou me donne un bon conseil pour mon écriture : il faut de la discipline et de la passion. Ceci peut paraître paradoxal, mais elle a quand même raison. Elle applique le principe à ses dessins et à ses peintures. Avant, je n'utilisais que la technique apprise dans mes cours de français au secondaire. Or, maintenant, je sais pourquoi aucun écrivain ne s'exprime ainsi. S'ils le faisaient, notre littérature ressemblerait à une lettre de fonctionnaire du ministère de l'Éducation. Marie-Lou ajoute qu'il faut une dose sincère d'amour pour les personnages. Avant, j'avais trop peu de discipline et j'abandonnais trop vite mes créations, sous toutes sortes de prétextes futiles. Maintenant, je vais me montrer disciplinée et écrire chaque jour, avec amour pour mes personnages, ma passion, et ma propre technique : des phrases courtes, des débuts de paragraphes qui sont percutants, un peu de répétition devenant de l'insistance et des dialogues très courts. Et aussi une bonne finale. Je me souviens qu'au primaire, un écrivain de littérature jeunesse était venu et il avait confié qu'il commençait toujours ses romans par la fin. J'avais trouvé ça amusant.

Pour recommencer du bon pied, j'abandonne définitivement mon roman d'adolescente. C'est trop épars et pas très bon, finalement. Je ne suis peut-être pas faite pour des récits longs. Vive la nouvelle! C'est moins éreintant pour l'imagination. Je me lance tout de suite dans une nouvelle sur une fille séropositive qui correspond par Internet, sous un pseudonyme, avec une autre fille séro, qui signe aussi sous un faux nom. Lorsqu'elles se rencontrent enfin, mon héroïne voit que sa correspondante est un garçon et qu'il s'était fait passer pour une fille, car il n'avait personne à qui parler. Alors, ils tombent en amour. Et tout ceci avec humour! Dans la vie, il ne faut pas rire du sida, mais en littérature, j'imagine que c'est permis. C'est une belle histoire!

Et c'est bien de notre temps. Oh! comme je les aime déjà, mes personnages qui ne verront probablement pas l'an 2000, ses vidéos, ses rétrospectives, ses feux d'artifice, ses spectacles de musique yuppie retransmis par satellite.

Après une journée, j'ai déjà trois pages bien pleines. Puis cinq autres s'ajoutent le lendemain. Après avoir écrit, je passe un peu de temps à corriger, pour trouver des synonymes, décorer de quelques adjectifs qualificatifs et dénicher le verbe qui tue. Je suis fière de moi et Marie-Lou est contente. Elle dit que nous sommes des artistes, et rien d'autre. Ses bons mots m'encouragent. Et puis, une artiste posthume est toujours assurée de succès. Je ne sais pas s'il existe un paradis avec vue sur les librairies. Je donnerai mes droits d'auteure à un fonds de recherche sur le sida chez les femmes. Peut-être qu'à cause de mes nouvelles, beaucoup de mes consœurs dans le monde entier pourront vivre, travailler, faire des bébés et, en toute paix, s'écraser devant un téléviseur pour leurs vieux jours.

C'est Marie-Lou et son attitude qui guident mon été. Grâce à elle, mon moral est bon et je pense moins que je suis empoisonnée. Je ne me sens pas malade, comme dans le bon vieux temps de l'été dernier où j'étais asymptomatique. J'ai même hâte de recommencer le cégep, alors qu'il y a quelques mois, cette idée ne me disait rien. Au travail, tout va bien. Le patron est content, car je connais les livres, ce qui est assez rare pour une vendeuse. Je prends en note les critiques dans les journaux, je regarde tous les résumés des nouveaux bouquins et je les inscris selon les genres dans un petit calepin. Marie-Lou va probablement continuer à travailler au café, car une des employées régulières est enceinte. Les femmes enceintes sont une bénédiction pour les étudiantes. Nous aurons amplement de sous pour nous nourrir convenablement et pour nous payer le cinéma de temps à autre.

Mais à la fin de l'été, Marie-Lou tombe dans une cuve de blues, car nous recevons la visite inattendue de la vieille Renée et de son amie Sousou. Je sens l'harmonica m'envahir quand je les regarde. Depuis longtemps, Marie-Lou et moi souhaitons devenir comme elles quand nous serons petites vieilles. Copines depuis l'enfance! Mais je réalise que ce beau rêve ne pourra se matérialiser, que je ne pourrai pas accompagner Marie-Lou au club de l'âge d'or pour une infernale partie de bingo. Renée parle sans cesse, et l'autre murmure ses approbations, comme Marie-Lou et moi. Puis soudain, avant le départ, Renée laisse choir que son frère Christian vient de mourir d'un arrêt cardiaque. Elle est maintenant la seule survivante des enfants de Roméo. Évidemment, cette nouvelle terrasse Marie-Lou, et je n'ai guère le choix que de suivre ses humeurs, tout en la consolant.

Marie-Lou fouille les textes de son trésor, à la recherche d'histoires concernant ce Christian. Roméo semble avoir peu écrit sur son plus jeune enfant, sinon pour dire souvent que son bébé était un peu craintif, comme lui, et qu'il se décourageait facilement, ce qui ne l'a pas empêché de devenir le plus prospère des six enfants Tremblay, à cause de ses boulangeries et de ses confiseries. Il était le grand-père de Juliette Tremblay, une fille de l'âge de Marie-Lou qu'elle rencontre parfois quand elle va au café Internet Le Petit Train *de la rue Champflour.*

Christian me fait penser à mon père Joseph : homme d'affaires ambitieux et artiste dans l'âme. Quand papa sculptait ses figurines de bois, il y mettait une réelle passion d'artiste, mais disait froidement qu'ils étaient avant tout des objets à vendre. Christian prépare des gâteaux avec une perfection rare, comme un véritable maître, mais avoue avec joie qu'il en tirera un bon prix.

L'automne arrivé, Marie-Lou visite souvent la vieille Renée, et, maladroitement, parle de mort à Isabelle. Un réflexe l'amène à penser encore plus à Roméo et à Jeanne. L'enthousiasme bien ancré dans le présent du dernier été n'aura été qu'une façade; Marie-Lou n'a jamais oublié le départ de Roméo et croit encore que son arrière-grand-mère dirige sa vie.

Je l'ai bien aimé, le vieux Roméo. Quand nous étions enfants, Marie-Lou me tirait souvent par la main pour qu'on aille le voir. Mon propre grand-père n'étant qu'une machine à regarder le hockey à la télévision, je trouvais ce vieil homme beaucoup plus intéressant, surtout quand il racontait des incroyables histoires avec des anges, des fées et des animaux parlants. Il me donnait des sucreries et me tapotait la tête en souriant généreusement. Durant mon adolescence, il me considérait avec affection parce que j'étais la meilleure amie de sa Marie-Lou, mais ne cherchait pas plus qu'il ne faut à me connaître. J'avoue qu'au cours des trois dernières années, les visites ne m'enchantaient pas tellement. Je ne comprenais rien quand il parlait et j'avais un peu peur de voir cette vieillesse si avancée. Je me sentais de trop dans l'intimité qui le liait à Marie-Lou. Mon amie garde furieusement pour elle les textes que Roméo lui a laissés en héritage. Elle ne veut pas que je les regarde, et quand je démontre de l'indifférence, elle me les raconte. C'est un journal intime certes fascinant, puisqu'il raconte toute l'histoire du vingtième siècle à Trois-Rivières, mais ce n'est pas une raison d'en faire son pain et son lait quotidien. Quand je rentre à la maison et que j'aperçois Marie-Lou près de ses coffres aux trésors, elle les ferme tout de suite, comme si je venais de la surprendre à tripoter un garçon. Marie-Lou vient de me faire part d'un projet soudain : elle veut illustrer les meilleurs textes de Roméo et faire une exposition sur le thème du vingtième siècle trifluvien. Je lui dis que c'est une mauvaise idée, que le public n'a pas à lire les carnets intimes d'un vieillard. Elle se fâche et me clame que tout le monde s'enrichirait de connaître la vie du siècle qui s'achève, grâce aux témoignages d'un homme né dans le précédent. Elle prétend qu'en 1999, les rétrospectives vont se bousculer dans les médias et qu'elle a entre les mains des éléments inédits et uniques. Je trouve indécent de vouloir faire du commerce avec la mémoire de Roméo. Au risque de me répéter, je lui dis qu'elle devrait plutôt se décider à vivre dans le présent, même s'il est vraiment moche.

Marie-Lou est encore plus bizarre quand il est question de son arrière-grand-mère Jeanne. Dans les années 1920, Jeanne était réellement une jolie fille qui ressemblait à s'y méprendre à Marie-Lou. J'ai vu ses grands tableaux et lu le livre que Roméo lui a consacré. Un vrai personnage de cinéma, cette Jeanne! Et quelle peintre incroyable! Mais elle dessinait son époque. Marie-Lou devrait l'imiter. La voilà qui dessine la Terrasse Turcotte, avec des amoureux habillés comme en 1945. Jeanne, en 1997, aurait peint le parc portuaire avec les gars en rollers, la casquette à l'envers sur le crâne, un baladeur sur leurs hanches crachant du rap. Marie-Lou me boude, pendant que moi, je crée sur le présent. Ma nouvelle achève et j'ai une autre idée pour un texte sur une séropositive. Ça, c'est actuel! Ça, c'est notre temps! Roméo ne rédigeait pas des souvenirs, mais décrivait les événements à mesure qu'il les vivait. Le passé, l'histoire, c'est un présent qui vieillit bien. Et quand Jeanne allait danser le jazz à Montréal, elle peignait ces scènes pour ne pas les oublier. Je suis certaine que Marie-Lou va comprendre un jour, peut-être celui où je serai très laide et maigre, obligée de quitter celle que j'aime pour aller vivre mes derniers jours avec des infirmières et des travailleurs sociaux.

Isabelle est contente de reprendre ses cours à temps plein et de délaisser la morosité de Marie-Lou. Elle ne déteste pas quitter le vieux Trois-Rivières que son amie trouve si beau, mais qui, pour elle, ne représente que des occasions de méfiance. Les terrasses, les bars, c'est très bien pour les touristes, mais les voisiner en permanence l'énerve. Les ombres qui passent sans cesse dans la ruelle de sa maison n'ont rien de rassurant, pas plus que ces drôles de filles qui parlent à tout ce qui porte pantalon.

Voilà Isabelle qui fait progresser ses connaissances, suite à une première année de cégep complétée en deux ans. Elle ne connaît plus personne dans ses cours. Ceux qu'elle a côtoyés en 1995-96 sont déjà à l'université. Isabelle se sent vieille. Elle retrouve les enrhumés obligés de fumer leurs cigarettes hors des lieux sanctifiés par les lois de santé du gouvernement. Elle est seule dans son coin et personne ne semble vouloir l'approcher pour lui emprunter du feu. Que lui importe? Au secondaire, la situation était la même. Elle a la bibliothèque pour étudier, la librairie pour toucher tous les livres, puis la présence de Marie-Lou. Isabelle est une jeune femme heureuse.

Elle a demandé à Marie-Lou de se trouver un nouvel emploi.

Dix heures au café et dix autres pour un autre patron ne pourraient que faire du bien. Mais, le lendemain suivant cette suggestion, Marie-Lou lui apprend plutôt qu'elle se retrouve à zéro heure. Le gérant n'a pas aimé qu'elle engueule un client qui venait de sortir son artillerie anti-tabac contre trois jeunes qui prenaient doucement leur consommation. Voilà donc la situation inverse de l'an dernier, alors que celle qui doit travailler est au chômage et celle qui doit étudier travaille. Isabelle prend trois jours à motiver Marie-Lou pour qu'elle fasse de nouveau l'éternelle ronde des offres de service.

Chômeur un jour, employé le lendemain : les larmes de la crise économique semblent si lointaines! Mais il a fallu une guerre et ses victimes pour que la prospérité revienne décorer ma ville. Christian est trop timide pour aller frapper à la porte des patrons. Je vais lui donner un coup de main. Je suis certain que, dans deux jours, ses craintes n'auront même pas eu le temps de se transformer en souvenir et que mon garçon pensera surtout à sa première paie.

À chaque retour, Isabelle enquête sur les efforts de Marie-Lou. Malgré son sans-gêne et tous ses prétendus amis, elle ne trouve rien. Après une semaine, elle a une trentaine de demandes d'emploi en poche. Isabelle se doute bien que Marie-Lou ment un peu et qu'elle va perdre son temps dans des cafés pour dessiner la vie de Roméo. L'indifférence qu'Isabelle démontre face à ces nouveaux tableaux chagrine la jeune Gauthier.

Rien ne va plus. Des problèmes, des problèmes, des problèmes chaque jour. Ils ne font que commencer. Les temps difficiles sont ici pour rester. Y a plus d'oiseaux, y a plus rien de beau. Et de plus, j'ai une autre crise de diarrhée. Donne-moi ta bouteille, Wolf! Je passais le plumeau sur les étagères quand soudain, telle une lionne, la mère de Yannick – mon assassin – est arrivée par-derrière et a commencé à m'accuser d'avoir contaminé son chérubin. Tu parles que je ne me suis pas gênée pour lui confirmer que c'est plutôt le contraire qui est arrivé! Or, le patron n'était pas loin pendant toute cette scène... Une demi-heure plus tard, j'avais mon billet avec la mention « Surplus de personnel ». Marie-Lou me hurle qu'il y a des lois pour me protéger de ce genre de pratiques malhonnêtes et injustes. Et même s'il avait écrit la vraie raison sur son billet – mon employée a le virus et c'est très caca – ce n'est pas une bonne raison pour se débarrasser de moi, car je travaillais consciencieusement. Je suis bien d'accord avec Marie-Lou, qui me répète le tout cinq fois en une heure, mais je préfère ne pas ébruiter mon état, même auprès des fonctionnaires qui pourraient réclamer justice en mon nom. Dans le centre commercial, je suis certaine que tout le monde le sait déjà. Sans mon autorisation, Marie-Lou va secouer les puces de la bureaucratie et me rapporte un tas de formulaires à remplir. Elle a même alerté les travailleurs sociaux du centre, qui me donnent des feuilles supplémentaires et m'envoient le psy sans que je l'aie sonné. Le médecin promet illico un billet pour confirmer que je ne suis pas sidéenne, mais séropositive et, qu'en général, je suis en excellente santé. Enfin... excellente? Je veux dire que, lorsque tout va bien, je suis la petite Isabelle Dion pré-Yannick. Lorsque les problèmes me sautent dessus, la fièvre rugit, j'ai des indigestions, de l'insomnie et je broie du bleu. Tous les feuillets et les livres le disent : la séro a besoin de calme, de stabilité dans ses émotions.

Si j'écoutais Marie-Lou, je ferais la première page en couleur du *Journal de Montréal* et la manchette du bulletin de télévision locale. Je sais surtout que nous voilà toutes deux sans travail avec la fin du mois de novembre qui fonce en ricanant vers notre compte en banque. S'il y a un bon côté dans cette mare de blues, c'est que Marie-Lou vient de s'éveiller au présent. Du moins, je l'espère. Je préfère demeurer à la maison pour étudier, en écoutant John Lee Hooker. C'est moi qui accueille notre destin inévitable : une colocataire. Elle se plaint que le gars avec qui elle habitait a tenté d'étouffer son chat. C'est plein de griffes, ce truc-là! En jouant, il va me saigner et je vais être obligée de me désinfecter! Je me présente : Isabelle Dion, dix-neuf ans, étudiante en littérature, écrivaine en herbe et séropositive. Enchantée, dit-elle, sans sourciller face à la dernière remarque. Son chat s'appelle Calcium, et elle, Élisa. Élisa! Le même nom que les deux premiers tests de dépistage du VIH! Mais nous n'avons guère le choix... Et l'idée de retourner dans le lit de Marie-Lou ne me déplaît pas. J'ai tant besoin de sa chaleur, de sa présence. Ça calme ma diarrhée.

Marie-Lou gagne. Le patron de la librairie me donne un chèque pour les six semaines de salaire perdu. Et en ruant dans les brancards, elle s'est trouvé un emploi : cinq heures par semaine comme caissière dans un supermarché. Devant la minceur de cet horaire, Élisa et Calcium doivent rester. Je n'ai pas tellement envie de me dénicher un autre emploi, mais je sais que je dois faire cet effort. Elle est tout de même formidable, Marie-Lou! Alors que je m'étais écrasée face à la fatalité, elle a allumé des pétards et a obtenu justice. Mais j'ai l'impression que je ne pourrai plus jamais me faire engager dans ce centre commercial... Inspirée par toute cette aventure, je commence ma deuxième nouvelle, celle d'une fille séro qui perd son emploi à mi-temps quand le patron l'apprend. Cela se termine quand le patron lui donne des fleurs, lui offre un poste à quarante heures par semaine, car il a appris, entre-temps, qu'il est lui-même séropositif et que cette fille, tout à coup, il la trouve très jolie.

La colocataire a sa tablette dans le réfrigérateur, son secteur dans les armoires, son savon et ses serviettes. Depuis l'apparition du phénomène des logements partagés par plusieurs jeunes, dans un but purement économique, il y a des règles non écrites qui ont surgi de ces situations. La dernière arrivée est surnommée coloc, bien qu'en présence de ses amies, elle dise que les signataires du bail sont ses colocs. La règle du chacun pour soi domine, mais il y a des colocataires qui s'imposent davantage, d'autres qui recherchent l'amitié. Isabelle préférerait que cette race n'existe pas. Dans ses rêves de vivre avec Marie-Lou, il n'y avait pas de tierce personne. Big Mama s'est avérée sympathique dans la catégorie envahissante. Mais Élisa arrive avec un chat et un téléviseur. Chaque soir, elle regarde des feuilletons où tout le monde pleure dans une cuisine. Elle se marre en écoutant tous ces garçons mal habillés qui grimacent sans cesse, tout en parlant joual. Élisa gobe tout ce qui sort de l'écran. Marie-Lou ne comprend pas qu'Élisa se plaigne de mal réussir ses cours et de ne pas avoir le temps pour étudier. Lui suggérant d'éteindre la télé et de se mettre à la tâche,

Marie-Lou se fait assaillir par des exclamations rébarbatives, car ces émissions sont le seul loisir d'Élisa. Pour ne pas l'entendre, Marie-Lou épuise sans cesse les piles de son baladeur, et Isabelle va se cacher à la bibliothèque. Ni l'une ni l'autre ne veut hausser le ton, car, sans l'argent d'Élisa, elles seraient dans un sale pétrin, peut-être même obligées de retourner vivre chez leurs parents.

Par contre, Isabelle et Marie-Lou aiment bien le chat Calcium, bien plus sympathique que sa maîtresse. Cette boule de poils ronronne dès qu'on la regarde, fait le dos rond, se frotte contre les jambes de Marie-Lou et miaule à Isabelle aussi bien qu'un bluesman des bas-fonds de Chicago. Elles lui lancent une balle chiffonnée et Calcium court, virevolte, saute, boxe la balle avec ses tampons de pattes, avant d'y planter ses griffes pointues. Parfois, quand on le surprend, il lève de terre les quatre pattes à la fois, ce qui fait rire follement Isabelle. Calcium aime bien l'attention portée par ces deux nouvelles bipèdes, alors que sa patronne est trop occupée avec la télévision pour jouer avec lui. Isabelle a pris l'habitude de lui chatouiller le bedon, et Calcium se venge en lui griffant les mains, produisant ainsi des petits trous sanguinolents qu'Isabelle est obligée de désinfecter à chaque occasion. Ne pouvant se passer de ce jeu, Isabelle le pratique maintenant en portant des gants, ce qui plaît au chat. L'animal réalise qu'il peut griffer avec plus de fermeté sans risquer de se faire sermonner. Isabelle le retourne sens dessus dessous, le lance à Marie-Lou, lui permet de jouer avec ses cheveux et pose ensuite son oreille sur son ventre pour se faire bercer par l'éternel mystère du ronronnement félin.

Je renifle et j'éternue. Je suis certaine que la cochonnerie qui m'habite vient de décider que je suis maintenant allergique aux poils de chat. Quand je ne suis pas à la maison, je me sens mieux. Aussitôt en présence de Calcium, ça me reprend. C'est peut-être idiot de ma part, mais je fais semblant de ne pas y penser, je m'efforce de ne pas en parler, surtout pas à mon médecin. Je l'aime, mon Calcium! Il est si sexy et merveilleux! Petite, je n'ai jamais eu d'animaux, parce que mes parents disaient qu'ils coûtaient cher en nourriture et qu'ils avaient besoin de chaque dollar pour payer le câblodistributeur et leurs billets de loterie. Ils craignaient aussi qu'un chien confonde la télécommande avec un os. J'enviais tellement les fillettes du quartier quand elles passaient sur le trottoir avec leurs petits poilus. Marie-Lou a eu brièvement un chien, qui est mort écrasé par une chaîne stéréophonique sur roues. Sa mère ne lui en a pas acheté un nouveau, parce qu'elle détestait ramasser les poils sur ses divans. Alors, Marie-Lou et moi, nous l'adorons, notre chat! Quand nous nous couchons, il s'installe entre nous et nous fait rêver avec ses ronronnements. Quand je suis seule, il vient s'étendre sur mes feuilles, ou se couche sur mon ventre lorsque je suis assise pour la lecture. Je le prends et je me mire dans ses merveilleux yeux. Puis j'éternue et je renifle. Mais j'ai tant besoin de son affection! Il est mon back door man, mon hoochie coochie cat!

Isabelle enlève le couvercle de plastique de la boîte de conserve de nourriture pour chat, ne se rend pas compte que la languette métallique est toujours en place et, dans son empressement, se la plante violemment dans la main. Elle crie, court dans le passage, se sent refroidir et tombe sur le plancher. Le bruit de la chute fait accourir Marie-Lou qui se cache la bouche avec ses doigts quand elle voit tout ce sang couler de la main d'Isabelle hors de souffle, les yeux tournant sur eux-mêmes, alors que le chat se frotte contre elle pour se faire nourrir.

Les sœurs religieuses et le personnel médical de l'hôpital Saint-Joseph sont vraiment dévoués et disponibles. Papa a trouvé curieux l'idée de faire accoucher Céline dans un hôpital, alors que notre médecin de famille a très bien fait à la maison, pour mes cinq enfants précédents. Mais je ne veux pas que ma Céline souffre autant qu'avec notre petite Carole.

Deux heures plus tard, Isabelle a eu le temps de s'évanouir trois fois et Marie-Lou a réussi à engueuler le personnel de l'urgence de l'hôpital douze fois. Elle a fait cesser l'hémorragie avec des mouchoirs. Enfin, on appelle le nom d'Isabelle pour cicatriser cette profonde blessure. Pendant ce temps, Marie-Lou regarde sa main tachée du sang de son amie. À la maison, Élisa éponge à l'eau de Javel les traces laissées par l'estropiée. Elle se demande surtout si son chat a léché ce sang contaminé. À son retour, Marie-Lou la réprimande parce qu'elle n'a pas enlevé le couvercle de métal, comme il se doit. N'en pouvant plus de se faire insulter par Marie-Lou, Élisa décide de partir. Elle n'aime pas non plus que ces deux filles lui volent des aliments de sa réserve et craint que la séropositive ne devienne dangereuse pour sa santé. La scène de Marie-Lou est si violente qu'elle réussit à éveiller Isabelle, pendant que Calcium se cherche un trou pour se cacher.

Isabelle est très faible et craint que tout ce sang versé de la cuisine jusqu'au passage et sur Marie-Lou ne cause une catastrophe. Marie-Lou lui rappelle son ABC qu'elle connaît pourtant très bien : sang contre sang et par contact sexuel seulement. À force de se sentir mal dans sa peau et d'entendre les superstitions de tout le monde, Isabelle finit par être confuse et paranoïaque. Ce soir-là, le sang de Jeanne qui coule dans les veines de Marie-Lou ne fait qu'un tour sur lui-même et satisfait l'espoir qu'Isabelle tente craintivement de lui cacher depuis une année.

Pendant qu'Élisa fait un vacarme à tout placer dans des boîtes, Marie-Lou continue à jouer à l'infirmière. Isabelle ne veut pas penser à son cours du matin, et Marie-Lou voudrait oublier qu'elle doit se rendre au supermarché pour faire un avant-midi supplémentaire. Élisa partie, Marie-Lou prépare un dîner à son amie, sert la nouvelle reine dans son lit. Pendant qu'Isabelle grignote des carottes, Marie-Lou lui dessine un beau chat, lui dit que rien ne les empêche d'en avoir un bien à elles. Isabelle lui répond qu'elle n'en a plus besoin et qu'il ne faut plus cacher son allergie aux poils d'animaux, qu'il vaudrait mieux nettoyer le loyer de fond en comble pour effacer toute trace de Calcium.

Alors là, nous avons vraiment les quatre pieds dans le blues. Premièrement, Marie-Lou perd son emploi de caissière à cause de compressions budgétaires. Deuxièmement, ce loyer étouffant en été se transforme en cube de glace en hiver. Troisièmement, nous n'avons à peu près plus de revenus et ne savons vraiment pas comment nous pourrons payer notre gîte le premier janvier. Quatrièmement, je suis vachement malade et mon médecin me dit que j'ai eu tort de tolérer ce chat. Mais à part cela, je me sens très heureuse. Remets Lucille au placard, B.B., cette fois, je n'ai pas le blues.

Marie-Lou m'administre mes médicaments, m'éponge le

front et me soutient quand je décide de faire une longue promenade dans le couloir. Je viens de rater une semaine de cours à l'approche des examens. Nous restons au lit. Elle dessine, pendant que j'écris et que nos cassettes de blues nous font gigoter de bonheur. Je n'arrive pas à convaincre mon orgueilleuse d'aller voir sa mère pour qu'elle nous donne un coup de main. Mais je n'insiste pas trop, car je ne veux pas lui déplaire.

Marie-Lou croit tout à coup que sa blondeur mêlée de mèches orangées lui nuit dans la recherche d'un emploi. Alors, il fallait bien que ça arrive un jour ou l'autre : elle se fait teindre en noire, se dégage la nuque et se fabrique la coiffure Cléopâtre de son arrière-grand-mère Jeanne. L'illusion est parfaite, mais me rend très mal à l'aise. Comme je suis condamnée à rester à la maison, je vois Marie-Lou tourner avec envie près des coffres qui renferment les textes de Roméo. Elle n'ose pas non plus, comme elle en a pris l'habitude en cachette, se livrer à son fétichisme en portant les robes de Jeanne que Roméo lui-même a conservées comme reliques morbides pendant plus de soixante ans. Mais maintenant que les frontières de l'amitié ont explosé, je ne vois pas pourquoi elle garderait pour elle ces secrets qui n'en sont plus depuis longtemps pour moi. Je l'invite à laisser parler ses sentiments. La voilà avec sa robe décolletée, ses vieux bijoux de toc, son petit chapeau beige et ses bas descendus aux genoux, dansant le shimmy au son de notre CD de Jelly Roll Morton. Roméo serait sûrement au septième ciel en la voyant. Ensuite, elle me fait la lecture de ses textes favoris du vieil homme. Je ricane sans mot dire, car elle est si belle dans ses drôles d'obsessions. Pourquoi se cacher pour être heureuse? Pourquoi me cacher d'être malade? Je vais mourir dans cinq ou dix ans. Quelle idiote je serais de me priver de blues, de livres, de films et de Marie-Lou. Maintenant, ma vie est enfin normale! Je me sens si heureuse!

Le corps d'Isabelle est fragile. L'infirmière qui vient souvent la voir le lui rappelle. Cette coupure à la main l'a terrassée pendant deux semaines, alors que tout autre personne s'en serait sortie après quelques heures. Son médecin l'a gavée de médicaments et de conseils préventifs. Pendant cette convalescence, Marie-Lou a traîné au cégep pour cueillir ses notes de cours et rencontrer des confrères d'Isabelle. C'est elle qui l'a fait étudier, alors que la concernée trouve de plus en plus idiot l'idée de compléter ses études, une véritable perte de temps, quand sournoisement le virus peut décider de mettre fin à sa vie. Selon Marie-Lou, étudier empêche Isabelle de sombrer dans le laisser-aller.

Faire ce que l'on aime et ne pas nier ses rêves : voilà la vraie liberté. Se passionner n'empêche pas la discipline, qui est si valorisante pour le caractère. Mon petit-fils Robert, qui n'a que quinze ans, a compris ces principes depuis longtemps. Quand il est sur une scène, en compagnie de son groupe les Indésirables, sa guitare entre les mains, il scintille de bien-être, car ce moment est le résultat passionné de la discipline qu'il s'impose comme musicien pendant les répétitions.

Marie-Lou et Isabelle sont en train d'accrocher des guirlandes de Noël quand elles reçoivent ce coup de fil de Félix qui leur annonce que Denis ne verra pas 1998. Isabelle ne lui a pas parlé depuis trois mois, se sent coupable de cette négligence envers cet homme de bon conseil, si courageux, ayant réussi le miracle de garder son sens de l'humour malgré la fatalité irrévocable qui le transforme en statistique annuelle des victimes du sida. En phase terminale, incapable de quoi que ce soit, le visage ravagé et le corps squelettique, Denis trouve quand même la force de remonter son corps pour montrer à Marie-Lou son T-shirt de blues acheté l'été dernier. Marie-Lou avale un sanglot, puis s'enfuit vers l'extérieur avec le goût de vomir. Elle pleure effroyablement, étouffée par des sanglots qui lui torturent la gorge, pensant qu'Isabelle pourrait devenir ainsi si le miracle des humanistes et des chercheurs qui œuvrent dans l'ombre ne se produit pas bientôt.

Quelle pitié de voir ma pauvre Simone si maigre et affaiblie, terrassée par ce cancer injuste et cruel. Mais quelle grande leçon de vie elle me donne en souriant quand même, en étant aimable envers tous. À l'article de la mort, elle écrit des cartes de Noël pour envoyer à la parenté. Ce moral de fer et ce courage démontrés me font relever le menton face à la mort.

Marie-Lou retourne à l'intérieur, regarde Isabelle tenir la main de Denis. Il lui murmure quelque parole incompréhensible pour Marie-Lou, comme si les victimes de cette hécatombe avaient leurs codes secrets d'initiés. Marie-Lou observe sans cesse, pour se convaincre de son courage de simplement pouvoir regarder sans sourciller. Après une demi-heure, les deux jeunes femmes partent, mais Félix demeure près de son amoureux. Dans la neige du boulevard des Forges, Marie-Lou pleure plus qu'Isabelle qui, curieusement, se sent sereine, même après ce spectacle de sa propre future fin. Elle exprime le souhait que, son moment venu, Marie-Lou soit près d'elle de la même manière que Félix assiste Denis. Elle lui rappelle que, malgré ses terribles souffrances des derniers mois, Denis n'a jamais été malheureux, car l'amour veillait tout le temps près de lui.

Ce soir-là, Isabelle commence la création de sa troisième nouvelle. C'est l'histoire d'une séropositive qui rit tout le temps, fait les cent coups et qui, le jour de la délivrance venue, confie à tout le monde la chance d'avoir été accompagnée dans son calvaire par l'amour de celle qui a trop pleuré à sa place. Pendant qu'Isabelle termine la quatrième page, Marie-Lou avale encore des sanglots, une tablette sur ses genoux, n'arrivant pas à trahir le conseil de Roméo de dessiner sa ville. Soudain, le fantôme de Jeanne surgit et lui ordonne de crayonner ce qu'elle voit, ce qu'elle vit, ce qu'elle devine, imagine, rêve, souhaite, ce qui doit être crié et qui est le reflet de ses sentiments. Quand Isabelle dépose son crayon, Marie-Lou commence ce que personne ne veut voir : l'agonie sereine et pourtant effrayante de Denis le sidéen.

Nous pensions faire appel à une nouvelle coloc pour nous sortir de notre embarras, sans jamais songer que c'est plutôt nous qui allions devenir colocataires. L'infirmière en a parlé au médecin, qui en a soufflé un mot aux responsables du centre, qui en ont discuté avec le psy, et cette dernière personne est venue, un peu avant Noël, pour vérifier l'état du réfrigérateur dans lequel je me terre. Il m'a expressément conseillé de me trouver un logis un peu mieux chauffé. Nous avons été obligées de déménager en toute hâte. Un peu chanceuses, nous avons pu refiler le logement à Élisa, qui s'était installée chez un autre étrangleur de chat. Dès les premiers jours de janvier, nous entrons dans un loyer à la chaleur bienheureuse, encore situé dans le vieux Trois-Rivières. Il est aussi plus folklorique, avec sa baignoire en forme de cuve et son soupirail d'aération entre les deux étages. Marie-Lou va sûrement trouver un texte de Roméo sur la poésie des soupiraux d'aération. À la première visite, je n'ai pas aimé les regards coups de foudre que Marie-Lou et Alexandre, le locateur, se sont échangés pendant quinze secondes infinies. D'ailleurs, le fait qu'il soit un homme ne fait qu'augmenter le volume de mon blues. Il est un étudiant en administration à l'université. Il a une tête d'administrateur et nous ressemblons à des administrées. Il me fait penser à ce jeune politicien du Bas-Saint-Laurent, mais en plus propre. Il écoute probablement Céline Dion et doit posséder sa carte de militant non fumeur. Peut-être même qu'il est chef d'une patrouille-choc de Croisés prête à incendier les champs de tabac de la région de Joliette. Il portait un veston et une cravate pour nous faire visiter la place. Il m'énerve! Oh! oui, oui, il m'énerve, mais il n'y a vraiment rien d'autre à faire quand tu gèles dans un loyer, il n'y a rien d'autre à faire pour cette pauvre moi que de chanter du blues.

Il y avait une responsable du centre avec nous. C'est elle qui juge si le chauffage de ce logis va me permettre de prolonger ma vie de trois semaines. Elle a indiqué à l'administrateur ce que je suis. Il paraît que c'est mieux de mettre tout de suite cartes sur table. Immédiatement, cet Alexandre s'est approché de moi pour me parler mélodramatiquement et me tenir les mains. Me voilà la petite Aurore l'enfant séropositive. Marie-Lou et moi, bien sûr, partageons une chambre. Nous préférons prendre l'autre pour installer notre atelier de peinture et de création littéraire, un bureau pour Internet, les cassettes de blues et les études. Alexandre se met le nez dans notre lieu intime quand Marie-Lou branche le P.C. Il est un maniaque d'ordinateurs. Comme tous les administrateurs, j'imagine. En voyant l'appareil de Marie-Lou, il se lance tout de suite dans un interminable monologue technique, dans un charabia linguistique qui me donne envie de me réfugier dans la tombe de Lightnin'

Hopkins. Cela prouve, hors de tout doute, qu'il est bel et bien un futur administrateur, et peut-être même un probable candidat pour le parti de ce jeune politicien du Bas-Saint-Laurent. Marie-Lou lui parle tout de suite de son site Jeanne Tremblay, et Alexandre va le visiter sur son ordi. Je viens de la perdre pour l'installation car, bien sûr, après avoir regardé ce sosie de Marie-Lou sur l'écran, Alexandre aura droit au chapitre sur Roméo. Le tout dure six jours.

Elle est toujours avec lui. Et chaque matin, il me demande comment je vais, avec ses grands yeux au bord des larmes et sa voix tremblotante de compassion. J'ai le goût de lui lancer une goutte de sang pour le voir s'évaporer. Mais je devine trop que cet humain parfait doit être au courant de tous les modes de transmission. Et quand quelqu'un m'énerve, je deviens malade. Marie-Lou a repris son travail sur les peintures du passé de Roméo au lieu de continuer le visage de Denis. Quelle tristesse que cette nouvelle année! Y a plus d'oiseaux, y a plus rien de beau.

En ce lundi, à la fin de sa tournée de demandes d'emploi, Marie-Lou s'aventure à l'université. La copie conforme de Jeanne T. est impressionnée par le lieu, a peur de s'égarer et de ne pas trouver la cafétéria, où Alexandre doit déjà l'attendre. Voyant les étudiants, Marie-Lou rêve au jour prochain où elle sera des leurs. Pour quelqu'un qui a eu tant de difficultés d'apprentissage au secondaire, devenir universitaire sera une belle vengeance contre ceux et celles qui n'ont jamais cru en elle, sa mère en tête, croit-elle. Soudain, Marie-Lou a envie d'étudier. Sa réussite de l'an dernier lui fait regretter cet arrangement pris avec Isabelle, à l'été 1996. Elle sait qu'Isabelle n'a plus le goût pour les études, qu'elle préférerait prendre son temps pour écrire afin de réaliser son grand rêve d'être publiée. Il faudrait que Marie-Lou lui parle de la désuétude de cette promesse. Après quelques hésitations, elle trouve la cafétéria et se dirige vers le coin des fumeurs où Alexandre a élu domicile pour griller une des sept cigarettes qu'il s'accorde par semaine. Il y a foule et Marie-Lou toussote. Elle le voit tout de suite, au fond, installé à une petite table verte envahie de verres vides et de papier chiffonné.

Loulou parle très mal, blasphème dix fois en une phrase, au

contraire de mon très sobre petit-fils Clément. Il semble fondé dans le moule de la norme, alors qu'elle est la reine des marginales. Et pourtant, chaque fois que je les visite, je reconnais ce coup de foudre que Clément m'a maintes fois raconté, alors qu'il a fait la connaissance de Loulou à l'île Saint-Quentin. Elle lui avait quêté une bière et avait ouvert la bouteille avec ses dents. Ce n'est pas une image très romantique, mais il l'aime tout autant que celle qui demeure fraîche en ma mémoire, alors que moi aussi, j'avais rencontré la femme de ma vie, ma si chère Céline, à l'île Saint-Quentin.

Marie-Lou attend dans la filée avec son plateau de dîner, comme si elle était une véritable étudiante de l'université. Après le repas, Alexandre lui fait visiter les principaux pavillons et termine le périple à la Chasse-Galerie, le café étudiant, où la radio alternative fait entendre de la musique de vieux cons des années soixante-dix. Sur le grand mur face à elle, Marie-Lou admire une magnifique fresque aux teintes rouges et noires, signée par une étudiante en arts. Marie-Lou pense au jour où l'une de ses œuvres la remplacera. Alexandre doit la quitter, ayant rendez-vous avec d'autres étudiants pour un travail en équipe. Il la surprend par un rapide baiser sur la joue. Marie-Lou demeure abasourdie quelques secondes, puis quitte le campus en vitesse, elle qui avait pourtant juré d'y flâner tout l'après-midi. Elle descend le boulevard des Récollets, croise des adolescents de l'école de La Salle qui sèchent leurs cours. Le pas pressé, elle entre au cégep, impatiente de retrouver Isabelle pour la serrer contre elle.

Alexandre ne se mêle pas trop de nos affaires. Depuis trois jours, il n'a pas passé un instant à naviguer sur le net avec Marie-Lou. J'ai eu si peur que mon amie ne s'attache à Alex. Car je me permets de le surnommer Alex. Il n'est pas si mal, après tout. Il a lu mes deux nouvelles et m'a gratifié d'une critique constructive. Il veut me présenter une fille qui fait une maîtrise en littérature et qui a déjà publié trois nouvelles dans des ouvrages collectifs. Il regarde avec fascination les dessins de Marie-Lou. Il doit nous envier d'être des artistes. Un administrateur administre; une artiste, c'est tellement plus beau et précieux.

Me voilà à l'université en sa compagnie pour rencontrer

cette Michèle. Comme c'est grand! Mais, au fond, ça ne m'impressionne pas. L'idée des hautes études ne me dit plus rien, moi qui aurais pu devenir une excellente enseignante au primaire. Mais ce sont des rêves d'adolescente. Aujourd'hui, il ne faut plus avoir peur de remettre en question l'avenir. Alex et moi attendons cette fille au café étudiant, un endroit plutôt chaleureux. Il y a même du blues à la radio. Il me paie un chocolat chaud et nous nous installons sur des canapés. C'est alors qu'il me dit, comme à une grande intime, qu'il est en amour avec Marie-Lou et me demande si les sentiments de mon amie à son endroit ont une chance d'être similaires. Ce que je lui avoue refroidit son café en un quart de seconde. Michèle arrive à ce moment précis. Je respire!

J'ai toujours pensé que les universitaires du second cycle s'exprimaient comme des snobs en n'utilisant que les mots les plus obscurs du grand dictionnaire Robert. Cette Michèle parle plutôt comme les plus mauvais souvenirs des téléromans de ma mère, ceux-là qui donnent raison à ce bon vieux Lord Durham, prétendant, il y a longtemps, que les Québécois devaient être culturellement assimilés. (C'était dans le programme d'histoire de quatrième secondaire. Je me souviens que notre enseignant avait fait une crise d'hystérie en nous racontant cela; nous avions surtout hâte que la cloche sonne, parce que c'était le dernier cours avant un congé de trois jours.) Nous troquons nos créations respectives et vantons mutuellement nos mérites. J'ai peur de sa critique, bien que Michèle m'inspire confiance par sa gentillesse et sa simplicité. Pendant que nous discutons, Alexandre se transforme en glaçon, mais il a quand même l'amabilité de venir me déposer au cégep à temps pour mon cours.

J'ai plus le goût de lire les nouvelles de Michèle que d'écouter le charabia du prof. Il est pourtant un bon enseignant, très drôle et passionné, qui veut, lui aussi, jeter un coup d'œil à mes nouvelles. Je suis si encouragée par tout le monde! Je sens que l'aveu fait à Alexandre va encore améliorer mon moral. Il va regarder Marie-Lou différemment. D'ailleurs, les jours suivants, il invite souvent ses copains d'administration, au lieu de faire le coq devant mon amie. Ils parlent de mathématiques pendant trois heures. À chacun ses jouissances. Le samedi, ils regardent le hockey à la télévision en prenant de la bière, ce qui prouve qu'ils sont malheureusement de véritables Québécois. Le dimanche, ils font une table ronde pour régler le cas de la grave question existentielle : Mac ou P.C.?

Marie-Lou se demande pourquoi elle est exclue des jeux d'Alexandre. Elle est triste. Elle était peut-être amoureuse de lui. Je la console et elle oublie tout, réalisant mieux l'importance de notre amitié pour mon équilibre psychologique. Pendant qu'ils jouent au Monopoly, Marie-Lou et moi dansons dans notre bureau, en écoutant Muddy Waters. Marie-Lou me fait suer de rire quand elle fait une imitation torride sur notre compact de Howlin' Wolf. Il n'y a rien de plus beau au monde que nous deux! Je suis à nouveau l'Isabelle d'avant. Je suis enfin celle que, au fond, j'ai toujours désiré être. En entendant la voix du Wolf, les garçons prennent le risque d'ouvrir notre porte, parce qu'ils croient qu'un fantôme sanguinaire a envahi nos murs. En nous voyant danser, ils semblent interpellés. Puis ils nous invitent à une nouvelle partie. Elle dure jusqu'à trois heures du matin, alors qu'Alex et moi passons notre temps à nous ruiner chacun notre tour. Il m'a même échangé un passage sur mes terrains avec hôtels pour sa montre numérique. Mais il n'y a pas de gagnant, car nous devons interrompre une si intéressante partie à cause d'un étourdissement. C'est la première fois que j'abuse de cigarettes, de bière et de joie. La séro n'a pas le droit de s'amuser avec intensité. La dégueulasserie qui aura ma peau voit là une occasion de donner des coups de coude à mon système immunitaire. Alors, je vomis et j'ai chaud. Puis j'ai mal au ventre. Et je me plains, oui je me plains, car il ne reste rien d'autre à faire que de chier du blues.

Marie-Lou refuse d'aller chercher de l'aide gouvernementale. Voilà bientôt deux mois qu'elle a perdu ce microscopique emploi de caissière. Sa cinquantaine d'offres de service n'a pas suffi, pas plus que ses connaissances artistiques des bars et cafés d'initiés. La jeune peintre sent qu'elle ne fait pas sa part et qu'elle abuse de la bonté d'Alexandre, qui lui fait crédit. Lui-même n'est pas trop riche, avec ses prêts et bourses qui ne sont richesse que pour ceux et celles qui ne voient jamais ce type de chèque.

C'est si difficile d'être jeune et d'avoir un idéal de travail qu'on me refuse à cause de mon inexpérience. Je sens surtout que c'est une excuse pour masquer leur manque de confiance en la nouvelle génération. On dirait que personne ne veut me donner la moindre petite chance, moi qui ne crains surtout pas le travail bien fait et qui suis prêt à tous les sacrifices. Ah! il est beau, le siècle du modernisme de mon père! Mais je me sens avant tout honteux d'affronter Céline. Tous les autres jeunes hommes de mon âge travaillent, pendant que je m'obstine à vouloir devenir journaliste.

C'est Alexandre qui trouve à Marie-Lou l'emploi qui la sortira de l'embarras. Il fait une tête d'enterrement quand, à la seconde suivante de son annonce, elle dit sèchement qu'elle n'est pas faite pour ce genre de travail. Marie-Lou s'excuse tout de suite, puis remercie le garçon. Isabelle se dit que ça ne durera pas longtemps. Marie-Lou à faire de la tenue de livres! Dans un bureau de cravatés, avec la musique insipide sortant du plafond, et dans des locaux de non-fumeurs! À la première occasion, elle va lancer la machine à café à la tête du patron. Mais un poste de trente-cinq heures par semaine ne se refuse pas. Marie-Lou devra remplacer une femme sur le point d'accoucher et pourra gagner un salaire hebdomadaire jusqu'en juillet.

Isabelle la convainc par la douceur et par le rêve éveillé des beaux jours, du proche avenir qu'il faudra affronter en mai quand Alexandre retournera dans sa région pour l'été. Que se passera-t-il, à ce moment? Et l'automne prochain? Il faudra sans doute déménager. L'emploi de Marie-Lou l'empêchera de faire appel à une coloc. Isabelle maquille Marie-Lou, qui se gratte le nylon des cuisses en se disant qu'elle va attraper une pneumonie en sortant en bas en plein hiver. Ce n'est pas son monde, tous ces gens qui parlent sans cesse de téléromans, d'humoristes québécois, de leur souffleuse à neige et de leurs vacances sur une île des mers du Sud, où les gens sont pauvres mais tellement heureux parce qu'ils sou-

rient tout le temps. Cette race d'abominables nouveaux mystiques américanisés de rectitude politique, cette bande de propres qui ne fument pas, ne boivent pas, ne font pas de bicyclette sans casque, n'ont pas le droit d'être pauvres, malades ou imparfaits. Cette horde javelisée qui, pour être dans le ton, écoute du jazz cubain et du reggae norvégien, tout en mangeant des sushis. La première journée, elle a le goût d'étrangler un vieux con des années soixante-dix qui ne cesse de parler de son jardin aquatique. Et cet autre qui vante les qualités d'obéissance de ses deux chiens de race! Marie-Lou ne peut leur parler de peintures, de Jeanne, de blues et des soirées interminables et enfumées dans son bar d'artiste. Elle serre les dents et se concentre à copier des chiffres sur l'écran de son ordinateur. Des chiffres! Marie-Lou Gauthier qui manipule des chiffres!

Ma première paie de journaliste! Je m'habille en dimanche, j'enduis mes cheveux de pommade et, ce soir, grande première mondaine au Gaieté avec ma Céline. Après les vues animées, j'inviterai avec tambours et trompettes mon adorée à un festin dans un restaurant! C'est si merveilleux, travailler!

Marie-Lou m'invite au restaurant! Je sais qu'elle devrait plutôt économiser cette somme ou l'utiliser pour acheter du matériel de peinture, mais j'accepte quand même, si heureuse de partager sa joie. Je sais qu'elle a souffert toute la semaine à entendre les conneries de cette bande de fonctionnaires sans âme. Cette sortie est une libération! Alex aussi est content pour elle. Il nous offre de passer la fin de semaine chez lui, à Notre-Dame-du-Portage, dans le Bas-Saint-Laurent. (Ah! je savais que ce type avait une relation avec cette région!) Marie-Lou hésite, mais moi, je m'empresse d'accepter. M'éloigner de Trois-Rivières ne peut faire que du bien! Marie-Lou craint surtout qu'un chenapan montréalais ne profite de son absence pour voler un monument et faire croire aux siens que Lavérendrye était un grand caissier de guichet de métro.

Nous partons tôt le samedi matin. Alexandre a la gentillesse d'éviter les autoroutes afin que je puisse admirer les paysages. Il comprend que je ne suis jamais sortie de ma ville, sauf pour quelques courts voyages à Québec. Pour lui faire plaisir, je fais semblant de m'émerveiller de peu de choses. Oh! une ferme dans la neige! Oh! un dépanneur à Donnacona! Il alterne les cassettes de blues et celles de Jean Leloup, l'idole d'Alex. Leloup chante à propos de cette méchante Isabelle et Marie-Lou me taquine chaque fois qu'il en est question. On s'amuse! Quittant Québec, nous longeons la merveilleuse Côte-du-Sud et arrêtons à tous les trois villages pour que je puisse goûter le folklore local des toilettes de stations-service. Puis nous chantons encore *Cookie* et *Hoochie Coochie Man*, ces deux bons parents des sentiments. À Notre-Dame-du-Portage, j'ai l'impression que tout le plaisir de ce périple se résume à la distance magnifique qui me sépare de Trois-Rivières. Sa petite ville me semble ennuyeuse, mais Alexandre nous jure en connaître les secrets les mieux gardés. Il nous présente à ses parents. Sa mère hésite à me serrer la main, ce qui prouve qu'Alexandre lui a certes parlé de celle que je suis.

Marie-Lou, le nez au vent, les mains dans les poches, hume le bon air du bord du fleuve, qui ne ressemble plus au même cours d'eau caressant sa Trois-Rivières. Au loin, un bateau maugrée en pensant aux glaces et en se croyant devenu Titanic. Marie-Lou l'ignore, alors qu'Isabelle lui envoie de stupides salutations de la main. Elle se demande d'où il peut venir, s'il y a des passagers ou des caisses de marchandise.

La guerre nous entoure, mais je me sens enfin chez moi dans le village de Madeleine. Je la regarde et je vois Céline. Son père me parle et j'entends le mien. La place du village se confond en mon esprit avec le parc Champlain. Si je sors vivant de cet enfer, je jure que je ne quitterai plus jamais Trois-Rivières, sinon pour un lointain futur voyage : je reviendrai en Belgique pour tenter de revoir Madeleine, et lui parler du bon vieux temps où j'ai fait la bêtise de jeunesse de m'enrôler dans l'armée canadienne dans le but de voir ce qui se passe hors des frontière de ma ville natale.

Isabelle enlace Marie-Lou, pose sa tête sur son épaule et lui demande pourquoi elle semble si triste. Marie-Lou soupire, incapable d'exprimer son sentiment. Isabelle songe peut-être qu'elle pense à l'avenir où elle suivra l'homme qu'elle aimera dans sa petite ville et qu'elle se sentira seule et désespérée loin des fantômes trifluviens de Jeanne et de Roméo. Isabelle n'ose pas lui demander si elle est amoureuse d'Alexandre. Elle se contente de solidifier son emprise. Les jeunes femmes marchent doucement le long de la berge, main dans la main. Elles rient en pensant à leur passé d'adolescentes, au bonheur et au futur. Marie-Lou aime s'entendre parler ainsi car, croit-elle, sa foi aveugle en l'avenir chasse l'idée de la mort qui habite Isabelle. Il faut que son amie soit heureuse jusqu'à la fin, comme Denis. Marie-Lou sent qu'elle n'a pas le droit moral de s'attacher à un garçon et, de toute façon, elle constate, comme Isabelle, qu'Alexandre est avant tout un formidable ami.

De la fenêtre de la maison, la mère du jeune homme les examine en douce, se demande quel genre de personnes son fils si sérieux fréquente à Trois-Rivières, elle qui a choisi de l'envoyer là de préférence à une grande ville comme Québec ou Montréal. Son visage exprime un peu de crainte, au souper, quand elle voit Marie-Lou et Isabelle côte à côte. Le regard qu'elle jette à Isabelle quand celle-ci coupe une tomate avec un outil très tranchant ne laisse aucun doute sur ses peurs. Elle lui arrache le légume des mains et lui dit qu'elle va faire le travail.

C'est l'obsession du sang pollué et destructeur qui s'exprime chez la mère d'Alex. Bien d'autres craignent la salive, les poignées de main, les gouttes d'urine glissant sur l'intérieur de la cuve qui va les faire passer à trépas deux minutes après le contact. Et je n'ai pas parlé des draps? Il y a deux ans, je trouvais cette ignorance bien effrayante, dérangeante, insultante, mais aujourd'hui, j'ai le goût d'en rire. Marie-Lou me regarde avec son sourire narquois et sa tête à claques. Je sais que si elle était dans ma peau, elle se serait volontairement planté le couteau dans un doigt et aurait répandu son sang dans le plat de crudités. Ce serait une scène très drôle! Mais je veux rester polie avec notre hôtesse, même si son attitude m'énerve depuis notre arrivée.

Marie-Lou prend une tomate et le même couteau, se pique discrètement et se lève en hurlant, pesant sur son doigt pour faire gicler les gouttes de sang vers les pommes de terre. Isabelle saisit une serviette pour l'envelopper, mais Marie-Lou lui tend plutôt le doigt vers sa bouche. Isabelle ne sait pas pourquoi elle participe à la moquerie dévastatrice de son amie en suçant son sang. Même Alexandre devient blanc comme la nappe.

Jeanne provoque souvent pour le seul malin plaisir de le faire. Elle était déjà ainsi au cours de son enfance. Mais j'avoue que, maintenant qu'elle est adulte, je trouve son attitude très souvent déplacée, surtout quand elle entraîne la pauvre Sweetie dans son jeu. Mais malgré mon indignation pour certains de ses gestes, j'admets que parfois Jeanne me fait étouffer d'un rire discret, surtout lorsqu'elle s'en prend à notre scrupuleuse sœur Louise.

Marie-Lou regarde la mère d'Alexandre en riant, lui jure que le sang d'une séropositive n'a rien de dangereux tant qu'il n'est pas en contact avec celui d'autrui, que la salive n'a rien de particulier. La peintre ajoute qu'elle n'aime pas ses airs réprobateurs qu'elle lance à Isabelle depuis ces dernières heures. Elle n'apprécie pas non plus que cette femme se dise très heureuse de la recevoir, pour l'envoyer aussitôt fumer à l'extérieur. Embarrassée, Isabelle baisse les paupières, puis tire Marie-Lou par la main dans le but de l'entraîner plus loin et de la faire taire. Isabelle veut la sermonner mais, au salon, elle ne trouve rien d'autre à faire que de rire et la serrer contre elle.

Alexandre boude et se demande si l'idée d'emmener ces deux cinglées chez ses parents n'a pas été la pire bêtise de sa vie. Isabelle veut faire amende honorable après ce repas perturbé et explique calmement sa situation. Elle assure qu'elle n'est ni une droguée ni une prostituée. Marie-Lou fait de nouveau un faux pas furibond et ajoute qu'Isabelle ne s'est pas fait enculer par un homosexuel frustré désireux de détruire le genre féminin. Isabelle lui jette un regard méchant qui fait taire la rebelle. Elle continue son explication, y saupoudre un peu de théâtre informatif appris au centre. Le père ose quelques questions, auxquelles la jeune Dion répond avec facilité. À la fin de son exposé, Isabelle confie qu'elle va mourir au cours des prochaines années et que son but est de rendre le reste de sa vie merveilleuse.

Je ne sais pas pourquoi j'ai raconté tout ceci à ces deux idiots. Peut-être par désir de combattre l'ignorance et les préjugés, pour qu'un peu de justice me soit rendue pour le reste de ce court séjour dans cette famille. Et c'est ainsi que naît le sujet de ma quatrième nouvelle. Ce sera l'histoire d'une séro qui est très timide et qui panique parce qu'il n'y a aucune autre fille à qui parler de ses angoisses. Alors, elle prend son courage à deux mains et elle accepte de suivre le cours de communication offert par son centre, afin de devenir porte-parole de la prévention contre la bestiole. Elle se rend dans son ancienne école secondaire, dans le cours de morale (évidemment) et parle aux adolescentes des dangers qui les guettent quand elles sont trop romantiques et acceptent de coucher avec le gars convoité, ou qu'elles sont trop timides pour lui demander de porter un condom. Ensuite, mon héroïne fait la tournée des écoles de sa région. Six mois plus tard, une fille lui téléphone pour la remercier, car elle allait faire l'amour avec son flirt qui refusait d'enfiler le caoutchouc. Elle l'a obligé à le faire. Et vous savez quoi? Le gars était porteur. Alors, la séro pleure de joie d'avoir la certitude d'en avoir sauvé une, jusqu'à ce que le réveille-matin sonne et que notre amie se rende compte que tout ceci n'a été qu'un rêve. Mais un si beau rêve qu'elle rompt sa timidité et s'inscrit dans le cours de communication offert par son centre. Ça, c'est une belle histoire! Et même si l'effet réveille-matin est un cliché dans une nouvelle, je ne suis pas gênée de l'utiliser à cause de l'importance du message.

Je pense à tout ceci en souriant, alors qu'Alex, toujours en beau fusil, nous conduit au bar « Loterie Vidéo » de son patelin, où ses nombreux amis locaux l'attendent. Il prétend que c'est un endroit formidable et qu'on va s'amuser. C'est difficile de nous y préparer, alors qu'il veut nous étrangler du regard parce qu'on s'est payé la tête de sa mère. Non, mon ami! On l'a éduquée! J'avoue, cependant, que la méthode pédagogique de Marie-Lou... Je ne lui en parlerai pas, de peur de me faire encore raconter l'histoire du sang de Jeanne qui coule dans ses veines.

Le bar se remplit de tous les jeunes des villages du coin. Les amis d'Alexandre lui font l'accolade, alors que leurs blondes lorgnent du côté des étrangères. Un disc-jockey s'installe et fait tout de suite bondir Marie-Lou et Isabelle quand il passe un extrait du disque de Steve Hill, le bluesman trifluvien. Isabelle jase avec une belle brune, tout en tétant la mousse de son verre de bière. Marie-Lou tire sur la main d'Alexandre pour le faire danser et ainsi se faire pardonner. Une heure plus tard, Marie-Lou donne de grandes tapes dans le dos de tout le monde, alors qu'Isabelle fait semblant d'écouter la brune qui lui raconte ses cinq plus récents chagrins d'amour.

Ma Renée vient de braver les bonnes mœurs et s'est rendue avec son amie Sousou dans un bar de la rue des Forges. Elle croyait être Fred en compagnie de Ginger, mais la description si drôle que ma fille m'a faite de ce lieu ennuyeux vaut la peine que je l'écrive avant de l'oublier.

Par miracle, Isabelle n'est pas prise de hoquet à la fin de son verre de bière. Il y en a déjà deux autres devant elle, payés par la brune. Isabelle sait bien qu'elle supporte mal l'alcool et que son état ne l'appelle pas à faire la fiesta. Par contre, Marie-Lou ne se gêne pas. En la regardant bouger sans cesse son casque de cheveux noirs, Isabelle devine qu'elle fait une imitation de Jeanne perdue dans un dancing de flappers, dans l'ouest de Montréal en 1926. Les garçons racontent des histoires d'Alzheimer et Isabelle se prépare mentalement à subir la blague de sida. La voilà, bien dodue, grasse, idiote, intolérante et, en principe, blessante pour Isabelle. Mais c'est plutôt Marie-Lou qui réagit violemment, crache dans sa main et jette le tout au visage du garçon. Pourquoi diable Marie-Lou tient-elle tant à être séropositive, aujourd'hui? Pourquoi faut-il qu'en engueulant sa victime, elle pointe Isabelle du doigt? Elle est ivre. Mais ce n'est sûrement pas une bonne raison. Après l'aveu de Marie-Lou, un grand cercle se construit autour d'Isabelle, et la brune devient grisonnante. Une demi-heure plus tard, Isabelle a tout raconté, comme aux parents d'Alexandre. Le silence de l'auditoire ne brise pas la fête qui reprend doucement, pendant que Marie-Lou a du mal à trouver le bon orifice pour engloutir une autre bière. Isabelle s'excuse et va à la salle de toilettes. On dirait que sa diarrhée la reprend. Tant d'excitation et d'émotions, ce n'est pas bon pour elle. Isabelle demeure dans la cabine et craint de voir arriver Marie-Lou, à qui elle n'a pas du tout le goût de parler. En sortant, elle va sur la piste de danse, s'amuse seule à bouger sur un air de Kevin Parent. Les danseurs mâles n'osent pas flirter avec cette fille aux vilains cheveux et au teint pâle. Alexandre la rejoint, pour lui avouer, en lui donnant un baiser sur le front, qu'elle est une fille formidable et courageuse. En voyant la scène, Marie-Lou réagit et fait en sorte que les amis d'Alexandre aient vraiment le goût d'abréger la fête.

À la maison, deux heures plus tard, Marie-Lou vomit dans la cuvette, alors qu'Isabelle n'en peut plus de gigoter devant la porte. Pendant que les deux amies font une course à relais entre vomissure et diarrhée, Alexandre s'occupe du guet près de la chambre de ses parents, espérant qu'ils ne se réveillent pas pour s'étourdir de cette parade. Ils paniqueraient de voir la plus laide jeter tout son sida partout dans la maison. Isabelle éponge le front de Marie-Lou qui râle sans cesse que la terre tourne trop rapidement et du mauvais côté. Elle semble se calmer au milieu de la nuit, alors qu'Isabelle commence une reprise de ses activités de diarrhée.

J'ai vu arriver le jour contre l'épaule d'Alexandre, qui m'a parlé avec douceur et tendresse. Il a insisté à nouveau sur mon courage et m'a dit que je devrais devenir cette fille de ma future nouvelle, parcourant les écoles pour dire aux adolescents de faire attention et que le VIH n'est pas réservé qu'aux homosexuels et aux héroïnomanes. Je lui ai raconté tout ce que j'ai vécu dans ma ville, mon enfance et mon adolescence avec Marie-Lou. Maintenant, il me comprend et accepte mieux la situation. Il est le plus gentil garçon du monde. Au matin, il m'a prise dans ses bras pour me déposer près de Marie-Lou, qui roupillait la bouche ouverte en projetant encore une odeur infecte de bière et de vomi. Il m'a assuré que je dormirais comme une reine, sans que personne me dérange.

Après un dîner pris face à la froideur révoltée de sa mère, nous faisons une balade en auto, alors que le père d'Alexandre nous montre fièrement les plus beaux coins de sa région. Le grand air ne semble pas faire de bien à Marie-Lou, qui ne dit pas un mot de l'après-midi. Au souper, très poliment, elle s'excuse de son attitude choquante. Et nous reprenons la route avec Jean Leloup et Muddy Waters. Quel beau voyage! Une tranche de vie comme jamais je n'en avais vécu! Deux semaines plus tard, je me délecte même des sottises de Marie-Lou. À bien y penser, elles étaient protectionnistes et prouvaient son grand attachement à moi, comme elle me l'a depuis souvent démontré.

Isabelle rencontre Michèle à l'université. Elle est impatiente d'écouter sa critique. L'étudiante avoue que les nouvelles d'Isabelle ont du charme, qu'elles sont rédigées de belle façon, qu'il y a là beaucoup de sentiments véridiques et d'authenticité de la pensée. L'idée de faire des textes d'humour sur un sujet aussi grave que le sida est unique. Selon l'experte, il y a cependant quelques maladresses propres aux débutantes : répétitions de mots, verbes peu variés, dialogues inutiles et l'emploi de cet archaïque passé simple. Isabelle promet de tout ramener au présent, comprenant que le message sera plus vivant, qu'ainsi les lecteurs et lectrices se sentiront beaucoup plus impliqués dans le déroulement de l'action. Michèle invite Isabelle à la prochaine réunion du Salon du livre de Trois-Rivières. Il y a toujours de la place pour des bénévoles, et Isabelle pourrait faire des rencontres intéressantes. Son acceptation par le comité l'enthousiasme beaucoup.

L'idée de devenir un personnage de sa prochaine nouvelle grandit dans l'imagination d'Isabelle. Si les femmes porteuses du virus se cachent et ne parlent pas, c'est un problème qu'elle pourrait surmonter dans le but de communiquer des informations de façon plus vivante qu'un dépliant. Isabelle confie son intention aux bénévoles du centre. On la réfère tout de suite au bureau du mouvement d'information et d'entraide dans la lutte contre le sida, connu sous l'acronyme de MIELS, *de Québec, afin qu'elle puisse suivre une formation en communication. Isabelle préfère d'abord en parler à une religieuse qui lui avait enseigné au début du secondaire et qu'elle avait beaucoup aimée. L'idée de s'éloigner de Marie-Lou pour aller à Québec la rend craintive.*

Timide, mal à l'aise, Isabelle entre par cette porte qu'elle a franchie si souvent, il y a si peu longtemps. Elle se sent soudainement vieille parmi les jeunes qui jouent au ping-pong dans la place d'accueil. La religieuse la reconnaît tout de suite et promet de la rencontrer après son cours. En attendant, Isabelle descend à la bibliothèque, soupire quand elle voit le coin où, avec Marie-Lou, elle passait tout son temps entre deux cours, pour étudier et bavarder. Rien n'a changé. La bibliothécaire lui serre la main.

Isabelle cherche des livres sur le sida. Tous les mêmes, avec l'incontournable condom souriant. Qu'une bande dessinée de plus pour des adolescents, qui préfèrent toujours Astérix et Tintin. Isabelle voit les inévitables blagues stupides griffonnées sur les pages par des garçons. Le moment du rendez-vous approchant, Isabelle attend devant la porte du bureau des enseignants. Tout le monde la salue, se souvient de cette si studieuse élève. Les profs s'informent de ses probables succès académiques. Isabelle répond qu'elle a une mission plus importante que le cégep ou l'université, mais n'avoue pas de quoi il s'agit. C'est même très hésitante qu'elle le dit à la religieuse, abasourdie par une si terrible nouvelle. Mais elle accepte sur-le-champ de lui enseigner quelques rudiments de communication didactique, lui assurant que la porte de l'école de La Salle lui sera ouverte pour venir parler de prévention. Isabelle sort de son ancienne école comme une reine, heureuse et en paix. Elle se rend au cégep pour flâner un peu et réalise qu'elle s'y sent étrangère. Elle va rejoindre Marie-Lou à la sortie de son travail. La jeune Gauthier pose la couronne sur les cheveux de la reine en apprenant la bonne nouvelle. C'est plein d'oiseaux et tout est beau.

Je n'ai raté que le tout premier Salon du livre de Trois-Rivières. À la fin du primaire et au secondaire, les profs nous y emmenaient, car cela leur faisait une leçon de moins à préparer et, pour la plupart des élèves, c'était comme un congé d'école. Moi, j'ai pu tâter les livres, regarder avec mes yeux émerveillés de véritables écrivains. À l'adolescence, je collectionnais les signets que je faisais autographier par tous les gens qui se trouvaient derrière un comptoir, espérant que cette personne soit un romancier. Puis je prenais en note les titres les plus attirants afin de les emprunter plus tard à la bibliothèque. Je n'avais pas d'argent pour acheter des livres, tout comme aujourd'hui. Je m'en procure au compte-gouttes dans les librairies d'occasion et, après la lecture, je les échange dans un magasin différent. J'aimerais tant pouvoir tous les garder pour me constituer une bibliothèque! Je voudrais tant pouvoir être riche pour donner de l'argent pour la recherche sur le sida et pour dépenser le reste en livres. Avec, bien sûr, quelques compacts de blues. Et un billet pour un voyage. Sans oublier les vêtements et le cinéma toutes les semaines. Qu'on me permette de travailler comme bénévole au Salon du livre est si extraordinaire! Michèle a dû leur parler mélodramatiquement de mon état, car on me donne une belle tâche : je vais passer dans les allées et offrir des verres d'eau et du café aux exposants. J'aurais pu me planter près de la porte à sourire aux visiteurs et passer la journée entière à me démolir la colonne vertébrale. Mais on m'offre ce poste en or, qui me permettra, discrètement et poliment, de souffler à l'oreille des représentants des maisons d'édition que je suis, moi aussi, écrivaine. On ne sait jamais...

Sur l'heure du dîner, Marie-Lou et Alexandre se rendent au Salon dans le but de croiser Isabelle et de regarder les nouveaux CD-Roms. Ils suivent le troupeau de Trifluviens, les uns s'y rendant par curiosité, les autres décidés à acheter plusieurs livres, alors que certains, les mains dans les poches, veulent surtout regarder les belles images sur les pages couvertures.

Marie-Lou et son amie Isabelle viennent de m'emmener au Salon du livre, malgré les protestations de Renée qui passe son temps à croire que je suis toujours fatigué à cause de mon grand âge. Je veux voir les livres, en acheter quelques-uns, mais je désire surtout humer l'excitation de mes chers Trifluviens attirés par tant de beauté. Je me sens roi, tenu amoureusement par ces deux jeunes adolescentes. Marie-Lou me fait rire quand elle dit que je devrais être nommé le président d'honneur du Salon du livre, moi le plus vieil écrivain de notre ville.

Marie-Lou regarde les buveurs de café, signes de la probable présence d'Isabelle. Elle n'a alors qu'à suivre la piste. Mais elle ne trouve pas son amie. Alexandre s'informe et une autre bénévole lui indique l'infirmerie, où Isabelle, perdue dans sa sueur, tente de reprendre son souffle, effrayée par l'idée qu'on pourrait la remplacer. Il y a à peine une heure, le Salon était envahi par des autobus entiers d'élèves du primaire qui couraient partout en criant, ce qui a remué Isabelle qui s'est évanouie à deux pas d'une femme déguisée en souris qui amusait les enfants. Isabelle fait de grands efforts de concentration pour ne pas paraître malade afin de retourner derrière son chariot. Mais un autre malaise la rend malheureuse au début de la soirée. Elle rentre à la maison éreintée et passe la moitié de la nuit à combattre une insomnie aggravée par un mal de ventre astronomique. Étourdie, faible, elle entre le lendemain matin au Salon, bien décidée à prouver à sa patronne qu'elle n'a pas fait un mauvais choix en lui confiant ce poste.

Hier, c'étaient des enfants qui se croyaient ados, et aujourd'hui, c'est plein d'adolescents très enfantins! Ils parlent très fort, se lancent des signets et s'agglutinent devant les stands de littérature jeunesse ou tout endroit où il y a un ordinateur. Ils font craquer mon cerveau en mille particules. En voilà un qui fait une collision avec mon chariot, et je mets la main juste à temps pour bloquer la chute de la cafetière. Le responsable d'un stand me sourit bizarrement quand je lui offre mes boissons. Il doit se rendre compte que je suis blanche et transparente. D'ailleurs, il me demande si je suis malade. Au moment où je lui réponds négativement, ma jambe droite fléchit et il me rattrape avec ses bras. Il m'offre de m'asseoir quelques secondes derrière le comptoir. Si la responsable me voit, je vais être cuite! Mais m'installer près des livres, avec un auteur, me donne l'impression d'être moi-même écrivaine publiée. Peut-être que, l'an prochain ou dans deux ans, c'est moi qui réclamerai un verre d'eau à une bénévole.

Sur l'heure du dîner, Alex me cueille pour me faire manger une carotte et quelques céleris. Il a disposé des couvertures et un oreiller sur le siège arrière de sa voiture et m'ordonne de me reposer un peu. Cette petite demi-heure de sommeil me fait du bien. Alexandre essuie mon visage avec une serviette humide, avant de me remettre fraîche et dispose à la porte de l'hôtel où a lieu le salon. Je recommence ma tournée et garde le sourire. Tout en versant un café, je remarque que la maison d'édition de Shawinigan distribue des imprimés pour un concours littéraire. Deux mille dollars comme premier prix, en plus de la publication du texte. Voilà ma chance! Je me vois déjà, l'an prochain, à tendre la main droite vers l'éditeur et la gauche vers le chèque. Je continue à pousser mon chariot en y pensant trop, si bien que je frappe un présentoir de bandes dessinées qui s'abat avec fracas. En me penchant pour ramasser mon dégât, je sens... Oh! ça ne m'était pas arrivé depuis l'âge de quatre ans... Quelle honte! Me voilà en jupe, sans culotte dans mon collant, alors que la salle de toilettes, à l'autre bout du local, ne cesse de me lancer d'affolantes invitations.

Quand Marie-Lou et Alexandre viennent chercher Isabelle à la fermeture du salon, celle-ci ressemble à un drap fraîchement lessivé et qui flotte comme un spectre dans le vent d'avril. Isabelle s'écrase tout de suite dans son lit, ne prend pas le temps d'enlever ses vêtements. Après l'avoir bien installée contre son oreiller, Marie-Lou s'assoit au salon, alors qu'Alexandre prépare un examen. Elle pense aux beaux jours de l'adolescence, alors qu'Isabelle était en santé. Regardant une photographie de cette époque, elle se rend compte qu'Isabelle a depuis beaucoup maigri. Souvent, Marie-Lou craint la victoire du virus. Elle lit à nouveau les paragraphes de son bouquin sur le sujet. Il y a trop de mots qui étourdissent Marie-Lou. Elle a du mal à comprendre pourquoi tant de souffrances pourraient dévorer son amie.

Je ne veux pas mourir malade. J'ai trop souffert, autrefois, de voir mon père Joseph et ma petite sœur Jeanne sombrer vers l'infini au cœur de tourments. Je pense à la paix de Louise, morte près de Dieu dans son doux sommeil. Et je me couche, chaque soir, si inquiet de voir tous ces médicaments sur la table de chevet de Céline. Je crains tellement qu'elle parte en souffrant. Je prends soin d'elle avec une plus grande peur de la mort que la sienne.

Marie-Lou pleure silencieusement, puis va porter sa tasse de tisane à la cuisine. Alexandre la regarde étrangement. Furtivement, Marie-Lou essuie une larme discrète avec la paume de sa main, puis se jette entre ses bras, pour ne pas pleurer devant lui. Quand Marie-Lou se couche, elle est contente de voir qu'Isabelle dort profondément. Une heure plus tard, elle ronfle en stéréophonie, alors que Marie-Lou est assise en tailleur dans le lit, incapable de fermer l'œil à cause de ce vacarme.

Isabelle se réveille à quatre heures trente de la nuit, prend une douche et prépare des rôties et du café. Elle va continuer sa quatrième nouvelle dans la pièce qui lui sert de lieu de création. Le concours de la maison d'édition de Shawinigan parle d'un texte d'au moins quatre-vingt-dix pages. Il lui faudra produire une autre nouvelle afin de participer. Sur le bureau de Marie-Lou,

Isabelle regarde les dessins épars de son amie qui illustrent les récits du trésor de Roméo. Les figures sont ternes, ainsi que les décors. Où est passé le grand talent de portraitiste de Marie-Lou? En faisant un peu de rangement, Isabelle découvre avec un effroi contradictoire deux secrets de Marie-Lou : une boîte de condoms et un dessin d'elle-même, avec le visage ravagé de Denis. Quand le réveille-matin est assommé par Marie-Lou, Isabelle va la regarder sortir du lit et rit de sa gueule de bois. Isabelle se lance contre elle en la serrant fort, lui demande de ne jamais trahir leur amitié.

Je me sens si bien, aujourd'hui. Je vais distribuer toute cette eau et ces tasses de café en souriant. À ma pause, j'irai regarder les livres et parler aux écrivains. J'aime quand ma cafetière est vide et que je dois passer par le salon des écrivains pour en prendre une autre. Ils se reposent loin de la foule, parlent de leur art, de leurs joies et de leurs problèmes. Ils me demandent toujours comment je vais. Dans leur esprit, je suis la bénévole maladroite qui s'évanouit et renverse tout, qui rougit quand elle tend une tasse vers un des leurs. Peut-être que je vais leur inspirer une histoire. Je les regarde un à un derrière leurs tables. Certains sont très timides et attendent que les visiteurs avancent vers eux. D'autres ressemblent à des vendeurs d'automobiles usagées qui clament avec confiance leurs slogans vantards et leurs blagues éprouvées. Je me laisse tenter par cet auteur barbu écologiste, qui a été si gentil envers moi quand je suis venue près de m'évanouir devant son stand, hier. Il dédicace son livre, ajoute un soleil, des oiseaux. J'ose lui dire que je suis moi aussi écrivaine. Il doit entendre des confessions semblables toute la journée.

Je me demande ce que fait Marie-Lou par cette journée de congé. J'ai soudain peur en pensant à ces condoms. Mais, d'autre part, si elle a une aventure, ce qui me ferait si mal, j'aime mieux qu'elle l'ait avec cette boîte à sa portée. Elle est probablement avec Alexandre. Je ne suis pas aveugle! Je sais très bien qu'il est quand même en amour avec elle. Mais ça me déchirerait le cœur de penser que Marie-Lou s'est servie de ces capotes en sa compagnie, sous notre toit. Tiens! Voilà le sujet de ma cinquième nouvelle : c'est l'histoire d'une séro qui... non! Il vaut mieux ne pas penser à une telle perspective. Alexandre vient vers le milieu de l'après-midi. Il dit que Marie-Lou est partie chez la vieille Renée. Il me demande la permission de l'inviter au cinéma. J'accepte, tout en lui ordonnant moqueusement d'être sage avec elle.

Je ne heurte personne, aujourd'hui. Rien renversé non plus. Mes amis des stands doivent se demander ce qui se passe. À la dernière tournée de café – c'est fou comme ces gens boivent du café! – un écrivain me fait des courbettes avant de me demander de sortir avec lui, prétendant qu'il en a marre du bar de l'hôtel et qu'il a le goût de voir d'autres têtes que celles côtoyées chaque jour. Ce n'est pas de refus! Moi, en intimité avec un vrai romancier! Et un bon, de plus! J'ai lu trois de ses romans. Je termine mon service en pensant à toutes les questions que je lui poserai. Il vient de Montréal, le pauvre. Il doit s'ennuyer dans une petite ville comme la mienne, doit penser que nous sommes des primitifs qui se couchent dès la fin du téléjournal. Il me demande très sérieusement si l'eau du fleuve Saint-Laurent commence à être salée, à Trois-Rivières. Je vais lui montrer un endroit tellement unique qu'il voudra aussitôt déménager : le blues bar de la rue Notre-Dame! Voilà mon endroit favori! Marie-Lou préfère les cafés de snobs, et Alexandre, les bars près de l'université. Mais le seul vrai truc, c'est ce petit coin où on entend toujours du blues. C'est malheureux d'avoir du mal à supporter la bière, car j'y passerais mes soirées entières. Les serveurs n'aiment pas trop les clients qui ne consomment pas. L'écrivain répond à toutes mes interrogations avec un air passionné. Je lui confie que je vais participer à ce concours régional, dans l'espoir de réaliser ce grand rêve de voir un livre à mon nom dans les vitrines des librairies. Il veut tout de suite me donner des conseils et m'invite à poursuivre cette leçon en toute tranquillité dans sa chambre d'hôtel. Oh... oh... voilà le grand méchant loup! S'il me prend pour ce genre d'admiratrice! Une pensée horrible me traverse l'esprit en l'espace de deux secondes : celui-là va payer pour le crime que Yannick a commis contre moi! Mais je songe que l'écrivain pourrait offrir ce don à une autre jeune bénévole du prochain Salon du livre... Puis je me dis qu'avec une bonne protection, je pourrais faire l'amour comme il faut, pour la première fois de ma vie. Car l'autre, j'aime mieux ne plus y penser. Mais je me dis aussi que j'ai maintenant mieux. Congédié, l'écrivain! Et plus jamais je n'achèterai un de ses livres.

Ce soir, le bar de blues accueille la plus bluesée des clientes. Isabelle franchit le cap d'un deuxième verre et se sent si seule, blessée, délaissée, soudainement craintive du rendez-vous cinématographique qu'Alexandre a donné à Marie-Lou. Elle décide de commander une troisième fois, emportée par le spécial Lightnin' Hopkins que le disc-jockey lui offre comme le plus précieux cadeau à son humeur. Il y a la fumée de cigarette, les rires gras des hommes, ceux perçants des filles. Il y a deux tables pleines d'amitié derrière elle, et Isabelle se sent encore plus seule. De toute sa vie, il n'y a eu que Marie-Lou, dont elle dessine le visage à l'intérieur du cerne de houblon laissé par son verre, tout en hochant la tête quand la guitare de Lightnin' lui caresse la colonne vertébrale.

Bientôt, elle rentrera à la maison, surprenant Alexandre au lit avec Marie-Lou et elle se chantera, comme tant de personnes, que son amie est partie avec un nouvel amoureux et qu'il ne reste rien d'autre à faire, non vraiment rien d'autre à faire que de s'inventer un harmonica et s'asseoir en équilibre sur une clôture en compagnie des chats de gouttière et des chiens errants sans maîtres et sans noms. Mais Alexandre étudie à la cuisine et Marie-Lou communique à des admirateurs de son site Internet Jeanne Tremblay. Totalement ivre, Isabelle s'empresse de lui renifler le visage, comme un animal jaloux, pour chercher l'odeur de maïs soufflé de la salle de cinéma. Ne trouvant rien, Isabelle l'enlace trop fort, si bien que Marie-Lou tombe à la renverse. Isabelle, heureuse, veut écouter Muddy Waters à tue-tête, alors que Marie-Lou cherche surtout à la dessaouler, craintive d'une autre nuit d'insomnie et de sueurs chaudes. Du coin de l'œil, Alexandre les observe, alors qu'elles dansent et se cognent, avec chacune un casque d'écoute sur les oreilles. Craintif, il les laisse à leurs divagations et se sent étranger et de trop dans son propre loyer.

Isabelle complète son bénévolat à sa façon et renverse deux verres de café sur une pile de livres neufs d'un auteur qui lui répond agressivement de faire attention, pendant que le responsable du stand la regarde avec méchanceté. Elle s'excuse gauchement et a peur de voir arriver une facture salée. Elle croise aussi l'auteur de la veille, qui la salue amicalement, avec une tête à avoir fait une conquête plus intéressante. Pour oublier ces humiliations, Isabelle va sourire au stand de la maison d'édition de Shawinigan, dont le responsable doit sûrement se demander quelle mouche pique cette bénévole. Isabelle se sent certaine qu'elle sera la grande gagnante de leur concours. Elle ne pense plus à son véritable avenir, ne veut pas songer que, dans une année, au lieu de son beau rêve doré, elle sera peut-être agonisante, comme Denis. Elle rentre chez elle avec trois bouquins offerts par les maisons d'édition aux jeunes bénévoles. Se servant du dos de Marie-Lou comme bureau, elle écrit son bonheur dans le but de donner un beau message de vérité aux adolescents qu'elle rencontrera l'automne prochain.

La religieuse m'a donné de bons conseils pour bien communiquer avec une classe. Il s'agit sans doute des mêmes qu'on pourrait m'enseigner si je m'inscris à l'université pour septembre. Marie-Lou m'a ordonné de ne pas l'attendre. Quelle perte de temps ce serait de chercher un emploi minable pour la faire vivre, alors que je pourrais toucher des prêts et des bourses en entreprenant tout de suite des études universitaires. Mais je me fiche complètement de cet avenir. Il est celui de mes seize ans, de mon passé, et ne représente plus rien pour moi. Je préférerais vivre intensément, écrire beaucoup, écouter du blues et voyager. À quoi bon me casser la tête à faire des travaux pour obtenir un diplôme que je n'aurai pas le temps d'utiliser? Et quelle école m'engagerait comme enseignante, en sachant que je suis séropositive? L'intégration de toutes les personnes sur le marché du travail est un principe très beau dans le programme d'un parti politique, mais la réalité est beaucoup plus merdique que leurs belles idéologies bidon. Pas vrai, Buddy?

Me voilà dans l'ancienne gare de Trois-Rivières avec Marie-Lou. Elle ne sert plus qu'au terminus d'autobus. Marie-Lou se tord le cou à regarder une immense peinture d'un train, vestige de l'époque où ces engins étaient un moyen de transport très courant. Elle m'offre un monologue sur tous les Tremblay qui ont jadis foulé le sol de cette belle gare, qui, ma foi, fait un peu pitié à voir, comme elle est désertée. Marie-Lou me raconte le marchand de journaux, le salon de barbier, le coin du télégraphe, la boutique de sucreries et tous ces Trifluviens assis en sardine sur ces grands bancs de bois aujourd'hui poussiéreux. Marie-Lou remet ma valise au chauffeur, m'embrasse et me tapote les épaules pour m'encourager. Je suis inquiète de devoir la quitter pour un peu plus de deux mois, afin de recevoir une formation en communication au centre MIELS de Québec. Faire la tournée des écoles pour parler de sida est maintenant un des trois buts de ma vie, les deux autres étant de gagner ce concours littéraire et le dernier, de conserver Marie-Lou jusqu'à ma mort. Je suis inquiète de la laisser dans l'entourage d'Alexandre. Il terminera bientôt sa session et retournera à Notre-Dame-du-Portage, mais ces deux semaines seront peut-être très importantes pour lui, alors qu'il se trouvera seul avec elle. Les hommes sont chasseurs et les femmes, protectrices. Mais je serai loin de Trois-Rivières, laissant la proie à portée du prédateur. Marie-Lou a juré fidélité à notre amitié, mais je la sais parfois impulsive.

Me voilà seule dans l'autobus. C'est la première fois de ma vie que je pars ainsi, comme une grande fille responsable. J'espère surtout ne pas avoir de diarrhée, car les toilettes d'autobus sont une abomination. Je passe le temps à regarder tous les paysages, les villages, le fleuve Saint-Laurent. Tout ceci est tellement plus joli que Trois-Rivières! Que mes yeux voient du neuf pendant deux mois et demi est un baume dans ma vie. Au terminus de Portneuf, je vois monter une femme avec ses deux jeunes enfants, après que le père leur eut donné des baisers pour leur souhaiter bon voyage. Elle s'installe sur le banc face à moi. Les petits sont excités par l'autobus. Le garçonnet présente son bout de tête au-dessus du banc. Il ouvre et ferme sa petite main en me regardant. Comme il est mignon! J'aimerais, dans dix ans, être cette femme. C'est une perspective d'avenir à laquelle j'ai déjà pensé, désireuse d'éviter toutes les catastrophes de mes parents. Je suis certaine que j'aurais pu rencontrer un gars sérieux qui m'aurait aimée pour mes qualités. Et dans dix ans, il m'aurait donné un baiser avant que je monte dans l'autobus avec mes deux enfants. Je suis quand même contente de ma situation affective. Au fond, c'est tellement plus naturel pour moi. Sans le VIH, je n'aurais pas pu goûter un tel bonheur. Je souris, pense à Roméo, me demande si le sang de Sweetie ne coule pas dans mes veines. Je vais téléphoner à Marie-Lou dès mon arrivée pour lui dire cette pensée. Elle sera contente.

Marie-Lou rentre du travail exténuée, n'en peut plus d'endurer toutes les conneries de ce monde trop banal et sans couleur de la bureaucratie. Jadis, elle aurait bousculé un de ces hommes depuis longtemps. Mais elle connaît sa responsabilité envers Isabelle. Depuis qu'elle touche un salaire chaque semaine et qu'elle vit avec Alexandre, Marie-Lou sait qu'Isabelle se nourrit mieux, est plus au chaud, ce qui ne peut que stabiliser son état. À son retour, elles devront trouver un autre toit, incapable de payer les mensualités sans l'apport d'Alexandre. Le garçon suggère d'habiter à nouveau à trois en septembre, mais Marie-Lou avoue que ce serait mieux pour l'équilibre psychologique d'Isabelle qu'elles se retrouvent seules. Marie-Lou et Alexandre se guettent comme chatte et matou. Il approche et elle recule. Quand il abandonne, elle va vers lui et il fuit. Alexandre a le goût de lui parler sérieusement. Marie-Lou aimerait l'entendre, mais elle préfère qu'il se taise.

Ce garçon Romuald semble très épris de ma Carole. Je crois que ma fille l'est tout autant, mais refuse qu'on l'approche, sans doute de peur de se faire blesser le cœur et de briser celui de son prétendant. Carole ne fait jamais rien comme tout le monde. Alors que la plupart des jeunes gens de son âge s'adonnent avec courtoisie à la simplicité des jeux des sentiments, Carole fait en sorte de tout compliquer, analyse ses sentiments afin de les évaluer et de prendre une décision en conséquence.

Marie-Lou saute dans ses jeans et va vers ses bars d'artistes, où elle pourra s'évader dans une conversation sur la peinture. Elle traîne toujours sa tablette à dessin, prête à griffonner quelques scènes inspirées du passé raconté par Roméo. De retour à la maison, la boîte vocale du téléphone lui fait quelques clins d'œil. C'est

Isabelle, la voix hésitante de devoir parler à une machine, qui révèle, dans son imagination, que Marie-Lou est sortie avec Alexandre. Elle laisse le numéro et, malgré l'heure tardive, Marie-Lou retourne l'appel tout de suite. Isabelle lui confie immédiatement sa crainte de devoir coucher dans un centre de sidéens en phase terminale. Demain, elle s'installera pour son séjour chez une fille qui vit la même situation que la sienne. Isabelle est excitée par cette perspective. Elle dit qu'enfin, elle ne se sent plus seule. En raccrochant, c'est plutôt Marie-Lou qui a l'impression d'être seule. Ses amis internationaux d'Internet ne sont que des mots mal dactylographiés, aussi froids que le ventilateur de l'ordinateur. Elle s'ennuie seule dans son lit, plonge mollement une main dans un coffre de Roméo, espérant que le feuillet cueilli lui parlera de Jeanne. Mais son cœur est bouleversé de voir à nouveau ce texte où le vieillard raconte son bonheur de marcher dans le centre-ville de Trois-Rivières aux bras de Marie-Lou et de lui offrir un jus d'orange à une terrasse du parc portuaire. Marie-Lou voudrait tant que son arrière-grand-oncle soit encore de ce monde. En fermant les yeux, elle retrouve son odeur, le son de sa voix et de ses pas traînants. Elle l'entend avec délices maugréer poliment contre sa fille Renée, qui avait tant peur qu'il ne se fatigue. Marie-Lou ne peut croire que le deuxième anniversaire de son décès arrivera bientôt. Tous ces mois aussi habités par l'état d'Isabelle, par ses inquiétudes et ses petites joies. Isabelle qui mourra à son tour, dans trois, cinq, sept ou dix ans, peut-être avant. Marie-Lou sait qu'elle se sentira alors comme Roméo quand il a perdu Jeanne. Il y a une semaine, la vieille Renée, que la gêne n'a jamais étouffée, lui a demandé pourquoi elle vivait dans le passé d'autres personnes. Marie-Lou lui a répondu que le présent n'était habité que par l'absence de Roméo et par la disparition prochaine de sa meilleure amie. Renée lui a répliqué de tomber en amour. Marie-Lou a des sentiments pour Alexandre, comme elle en aura pour d'autres. Mais aucun amoureux ne pourra être Isabelle ou Roméo.

Je vois les sidéens au petit matin. Ils me perçoivent comme l'intruse, l'extraterrestre qui débarque dans leur monde, jusqu'à ce que la responsable me présente. Alors, immédiatement, ils me sourient, constatent que je suis des leurs. Je ne veux pas être des leurs! Je ne suis pas comme ça!

Je suis révoltée face à cette pensée et, comme au premier jour, je me demande pourquoi? Pourquoi moi?

J'ai d'abord eu un retard menstruel, un gros manque d'appétit et de sommeil, une fatigue presque continue qui m'empêchait de bien étudier et d'être attentive dans mes cours. Mon père, pendant une pause commerciale, m'a conseillé d'aller à l'hôpital. La prise de sang s'est transformée en cauchemar. Le médecin, avec son air faussement décontracté, m'a demandé si j'avais déjà passé un test de dépistage du VIH. Quelle insulte! J'ai pensé qu'il me prenait pour une droguée ou une fille sans morale. Il a ajouté sans trop y croire qu'on n'est jamais trop prudent. Pendant qu'il parlait, je pensais à Yannick, à son empressement à visiter mon soutien-gorge, alors que j'aurais préféré un doux baiser.

J'ai demandé au médecin si je donnais des signes des symptômes du sida. Il m'a répondu que mon état pouvait être un faible indice trompeur, mais que je ne perdrais rien à en avoir le cœur net. Il m'a demandé si j'avais eu une transfusion sanguine, si j'avais déjà flirté avec les aiguilles. Alors, secrètement, j'ai passé les trois tests, devenant de plus en plus inquiète à chaque occasion, malgré les mots rassurants des infirmières. Quand on m'a téléphoné, après le test final, j'ai tout de suite deviné ce qui m'arrivait, mais je n'ai pas voulu le croire tant qu'on ne me l'a pas dit de vive voix. Ce moment fatal passé, je suis sortie de l'hôpital comme dans un film américain d'effets spéciaux : il n'y avait aucun bruit, sinon celui de mon cœur qui battait lourdement, enrobé d'écho. Tous les gens me regardaient, puis, graduellement, le couloir s'est transformé en une caverne d'un noir opaque. En poussant la porte de sortie, j'ai éclaté en un seul sanglot très sonore. Un homme s'est approché pour m'aider et j'ai hurlé que j'avais le sida. Il m'a tout de suite laissée tomber. J'ai marché quelques mètres, puis je me suis affaissée dans la neige noire, contre le mur de l'hôpital. Et j'ai pleuré, tellement pleuré que j'avais mal jusqu'au bout des doigts. Dans l'autobus, tout le monde m'examinait. Je suis entrée à la maison à la vitesse d'une balle sortant d'un fusil. Ma mère a miraculeusement délaissé le téléviseur de la cuisine pour monter me demander ce qui m'arrivait. Je n'ai rien caché et l'attitude immédiate de rejet de ma mère m'a brisé davantage le cœur. Mon père, tout de suite informé par maman, a cependant attendu une pause commerciale pour monter me demander ce que j'avais fait. Il croyait que c'était une maladie homosexuelle, jusqu'à ce que ma mère lui dise qu'elle avait déjà vu une émission à TVA où on montrait des drogués sidéens s'échangeant des seringues d'héroïne dans un parc. Alors, mon père m'a demandé si mon état pourrait faire augmenter la somme de son chèque mensuel, à cause des médicaments dont j'aurais besoin. Mon frère, de son côté, m'a juste dit que j'étais dégueulasse, avant de retourner écouter ses cassettes de métal. Bref, j'étais encore plus seule que dans mon couloir noir. Mon milieu n'avait même pas à me commander la honte, car j'en étais déjà débordante, comme une criminelle innocente, jugée et condamnée, se disant qu'elle récoltait ce qu'elle méritait. Après tout, le refrain de la prévention du sida, on me l'avait chanté sans cesse depuis la fin du primaire. Mais tout cela n'arrivait toujours qu'aux autres, surtout aux drogués et aux homosexuels.

Quand le médecin de l'hôpital m'a référée à celui du centre pour sidéens de Trois-Rivières, je n'ai pas voulu m'y rendre, même si j'ai donné mon accord en hochant paresseusement la tête et qu'il lui a téléphoné devant moi. J'ai raté le premier rendez-vous, ainsi que le second. C'est finalement ce médecin qui m'a rattrapée. Il avait une belle voix paternelle. J'ai regardé dix fois derrière moi, autant de chaque côté, pour m'assurer qu'aucun piéton, aucun automobiliste ne me voie pousser la porte du centre. Le médecin m'a tout expliqué très doucement : les états de la séropositive asymptomatique, le stade symptomatique avant la grande finale orchestrale du sida déclaré. Il m'a rassurée en me disant que je pouvais être asymptomatique pendant des années, que l'étape suivante ne voulait pas nécessairement dire que ma vie serait un enfer. Puis il m'a parlé des médicaments, de la prévention pour que je ne contamine personne d'autre – tu parles! –, de l'existence du comité de soutien, avec ses bénévoles bienveillants, son psychologue, son personnel infirmier. Tous des hommes! Pourquoi fallait-il que je sois l'exception? J'ai tout écouté distraitement, pressée de sortir de ce local et de ce milieu.

Ma seule façon de coopérer a été de raconter l'aventure de décembre 1995 et de ne pas hésiter une seule seconde à donner le nom et l'adresse de Yannick. J'ai appris par la suite qu'ils l'ont coincé et qu'ils lui ont fait passer le test. Je ne l'ai jamais revu. Ma mère m'a dit qu'il a téléphoné à deux reprises pour me traiter de salope. Je lui aurais sans doute donné raison, tant la culpabilité me rongeait. Je sais aussi qu'il a déménagé à Montréal en septembre pour commencer ses études universitaires. Voilà une des meilleures raisons du monde de ne jamais mettre les pieds à Montréal.

Je n'ai même pas eu le courage de bien organiser mon suicide qui, pendant deux semaines, m'est apparu comme la solution la plus logique et la plus saine. J'avais tellement honte que j'ai caché mon état à Marie-Lou, la seule personne qui pouvait pourtant me comprendre. Mais je ne voulais pas me présenter aussi sale devant ma si précieuse amie. Marie-Lou n'a cependant pas été dupe, voyant bien que quelque chose clochait chez moi. Quand elle m'a questionnée avec gentillesse, j'ai laissé tomber froidement la vérité. Ce raccourci m'a évité des larmes. Marie-Lou n'a pas pleuré, est demeurée consternée, abasourdie, avant de m'enlacer. Ma belle amie a alors passé tout son temps près de moi, elle qui était pourtant terrassée par la cécité de Roméo et le souhait de mourir qu'il ne cachait pas. Tout ceci a été très difficile pour elle. Puis, à la fin de mai, Marie-Lou s'est sentie coupable de mon état. Après tout, c'était son idée de me présenter Yannick, ami de Tristan, son mec du moment. Elle voulait qu'on sorte en couple, que nous soyons amoureuses en même temps.

Mais le décès de Roméo est venu chasser cette idée. Nous nous sommes réfugiées dans le travail et l'espoir d'enfin réaliser notre grand rêve de cohabiter dans notre premier logis. Cet été-là, je me suis sentie comme avant. En fait, je n'étais pas du tout malade et je commençais à croire que toute cette histoire de sida avait été mélodramatisée par les médias. Mais, dès l'automne, je suis devenue symptomatique. Depuis, j'ai des malaises, suivis de longues périodes où je ne me sens pas du tout malade. J'apprends à vivre avec l'hypocrisie de mon état: une journée tu te sens en pleine forme, et le lendemain, tu as une crise de digestion ou de diarrhée. C'est difficile de faire des projets à long terme dans ces conditions. Mais j'ai trouvé beaucoup d'appui et de conseils en fréquentant le centre pour séros et sidéens de Trois-Rivières. Marie-Lou a eu bien du mal à me convaincre de m'y rendre souvent. J'ai tout de suite détesté cette expérience, jusqu'à ce que j'apprenne à connaître Denis et Félix.

C'est si bien, le centre! On en a tant besoin! Il ne faut pas que les femmes séropositives se cachent et se sentent exclues parce qu'elles sont une minorité dans la saga de cette épouvantable tragédie. Au fond, j'ai tort de renier ces sidéens de Québec, ce matin. Je suis, en effet, des leurs. Ils sont contents de voir une fille parmi eux. Et tous ces bénévoles et spécialistes de tous les centres du monde entier ont un cœur immense qui bat pour nous. Et si ceux de Québec sont contents de me conseiller pour cette formation en communication, je suis la femme la plus heureuse de la terre. Je n'ai plus honte. Je m'accepte. Je ne sais pas ce qu'il en sera quand les symptômes de l'étape fatale se manifesteront. Je verrai. Je préfère vivre un jour à la fois. De toute façon, je n'ai pas le choix.

En fin de soirée, le lendemain, Marie-Lou reçoit un appel enthousiaste d'Isabelle face au projet. Elle vante l'accueil très chaleureux des gens du MIELS *et lui communique son nouveau numéro de téléphone. Elle vient de passer d'agréables heures en compagnie de Mélanie, sa sœur de sang, séropositive depuis six ans. Cette jeune femme de vingt-sept ans, excessivement timide, partage un loyer avec son frère aîné Olivier, qui la couve sans cesse d'une affection et d'une tendresse qu'Isabelle a vite notée et comparée à celle que Roméo avait pour Jeanne. Elle le dit pour faire plaisir à Marie-Lou.*

Au cours de cette soirée, Marie-Lou a fêté la fin de session avec Alexandre et ses amis. Ils ont dansé dans un bar alternatif et ont passé des heures à parler de stupidités, excuse idéale pour oublier le goût qu'a Marie-Lou de crever tous les pneus des automobiles des gens qui travaillent avec elle. Après l'appel d'Isabelle, Marie-Lou va tremper dans un bain bouillant et tente de ne penser à rien. Dans le lit, sur la tablette qui repose sur ses genoux, Marie-Lou dessine Jeanne avec Roméo, en pensant aux descriptions de Mélanie et d'Olivier faites par Isabelle. Ensuite, un réflexe la pousse à tracer le contour du visage d'Alexandre. Marie-Lou chiffonne tout de suite ce papier, le remplace par les traits d'Isabelle. Mais même ce dessin prend la route de la poubelle. Il n'y a que Roméo et ses souvenirs pour l'aider à s'endormir en paix. Elle lit ce feuillet amusant sur ces jeunes insouciants des années soixante-dix qui traînaient chaque soir entre les murs de l'ancien Petit Train, *transformé en* Pitoune *par Clément Tremblay. Parfois, Marie-Lou y reconnaît sa mère Sylvie. Elle rit en imaginant cet énergumène chevelu qui portait l'amusant surnom de Popeye Castonguay, grand protecteur d'une grosse chatte baptisée Acide. En lisant, Marie-Lou se souvient distinctement de la voix de Roméo. Elle se couche avec lui, se réveille en sa présence.*

La nuit appartient aux artistes, aux rêveurs. Je m'ennuie du calme de la nuit, de sa douceur, et j'envie Jeanne de peindre au clair de lune, tout là-haut, dans le grenier de ma maison. Mais avec mes petits Renée et Gaston, deux joyeux coqs matinaux, je n'ai guère le choix de me lever à six heures et de m'ennuyer de mes seize ans, alors que j'effrayais mon père Joseph en me couchant à trois heures de la nuit.

Déjeuner, autobus, travail. Chaque journée, à l'image de la précédente, commence en ne faisant rien, près de la machine à café. Habituellement, les employés en profitent pour offrir un résumé excessif de leur soirée de téléromans de la veille. Ces propos encouragent surtout Marie-Lou à se décerner une médaille d'intelligence à ne pas regarder ces émissions. Les gens du bureau surnomment Marie-Lou « l'Artiste », sur un ton cinglant, ce qui signifie surtout qu'elle n'est pas de leur bande. Mais on ne lui en fait pas trop le reproche, car Marie-Lou est simplement de passage et, dès juillet, leur véritable amie sera de retour. Elle pourra parler de télévision avec eux.

J'ai acheté un appareil de transmission de télévision. Tous

mes enfants arrivent pour voir la merveille. Ma Renée s'est même procuré une robe neuve pour l'occasion, et ses enfants sont endimanchés. La parenté de Céline ne se gêne pas non plus. Les voisins, de leur côté, se présentent poliment avec des biscuits et des bouteilles de cola. Je n'ai jamais vu autant de gens dans mon salon! Quand je réussis enfin à mettre l'appareil en marche, après avoir ajusté à tâtons l'antenne, tous reculent d'un pas en voyant un homme apparaître sur le petit écran. Ma belle-mère, très âgée, fait un signe de croix, alors que ma fille Simone ne cesse de coiffer ses enfants, croyant que cet homme dans la boîte les voit. La télévision me fait penser à de la radio avec des images. Après un mois de cérémonies, où toute la rue passe par notre maison, je commence à craindre que notre vie familiale ne soit trop changée si on abuse de cette machine. Je suis un vieux romantique littéraire et je crois que les bouquins sont plus intéressants qu'une radio imagée.

Une pile de feuilles attend Marie-Lou. Elle la copie dans le logiciel, fait les calculs requis et achemine le résultat dans l'ordinateur de son chef de bureau. Ensuite, elle fait de l'impression, tout en répondant au téléphone. Marie-Lou soupire, s'ennuie des jeunes de son âge du cégep, des artistes de ses bars du centre-ville, de ses tablettes à dessin. Elle pense à son univers de fauchés généreux qui offrent une tournée, même si la somme réclamée les empêchera de payer le compte de téléphone du mois. Elle préfère les sueurs du blues, le hurlement des guitares alternatives et le martèlement hors de proportion d'un hip hop qui empêche de trop penser. Marie-Lou n'en peut plus d'entendre la radio F.M., la bêtise de ses commerciaux, le crétinisme de ses animateurs et la musique molle qu'on fait jouer toujours dans le même ordre, de semaine en semaine, avec l'inévitable souvenir des années soixante-dix, toujours le même, répété à tous les trois jours. Et soudain, les diarrhées, les insomnies et les sentiments d'Isabelle lui apparaissent comme une nécessité à son équilibre mental.

Marie-Lou se convainc que le sang de Jeanne ne fait qu'un tour dans ses veines quand, à la pause-café, un employé déride ses copains avec ses blagues sur le sida et les homosexuels. Marie-Lou allume une cigarette et ce geste anodin fait lever une armée de boucliers fascistes et de hauts cris scandalisés par un tel crime.

Alors Marie-Lou, répondant à l'impératif d'éteindre tout de suite, lance sa cigarette vers le veston du blagueur. Elle croise les bras et reçoit sans broncher la pétarade de reproches. Demain, elle sera congédiée, espère-t-elle. Marie-Lou pourra librement courir vers Isabelle.

Jeanne agit souvent, dans la réalité, comme dans le monde de fiction des vues animées. Quand le héros comique donne un coup de pied au derrière du gros policier moustachu, toute la salle rit parce que, au fond, on aimerait gratifier un constable d'un sort semblable. Mais Jeanne commet ces gestes, ce qui n'attire que des embêtements. Je ne suis pas de bonne humeur quand je répare ses pots cassés, mais il m'arrive de penser secrètement à ma petite sœur qui donne un coup de pied à un policier de la rue des Forges et je ris, comme si j'étais un spectateur satisfait de la salle Gaieté ou de l'Impérial.

Marie-Lou a été sévèrement réprimandée et, même si elle a réagi avec une indifférence arrogante, on ne l'a pas congédiée. Le sang de Jeanne l'a trahie. Insatisfaite, elle boude jusque chez elle, où Alexandre prépare ses bagages. Le cœur serré, elle le regarde, se demande brièvement pourquoi elle ne s'accorde pas le droit d'aimer. Elle connaît très bien la réponse qui vit maintenant à Québec dans un enthousiasme qu'elle communique chaque soir à Marie-Lou. Dans deux jours, elle se rendra là-bas pour en avoir le cœur net.

Il y a beaucoup de femmes séropositives à Québec, mais très peu d'entre elles fréquentent le centre. Les bénévoles les visitent souvent. Ils savent que parfois elles ont si honte que même l'usage du téléphone les rebute. Yolande n'est surtout pas de ce genre. Elle est une ancienne toxicomane qui a attrapé le VIH suite à un échange de seringues. Elle est du genre rocker des années soixante-dix et parle avec le langage d'un téléroman comique. Ce handicap linguistique ne l'empêche pas de donner des séances d'information dans les écoles, les centres communautaires, les prisons et partout où on veut bien d'elle. Yolande va s'occuper de ma formation. Elle le fait avec une grande joie, contente d'avoir enfin trouvé une autre volontaire. Yolande, en prenant de la bière à toute vitesse, me raconte son terrible passé en riant aux éclats. Elle dit qu'elle est devenue plus intelligente et responsable dès l'instant où son état lui a été révélé. C'est curieux, mais je commence à croire que la même chose m'arrive. Je ne me suis jamais sentie autant en confiance de ma vie. Mélanie est tout le contraire : complexée, larmoyante, fataliste et surprotégée par son frère Olivier. Et me voilà à tenter de lui remonter le moral et de lui faire aimer la vie. Mélanie est quand même gentille, très douce, fragile, jolie, cultivée. Elle est si belle à voir, en compagnie d'Olivier. Mais c'est Yolande qui m'inspire ma cinquième nouvelle.

C'est l'histoire d'une séro, ancienne héroïnomane, qui vit rapidement comme le rock and roll, et qui, peu à peu, au contact d'autrui, apprend à découvrir son intelligence. À la fin de sa vie, elle devient une source d'inspiration pour tout le monde à cause de son courage et de son moral. Quand elle disparaît, son intelligence contamine tous les gens qui l'ont connue, et ils avancent avec confiance vers l'espoir du jour de la Grande Solution.

Yolande m'enseigne les choses importantes à dire, la façon de convaincre et surtout de ne jamais tricher face au public. Et pas de mélodrame, s'il vous plaît! Au contraire, il faut être très saine, légère et humoristique, afin que le message passe bien. Ce que la religieuse de l'école de La Salle m'a montré est plus académique, mais je sens, au fond, qu'il s'agit de la même méthode. Lundi, j'accompagnerai Yolande dans un centre de loisirs pour ados. Pour la fin de semaine, je dois surtout penser à la visite de Marie-Lou, bien que j'aie tant d'autres choses à faire!

Au terminus d'autobus de la gare, Marie-Lou regarde avec nostalgie le vieux plancher où Roméo a marché, ainsi que Jeanne, Carole la savante, Simone la malchanceuse, la jeune Renée sans gêne, les trois garçons Maurice, Gaston et Christian. On parle de déménager le terminus près du centre-ville. Qu'arrivera-t-il à la gare? Marie-Lou a des frissons de penser qu'on pourrait la démolir pour installer un multicentre du hamburger américain. Dans l'autobus, après à peine trente kilomètres, Marie-Lou bout de rage en pensant qu'on lui interdit de fumer. Et malgré le confort de ce véhicule dernier cri, le plancher bouge trop, l'empêche de tenir correctement le crayon qui se pose sur sa tablette. Elle sort une cassette de son sac à dos, l'installe dans son baladeur, mais les piles la laissent tomber au milieu de la quatrième chanson. Non, il n'y a vraiment rien d'autre, rien, rien d'autre à faire dans un autobus de non-fumeurs que de broyer du blues.

À Québec, Isabelle attend Marie-Lou en compagnie de ses nouveaux amis. Les deux siamoises s'enlacent, sous le regard gêné de Mélanie. Marie-Lou regarde tout de suite Mélanie et Olivier, voulant juger s'ils sont comme Jeanne et Roméo. Olivier, au restaurant, passe son temps à demander à sa sœur si elle se sent bien, si elle a besoin de quoi que ce soit. Elle lui réclame un verre d'eau minérale, et le garçon se précipite avec urgence vers le comptoir. À la maison, un peu plus tard, il lui prend les mains et elle pose sa tête contre son épaule. C'est charmant autant qu'énervant. La vieille Renée a souvent raconté à Marie-Lou que Roméo touchait souvent Jeanne et que la concernée était parfois exaspérée par tant d'attention. Marie-Lou a peine à entendre Mélanie, tant la voix de celle-ci est murmurante. Ça ne la fait pas ressembler à Jeanne. Marie-Lou se sent embarrassée par cette fille et a plus hâte de rencontrer Yolande, afin d'analyser ce vestige des années soixante-dix. Mais Yolande, la voix brisée et le teint pâle, ne peut recevoir la touriste comme elle l'avait prévu : visite dans un bar rock, vers son arcade favorite de « machines à boules » et souper dans un snack-bar. Isabelle avait presque oublié que sa mentor est aussi séropositive symptomatique et sujette à des malaises embarrassants. Marie-Lou et Isabelle se retrouvent donc seules dans la Vieille Capitale.

Jeanne et Sweetie se libèrent de Trois-Rivières et de notre conservatisme en se rendant souvent à Montréal, chez les jeunes Anglaises de l'ouest de la ville. Jeanne ne me raconte pas tout ce qu'elle y fait. Je n'aime pas tellement qu'elle me mente. Je devine avant tout qu'elle boit beaucoup trop, tout comme je vois que ces visites lui font du bien. Elle en revient toujours très calme, un peu morose quand elle doit à nouveau affronter notre monde. Jeanne et Sweetie ont besoin de sortir seules, comme j'éprouvais ce même désir de me libérer de mes parents ou de ceux de Céline lors de nos fréquentations.

Isabelle n'a pas eu le temps de visiter comme il faut la ville et de trouver un coin confortable. Elle erre dans les rues avec Marie-

Lou, et les deux profitent du beau temps retrouvé. Elles entrent dans un café à la vitrine attrayante, commandent des gâteaux et du jus, se regardent en souriant et se touchent affectueusement comme si l'œil public n'existait pas. Isabelle mène une discrète enquête sur Alexandre, puis poursuit avec un monologue bavard et enthousiaste sur ses cours de communication. Marie-Lou l'écoute avec ravissement et pense que, jadis, c'était plutôt elle qui parlait trop et Isabelle qui restait muette. Tout y passe : le personnel bénévole du centre, ses écrits, la beauté de la ville, son goût profond de communiquer son expérience aux jeunes. Elle conclut naïvement en clamant que la vie est belle, ce qui, chez Isabelle, si souvent pleine de blues, est une affirmation plutôt étonnante. Le lendemain, elles accompagnent Mélanie et Olivier à un pique-nique. Marie-Lou remarque les regards des deux séropositives vers les grands arbres et l'herbe fraîche. Isabelle observe Marie-Lou de la même façon, avant de parler à nouveau avec un engouement fou de ses projets.

Quand mon père Joseph s'enthousiasme pour un de ses nombreux projets, il commence d'abord par y réfléchir. Quand la chose est faite, il se met à en parler sans arrêt, même si, après deux jours, plus personne ne l'écoute, sauf moi. J'admire beaucoup papa car, la plupart du temps, il arrive à mener à terme ses idées, même si souvent elles ne fonctionnent pas. Surtout dans le cas de ses inventions qu'il clame comme les plus modernes. Inventer un marteau mû à l'électricité a été son plus étrange échec. Mais de l'en entendre parler autant demeure un des plus grands souvenirs de mon enfance.

Marie-Lou retourne dans sa Trois-Rivières désertée par Isabelle et Alexandre. Elle doit affronter les horribles dernières semaines de travail dans ce bureau infect. Le soir, elle cherche à se faire engager par une des nombreuses terrasses de la ville. Bientôt, les festivals réjouiront le cœur de tous les Trifiuviens, mais elle se demande si Isabelle va encore s'intéresser au festival de blues. Elle trouve que son amie a beaucoup changé en peu de temps, que ses discours incessants laissent croire un attachement à cet ailleurs qu'elle-même craint tellement, héritage d'une obsession de Roméo qui a passé sa vie à dire que l'herbe n'est jamais plus verte chez le voisin. Marie-Lou s'ennuie, mais elle arrive mal à discerner si c'est d'Isabelle ou d'Alexandre. La seule aventure vécue dans le plus grand secret. Les regards, les gestes amicaux, ses propos pourtant opposés à son caractère, tout la rattache à ce jeune homme. Aussi bien que sa vie entière avec Isabelle, son blues partagé, tous ces goûts en commun et cette affection concrète qui l'attire autant qu'elle l'effraie.

Marie-Lou est partie depuis une journée et je m'ennuie tant. Je regrette même les heures perdues à dormir avec elle, alors que nous aurions pu les utiliser pour rire, parler et pour tout ce que mon cœur et mon âme trouvent si délicieux. Cet après-midi, j'ai accompagné Yolande à sa rencontre avec les adolescents d'un centre de loisirs. Je me demandais comment les jeunes d'un quartier pouvaient s'enfermer dans un local dès le premier jour de leurs vacances estivales pour entendre parler de sida et de capotes. C'était pourtant plein! Et au moins la moitié d'entre eux l'avaient déjà rencontrée dans leur école. Yolande est arrivée devant eux avec son veston de cuir, ses chaînes, son maquillage de 1978 et son disque compact d'AC/DC poussé au maximum. Loin du mélodrame, comme elle me l'a souvent dit! Mais, à la fin, il y avait des cœurs serrés et des esprits convaincus. C'est alors que Yolande m'a présentée. Ils ont voulu en savoir plus sur mon cas. J'ai parlé à la bonne franquette et, une demi-heure plus tard, ils m'ont applaudie! J'ai eu le réflexe narcissique de m'applaudir aussi, si étonnée de mon aisance, moi qui fondais de gêne à l'idée de passer face à la classe dans mes cours de français du secondaire. Je croyais bien que Yolande allait fêter cette victoire avec une pleine tablée de pichets de bière, mais elle a préféré rentrer sagement à la maison. Elle ne va pas très bien, depuis une semaine. Elle a mal aux yeux. Ils sont rouges et provoquent une lourde fatigue. De retour à l'appartement, je trouve Mélanie qui souffre de la grande chaleur et se fait mal à la peau en prenant une douche tiède. Dans ce décor, avec ma santé, je souhaitais presque une bonne diarrhée pour être solidaire de mes deux amies.

Marie-Lou téléphone à Alexandre pour avoir des nouvelles, savoir s'il a reçu son relevé de notes, si l'emploi promis pour cet été lui a été accordé. Les renseignements généraux qu'elle veut obtenir se transforment en un appel interurbain de plus d'une heure. Alexandre, s'en rendant compte, lui suggère plutôt d'utiliser le courrier électronique de son ordinateur. Marie-Lou n'ose pas lui avouer qu'elle veut avant tout entendre sa voix. Celle d'Isabelle lui bourdonne dans les oreilles. Au début, elle téléphonait tous les jours. Après deux semaines, trois appels lui suffisaient. Et maintenant, elle prend contact une seule fois, chaque dimanche. En général, Marie-Lou n'a pas le temps de placer un mot. Aux noms de Mélanie et de Yolande s'ajoutent une bonne dizaine de nouveaux, dont deux féminins. Marie-Lou va la voir encore à Québec, à une semaine de son retour à Trois-Rivières. Le tête-à-tête espéré n'a pas lieu, remplacé par un souper dans un restaurant, avec la plupart de ses nouveaux amis. Bruyants, ils gênent Marie-Lou, qui ne comprend pas leurs blagues d'initiés, leurs références de séropositifs que des voix trop fortes communiquent aux tables voisines dont les clients deviennent vite méfiants. On aurait dit une équipe sportive laissée libre dans la nature sans la présence autoritaire de leur entraîneur.

Marie-Lou a quand même un peu de temps pour expliquer à Isabelle qu'elle a trouvé un emploi de trois soirs à une terrasse et qu'elle a déniché un nouvel appartement dans le vieux Trois-Rivières. Isabelle rechigne un peu en entendant cette dernière nouvelle, même si Marie-Lou lui assure qu'elle a cherché dans le nord de la ville, mais que les loyers disponibles sont trop chers pour leurs revenus. Isabelle ne cache pas son aversion pour l'ancienne ville, surtout depuis qu'un pyromane y règne en mauvais roi.

Ma sœur Louise est seule, et ce n'est pas triste du tout. Elle s'accommode très bien de la solitude et a développé, depuis toutes ces années, des habitudes qui seraient difficile à effacer si elle trouvait enfin un mari. Il n'y a pas longtemps, elle m'a avoué qu'elle souffrait de solitude environ cinq semaines par année. La solitude n'est souffrante que pour ceux qui ne peuvent l'apprivoiser.

Les enfants jouent dans la ruelle, et leur joie gazouille dans le cerveau de Marie-Lou. Une fois par heure, elle délaisse son grand ménage et va griller une brune sur la galerie arrière pour les regarder. Les fillettes sautent à la corde et les garçons chevauchent leurs bicyclettes. Les éternels mêmes jeux, ceux de ses huit ans, ceux que décrit Roméo en parlant de ses propres enfants. Un petit garçon sans gêne monte lui dire que c'est vilain de fumer, qu'elle va mourir, empoisonner ceux qui respirent dans son entourage et polluer l'air de la ruelle. Mais quand Marie-Lou lui offre du chocolat, l'armistice est signé tout de suite. L'invité s'impose et assouvit sa curiosité. Il veut toucher l'ordinateur et se demande pourquoi il n'y a pas de disque des Backstreet Boys dans la collection de Marie-Lou, et comment il se fait que cette vieille se dise artiste et ne passe pas à la télévision.

Mon petit-fils Martin, ce grand chasseur de communistes, vit toujours d'incroyables aventures qu'il s'empresse de me raconter à chacune de ses visites. Il vient de me parler, les yeux bien ronds, de ce dragon mangeur d'asphalte qui a surgi des tréfonds de la cour de l'école Sainte-Marguerite pour se délecter de quelques rues du quartier. Avec son rayon supersonique, Martin a réussi à sauver les femmes, les enfants, les pauvres et les parents de la paroisse, pour ensuite humblement recevoir la médaille d'honneur remise par le curé Chamberland.

Le garçon descend, heureux du chocolat, envoie la main à Marie-Lou, tout en lui rappelant les multiples dangers du tabagisme, tels que conçus par notre gouvernement américain. Il repart sur sa bicyclette, à la recherche de ses camarades afin d'explorer les artères de la ville. Le chocolat vite noté par les autres, trois têtes de petites filles regardent en harmonie la galerie de Marie-Lou. La jeune artiste sent qu'elle sera bien dans ce coin. Elle a vérifié auprès du locataire précédent pour savoir si le chauffage est suffisant en hiver. Pour Marie-Lou, le cœur du vieux Trois-Rivières bat dans son nouveau logis, dans cette rue longue et ombragée. Elle continue son nettoyage afin qu'Isabelle se sente la bienvenue et puisse s'installer confortablement et sans souci dès son retour. Après le souper, Marie-Lou regarde vivre la rue poussiéreuse et dessine le paysage, comme il était à l'époque de la vieille Renée, alors que de nombreuses familles ouvrières habitaient ce quartier. Marie-Lou s'imagine « jeunesse » du temps, traversant la rue et la cour du séminaire Saint-Joseph pour se rendre au Petit Train *et danser le boogie woogie avec Renée et Sousou. Elle mime ce scénario, et ce détour la satisfait, même si le nouveau* Petit Train, *avec ses postes Internet, n'a plus rien à voir avec l'ancien, et n'attire pas autant de clients que l'aurait souhaité Clément Tremblay. Ce petit-fils de Roméo fend le cœur de Marie-Lou en lui confiant qu'il songe à fermer définitivement le lieu et déménager le restaurant dans le centre-ville, là où les terrasses permettent des affaires d'or chaque été.*

J'aime beaucoup ce qu'est devenu *Le Petit Train.* ***Mon garçon Maurice est un excellent administrateur et a su, au cours des dernières années, renouveler notre restaurant familial. C'est d'ailleurs vers le sens familial que Maurice a développé*** *Le Petit Train,* ***non seulement parce que ses enfants y travaillent, comme ses sœurs Renée et Simone jadis, mais parce que, pour les familles du quartier Notre-Dame-des-sept-Allégresses, il n'y a rien de plus merveilleux, en 1953, que de se rendre tous ensemble prendre un repas chez mon Maurice.*** *Le Petit Train* ***ronronne comme ces grosses automobiles américaines que même les ouvriers d'aujourd'hui peuvent se procurer, tant les industries trifluviennes sont redevenues prospères.***

Le Zénob *est aussi une vieille maison transformée en bar. Les rampes qui entourent sa terrasse sont celles de l'ancien pont Duplessis, qui s'était écroulé dans la rivière Saint-Maurice, en 1951. En regardant le plafond de son nouveau lieu de travail, Marie-Lou imagine les divisions des pièces et la famille qui habitait cet espace il y a cinquante ans. Roméo était déjà un homme dans la force de l'âge, à cette époque. Quel dommage que Marie-Lou n'ait pas pensé à lui demander qui logeait dans cette maison autrefois. Il lui en aurait parlé avec joie et aurait trouvé une anecdote du fond de sa grande mémoire. On a beau rafistoler le centre-ville, il garde quand même un air vieillot qui fait son charme. Pourquoi cette ambiance formidable ne pourrait-elle pas naître aussi dans le quartier Notre-Dame? Pourquoi* Le Petit Train *n'accueillerait-il pas autant de gens sur sa terrasse? Marie-Lou a mal au cœur en songeant qu'on va fermer la vieille gare, cet automne, et que Clément fera la même chose avec cette noble tradition trifluvienne si longtemps associée au chemin de fer, à la famille Tremblay, à Roméo. C'est en y pensant trop qu'elle a cette idée lumineuse : pourquoi les jeunes artistes de Trois-Rivières ne récupéreraient-ils pas la gare pour en faire un centre d'arts? Ce serait si beau, avec cette magnifique architecture intérieure! Clément pourrait y déménager son* Petit Train, *les peintres auraient leur local d'exposition et de vente, comme les écrivains, les poètes, les musiciens, les sculpteurs. Il pourrait y avoir une belle terrasse tout le long de l'ancienne voie ferrée. Marie-Lou y travaillerait, ainsi qu'Isabelle. Et Alexandre l'administrateur serait le gérant, engagerait ses amis de l'université comme comptables et publicistes. Ce serait une initiative très positive, utile, revitalisant un quartier défraîchi et créant beaucoup d'emplois chez les jeunes de la ville. Et Marie-Lou baptiserait la gare « Le Centre d'arts Jeanne-Tremblay », en l'honneur d'une des plus grandes artistes trifluviennes du vingtième siècle, et qui a habité en face pendant son adolescence.*

Le Centre d'arts Jeanne-Tremblay! À ma descente d'autobus, Marie-Lou ne m'a pas embrassée : elle m'a fait visiter la gare, désigné les locaux vides et pointé du doigt les transformations à effectuer, tout en respectant l'architecture d'origine. Il fallait bien revenir, le cœur si triste, pour encore entendre parler des éternelles obsessions passéistes de Marie-Lou! Oh! d'un côté, ce n'est pas une mauvaise idée. Mais j'ai l'impression qu'elle l'a eue dans le seul but de retenir Alexandre à Trois-Rivières à la fin de ses études, en avril prochain, lui qui est pourtant si attaché à son Bas-Saint-Laurent. Je préférerais que Marie-Lou rêve devant ses toiles, à laisser éclore son grand talent, en veilleuse depuis la mort de Roméo. Sa chimère en couleur de la gare n'est que grise et son trop grand enthousiasme me prouve surtout qu'elle aura tout oublié dès septembre.

Je n'aime pas le nouveau loyer. Il y a une baignoire en forme de cuve où on ne peut même pas étendre les jambes. Les planchers craquent. J'aimerais tant retourner près du cégep et de l'université, ce qui serait tellement plus utile pour nos études. Les logements sont trente dollars de plus, mais ce ne sont pas des antiquités prêtes à flamber à tout moment, comme c'est beaucoup la mode depuis le début de 1998. Mais je ne serais pas aimable de reprocher ce choix à Marie-Lou. Je vois qu'elle a fait un grand effort pour tout nettoyer. Je suis si contente d'être près d'elle, même si c'est dans un taudis. Mais je m'ennuie déjà de Yolande et de Mélanie.

J'ai tant à faire, cet été! D'abord rencontrer la religieuse de l'école de La Salle pour lui signaler mes progrès. Ensuite, aller voir les responsables du centre pour organiser la publicité à distribuer dans les écoles l'automne prochain. Je veux aussi plus m'impliquer dans le centre et tenter d'attirer les femmes qui se cachent, afin de s'entraider et d'apprendre de l'expérience d'autrui ou de nos professionnels et bénévoles. Mais je dois aussi penser à un emploi. Quelle perte de temps! Mais c'est gênant de se faire vivre par Marie-Lou. Cet automne, j'irai à l'université essentiellement pour toucher les prêts et bourses. Le temps des hautes études n'existe plus pour moi. Il faut être réaliste : ce serait vraiment idiot d'obtenir un diplôme d'enseignante au moment même où le sida pourrait triompher de mon système immunitaire. Le grand idéal de ma jeunesse est maintenant remplacé. Il faut cesser de penser, comme Marie-Lou, que tout peut continuer comme avant. Mais, d'autre part, je pourrai certes apprendre à mieux communiquer grâce aux cours de l'université. Le milieu pourrait être intéressant, aussi. Le cégep, c'est encore bébé.

Je fais des demandes d'emploi sans trop d'espoir, car, en plein été, tout a déjà été pris par les autres étudiants. Je le fais par respect pour Marie-Lou. Et, qui sait, peut-être que, cet automne, un des employeurs sollicités cet été pourrait m'offrir une soirée de travail. Cette corvée terminée, je pars avec mes feuilles et mes stylos et je vais m'installer sur une terrasse pour écrire. Le soleil est chaud et ma peau pâle refuse de brunir. Après un deuxième café, je me sens étourdie. Je me réveille entourée de visages questionneurs et de mains qui me tapotent les joues. Quand ces bons Samaritains me demandent ce que j'ai, je leur ponds que je suis séro pour le seul plaisir de voir leur réaction de recul. Dire que j'ai déjà voulu m'en cacher! C'est vraiment comique de voir leur peur ou d'entendre leurs pleurnichements complaisants! À Québec, Yolande portait une camisole clamant qu'elle a le virus.

Mais ce qui est moins drôle est de se sentir mal à nouveau. J'avais presque oublié mon état. Trois-Rivières me ramène le blues, alors que Yolande m'a fait aimer AC/DC et que Mélanie m'a délicieusement saoulée du disque de Mario Péluso. Le festival de blues m'étourdit le premier soir. Le son me casse les oreilles. Je retourne à la maison l'écouter en sourdine, loin de la foule, en intimité avec ma nouvelle. Je dois la terminer cet été, apporter d'autres corrections, faire lire par Michèle et tout vérifier avant d'envoyer le paquet pour le concours littéraire de la maison d'édition de Shawinigan. À Québec, j'ai fait lire les brouillons à mes amis. Bien sûr, ils ne pouvaient me dire que c'était pourri, mais je crois que leur réaction était sincère quand ils ont parlé de la nécessité de faire publier. Une des bénévoles m'a même dit que si je ne gagne pas le concours, elle pourrait m'aider à faire des démarches auprès de maisons d'édition. Le sida n'est pas à la mode en littérature, sinon pour faire du mélodrame et du tragique. Mes textes rompent avec ces clichés. Ce sont de bonnes nouvelles, légères, amusantes, réalistes. Tiens! Ce pourrait être un bon titre : *Cinq bonnes nouvelles séropositives.*

Marie-Lou accompagne Isabelle chez le médecin pour la visite mensuelle. Elle croit que toutes ces émotions vécues loin de Trois-Rivières l'ont perturbée psychologiquement. Mais, au contraire, l'état d'Isabelle est très stable et le docteur lui demande même de diminuer ses doses d'AZT. Isabelle est contente, pense à ses amies de Québec qui sont séropositives depuis longtemps, obligeant le sida à rester terré dans son coin. Isabelle se regarde dans une glace et se trouve belle pour la première fois de sa vie. Elle demande à Marie-Lou de confirmer cette impression. La jeune peintre, le visage près des épaules de son amie, examine son reflet, tout en passant ses doigts dans ses cheveux. Isabelle se retourne vivement et lui dit qu'elle a déjà vu le dessin d'elle-même en sidéenne qu'elle cache dans son bureau. Marie-Lou va le chercher, lui dit qu'elle a été incapable de compléter le croquis de Denis, car elle voyait trop son visage à la place. À la surprise de Marie-Lou, Isabelle lui suggère de ne faire que des visages et des corps de sidéens, qu'avec son talent de portraitiste, elle pourrait si bien exprimer la souffrance et la peur afin de faire une exposition-choc qui aiderait à sensibiliser la population et à révéler au public qu'elle est la digne descendante de Jeanne Tremblay. Marie-Lou, embarrassée, baisse les paupières avant de dire, sans y croire, qu'elle va y penser. Mais, la nuit venue, Marie-Lou préfère continuer sa toile du quartier Sainte-Cécile du début des années 1940.

L'histoire sert à mieux comprendre le présent, ont ânonné les professeurs de Marie-Lou, au secondaire. Depuis son précieux héritage de Roméo, Marie-Lou a beaucoup cherché dans des livres pour trouver l'écho des propos de son arrière-grand-oncle. Voilà que se révèle un monde fascinant qui l'inspire beaucoup. Elle met en images ce que Roméo a dit en mots. Elle cherche dans les bouquins des photographies qui pourraient l'aider à reproduire avec exactitude le passé trifluvien. À l'approche de l'an 2000 et de ses multiples récapitulations, une exposition faisant revivre le vingtième siècle par la plume d'un vieil homme qui l'a vécu, illustrée avec talent, sera certes un événement culturel de marque.

Marie-Lou n'aime pas qu'Isabelle lui reproche son travail de peintre. Après tout, elle ne critique pas ses nouvelles. Pour se convaincre de la véracité de sa démarche, Marie-Lou apporte à son travail les cinq peintures déjà prêtes, les accroche au mur pour regarder la réaction des clients. Fière, elle dit à Isabelle qu'elle a déjà eu deux offres d'achat. Isabelle flaire le mensonge. Et si cela est vrai, pourquoi Marie-Lou n'a-t-elle pas vendu tout de suite? Elle lui répond que Jeanne a longtemps refusé de vendre les toiles qui touchaient le plus son cœur. Isabelle soupire et retourne à ses écrits, pousse son disque d'AC/DC au maximum afin de chasser Marie-Lou.

C'est en connaissant son passé que l'on parvient à s'aimer et à mieux bâtir son avenir. Plus je vieillis, plus je me rends compte avec délices que mon quotidien présent est un futur passé, qu'il deviendra peut-être plus tard un sujet d'étude et de curiosité historique. Ma fille Carole vient de travailler plus d'une année à établir l'arbre généalogique de ma famille, depuis les jours de la Nouvelle-France. C'est avec stupéfaction que je me rends compte que mon nom est au sommet de la pyramide. Ce que j'ai vécu chaque jour, voici vingt-cinq ans, fait maintenant partie de l'histoire.

Dans trente ans, d'expliquer Isabelle à Marie-Lou, les étés des terrasses trifluviennes des années 1990 feront partie de l'histoire. Fière de cette remarque, Marie-Lou hoche la tête pour approuver. Alors Isabelle lui réplique qu'elle devrait peindre cette actualité, tout comme Jeanne travaillait à son présent des boîtes de jazz des années 1920. Marie-Lou n'est pas contente de cette remarque. Pour narguer Isabelle, elle dessine rapidement une terrasse avec Roméo et Jeanne bien attablés. Isabelle n'a d'autre alternative que d'augmenter les décibels d'AC/DC. Marie-Lou bat du pied, ferme le son et lui demande la raison de tous ces reproches. Des frustrations cachées depuis quelques années pétaradent de part et d'autre. Marie-Lou boude les trois premiers jours, alors qu'Isabelle décide d'aller faire un tour à Québec. Quand elle revient, Marie-Lou n'est pas plus contente et considère qu'Isabelle a raté une chance d'emploi, car un patron a téléphoné. Isabelle ne lui répond pas. La dispute se prolonge pendant une semaine, jusqu'à ce que, simultanément, chacune fonde de honte et d'embarras, se jette dans les bras l'une de l'autre et demande pardon. Des pétales s'ouvrent doucement sur leurs sentiments, scellant une réconciliation qu'elles désirent éternelle.

Alexandre vient de revenir. Il s'est déniché un coin près de l'université. C'est lui qui me sert de guide dans la grande bâtisse de béton. C'est bizarre de fréquenter une école avec certains élèves de plus de quarante ans, avec aussi des plus jeunes qui parfois viennent avec leurs enfants. Je me sens adulte, mais j'ai l'impression qu'on me regarde comme une fillette fraîchement promue de la maternelle. Quand Alex a revu Marie-Lou, ils se sont regardés avec envie pendant quelques secondes. C'est curieux, mais j'ai le sentiment qu'il m'examine de la même manière. J'aimerais, cependant, qu'il cesse de me dire tout le temps que je suis une fille courageuse. C'est agaçant. Marie-Lou, de son côté, va terminer son cégep. Elle n'a pas gardé son poste de serveuse, mais je lui ai refilé un emploi de vendeuse dans une lingerie. Madame Gauthier doit fulminer de savoir que sa fille travaille pour une compétitrice, dans le même centre commercial. Mais il faut prendre tout ce qui passe, ne pas refuser un boulot, même s'il ne nous donne que huit heures de salaire par semaine. Cette somme, ajoutée à mes prêts et bourses, nous permettra de bien survivre sans avoir recours à une coloc.

Ce que j'attends le plus de l'automne n'arrive pas : aucun appel d'une école pour aller parler de sida dans une classe. Yolande vient pourtant de me dire qu'elle a un horaire très chargé pour le début de l'année scolaire. Trois-Rivières est si amorphe. Alexandre me dit que, dans le Bas-Saint-Laurent, aucun étudiant n'a chômé cet été. Tout est tellement mieux ailleurs. Je suis contente qu'il soit souvent avec moi. Pendant ce temps, il ne traîne pas près de Marie-Lou. Nous allons même partager un casier. Le mardi et le mercredi, nous avons nos cours à la même heure, ce qui nous permet de perdre notre temps au café étudiant.

Après deux semaines, je déborde de lectures et de travaux. Je ne fais que le minimum. Je préfère garder du temps pour corriger mes nouvelles. Et puis, depuis la rentrée, j'ai un peu mal aux yeux à force de tant travailler. Ils me chauffent beaucoup, comme dans le cas de Yolande. Après trois semaines, c'est tout bonnement intolérable! Je vais voir le médecin, qui me prescrit des médicaments et m'assure que c'est un symptôme normal, qu'il est sans conséquence. Après les insomnies et les diarrhées, c'est au tour des yeux. Je téléphone à Yolande pour lui demander conseil, et elle me dit que, depuis trois semaines, elle est prise de fréquentes diarrhées. C'est amusant : nous venons de renverser les rôles!

Marie-Lou me fait la lecture de mes livres académiques et je pose ma tête contre son épaule pour mieux entendre sa voix. Après quarante minutes, je sens qu'elle en a plein le dos. Elle apprend, malgré elle, qu'à l'université, il y a beaucoup de lectures et au moins trois heures de travail par soirée. Je lui accorde une pause, mais elle reprend après une seule cigarette. Marie-Lou dit qu'elle veut ma réussite et que je dois étudier. Je lui ai pourtant répété que je me fiche de l'université, que je suis là parce que c'est plus payant que l'aide sociale ou un travail de six heures par semaine au salaire minimum. Elle persiste quand même à lire et je ne maugrée pas, car j'aime tant sa voix si douce et l'attention qu'elle me témoigne.

À l'université, Isabelle se sent incapable de lire les notes sur le rétroprojecteur. Elle force son regard, et ses yeux rougis se transforment en lacs de larmes. Elle sent qu'ils vont sortir de leurs orbites. L'attention qu'elle doit porter à chaque minute du cours est ainsi atténuée, si bien qu'elle échoue son premier examen universitaire. Pour sa part, Marie-Lou réussit avec un tel brio qu'elle ne peut s'empêcher de visiter sa mère pour s'en vanter. Les livres d'Isabelle la stimulent à une réussite qu'elle n'aurait pu imaginer, il y a cinq ans. Roméo serait fier. Elle dit à son arrière-grand-oncle sa grande joie de déjouer tout le monde. Elle sera artiste peintre, il va de soi, mais elle sera aussi enseignante d'arts plastiques dans une école secondaire. Pour s'encourager davantage, Marie-Lou lit à nouveau tous les feuillets de Roméo sur la réussite scolaire de sa fille Carole. Quand elle n'est pas au travail ou au cégep, Marie-Lou va flâner à l'université, ne sachant pas si elle veut croiser Isabelle ou Alexandre. Elle aime être sur place, se dit qu'elle régnera bientôt à la cafétéria. Elle croise un professeur assez âgé pour avoir connu Carole, au début des années soixante-dix. Comme l'homme ne sait pas de qui il s'agit, Marie-Lou se contente de croiser les bras pour mieux rêver fermement et voir clairement cette femme de quarante ans, une canne dans sa main droite et un plein sac de livres épais dans la gauche. Marie-Lou se récite par cœur ce feuillet de Roméo, puis trace la scène avec une main assurée.

De retour chez elle, Marie-Lou dessine encore, puis étudie un peu avant de préparer le souper d'Isabelle, qui a l'habitude de revenir de son cours à dix-neuf heures trente. Mais cette journée-là, Isabelle rentre un peu plus tôt, se lance vers son lit en se tenant les yeux, suivie par un Alexandre inquiet. Le garçon et Marie-Lou tentent en vain d'apaiser sa douleur. Et si, tout à coup, Isabelle est l'exception qu'elle craint tant? Qu'au lieu de vivre dix ou quinze ans séropositive, le sida commence à gruger sauvagement sa vie en s'attaquant à ses précieux yeux de lectrice et d'écrivaine? Isabelle rate ses cours pendant une semaine. Marie-Lou et Alexandre se relaient pour prendre soin d'elle. La jeune femme renifle et pleure trop, garde pour elle l'horrible peur qui la tenaille, malgré les mots rassurants du médecin et de l'infirmière. Après une douzaine de jours, Isabelle va mieux mais ne sourit pas plus. La peur ressentie au cours de ce malaise est un effroi hors du commun qui se mêle aux souvenirs de la souffrance de Denis, tuant violemment tous les sentiments positifs éprouvés depuis le début de l'année. C'est Alexandre qui a l'idée de téléphoner à Yolande. Elle arrive de Québec avec le premier autocar et réussit à faire sourire Isabelle. Marie-Lou, témoin des retrouvailles, se sent jalouse de cette amitié et se rapproche discrètement de quelques pas d'Alexandre.

J'ai peur! La religieuse de l'école de La Salle vient de me téléphoner pour que je rencontre ses élèves. Je devrais être en confiance, avec tous les conseils de Yolande et de mes bienfaiteurs de Québec, avec ce que j'ai appris dans mon cours de pédagogie à l'université, mais je tremble quand même d'effroi. L'enfer que je viens de vivre m'empêche d'être gaie, sympathique et drôle devant des ados qui vont surtout voir en ma visite un congé de leçon. Marie-Lou demande la permission de m'accompagner, mais j'ai l'impression que cela m'énerverait encore plus. Avec un soupir, elle me tend le combiné du téléphone pour que je communique avec Yolande. Mais cela ne change rien et j'ai quand même la frousse. Sors ta douze cordes, Big Bill. Y a plus d'oiseaux, y a plus rien de beau.

Quand j'entre dans mon ancienne école, en retenant mon souffle, j'ai l'impression que tout le monde me regarde. Deux gars de quatorze ans me filent entre les jambes, me rappelant tant de souvenirs désagréables. Cela me fait réaliser qu'à vingt ans, je suis une horrible vieille à leurs yeux. Tout juste assez âgée pour me rappeler que les élèves du cinquième secondaire de la religieuse fréquentaient déjà l'école quand moi j'y étais. D'ailleurs, pour me décourager encore plus, les élèves sont massés devant la porte de la classe en attendant la religieuse. Ils me voient arriver et devinent que je suis la lépreuse. J'entends distinctement le murmure d'un gars qui dit qu'il m'a déjà vue à l'école. La religieuse me présente et j'avale ma salive quand je vois tous ces yeux sur moi. J'ai la voix brisée, au bord des larmes. J'ai l'air d'une stagiaire à son premier jour. Mais après cinq minutes, mon timbre se rétablit, même si je garde mes mains tremblantes sur mes fiches. Je ne leur parle pas de condoms. À leur âge, ils savent très bien ce que c'est. Et discuter de sexualité en classe les gêne. Par contre, je leur dis l'origine de mon état, en pensant beaucoup aux filles trop romantiques qui se donnent à la première occasion, de peur de perdre celui pour qui elles ont le béguin. Je les entretiens de mon quotidien, de mes craintes, de mes espoirs. Wow! Je parle beaucoup! Je suis Yolande! C'est fantastique! Quand je leur demande s'il y a des questions, ils se regardent du coin de l'œil. Une fille ose briser la glace, en s'assurant trois fois de ne pas paraître naïve à mes yeux. D'autres commentaires suivent à la volée. Certains sont déroutants, comme ce gars qui croyait qu'une abeille qui pique une séropositive et qui s'en prend ensuite à une autre personne peut transmettre le virus. Je démystifie la légende du sang et de la salive. Il y en a qui ne savent même pas ce qu'est le VIH et qui ne peuvent pas faire la différence entre séropositif et sida. À la fin de la période, je suis folle de joie! Je fais comme Yolande et je tends les mains en disant qu'il n'y a pas de danger à les serrer amicalement.

Marie-Lou m'a désobéi et m'a suivie de loin, afin de me regarder par la fenêtre du local. Au fond, je suis très contente de sa présence. La religieuse nous emmène dans l'antre qui nous faisait si peur jadis : la salle des profs. Nos anciens sont là, près de la table de billard. Ils nous demandent des nouvelles. Mais quand je leur avoue le but de ma visite, ils échappent leurs baguettes et fondent d'embarras, se disent sans doute que Marie-Lou Gauthier, oui, mais Isabelle Dion, non. Après cette pause – notre ancienne récréation – je suis prête pour l'autre groupe. Alors là, il n'y a plus de peur. Je leur parle comme une enseignante sûre d'elle-même. Je suis sur ma lancée! Marie-Lou est dans la classe pour m'écouter, assise à un pupitre et, en la voyant, j'ai encore le sentiment d'être en troisième secondaire. Les élèves sont attentifs et les questions sont les mêmes. Cet après-midi, la responsable du centre viendra m'évaluer pour savoir s'il y a des ajustements à apporter. Le midi, Marie-Lou me tient par la main alors que nous courons, comme autrefois, vers un des restaurants de service rapide alignés sur le boulevard des Forges. Nous déconnons gaiement, comme les autres étudiants de l'école de La Salle près de nous. C'est si beau d'avoir à nouveau quinze ans! Marie-Lou me parle de ses vieux cons des années soixante-dix et je hoche la tête pour l'approuver. Ce soir, nous visiterons Roméo, et nous nous coucherons sous les couvertures en riant, puis partagerons notre découverte de Ligtnin' Hopkins.

Le travail de la religieuse fait boule de neige. Ses recommandations positives font en sorte qu'Isabelle est invitée dans quatre écoles de Trois-Rivières en novembre, ainsi qu'à Louiseville et à Nicolet. La confiance reconquise est démolie au début de décembre quand, à Shawinigan, Isabelle a de nouveau très mal aux yeux. Les élèves sont abasourdis de la voir autant plisser les yeux, ils se rendent compte que l'invitée souffre beaucoup. Isabelle sème l'émoi quand elle s'évanouit. Lorsqu'on réussit à la ranimer, elle se relève, les mains devant les yeux, se plaint affreusement. Elle retrouve ses esprits et, étourdie et en larmes, dit aux élèves que les seringues et le sexe sans protection sont des crimes impardonnables. En voilà trente qui ne sont pas prêts d'oublier...

Marie-Lou accompagne Isabelle à l'université. Dans un coin d'une salle de cours, elle lui souffle à l'oreille les questions de l'examen, et Isabelle lui murmure les réponses. Elles se sentent surveillées du coin des yeux par le professeur et soixante étudiants inquiets. Un autre prof refuse ce type de collaboration, ce qui permet ainsi à Marie-Lou d'exercer son dictionnaire d'insultes. Le moment du test venu, Isabelle soupire et pleure, incapable de lire les questions. Voyant que la souffrance de cette étudiante n'est pas une blague, comme il l'avait d'abord cru, le maître décide de lui faire passer l'examen oralement en fin de période. Alexandre ramène Isabelle à la maison. Elle se couche tout de suite, bourrée de somnifères. Mais, comme pour la première occasion, le mal disparaît aussi sournoisement qu'il est apparu. L'inquiétude cloue Isabelle dans un silence insupportable. Marie-Lou se creuse la tête à tenter d'imaginer tout ce qu'elle peut penser. Le soir, l'affection furieusement souhaitée par Isabelle l'apaise et la soulage à chaque occasion, alors qu'Alexandre recule d'un pas.

Mon père Joseph a été terrassé par les décès si rapides de

maman et de mon petit frère Roger. Il croyait bien que la fin du monde venait d'arriver, sachant que beaucoup d'autres familles ont été touchées par cette terrifiante grippe espagnole. L'idée de se cacher à la campagne, chez mon oncle Hormisdas, me semblait logique, alors que tant de gens des villes tombaient comme des mouches. Je n'ai pas honte d'avouer que j'étais glacé de peur. Mais quand Jeanne a décidé de retourner à Trois-Rivières pour désinfecter la maison, à la barbe de l'épidémie, je me suis joint à son audace; son courage a atténué un peu ma crainte, mais n'a pas effacé la tristesse de papa, qui n'allait jamais le quitter.

Isabelle admire les décorations de Noël achetées par Marie-Lou et Alexandre. Elle les regarde avec des yeux d'enfant, comme si c'était la première et la dernière fois qu'elle voyait de tels ornements. Elle écrit avec affection des mots d'encouragement et de joyeuses fêtes à Yolande et Mélanie, désolée de devoir refuser de passer cette période en leur compagnie, car elle doit rester à Trois-Rivières, sachant qu'Alexandre a décidé de ne pas visiter les siens à Notre-Dame-du-Portage. Le vingt-quatre, comme le plus beau cadeau de toute sa vie, les deux amies de Québec arrivent, accompagnées par Olivier. Elles bavardent sans cesse, confient sans pudeur leurs problèmes en présence de Marie-Lou, qui sent toutes ses bonnes intentions faner devant tant d'amitié. Elle observe aussi que Mélanie tousse beaucoup, sans pourtant sembler être enrhumée. Au nouvel an, Isabelle ne refuse pas de rendre la politesse. Mais Marie-Lou, gênée, ne veut pas l'accompagner, si bien qu'elle se retrouve seule pour accueillir 1999, car Alexandre a finalement décidé de faire le voyage jusque chez lui.

Après une visite désintéressée chez sa mère, Marie-Lou se presse de retourner chez elle pour chasser son blues en peignant. Elle entreprend son dixième tableau de l'histoire trifluvienne vue par les écrits de Roméo. L'exposition est prévue pour mars, à la maison de la culture. En plus des peintures, Marie-Lou présentera une vingtaine de fusains, tous accompagnés de textes de son arrière-grand-oncle. Isabelle prétend que ces nouvelles toiles, dignes d'une débutante, ne sont pas l'ombre de celles que son amie a produites avant la mort de Roméo. Fière, Marie-Lou présente le travail en cours à Isabelle, et parle avec enthousiasme de son prochain vernissage, où elle ne vendra pas, car elle tient trop à conserver ces œuvres. Isabelle blesse beaucoup son amie quand elle lui dit froidement que c'est une excellente idée de ne pas vendre : les toiles n'ont aucune valeur. Isabelle ne se rend pas compte de l'horrible coup de poignard qu'elle vient d'asséner méchamment à Marie-Lou. Elle ne prend pas le temps de réaliser sa gaffe, trop occupée qu'elle est à présenter son exposé de façon presque hebdomadaire dans les écoles de la Mauricie. La rumeur a fait son chemin chez les enseignants de morale et de religion : la jeune femme de Trois-Rivières est très convaincante et les jeunes s'identifient rapidement à elle, à cause de son âge si peu éloigné du leur. Le fait qu'elle est une femme est aussi un avantage pour Isabelle. Elle vit dans son monde et Marie-Lou dans le sien. Isabelle ne voit aucun intérêt à tout le travail que son amie accomplit. En compagnie de six jeunes artistes de Trois-Rivières, avec Alexandre et d'autres étudiants en administration, Marie-Lou veut présenter au conseil de ville ce projet de la vieille gare qui pourrait devenir un centre d'arts. Tout ceci est le passé et l'avenir, et Isabelle n'a que le présent.

J'ai les pensées très embrouillées, depuis la fin de février, comme si je perdais la mémoire. J'ai un mal fou à me concentrer. On dirait que j'ai des bulles amnésiques qui explosent dans mon cerveau. J'oublie où sont mes salles de cours, je me trompe d'autobus et, hier soir, pendant le souper, je ne me souvenais plus du nom de Marie-Lou. Elle s'est sentie très insultée et n'a pas accepté mes excuses, disant que je pense plus à Yolande et Mélanie qu'à elle. De toute façon, Marie-Lou est très susceptible depuis que je lui ai dit ses quatre vérités à propos de ses peintures. Elle aussi m'a blessée en me repoussant, il y a deux jours. Je me sens si mal, ce soir. J'ai une migraine terrifiante et je suis incapable de me concentrer dans mon cours. Je le quitte avant le temps pour mieux me reposer. De retour à la maison, j'entends le soubresaut d'Alexandre dans la chambre à coucher. Je cours, j'ouvre la porte, je constate, je fiche le camp. Mais je reviens quinze minutes plus tard, avec un mal de ventre à tout casser qui me permet de m'enfermer dans la salle de bain. Je pleure tant! Et je ne veux pas qu'elle m'explique, qu'elle me console! Cette trahison est la goutte de bourbon de trop dans le vase de mon blues! Yolande et Mélanie me comprennent tellement mieux. L'idée m'a déjà effleuré l'esprit, mais maintenant, je sais que je dois déménager à Québec pour être heureuse. Je serai parmi ceux de ma race. Et il y a bien plus d'écoles et de centres communautaires pour présenter mes exposés. Trois-Rivières n'est plus rien pour moi! Cette ville ne représente que les souvenirs atroces de mon enfance, que le chômage institutionnalisé pour les jeunes, que cette rencontre avec Yannick mon assassin, que le fantôme de Roméo Tremblay qui bousille l'esprit de mon ex meilleure amie.

Les jours suivants, Marie-Lou devient ma colocataire. Après tout, c'est surtout moi qui paie le loyer. Mademoiselle le-sang-qui-coule-dans-mes-veines a encore réussi une connerie en se faisant congédier par sa boutique de vêtements, parce qu'elle a allumé une cigarette devant une cliente, alors qu'elle sait que c'est interdit! Moi aussi, je fume! Mais je sais me contrôler et je ne pars pas en guerre contre ceux qui ne fument pas! Je sais avoir des bonnes manières et respecter les règles! Mademoiselle la reine Marie-Lou doit toujours avoir raison!

À l'université, Alexandre tente de sortir ses violons quand il m'aperçoit, mais je le fuis comme la peste que tous les hommes portent pour contaminer et tuer les femmes! Mais quand je me mets à tousser sans arrêt à la cafétéria, Alex est le premier à s'en inquiéter et à me tendre la main. Je comprends Marie-Lou d'aimer ce garçon. Il n'est que gentillesse. J'imagine sa frustration d'être attirée par lui, alors que nous ne formions qu'une. Je n'en veux pas à Alexandre. C'est probablement elle qui lui a sauté dessus pendant mon absence, afin de se venger des vérités que je lui ai dites sur ses peintures, comme une grande amie doit le faire.

Alexandre m'invite à enterrer la hache de guerre et à me rendre en sa compagnie à l'exposition de Marie-Lou. Je les ai vues cent fois, ces toiles! Il ne me croit pas quand je lui dis que ces tableaux ne représentent pas un dixième du grand talent de Marie-Lou. Alex n'a jamais vu les extraordinaires portraits qu'elle faisait avant et qui suscitaient l'admiration de toute la colonie artistique de Trois-Rivières. Et que des gens riches achetaient, malgré les prix trop élevés qu'elle demandait. Alexandre me dit que Marie-Lou a décidé de vendre les toiles et les fusains. Si elle décide de lancer les enchères, je suis certaine qu'elle ne paiera pas un mois d'épicerie avec le fruit de son labeur. Je dis à Alexandre de signaler à son amoureuse que je n'irai pas voir les représentations du passé de son arrière-grand-oncle. Roméo, je l'adore en souvenir. Qu'elle le laisse donc mourir en paix et elle l'aimera de façon plus intelligente quand elle pensera à lui de temps à autre.

Le thème d'un siècle à Trois-Rivières par les peintures du journal intime d'un ancien écrivain attire des entrefilets des journaux locaux, surtout quand l'artiste est la talentueuse descendante d'une des plus célèbres peintres de l'histoire culturelle du Québec. Marie-Lou a bien fait les choses, choisi des extraits éloquents. Toute la clique culturelle trifluvienne la visite le premier soir, principalement pour l'inviter à venir prendre une bière importée pour fêter l'événement. D'autres gens passent. Madame anonyme d'un certain âge trouve charmantes les vues du Trois-Rivières de sa jeunesse. La rue des Forges de 1935 et le quartier Sainte-Marguerite de 1952 rappellent de bons souvenirs. Les visiteurs prennent connaissance des textes du patriarche centenaire, avant de regarder les fusains. Puis on félicite l'artiste avant de s'en aller. Marie-Lou, habillée des vêtements jazz de Jeanne, sait reconnaître les acheteurs. Elle se redresse quand ils se présentent. Ils regardent, jugent, félicitent et font comme madame anonyme d'un certain âge. Alexandre demeure à ses côtés, flatté de constater que tant de gens s'intéressent à l'exposition. Il ne comprend pas pourquoi Marie-Lou fulmine. Elle lui dit que Jeanne, en pleine capacité créatrice, avait un mal fou à écouler ses peintures flappers, celles-là même qui sont aujourd'hui acclamées par les spécialistes en art. Alexandre songe soudainement qu'Isabelle a peut-être eu raison de prétendre que ces toiles ne sont pas bonnes.

Marie-Lou retourne chez elle avec seulement deux toiles et cinq fusains, dit à Isabelle que l'exposition et la vente ont été des succès. Isabelle s'excuse d'avoir douté d'elle et demande son pardon. Du moins jusqu'à ce qu'Alexandre, tout étonné d'apprendre ces ventes, admette gauchement que Marie-Lou a entreposé ses peintures invendues chez sa mère. Isabelle est révoltée du mensonge de Marie-Lou, et Alexandre sent qu'il vient d'être atrocement bavard.

Je ne tiens plus en place depuis que j'ai reçu cette lettre de Shawinigan confirmant que je suis parmi les finalistes du concours littéraire! Dommage que je n'aie qu'Alex pour partager cette excitation. Marie-Lou m'a félicitée poliment, mais j'ai senti en elle une indifférence qui ressemble à une vengeance enfantine, parce que j'avais prévu qu'elle ne vendrait aucune toile.

La direction du Salon du livre me téléphone à nouveau pour travailler comme bénévole. Je suis très étonnée de leur décision, en pensant à tout ce que j'ai cassé l'an dernier. Mais j'accepte avec empressement. Je souhaite que, cette fois, je ne serai pas malade. La première journée, je retrouve les mêmes visages qui me sourient avant de me demander si je vais mieux et si je projette de faire une collision avec un stand. Ils me disent cela avec un sourire et j'imagine que ma réaction doit être amusante, car ils se mettent tout de suite à rire. Ils sont contents de me revoir. Je me sens des leurs! Je suis des leurs! Le vendredi soir arrive si lentement! Tous mes amis de Québec sont sur place! Sur l'heure du souper, j'ai tout juste le temps de sauter dans une jupe et tenter de me faire belle. Marie-Lou n'est pas là. Je suis déçue! Il est certain que nous avons eu des problèmes ces derniers temps, à cause de la traîtrise vache qu'elle m'a faite, mais c'est tout de même blessant de constater que ma meilleure amie ne se préoccupe pas de mon sort. J'ai toujours assisté à ses expositions, quand ça en valait la peine, mais c'est la première fois que je suis finaliste à un concours littéraire. Elle devrait comprendre, cette égoïste! L'éditeur en chef et son adjoint sont sur l'estrade, en compagnie du patron de la librairie commanditaire du concours. Ils offrent chacun un discours qui nous paraît interminable, à nous les cinq candidats morts de trouille. Ils disent que, s'il n'y a qu'un seul lauréat, les cinq auteurs retenus seront quand même tous publiés. J'ai envie de hurler et de danser tout de suite! Je vais être publiée! Mon grand rêve va se réaliser! Et, tiens, je gagne! Moi, Isabelle Dion, je reçois deux mille dollars et j'aurai un de mes livres en vitrine des librairies partout au Québec! Plus jamais je n'aurai le blues! Range ta guitare, Lightnin'! Le critique littéraire du journal local vient me rencontrer. Il était parmi les juges et me parle avec enthousiasme de mes cinq nouvelles, promet une belle critique quand le livre sera commercialisé, cet automne. Mélanie m'embrasse avec affection et Yolande revient avec une gerbe de fleurs. À les écouter, nous pourrions fêter toute la nuit. La tablée réservée à un restaurant du centre-ville est bruyante. C'est encore plus excitant quand l'éditeur et le journaliste se joignent à nous.

Mais mon cœur bat trop et je me fatigue rapidement. Alexandre me raccompagne à la maison et me dépose dans mon lit en me donnant un baiser sur le front. Un peu plus tard, je l'entends se disputer avec Marie-Lou à mon propos. Au matin, elle me sert le déjeuner au lit, avec une fleur au milieu du plateau. Mais j'ai l'impression que cette fleur est fanée. Toute cette situation est si triste. Je le lui dis. Elle avale un sanglot. Nous nous rendons compte de nos fautes mutuelles et terminons sagement en disant que nos existences sont maintenant trop différentes pour penser continuer à les vivre comme avant. Chacune doit prendre son chemin afin qu'un peu d'amitié puisse subsister. Mon destin est maintenant à Québec, dans un milieu qui m'attire, que je juge plus sain que celui de Trois-Rivières, et avec des gens que j'aime beaucoup. La vie de Marie-Lou est à Trois-Rivières, avec son attachement maladif à sa ville, avec son projet de la gare, avec ses études et Alexandre, sans oublier ses souvenirs morbides de Roméo. Tout est mieux ainsi. Il vaut mieux se séparer aimablement au lieu de se scinder le cœur meurtri. Sans Marie-Lou, j'aurais sûrement trouvé le courage de me tuer. Elle m'a soignée. Elle m'a apporté les seuls moments tendres de ma vie et j'en avais tant besoin pour me sentir une femme normale, avec ses désirs et ses émotions. Elle a partagé ses sentiments à sa façon, peut-être pas aussi totalement que moi. Non, Marie-Lou Gauthier n'est pas Jeanne Tremblay. Elle a plutôt tenu le rôle de Sweetie, alors que j'étais Jeanne.

Je ne sais pas par quel miracle j'ai pu réussir ma première année universitaire, considérant tous ces examens ratés et ces cours séchés. Le succès a été bien faible et m'aurait fait pleurer des heures, autrefois. Mais si je n'ai pas échoué, c'est grâce à Marie-Lou, qui m'a aidée à étudier et m'a parfois donné l'illusion que tout ce cirque était nécessaire à mon équilibre. Au secondaire, elle était nulle et j'étais la championne. Maintenant, les rôles sont inversés. J'aime Marie-Lou, c'est plus fort que moi. J'espère de tout cœur qu'elle va recommencer à vivre dans le présent et je souhaite qu'Alexandre ne lui fasse jamais subir l'affront émotionnel qu'elle m'a destiné.

Marie-Lou se dit peinée d'avoir offensé une si grande amie qui a tant souffert dans sa vie et qui a toujours été présente et attentive quand elle-même ne se sentait pas bien. Mais Marie-Lou est désolée de constater qu'Isabelle se sert de son état pour absorber tout ce qui l'entoure, pour tout ramener à elle et ne rien comprendre aux sentiments qui l'unissent à Roméo. Leurs adieux sont polis, avec une promesse molle de se téléphoner ou de s'écrire. Après le départ d'Isabelle, Marie-Lou se sent soulagée, se persuade que son amie sera beaucoup plus heureuse à Québec avec ses copines séropositives. Dans l'automobile, Alexandre aperçoit un tout petit sourire de satisfaction sur le visage d'Isabelle. Alex s'attarde à Québec, après avoir aidé à monter les caisses et le bagage dans le logis de Yolande. Isabelle préférerait qu'il s'en aille tout de suite, lui qui a tant brouillé les sentiments de Marie-Lou à son égard et qui est en même temps son meilleur ami masculin. Sur l'autoroute du retour, Alexandre pense qu'il serait mieux à Notre-Dame-du-Portage, mais, plus l'horizon trifluvien approche, plus le visage de Marie-Lou se dessine tendrement entre les nuages.

Marie-Lou a préparé un goûter et acheté du vin. Elle s'est parfumée et s'est procuré des nylons de magazine « cochon ». Elle est Céline qui attend son Roméo, et non plus Jeanne souffrant de ses sentiments à l'endroit de Sweetie. Dans la vieille capitale, Mélanie, Yolande et leurs amis trinquent à l'avenir d'Isabelle, gavée de cadeaux de bienvenue. Le lendemain, à la première heure, elle se rend au centre MIELS *pour signaler au personnel qu'elle sera maintenant toujours disponible pour aider et pour faire des conférences.*

Yolande est plaignarde comme jamais je ne l'aurais imaginée. Je croyais qu'elle était une femme forte. Voilà trois nuits qu'elle pleurniche comme un nourrisson parce qu'elle a des maux d'estomac. Je suis obligée de la fouetter pour la faire lever de son lit. Comme le résultat n'est pas probant, je préfère l'abandonner deux jours pour qu'elle se prenne en mains. Je vais m'abriter chez Mélanie, mais je me bute à Olivier qui couve sa sœur comme un père poule avec son ton de voix larmoyant. Je retourne chez Yolande, assise en tailleur devant son lecteur de disques, à pleurer d'émotion en écoutant AC/DC. Décidément, vivre avec des séropositives est embêtant. Je me demande si j'ai été aussi insupportable aux yeux de Marie-Lou.

Yolande rétablie, nous nous rendons faire un exposé dans un centre communautaire pour femmes. Elle rugit et fait éclater de rire, alors que j'attendris et donne envie de brailler. La belle et la bête. En sortant, j'ai le goût de hurler quand je la vois verser des larmes, parce que le soleil lui fait mal à la peau. Elle dit qu'elle se sent comme Johnny Winter, mais je ne sais pas de qui il s'agit. Probablement un de ses anciens amoureux. Yolande veut m'emmener à la chasse à l'homme. Quelle idée stupide! Mais quand elle en prend un à son hameçon, au début de la nuit, je me cache la tête sous les oreillers en prévision du concert de ses jouissances. Mais je n'ai pas le temps d'en entendre un court extrait, car son candidat vient de claquer la porte. Je reçois tout de suite Yolande sur mon matelas. Elle chiale parce que son Valentin n'a pas voulu porter de capote, qu'il lui a dit que ces histoires de sida étaient exagérées. Alors, par honnêteté, elle lui a parlé de son état et il a fondu devant son regard, avant de se transformer en fusée vers la sortie.

C'est plein d'aventures semblables, à Québec! J'adore cette ville! C'est si beau, si romantique! C'est l'Europe et l'Amérique à la portée de mes mains. Et les terrasses sont supérieures à celles de Trois-Rivières. Les alentours sont extraordinaires! La chute Montmorency et l'île d'Orléans ne sont pas des clichés quand on les découvre pour la première fois. Puis, avec mes amis du centre, je m'en vais en excursion au Saguenay, pour voir le fjord et la petite maison blanche de Chicoutimi, survivante fragile et héroïque d'une inondation monstre qui a dévasté la région il y a trois ans. Il y a un projet pour se rendre dans Charlevoix. À Québec, on les sort, nos séros! À Trois-Rivières, ils se cachent.

Alexandre est bien content de passer l'été à Trois-Rivières avec celle qu'il aime follement, mais il est cependant beaucoup moins heureux de n'avoir trouvé qu'un emploi de six heures par semaine dans une station-service, lui qui a toujours travaillé chaque jour dans son Bas-Saint-Laurent natal. Marie-Lou, pour sa part, n'a rien déniché, même si elle a beaucoup d'amis parmi les gérants des terrasses. Il semble qu'ils font la rotation des jeunes artistes fauchés pour ces emplois d'été et que son tour était l'an dernier. Bref, le jeune couple n'a presque pas d'argent pour se loger et se nourrir. Marie-Lou repart de plus belle avec ses tablettes à dessin et son sac de T-shirts. Au festival de blues, le groupe en présence est l'un des meilleurs à s'être produits à Trois-Rivières. Tout en dansant, Marie-Lou a le réflexe de vouloir donner un coup de coude à Isabelle. Elle regarde le vide, ébahie de constater qu'une tradition du début de leur adolescence vient de trépasser.

Jeanne aime bien s'en aller dans le parc Champlain pour peindre en public, attirant l'attention des passants avec ses vêtements criards. Elle a la fâcheuse habitude de...

Marie-Lou porte une minijupe, une camisole serrée sur sa poitrine, son anneau dans le nez. Les badauds du parc Champlain approchent pour voir ce qu'elle dessine et loucher vers ses seins. Comme une vendeuse d'automobiles usagées, Marie-Lou vante son talent, garantit la qualité pour tout dessin ou peinture réclamée. Le lendemain, elle est devant son chevalet, sur le trottoir de la rue des Forges, un chapeau à ses pieds. La situation ne l'embarrasse pas du tout.

Quand Gros Nez revient de voyage, il a dans son sac de quêteux des livres, des jouets pour Jeanne, des bibelots pour maman et des images pieuses pour Louise, le tout dans un parfait état, ce qui me laisse deviner qu'il gagne beaucoup d'argent à quêter,

mais qu'il préfère tout dépenser, les billets étant un poison qui entrave sa liberté. Cependant, parfois, il...

Un festival suivant le précédent, Marie-Lou étonne Alexandre quand elle rapporte à la maison des sommes rondelettes. En réalité, elle gagne plus qu'à travailler à une terrasse, mais admet que l'effort doit être plus constant, que c'est plus éreintant. Avec cet argent, Alexandre suggère à son amour une visite amicale à Isabelle, mais Marie-Lou répond qu'avec tout ce travail, elle n'a pas le temps. De son côté, Isabelle répond à Alex qu'elle a beaucoup d'ouvrage et qu'elle ne pourrait les recevoir comme il faut. Son éditeur lui a retourné son manuscrit avec l'ordre d'améliorer certains passages, tout en corrigeant quelques maladresses. Elle raconte aussi à Alexandre qu'elle fait beaucoup d'activités d'information dans des centres de loisirs pour jeunes.

Mes petits-fils Robert et Charles travaillent tout l'été à l'île Saint-Quentin, avec leur orchestre les Sandales. Ce sont des jeunes qui...

Marie-Lou est maquillée en chat et parcourt les alentours du site du festival des amuseurs publics de Cap-de-la-Madeleine, rendez-vous annuel des enfants de la Mauricie. Les responsables lui ont interdit l'entrée, sous le prétexte que les maquilleuses étaient des bénévoles. Mais Marie-Lou dessine et maquille comme aucune autre et elle fait tinter les deux dollars dans la tirelire d'Alexandre, déguisé en loup. Il ne s'est jamais senti aussi ridicule de sa vie.

Je suis fatiguée. Je n'ai jamais eu autant d'activités en un été. À Trois-Rivières, j'étais la victime amorphe. À Québec, je n'ai pas le temps! Et j'ai tant d'amies! Sans oublier les hommes du centre qui sont tous très gentils et m'invitent en promenade en automobile le dimanche après-midi. Mais je travaille surtout mes nouvelles. L'éditeur est venu pour me montrer la page couverture, parler de stratégie de promotion, superviser la photographie, rédiger une autobiographie pour les médias. La jaquette montre cinq filles souriantes et en couleur, dans une rue anonyme et en noir et blanc. Il me dit que cet automne, je pourrai participer à tous les salons du livre, qu'il paiera mon hôtel et mes petites dépenses, mais pas mon transport. Tu parles que j'accepte à la seconde près! Je vais voyager! Voir des gens différents, vivre des expériences nouvelles avec mes amis des salons! Je vais m'installer derrière un comptoir et sourire aux jeunes bénévoles qui distribuent du café et des verres d'eau.

J'ai eu un sale rhume, au début de juillet. Un rhume de février. Yolande a eu mal à la peau tout l'été, si bien que nous avons passé tout notre temps à l'ombre, ou habillées de la tête aux pieds, malgré la canicule. Mais je n'ai rien eu avec mes yeux, ni de diarrhée. Ces deux étapes font partie du passé. Du moins, je l'espère. Maintenant, on dirait que je suis allergique à tout. Je passe mon temps à me moucher. J'entre à l'Université Laval dès le début de septembre. C'est incroyable comme je m'en fiche! J'ai tellement de choses plus importantes à vivre et je n'ai pas à me casser la tête pour un avenir qui ne me concerne plus. Mais si je ne suis pas inscrite, le gouvernement me donnera quatre-cent-quatre-vingt-dix dollars par mois pour me loger, me nourrir, m'habiller et me soigner. C'était un bon salaire moyen en 1972. Mais avec les prêts et bourses, et en faisant attention, je peux très bien manger, sans avoir recours aux banques alimentaires. Je n'ai aucun scrupule à ainsi rouler le gouvernement, lui qui a passé des décennies à voler mes parents avec ses loteries. Étudier? Quelle blague! Je veux mordre dans tout ce qui est beau et qui n'est pas contraignant. J'irai à l'université comme tant de jeunes le font : pour rencontrer les miens et m'amuser. C'est un peu dommage de jeter par-dessus bord un grand idéal que je partageais avec Marie-Lou... Tiens! Elle doit entrer à l'école en même temps que moi. Elle est sûrement très contente. Je vais lui téléphoner cette semaine, si j'ai le temps.

Marie-Lou connaît déjà les lieux, mais en cette première journée de cours universitaires, elle se sent habitée par un certain triomphe personnel. Par contre, elle se demande pourquoi le professeur prend une heure trente pour expliquer le plan de cours qu'il a pourtant distribué. Elle retrouve quelques connaissances du cégep et a surtout hâte que la période se termine pour livrer ses impressions à Alexandre.

Me voilà habillé en ministre, poudré par ma fille Renée, alors

que, en compagnie de Christian, Simone et Maurice, nous allons assister au triomphe de Carole qui va recevoir son diplôme de l'Université du Québec à Trois-Rivières. Pour cette grande occasion, son mari Romuald et ses enfants ont...

Mais que fait Isabelle, à la grande Université Laval? Marie-Lou se répète que son amie a tort de ne pas se préoccuper de ses études. Elle peut vivre séropositive très longtemps et exercer ce métier d'enseignante dont elle a tant rêvé. La maladie n'est pas une bonne excuse pour tuer les rêves. Marie-Lou se jure de lui écrire pour lui expliquer le tout à nouveau. Il y a des cours de didactique, de psychologie de l'adolescent et, bien sûr, des périodes consacrées à l'art. Comme cours complémentaire, Marie-Lou a choisi Histoire de la Mauricie, *persuadée qu'elle en saura plus que son professeur. Marie-Lou feuillette son livre sur l'histoire de l'art au Québec pour retrouver quelques paragraphes sur Jeanne, considérée comme une des grands portraitistes du début du vingtième siècle. À la pause, Marie-Lou avance vers son professeur, le doigt pointé vers le nom de Jeanne et commet un beau lapsus en lui disant que c'est elle.*

Je viens de dénicher une toile de Jeanne dans une vente de débarras, le long de la route qui mène à La Tuque. Quelle tristesse de la voir jaunie par les années, un peu déchirée dans le coin droit. Mais l'homme accepte mon offre : au lieu de me la vendre un dollar, il consent à me la laisser pour cinquante sous. C'est fou comme je me sens alors malhonnête car, plus que jamais, je suis persuadé que les toiles de Jeanne seront un jour acclamées et que...

Avec déjà beaucoup de lectures à faire, Marie-Lou entreprend ses hautes études du bon pied, conseillée par le vétéran Alexandre, qui terminera le printemps prochain. Marie-Lou lit avec attention, ne se laisse distraire par rien. Parfois, elle s'arrête pour songer à ces soirées où elle devait lire à la place d'Isabelle. A-t-elle encore mal aux yeux? Est-ce que Yolande, cette vieille conne des années soixante-dix, peut lui venir en aide convenablement? Mais il vaut mieux ne pas y penser : Isabelle a développé tellement son entregent qu'elle se fera vite de nouveaux amis à l'université qui pourront l'aider à lire si ses yeux la font à nouveau souffrir.

L'amitié, ce bien si précieux, semble m'avoir échappé au cours

de mon enfance, cette période essentielle pour découvrir de vrais amis. Je crois bien que mon frère Adrien a été mon meilleur ami, car...

Marie-Lou projette soudainement d'organiser une belle fête pour le lancement du livre d'Isabelle. L'exilée verra ainsi que les gens de Trois-Rivières ont du cœur et qu'elle a tort de mépriser sa ville natale. Mais au moment où elle y pense avec enthousiasme, un coup de téléphone inattendu terrasse Alexandre : sa mère et sa sœur aînée viennent de mourir dans un terrible accident de la route. Marie-Lou est bouleversée de voir son amoureux tant pleurer.

Deux années se sont maintenant écoulées et j'ai toujours un très grand mal en pensant à la mort de mon fils Gaston. Je dois tout de même écrire ce feuillet pour évoquer cette tragédie, qui...

Dans la tristesse d'Alexandre, Marie-Lou sent celle qu'elle subira quand Isabelle partira. Mais son devoir et ses sentiments la portent vers l'immédiat : elle doit accompagner son amoureux jusqu'à Notre-Dame-du-Portage même si, malheureux hasard, la journée coïncide avec celle du lancement du livre d'Isabelle. Marie-Lou s'empresse de téléphoner à Québec pour expliquer la situation, mais il n'y a personne à la maison. Marie-Lou se dit qu'il ne faut pas être civilisé pour vivre sans boîte vocale accrochée à son téléphone.

Le plus grand jour du reste de ma vie! J'ai imaginé toutes sortes de scénarios fantaisistes : il y a vingt journalistes qui me bombardent de questions, ils font une critique si enthousiaste que les librairies manquent de livres dès le lendemain; la télévision veut tout de suite adapter mes nouvelles, mais je préfère écouter les dix offres des producteurs de cinéma et je me montrerai sévère pour les adaptations anglaises, espagnoles et suédoises. Mon éditeur m'a pourtant dit le contraire : les critiques des grands journaux ignorent les inconnues, le cinéma n'adapte jamais de livres et la télévision montréalaise considère qu'il n'y a que trois écrivains, au Québec. Et il n'a pas besoin de me les nommer, car tout le monde les connaît pour les voir tout le temps. Il dit que, hors ces réseaux très restreints, des centaines d'écrivains vendent honorablement leurs œuvres, ce qui leur permet un revenu d'appoint intéressant, bien qu'il soit assez loin de mon récent rêve d'atteindre le seuil de pauvreté. Ce sera à moi de bien paraître dans les salons du livre. Mais en Mauricie, le concours a de l'importance. La presse viendra. Je vais même donner une entrevue à la télé.

Je ne suis pas encore arrivée à Shawinigan que déjà je nage dans les fleurs, cadeaux de mes amis de Québec. Mais leur parfum fait sans cesse éternuer Mélanie. Olivier doit stopper pour les mettre dans le coffre arrière, ce qui est beaucoup moins romantique. L'éditeur me paie un souper et me nourrit de recommandations pour ce soir. Nous parlons aussi du Salon du livre de Jonquière. Il réitère sa confiance en moi et espère que je me mettrai bientôt à la tâche pour un roman. Mais il a l'honnêteté de me dire que mon jeune âge et mon état pourraient servir d'outil de promotion. Je comprends très bien cela. Je sais que je suis une bonne copie : la brave, courageuse et si jeune auteure atteinte du virus. Cendrillon de la fin du siècle, en somme.

La presse et les invités sont convoqués dans une maison de la culture. Il n'y a ni tambour ni trompette, sauf dans mon cœur. Un lancement de livre n'est énervant que dans l'imagination. En réalité, tout ceci est très simple et même banal : le représentant de la librairie parle, l'éditeur le suit. J'arrive, rougissante, les jambes molles, je serre les mains, je souris en touchant le chèque, je m'avance face au microphone et oublie totalement mon adresse apprise par cœur. Je ne me souviens pas trop de ce que je dis, sinon qu'il y a des remerciements. Ensuite, tout le monde boit du vin et mange des petits sandwichs rehaussés d'olives. Je suis derrière un comptoir, et des tas de gens approchent pour faire autographier leur copie. Du coin de l'œil, j'aperçois mes parents intimidés devant tant de « grand monde ». C'est bizarre, mais je les trouve beaux, eux qui refusent de m'inviter à leur réveillon de Noël de peur que je contamine leur dinde. Je vois aussi la mère de Marie-Lou, avec ses fils Stéphane et Louis. Comme moi, ils semblent s'inquiéter de l'absence de Marie-Lou. En filant rapidement à la toilette, j'aperçois un téléphone public, mais je n'ai pas le goût de parler au répondeur de mon amie. Cette absence veut surtout dire qu'elle est en route, qu'elle a peut-être confondu l'heure, qu'Alexandre a eu une crevaison. Tous les Trifluviens que j'aime bien sont là, et celle que j'apprécie le plus se fait attendre. C'est moche. Après les signatures, je parle à trois journaux, pendant que l'animatrice de la télévision fait un test de son. J'aurai probablement l'air tarte à l'écran, tant mon sourire doit me donner un air niais. À la fin de cette entrevue, mes parents applaudissent comme des cinglés. Parce que je vais passer à la télé, je suis maintenant une sorte de déesse à leurs yeux, la fierté de leur existence.

Mon livre est si beau! Je le feuillette nerveusement, ayant du mal à croire que tous ces mots sont les miens, que ce sont les mêmes que j'ai tant corrigés sur l'écran de l'ordinateur de Marie-Lou. L'éditeur et le libraire sont contents, avouent que j'attire la sympathie grâce à ma simplicité et à mon naturel, que j'ai une belle personnalité. C'est si curieux! Moi, une belle personnalité? L'ancien petit canard à la patte cassée de l'école de La Salle?

Yolande réclame une brasserie. Je veux bien, sauf que je préfère que ce soit à Trois-Rivières. Il n'y a toujours personne chez Marie-Lou. Tout le monde a le cœur à la fête, mais j'ai surtout envie de pleurer en pensant à la trahison impardonnable de mon amie. Je ne peux pas croire qu'elle a été si méchante en cherchant encore à se venger de mon absence lors de sa dernière exposition! Et puis, nous devons coucher chez elle, après tout! J'écarte l'idée de l'H.L.M. de mes parents, car je sais qu'il n'y a pas de couvertures ni de lit supplémentaire. Et il est un peu tard pour demander asile au centre qui, de toute façon, est toujours plein. Ça me gêne de m'inviter chez la mère de Marie-Lou. Me voilà obligée de coucher dans un hôtel de ma propre ville! À quatre, nous avons à peine la somme voulue pour une chambre à deux lits. J'ai du mal à m'empêcher de pleurer. Yolande et Mélanie, mes vraies amies, me consolent et me comprennent, disent que cette Marie-Lou ingrate n'en vaut plus la peine. Mais mon cœur saigne quand même. Y a plus de Marie-Lou, y a plus rien de beau. Monte le son de l'amplificateur, Elmore.

Il n'y a encore personne chez elle le lendemain. C'est fini! Terminé! Jamais je ne lui pardonnerai! Je me trouve bien généreuse de lui laisser un livre dans sa boîte aux lettres. Et je signe froidement : « À Marie-Lou Gauthier, de la part d'Isabelle Dion, 17 septembre 1999. »

Marie-Lou passe beaucoup de temps à remonter le moral du pauvre Alexandre. Elle constate qu'il est aussi détruit qu'elle-même pouvait l'être quand Roméo a quitté ce monde. Marie-Lou a bien vu le livre d'Isabelle et a téléphoné à Québec pour expliquer la situation, mais une Yolande à la voix froide lui a répondu de ne plus rappeler. Au second essai, Yolande a raccroché. Elle a tenté de rejoindre Mélanie, mais sa voix faible laissait deviner que son coup de fil tombait à un moment inopportun. En essayant à nouveau chez Yolande, le lendemain, Marie-Lou se fait répondre par un qualificatif odieux qu'elle n'a pas du tout apprécié. Marie-Lou juge que c'en est trop! Si Isabelle donne des recommandations de cette nature à sa coloc, elle n'a qu'à déposer les armes et ajouter un clou au cercueil de leur amitié. De toute façon, avec tous les travaux universitaires à son horaire, avec son Alexandre à consoler, Marie-Lou a des préoccupations plus graves à affronter. Mais peut-être qu'en écrivant...

La poste est le plus noble service du Canada. Papa a beau sans cesse me parler du modernisme du téléphone et du télégraphe, je ne trouve rien de plus émouvant que d'écrire ou de recevoir une lettre qui...

L'enveloppe traîne sur la table pendant quatre jours, juste assez de temps pour que Marie-Lou juge humiliant son contenu. Elle la déchire sans aucun remords. Le samedi suivant, elle voit la critique de Cinq bonnes nouvelles séropositives *dans le journal* Le Nouvelliste. *Elle en prend connaissance et se dit heureuse des bons mots pour l'œuvre d'Isabelle. Peut-être qu'on va en parler dans* La Presse *ou* Le Devoir. *Marie-Lou regarde dans les copies de l'université, mais abandonne après deux semaines, voyant que personne ne parle du livre. Ces journalistes préfèrent un recueil de poésie brésilien et une étude de l'œuvre d'un romancier hongrois. Ça fait plus littéraire qu'un livre québécois et ça répond à leur philosophie de « Mon pays, c'est la planète et fuck le Québec ».*

Marie-Lou est très occupée par son projet de relance de la gare.

Bien expliqué, avec une estimation monétaire, un plan de marketing et un autre de financement, elle va présenter le tout au conseil de ville de Trois-Rivières. Les jeunes artistes réclament d'obtenir la gare pour la somme symbolique de un dollar et jurent de leur remettre la pièce dans six mois, s'ils n'ont pas réussi à trouver le premier versement du montant nécessaire aux rénovations. Un plan d'aide financière a été établi par des étudiants en administration et ne demande aucun sou à la ville de Trois-Rivières. Une mince subvention sera réclamée au gouvernement, après que les jeunes auront réuni la majorité du coût de l'entreprise par leurs démarches auprès des hommes et femmes d'affaires de la région, et aussi par des spectacles-bénéfice. Le maire et ses conseillers voient que ces jeunes très sérieux sont déterminés.

Marie-Lou aime bien perdre son temps à rêvasser devant la gare abandonnée. Elle sent que son beau projet va se réaliser. Elle imagine une de ses expositions, une performance peinture et musique, l'ambiance chaleureuse d'une terrasse lors du festival de la poésie, un lancement de livre. Tiens! Oui! Isabelle pourrait certes y présenter un autre livre et Marie-Lou la voit très bien revenant à Trois-Rivières pour travailler à la petite librairie qui fait partie du projet. Marie-Lou rentre chez elle et regarde ses croquis du futur Centre d'arts Jeanne-Tremblay. Mais elle dessine plutôt la gare dans toute sa jeunesse, accueillant les turbulentes Jeanne et Sweetie, qui attendent sur le quai le train de Montréal, pour aller danser le jazz rebelle dans une boîte anglophone. Puis Marie-Lou cesse de dessiner, chiffonne le papier. Elle pense à l'insuccès de son exposition avec des créations semblables.

Elle regarde ses vieux dessins, met la main sur celui de Roméo lors du jour de son centième anniversaire. C'est le dernier qu'elle a fait de lui. Et ce visage osseux, ces yeux trop petits et ses grandes oreilles molles lui rappellent la mort, le visage de Denis, celui qu'elle avait dessiné d'Isabelle. Et une voix de son héritage se fait entendre, la voix de Roméo si claire qui lui dit ce qu'elle n'a pas voulu comprendre : ***Utilise ton talent pour raconter les tiens, ta ville, les gens que tu aimeras, et toute la vie qui s'offre maintenant à toi, pleine de promesses et d'espoir.***

Les feuillets de son trésor l'ont trahie, depuis sa brouille avec Isabelle. Elle a du mal à dessiner le vingtième siècle de Roméo comme elle l'a tant fait depuis son départ, inspirée par sa présence plus que jamais vivante en son esprit grâce à ces centaines de courts textes intimes qu'il a écrits pour obéir à ce conseil reçu de son père Joseph en 1907, le même que Roméo a laissé à Marie-Lou en héritage. Alors Marie-Lou dessine l'ambiance du café étudiant de l'université, les terrasses de l'été dernier, les jeunes et leurs baladeurs dans le fond des autobus, le visage d'Alexandre ou des adolescents aux pantalons trop larges qui se baladent en rollers sur le stationnement du centre commercial Les Rivières. Mais rien de tout ceci ne la fait vibrer autant que de dessiner le passé de Roméo. Et dans son cœur s'incruste le blues d'Isabelle, qu'elle ne peut plus vivre chaque jour, comme au cours de toute sa vie.

Marie-Lou soupire quand elle constate qu'Isabelle est partie avec leur disque de Lightnin' Hopkins qu'elles aimaient tant. Elle griffonne le visage de la petite Isabelle Dion de la maternelle, sa secrétaire lorsqu'elle a été brièvement présidente de sa classe au primaire, cette Isabelle avec une piqûre de bourdon dans le front et celle qui travaillait pour ce vieil homme exploiteur de Sainte-Marthe-du-Cap, celle qui avait des hoquets sournois après un demi-verre de bière ingurgité au bar de blues de la rue Notre-Dame et celle qui a tant pleuré en lui annonçant qu'elle était séropositive. Marie-Lou arrête de reproduire ce passé, pour imaginer celui tout récent qu'elle n'a pas voulu voir : Isabelle heureuse comme une reine lors du lancement de son livre. Son devoir était d'être près d'Alexandre dans l'épouvantable épreuve qui l'affligeait, mais ses réels sentiments la portaient à se rendre à Shawinigan pour regarder le bonheur d'Isabelle avec son livre entre les mains. Le crayon de Marie-Lou n'en peut plus de tracer ces visages d'Isabelle. Elle a le goût de pleurer quand elle retrouve son nez ingrat, ses petits yeux plissés, ses étranges cheveux, ses lèvres minces. Mais quand elle entend Alexandre revenir de ses cours, Marie-Lou sursaute et lance tous ces dessins sous le canapé. Elle craint qu'il n'apprécie pas ces œuvres, souvenirs de moments qu'il ne pouvait comprendre, lors de leur rencontre, alors qu'il n'osait pas l'approcher pour l'aimer et qu'elle était trop occupée à tout donner à Isabelle. Le lendemain matin, après le départ de son amoureux, Marie-Lou reprend ses dessins, va pour les déchirer, quand le conseil de Roméo lui revient en tête. Marie-Lou enfouit le tout dans un sac qu'elle va porter chez sa mère.

Me voilà au Salon du livre de Jonquière. J'entre par la grande porte et, rougissante, me présente au comptoir comme auteure afin de recevoir ma cocarde à épingler à ma chemise. Quand je vois « Isabelle Dion, écrivaine », je rougis encore plus. En cherchant mon stand, je note les mêmes visages qu'à Trois-Rivières. Ils expriment leur étonnement de me voir si loin de ma région. Alors je leur montre fièrement ma carte. Ils semblent contents, me souhaitent la bienvenue parmi la bande nomade qui voyagera partout au Québec, jusqu'au Salon de l'Abitibi-Témiscamingue, à Val-d'Or, en mai 2000.

Mon éditeur m'accueille avec chaleur. Sur la table, une pyramide de mes livres, avec un laminé de l'article qui souligne mon triomphe au concours littéraire. Il me donne un autre cours sur la bonne façon d'approcher les gens, de les intéresser et d'être aimable. Comme il y a encore une heure à passer avant l'ouverture, je cours vers mes nouveaux amis pour leur montrer mon bouquin. L'un dit qu'il aime bien la page couverture, l'autre me félicite encore, puis un dernier ose me demander ce que ses confrères n'ont pas voulu me dire : est-ce que cette œuvre relate une expérience personnelle? Face à ma réponse positive, son visage me donne un prélude de ce que je vais vivre au cours des quatre prochains jours et auquel je n'avais jamais pensé : un cauchemar mêlé à un enchantement.

D'abord, c'est très épuisant. Passer une journée entière à sourire et à saluer n'a rien de bien agréable. La plupart des visiteurs sont attirés par les stands où il y a un auteur. Les miens aiment bien le dessin, mais s'enfuient en douce quand ils voient le titre. Les courageux qui demeurent écoutent mes arguments, posent quelques questions et passent outre. Les héroïques me bravent à distance après avoir posé la question de non-retour : est-ce que tu...? J'en ai même compté cinq qui ont carrément eu peur, dont une femme qui veut porter plainte à la direction du Salon. Le sida, c'est bien à distance, dans un journal, à la radio ou même à la télévision à des heures où personne n'écoute, mais en montrer un exemplaire vivant dans un endroit public devient inacceptable. Je me sens très blessée. Au milieu de la soirée, l'éditeur se rend compte du problème et me conseille de dire que les nouvelles relatent l'expérience d'une de mes amies. Encore me cacher? Voilà pour la partie cauchemar.

Pour l'enchantement, je dois avouer que je raffole de l'ambiance, de l'impression grisante d'être une véritable écrivaine parmi les miens. Voir tous ces gens est amusant, surtout quand je me paie secrètement leur tête en voyant leurs manies, comme lorsque je m'amusais à compter les cons avec Marie-Lou. Les adolescentes, à cause de mon jeune âge, approchent à grands pas, me demandent la recette miracle pour être publiée. Sachant que même celles-là vont finir par s'enfuir, je leur parle de n'importe quoi pour attirer leur sympathie et peut-être arriver à dédicacer un livre.

Les responsables des stands sont gentils. Ils se souviennent avec affection de la maladroite porteuse d'eau de Trois-Rivières. Ils m'invitent à sortir avec eux, le premier soir, oublient que je suis la mort avec sa grande faucille et son capuchon sur la tête. Ils ont un trop-plein d'énergie à gaspiller et sont heureux de se retrouver, après les vacances d'été. Ils se racontent des anecdotes des salons anciens, auxquelles je ris de bon cœur. Je vais coucher chez un ami du centre MIELS de Chicoutimi. L'argent d'hôtel économisé par mon éditeur me servira pour me rendre au prochain salon, à Sherbrooke.

Je vends deux livres au cours de la première journée et un seul la seconde. Un peu avant le souper, le samedi, je n'en suis qu'à deux. C'est un résultat très décourageant pour le grand effort que je fournis. Je ne suis pas gênée pour aborder les gens, mais on dirait qu'ils sont hostiles à mon livre. Pour oublier ce blues retrouvé, je vais manger avec mes amis les autres écrivains au grand restaurant de l'hôtel où a lieu le Salon. Après, je me prépare pour une entrevue au café littéraire. Je dois raconter mon incroyable aventure. Je fais comme lors de mes visites dans les écoles secondaires. Il doit y avoir une centaine de personnes qui m'écoutent. Elles m'applaudissent, à la fin. Je retourne vite à mon stand, persuadée que je viens de recruter des dizaines de clients. Certains approchent pour me féliciter de mon courage, mais personne n'achète, même si je leur répète que mes nouvelles ne sont pas tragiques, qu'elles sont amusantes, tout en informant et en démystifiant la maladie. Ça ne prend pas. Ils veulent des histoires d'amour, de suspense ou d'enquêtes policières, des drames intenses, des livres amusants ou des bouquins avec des jeunes femmes romantiques en couverture, afin de l'accrocher au mur de leur salon. Et je n'ai que des faits vécus transformés par mon imagination. Pourtant, j'étais certaine que les gens adoraient les livres qui racontent des histoires vraies. Mais le sida, ce n'est pas une vérité. Ce n'est bon que pour les autres. L'éditeur me dit que je m'en fais trop, que c'est normal pour une auteure inconnue de ne pas vendre des caisses entières. Il n'ose pas me dire ce que je pense : le titre fait fuir la clientèle. Je lui fais part de cette pensée et, malin, il me demande pourquoi je veux me cacher.

Le dimanche, je me sens très épuisée et j'ai même un malaise au début de l'après-midi qui m'oblige à m'allonger à l'infirmerie. Je retrouve mon coin vers quinze heures. J'ai hâte à la fin. Je prends la décision de ne plus jamais participer à un salon. C'est si démoralisant et éreintant! Et ici, tout le monde passe son temps à me demander d'où je viens. C'est très agaçant, cette manie de tant aimer la géographie! Mais, vers la fin de l'après-midi, quand j'entends tout le monde me dire à la prochaine, je fonds sous l'émotion de leur gentillesse. Oui, c'est difficile et cruel, mais, au fond, j'adore! Je me sens si bien avec eux! Je suis si fière d'offrir un livre que personne n'achète! Et je serais idiote de me passer de toute cette attention et de ces voyages. Mais je suis bien contente de retrouver mon lit douillet. Yolande me pose cent questions et me dit, à la fin, que Marie-Lou a encore tenté de me joindre. J'aurais peut-être le goût de lui parler de mon expérience unique, mais je suis trop fatiguée pour retourner l'appel. Il y a une semaine, Alexandre m'a parlé pour m'expliquer leur absence lors de mon lancement. Je comprends sa tristesse face à une si horrible tragédie, mais je crois que je l'ai insulté en lui disant, pourtant poliment, que près de vingt ans d'amitié sont plus importants que le décès de personnes qu'elle n'avait rencontrées que deux fois. Il a raccroché promptement. Je me suis montrée bien maladroite mais, au fond, je sens que j'ai tout de même raison. Je vais téléphoner à Marie-Lou! Demain, ou mercredi. J'ai tant à faire cette semaine! J'ai deux conférences dans des écoles secondaires de Lévis, une entrevue avec le journal *Le Soleil* et je dois tout de même faire un peu acte de présence à l'université.

Le conseil de ville de Trois-Rivières a accepté les conditions du projet de Marie-Lou. La gare sera cédée à son comité pour un dollar, et le maire et ses acolytes prolongent le délai de six mois pour trouver une partie du financement des rénovations. Marie-Lou, entre deux cours, reçoit mille conseils de ses amis les futurs administrateurs pour aller cogner aux portes des entreprises qui voudraient faire un don pour la bonne cause, en retour de publicité gratuite pendant la première année d'exploitation du futur Centre d'arts Jeanne-Tremblay. Un peu mal à l'aise de devoir faire sa polie, Marie-Lou est encouragée tendrement par Alexandre. Elle lui dit qu'elle se sent plus à l'aise à organiser un concert-bénéfice pour le grand projet, qui a enthousiasmé les médias trifluviens. Quel bel exemple à montrer sur petit écran que celui de ces jeunes débrouillards, désireux de prouver que, comme le prétend le slogan municipal, Trois-Rivières est une ville d'histoire et de culture. La cité de Laviolette est aussi la capitale du chômage. Or, le projet va créer de l'emploi chez la partie de la population la plus touchée par le manque de travail, il est aussi une manifestation de culture et, enfin, il respecte l'histoire en récupérant un site magnifique voué à l'abandon, tout en rendant hommage à une artiste du passé.

Les poètes veulent bien réciter, autant que les danseuses, les musiciens et chanteuses souhaitent s'exprimer. Le Maquisart, *lui-même un ancien lieu de culture récupéré par des jeunes – il s'agit de l'ancienne salle de cinéma Gaieté dont parle tant Roméo dans ses feuillets – accepte de prêter sa scène pour la cause de ces universitaires et artistes. L'organisation dure un mois, et Marie-Lou y passe beaucoup d'heures, tout en réussissant ses études. Et, comme si elle en avait le temps, la jeune peintre a accepté un emploi de serveuse aux tables dans un restaurant chaque fin de semaine. Ce qu'il reste est consacré à Alexandre. Mais quand il n'est pas là, Marie-Lou dessine des croquis du visage d'Isabelle, tout en illustrant des scènes de ses nouvelles. Il faut absolument qu'elle lui téléphone pour lui parler de tout ça.*

Le Salon du livre de Sherbrooke a été bizarre. Le lieu de rassemblement était situé sur le campus universitaire et, à partir de la fermeture de leur cafétéria, le vendredi midi, j'ai été obligée de manger des sous-marins froids et de la salade pas trop fraîche toute la fin de semaine. J'ai vendu un peu plus de livres qu'à Jonquière mais, encore une fois, le public s'est méfié du titre. Pour plaire, j'aurais dû le baptiser *Amour et grands sentiments au bout de ma route* ou encore *Moé, astheure chu icitte pis ça va êt' le fun en ouistiti*. À coup sûr, j'aurais fait plus culturel québécois, et les gens ne se seraient jamais imaginé que j'ai le sida imprimé dans le front.

Je me suis logée dans un petit hôtel où séjournaient aussi une équipe complète de hockey. Terrible! Surtout que l'hôtel avait une disco regorgeant de greluches prêtes à tout pour prendre un athlète à leurs hameçons. À la fermeture du bar, mes voisins ont décidé de faire la java avec leurs conquêtes. C'est fou comme j'ai eu le goût de courir au premier dépanneur pour acheter des condoms et les donner à toute l'équipe, avant qu'ils n'assassinent d'autres filles. Mais, en général, j'ai bien aimé le Salon de Sherbrooke. La bande m'a donné rendez-vous à Rimouski. M'y voici. Le Salon se déroule dans un hôtel, situé à quelques pas du Saint-Laurent. C'est un superbe coin de pays, comme je l'avais noté lors de ce voyage avec Alexandre et Marie-Lou, il y a maintenant si longtemps. Les bénévoles sont très aimables. Mes amis me parlent avec enthousiasme du Salon du livre de l'Abitibi-Témiscamingue. On me dit qu'ils donnent des fleurs aux auteurs, qu'on y est traité royalement, que les gens sont très chaleureux et extraordinairement fiers de nous recevoir. Tous mes camarades sont unanimes sur la qualité des Abitibiens. À chaque fermeture, nous allons prendre un verre ou manger un morceau. Je me sens comme leur mascotte. Et chaque fois qu'une jolie bénévole m'offre un verre d'eau, je ne peux m'empêcher de penser à tout ce chemin parcouru comme par magie depuis que j'ai tenu le même rôle avec une si grande joie. Je suis une femme chanceuse et la vie est magnifique.

Mais je me fatigue beaucoup à ne pas vendre de livres, à souffrir en voyant les réactions des gens. Je sens cependant que je dois le faire, non pas pour l'avenir de mon livre, mais pour le bonheur de ces instants présents et parce que je vis intensément mon grand rêve d'être écrivaine. Comme à Jonquière et à Sherbrooke, je suis interrogée publiquement pour expliquer mon cheminement. Je me sens très à l'aise dans ce rôle. Depuis cet automne, j'ai dû visiter une vingtaine d'écoles, remplaçant parfois Yolande, prise de soudaines migraines. On me donne rendez-vous au Salon de Montréal mais, honnêtement, ce serait peut-être trop me demander d'y passer six jours. D'une part, je déteste cette ville et, d'autre part, je me sens mal depuis mon retour de Rimouski, à cause de toute cette excitation, de la chaleur, du bruit, de l'effort constant, de ces nuits d'insomnie dans des hôtels, de cette nourriture peu saine que je mange dans les restaurants de service rapide. Mon médecin me recommande autoritairement de me calmer et, pour ma santé, me conseille d'oublier le Salon du livre de Montréal. Ce repos me permettra d'envisager Sept-Îles, Hull, Québec, puis un retour triomphal à Trois-Rivières, avant de songer à cet Abitibi-Témiscamingue extraordinaire dont on me parle tant et que je souhaite voir de tout cœur. Il faut dire qu'entre ces moments de folle vie, j'ai entrepris la rédaction d'un roman. Je sens qu'il est urgent de le faire. J'y travaille plusieurs heures par jour. C'est une belle histoire simple d'une profonde amitié entre deux filles qui se sont connues à la maternelle, une amitié qui est aussi le conte d'un amour que rien ne peut détruire. Je dois absolument compléter cette histoire le plus rapidement possible.

Marie-Lou a un souper d'affaires avec sa mère Sylvie. Elle en profite pour sortir de son sac à main ses statistiques personnelles sur la réussite de ses études universitaires. Elle lui explique les objectifs du projet de la gare, confie ses stratégies. Elle fait part du sérieux de l'équipe et de la possibilité d'avoir des contrats de confection de costumes théâtraux en retour d'une contribution monétaire. Sylvie sent dans le discours de sa fille une grande influence rationnelle de son futur administrateur et arrive presque à regretter son adolescente susceptible et coléreuse. Quand elle lui dit que Roméo serait fier d'elle, Marie-Lou répond brièvement par l'affirmative. Mais quand Sylvie lui demande ce qu'Isabelle en pense, Marie-Lou avale sa salive avec un manque de discrétion vite noté. Alors Marie-Lou répète à sa mère ce qu'un coup de fil à Mélanie lui a appris : Isabelle fait la fête dans les salons du livre et parcourt les écoles où elle a un succès fou. Sylvie demande si c'est bien vrai. Marie-Lou ne répond pas, n'ayant jamais songé que Mélanie ou Yolande pouvaient mentir.

Pendant qu'Alexandre est parti visiter son père à Notre-Dame-du-Portage, Marie-Lou ne peut s'empêcher de profiter de la coïncidence et téléphone à une amie pour se rendre au Salon du livre de Montréal. Dans le cahier de l'événement, distribué par les journaux, le nom d'Isabelle figure parmi ceux des auteurs présents. Mais elle ne trouve pas l'espérée au stand. L'éditeur justifie l'absence de sa jeune recrue par l'approche d'examens importants à l'université et parce que sa colocataire a besoin de soins. Il ajoute qu'Isabelle a l'intention de ne rater aucun salon du livre en 2000 et que, si elle tient à faire autographier un livre, il peut le lui faire parvenir chez elle, et l'auteure se fera un plaisir de le lui retourner. Il précise enfin qu'Isabelle travaille à un roman. Marie-Lou se sent rassurée. Elle lui écrira pour qu'elle vienne célébrer le nouveau millénaire avec elle. Isabelle lui en a déjà parlé, autrefois, fière de savoir qu'elle sera une femme de l'an 2000.

Marie-Lou est heureuse d'apprendre qu'Isabelle étudie. Elle-même doit préparer des examens. Les cours de didactique appelant des travaux en équipe, elle en profite pour se faire d'excellentes amies, avec qui elle aime parler tout haut de leur futur métier d'enseignantes. Dans les écoles, tous les yuppies sont progressivement mis à la retraite pour faire place à du sang neuf. Ainsi

Marie-Lou sait qu'elle aura sa chance, que les bons profs d'arts plastiques ne courent pas les rues, car, pour enseigner cette matière, il faut savoir dessiner! On ne peut mettre un spécialiste en chimie ou en français à sa place. S'il faut qu'elle débute par de la suppléance pendant une ou deux années, Marie-Lou pourra très bien vivre en s'occupant du Centre d'arts Jeanne-Tremblay, où Alexandre gagnera honorablement son pain. Ils seront alors en bonne position pour songer à avoir un enfant. L'avenir ne peut être que merveilleux.

Marie-Lou écrit sa lettre à Isabelle et oublie d'attendre une réponse, trop accaparée qu'elle est par ses activités. Elle reçoit un court mot au milieu de décembre, où Isabelle lui explique qu'elle n'est pas certaine de revenir à Trois-Rivières pendant le temps des fêtes, car les sidéens du centre ont besoin plus que jamais de chaleur humaine, que c'est une période où ils se sentent davantage délaissés et oubliés, et que son devoir est de leur apporter de la joie. Le message donne un choc à Marie-Lou : sacrifier son Noël pour être près de ceux qui souffrent est une manifestation d'amour tellement plus véritable que ces plaisirs matérialistes et égoïstes que la majorité des gens acclament sans penser, sans compter leurs sous, sans écouter ce qu'il y a dans leurs cœurs. En un certain sens, Marie-Lou va l'imiter et accompagner Alexandre chez lui. La mort encore présente de la mère de famille et de la sœur aînée rendra sans doute Noël bien tragique pour le père et le jeune frère d'Alex. La tristesse sera au rendez-vous, et Marie-Lou sent qu'elle doit leur apporter un peu de gaieté, de sincérité, faire en quelque sorte une diversion pour que les souvenirs des fêtes passées avec les disparues sèment de la joie au cœur. C'est le dernier Noël du siècle, et le monde occidental, plus que jamais, a sorti son sac de superflu, la grosse machine huilée du commerce yankee pour qu'il devienne inoubliable pour leurs tiroirs-caisses.

Marie-Lou est très calme parmi ces gens qui, sent-elle, seront bientôt les siens. Elle pense à Isabelle, qui doit être déguisée en fée des étoiles près de Yolande le père Noël, à amuser et attendrir ces hommes et ces femmes pour qui ce sera la dernière fête. Et Isabelle prendra la main d'un mourant en lui souhaitant joyeux Noël, de la même manière qu'elle-même console le père d'Alexandre qui éclate en sanglots au milieu de la soirée. La magie d'un Noël véri-

table unit Marie-Lou à Isabelle, malgré la distance et tous ces mois de séparation, les premiers de leur vie.

Mais Marie-Lou ne se doutait pas que l'orage allait éclater entre Alexandre et elle. Il devait passer le jour de l'an à Trois-Rivières avec la famille de Marie-Lou, mais il a changé d'idée. Il reproche à Marie-Lou de vouloir s'en aller. Des mots volent bas, certains dépassent leurs pensées. Marie-Lou décide de le défier et prend le premier autocar pour sa ville natale. Au terminus de Québec, elle téléphone à Isabelle mais, de nouveau, il n'y a personne pour lui répondre. Le cœur lourd à trop penser à cette rencontre ratée et d'avoir dit des paroles blessantes à son amoureux, Marie-Lou s'installe dans le fond du véhicule pour pleurer discrètement.

Le vingtième siècle de Roméo achève et le millénaire arrive avec sa pétarade de fêtes internationales. Au delà du commerce, c'est tout de même si unique! Tout le monde en parle. Certains fanatiques craignent la fin du monde, tout comme ces lointains ancêtres du Moyen Âge. D'autres vont faire triompher la société de l'opulence avec des concerts retransmis par satellite et des concours à l'emporte-pièce. Qui sera le premier bébé du millénaire? Des couches à vie pour la mère gagnante! Quel chanteur lancera le premier disque, à minuit et une seconde? Peut-être qu'à Londres, Paris ou New York, un maniaque aiguise son couteau dans l'espoir d'être immortalisé comme le premier assassin des années 2000. Mais, en général, dans la plupart des pays, tout le monde dansera et chantera dans les rues, embrassant son voisin inconnu, dans une euphorie du moment qui ne reviendra plus avant mille ans. Partout sauf, bien sûr, au Québec, où la majorité de la population fera comme d'habitude et s'écrasera devant un téléviseur pour regarder des comiques faire des grimaces et tuer la langue française. Le Québec est le seul pays au monde où les années commencent et se terminent de la même manière : à regarder la télévision.

Marie-Lou pense à Roméo. Dans les coffres de son trésor, elle cherche ce texte qu'elle aime tant, qui est si drôle et visuel. Marie-Lou le lit tendrement, ferme les paupières et voit tout. Au réveillon organisé pour accueillir le nouveau siècle, Joseph Tremblay a pris quelques verres de trop. Il est très volubile à la table où il joue aux cartes avec ses frères. Le petit Roméo écoute ses discours enthousiastes sur le modernisme du vingtième siècle. Plus préoccupé par la partie, les frères de Joseph ne l'écoutent guère, ce qui provoque sa colère. Il se lève pour leur reprocher leur incrédulité. Et Roméo, les yeux arrondis par l'admiration, regarde son papa qui énumère toutes les grandes inventions à venir. Roméo a écrit ce souvenir le lendemain de son centième anniversaire de naissance. La veille, des journalistes s'étaient présentés pour un reportage, lui demandant son plus ancien souvenir. Celui-ci, oublié, enfoui sous tant d'années de vie, avait surgi de sa mémoire avec une grande clarté. Les journalistes, aussi incrédules que les frères de Joseph, avaient souri en pensant que le bonhomme exagérait un peu. Comment pouvait-il se souvenir d'une anecdote aussi ancienne? Comme Joseph, Roméo avait haussé le ton, n'aimant pas qu'on le prenne pour un menteur. Marie-Lou se souvient très bien de cet instant, car elle était avec sa mère Sylvie et sa grand-mère Bérangère. Elles représentaient trois générations issues de Jeanne Tremblay, la sœur tant aimée par le centenaire.

Roméo a passé son enfance à se faire vanter le modernisme du nouveau siècle par Joseph. Marie-Lou adore les textes où son arrière- grand-oncle relate ce trait de caractère de son père. Mais a-t-il été si bon, ce siècle du modernisme de Joseph Tremblay? Bien sûr, les inventions souhaitées par Joseph ont dépassé sa propre imagination et ont rendu la vie plus confortable à des générations entières. Que dirait-il, l'ancêtre, en voyant un ordinateur, un robot dans une usine ou tout simplement un ouvre-boîte électrique? Si Joseph Tremblay avait vingt ans en ce décembre 1999, il ne parlerait à Marie-Lou que du modernisme du nouveau siècle.

L'histoire n'est que roue sans fin, et les hommes sont les écureuils qui courent sans cesse dans leur cage circulaire. On invente et on détruit. Le bien et le mal. Aux dictateurs succèdent les anges de la paix, en attendant l'arrivée du prochain dictateur. Il n'y aura rien au vingt et unième siècle. Rien d'autre que l'écureuil dans sa cage. Marie-Lou va entrer dans le nouveau millénaire aussi confiante que Joseph Tremblay dans le vingtième siècle, mais le cœur un peu lourd en sachant que sa grande amie Isabelle va la quitter dans trois, cinq ou dix ans, car le virus est plus puissant que tout le modernisme des siècles passés, présents ou à venir. Les tristes pensées de Marie-Lou sont interrompues par l'arrivée de ses amis artistes qui frappent bruyamment à sa porte, désireux qu'elle se joigne à eux pour fêter l'arrivée du millénaire en pleine création à minuit pile. Marie-Lou s'excuse de ne pouvoir participer à leur performance, prétextant un réveillon en famille. Elle ne veut pas être avec Sylvie, ses frères Louis et Stéphane et sa petite sœur Véga. Elle sera avec Isabelle. Coûte que coûte. Le trente décembre, ce sentiment est renforcé par la visite surprise de la vieille Renée et de son éternelle amie Sousou. Elle a maintenant soixante-dix-neuf ans, la fillette enjouée de Roméo et de Céline. Et au moins soixante-quatorze années d'amitié avec Sousou. Quelle inspiration pour Marie-Lou! Et Isabelle pense la même chose. La fille de Roméo enchante Marie-Lou en lui assurant qu'à la seconde près de l'arrivée de l'an 2000, elle sera aux côtés de Sousou à regarder à l'extérieur la naissance de ce moment unique. Elle ajoute que ce sera intéressant en patate. Elles passeront la journée ensemble et Marie-Lou imagine que Renée embarrassera Sousou en tentant de lui faire danser le boogie-woogie, comme à la belle époque où elles étaient les reines du restaurant Le Petit Train. *Marie-Lou téléphone tout de suite à Isabelle pour tout lui raconter et pour proposer ce grand rendez-vous pour demain. Qui sait? Peut-être qu'Olivier pourra venir la conduire! À moins, bien sûr, qu'Isabelle préfère fêter cet événement près des sidéens... Dans ce cas, Marie-Lou comprendra. Mais tout son enthousiasme fond suite à des coups de fil infructueux chez Yolande et Mélanie.*

Le lendemain après-midi, la sonnerie tant espérée se fait entendre, alors que Marie-Lou dessine le visage d'Isabelle. C'est elle! Ou peut-être Alexandre, honteux de leur dispute futile. Mais il s'agit plutôt de Clément Tremblay, apportant à Marie-Lou une nouvelle qui la terrasse : la vieille Renée vient de mourir. Se rendant chez Sousou pour y passer la journée, l'aînée a glissé dans l'escalier et s'est assommée sur un petit rempart de briques. Roméo n'a plus d'enfants en ce monde. Son siècle se termine réellement dans le cœur de Marie-Lou et passe de l'état de fantôme à celui plus heureux de doux souvenir. Marie-Lou pleure doucement, se remémorant cette dame toujours souriante, avec son langage franc et cette infinie tendresse qu'elle portait à Roméo et à Jeanne. La jeune peintre vient de perdre sa dernière alliée Tremblay et se sent même coupable d'avoir moins pensé à Roméo depuis le départ d'Isabelle et depuis la confirmation de son amour pour Alexandre.

Le prochain coup de téléphone déçoit Marie-Lou. Sa mère Sylvie insiste pour qu'elle vienne fêter à la maison. Mais elle refuse. Marie-Lou se branche toutes les demi-heures à Québec. Isabelle est sans doute dans les familles de Yolande ou de Mélanie. Elle devine qu'elle ne pourra la rejoindre avant une heure de la nuit. Pour tout de même communiquer avec elle, Marie-Lou passe tout son temps à dessiner son visage. Le siècle agonise à grande vitesse et Marie-Lou est triste, blessée par tant d'épreuves trop récentes. Elle regarde par la fenêtre, ne voit personne dans les rues, alors que celles des maisons voisines sont éclairées par la lueur cathodique. Les yeux vides de Marie-Lou sont incapables de fuir ce néant, alors qu'il n'y a plus dans sa vie que le ronronnement du temps qui passe.

Soudain, elle entend des pas qui viennent vers sa porte d'entrée. Elle soupire d'impatience en pensant à l'insistance de ses amis artistes, alors qu'elle est à la fois si bien et si mal dans son blues, à ne rien faire, à tenter de ne pas penser à la mort de Renée, à l'absence d'Alexandre, au souvenir de Roméo et de Jeanne, aux visages d'Isabelle sur son papier. Mais la porte s'ouvre et la longue silhouette d'Alexandre la fait sursauter. Marie-Lou n'a pas le temps de réagir qu'Alexandre aide Isabelle à entrer. Marie-Lou demeure consternée en voyant son amie très amaigrie, les cheveux coupés à la garçonne, le teint très pâle et la toux éteinte. Isabelle demande pardon pour tous les mensonges ordonnés à Yolande et Mélanie. À son retour du Salon du livre de Rimouski, Isabelle a passé son temps à faire la navette entre son lit et l'hôpital. Elle voulait que Marie-Lou garde à jamais un beau souvenir d'elle.

J'ai mis beaucoup de temps à ne pas avoir honte d'être séropositive, mais je n'aurai pas le temps de chasser la honte d'être sidéenne.

Marie-Lou l'enlace avec fracas. Les deux se serrent fort et pleurent lourdement, comme des plaintes souterraines qui effraient Alexandre. Marie-Lou sent les os de son amie, sa peau rugueuse et ces gros ganglions dans son cou. Marie-Lou l'emmène à la fenêtre et, soudées, visage contre visage, elles regardent arriver l'an 2000, sachant d'instinct que les prochains mois seront extraordinaires, car elles les passeront ensemble, l'une pour vivre, l'autre pour mourir.

ÉPILOGUE

Dès le début de l'an 2000, Marie-Lou et Alexandre interrompent leurs études pour s'occuper d'Isabelle. Alexandre donne son affection à la malade, son amitié, veut être le chevalier servant de tous ses caprices. Il comprend mal pourquoi elle ne veut pas sortir et goûter à toutes les joies de la vie.

Isabelle passe son temps à dicter à Marie-Lou les derniers chapitres de son premier roman qui raconte l'histoire heureuse d'une grande amitié entre deux filles qui se sont rencontrées à la maternelle et qui connaissent de multiples aventures, jusqu'au jour où elles réalisent en même temps leur grand rêve de devenir enseignantes. Une belle histoire. Une histoire du triomphe de la vie. Pendant ce travail, les cassettes de blues ne cessent de tourner.

Isabelle n'a réclamé qu'une sortie à Alexandre : au Salon du livre de Trois-Rivières, en avril. Elle voulait revoir tous ces gens, les auteurs et les éditeurs, prendre place derrière son , la main tremblante sur ses livres et en offrir un, un seul, à un passant. Mais les visiteurs s'enlèvent du chemin de cette fille squelettique en chaise roulante, comme ceux et celles qui fuyaient Denis au festival de blues au parc Champlain, en juillet 1997.

L'éditeur dit à Isabelle que les ventes sont respectables et que tous les signets donnés à Jonquière, Sherbrooke et Rimouski portent leurs fruits. Elle lui assure que le premier roman sera remis à temps, qu'il ne reste qu'un chapitre à écrire. Un homme dans un se lève, approche, embrasse Isabelle et lui dit qu'il compte sur elle pour le Salon de l'Abitibi-Témiscamingue, où les gens sont si contents de recevoir des écrivains et leur déroulent tout le temps le tapis rouge.

Mais Isabelle Dion n'a jamais vu l'Abitibi-Témiscamingue. Quand ses yeux se sont éteints, ils regardaient Marie-Lou et Alexandre. Un des derniers souhaits qu'elle leur a signalés était qu'ils aient un jour deux enfants, qui entreront dans un autocar avec leur mère Marie-Lou, après que leur père Alexandre leur aura donné des baisers pour leur souhaiter bon voyage.

Sans tristesse au cœur, comme lors du départ de Roméo, Marie-Lou a passé les mois suivants à peindre l'agonie d'Isabelle afin que son exposition-choc de cette tragédie humaine puisse coïncider avec le lancement du roman posthume d'Isabelle, qui raconte la plus belle amitié que l'on puisse imaginer, mots d'encouragement pour les générations du nouveau siècle.